沉河艳后

胡灵皇后（上）

宋其蕤 著

内蒙古人民出版社

图书在版编目（CIP）数据

沉河艳后：胡灵皇后：全 2 册／宋其蕤著. –呼和浩特：内蒙古人民出版社，2016.4

ISBN 978-7-204-14004-6

Ⅰ. ①沉… Ⅱ. ①宋… Ⅲ. ①长篇小说–中国–当代 Ⅳ. ①I247.5

中国版本图书馆 CIP 数据核字（2016）第 102880 号

沉河艳后：胡灵皇后

作　　者	宋其蕤
责任编辑	王　静
封面设计	刘那日苏
责任校对	李向东
责任监印	王丽燕
出版发行	内蒙古人民出版社
地　　址	呼和浩特市新城区中山东路 8 号波士名人国际 B 座 5 楼
网　　址	http://www.impph.com
印　　刷	内蒙古爱信达教育印务有限责任公司
开　　本	710mm×1000mm　1/16
印　　张	53
字　　数	860 千
版　　次	2018 年 4 月第 1 版
印　　次	2018 年 4 月第 1 次印刷
印　　数	1—2500 册
书　　号	ISBN 978-7-204-14004-6
定　　价	78.00 元（全 2 册）

如发现印装质量问题，请与我社联系。联系电话：(0471)3946120

目　录

上部　魏宫艳妃

沉河艳后：胡灵皇后

下部　临朝称制

沅河艳后：胡灵皇后

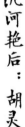

沉河艳后：胡灵皇后

主要人物

胡小华:世宗皇帝元恪的世妇,充华夫人,肃宗元诩皇帝的生母。后为皇太后,两度临朝听政。武泰元年(公元528年)尔朱荣乱,沉河,谥灵皇后。

元恪:魏国第七代皇帝,魏高祖孝文帝元(拓跋)宏之二子,高夫人所生。生于太和七年(公元483年)闰四月平城,太和二十一年(公元497年)正月立为太子,二十三年(公元498年)夏四月即位于鲁阳。延昌四年(公元515年)正月崩。三十三岁。庙号世宗,谥宣武皇帝。

于宝玲:元恪皇后,太尉于烈弟于劲之女。谥顺皇后。

高莺莺:元恪贵人,于皇后死后被立为皇后。高肇侄女。

元诩:太子,元恪之子,胡充华所生。生于永平三年(公元510年)三月,延昌四年(公元515年)六岁登基,大魏第八代皇帝。武泰元年(公元528年)正月暴卒,年仅十九岁。庙号肃宗,尊谥孝明皇帝。

胡皇后:元诩皇后,胡太后从兄冀州刺史胡盛之女。

潘嫔:充华嫔,皇帝元诩宠幸妃嫔。生一女,被冒充儿子即位。

元子攸:彭城王元勰的第三子,被尔朱荣拥立为皇帝。庙号敬宗,谥孝庄皇帝。

元子钊:京兆王元愉的长子长孙,被胡太后立为皇帝,三岁幼子,与皇太后一起被尔朱荣沉河。

元澄:任城王,皇宗室。元恪时期辅政大臣之一。

元嘉:广阳王,皇宗室。元恪时期辅政大臣之一。

元禧:咸阳王,高祖元宏二弟,元恪二叔。元恪时期辅政大臣之一。

元羽:广陵王,高祖元宏四弟,元恪四叔。

元雍:高阳王,高祖元宏五弟,元恪五叔。

1

元勰:彭城王,高祖元宏六弟,元恪六叔。

元祥:北海王,高祖元宏七弟,元恪七叔。元恪时期辅政大臣之一。

元恂:高祖元宏长子,废太子。

元愉:京兆王,高祖元宏三子,袁贵人生。

元怿:清河王,高祖元宏四子,罗夫人生。被元叉杀害。

元怀:广平王,高祖元宏五子,与元恪同为高皇后所生。

元悦:汝南王,高祖元宏六子,罗夫人生。

元叉:宗室,江阳王元继之子,领军将军,幽闭皇太后,杀害清河王元怿。

元熙:宗室,起兵反元叉,失败,被元叉杀害。

元顺:宗室,任城王元澄之子。

元融:章武王。

元彧:临淮王。

元徽:城阳王。

元渊:广阳王。

高肇:皇帝元恪舅父,官至司空、司徒、大将军等。

于烈:领军将军。

于登:于烈之二子,后赐名于忠,领军将军,于皇后之兄。后为太子东宫领军将军。

崔光:大臣,官御史中尉、侍中等,后为太子少傅。老臣。

胡国珍:胡小华之父。太后临朝,为侍中等官职。

胡国华:胡小华之姑,女尼。

胡玉华:胡太后之妹,女侍中,元叉之妻。

王肃:大臣,尚书令,驸马都尉。皇帝元恪六宰辅之一。

赵修:内侍中,皇帝元恪宠臣。

王温:皇帝内侍。

茹皓:皇帝元恪宠臣。

高太妃:元祥生母。

崔亮:吏部尚书。

李崇:大臣,重留公。

奚康生：大臣，救助太后被元叉杀害。

郦道元：大臣。著《水经注》。

萧宝夤：驸马，大臣，后叛魏。

刘腾：内监，长秋卿，与元叉一起杀害元怿。

郑俨：卫将军，被太后宠幸。

李神轨：大臣，李崇之子，被皇太后宠幸。

徐纥：黄门侍郎，被皇太后宠幸。

蜜多道人：元诩亲信，能说胡语，常伴皇帝身边，被太后除去。

谷会：鸿胪少卿，皇帝亲信，同蜜多道人同时被杀。

绍达：皇帝元诩亲信，同上。

尔朱荣：晋阳豪族首领，起兵反。

尔朱兆：尔朱荣侄。

尔朱世隆：大臣，尔朱荣从弟。

尔朱彦伯、尔朱天光等：尔朱荣亲属，部下。

上部　魏宫艳妃

第一章　有女长成

1.胡家小女喜庆生日　聪明女尼谋划大计

魏国景明元年,公元500年,四月,初夏时分,国都洛阳,晴空万里,天气热了起来。城北官员住宅区的一所官邸里,声声欢笑,阵阵喧闹,武始伯、给事中胡国珍的府上,彩灯高悬,锣鼓喧天,笛箫婉转,琴瑟和谐,好是热闹。

今天是武始伯胡国珍的独生女胡玉华十二岁的生日。

大厅里,宾客杯觥交错,纷纷向主人胡国珍祝贺。胡国珍的夫人皇甫氏笑容满面地与胡国珍一起接受宾客祝贺,他们的掌上明珠站在他俩中间,打扮得像朵牡丹花一样娇艳明媚。豆蔻年华的小姑娘,白皙的脸庞,红扑扑的脸蛋,一双黑亮黑亮的大眼睛,忽闪忽闪的,透着机灵聪明和狡猾,毫不胆怯地望着每一位来客。

胡国珍是氐人,皇甫氏是鲜卑人,皇甫氏是鲜卑十大姓之一,胡国珍很是尊重这出身高贵的夫人,他不像国朝其他男人一样娶三妻四妾,只守着这皇甫氏恩爱度日。可惜皇甫氏只生了一个女儿便不再生育,致使胡国珍五十多岁只得这么一个宝贝似的独生女。

人到中年的夫妻两人视独生女如掌上明珠,含在嘴里怕化了,放在掌上

怕碰了。十二岁是一个周，他们要给女儿大肆庆贺一下，今年的生日宴会比往年更隆重热闹。

胡国珍，字世玉，安定临泾人。祖略，姚兴渤海公姚逵平北府谘议参军。父渊，是夏国赫连屈丐的给事黄门侍郎。世祖太武皇帝拓跋焘占统万城时，胡渊以降款之功赐爵武始侯。后拜河州刺史。国珍少而好学，雅尚清俭。太和十五年，父死袭爵，太和二十年时例降为伯。他随着高祖孝文帝拓跋宏迁都来到洛阳，做了右三品上的给事中，官职虽然不是很高，却是内朝官员，经常在大禁内行走，在皇帝、皇后面前行事，可以经常面见皇帝，也算是近水楼台先得月，权力不小。所以，这给女儿举办的生日庆宴上来捧场的官员人数也就相当可观。

胡国珍过继儿子僧洗，正忙着替胡国珍迎来送往。

一个女尼打扮的人与僧洗一起忙活。这女尼叫胡国华，是胡国珍的同胞妹妹。胡国华长得明眸浩齿，唇红齿白，她与僧洗眉来眼去，一边接送客人，一边暗地抛送秋波。

"高大人，您好。您老来，给寒舍添色不少啊，蓬荜生辉。"胡国华清脆地喊着，声音里蕴含着媚笑。来人是皇帝元恪母舅高肇的堂侄子高猛，胡国华当然要施浑身解数来奉迎这达官贵人。

高猛又是文昭皇后的堂侄子，驸马校尉，尚世宗的同胞妹子长乐公主，即文昭皇后的女儿，两人为姑舅表兄妹。他与胡国珍同为侍中，关系密切，所以亲自前来胡府祝贺。高猛的伯父高肇作为皇帝元恪的舅父，甚得元恪信任，是朝中重臣。

"于大人，您也来了。"胡国华又大声喊着，招呼领军将军于登。

于家同高家一样一门显赫。祖上于栗磾武艺高强，左右驰射，北魏建国初年的登国年间拜冠军将军，跟随开国皇帝太祖道武帝拓跋珪驰骋疆场。太祖道武皇帝拓跋珪定中山时，派他领兵两万为先遣队伍，偷偷从晋阳韩信故道开井陉路，突袭中山慕容宝。当太祖道武皇帝拓跋珪驾车到中山时，中山道路已修整一新，太祖十分高兴，随即赏赐其名马，奖赏他为平定中山所立下的汗马功劳。赵燕平定，太祖拓跋珪置酒大会群臣，对于栗磾说："卿即吾之黥彭①。"随后大赐金帛,进假新安公。太祖田猎于白登山,见熊领着几只小熊,回过头问他:"卿勇敢如此,宁能搏之乎?"他回答说:"天地之性,人为贵。若搏之不胜,岂不虚毙一壮士? 自可驱致山岭前,围而擒获之。"太祖听从他的话,驱赶母熊和熊子,把它们包围起来,全都擒获。太祖时期,他多次受命征讨大盗,所向披靡。太宗明元帝拓跋嗣时期,也是多次出征,无所不胜。世祖太武帝拓跋焘时期,他同样战功赫赫。史书说他"自少治戎,迄于白首,临事善断,所向无前。加以谦虚下士,刑罚不滥。世祖甚悼之矣②。"

于栗䃅只有一个儿子叫洛拔,在世祖、高祖时很受重用。于洛拔有六个儿子,高祖孝文帝南迁,穆泰、陆睿等豪族谋反平城,很多开国老将的后代遭受牵连,但于洛拔的长子于烈及其五个兄弟没有参与谋反,甚得高祖器重。

今天前来胡府赴宴的于登是于烈的二儿子,字思贤,原名于千年,弱冠拜侍御中散。太和中,授武骑侍郎,文明太后赐名登。元恪即位,迁长水校尉,领直寝,在大内行走,与胡国珍甚是要好。

胡国华袅娜着身段,来到于登面前,约略屈膝行礼。"于大人,贫尼这厢有礼了!"胡国华脆生生地招呼。

于登看着眼前这唇红齿白、美目流盼的女尼胡国华,已是笑得眼睛都眯缝在一起。"胡师父免礼,胡师父免礼。你我不是外人,何须如此多礼? 师父入宫讲道,我多次前去听讲,受益多多啊。"

胡国华嫣然一笑,"于大人过奖了。"

于登在胡国华的带领下走到胡国珍面前,献上贺礼,看着站在胡国珍夫妇中间的那个瓜子脸长相十分秀气好看的小姑娘,问胡国珍:"这就是今天的寿星,你的千金女儿胡小华?"

胡国珍一边还礼,一边笑着说:"正是小女。"

于登频频点头,"漂亮,漂亮的小姑娘,真像她的姑姑。"

小姑娘毫不羞涩地朝于登屈膝行礼,一双毛茸茸的大眼睛眨巴眨巴,娇滴滴地说:"谢谢阿叔夸奖。"说话和微笑的时候,脸颊上便露出浅浅的圆圆

　　①黥彭:黥,指秦大将英布,先归附项羽,又归附汉高祖刘邦。曾犯事受黥刑,世人称黥布。彭,指彭越,汉高祖大将,与韩信齐名。
　　②见《魏书·列传第十九》。

的两个酒窝,更增添了女娃的娇媚迷人。

于登哈哈笑着,"真好听的声音,似啼鸣娇莺,婉转清脆!"

高猛也凑了过来,与于登、胡国华、胡国珍寒暄。

胡国华娇媚地艳笑着,对于登和高猛说:"两位大人,你们看,我这侄女长相还不错吧?能不能进掖庭为皇帝陛下充华宫呢?"

"像你一样漂亮的小姑娘,皇帝陛下一定会喜爱的。"于登和高猛笑着,争相讨好漂亮的女尼胡国华。

"你要是进掖庭,怕是能让皇帝害起相思病。"于登乜斜着眼睛瞟着胡国华,调笑着,这个风流漂亮的女尼实在令他心动。

胡小华忽闪着毛茸茸的大眼睛,大方地看着眼前这两个位高权重的男人,脸上挂着微笑,心里想:进宫做皇帝的妃嫔,可是光宗耀祖的好事,要是能够进宫,一定享不尽荣华富贵。

"娃都十二岁了,要思谋着给娃谋个出路了。"客人都走了以后,皇甫氏与胡国珍坐在内厅里,一边饮茶,一边歇息,一边说着闲话。

"可不是。"女尼胡国华附和着嫂子。

胡国珍没有说话,只是拨弄着手中的盖碗茶水,想着心事。

先皇高祖孝文皇帝大行,新皇元恪即位,已经快一年了,朝中诸事有五宰辅专政。宰辅们怎么就不张罗着给皇帝陛下选妃子立皇后呢?按照国朝旧制,这后宫应该有皇后、左右昭仪,还要有三位椒房夫人,三贵人、六嫔、九世妇,以及多个御女。这后宫算起来,怎么也要有几十个美女来充任啊。六宫无主,可不是国朝盛事。为什么宰辅们不操心呢?难道他们想叫皇帝无后?不孝有三,无后为大。平民百姓尚且这么说,何况一国之主的皇帝?皇帝无后,不是亡国征兆吗?得说说那些宰辅,得想办法让皇帝身边的人经常劝说劝说皇帝才好。胡国珍想,于登的父亲于烈经常在皇帝身边行走,应该让于烈劝说劝说皇帝才好。

先皇高祖孝文皇帝迁都洛阳以来,一直没有安定下来。对先皇高祖改变祖宗的一些做法,皇室王爷反对者居多,拥护者少,特别是改姓、改服、改语言、改鲜卑祭祀为圜丘祭祀、禁止归葬北京等背叛鲜卑拓跋祖宗的做法,使朝中鲜卑重臣多有反叛,先是陆睿、穆泰谋叛,接着是太子拓跋恂偷跑被废,国朝内部风雨飘摇难以安定。高祖又因为连续征战,劳累过度,盛年而崩,实在可惜可叹。新皇即位,希望这国朝能够稳定。

胡国珍很有些忧国忧民地思谋着国事。皇帝后宫空虚,在他看来,是天大的事情,作为国朝忠臣,他不能置若罔闻。

胡国华啜着茶水,看着兄嫂,说:"要是小华能进宫去侍奉皇帝,可是让我们祖坟冒青烟的大好事啊!"

皇甫氏摇头,"到现在还没听说皇帝要选妃,不知这皇帝是咋的回事?都十七八岁了,既不立皇后,也不选妃嫔,这是想干甚呢?这持服守制虽说是大事,也不能一守三年啊。当年高祖为文明太后持服守制三年,大臣举行了多少次辩论,虽然没有说服高祖,他还是三年居庐不御内,可他已经有了皇子啊。难道皇帝陛下真想绝后不成?"

"不得乱说!"胡国珍呵斥着老婆。

"我不过在家里说说,又传不出去!"皇甫氏白瞪了丈夫胡国珍一眼。

胡国华笑了,"皇帝不选妃,我看挺好,这给我们小华一个机会。我们小华还小,让她现在加紧修炼修炼,等到皇帝选妃的时候,正是机会。"

"叫娃来问问。"皇甫氏兴高采烈起来,"看她愿不愿意进宫。我就这么一个宝贝女儿,要让她高兴干自己想干的事。"

"我想她一定愿意。"胡国华看着嫂子,"她这么聪明伶俐,难道能不明白入宫的好处啊?哪个女娃不梦想着进宫当皇后啊?不信,我们叫她来问问。"

"可是,进宫不一定就能当皇后啊!当不了皇后,做个妃嫔,也是很惨的事。你看,高祖的三夫人以下,凡是没有子女的,不都出宫许配平民了吗?怪可怜的。"

"咱们小华不进宫则已,要是进宫,就一定能够当皇后。我就看好她。"胡国华笑嘻嘻地说。

这番话,说得皇甫氏眉开眼笑,连胡国珍脸上也带出笑模样。"真的?"他看着妹妹说,"这可是要叫来小华问问了。"

十二岁的胡小华蹦跳着进来。"爷、娘叫我?"胡小华看着胡国珍和皇甫氏,清脆地说,白皙的瓜子脸上浮现着甜美的笑容,她一笑脸蛋上就露出两

个圆圆的小酒窝,让她的相貌更为甜美耐看。她个头高高的,虽然才十二岁,已经像十四五岁的姑娘一样颀长。

皇甫氏向女儿招手,"过来,小华,坐到娘身边。"

胡小华袅娜地走了过来,坐到皇甫氏和姑母胡国华的中间,把头靠在母亲的肩头。

胡国华拉着侄女的手,轻轻抚摩着,看着她的笑脸,问:"小华,姑姑问你,你想不想进宫去侍奉皇帝啊?"

胡小华笑着坐了起来,急切地说:"谁不想进宫当皇后啊?我当然想了!姑姑,你有办法让我进宫吗?"

胡国华笑着摇头,"姑姑没办法,这得靠你自己。要是你真的想进宫,你要好好学习读书写字。文明太后定下来的规矩,凡是入宫侍奉皇帝的妃嫔必须识文断字,必须能读书写字,要读过四书五经,要粗识算计。这些你会不会啊?"

胡小华嘴一撇,颇为不屑地说:"四书五经,谁不知道?不就是《论语》《孟子》《大学》《中庸》,五经不就是《诗》《书》《礼》《易》《春秋》这些老古董书吗?"

胡国珍伸出手,戳了戳女儿的额头,笑着:"这女娃,口气可大了。我曾经延请师傅在家里学馆教了她一些日子,知道些皮毛。可这女娃心气太花,坐不下来,学不久就学不下去,我只好退了师傅,任她自己玩耍。可瞧她说话这口气,好像她已经成了五经博士一样,轻浮啊!"

皇甫氏也摇头,"这女娃跟男娃的脾性差不多,成天好跑跑跳跳的,就是不能静下来学学读书写字计数。"

胡国华看着兄嫂,责备着:"子不学,父之过。这女娃心野,都是你们娇惯的!要是让她跟着我住到寺院里,你们看着吧,她要不很快成个卓文君、班昭婕才怪呢。我就不信管不住她!"

胡国珍难为情地笑了笑,"可不是,妹子的手段叫为兄很是佩服呢。"

皇甫氏拍着女儿小华的手,看着小姑子胡国华,很不以为然地反驳着:"一个女娃,成甚卓文君、班昭婕啊。女娃只要长得漂亮,就能得皇帝欢心。我们小华这模样这长相,谁见谁爱,要是进宫啊,皇帝一定会痴迷得忘乎所以!"

胡小华听到母亲这么夸她，高兴地拍着手，水汪汪的大眼睛闪烁着得意的光芒，看着姑姑，很是不服气地与胡国华顶嘴："姑姑就想当个卓文君、班昭婕，有什么用处啊？皇帝才不喜欢才女呢。"

胡国珍怕妹妹不高兴，急忙呵斥女儿："小女子，不要和姑姑顶嘴，姑姑还不是为你好，不识好歹！"

胡国华在胡小华手背上用力掐了一下，"你这女子歪理多！"

胡小华故意"哎哟"一声大声喊起来："姑姑掐死我了！姑姑掐死我了！"

皇甫氏心疼地捶了小姑子一拳，把女儿揽到怀里，又是吹又是抚摩，心疼地问："掐你哪了？掐你哪了？"

胡国华收敛起自己的笑容，严肃地说："兄嫂要是真的想让小华进宫去伺候皇帝，那就得听我的，狠下心来让我把她带进寺院，跟我住个一两年，让我来调教她。我保证让她成为难得的、有见识的女娃，将来一入宫，就显露出她的魅力。要是你们舍不得，我说，你们还是干脆放弃让她进宫的想法，找个门当户对的好人家娉了算了！"

皇甫氏不高兴地噘起嘴，白着胡国华，"你这算甚话？还是娃她姑哩，一点也不替娃的前途打算！"

胡国华撇着嘴，斜了皇甫氏一眼，"我这才是为娃着想呢。你看，小华这娇惯的样子，没有一点女娃的媚态，更没有一点心计，只是懂得撒娇耍赖，到了宫里，哪有她撒娇耍赖的份？刚进宫，不过一个夫人，甚至连夫人也算不上，她要靠自己的娇媚和手段心计，慢慢讨皇帝、皇后的欢心，甚至还要讨其他妃嫔、内官的欢心，要一步一步往上爬，一步一步向上升。她没有才智，没有学识，没有心计，没有手段，进得宫去，也得被其他妃嫔踩在脚下，说不定就被那些虎狼似的嫔妃踩死！你们让她进宫是为她好呢还是害了她？你以为皇宫是你胡家，由你说了算！"

皇甫氏被小姑子抢白得脸上一阵红一阵白，很是挂不住。她有心想反击一下，一时却也想不出个理由，小姑子说得句句在情在理。

胡国珍急忙出来打圆场，为妻子解围："妹子说得好。我看，不如听妹子的主意，让小华跟她姑去寺院里住一年，让她姑姑调教调教她。"

"不嘛，我不跟姑姑住！"胡小华抱住母亲皇甫氏的胳膊，撒娇带耍赖，哼唧着，扭动着身体，想打动母亲的心。

沉河艳后：胡灵皇后

胡国华生气地推了胡小华一把，"就这么个没出息的样还想进宫？你做梦吧！你当我喜欢让你跟我住？我还嫌你麻烦呢！"说着站了起来，甩手向外走。

胡国珍急忙拦住胡国华，"妹子，你别生气嘛，让我们劝劝她！"

皇甫氏知道自己这小姑子脾气硬，要是惹她生气了，她真的一甩手再也不会过问这事。她只好勉强赔着个笑脸劝慰小姑子，"你看你，说生气就生气了，这不是还在商量嘛！她一个女娃子，哪能什么事情都听她的呢？小华，你坐好，听你爷娘说。爷娘让你跟姑姑住，是为你好，为你将来能进宫去弄个好生活。你不是想进宫嘛，想进宫就得听姑姑的话！受得苦中苦，方能为人上人啊！"皇甫氏抚摩着胡小华黝黑的头发，好言好语地劝说着娇纵惯了的宝贝心肝女儿。

胡国珍在一旁也口气严厉地教训着，"这事由不得你！我和你娘决定了。从明天起就跟你姑入瑶光寺，以后就住在你姑那里，一切听你姑安排！"

胡小华的大眼睛里已经汪了一汪清亮亮的泪水，可怜巴巴地看着母亲，还想再施以撒娇手段打动母亲的心，来改变母亲和父亲的决定，"阿娘，我不想去瑶光寺住！我想阿娘阿爷嘛！"

胡国华拍了拍胡小华的手背，"想甚哩。瑶光寺离你家就这么几步路，你阿娘不会来看你？你就这么娇气，没出息！"

皇甫氏把女儿揽进怀里，抚摩着她的黑发，爱抚地叮嘱着："阿娘会经常去看望你的。你要好好听姑姑的话。姑姑这全是为你好！"

胡小华见自己的撒娇改变不了眼下的决定，只好转过脸，看着姑姑胡国华，小心地、讨好地笑着问："姑姑让我学什么啊？学馆师傅只让我背四书五经，我就怕背书。"

胡国华笑着拍了拍小华的肩膀，安慰她说："你放心，我不是你那冬烘师傅，只让你背诵四书五经。你要学的东西多着呢，琴棋书画，子经诗史，穿着打扮，站坐行止，颦笑说话，什么都要学。跟着姑姑好好学吧，有你的好处。"

2.皇帝服丧难忘旧情　舅父劝说白费心机

景明元年，公元500年，四月，魏国第七代皇帝、十七岁的青年元恪，站在洛阳皇宫东堂院子里,看着院子中间的一丛石榴树发呆。

石榴树上,绽满火红的石榴花,把院子映照得一片火红,把站在石榴树旁的元恪白皙的脸也映出红晕,让这个原本就俊朗好看的青年皇帝更是英俊。

元恪,是刚刚死去的高祖孝文皇帝元宏的二子,大魏由平城迁都洛阳以后,14岁的皇太子元恂害怕洛阳气候炎热,未得皇帝允许,自行驰马偷回北京平城,被孝文皇帝元宏(拓跋宏)废除,改立二子元恪为皇太子。太和二十三年(499年)夏四月,元宏崩于谷塘原行宫,元恪于四月丁巳,即皇帝位于鲁阳,第二年改元,为景明元年(500年)。

高大、魁梧的元恪很是英俊,虽然并不完全像拓跋家族的成员一样鼻高目深,满脸须髯,却也是大眼方脸,浓黑剑眉,他又遗传了母亲高皇后的高丽血统,面色白皙。

刚刚登上皇帝宝座的他站在院子里,呆呆地望着蓝天出神,为国朝里纷繁事情感到心烦意乱。

大家都说当皇帝好,可是谁知道当皇帝有这么多烦心的事情呢。他的父亲魏高祖孝文帝拓跋宏,于太和十九年(495年)迁都洛阳到现在,已经过去了四年,国朝大事大多安定下来。可是,不成想,父亲高祖孝文皇帝拓跋宏却因为连年奔波,南北征战,劳累成疾,于三十三岁的青春年纪撒手归西,驾崩之后把魏国一切都留给他,让他面对成堆的麻烦事情。

回想起这些年的情景,国朝大事还历历在目。

太和十四年(490年),九月,他七岁的时候,太祖母文明太皇太后崩。

太和十五年(491年),正月,他的父亲,拓跋宏始听政于皇信堂东室。

太和十六年(492年),正月,太华殿飨群臣,悬而不乐。四月,班新律。秋七月,北讨蠕蠕。冬十月,太极殿成。十一月,依古六寝,权制三室,以安昌殿为内寝,皇信堂为中寝,四下殿为外寝。

太和十七年(493年),正月,飨百僚于太极殿。夏四月,立皇后冯氏。六月,立皇子恂为皇太子。八月,辞永固陵,乙丑,车驾发京师,南伐,步骑百余万。九月,庚午,幸洛阳,周巡故宫基址。丙子,诏六军发轸。丁丑,戎服执鞭,御马而出,群臣稽颡于马前,请停南伐,帝乃止。仍定迁都之计。冬十月,幸金墉城。诏司空穆亮、尚书李冲、将作大匠董爵等经始洛京。乙未,设

坛于滑台城东,告行庙以迁都之意,大赦天下,起滑台宫。

太和十八年(494年),春正月,朝群臣于邺宫澄鸾殿。癸亥,车驾南巡,乙亥,幸洛阳西宫。二月,壬寅,车驾北巡,癸卯,济河。甲辰,诏天下,喻以迁都之意。闰月,癸亥,次句注陉南,皇太子朝于蒲池。壬申,至平城宫。三月,罢西郊祭天。壬辰,帝临太极殿,谕在代群臣以迁都之略。秋七月,壬辰,车驾北巡,谒金陵。八月,皇太子朝于行宫。甲辰,行幸阴山,观云川,幸阅武台,幸六镇,诏六镇及北城人,慰高年,赏赐粟十斛。庚午,谒永固陵。辛未,还平城宫。冬十月,戊申,亲告太庙,奉迁神主。辛亥,车驾发平城宫。十一月,丁丑,车驾幸邺城。乙丑,车驾至洛阳。十二月,发四路军南伐。壬寅,革衣服之制。中外戒严。

太和十九年(495年),春正月辛未,朝飨群臣于悬瓠,乙亥,车驾济淮。辛酉,车驾发钟离,将临江水。三月,戊寅,幸邵阳。乙未,幸下邳。太师冯熙薨。四月,庚子,车驾幸彭城。庚申,行幸鲁城,亲祀孔子庙。五月,庚午,迁文成皇后冯氏神主于太和庙。甲戌,行幸滑台。庚辰,皇太子朝于平桃城。六月,诏不得以北俗之语言于朝廷,若有违者,免所居官。甲午,皇太子冠于庙。癸卯,诏皇太子赴平城宫。丙辰,诏迁洛之民,死葬河南,不得还北。八月,幸洛阳西宫。九月庚午,六宫及文武尽迁洛阳。车驾幸邺。十月,考官。十一月,行幸委粟山,议定圆丘。十二月,引见群臣于光极堂,宣示品令,为大选开始。甲子,引见群臣于光极堂,班赐冠服。

太和二十年(496年),春正月丁卯,诏改姓为元氏。二月,帝幸华林。三月,丙寅,宴群臣及国老、庶老于华林园。七月,废皇后冯氏。十二月,丙寅,废皇太子恂为庶人。丁卯,告太庙。

太和二十一年(497年),正月丙申,立元恪为皇太子。乙巳,车驾北巡。二月壬戌,次于太原。癸酉,车驾至平城。甲戌,谒永固陵。癸未,行幸云中,三月庚寅,车驾至自云中。辛卯,谒金陵。乙未,车驾南巡。己酉,次离石。丙辰,车驾次平阳,遣使者以太牢祭唐尧。夏四月,庚辰,幸伊阙山,祭夏禹。癸亥,行幸蒲坂,遣使者以太牢祭虞舜。辛未,行幸长安。戊寅,幸未央殿、阿房宫、昆明池。五月,乙丑,车驾东还。六月庚申,回洛阳。壬戌,诏发卒二十万,将南讨。秋七月,甲午,立昭仪冯氏为皇后。庚辰车驾南讨。九月,辛丑,帝留诸将攻赭阳,引师而南。癸卯,至宛城。丁午,车驾发南阳,乙酉,车驾至新野。冬十二月,破新野。俘斩万余。

太和二十二年(498年),春正月癸未,朝飨群臣于新野行宫。丁亥,拔新野。二月,进攻宛城。甲子,拔之。三月,大破沔,辛丑,行幸湖阳。乙未,次比阳。辛亥,行幸悬瓠。四月,发兵二十万。九月,车驾发悬瓠。十一月,幸邺。太和二十三年(499年),正月,朝群臣,大飨于澄鸾殿。乙酉,车驾发邺。三月,车驾南伐。庚子,帝疾甚,车驾次于谷塘原。甲辰,诏赐皇后冯氏死。诏司徒勰徵皇太子于鲁阳践阼。诏以侍中、护军将军、北海王祥为司空公,镇南将军王肃为尚书令,镇南大将军、广阳王嘉为尚书左仆射,尚书宋弁为吏部尚书,与侍中、太尉公禧,尚书右仆射、任城王澄等六人辅政。顾命宰辅。夏四月,帝崩于谷塘原之行宫,时年三十三。至鲁阳发哀,还京师。谥孝文皇帝,庙号高祖。五月丙申,葬长陵。

太和二十三年(499年)四月元恪即位以后,居谅暗①持服守孝,委政六宰辅。即使如此,即位一年来,他依然忙得不可开交。他大赦天下,接见各国遣使朝贡,分遣侍臣巡行郡国,问民疾苦,考察守令,黜陟幽明。追尊皇妣曰文昭皇后,遵遗诏,高祖三夫人以下悉归家。谒长陵,祭太庙,平定骚乱,捕杀反叛,慰问饥民,分遣使者,开仓赈恤。也是没有几天的消停时间。

入春以来,又不断传出南朝萧宝卷侵犯魏国疆土的消息,萧宝卷的豫州刺史裴叔业带领寿春归降,萧宝卷派遣其将胡松、李居士率众万余屯居宛城,又派大将陈伯之水军溯淮而上,以逼寿春。

皇帝元恪眼下正在等待尚书令王肃,等待他前来禀报五位宰辅的意见。派谁去南方迎接寿春归降的南方将士并去解救寿春之围、驻扎南方都督军事呢?这是他极为关心的问题。眼下虽然他尚在谅暗中,还没有亲政,国朝大事由六宰辅主持,可是,他毕竟是一国之主,作为魏国皇帝,他应该关心国朝大事,以便早日亲政,总揽大权。

父亲高祖临终委任的六宰辅中,四个是皇室王。侍中、太尉公元禧,司空公北海王元祥,分别是他的二叔与七叔;任城王元澄是景穆皇帝的长孙,是他的堂叔祖父;尚书左仆射、广阳王元嘉,是太武皇帝孙,辈分还要高,是他的太祖。尚书令王肃,是高祖指定的宰辅,是北投的南朝士子,学问很好。

---

①谅暗:也叫谅阴,天子居丧之所,天子居丧,叫谅暗。暗,同闇。

11

另一个高祖指定的宰辅是吏部尚书宋弁,可惜已经亡故。

元恪身后没有皇太后可依靠,他的生身母亲高皇后在他立为太子时,依照"子立母死"的常例,已被冯皇后冯媛以皇帝名义赐死在迁来洛阳的途中。而冯皇后冯媛又受姐姐冯昭仪冯莲排揎,被高祖皇帝废,落发为尼。冯昭仪被立为皇后,又因为行为不端,与高菩萨私通,被高祖临终前下诏赐死。

身后没有皇太后辅政,元恪感到轻松和庆幸,却也有些不大放心,好像缺少依靠似的。没有皇太后可依靠,他只能依赖皇室宗亲,只能依赖宰辅,依赖他的叔父们。

宰辅是否可靠呢?这是经常萦绕在他心头的问题。读史书,他可是知道,历朝历代皇帝最不放心的就是他们的叔父,皇帝的叔父往往是皇帝的最大威胁。好在有母舅高肇在身边行走,让他稍感宽慰。

元恪虽然对叔父心存些微警觉,可是对叔父并没有产生真正的猜忌,而且他还深深为六叔父彭城王元勰坚决辞去宰辅感到遗憾。六叔父彭城王元勰,虽然是先皇高祖最信任的股肱之臣,他亲手处理皇帝大行,亲自迎接自己即位,是一个赤诚老臣。但是元勰叔父却以先皇遗诏为由,多次请求归第,拒绝接受宰辅位置。大葬之后,元勰多次口述遗旨,请求遂其心愿。元恪双眼垂泪,极力挽留,诏他为外朝官员,为使持节、侍中、都督冀定幽等七州军事、骠骑大将军、定州刺史。元勰虽然极力辞陈,无奈皇帝坚决不许,他只得到定州上任。

元恪皱着眉头想:怎么还不来?不知他们商量出什么结果来?

尚书令王肃进来。"臣叩见皇帝陛下。"

"平身。我们进去说话。"元恪转身走回东堂,这是他平常接见臣属、商量国事的殿堂。

王肃紧跟着元恪,走进东堂偏殿。元恪坐在自己的龙椅上,让王肃坐在对面的椅子上。"卿等可商量出个结果来?"元恪目光炯炯地看着尚书令王肃,颇有些焦急地问。

"臣与几位王商议,以为眼下派彭城王去南方都督军事最为合适。此职非彭城王莫属,非彭城王无以完成使命。"

元恪不断点头。其实,这也曾经是他的选择。彭城王功勋卓著,忠心耿耿,又韬略过人,是最佳人选。彭城王元勰是他的六叔,是先帝孝文皇帝最为忠心的辅宰,深得孝文皇帝的信任。太和二十三年(499年)孝文皇帝率领大军抵御南军萧宝卷大将陈显达内寇来到谷塘原时,诏元勰使持节、都督中外军事、总摄六军。是时,高祖身体不豫,彭城王元勰陪伴伺候高祖,一边行使军事大权,指挥军事行动,一边在谷塘原行宫陪伴高祖皇帝,他一直陪伴在高祖身边,亲自侍奉汤药,日夜守候,昼夜不离于侧,饮食必先尝之,而后手自进御。病中身体不适的高祖,脾气暴烈,常常迁怒于左右,而元勰常居中亲侍医药,夙夜不离左右,至于衣带罕解,乱首垢面。对高祖无辜的詈言责骂,他依然乘颜悉心。对高祖威责近侍,动将诛斩,常一旁斡旋,多所匡济。高祖山陵崩于行宫时,皇太子不在行宫,元勰害怕发生抢夺逼迫事变,封锁消息,独与右仆射、任城王元澄及左右数人商量计策,奉迁高祖于安车中,元勰出入一如平常,虽然心内悲痛,外示却依然从容,视疾进膳,问安请示,进奏奉诏,出入俯仰,神貌与常无异。几日以后到达宛城,当夜进安车于郡厅,才加敛样,安放卧舆中。六军内外一直没有人知道。同时,他派遣中书舍人张儒,奉诏微皇太子元恪到鲁阳会驾。高祖梓宫到了鲁阳,皇太子元恪也到了鲁阳,元勰这才大张旗鼓命令为大行皇帝发丧行服。

元恪到了鲁阳,太子东宫官属多怀疑元勰怀有异志,私下恐惧得很。但是元勰对他们依然推诚尽礼,没有流露一点不满之意。皇帝元恪很敬重这忠心耿耿的六叔。在议论大行皇帝尊号的时候,元勰说:"谨案谥法,协时肇享曰孝,五宗安之曰孝,道德博闻曰文,经纬天地曰文,仰唯大行皇帝,义实该之,宜上尊号为孝文皇帝,庙曰高祖,陵曰长陵。"元恪遵从了元勰的意见。

此时元恪听了王肃的话,眉头紧皱,不断摇头,"合适是合适,可彭城王不在京师,朕恐怕他又要推辞。如何是好?"

王肃小心地说:"臣有一奏,请陛下一听。"

"读来朕听听。"

王肃清了清喉咙,朗朗地读了起来:"臣等闻旌功表德,道归前王;庸勋亲亲,义高盛典。是故姬旦翼周,光宅曲阜;东平宰汉,宠绝列蕃。彭城王勰景思内昭,英风外发,协廓乾规,扫氛汉沔。属先帝在天,凤旌旋旆,静一六师,肃宁南服。登圣皇于天衢,开有魏之灵佑,论道中铉,王酋以穆,七德丕宣,九功在咏。臣等参详,宜增邑一千五百户。"

元恪微笑了,"倍增崩绝,未足以上酬勋德。可如奏。不过,卿以为彭城

王是嫌封邑少而请求归第吗？卿以为增邑一千五百户就能够让彭城王朝京师吗？"元恪摇了摇头停顿了一下，又接着说，"卿大谬矣。彭城王并非贪婪之徒，他确实想抽身朝局外，以效仿范蠡公啊。"

王肃不知道说什么好，这请求皇帝增邑给彭城王的奏折，是他与其他几个王共同商量的办法，重赏之下，才能够说服彭城王接受任命啊。

元恪想了一会，看着王肃，说："彭城王是情义之人，只能以情打动他心。朕还是亲笔修书与他，亲自请他回朝，然后再劝说他都督南方军事。"

王肃喜出望外："陛下英明。有陛下亲笔信，彭城王不会不来。臣这就替陛下拟稿。"

"不，朕亲自拟稿。这信一定要写得情真意切，方能感动叔父。"

王肃站立起来，走到桌前，为皇帝铺开纸张。元恪坐到桌前，手握笔管，在砚台里蘸着笔，一边思索措辞。稍加思索，便挥洒笔墨在纸上笔走龙蛇，写着："恪奉辞既今，悲恋哽咽，岁月易远，便迫暮春，每思闻道，奉承风教。父既辞荣闲外，无容顿违至德。出蕃累朔，荒驰实深。今遣主书刘道斌宣悲恋，愿父来望，必当届京。展泄哀穷，指不云远。"

王肃不断夸赞："陛下好文采！言简意深情切，彭城王焉能不来？"

"宣主笔刘道斌，带信去定州见彭城王！"元恪对内侍赵修说。

元恪的母舅高肇从胡国珍府上回来，来见皇帝元恪。他已经答应胡国珍的请求，劝说元恪新纳几个妃嫔以充华宫。皇帝没有皇太后做主后宫，他这母舅应该担负起替皇帝外甥打理后宫的职责。

高肇，字首文，元恪生母文昭皇后之兄。高祖初年，高肇与其弟乘信及其乡人从高丽入国到龙城。自言原本渤海人，避永嘉之乱入高丽。文明太后是龙城人，其母又是高丽人，所以，待高肇非常优厚，拜他为厉威将军，赐奴婢牛马彩帛。

高肇计谋想送自己妹妹入宫侍奉高祖皇帝，便与自己的相好、龙城镇将闵宗商议，编造出一个故事，说他的妹妹年幼时梦在堂内立，而日光自窗中照着她，灼灼而热，她到处走避，阳光依然斜照不已。连续几个晚上都是如此。她很奇怪，告诉父亲，她父亲问镇守龙城的将领闵宗，闵宗说："此奇徵也，贵不可言。夫日者，君人之德，帝王之象也。光照女身，必有恩命及之。

女避犹照者,主上来求,女不获已也。昔有梦月入怀,犹生天子,况日照之徵? 此女必将被帝命,诞育人君之象也。我为奏上听,荐入后宫。”

于是,龙城镇将闵宗便上表给临朝称制的文明太后,推荐高女德色婉艳,可任充宫掖。小姑娘送到平城,文明太后亲幸北部曹,为高祖挑选嫔妃。听说这个十三岁的小姑娘来自龙城,又是高丽人,文明太后十分喜欢,对老乡分外亲切,便选这小姑娘入宫掖,做了高祖的夫人。太和七年(483 年),高夫人生元恪,又生广平王元怀和长乐公主。元恪被立为皇太子时,高祖孝文皇帝元宏的冯皇后按照魏宫子立母死的旧制,在高夫人自代京到洛阳的路途中,处死高夫人。

元恪即位,思念母亲,当年六月,上谥曰文昭皇后,不久,又徵舅父高肇兄弟入朝。高肇兄弟从未见过元恪,入华林都亭见皇帝,战战兢兢,张皇失措,动静失仪,汗不敢出。

皇帝元恪赏高肇兄弟衣帻,追赠外祖父为左光禄大夫,赐爵渤海公,谥敬,封高肇为平原郡公,弟显澄为城郡公,诏高肇侄子高猛袭其祖父的渤海公爵号。一日之内,一家三人,擢升高位,平步青云,数日之内,富贵显赫。不久,元恪又任命高肇为尚书左仆射、领吏部、冀州大中正,尚元恪的姑姑高平公主,成为驸马都尉。高肇侄子高猛也尚皇帝元恪的同胞妹妹长乐公主。从此以后,高肇经常出入大内,行走皇帝身边,谁也不敢得罪皇帝的舅父,这驸马姑爷。

高肇来见皇帝元恪,是想劝说元恪纳嫔妃以充华宫。不知为什么,十八岁年纪的元恪,对男女之事没有丝毫的兴趣,绝口不提选妃嫔之事。这如何是好? 国不可无后,皇帝不可没有接班人啊!

“陛下!”高肇拜见皇帝元恪。

元恪微笑着赐座,“舅父请坐。”

高肇现在十分了解这外甥的脾气,知道他优柔寡断,性情文弱,全然没有当年鲜卑拓跋的英武决断和杀伐峻烈。他耳根很软,为人懦弱,虽然十八岁,却还像个大孩子一样。高肇现在已经完全不再惧怕这皇帝外甥。他要为自己的外甥做主,要帮助他治理朝政,说不定这元姓魏国慢慢可以变成高姓的天下,就像文明太后当年把拓跋大魏变为冯氏天下一样。

“舅父有何见教啊?”元恪笑着问。

沉河艳后:胡灵皇后

"陛下，臣有几句话要说，不知陛下可愿意一听?"高肇起身，再拜。

"舅父只管说，我洗耳恭听。"

高肇敛容，正色说:"陛下春秋已高，所谓男大当婚，女大当嫁，陛下该是考虑婚姻大事的时候了。后宫空虚，没有皇后主理，成何体统?"

元恪苦笑了一下，"我不想考虑什么婚姻，如此便很好。何况大丧期间，居谅暗，不能大婚。"

"此话差矣。"高肇急忙辩驳，"皇帝乃一国之主，皇帝乃天，皇后乃后宫之主，皇后乃地，后土皇天，正如天地阴阳，不能缺一。此关系国家命运国朝兴旺，皇帝陛下如何可以不考虑? 难道皇帝可以视之为儿戏?"

元恪不耐烦地挥手，"算了，别再说了。我对此没有一点兴趣。"

高肇诧异地看着皇帝元恪，正在青春年少的他，为什么对女人没有一点兴趣呢? 按说这个年纪，正是烈火干柴。难道真的如国朝内外传言的那样，他与先帝幽皇后有染? 他至今仍不能忘怀那个妖女冯皇后?

元恪确实不能忘怀幽皇后冯氏。

元恪一想起幽皇后冯氏，内心就隐隐作痛。不是幽皇后冯氏，他还不能当皇太子。不是幽皇后给他的快乐，他还不知道男女之间有这么快乐的事情。

幽皇后冯氏，是文明太后弟弟、太师冯熙的女儿，名冯莲，母亲是乳母皇太后常氏的内侄女，由文明太后做主许配给冯熙做妾。冯莲有姿媚，十四岁时由文明太后做主，进入掖庭侍奉高祖，很得高祖的宠爱。后来她染疾病在身，文明太后遣其还家为尼。不久，文明太后把冯熙与公主所生的女儿冯媛又选入宫中。太和十七年，高祖既终丧，太尉拓跋丕等表以长秋未建，六宫无主，请正内位。高祖从之，立冯媛为皇后。

车驾南征，皇后冯媛率六宫留京师。高祖又南征，冯媛皇后率六宫迁洛阳。及后父冯熙、兄冯诞薨，高祖为书亲自慰问表示哀情。车驾还洛阳，高祖恩遇甚厚。可惜好景不长，高祖思念被文明太后打发到寺院里养病的冯氏大姐，皇后的同父异母姐姐冯莲。高祖听说冯莲痊愈，便立刻派专人去平城把她接到洛阳，封为昭仪。自此皇后礼爱渐衰。冯昭仪自以为年长于皇后，且比皇后先行入宫，便轻后不行妾礼。皇后虽然性不嫉妒，却也时时有愧恨之色。昭仪便不时在高祖面前僭构陷害,无所不用。不久,高祖听信冯昭仪陷害,废冯媛皇后为庶人。废皇后冯媛离开皇宫,进瑶光寺为尼。冯昭仪便立为皇后,主持六宫。冯昭仪专宠当夕,宫人很难进见高祖。

这时,高祖频频南伐,留守后宫的冯皇后恣意妄为,公然丑态,与宫中中官高菩萨私通,后又与中常侍双蒙不轨。文明太后很信任的中常侍居鹏屡次进谏,她只是不听。居鹏忧愤恐惧而死,这冯皇后越发没有禁忌。她与母亲常氏密谋,要效仿文明太后的做法,母养皇太子,以便将来以皇太后的身份掌握朝政。当初,皇太子元恂与皇后冯媛关系一直很好,叫冯莲很是嫉妒,冯莲便与母亲常氏密谋,僭构皇后行为不端,说她与皇太子元恂关系暧昧,致使高祖在太和二十年首先废了冯媛皇后,然后软禁皇太子元恂于金墉城,责其反省。皇太子元恂心中害怕,私自偷跑,被高祖捉拿回来,于十二月废掉。太和二十一年正月,立元恪为皇太子。

冯莲好不得意,开始使用种种妖术媚惑新皇太子元恪。

元恪想起当初入宫拜见皇太后冯莲的情景,至今依然耳热心跳。

那一天,是元恪刚立为皇太子的第二天,他要按照东宫皇太子的礼仪去拜见昭仪。元恪来到冯昭仪的寝宫,早有内侍监双蒙等候在宫门口。"太子殿下驾到。昭仪正等待着太子殿下。"双蒙把太子的随从挡了回去,在前面引路,把元恪独自引进昭仪内宫门口。双蒙退后,恭身请元恪入内。

十四岁的元恪懵懵懂懂,径直走了进去。

"昭仪太后,恪儿前来拜见。"元恪站在内宫中央,响亮地喊着,等待着昭仪出来,他好下跪问安。

内宫里,静悄悄的,没有说话声。元恪抬头望了望,没有人,他又喊了一声:"昭仪太后,儿臣元恪前来拜见。"

"进来吧。"东边寝宫里传出娇滴滴的说话声。

元恪听了出来,这正是昭仪太后惯常的说话声。元恪抬腿走进东边的房间。他推开房门,里面还是没有人,人呢?元恪站在门口。

"昭仪太后。"他喊着。

"进来吧。"娇滴滴的声音从后面响了起来。

元恪只好走了进去。这时,披着透明纱巾,围着彩帛的冯昭仪从后面走了出来,她披散着湿漉漉的头发,脸色红艳艳的,看来是刚刚洗浴出来。

沅河艳后:胡灵皇后

元恪眼睛都直了。二十出头的冯昭仪以她年轻美丽的胴体吸引了刚刚十四岁的元恪。冯昭仪坚挺饱满的乳房在透明的纱巾下忽隐忽现，颤巍巍的，鲜红的乳头好像两颗饱满的樱桃，娇艳欲滴。

元恪的心猛然狂跳起来，青春的热血一下涌了上来，他浑身上下燥热起来，呼吸有些急促。

冯莲左昭仪袅娜着，慢慢向元恪走来。元恪感觉到那一双红樱桃正在向他移动，他几乎可以噙住那樱桃了。

元恪脸红得像红帛一样。

冯莲艳笑起来："恪儿，都十四岁了，该大婚的人了，还这么害羞！这可不行啊。来，先在昭仪太后这里见识见识女人的事情。"冯莲说着，坐到梳妆台前，对着琉璃菱花镜，散开满头黑发。

"来，坐到我旁边，看我梳头。"冯左昭仪回头嫣然一笑，毛茸茸的大眼睛秋波一转，斜睨了元恪一下。这一眼，似乎把元恪的魂魄都勾引了去，使他半天都想不起自己是谁，自己身在哪里。元恪只是呆愣愣地站着，眼睛直直地看着冯莲。冯莲白里透红的脸庞，娇艳得如同带露的牡丹花，她白皙的肩膀、胳膊、脖颈都闪烁着缎子一般的光泽，闪烁着晶莹的亮光，散发着馥郁的香气。

"瞧你，怎么变成木瓜了？"冯莲伸出细腻修长的手指，在元恪的额头点了一下。元恪突然抓住冯莲的手，《诗经》上的诗句突然从心头跳了出来，"手如柔荑，肤如凝脂，领如蝤蛴，齿如瓠犀，螓首蛾眉。"他小声吟诵着，一边抚摩着冯莲的手，突然他明白什么叫柔荑了，读《诗经》时一直困扰着他，让他不明白的诗句突然一下子豁然开朗。白嫩细腻，修长柔软，这就是柔荑，嫩芽般的，就是这手！肤如凝脂一样的手！

冯莲娇嗔地噘起猩红的小嘴，"瞧你，怎么又成了呆头鹅？给你，帮我梳梳头啊！"冯莲艳笑着递给元恪一把木梳。

元恪接过木梳，站到冯莲身后。透明的纱巾下，冯莲雪白的肌肤耀花了元恪的眼睛，他木然地用木梳梳理着冯莲的黑发，看着黑发上的水珠慢慢滴落在她如凝脂一样的脊背上，他看着黑发下忽隐忽现的如蝤蛴一样白嫩的脖颈，悄悄把自己的胸脯靠了上去，慢慢地、小心翼翼地贴住她的丰腴的后背。

冯莲扭过头，给了他一个极为迷人的笑容，把自己的胸脯转了过来。那一双鲜红的樱桃跳动着，像两点燃烧的火焰。

元恪再也控制不住自己，他体下已经冲起火热的激流。元恪一把抱住冯莲，紧紧地把她搂抱在自己的胸怀里。

冯莲半推半就，故意挣扎着，娇嗔地抵挡着元恪在她胸脯上胡乱抓挠的手和脸，娇喘吁吁地说："你可不敢乱来！不敢乱来！"一边说，一边扭动着让自己纱巾下的胸脯更紧密地贴在元恪的身上。

元恪一把撕去围在冯莲腰间的彩帛，露出她丰腴白嫩的腹部和大腿。元恪喘息着，抱着冯莲，推着她向床走去，一边着急地撕扯着自己的衣裤。

冯莲嘴里说着："不敢乱来。"却慢慢退到床上，就势倒在床上。

"别着急，别着急。"冯莲看着元恪猴急猴急，无法得手，只好笑着说，一边伸出手来帮助元恪。

第一次与女人这样接触的元恪，畅快地宣泄了自己的激动。这快活、这激动、这畅快、这舒服、这销魂，叫他终生难忘。从此以后，只要他不出去，他就要到后宫去拜见冯昭仪，亲自伺候她栉沐，去领略那刻骨铭心的快活。

太和二十一年七月，高祖立冯昭仪为皇后。元恪每日拜见皇后更是遵从礼数，更无人敢干涉。

俗话说，没有不透风的墙，冯莲的秽行被彭城公主发现，她轻车简从，偷跑到高祖在悬瓠的行营，向高祖密报了冯皇后秽行。高祖闻而骇愕，未之全信。

冯莲得知彭城公主私下见过高祖，心下害怕，便与母亲常氏托女巫，祷厌做法，愿高祖一病不起。又取三牲，在宫中做祠，假言祈祷，专门行左道。一个叫苏与寿的小黄门向高祖密陈委屈，高祖嘱咐他勿泄密。等高祖返回洛阳，执拿高菩萨、双蒙等六人，审问之下，他们迭相证举，冯莲的丑行才得以完全败露。

皇太子元恪并不清楚发生了什么事情，只是知道高祖返回洛阳以后，立即封闭冯皇后后宫，唤彭城王元勰、北海王元祥进后宫，良久乃出。不久，高祖南伐，留皇后京师，夫人、嫔妃奉之如法，惟令元恪在东宫，不许朝谒冯皇后。

元恪留在东宫，每日以泪洗面，却无缘得见冯皇后一眼。

沉河艳后：胡灵皇后

太和二十三年四月，高祖元宏在谷塘原行宫崩，彭城王秘密带信回洛阳，让皇太子元恪和皇后冯莲到鲁阳接驾。在鲁阳，突然传出皇后冯莲崩，让元恪大为惊异。

元恪并不知道，这是彭城王按照高祖病重时的嘱托，让北海王元祥奉宣遗诏，赐皇后自尽。高祖在临终时对彭城王说："后宫久乖阴德，自绝于天，若不早为之所，恐成汉末故事。吾死之后，可赐自尽别宫，葬以后礼，庶掩冯门之大过。"当北海王元祥宣布遗诏以后，长秋卿白整等走进来，授冯莲药，冯莲跑着呼喊着："官岂有此也，是诸王辈杀我！"见她不肯自行引决，白整等上前，按住冯莲手脚，强行灌椒。可怜冯莲不过二十多岁，就含椒而尽。

尽管冯莲已死，但是元恪思念她的心思并没有消失。冯莲给予他的快乐，让他刻骨铭心难以忘怀。即位以后，他以大孝在身为由，拒绝朝臣为他选妃的一切建议。

高肇看着元恪固执的样子，也不好再劝。他摇了摇头，心里安慰自己：他不急也许更好。高肇虽然没有女儿，不存着让女儿做皇后的野心，可是，他死去的兄长有个女儿，从小在他家长大，他要为她想个好出路。这侄女年纪小了些，让皇帝过几年再选妃，不是可以把她配给皇帝外甥做皇后吗？

高肇扫了一下元恪的脸色，急忙转移话题："皇帝陛下，准备派谁去寿春？"他卑躬屈膝，满脸堆笑。

元恪说："已经去召彭城王回京师，准备派彭城王去镇守南方。"

高肇沉吟了一下，心里想：已经把彭城王外放出京师，为什么又召他回来呢？六个辅宰死了一个，在京的四个已经够难对付，再把这德高望重的彭城王元勰召回来，我这国舅爷如何能壮大自己的势力？宗室王从不把他放在眼里，以他是外夷身份很是轻视他，他早就憋着一肚子气暗下决心，一定要利用自己皇帝舅父的身份，为自己和自己的家族争来像冯氏家族那样显赫的地位和权势，一定要为自己外夷身份争一口气，让那些元姓王知道他高肇几只眼！

高肇现在正努力学习着，留心百揆，孜孜不倦。自己在朝中没有亲族，他要特别留意结交朋党，拉拢势力。他在朝廷里这么多年，已懂得一个很明白的理，没有人就无法营私，要营私就一定广泛交结朋党，有了朋党，就有了势力,有了势力就可以营私。所以,高肇采用封官许愿、小恩小惠、请人吃饭、送礼行贿、拉一批打一批等小人惯用手法,在朝廷内广交朋友,广为拉拢,形成了一个小圈子。但凡那些善于结党者,必定大奸。可惜世人不懂这道理,还以为善于结党者人缘好,有群众基础呢。

但是,彭城王元勰对高肇伎俩看得十分清楚,经常提醒辅政王要警惕这高肇。而高肇也最怵这彭城王元勰。元勰软硬不吃。

元勰,德高望重,口碑极好,他的忠心,他的谋略,他的淡泊,很为朝中大臣推重。高肇不敢轻易向彭城王下手。当彭城王极力推辞皇帝委以的重任请求归第时,高肇心里一百个高兴,他恨不得立刻怂恿皇帝批准元勰的请求。可是,他知道,自己刚刚得到皇帝外甥的相认,现在还不是他出面说话劝说皇帝的时候,只好强忍住着急心情,任皇帝和五宰辅来挽留彭城王。当彭城王外放朝外,他暗自高兴和庆幸了多日。

高肇最不能容忍的是咸阳王元禧,在五个宰辅中,咸阳王元禧位居宰辅之首。

元禧是皇帝元恪的二叔,献文皇帝的二子,高祖元宏的大弟,字永寿。太和九年(814年)封,加侍中、骠骑大将军、中都大官。当年,元禧得文明太后和高祖的教诲,文明太后为精心培育献文皇帝的几个儿子:咸阳王禧、赵郡灵王干、高阳文穆王雍、广陵王羽、彭城王勰、北海王详,特意下诏办学,精心挑选师傅,送他们入太学读书。文明太后下诏书说:“自非先知,皆由学海,皇子皇孙,训教不立,温故求新,盖有阙疑。可于闲静之所,别置学馆,选忠信之士为之师傅,以匠成之。”高祖因为诸弟典三都重任,告诫禧等说:“汝等国之至亲,皆幼年任重,三都折狱,特宜用心。夫未能操刀而使割锦,非伤锦之尤,实授刀之责。皆可修身慎行,勿有乖爽。”文明太后也告诫他们说:“汝兄继承先业,统御万机,战战兢兢,恒恐不称。汝所治小,亦宜克念。”高祖又说:“周文王小心翼翼,聿怀多福。如有周公之才,使骄且吝,其余不足观。汝等宜小心畏惧,勿自骄怠。”高祖因为禧为次长,礼遇优隆,多次驾临府第,每加切责。高祖驾崩,元禧受遗诏辅政,为宰辅之首。

辅政以来,元禧位高权重,人也倨傲起来,他对皇帝元恪委任母舅高肇弟兄侄子三人的做法有些不满,同时,他又很是鄙夷高肇。他魁伟高大,仪表堂堂,衣冠华丽,行为举止大方高雅。而高肇,来自外夷,举止猥琐,形容

卑下。两下相比，元禧讨厌高肇，高肇畏惧嫉妒元禧，互相都不喜欢。元禧不屑与高肇同伍，而高肇面对元禧鄙视的目光，又敬畏又仇视，恨不得置他于死地。高肇对元禧的刻骨仇视，也转移到其他宗室王身上。在他看来，鲜卑拓跋皇族的元姓王，沆瀣一气，一定会图谋不轨，一定会阴谋夺取他外甥元恪的皇位。他一定要小心谨慎，捍卫外甥的皇位。只有他，才是皇帝最忠心的大臣。

高肇小心翼翼地说："彭城王已经外放，何苦再调回来？彭城王回京师，大约又是宰辅首席的意思，他总是怕京师里王太少。"

元恪听出舅父高肇话里有话，他尖锐地看了高肇一眼，没有说话。

高肇又抬眼扫了皇帝元恪一下，低眉顺眼看着地面，补充了一句："咸阳王总是想方设法把王集合在他自己身边。"

元恪解释了一句："这主要是尚书令王肃的意思。"

高肇轻轻地"哦"了一下，不再说话，心里盘算着：看来王肃与咸阳王很是投契，这宰辅的意见很是一致啊。这恐怕不大好，不利于皇帝将来亲政。需要提醒皇帝一下。

高肇抬眼，看了元恪一眼，又低眉顺眼看着地面说："皇帝陛下，臣听说咸阳王姬妾数十，意尚不已，衣被绣绮，车乘鲜丽，奴婢千数，田业盐铁遍于远近。百姓说，咸阳王，真神气，前呼后拥出城去，好似皇帝大驾行。"

"有这事？"元恪惊诧地看着高肇问。

高肇惶惑不安地回答："臣也是刚刚听说。"

元恪的脸色有些阴沉。宰辅之首，如此作为，这宰辅还能放心吗？可是，眼下他还在谅暗行服中，国朝大事还要仰仗宰辅处理。

元恪沉吟着。

高肇急忙说起当年他和元恪母亲在一起姐弟情深的一些事情，说得元恪的脸色慢慢开朗起来，笑声不断。

高肇走出后宫，正好看见前面走着禁军领军、金紫光禄大夫于烈。于烈像平常一样，戴着红缨头盔，一身披挂，腰里挂着宝剑，高昂着头，板着笔直的身躯，大步流星地走着，目不斜视，一副凛然不可侵犯的样子。

高肇急忙快走几步，大着胆子拍了拍于烈的肩头。于烈绷着脸，回过头,看了看,认出这正得宠的皇帝舅父,他绷着的脸稍微松弛,咧开嘴笑了笑,算是打了招呼,又马上恢复了严肃神态。

高肇知道他少言,急忙打招呼:"于大人,值勤呢?"

于烈点点头,"唔"了一声。

高肇知道于烈不善寒暄交往,生怕他"唔"这么一下就从自己身边走掉,连忙说:"于大人,我有大事相求。"

"甚大事?"于烈站住脚步,脸色严肃地看着高肇问。

高肇眼睛转了几转,才想出一个算是可以求着于烈的事情。他不过只是想与于烈套套近乎,实在没有事可求他的。

"于大人经常在皇帝身边行走,于大人是不是可以劝说劝说皇帝陛下早日立后啊?于大人一门忠烈,皇帝很是敬重,一定肯听于大人劝说。不知于大人有没有豆蔻年华的女儿,可以举荐以充华宫的?"

于烈沉默地看着高肇想,弟弟于劲多次向他透露过他的心思,想把那十四岁的女儿送进皇宫为充华嫔,自己虽然没有女儿,可侄女能入主后宫,不也是于家一门荣耀吗?弟弟于劲刚才又跟他说起这事,劝他进宫找机会向皇帝表示表示,说侍中胡国珍也有这意思,以为只有于烈能够劝说皇帝。现在又有高肇来求,连皇帝的舅父都来求他,可见他多有面子。

于烈禁不住有些心花怒放,沾沾自喜,这脸上也就些微露出笑模样。

于烈,是于洛拔的长子,很小的时候就拜羽林中郎,后迁为羽林中郎将,延兴初,敕领宁光宫宿卫事。太和初,文明太后称制,赐于烈与拓跋丕、陆睿、李冲等人以金策,许以有罪不死。等迁往洛阳,人情恋本土,多有异议,高祖问于烈:"卿意云何?"于烈说:"陛下圣略渊远,非愚管所测。若隐心而言,乐迁之与恋旧,唯中半耳。"高祖说:"卿既不唱异,即是同,深感不言之益。卿宜自还旧都,以镇代邑。"高祖敕他留台代都,庶政一任大事,由他参委。高祖从洛阳返回代都,拉着他的手说:"宗庙至重,翼卫不轻,卿当祗奉灵驾,时迁洛邑。朕以此事相托顾,非不重也。"于烈与高阳王雍奉迁神主到洛阳。高祖嘉其功勋,迁光禄卿。后又加散骑常侍,金紫光禄大夫。

太和二十三年,南朝萧宝卷遣其太尉陈显达入寇,高祖率领部队亲赴,临行,又拉着烈的手说:"都邑空虚,维捍宜重。可镇卫二宫,以辑远近之望。"显达败走,高祖崩于行宫,彭城王元勰总一六军,秘讳而反,称诏召皇太

23

子元恪会驾鲁阳。元飚以于烈留守之重,把高祖崩的消息密报给他,列于烈处分行留。于烈听到这惊人的消息,神色没有一点异常变化,没有让他人看出任何破绽。

元恪即位,于烈宠信如旧,依然领禁军宿卫,在皇宫充值,保卫皇宫。因为位置重要,不管是宰辅王爷,还是八座大臣,都极力笼络他。于烈清楚自己的位置,表面上并不与任何臣属过从甚密,与各方面人士保持着距离。

不过,内心里,他还是相当清楚眼前这国舅爷的分量,见高肇过来与他套近乎,也是打心眼里高兴。

于烈难得地微笑着说:"高大人言重了。愚何敢劝说皇帝陛下?高大人为皇帝舅父,这劝说皇帝立后宫之主之重责,非高大人莫属!"

高肇见于烈有攀谈的愿望,很是高兴,立即说:"一言难尽,我刚从皇帝那里出来,他根本不允许我提此事。此事非仰仗于大人不可。"

于烈看见前面甬道上走过几个人,急忙打断高肇的话头:"高大人,我正当值,告辞了。"说完,于烈便板起脸孔,高昂着头,目不斜视,挺直身板,大步流星,继续沿着宫中甬道向皇帝寝宫走去。

高肇看着他的背影,摇摇头,不知道他葫芦里卖什么药,只好怏怏离去。

高肇在府上闲坐,门子前来通报,说金紫光禄大夫于烈来访。高肇大为惊喜:"快请,快请!"一边说,一边起身向门外快步走去,他要亲自迎接这难得的贵客于中庭。高肇住在外甥皇帝新赏赐的大将军府邸里,这府邸位于皇城里的东面,东阳门和青阳门之间,距离义井里不远。

"于大夫,有失远迎,请于大夫赎罪!"高肇一边作揖,一边告罪,十分谦恭。

于烈看着高肇卑躬屈膝的谦恭,心里很是鄙夷:皇帝的舅父,你就不能表现得气宇轩昂一些吗?真是的!于烈一边抱拳作揖,一边脸上笑着说:"上午匆匆而别,很是无礼,特意前来谢罪。"

高肇把于烈迎进大厅,请于烈坐下,吩咐下人上茶。

于烈啜饮了一口清香馥郁的好茶,顺口夸了一句,便低下头,看着手里的茶杯,沉默着,半天没有说话。高肇心里好笑,这于烈难道是来干坐吗?他只好笑着问:"于大夫,见到皇帝陛下了吗?"

"见了。"

"说了点甚？"

"没说甚。"于烈又沉默着，眼睛只盯在茶杯上。

高肇一时想不到话题，只好啜饮了一口清茶，清了清喉咙。

于烈好像终于想出了话题，抬起头，目光灼灼地看着高肇，"听说皇帝宣彭城王进宫，高大人可曾听说此事？"

高肇点头："听皇帝陛下提及此事。"

"可是宰辅的意思？"于烈看着高肇。

"是的。尚书令王肃提议的。"

于烈又一次沉默下来。

高肇小心翼翼地问："于大人，宰辅王爷如今拥有重权，这彭城王再返京师，会不会尾大不掉啊？"

于烈抬起灼灼放光的眼睛，看着高肇，"大人以为呢？"

高肇摇头，"难说。我是皇帝陛下舅父，不能不为皇帝操心。"

于烈不置可否。

高肇转换话题，"于大夫是国朝忠臣，不知可否愿意为皇帝陛下效力？"

于烈眼睛一瞪，粗声大气地说："高大人说的甚话？我于家一门忠烈，辅佐几代皇帝，咋能不为皇帝陛下效力？"

"那就好，那就好。"高肇急忙说，"我只是听说宰辅王爷，特别是咸阳王元禧到处拉拢朝臣，心下有些忧虑。于大夫一门忠烈，一直是皇帝陛下依靠的股肱大臣。不知于大夫可有豆蔻年华女儿？若是有，若送进皇宫以充华宫，皇帝安危则得于大夫捍卫，真是一举两得啊。你于家则更显赫荣耀了。"

于烈的眼睛更灼灼放光，他正是为此事而来，他有几个儿子，却膝下无女，弟弟于劲的女儿年方十四，豆蔻年华，长得水灵妩媚可人。于劲有心送女儿进宫，这些日子正撺掇他，让他想方设法到皇帝面前吹吹风。侄女入宫，他和弟弟不是更加身份显赫荣耀了吗？他就是专门来向高肇讨教的。虽然他也可以亲见皇帝，也可以先向皇帝说说这事，可皇帝讨厌别人向他提选妃的事，这怪脾气他是知道的，他不想去讨皇帝厌烦。先找皇帝舅父高肇来商量商量办法，既讨高肇欢欣，又保证事情成功，这一举两得的好事他一早就算计出来了。

"感谢高大人的关心。高大人难道不想把自己的女儿送进宫里吗？与皇帝来个姑舅结亲，不是更亲上加亲吗？"

高肇叹了口气，"怎么不想呢？可是我命中无女，没有这福分呢。有个侄女，年纪小，怕要等几年才好入宫。可皇帝春秋已长，不能再等下去。等皇帝服制一到，要立刻为他选立夫人、贵人、妃嫔，这事不能再拖下去。"高肇站了起来，背着双手，在大厅里走来走去，皱着眉头。

于烈目光追随着高肇，"要是皇帝陛下像先帝一样坚持持服三年，可如何是好？"

高肇猛然停住脚步，断然说："三年？那可不行！三年居庐不内御，皇帝都多大年纪了？这由不得他！"

"三年谅暗，宰辅一定高兴！"于烈小心地提了一句。

"那是一定的！那些王爷能心甘情愿地归政于皇帝？他们一定会撺掇皇帝持服三年的！"高肇撇着嘴，又是气愤又是不屑地说。

"看来只有我们替皇帝操心了。"于烈叹息着。

"可不是嘛。我是皇帝的舅父，有权过问皇帝后宫之事。于大夫，我们现在就来谋划着怎么说动皇帝选妃吧。你有没有合适的女子，漂亮一点的，先行送进宫去，让皇帝看看，若是喜欢，便先立作贵人，以后便立为皇后。我的侄女太小，要不，这好机会可不会让给你的！"高肇呵呵笑了起来，拍着于烈的肩膀。

于烈也笑了笑，不过，不习惯笑的他立刻收敛了笑容，又换上严肃板正的脸孔，说："我同高大人一样没有女儿，只有一个侄女刚十四岁，长相不算难看。大眼睛，花眼皮，小嘴。个子也不矮，大概到我这里。"于烈比画了一下鼻子。

高肇笑了，"听你这么一说，女娃很漂亮嘛。要不我们就先把她送进宫去，让皇帝看看？"高肇走到于烈身边，试探着问。

于烈摇头，"还是先给皇帝说说，让皇帝动心才好。贸然送去，皇帝发脾气怎么办？你也不是不知道皇帝那牛脾气。"

高肇点头，"也是，要先让他动心。这样吧，明天把你侄女领到我家，我带她进宫，就说是他的表妹，让他们见见面，看看二人有没有缘分。"

"这办法好！就这么办。"于烈高兴地一拍大腿，站了起来。

高肇亲自送于烈来到高府大门外,他站在朱红色大门前,拱手送走于烈,正转身回府,只见胡国珍骑马匆匆过来。高肇与胡国珍过去有很好的交情,曾经一起为郎中令。不过眼下,他不大喜欢搭理这胡国珍。

"高大人!"胡国珍翻身下马,大声喊住正要转身进去的高肇。

"胡侍中有何事啊?"高肇站住脚步,看着胡国珍,冷冷地问。

胡国珍谦恭地行礼,"高大人,微臣专程前来拜见大人,有一事相求。微臣有个为尼的妹妹,想入宫去为后宫妃嫔教化佛理。不知大人可否允许?"

高肇冷然一笑,"胡侍中,此等琐屑小事,何必请示于我?宫中妃嫔现在还没有,她入宫去可以给后宫内侍监女官讲解讲解。这也是好事。就让她去吧。"

胡国珍拜谢了,见高肇并不邀请他进去,心中未免失望,只好告辞。他原本想与高肇好好攀谈攀谈,可这希望落了空。今日的高肇今非昔比,已经不像过去那样平易近人了。

胡国珍望着高肇的背影摇了摇头,人一阔,脸就变,果然是这么个理,不过,胡国珍好脾气,虽然有些失望,却并不怨恨。

3.宰辅王爷野心勃勃　皇帝元恪忧心忡忡

践阼一年半的大魏第七代皇帝、十五年后被尊谥为宣武皇帝、庙号世祖的元恪在洛阳皇宫东堂引见元勰。

宰辅中除了四十八岁亡故的吏部尚书宋弁,其余都在场,他们是咸阳王元禧、北海王元祥、广阳王元嘉、任城王元澄、尚书令王肃。

身材高大、魁梧的元勰威风凛凛地走进洛阳皇宫的东堂,二十七八岁的他,浓眉大眼,鼻正口方,英姿勃勃,一表人才。

"微臣参见皇上!"元勰趋步来到皇帝元恪的宝座前,倒身正要下跪,元恪急忙搀扶住元勰,"叔父,辛苦了!免跪礼,免跪礼!"

元勰单腿跪下,抱住元恪的双膝,行了个亲热的抱见礼。

"赐座!"元恪喊。内监急忙给彭城王元勰搬来椅子,元勰谢过,便在椅子上坐了半个屁股。

"叔父,几个月南下征战辛苦了!"元恪看着元勰,由衷地表示感谢和

沉河艳后：胡灵皇后

27

慰问。

幸亏有元勰这样好的将领，元恪想。

景明元年，公元 500 年春，豫州刺史裴叔业以寿春内属，宝卷将胡松、李居士率众万余屯宛，陈伯之水军溯淮而上，以逼寿春。他接受了王肃几个宰辅的建议，让骠骑大将军、彭城王勰帅车骑十万赴寿春。南朝萧宝卷多次派兵入侵，幸亏彭城王两次打败萧宝卷军队，稳定了国朝。夏四月，彭城王勰、车骑将军王肃合力大破之，斩首万数。

"叔父，朕下诏进位叔父大司马，车骑将军王肃加开府仪同三司。这诏叔父已经得到了吧?"

元勰起身回答："回陛下，臣已知道。臣叩谢陛下赏赐之隆恩!"

元恪摆手，"叔父不必谢，这是叔父应该得到的赏赐! 叔父征寿春，平淮南，劳苦功高，理应得到朝廷感谢。"

元恪说得并不错。元勰为政有方，他政崇宽裕，丝毫不犯百姓，定寿春以后，获萧宝卷汝阴太守王果、豫州治中等人，他亲自接见，常参坐席，询问他们的去留。王果说："果等契阔生平，皓首播越，顾瞻西夕，余光几何。今遭圣化，正应力兹愚老，申展尺寸，为国朝效力。但在南尚有百口，生死分张，乞还江外，以申德泽。"元勰沉吟一番，答应了他的要求。王果感激不尽，泪涕交流，"殿下赐处，有过国土。果等今还，仰负慈泽，请听仁驾振旅，反迹江外。"

秋七月，萧宝卷又遣陈伯之寇淮南，屯兵肥口，胡松据梁城，水军相继二百余里。彭城王元勰派部分将士分攻诸营，陈伯之、胡松率众出战，诸将合力攻击，斩首九千，俘获一万。陈伯之仅以身免，撤退到烽火。元勰又分命诸将频战，陈伯之计穷，只好宵遁。淮南全平。

元恪大喜过望，下诏给元勰赞扬他的功绩，"五教治枢，古难以其选，自非亲贤兼切，莫应斯选。王以明德懋亲，任属保傅，出居蕃陕，入御衰草，内外克偕，民神攸属。今董率戎麾，威号宜重，可复授司徒，以光望实。"又诏元勰以本官领扬州刺史。

元勰不敢违抗，立刻率车骑十万大军南进。攻掠寿春之后，他简刑导礼，与民休息，州境无虞，遐迩安宁。扬州所统建安戍将胡景略一直为萧宝卷拒守城池，彭城王元勰派军水陆征讨，胡景略只好面缚出。元勰继续南

28

征,东征到阳石,西降到建安,斩首获生,以数万计。皇帝元恪大喜,又论功行赏,进位元飏为大司马,领司徒,增邑八百户。

皇帝元恪感谢元飏劳苦功高,决心徵元飏回京辅佐朝政。他特意派给事黄门侍郎郑道昭带着亲切慰问诏书,去南方嘉奖元飏,徵他回朝。

元恪从龙椅上站了起来,亲自宣读他拟写的诏书:"比凤凰未至,苍黎二化,故仰屈尊谟,绥怀边附,二寇竖昏迷,敢斗淮楚!叔父英略高明,凯旋今辰,伏慰悲伫。"

元飏急忙起身,叩谢说:"臣忝充戍师,抚安新故,而不能宣武导恩,威怀遐迩。致小竖陈伯之,驱率蚁徒,侵扰边堡。非唯仰惭天颜,实亦俯愧朝列。春秋责帅,臣实当之。赖陛下慈深舍过,故使愚臣获免罪责。"

元恪宣布了对元飏的奖赏,进位大司马、领司徒,录尚书事,增邑一千。

元飏连连叩头谢恩,连声说:"感谢陛下宽宏大量,恩泽愚臣。愚臣何劳何功,敢受如此洪恩?愚臣受之有愧!"

元恪很是感动,伏身搀扶起元飏,"叔父切勿推辞,叔父劳苦功高,理应受此奖赏!"

元飏坚决推辞,"陛下恩德,愚臣永志不忘。这大司马、领司徒及其增邑,臣全不敢接受!愚臣乞还中山,请陛下接受愚臣心意!"

元恪难过地说:"叔父是不是嫌赏赐不重,为何屡屡乞还?朕刚登基,国朝事变频仍,朕尚且仰仗诸位叔父、叔祖辅佐,难道叔父不以国朝为重?"

元飏无话可说,只是长跪不起。

元恪搀扶着元飏站了起来,"叔父,快快请起。如若叔父坚辞,这录尚书事与侍中可行免去,而司徒如故,还请叔父不要推辞。"

与他同时回朝的尚书令王肃看着元飏的推辞,心有所动。彭城王为高祖心腹和股肱,却坚决推辞了皇帝的任命,既不当宰辅,也不当录尚书事,可真是十分聪明之举。树大招风,皇帝的至亲尚且有此顾虑,何况他一个来自南边投奔过来的南人,是不是也要考虑自己的进退为好,王肃沉思着。

元飏谢过元恪皇帝,站了起来。虽然没有完全推辞加给他的朝中职务,不能立刻返回中山,可毕竟还是辞去录尚书事这样重要的职务,他感到心满意足。

对于他的推辞,只有他自己清楚理由。位高权重,在别人看来是好事,

沉河艳后:胡灵皇后

29

在他看来却是危险。他是高祖重臣，高祖曾经那么依赖他，已经引起许多人的嫉恨，特别是那些虎视眈眈的弟兄王爷，像咸阳王元禧，早就对他充满了嫉妒，他何苦与他们竞争呢？当年读史的时候，范蠡的一句话给他留下深刻的印象：飞鸟尽，良弓藏；狡兔死，走狗烹。他很佩服范蠡开通，在功成名就之时，在荣华富贵到来之际，毅然决然携带美女西施泛舟太湖，去过自由自在、无拘无束的日子，一点也不留恋朝廷的荣华富贵和显赫高位。

元勰感到满足，他一落生，生母潘氏卒，几个月不到，父亲显祖崩，从小便如孤儿一样，从没有享受过一天的母爱与父爱。等到他懂事，乞求为父母追服，却没有得到文明太后的应许，但是他毅然决然地毁瘠三年，不参与一切吉庆活动，不食荤腥。他只是不舍昼夜用功读书，博通经史，广览群书。长大以后，他参决军国大事，万机之事，无不干预。及高祖车驾南伐，他为行抚军将军，领宗子军，宿卫高祖左右，亲自侍奉高祖寝食疾病，处理高祖遗诏。他用他的赤诚辅佐了高祖。他对得起皇室，对得起列祖列宗。

现在，他决心退隐，可是侄子皇帝却不答应他的请求，令元勰忧心忡忡。一朝天子一朝臣，自己是高祖旧臣，又是高祖心腹和股肱，不知已经惹起多少宗室王爷的嫉恨，说不定哪一天，侄子皇帝听信了哪个人的构谮，他就有可能成为别人刀俎下的鱼肉，他还年轻，还想安稳平静地生活到老。他手中持有高祖在病危中为他写下的允许他归家的遗诏，虽然已经辞去宰辅位置，但是终究不能完全离开朝政，还是很叫他忧虑。但愿高祖的遗诏能够挽救他的性命。眼下，皇帝元恪又要他回到京都料理朝政大事，他不能抗拒皇帝的诏令，只有进京复命。

元勰默默无言，退出东堂。

咸阳王元禧冷眼看着彭城王元勰。

咸阳王元禧，字永寿，献文皇帝的封昭仪所生，显祖献文皇帝的二子。他很是嫉妒六弟彭城王元勰。作为高祖孝文皇帝的大弟，理应得到高祖更多的信任和倚重。可是比起彭城王元勰来，他觉得自己被高祖孝文皇帝冷落了，轻视了。高祖不够信任他，没有像信任彭城王元勰一样倚重他。所以，他的心里，一直横亘着一条长刺的荆棘，虽然行动上不敢表现出来，但是在心底里却总是怀着嫉妒，怀着愤愤不平，怀着对彭城王元勰的愤怒。当初高祖驾崩，元禧以为元勰拥重兵会图谋不轨，并没有及时赶到鲁阳以协助元勰料理大行皇帝事情，他以为彭城王元勰同他一样也一定非常猜忌和嫉恨自己，这更加重了他的疑虑和猜疑。近来他一直怀着这样复杂的心思暗中观察着元勰。

元禧注视着退了出去的元勰，对皇帝元恪说："陛下，彭城王坚辞录尚书事，这录尚书事与谁人为好呢？"

元恪看着元禧，心里思忖：二叔父元禧为尊，这录尚书事的重要职务，是不是给他呢？可是，舅父高肇不久前说过的话，又萦绕在他耳边。高肇有意无意对他说，这二叔父元禧贪侈聚敛，奢华无度，朝野所闻。能够委他以重任吗？

元恪扫着眼前的其他宰辅，目光落到七叔父北海王元祥的脸上。元祥方正的脸庞上挂着似有似无的微笑，更显得他英俊。元祥的母亲高椒房，是他母亲昭文皇太后高氏的堂妹，比起其他叔父，这关系更亲近一些。在几个叔父中，他敬重六叔父元勰，更亲近七叔父元祥。过去在他还没有立太子的时候，元恪就经常出入高椒房的宫里，去探望姨母。自己的母亲高皇后在世的时候，两宫往来亲密。母亲高皇后去世，他便把高太妃看作自己的母亲，不再称呼姨母，而直接称作母亲。

元祥，字季豫，为献文皇帝最小的七子。太和九年封北海王，加侍中、征北大将军。从高祖南伐，为散骑将军。高祖自洛北巡，元祥常与彭城王元勰一起并在舆辇，陪侍高祖左右。高祖临崩，顾命元祥为司空辅政。

长相非常漂亮的北海王元祥，正注视着走了出去的元勰，他对这位跟自己年龄最为接近的六哥，心里充满敬意。

皇帝元恪明白二叔父元禧发问的目的，便微笑着说："二叔父，这录尚书事的职务，朕以为还是暂且让六叔父担当。如何？"

元禧心里一沉，未免有些失望。他很垂涎录尚书事的职务。虽然他不好庶务，任宰辅以来，从容推诿，无所是非，把所有大事、难事、战事，都推诿给其他宰辅做，自己只发号施令。但是，他还是希望能够兼任录尚书事。官职就像韩信的名言：韩信将兵，多多益善。官职从来不显多，倒是一个不能少。官职越多，权利才越大，才越能够以权谋私，才能更好地控制朝政。

元禧见皇帝元恪征询他的意见，急忙调整了一下心绪和表情，尽量让自

己微笑着平静地说："陛下英明，愚臣同意。"

皇帝元恪又转向元祥，"七叔父，如果六叔父坚决推辞录尚书事，朕任命你担当此任，如何？"元祥见皇帝把这么重要的录尚书事职务给了自己，心中惊喜参半，皇帝到底顾念他们叔侄的不一般关系，到底偏向自己多一些。

元祥英俊的脸上流露出得意和满意的笑容，一边施礼谢恩，一边看着元禧，假意推辞着说："谢陛下恩德。臣年纪轻才能不足，远不如二哥德高望重，二哥担当此职，怕是更合适。"

元恪笑着："七叔父不必推辞。二叔父为宰辅之首，事务繁多，关系重大，朝政事务需要他操心的地方太多，若是再加诸录尚书事，怕他难以应付。"

元禧苦笑了一下，急忙迎合皇帝的话："陛下所言极是，臣确实忙碌，难以兼顾。既然陛下已经委任七弟，七弟就不必推脱。"

其他几个宰辅也都附和着。

任城王元澄心里并不服气，他是景穆皇帝拓跋晃的孙子、拓跋晃第八子拓跋云的长子，拓跋云在太和五年薨，他继承了父亲的爵位，承袭了任城王。元澄比皇帝元恪高了两辈，皇帝元恪需称呼他为叔祖父。他虽然不是皇帝的直系嫡亲，却也是皇室最为亲近的宗室，为皇室立过汗马功劳。他年纪较大，对宰辅中最年轻的元祥很不以为然。

尚书左仆射、广阳王元嘉，是太武皇帝广阳王拓跋建的孙子，辈分还要高，是皇帝元恪的太祖。他生性豪爽，年纪大，辈分又高，早已把宫廷事看化了，只想着轻松快活，不愿意深入介入皇帝和他叔父兄弟几个的明争暗斗。

广阳王元嘉将着有些花白的须髯，哈哈大笑，对元祥摆着老辈人的姿态教训着说："老七啊，皇帝陛下委你重任，孺子可不要辜负皇帝信任啊！"

元嘉爽朗的笑声冲淡了东堂静穆、肃然的气氛。广阳王元嘉辈分最高，虽然他生性沉敏，喜愠不形于色，但是上了年纪以后，加之好饮酒，经常沉醉，性情大有改变，在新皇帝元恪面前，无所顾忌，常常这样放浪形骸。

元恪稍微皱了皱眉头：这老家伙，总是这样倚老卖老。不过，他还是微笑着看着广阳王，一点没有流露责备的意思。对于这么高辈分的老者，他要优容之。

"老祖所言极是。七叔父要殚思虑精，尽职尽责，在录尚书事职上勉力尽心啊。"

北海王元祥看着广阳王元嘉,笑着说:"谢谢广阳王叔祖的提醒。陛下,愚臣恭敬不如从命了。"他又转向广阳王元嘉,笑着问:"广阳王,今晚到舍下饮酒如何?"

"好啊,我就等着你这句话呢!"广阳王元嘉哈哈笑着说,爽快地答应着。他又看着咸阳王元禧说:"咸阳一道来,如何?"

咸阳王元禧急忙推辞,"小辈今晚不得闲暇,改日吧。"

广阳王元嘉又热情邀请任城王元澄:"任城,你呢? 来不来?"

任城王元澄急忙说:"我来,我来。"

"好,我们一言为定!"他转向北海王元祥,说,"再把彭城勰、高阳雍一起请来,我们一起热闹热闹! 陛下,你也来吧。"

元恪年轻,本来就好热闹,为先皇守服一年,弃绝一切娱乐,早就叫他感到烦闷。现在守服已经结束,他可以适当参加一些饮宴,既然是七叔父请客,广阳王老祖又盛情相邀,他一定要去,同时也是看望姨母高太妃嘛。

"好,我去!"元恪爽快地说。

尚书令王肃尴尬地苦笑着,他不是王爷,自然不能参与王爷的饮宴,何况任城王元澄对他很有些芥蒂。

王肃,字恭懿,琅琊临沂人,东晋皇帝司马衍丞相王导之后人。王肃少而聪明,涉猎经史,颇有大志。仕萧赜,历著作郎、太子舍人、司徒主簿、秘书丞。后来,他的父亲及兄弟并为萧赜所杀,太和十七年,王肃自建业来奔,高祖幸邺,听说王肃来,虚襟待之,引见问故。王肃回答高祖询问,辞义敏切,文质彬彬,高祖甚为爱怜,当高祖问及为国之道,王肃陈说治乱,音韵雅畅,深会高祖意旨,令高祖感慨系之,促席移景,促膝而谈,不觉疲劳。说到南朝萧氏统治,王肃说南方危机已现,正是可乘之机,劝高祖大举进攻,以图一统霸业。于是,高祖图南的步伐和规模都开始加大,迁都的决心也更坚决,高祖对王肃越加器重,礼遇日有所加,王肃也尽忠输诚,无所隐蔽,自谓君臣之际犹如玄德之遇孔明,不久,高祖就任命王肃为辅国将军,赐爵开阳伯,后又外放为都督豫东军事,豫州刺史,扬州大中正。高祖诏他回朝,曾亲自写诏,说:"不见君子,中心如醉。一日三岁,我劳如何? 饰馆华林,拂席相待,卿欲以何日发汝坟也? 故复此敕。"太和二十年,久旱不雨,高祖辍膳三日,群臣

莫敢相劝，百僚进见，都被挡在中书省，无一人得见，只有王肃知道高祖在崇虚楼，就到崇虚楼请求谒见。见了高祖，他多方劝说，申述厉害，请求高祖进食，以爱护龙体。在他的劝慰下，高祖才停止绝食开始进膳。

高祖崩，遗诏王肃为尚书令，与咸阳王元禧等俱为宰辅，征王肃会驾鲁阳。王肃随同太子元恪到鲁阳，与元禧、元勰等参同谋谟，上下和谐。自鲁阳至于洛京，行途丧纪，元勰委他参量，他勤勉忧思，不亚于皇亲宗室。

今春四月，南方萧宝卷派兵来犯，王肃主动要求出战，会同元勰十万兵赶赴寿春，战斗中他指挥得当，大破敌军，擒敌军首将，斩首数千。

皇帝元恪看着王肃，开始颁布对他的奖赏。因为王肃征南有功，皇帝赏帛四千七百五十四，进位开府仪同三司，封昌国县开国侯，食邑八百户。

王肃急忙上前跪下拜谢皇帝，说："愚臣得以皇帝陛下重赏，受之有愧。愚臣请求辞去宰辅与尚书令之职，请皇帝陛下赏赐一个州郡，愚臣愿意就任于州郡，为朝廷效力。"

皇帝元恪惊讶地问："尚书令何出此言？"元恪想起前不久任城王元澄的奏劾，任城王奏劾说王肃谋叛，他没有相信，只是把奏劾置于一边。是不是王肃听说什么，才出此下策以避祸？

王肃开朗地一笑，"愚臣蒙受皇帝厚爱，心中常怀愧疚不安。愚臣才具有限，不可以担当如此重任，生怕贻误朝政，招人非议。愿皇帝陛下成全愚臣请求。"

任城王元澄一直对高祖如此重用南人王肃不以为然，他忍不住插嘴："尚书令气量非凡，就任州郡，恐怕大材小用了。"

王肃急忙辩解："任城王殿下过奖，愚臣就任州郡，可以更好为朝廷效力，何来大材小用之说呢？"王肃刚刚听皇帝舅父高肇说，任城王元澄在家里对广阳王发牢骚说："朝廷以王肃加我上尚可，从叔广阳王，宗室尊宿，历任内外，云何一朝令王肃居其右也？"正因为这样，他才做出这样的决定。

任城王元澄笑着："倒也是。州郡更需要有才具的人才去治理。尚书令就任扬州，正可为朝廷保南方平安。陛下，你说呢？扬州新平，正需要得力官员治理。"

元恪想了想。自己的舅父高肇仅得个右仆射官职，他自己虽然没有明说，可话里话外总在暗示着希望皇帝能够照顾照顾给个更大的职位。他自己也想给舅父弄个更大的官职,让他更好协助自己治理朝政。王肃辞去尚书令,这职务不正好可以让舅父高肇来填补吗?真是一举两得!

"既然卿有此心,朕也不好拂卿之美意。也罢,朕同意卿辞去尚书令与宰辅之职,任命卿为扬州刺史,都督淮南诸军事,持节,其余如故。"

王肃拜谢皇帝,正要退了出去,元恪又说:"朕诏你尚彭城公主,卿可愿意?"元恪虽然不相信任城王元澄的奏劾,不过他认为,放王肃到寿春为扬州刺史,离朝廷太远,还是要羁縻住他的心好。把公主赏赐给他,他不也成了皇亲国戚了吗?这样,他就不会滋生反叛之心。

王肃急忙站住脚步,扑通跪到皇帝面前,感谢皇帝的宏大恩德。彭城公主原本就是当年告状揭发皇后冯莲的那个寡居的公主,姿色非凡,许多人打她的主意。当年文明太后的一个侄子,竭力想要把她娶到手,但是她就是不肯嫁。皇后冯莲仗势自己的皇后地位,要强迫她嫁给自己的弟弟。彭城公主为了逃婚,偷着去见高祖,揭发了皇后冯莲的不轨之事。

王肃很感动。皇帝这么厚待,他一定要为朝廷鞠躬尽瘁,效犬马之劳。

元恪又说:"赏赐卿钱二十万,帛三千匹,做朕送卿的大喜礼物。卿到寿春,要勉绵竭力,为朝廷守江!"

4.皇帝幸临北海王府　国舅谋划酒宴选妃

高肇听说皇帝元恪要到北海王元祥府上饮宴,心里很是不服气。这些王爷,三日一小宴,五日一大宴,想干什么?皇帝不但不加以阻止,还亲自参与这饮宴,不是要荒废朝政吗?得想办法劝阻外甥皇帝才好。

不过,皇帝去元祥那里参加王爷的饮宴,倒是一个绝好的机会,可以通过自己的堂妹子来劝说皇帝抓紧时间选妃嫔以充华宫。高肇转念一想,又改变了想法。北海王元祥与自己关系密切,不是他竭力举荐,皇帝元恪还不能这么快就封自己官位和爵位。

高肇派家人赶到于烈府邸,去告诉于烈,让他带着侄女火速到高府来。等于烈带着侄女来到高府,高肇把自己的打算告诉于烈。

高肇急忙换上官服,乘坐上朝廷礼官规定的公爵位等级的安车,向北海王元祥的府邸驶去。这公爵乘坐的安车,缁漆、紫盖朱里,华辀,朱雀、青龙、

沉河艳后：胡灵皇后

白虎、龙旂①，垂八条斿，三匹马驾车。同车还带着装扮得花枝招展的小姑娘，于烈的侄女。

元祥的太尉府邸，距离高肇的大将军府邸并不很远，就在皇宫大门阊阖门外御道西面，皇宫大门外御道，分三道，叫九轨，九轨两侧外一里许，西边从大门起依次建着右卫府、太尉府、将作曹、九级府、太社和凌阴里；东边依次建着左卫府、司徒府、国子学、太庙和护军府。正符合周礼左社右庙的规制。

元祥的母亲听说堂兄高肇来访，非常高兴，急忙迎出厅堂。

"兄长来了。"高太妃满面笑容，从后面走了出来。

高肇急忙拜过高太妃。高太妃请高肇坐于椅子上，让人上茶。高肇不敢造次，规规矩矩地坐下来。"太夫人身体可好？"高肇恭敬地欠身问。虽然高太妃以兄长相称，但她是显祖献文皇帝的椒房，辈分很高。

高太妃年纪不算大，不过四十五六岁的年纪，一头黑丝，脸色红润白皙，很是神采奕奕。虽然从二十多岁就守寡，却因为有儿子抚养，精神有所寄托，心情还是不错，保养也好。

"谢谢兄长关心。近来胃口有些不好，吃饭不香。"高太妃唠叨着诉说自己的身体健康状况。

高肇关心地说："过些日子，我找个好太医来给太妃诊治诊治。听说从南边来了个新太医，医术了得，手到病除，说是华佗再世，张仲景翻生呢。"

"果然这么好？"高太妃惊喜地问，"那可是要试一试的了。我这胃病，可是老毛病了，经历了多少个太医，吃了多少药，总是不能除根。还请兄长费心为我安排。那元祥，总是说忙碌，他顾不了我的。"高太妃像所有上了年纪的女人一样，总要对人抱怨儿子。

高太妃说着，突然发现高肇身后站立着一个如花似玉的小姑娘，急忙停下话头，问高肇："兄长，这女娃是谁啊？没听说你还有女娃啊？你那女娃不是给了安定王元燮了吗？"

高肇笑了，并不急于回答高太妃的问题，从身后把怯生生的小姑娘拉到他的面前，笑着说："抬起头，让太祖看看。"

---

①旂：上画龙形、杆头有铃铛的旗。《周礼》规定：天子建常，诸侯建旂。常，天子旗，上面画日月。古代根据等级，建九种旗帜，有不同图像，各有各的名称，如：常、旂、旜、物、旗等。

小姑娘在自己家早就经过了严格的训练,她听话地抬起头,羞答答地看着高太妃,嫣然一笑,露出两个诱人的酒窝,让她好看的脸更是喜色得很,非常讨人喜爱。

　　高太妃一把拉住小姑娘的手,把她拉到自己面前,抚摩着她娇嫩白皙的、红扑扑的脸蛋,不住声地夸赞着:"这女娃,真好看。瞧这脸蛋,多细腻,多水灵,一掐就会出水。你叫甚名字? 谁家的女儿?"

　　小姑娘又是羞答答一笑,脆生生地回答:"回太祖,我是领军将军于烈大人的侄女,于劲的女儿,叫于宝玲。"

　　"今年几岁了? 会不会读书写字啊?"

　　"今年十四岁,在家里的学馆读过几年书,能读些四书五经。"于宝玲抬起眼睛,看了看高太妃,黑得发亮的眼睛像一对杏核似的,闪闪有神。

　　高太妃把她揽到自己怀里,抚摩着她黝黑的发髻,啧啧称赞不已,"真是个乖巧聪明的女娃,娉人家了吗?"

　　于宝玲粉脸一红,羞臊地把头埋进高太妃的怀里,哼唧着没有说话。

　　"还害羞呢。"高太妃抬眼看着高肇,"你看,这么好个女娃,给谁好啊? 我的孙子还小,要不娉给我孙子算了。"

　　高肇轻轻笑了笑,看着高太妃,小声说:"太妃,你看这女娃,漂亮、聪明、身体又好,能不能想法送她进宫去啊?"

　　高太妃一拍手,"这可是国朝大事,我怎么把这么重要的事给忘了? 幸亏你提醒。皇帝春秋已长,该是选妃充任华宫的时候了。"

　　高肇急忙奉承:"太妃,后宫没有皇太后主事,太妃就是皇帝的母亲太后,皇帝终身大事全靠太妃你做主了。皇帝陛下历来敬重太妃,要是太妃出面劝说劝说,我想皇帝会改变自己的主意同意选嫔妃的。"

　　高太妃点头,"可也是。这事全靠我们来做主了。我虽然不是皇太后,不是皇帝的生身母亲,可毕竟是皇帝的姨母,皇帝还叫我姨母母亲,我不关心他还有谁关心他呢?"

　　"就是这话啊!"高肇微微提高声音,表现出极大的惊喜和赞赏,"太妃是皇帝姨母,我是皇帝舅父,是皇帝最亲的亲人。为皇帝备后宫,是我和太妃义不容辞的责任。太妃,你看,这女娃如何啊?"

　　"不错,很不错,温良恭俭让,妇德、妇容俱佳,充任后宫贵人,很是相宜。

兄长,是不是已经打定主意为皇帝举荐这女娃了?"

高肇说:"是的。于大人家几代都是国朝功臣,他求到我的门下,这个忙我不能不帮。再说这女娃这么好,充任华宫,是国朝大幸。"

高太妃让丫鬟领于宝玲到后面去,自己和高肇小声嘀咕起来:"兄长,你带这女娃来的用意是?"

高肇把椅子往高太妃身边拉了拉,压低声音说:"皇帝到现在没有选嫔妃的意思,我多次劝说,他总顾左右而言他。今晚,皇帝要幸临太妃府邸,我想让太妃帮忙安排安排,让皇帝亲眼见见这女娃,想办法劝说皇帝,只要皇帝见了这女娃,我想他一定会动心。"

高太妃频频点头,"兄长言之有理,这女娃有勾魂摄魄的魅力,那眼神,不得了,皇帝见了,不怕他不动心。可是,让于劲的女儿占了先,你的侄女咋办呢?"

高肇摇头,笑着:"我那侄女还小,一年两年还进不了宫。只要皇帝动心开始选嫔妃,我那侄女就一定能进宫。"

高太妃点头:"也是。那就把这女娃留在我这里,等今晚皇帝来了,我安排着让她见皇帝一面。"

高肇又压低声音嘱咐说:"最好能让生米煮成熟饭,那我们心里就踏实了。"

高太妃点头,笑了笑。

几个王聚集在北海王元祥华丽的太尉府邸上,等待着皇帝元恪的幸临。元祥的南第宅院在华林园之西隅,与都亭、宫馆密迩相接,互相有后门相通。皇帝从华林园行宫出来,抬脚就可以进元祥府邸。

皇帝还没有到,几个王肆无忌惮地互相调笑着,互相揭发他们间的臭事。元祥不仅请来做了宰辅的王爷,还请了自己几个没有做宰辅的兄弟:老四高阳王元雍和老五广陵王元羽。弟兄七个除了高祖孝文皇帝和老三赵郡灵王元干不在人世,弟兄五个在此聚会,也是很难得的。元勰和几个兄长互相寒暄着,说着闲话,与老四高阳王元雍、广陵王元羽静静坐着,看着宰辅王爷的说笑。

广阳王元嘉倚老卖老,首先发难,拿任城王元澄的臭事开涮。

任城王元澄也不示弱，直着嗓子喊。

彭城王元勰微笑着，看着他们一个个脸红脖子粗地互相争执抬杠，互相攻击，互相挖苦，他感到开心。毕竟是血缘亲人，能够这样调笑、挖苦，其实才是一种亲情的体现，是互相信任、喜欢的表现。弟兄之间，要是你防备我，我戒备你，见面笑呵呵，背地里互相攻讦，互相揭发，互相造谣，那才可怕呢。可是，这皇室里全然就是这样，不要指望这种和谐可以持续下去。为了利益，为了争宠于皇帝，他们背过脸去，什么手段都可以使用的。看看国朝历史，哪朝皇帝在位，不是把弟兄置之于死地？只有高祖孝文皇帝爱护诸位弟弟，对他的六个弟弟呵护备至，经常告诫他们，不要放肆，在他们犯了大事的时候，以教训为主，虽然也曾有罢免官职、停止爵位的严厉处罚，却没有一个赐死的。所以，他和他的五个兄弟都非常感激高祖孝文皇帝，他之所以那么忠心耿耿于高祖，也正是感念孝文皇帝的情义，感念孝文皇帝和文明太后的恩德。

彭城王微笑着，听着几个王爷互相挖苦和调笑。

任城王元澄瞪着广阳王元嘉撇着嘴说："得了吧！广阳叔！别看你老年纪大，辈分高，数你的臭事多。你老贵人多忘事，高祖南伐，诏谁人断均口？又是谁违失高祖指授，让敌人从眼皮下逃出均口？高祖发怒，责备说：'叔祖定非世孙，何太不上类也！'高祖责备的是哪个啊？啊？叔祖，怎么不说话了？"

广阳王元嘉大红着脸，急忙分辩："高祖没有这么责备我，高祖只是对我摆手，没有说过这样的话！这话不是高祖的话！全是你的捏造！"

任城王元澄得意地仰头哈哈大笑，"你承认了吧？不管高祖当时怎么说，这丢失均口，让敌人从眼皮下溜掉的事情，总是你老的吧？史官有记载，你否认不了。你还嘲笑我呢！真是五十步笑百步！"

"反正你也够臭的！"广阳王元嘉并不服输，从座位上站了起来，指着任城王元澄，连声说，"你的臭事比我还臭！你忘了，你是如何受文明太后训诫的？太后让你以持节使、都督北讨诸军，征讨蠕蠕，回来之后，是谁在太后面前夸夸其谈？太后当时怎么训斥来着？太后对李冲说：'此小儿，风神吐发，夸夸其谈，妄谈人物，不足重用！'你难道忘了？还说我呢。真是乌鸦落到猪背上。"

沉河艳后：胡灵皇后

任城王元澄腾地从座位上跳了起来,他指着广阳王元嘉,气愤得有些结巴:"你胡说,胡说!太后那不是责备我,是夸我呢。她老人家说的是:'此儿风神吐发,德音闲婉,当为宗室领袖。是行使必称我意。卿但记之,我不妄谈人物。'你们看,太后不是在夸我吗?太后不过稍微责备了我一点而已。"

广阳王元嘉见任城王元澄又气又急,脖子上青筋暴露,脸红脖子粗,他十分开心,忍耐不住,哈哈大笑起来。

彭城王元勰也笑了起来。这些王经常在一起饮酒,各自秉性互相都有所了解。大家都知道,任城王元澄就怕人们把他这段被文明太后夸赞的得意之事当作糗事,谁说他就跟谁急。广阳王元嘉故意逗引戏弄他,他果然就中圈套上当了。

彭城王元勰很敬重任城王元澄。

任城王元澄,字道镇,少而好学,通古博今,能文能武。他多次带兵打仗,使敌人闻风丧胆。南朝萧赜派使臣来洛阳朝见,见元澄音韵遒雅,风仪秀逸,感慨地说:"过去任城王以武著称,今魏任城乃以文见美也。"

元澄又是高祖政治上的重要参与者与决策者,高祖孝文皇帝多次与他议论改制之事,征求他的意见。他曾对高祖说:"陛下以四海为家,宜文德以怀天下,但江外尚阻,车书未一,季世之民,易以威伏难以礼治。子产①之法,犹应暂用,大同之后,便以道治之。"高祖赞叹说:"非任城无以识变化之体。朕方创改朝制,当与任城共万世之功耳。"

任城王元澄敢说敢干,甚至敢于当面与高祖争辩。当年高祖外示南讨,实内里在谋划南迁,诏太常卿令其亲为龟卜,其兆为革②。高祖说:"此是汤武革命,顺天应人之卦也。"群臣虽然懂《易经》却不敢言,元澄实话实说,大胆进言:"易言革者,更也。将欲应天顺人,革君臣之命,汤武得之为吉。陛下帝有天下,重光累叶。今日卜征,乃可伐叛,不得云革命。此非人君之卦,未可全为吉也。"高祖见元澄居然敢于反驳,很是生气,厉声说:"象云,'大人虎变',何言不吉也?"元澄不慌不忙地继续说:"陛下龙兴即久,岂可方同虎变!"高祖一时语塞,勃然变色:"社稷乃我社稷,任城而欲阻众乎?"元澄继续说:"社稷诚然陛下社稷,然臣是社稷之臣子,豫参顾问,敢不尽愚衷。"高祖

---

①子产:名子侨,字子产,春秋郑国国君,又名公孙产。主张礼治以道治国。

②革:卦名。《易革疏》:"革者,改变之名也。此卦明改制、革命,故名革也。"

本已锐意必行,见元澄敢于阻挠,心中很是不满,沉吟良久,颜色才得少解,知道与任城王元澄僵持,不会有什么结果。平静下来,他耐心向元澄解释迁都的好处,说明洛阳比平城的优越之处。高祖循循善诱地解释,使元澄明了高祖的心思,元澄这才心服口服,转变了态度,并且建议高祖不要先事张扬,等一切决定下来,让众人无所作为。高祖接受他的建议,等从洛阳返回平城下诏迁都时,代都众人大惊失色,莫不惊骇。任城王元澄援引今古,以大义晓谕众人,化解众人的疑虑,帮助高祖实行了迁都大计。高祖大悦,又夸他说:"若非任城,朕事业不得就矣"。并且称赞他"是朕之张子房"。

迁都以后,留守代都的一些旧臣留恋北地,不愿迁徙,有些旧臣开始谋反。其中有恒州刺史穆泰伙同陆睿,妄图推举阳平王元颐在恒州举事。高祖得到阳平王的密报,在凝闲堂召元澄。高祖神色凝重,语重心长地对元澄说:"适得阳平表曰,穆泰谋为不轨,招诱宗室。朕以为此乃必然,迁京甫尔,北人恋旧,南北纷扰,朕洛阳不立,此事非任城不办,你可为力疾北上,如其叛乱势弱,可直往擒翦;若其势强,可承制并发并州肆州兵以殄灭之。虽朕知王有患,既是国家大事,不容王推辞。"元澄见皇帝如此信任,诚惶诚恐,却很是坚定地说:"穆泰等人愚惑,不过只是依恋北土而已,并非有远图。臣诚怯弱,并不惮是辈,虽复疾患,岂敢推辞?臣谨当罄尽心力,继之以死,愿陛下无忧。"高祖笑着夸赞说:"得任城此行,朕复何忧哉!"

元澄持节,持铜虎、竹使符,率领着仪仗与左右护卫,奔恒州而去。行至雁门,太守连夜前来报告,说穆泰已经集合众人来到阳平,聚于城下,只有弓仗。元澄听说,便命令队伍急速前进。部下劝他说:"情况不明,事态无法估量,须以皇帝敕召来并肆兵,方可前进。"元澄说:"穆泰既构逆,应据坚城,而更迎阳平,度其所为,似当势弱。泰既不相拒,无故发兵,非宜也。但速往镇之,民心自定。"于是倍道兼行,出其不意。又派遣部下先赶到,擒拿穆泰,民情怡然。高祖阅览表奏,很是高兴,召集公卿以下,把这好消息报告众人,夸赞元澄:"我任城可谓社稷臣也。"后元澄多次随高祖南征,高祖崩,与咸阳王、彭城王等受顾命。

彭城王元勰见任城王着急的样子,忍不住笑着说:"叔父,你就看不出他们是故意取笑你吗?你何苦自投罗网,惹他们笑话?"

任城王元澄落座到座位上,不再与他们计较。

沉河艳后:胡灵皇后

主人北海王元祥哂笑着，"叔父这急脾气，总是改不了，真是好笑。"

任城王元澄眼睛一瞪，"你也来嘲笑你老叔不是？你那点臭事，是不是要老叔当众给你揭发出来？"

元祥急忙辩解："不敢，小侄不敢。老叔还是为小侄留点情面。老母就在后面，千万不要让她老人家知道。"

任城王元澄得意地笑着说："你小子可有把柄抓在我手里，你可小心点。"

广阳王元嘉非常好奇，急忙伸过脖子向任城王元澄打听："什么臭事？说出来让大家乐一乐。是玩女色还是玩男色啊？这么漂亮个小伙子，一定有点不安分的事情。"说罢，他哈哈大笑起来，一边推着任城王，催促着他讲。

北海王元祥一脸着急，对任城王挤眉弄眼。任城王元澄知道，关于北海王元祥的那点臭事，还是要替他保密的好，说出来，大家脸上无光。任城王元澄哈哈笑着，砸了元祥一拳头，"你小子以后要好好孝敬你老叔！要不，你老叔就把你那点臭事播扬出来，让大家乐一乐。"

北海王元祥苦着脸，急忙向任城王元澄求饶讨好："老叔，小侄一定孝敬你老人家！还恳请你老人家嘴下留情，千万不要传到我老娘那里！"

任城王元澄满脸得意，呷巴着嘴，"得了，你就放心吧。老叔心中有数！"

彭城王元勰也隐约听说一些闲话，说北海王元祥，他这风流成性的小弟，不喜欢他的正妻，宋王刘昶的女儿，只宠爱侍姜范氏，爱等伉俪，可惜范氏身体不好，两年前病故，他痛不自胜，痛哭跳跃，如丧考妣，乃至安葬完毕，又毁墓开棺看望。范氏死了以后，他便肆无忌惮，到处拈花惹草，听说与安定王元燮的妃高氏往来密切，关系不同寻常。

彭城王元勰不敢打听这闲话的真实，现在看北海王元祥这般着急模样，他心下有些明白，看来外面传言不虚，绝非空穴来风。这般胡闹，小心要了自己的性命，有机会要提醒他一下，元勰心里想。毕竟都是高祖的亲兄弟，同一血脉，还是要互相照应一下。那高氏，是皇帝母舅高肇的女儿，另外，这安定王元燮辈分比他高许多，淫母为蒸，传扬出去，实在有伤皇室名声。

"元羽，你小子怎么一声不吭，是不是在那里思念你的老相好？"元嘉朝坐在对面的元羽大声喊。

元羽苦笑着摇头，"叔祖，又拿小侄孙开心了。我哪里有什么老相好的啊?"

元澄笑嘻嘻地说:"你啊,就不要撒谎了,大家都心照不宣!"说完,又哈哈笑了起来。

元飀摇头。他也听说元羽与一个臣子老婆通奸,一直不大相信,看来也不是空穴来风了。这些王怎么就这么不知检点? 如此胡来,江山不是要断送在这些不肖子孙手中吗?

元飀正在胡思乱想,外面传来侍从大声传话:"皇帝陛下驾到!"

几个王急忙起身整理衣冠,趋步出厅堂来到院子迎接圣驾,北海王元祥的全家也都迎了出来,跪在院子当中。元祥的母亲高夫人华服盛装,在前面接驾。

皇帝元恪在内侍监的搀扶下,下了金光灿灿的皇帝游宴出行时乘坐的马车,两马驾辕,车身镂刻着各色鲜艳图案,金箔裹饰,叫七宝旃檀刻镂辇。元恪进了北海王元祥的大门。院里响起一片喊声:"皇帝万岁! 万岁! 万万岁!"

年轻的元恪迈着轻捷有朝气的步伐走了进来。景明二年,他发伕五万,只用四旬营建了洛阳城内的 323 个坊供百姓居住,京师已经变得整齐气派多了。他的皇宫三寝重新加以修整,修缮得更加富丽堂皇,充满天子气派。他雄心勃勃,要让国朝百姓过上富庶安定的日子。他诏告天下,号召百姓安心农本,以富国富民。

诏书说:"民本农桑,国重蚕籍,粢盛所凭,冕织攸寄。比京邑初基,耕桑暂缺,遗规往旨,宜必祗修。今寝殿显成,移御维始,春郊无远,拂羽有辰。便可表营千亩,开设宫坛,秉末援筐,躬劝亿兆。"

这诏书一下,百姓一定会安心侍奉农桑,一个强大富庶的魏国就要经他的手建立起来。多好啊,他充满着对国家美好未来的憧憬。

元恪精神抖擞地走进来。

"叔祖叔父,请起,请起!"元恪满脸挂着微笑,双手做着起身的动作,来到广阳王元嘉面前,伏身下去,亲自搀扶起元嘉,"叔祖,快起身。"他又来到元祥母亲高夫人面前,一边伏身搀扶,一边问好:"姨母母亲安好。"他母亲高夫人活着的时候,一直让他这么称呼姨母。他搀扶起高太妃,亲热地揽着她的胳膊,搀扶着她,慢慢向大堂走去。

大家都站了起来，把皇帝拥进大堂。

皇帝元恪在众王爷的簇拥下入酒席，各自就座。主人北海王元祥吩咐上酒上菜。王爷与皇帝欢洽地饮酒。

元澄说："这样饮酒多没有意思。还是老规矩，每人讲一个笑话，谁的笑话不可笑，就罚谁一杯。陛下，你看如何？"

元恪笑着说："好啊，就这么办。既然任城王提议，那就请叔祖先来一个。"

任城王元澄笑着说："好吧，我先讲个关于皇帝的笑话。"任城王清了清嗓子，说："一人从京师回，自夸曾见皇帝。人问皇帝门景如何？他答曰：'四柱牌坊，金书皇帝世家。大门内匾金书：天子第，两边对联是：日月光天德，山河壮帝居。'又有人问：'皇帝如何装束？'曰：'头戴玉纱帽，身穿金海青。'问者说：'明明说谎，穿了金子打的海青，如何拜揖？'那人回答说：'呸！你真是个冒失鬼，皇帝肯与哪个作揖的？'"

元恪扑哧笑了，"百姓难得一见皇帝，自然想不出皇帝生活，想当然编造也就不足为奇了。"

任城王元澄得意地说："陛下笑了，我这笑话不能罚酒。该你们讲了。元羽，你来讲。"

元羽想了半天，才想出一个外太公的笑话："有教小儿以'大'字者，次日写'太'字问之，儿仍曰：'大字'。因教之曰：'中多一点，乃太公的太字也。'明日写'犬'字问之，儿曰：'太公的太字。'师曰：'今番点在外，如何还是太字？'儿即应曰：'这样说，便是外太公了。'"

众人都笑了起来。

元勰笑说："此儿甚是聪慧，具有举一隅而以三反的本领，可嘉可叹。"

元羽见大家笑了，便放下手中的酒杯，看着元勰，"六叔，该你说了。"

元勰不大会讲笑话，他想了想，才慢慢说："我讲个聪明女子的笑话吧。丈夫欲娶妾，妻曰：'一夫配一妇耳，娶妾见于何典？'夫曰：'孟子云：齐人有一妻一妾。又曰：妾妇之道。妾自古有之矣。'妻曰：'若这等说，我亦当再招一夫。'夫曰：'何故？'妻曰：'岂不闻《大学》上云：河南程氏两夫。《孟子》中亦有大丈夫、小丈夫。'"

广阳王元嘉摆手，"还是来些荤段子的好，此等笑话不足以佐酒兴。"

元恪摇头，"叔太祖人老心不老。还是请叔太祖自己先来一个，如何？"

大家都哄闹着，让元嘉开头，元嘉好找乐子，经常与门下士子谈笑，积累了一肚子荤笑话，正想找机会卖弄，便不推辞，捋了捋须髯，笑眯眯地开口讲了起来："一嫂前行而裙夹于臀缝内，小叔见，从后拽整之。嫂回头看见，疑其调戏也，遂大怒。叔躬身曰：'嫂嫂请息怒，待愚叔依旧与你塞进去，你再夹紧何如？'"

元恪正夹了块肉放进嘴里，听到这里，扑哧笑出声，把块刚放进嘴的肉块给喷了出来。尝膳典御急忙上来整理。其他王爷也都哈哈笑起来，个个笑得前仰后合。

"叔太祖果然有荤腥！"元恪说，"这笑话叫人大笑。来，来，我们大家一起饮一杯，感谢叔太祖给我们说了个绝妙笑话！"大家都举杯，畅饮一杯。

元勰笑着说："叔祖一肚子荤腥，不如就让叔祖代劳，免了我等的笑话，如何？"

元祥响应："六哥提议正合小弟心意。叔祖代劳了吧。"

元嘉呵呵笑着："好吧，我就再来一段，给大家助兴。一杭人妇，催轿往西湖游玩，贪恋湖上风景，不觉归迟。时已将暮，怕关城门，心中着急，乃对轿夫言曰：'轿夫阿哥，天色晚了，我多把银钱打发，你与我尽力闹一闹。早行进到里头去，不但是我好，连你们也落得自在快活些。'"

说完，大家已是笑得喷饭的喷饭，喷酒的喷酒，举座笑成一片。

元勰笑得肚疼，他拍着元嘉的肩头："叔祖，何来此等绝妙好词啊！真正是民间百姓的好笑话！"

元嘉笑着说："我的门下有几个是来自民间的贫民士子，他们经常到百姓那里搜集一些笑话故事，回来便讲与我听，逗我一乐。"

元祥被元嘉启发，他笑着说："叔祖说的是，我也听士子讲过一个笑话。"

元嘉催促着："说来听听。"

元恪说："让我们再共饮一杯，谢过叔太祖的笑话！"大家又共同举杯畅饮。

"季叔讲吧。要是不可笑，可要罚酒一杯！"

元祥说："有夫妻二人对饮，妻劝夫行令。夫曰：'无色盆奈何？'妻指腰

沉河艳后：胡灵皇后

间曰:'色盆在此,要你行色令,非行酒令也。'夫曰:'可。'遂解裤出具就之,但苦其物之不硬。妻大叫曰:'令官不举,该罚一杯。'"

元嘉笑道:"元祥这才真是荤段子。我那些并不淫秽,他这才够色呢。"

元飖笑着说:"有老七的段子在,以后酒席上行酒令可要小心分辨色盆,若是色盆在,而令官不举,可要罚酒了!"

"十个文人七个骚。这士子竟能编出如此荤腥的笑话,也实在可叹!"元羽摇头。

"来,大家同饮!"元恪笑着为元祥解围。

"说起行酒令,我倒想起一个行酒令的笑话,大家可愿意一听?"半天没有说话的元澄饮了酒,抹着须髯说。

"说吧,说出来大家一乐。"元恪鼓励着。

元澄笑着说:"众客饮酒,要譬字《四书》一句为令,说不出者,罚一巨斛。首令曰'譬如为山',次曰'譬如行远必自迩',以及'譬之宫墙'等句。落后一人无可说得,乃曰:'能近取譬。'众哗然曰:'不如式该罚。如何譬字说在下面?'其人曰:'屁原该在下,诸兄都从上来,不说自倒出了,反来罚我?'"

大家又是哄堂大笑。

元恪笑着说:"好一个叔祖,把前边的人都骂了!该罚,该罚!"举座哄笑着,灌了元澄一杯。

酒饮至半酣,主人北海王元祥说:"我老娘想来给皇帝和诸位王敬酒,不知陛下是否允诺?"

元恪笑着说:"姨母母亲大人敬酒,怎敢不允?快请姨母母亲大人!"各位王爷也都应和着。

元祥回到后面,去请高太妃。

后面响起一阵玉佩叮咚,飘过一阵馥郁的桂花清香,屏风后转出盛装的高太妃,身后跟着一个艳丽打扮的小姑娘,端着放酒具的托盘,略带羞涩地袅袅出来,一看举止风度,就知道不是丫鬟。

高太妃笑着,来到皇帝元恪面前。她从小姑娘的托盘里端起酒壶,斟了满满一杯,双手端了起来,献到皇帝面前:"陛下,请接受老姨这杯酒,这第一杯酒,老姨敬皇帝国朝兴隆!"

元恪接过酒杯,一饮而尽。

高太妃接着斟了第二杯酒,"陛下,这第二杯酒,敬陛下龙体康健!"

元恪笑着一饮而尽。

"这第三杯酒,"高太妃一边斟酒,一边笑眯眯地看着皇帝元恪,"陛下饮了以后,可不要让老姨我失望啊。"

皇帝元恪笑着,"姨母母亲这第三杯酒有什么名堂啊?这么郑重其事?"

高太妃高举着酒杯,明亮的眼睛环视了一下各位王爷,把目光定在皇帝脸上,清脆响亮地说:"陛下,这第三杯酒,是老姨我敬陛下,愿陛下早日充备后宫,让国朝皇天后土、天地完备!"

元恪有些愣怔,半天没有接酒杯。

广阳王元嘉倚老卖老,哈哈笑着催促元恪:"皇帝,快接酒杯啊!高太妃这杯酒,陛下可是非饮不可!陛下把高太妃称作姨母母亲,那高太妃就如同皇太后啊。这话只有她能说,别人不能说的!"

任城王元澄也仗恃自己的皇叔祖辈分,催促着:"广阳所言极是,陛下不可辜负了高太妃的一番良苦用心啊!"

高太妃见皇帝元恪不肯接,笑着对于宝玲说:"你跪到皇帝面前,替我高举这杯酒,皇帝什么时候饮,你什么时候再起来。"

于宝玲听话地从高太妃手中接过酒杯,跪在元恪面前,高举着斟满清冽、醇香的桑落酒的碧玉酒杯。

元恪看着面前跪着的小姑娘,一双纤纤玉手高举着一只碧玉酒杯,那双纤纤玉手,白皙中透出粉红,圆润中露着纤细,长长手指如削葱,指甲上染着豆蔻的猩红。那双手微微地颤动着,高擎着碧绿的酒杯。元恪的心微微颤抖了一下,眼前这玉手碧玉美酒令他心有所动。

元恪急忙从跪着的于宝玲的微微颤动的双手里接过酒杯,他的手滑过于宝玲的手背,一阵温热的滑爽和柔腻流过他的心头。他突然感到有些激动和兴奋,这激动和兴奋是当年冯莲给予过的,已经很久没有出现过了。

元恪高举酒杯,一饮而尽。王爷们都欢呼起来。

高太妃很感动,她哽咽着说:"皇帝陛下,我替先皇高祖和文昭皇太后感谢皇帝陛下!"高太妃深深地向元恪行礼。

皇帝元恪把酒杯放到于宝玲的玉手里,拉着她站了起来,"起来吧,姑娘。"

沉河艳后:胡灵皇后

于宝玲红着脸,站了起来,低垂着头,退到高太妃身后。

"姨母母亲,这小姑娘是你的什么亲戚啊?"元恪饶有兴致地问高太妃。

高太妃心里高兴,急忙回答:"这小姑娘叫于宝玲,是领军将军于烈弟弟于劲的女儿,今年十四岁,是我的干孙女。"

元恪感叹着:"于烈一门忠良,几代忠臣,忠心辅佐大魏国朝,朕一直心存感激。不过,朕倒没有想到,于劲有这么漂亮的女儿!"元恪说着,更用心打量着于宝玲。于宝玲小嘴大眼大脸盘,一双酒窝让她的富态的脸庞总流露出笑意,把她映衬得喜色爱人。

高太妃说:"国朝全靠这些忠良大臣辅佐。既然皇帝陛下这么感念于家一门忠良,何不施加恩泽呢?"

元恪笑着,"这赏封之事,须宰辅商议。"

高太妃摆手,"我不是为于家讨赏封,我的意思是说,让这女娃进宫侍奉皇帝陛下,不是更显现皇帝对于家的恩泽吗?"

广阳王元嘉拍手称赞:"高太妃好主意啊!皇帝陛下让于家女娃进宫侍驾,可是一举两得啊!既显示了皇帝对于家的嘉赏,又实践了刚才对高太妃的许诺。好事!好事!"

任城王元澄也附和着元嘉的话:"陛下,高太妃的提议确实不错!陛下就答应了吧!"

北海王元祥作为皇帝元恪的小叔父,又是高太妃的儿子,今晚宴会的主人,便也大着胆子对元恪说:"陛下,是个好主意。这女娃这么漂亮,陛下就纳进宫吧。皇帝春秋已长,是该纳妃嫔充后宫的时候了,后宫长久空虚不利于国朝安定啊!"

皇帝元恪走到于宝玲面前,仔细打量着。于宝玲羞涩地抬眼看了皇帝一眼,又连忙羞答答地垂下眼睑,轻轻喊了一声:"陛下。"于宝玲这一声清唤,十分柔婉,带着亲昵,带着乞求,带着渴望,带着期盼,像一道清风吹拂进元恪干涸的心田。元恪心田像坚冰开始融化,像久旱的田地开始润泽,像寒冷的冬日遇到春风。元恪情不自禁地拉住于宝玲的手,轻轻地摩挲着。

高太妃意味深长地对广阳王元嘉使了个眼色。广阳王元嘉笑了,他扯了扯任城王元澄的衣袖,他们轻轻站了起来,彭城王元勰几个也都微笑着跟着广阳王离开座位,退了出去。

高太妃眉开眼笑,用手捂住嘴偷偷地乐着离开了大厅。

皇帝元恪把于宝玲拥进自己的怀抱,他已经有些按捺不住了。自从冯莲被他父皇高祖临终赐死以后,他持服这一年多天气里,已经没有接近任何女色。今晚,这半酣的酒意,这水灵的女娃,一下子勾引出他的欲火。

5.女尼讨好高太妃　小华拜认干祖母

高太妃坐在蒲团上,面对着佛祖坐像,微闭双眼,一手转动着念珠,口里颂着佛经,一心一意在佛堂里参禅念佛。

高太妃礼佛有年,她就是靠着与佛祖的交流度过漫漫的几十年。显祖献文皇帝拓跋弘暴卒的时候,她不过十八岁,不过一个充华世妇,因为为皇帝生了儿子,在显祖崩了以后,未被文明太后放出宫,还被封了椒房。可是,二十多年的孤独,二十多年的寂寞,二十多年漫漫长夜的煎熬,她只能向佛祖诉说,靠佛祖微笑眼睛的关怀来打发。

女尼胡国华坐在一边,陪着高太妃参佛。胡国华经常来高太妃府上为她说佛讲经,陪伴她说话解闷。高太妃很喜欢这个伶牙俐齿、聪慧机敏、才貌双佳的女尼。

高太妃念完了经文,睁开眼睛。胡国华微笑着问:"太妃该歇息歇息了吧?今天功课已经做完了。"

高太妃舒展了一下胳膊,"好的,我们到园子里走动走动,说说话。我坐得累了。这年纪越来越大,身体也越来越差了。"

胡国华搀扶着高太妃站了起来,慢慢向后园走去。穿过回廊曲干的几个庭院,来到镌刻着"别有天地"四个大字的月亮门,月亮门里迎面立着一块高大的青白两色组成的湖石,湖石像一个身材婀娜的仙女,袅娜着腰肢,透着各种形状的空洞,玲珑剔透,十分好看。绕过湖石,便可以看到一园精心布置的园林景色,回廊曲亭,湖光山色,翠柳碧树,错落有致。

胡国华搀扶着高太妃,沿着垂柳夹岸的小径向湖中央走去。湖中央是一个人工堆砌的假山,山上植着桃李石榴,植着丛丛牡丹、桂花,各种草花。

"来,我们在这里坐一会。"高太妃指着湖边垂柳下几块大石头说。这些天然的黄色大石,鲜艳光滑,形状各异,放置在湖边,权当石桌石凳,供人

沉河艳后：胡灵皇后

坐卧。

　　胡国华小心翼翼地搀扶着高太妃坐到石头上,自己斜倚在她的旁边。

　　高太妃从昨天晚上一直笑到今天。昨天她亲自安排成功了为皇帝选妃的大事,叫她十分得意和兴奋。皇帝在她府上迫不及待地与于劲的女儿于宝玲成了好事,高高兴兴地带她回了宫,并且立即下诏封她为贵人。

　　高太妃笑着,凑到胡国华耳朵边,一脸神神秘秘,小声地对胡国华说:"你猜我昨天做了一件甚事?"

　　胡国华见高太妃满脸神秘又眉开眼笑的喜模样,就知道她昨天一定做了件非常得意的好事,要不她哪里会如此高兴? 胡国华笑着逢迎高太妃:"太妃一定是做了件大好事大善事吧? 像太妃这样吃斋念佛的善人,但凡行事做事,都是行大善为大善的。"

　　高太妃被胡国华的恭维抚慰得更加舒坦,亮亮的眼睛闪闪放光,拍着胡国华的手背说:"你说对了。我行了一件天底下最大最大的善事,做了一件大魏国里最大最大的好事!"

　　天底下最大最大的善事,大魏国里最大最大的好事? 难道是为天子皇帝做了什么事不成? 胡国华见高太妃如此兴奋,一边猜度着,一边惊喜地夸张地大呼小叫:"真的,太妃? 太妃总是做最大最大的善事,最大最大的好事啊。是为皇帝陛下祈祷长寿,还是为皇帝陛下许愿?"

　　高太妃拍着胡国华的手背,急切地摇头,"都不是,祈祷许愿我天天都要做,不算事的。我这次可是为皇帝陛下做了一件大家想做却都没有做成的大事!"高太妃满脸神秘,继续绕弯子让胡国华猜谜。她不肯立即说出来,她还想多享受享受这难得的成功的喜悦和快乐。

　　胡国华灵机一动:是不是高太妃为皇帝选了个可心的贵人妃嫔? 眼下国朝中,还有什么事情比为皇帝填充空虚后宫更重要更重大的事情呢?

　　胡国华一拍手,提高声音,让声音里显现出更多的惊喜、更多的赞叹、更多的敬佩:"太妃! 我猜出来了! 太妃一定是为皇帝陛下选了一个可意的嫔妃! 是不是啊太妃?"

　　高太妃惊喜地连连拍着胡国华的手,"真是聪明! 聪明绝顶! 你一猜就中! 就是这事,就是这事。我给皇帝陛下选中一个女娃,皇帝喜欢极了,连夜带进了宫,连夜封了贵人! 你说,是不是天底下最大最大的善事,国朝里最大最大的好事？"

"当然是了！"胡国华大声说，声音里充满敬佩和赞叹，满脸景仰地看着高太妃，连声说，"高太妃真行！满朝那么多大臣宰辅，谁都劝说不了皇帝陛下放弃效仿高祖守制持服三年的心愿，太妃怎么就让他回心转意了呢？太妃用了什么高招啊？说出来让小尼开开眼界！"

高太妃炫耀般地把自己的安排给胡国华详详细细复述了一遍。

胡国华惊喜地拍着巴掌，夸张地喊了起来："太妃，聪明机敏，超越常人！小尼以后要处处向太妃讨教学习！太妃怎么就能想出这么高明的办法！太妃可是国朝第一功臣了！"

说到这里，胡国华也做出满脸神秘的样子问高太妃："那幸运的女娃是谁啊？太妃还没告诉我呢。她是谁家的女娃？不是太妃的孙女吧？小尼好像记得太妃并无孙女。"

高太妃白了胡国华一眼，脸上浮现出些微的愠色："要是我的孙女，我这么做还算啥行善啊？我这全是为他人做好事，一点都不为自己！我就讨厌那些行事时时处处只为自己着想、千方百计为自己打算的人！"

"对，对，太妃一向大公无私，行事办事一向为他人着想，一向为国朝着想！"胡国华生怕高太妃生气，连声说。

高太妃的脸又恢复了刚才的喜色，她微笑着说："你能猜出是谁家的女娃吗？"

胡国华摇头。高太妃高兴了，"知道你就猜不出来。告诉你，那是于劲的女儿！"

胡国华拼命搜寻着关于于劲的情况，可是就是没有关于于劲的记忆。她轻轻蹙起眉尖，撒娇般对高太妃说："太妃，小尼初入宫中，怎么就没听说过这于劲呢？他是谁啊，怎么就这么幸运，能得到太妃的格外照应？"

高太妃抬起指头，点了点胡国华的额头，"小蹄子，谅你不知道这于劲。你在宫中行走才几天啊，你能认识几个人？"

胡国华急忙插嘴："是，是，太妃所言极是。小尼在太妃面前不敢卖弄。"

高太妃得意地抿嘴一笑，"于烈你可知道吧？于劲就是领军将军于烈的弟弟，现在是沃野镇的守镇将军。他们一门几代都是朝廷重臣啊。"

胡国华点头，"原来如此。原来是老于家的女娃啊！怨不得能做太妃干

沉河艳后：胡灵皇后

孙女啊。这女娃,真幸运,真有福气,第一个进宫,一定能被皇帝封为皇后的!"胡国华连声啧啧,羡慕得不得了,"可惜我们老胡家没有这福气。我那小侄女没有这福气!"

高太妃轻轻拍了拍胡国华的手背,关切地看着她,"你有个侄女?多大年纪?"

胡国华急忙回答:"我那侄女,刚刚十二岁。"

高太妃笑着,戳点着胡国华,"才十二岁,看把你急的。国舅爷高肇也有个侄女,今年好像十三岁了,我都还没替她做打算呢,你急个甚?再过两三年,等她们到十五六岁,再进宫一点不晚。进宫太早,年纪太小,对她们身体不好。看我们宫里那些嫔妃,凡是年纪太小进宫的,哪个不是一身病?有的一辈子不能生孩子。多可怜啊。皇帝崩了,她们不能留在皇宫,出宫又生不了孩子,一辈子受罪!你不要着急,你这侄女,就跟我的侄女一样,等过两年,我一定安排她进宫,进去就封贵人!"高太妃又拍了胡国华一下,通过手掌,给她以信心和保证。

胡国华急忙起身,跪到高太妃面前,跪拜了几次,激动地说:"感谢太妃关爱,感谢太妃关爱!我替我兄长一家感谢太妃!替小侄女感谢太妃!"

一阵清风吹来,高太妃感到有些凉意,她站了起来,看了看湖中泛起的阵阵涟漪,说:"我们清风轩上坐坐,你去告诉丫鬟,让她们给我们准备些点心果品茶奶,中午,我们就在轩里用膳和歇息。"

胡国华急忙起身,向园子门口招手,园子门那里,站着管家和仆妇,管家急忙奔了过来。

胡国华从高太妃府上出来,风火轮般卷进了兄长胡国珍的府上,她要把刚从高太妃那里听到的好消息告诉哥嫂。

"皇帝纳贵人了!"一进门,胡国华迫不及待地说。

"是吗?这是甚时的事啊?"胡国珍惊喜地大声问。

"就是昨天晚上的事。"胡国华坐到客厅的坐榻上,得意扬扬地看着兄嫂。兄嫂都用十分敬佩的目光看着她。她确实是这个家庭里的人物,她能够得到一些连胡国珍都得不到的消息,特别是关于内宫里的事情。

皇甫氏端来一杯茶水,自从迁来洛阳以后,这些达官显宦家庭都迅速改变了自己在北地饮浆酪的习惯，改为饮茶，她把茶水递给胡国华，坐到她身边，一脸景仰地看着她，讨好地笑着问："是谁家的女娃，这么有福气啊。"

胡国华啜饮了一口清茶，喘息了一会，才慢慢地说："高太妃说，是领军将军于烈的侄女，于劲的女儿。"

"嗷，于劲的女娃啊。"胡国珍叹息着。

"真好福气！"皇甫氏啧啧着，羡慕得不得了，"头一个进宫的女娃，就封了贵人，这皇后已经是非她莫属了！"

胡国珍站了起来，背着手在厅堂里走来走去，一边说："皇帝终于同意纳妃了，这可是国朝幸事啊。既然已经纳妃，这守制也就算结束了。"

"是啊，守制持服结束了，也许国朝大事皇帝陛下要干涉了，这宰辅辅政的日子也就长不了了。"胡国华接着说。胡国珍连连点头。

皇甫氏对宰辅辅政的事并不关心，她只关注皇帝选妃。她用亮晶晶的眼睛看着胡国华，问："高太妃有没有透露，皇帝甚时候再纳妃啊？"

胡国华摇头，"没听高太妃说。"

皇甫氏看着胡国珍，"官人，你可要留心着，勤打听着点，千万不要错过啊。我们小华可是要进宫的啊。"

胡国珍站住脚步，看着夫人，"这事你就不要操心了，我们已经把小华托付给国华，你就只管放心，她比我有办法，到时候她会把小华送进皇帝后宫的。"

皇甫氏点头，急忙对胡国华说："小华的事可要依靠你了，你要多多操心，给小华弄个好前途。"

胡国华嫌嫂子皇甫氏啰唆，有些不耐烦地说："嫂子，你就放心好了。小华教养的事，有我呢。小华年纪还小，现在急着进宫没有好处，反倒是年纪太小，不懂事，容易被人排挤出来。你放心，有高太妃，小华会进宫去的。"

胡国珍突然想起一件事，他坐到中堂椅子上，对妹子说："大将军高肇有个侄女，他也准备送她进宫。你可以留心点，让小华认识认识他的侄女，现在混熟一点，将来进宫也许可以互相照应照应。"

胡国华站了起来，"我知道了。兄长你放心，我知道咋办。我回去了，小华还在寺里等我呢。"

"小华这些日子怎么样？有长进没有？"皇甫氏急忙问。

沉河艳后：胡灵皇后

"长进多了。小华聪明伶俐,学得快着呢,将来一定是成大器的人,你们就等着瞧吧,山北赵胡所言,总有一天要应验的。"胡国华笑着告辞。

皇甫氏拊掌:"得你吉人吉言。赵胡的话我总记在心头。"原来,皇甫氏生小华的时候,产后之日,原本阴沉的天空突然转晴,一缕金色阳光透过乌云照进卧室里,卧室里一下赤光四照。胡国珍以为这是异兆,便找来山北善于占卜的赵胡询问。赵胡历来为官家卜相,知道如何说可以讨得官人喜欢。他听胡国珍说赤光四照,便急忙凑到胡国珍耳边,神神秘秘地说:"贤女有大贵之表,方为天地母,生天地主。可是不要叫第三人知道,否则贤女性命不保。"胡国珍大大赏赐了赵胡,把赵胡的这番卜相之言,悄悄告诉了老婆和妹子,从那时起,这三人都一个心眼,要把这女娃当作贵人来教养,一心准备让她进宫去生天地主。

"小华,今天学的《诗经》会背了吗?"胡国华一进瑶光寺后院自己的住处,便大声喊着问。

瑶光寺,在阊阖门御道北,东去皇宫千秋门二里地。瑶光寺里,有五层浮屠一所,五十丈高。凌空的仙人掌,金铎垂挂在云中,做工精巧,可与平城永宁寺媲美。瑶光寺里有五百余间讲经的殿和比丘尼住房。这些殿房,绮丽勾连,户牖相通,院子里遍植奇花异草,珍木异树。这瑶光寺,是高祖孝文皇帝修建起来专供宫廷美人、椒房、嫔御学道修行的。要是达官勋爵、名门望族的处女、女眷,性爱道场,愿意辞亲落发,也可以来此修行安住。

这胡国华,虽然生的妖娆美貌,又聪明伶俐,却从小喜欢菩萨道场,亲近佛祖经义,加上小时得以占卜人相面,说她相貌妖艳,需舍身佛寺才可安家保命,父母便邀女尼为她讲经说佛。迁都洛阳,建起瑶光寺,她便第一批入寺为尼,屏珍丽之饰,服修道之衣,投心八正,归诚一乘①。

胡国华因为入寺早,在瑶光寺里有些地位,经常在寺里举行讲经会,也常常出寺到皇宫或达官府邸为仕女女眷做一些佛事,为她们讲经。她伶牙俐齿,能说会道,又善于揣摩施主心理,善于察言观色,很得皇宫里的贵人妃嫔和高太妃等人的喜爱。

①八正:佛教语,即正见、正思、正语、正业、正命、正精进、正念、正定。一乘:佛教语,即佛的不二法门。

胡小华正在房里练习写字，抄写着《诗经》，听见姑姑回来，急忙放下笔迎了出来。她垂着眼睑，端着上身，款款移步，上前来给姑母胡国华施施然行礼，姿态果然不比过去，显得高贵优雅了许多。

经过姑母的调教，胡小华显出了有教养的姑娘模样。她抬起眼睛，用柔媚的眼光看了姑母一眼，急忙低垂下黑密的眼睫毛，让黑密的弯曲的眼睫毛抖抖的，似乎很受惊吓的可怜模样。"回姑母问话，小华背会了。"小华用柔美的声音说。

胡国华很满意地点头，"不错，小华出息多了，过去的疯劲少了不少，有了窈窕淑女的模样。"胡国华笑着夸奖着侄女，脱去女尼的僧袍，换上寺院里家常服装。胡小华趋步上前，很有眼色地去服侍姑母。

胡国华在小华的服侍下洗脸，一边因势利导地教育着小华："你要学着看人脸色。俗话说，出门看天色，进门看脸色，入宫以后，更要学会看人脸色行事，决不能不管不顾别人，率性而为。这宫廷可不比自己家，家里有父母呵护，有父母爱护，宫里的人却钩心斗角，你要看人眼色和脸色行事。皇帝高兴，你就可以趁机撒撒娇，提出点过分的要求，向皇帝要求点礼物和好处。皇帝脸色不大晴朗，你就要小心翼翼，轻手轻脚，少说少言，只是跟着，前后左右，小心伺候，万不可乱说乱问。姑姑说的你记住了没有？"

小华轻声慢语回答："回姑母，小华记住了。"

"好，就这么练。小华聪明伶俐得很，很快就是一个最会讨别人喜欢的淑女了。窈窕淑女，君子好逑啊。上面两句是什么来着？"胡国华转换了话题，开始考察侄女的学习情况。

"关关雎鸠，在河之洲。"胡小华迅捷地补充了上句。

"下面呢？"

"参差荇菜，左右流之。窈窕淑女，寤寐求之。寤寐思服。优哉游哉，辗转反侧。"胡小华流利地续着。

"下一章呢？"胡国华毫不放松，继续追问。

胡小华只好继续背诵着："参差荇菜，左右采之。窈窕淑女，琴瑟友之。参差荇菜，左右芼之。窈窕淑女，钟鼓乐之。"

"还不错，背得挺熟。"胡国华洗了脸，满意地夸奖着，坐在梳妆台前，稍微往脸上匀了点粉和胭脂。胡小华为姑姑端来茶水，放到坐榻前的几上。

胡国华坐到坐榻上，一边慢慢啜饮着清香的毛尖，眼睛却看着胡小华，“把你写的字拿来我看看。”

胡小华拿来她抄写的《诗经》给姑母看。胡国华端详着，指点着：“这字已经好看多了，只是这个‘鸠’字间架不匀称，这个‘雎’，又少了一横。从明天起，每日抄写十首，每首抄写十遍。”

胡小华噘嘴，嘟囔着说：“姑姑，太多了吧？还要学弹琴，学画画，学下棋，哪有那么多闲暇抄书啊？”

胡国华脸一沉，“不许顶嘴！让你抄多少你就抄多少！没有闲暇，就早起点，晚睡点！不受苦中苦，哪得人上人啊？我们入了寺院的人，每日做功课背诵佛经，每日只能睡三个时辰，比你们辛苦多少？连这点苦都吃不了，还想干什么大事？成事不自在，自在不成事！说过多少遍不许抱怨，还总是抱怨！再抱怨，我送你回家！你的事我从此不管！”

胡小华见姑姑生气，心中有些害怕，小心挪了几步，靠近胡国华，给胡国华轻轻地捶着后背，讨好着姑姑：“姑姑，我错了。我听姑姑的话！”

“这就对了。”胡国华回头斜睨着侄女，“要听话。将来入宫以后，你一定要学着听那些级别比你高的人的话。首先要听皇帝的话，还要听皇后的、左右昭仪的话，你刚入宫，能封个贵人就不错了，贵人上面有左右昭仪，然后就是皇后。贵人下面三椒房、六嫔、充华世妇和御女，这些你就不必管了，她们的品级没你高。入宫以后，首要的是弄清人们的位置，知道谁是什么品级，谁的品级比你高，千万要学会听品级比你高的人的话。即使受冤枉气，你也要学着忍受，要学着服从。”

胡小华小声嘟囔着：“我才不受冤枉气呢。”

“又顶嘴！”胡国华厉声呵斥，“再顶嘴，看我不抽你！不受冤枉气？怕是做不到。除非你自己是皇后，是皇太后！不然的话，一定有比你品级高的人给你冤枉气受！凡是能入宫位居你上的女人，哪个不是名门豪族家的女娃？哪个没有娘家的仗恃？女人一有地位，哪个不是趾高气扬想着显示她的威风？你能不受冤枉气？要是你不能受冤枉气，你在宫里肯定待不下去。你没有太显赫的家庭，就没有强有力的靠山，谁把你放在眼里？”

胡小华眨巴着大眼睛，知趣地说：“姑，我记住姑的教诲了。”

胡国华笑了，她拍了拍小华的脸颊，“乖娃，姑这全是为你好。你看，”她指着东面远处屹立在皇宫千秋门二里处皇宫内的一个飞檐亭阁，"看见了吗？那里就是皇宫的千秋门，那是西游园里的凌云台，是皇帝和皇后避暑的地方。要是你好好学习，总有一天，你就可以去那里避暑。站在凌云台上，你可以俯视和鸟瞰整个皇宫，整个洛阳，可以瞭望洛川、伊阙山。可是，现在你就进不去，你就享受不了那美好的感觉。"

胡小华向往地问："那里好看吗？"

胡国华撇着嘴，不屑回答的样子，"好看吗？你想吧，那是高祖皇帝为自己登高远眺洛阳和洛川修建的，你想它好看不好看。简直就是仙宫！你要想进皇宫，就要好好听我的话，好好学，要聪明有见识，有胆气又美丽，要不，你就是进了宫，也还得被皇帝废了，像她一样。"胡国华向外面努了努嘴。

外面窗外，一个年轻的女尼抄着双手，低着头，匆匆而过。年轻漂亮的脸上，写满忧伤和哀怨，显得十分憔悴。

胡小华看着窗外走过去的女尼，心里涌上一阵情潮。她听姑姑说过，这是高祖皇帝在太和十七年为文明太后守制三年期满以后立的第一个皇后——冯媛，她是文明太后的兄长冯熙和长公主生的女儿。她性情文静，在高祖频频南下做着迁都准备的时候主持后宫，原本很受皇帝宠爱。迁都洛阳以后，高祖接冯昭仪冯莲进宫，冯媛就慢慢失宠，高祖在冯昭仪的谗言蛊惑下，废了她皇后身份，她便落发进瑶光寺修行做尼。在瑶光寺，经常可以看到她孑了一人，形影相吊。她很少说话，很少与其他女尼来往，只是一个人参佛礼拜，追忆她过去的辉煌。

皇后尚且能够被皇帝废掉，落得个做女尼的悲惨下场，何况其他品级的嫔妃呢？想到这里，胡小华不寒而栗。确实要听从姑母教导，好好修炼自己，胡小华告诫自己。进宫，是她最高理想，进了宫，她一定要在皇宫里占据一个重要地位！她不能让别人把她排挤出来！胡小华暗自发誓。

"你可是要想明白，这宫里犹如战场一样争斗得你死我活。"胡国华又不失时机地向胡小华进行现身教育，"你看这废皇后冯媛与幽皇后冯莲，原本同父异母亲姐妹，为了取得皇帝的欢心，争夺皇后位置，亲姐姐竟陷害亲妹妹。何况其他夫人、贵人、嫔妃，能不争得你死我活吗？虽然都是女人，却各个似老虎，虎视眈眈，随时准备把别人一口吞了。那里可是怕人啊，你不怕吗？"胡国华看着胡小华幼稚的女娃一样的小嫩脸，又一次不放心地问。

沉河艳后：胡灵皇后

"我怕什么！不怕！"胡小华仰起脸，坚定地看着胡国华响亮回答。

"不怕就好！"胡国华放心了，有胡小华的决心，再加上她的聪明和才智，她的调教，她一定能让侄女进宫，像于劲的女儿于宝玲一样。

胡国华走到琴床前坐了下来，撩拨着琴弦，转轴拨弦，调试了一会，对胡小华说："我现在弹一首《凤求凰》，你仔细听，仔细学。我弹两遍，你要记住曲调乐谱。你要知道，这乐很重要呢。"

"怎么个重要？"胡小华睁着明亮的眼睛好奇地问。

"你看，这里说着呢。"胡国华从身旁的桌子上抽出几张纸，"这上面说得清楚明白，我先念给你听。"

胡国华朗朗读了起来："凡音，宫为君，商为臣，角为民，徵为事，羽为物，五者不乱则无惉懘之音。宫乱则荒，其君骄；商乱则陂，其官坏；角乱则忧，其民怨；徵乱则哀，其事勤；羽乱则危，其财匮乏。奸声感人，逆气应之，逆气成像而淫乐兴；正声感人，顺气应之，顺气成像而和乐兴。先王耻其乱，故制雅颂之声以道之，使其声足乐而不流，使其文足论而不息，使其曲直、繁瘠、廉肉、节奏足以感动人之善心而已，不使放心邪气得接。乐在宗庙之中，君臣上下同听之，莫不和敬；在族长乡里之中，长幼同听之，莫不和顺；闺门之中，父子兄弟同听之，莫不和亲。此乃立乐之方。"

"听清楚了没有？"胡国华问。

"不甚清楚。"胡小华老老实实回答。

"没关系，你收起来，以后好好诵读几遍，就清楚了。现在注意听我弹琴，我弹两遍，你一定要记住！"胡国华严厉地嘱咐。

瑶光寺里，响起清脆的琴声。这悠扬的琴声，传出瑶光寺院墙，在洛阳城西面荡漾着。

"小华，今天跟我去认识一个女娃。"胡国华换上女尼外出的礼服，对胡小华说。

"认识哪个女娃啊？"胡小华不大高兴地问。她从小不喜欢和女娃玩耍，却总喜欢和男娃一堆打闹。

"看你那脸，心里想的全都写在脸上了。告诉你多少次，喜怒不形于色，你怎么就是记不住？没有一点记性！"胡国华用手在胡小华脸前挥舞了一下，"告诉你说，心里越不喜欢，脸上越要笑得像朵花。变过脸来！"

胡小华急忙咧开嘴，笑了笑。

"难看死了，皮笑肉不笑的，像个傻大姐！重新来过！"

胡小华急忙调整了表情，做出一个娇媚、甜蜜、妩媚的笑容，两个酒窝里立时灌满了甜蜜的笑意，一下子变成一个娇憨可爱、可怜柔美的女娃。

胡国华赞许地拍了拍胡小华的手背，"这才像样。好，我们走吧。"她拉着胡小华的手，一边往外走，一边说，"今天带你去见高太妃，你要认她做干奶。她那里还有个女娃，是大将军高肇的侄女，她是皇帝的表妹，将来是要当皇后的。你要好好结交于她，将来你可是要靠她的关照和提携。"

胡国华带着胡小华坐车来到太尉府，门子通报。高太妃传话让女尼胡国华到后园子里去见她，她正和高肇兄弟的媳妇与女儿在后园子游玩。

胡国华拉着胡小华，穿过重重院落，穿过方的、圆的、八角的各色园门，走过种植着各色花卉树木的庭院，来到后园。高太妃一群正围坐在赏月轩上，一边听乐伎弹奏琵琶月琴胡琴，一边闲聊家常。

见胡国华过来，高太妃高兴地向高肇夫人介绍："这就是我常跟你提起的瑶光寺女尼胡国华师父，可是个聪明伶俐的人，讲经讲得好听极了。清楚明白，一听就懂，把那么深奥的佛经硬是给讲活了。以后，也可以请她去给你们那些姐妹女眷讲讲经。我还准备介绍她进宫去给王妃讲经呢。"

胡国华带着胡小华上轩来，拜见了高太妃。

高太妃眼睛看着胡小华，笑着问胡国华："这好看的女娃，可是你说的那小侄女？"

"正是。今日带她来见太妃，想让太妃给她一些教诲，让她长长见识，小人家的女娃，没有见过王家风采，让她见见世面。过来，"胡国华回转过头，招呼小华，"快给太妃磕头，叫奶奶。"

"太妃奶奶好！"胡小华忽闪着黑长的睫毛，闪露着两个圆圆酒窝，甜甜地微笑着，清脆地朗朗地喊，声音充满柔媚和喜色。她抬眼瞥了一下高太妃，一下子便记住了她的模样，同时扫了一眼高太妃左右，看到一个年纪与自己相仿的小女娃，她垂下眼睑，扑通跪到高太妃面前，磕了几个响头。

高太妃呵呵笑着，拉着胡小华的手，"快起来，快起来。女娃家家的，不用行这么重的大礼。来人！"高太妃回头，向站在轩栏杆旁等着伺候的仆妇

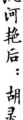

沉河艳后：胡灵皇后

家人苍头喊。

一个苍头过来,高太妃说:"去叫管家,给我预备与我孙女一样的一份厚礼,我要赏赐我这干孙女!"苍头答应着,急忙下了轩,去准备礼品。

高太妃把胡小华揽进自己的怀抱,抚摩着她的亮幽幽的黑发,问着:"告诉奶奶,你叫甚名字?今年几岁了?"

胡小华亮晶晶的眼睛忽闪着,看着高太妃,甜甜地笑着,柔声细气地回答:"回太妃奶奶的话,小女小名叫胡小华,今年虚岁十三。"

"好,好,比我这外孙女长一岁。过来,莺莺。"高太妃喊。

站在一旁的那个女娃走了过来,胡小华刚才已经记住了她的相貌,她敢保证,下一次不管在什么地方,她都能认出她。

高太妃拉住叫莺莺的女娃的手,把它塞在胡小华的手里,"她是姐姐,你是妹妹,来叫声姐姐。"

莺莺扭捏着身体,半天叫不出来。胡小华笑着摇晃着莺莺的手,笑着对高太妃说:"我叫她姐姐吧。你看,她长得比我还高一点。姐姐!"胡小华不等高太妃说话,就看着莺莺,甜甜地喊了一声。

莺莺红着脸,轻轻答应着。

"这女娃真的一直想当姐姐呢,家里没有妹子,总想有个小妹妹。"高太妃笑着拍了拍莺莺的手,笑着对大家说。

高肇夫人说:"可不是,在我们家,她最小,从没有当过姐姐,她就想当姐姐。这下好了,有了个妹妹,以后可以经常听到喊你姐姐了。"

莺莺羞怯地笑着,看着胡小华,说:"那我就喊你小华妹妹了。小华妹妹——"她故意大声喊着,调皮地看着胡小华。

胡小华还是甜甜地笑着,清脆喜色地答应:"哎!姐姐喊妹妹干什么啊?"

高太妃哈哈笑了起来,拍着手,"这女娃,真乖巧,将来会是莺莺的好妹妹!"

胡国华急忙躬身谢着高太妃:"谢谢太妃厚爱!小华!还不快谢谢太妃!"

胡小华虽然没有明白为什么要谢太妃,不过乖巧的她知道太妃刚才那句话至关重要,就听话地扑通跪了下去,磕着响头感谢太妃奶奶。

这时候，管家派老苍头送来礼品，原来是个碧玉观音菩萨、一对碧玉手镯。

"来，戴上手镯，让奶奶看看，好看不好看。"高太妃拿起手镯，亲自给胡小华戴在手腕上，抚摩着她细腻白嫩的手腕，又啧啧赞叹起来，"看我这孙女，这手腕多白、多嫩，真是肤如凝脂啊！"

莺莺见外祖母只是夸奖胡小华，有些不大高兴，在一旁悄悄噘起嘴。胡小华妩媚地看着高太妃，从眼角瞥见莺莺脸色，娇媚地说："太妃奶奶过奖了，莺莺姐姐才真正是肤如凝脂呢。"

一句话，说得莺莺笑容满面。高太妃啧啧赞叹不已："这女娃果真乖巧过人。好孩子，好孩子。来，莺莺，带着妹妹到园子各处转转，好好让妹妹看看景色。"

莺莺高兴地过来，抓过胡小华的手，"走吧，小华妹妹，姐姐带你玩去。"两个女娃手拉手蹦跳着走下赏月轩。

胡国华微笑着看着两个女娃的背影，她们亲密的模样，叫她感到欣慰，她的心计不会白费。高太妃已经喜欢上小华，连高肇的侄女莺莺也喜欢上她，是她这做姑姑的最大的得意。她已经认定，有高肇和高太妃的安排，将来的皇后一定是莺莺，别看现在于贵人抢先入宫。

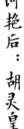

沉河艳后：胡灵皇后

第二章　皇帝亲政

1.国舅挑拨离间除宰辅　兄弟猜忌争斗中奸计

彭城王与王肃不一般的关系,不仅引起高肇的警觉,同时也让任城王元澄心里不舒服。任城王元澄曾经向皇帝元恪奏劾过王肃,可是并没有起到作用,元澄一直耿耿于怀。

高肇用自己鹰隼一样锐利的眼睛,观察到任城王元澄对王肃的不满。需要依靠王爷元澄的力量,先行除去一个宰辅,高肇阴沉地想。

高肇把他最近刚结识的那个从南边来归的降人严叔懋叫到府上。

在高肇关照下,从南边投奔大魏没有在金陵馆入住三年,而是直接住在洛阳吴人坊。严叔懋听说高肇叫他,受宠若惊,颠颠地跑来。

“高大人叫小人?”严叔懋扑通跪倒在高肇的面前,磕了个响头。

“起来吧。”高肇懒洋洋地挥了挥手,“看座!”

家人搬来张椅子放在面前,严叔懋诚惶诚恐地搁半个屁股在椅子上坐了下去。

“吴人坊里住得惯吗?”高肇头靠在椅背上,手搁在扶手上,轻轻地拍打着扶手,很随意地询问。

从高祖迁都洛阳时候起,为了妥善安置投奔来归四方夷人,在南郊建立了四夷馆。高祖特别看中北投的吴人,为了吸引更多的在南边朝廷做官或读书士人弃暗投明,高祖在洛阳南郊设立了金陵馆,不管北投的吴人多么贫穷,高祖都会委任他一个官做,以便吸引更多的南人投奔大魏,为将来收复江左南边做准备。投奔来的南人在金陵馆住满三年,便被安置到洛阳城里的归正里居住。归正里住的全是北投的南人,约有三千户。因此,洛阳的北人戏称归正里为吴人坊。选择这里作为安置北投的南人，确实显示了高祖孝文皇帝元宏招徕南人的良苦用心。吴人喜食鱼虾鳖蟹，吴人坊紧邻伊、洛二水，盛产水族，让北投的南人住在这里感到习惯和安心。吴人坊里经营鱼虾鳖蟹的人很多，到处弥漫着鱼虾的腥味。来自北地的鲜卑、胡人很讨厌那强烈的鱼腥味，他们轻蔑地把吴人坊称为鱼鳖市。

高肇轻轻地抽动了一下鼻子，检验着面前的南人是否带来鱼腥气味。他虽然是高丽人，但是投奔大魏多年，早已习惯鲜卑人的生活，饮浆酪牛奶，食牛羊肉，对鱼腥气味很是反感。

严叔懋恭敬地回答："回大人，吴人坊里吴人很多，语言习惯皆类江左，无任何不方便之处。"

高肇轻声笑了起来，"听说洛水之南，又兴起一水族之市，人之传言，洛鲤伊鲂，贵于牛羊。可是真的？"

严叔懋笑了笑，"是的。两个水族市场，分别经营洛水鲤鱼和伊水鲂鱼，很是热闹。"

高肇笑着问："这鱼腥果然好食吗？"

严叔懋把身子朝前欠了欠，"鱼虾鳖蟹鲜美无比，脍炙人口。大人若想尝鲜，小人可为大人举荐小人侍妾，此女生于水上人家，烹调鱼鲜天下无双。"

高肇立时来了兴致，他坐了起来，笑眯眯地问："老夫还听说吴女不仅温柔漂亮，还软语善歌舞丝竹，你那侍妾如何？"

严叔懋连声说："小人侍妾，不敢说闭月羞花，倾城倾国，也可以说是沉鱼落雁，歌喉婉转，不辱大人之目，不妄大人之耳。"

"那好，哪天带到我府上，为我烧顿鱼鲜，让我尝尝她的手艺。"

严叔懋心花怒放，他终于有了一个讨好高肇的门径。这高肇可是国朝里最有权势的人物，如果能讨得他的欢心，这升官发财的金光大道就铺展在眼前！

严叔懋乐滋滋地连声回答："一定，一定！要么小人这就回去叫我侍妾前来？"严叔懋眼巴巴地看着高肇，抬起屁股，准备起身。

高肇摆手，"你且坐下，不必着急。老夫叫你前来，还有其他事情询问。"

严叔懋急忙坐回，端正了身体，一脸恭敬和郑重，倾听着高肇说话，"大

人请讲,小人洗耳恭听。"

高肇清了清嗓子,"老夫听说你认识尚书令王肃手下的主簿孔思达?"

"是的,小人认识。小人在扬州认识此人。当时他是王大人主簿,小人投奔还是依仗他的帮助。"

高肇目光炯炯地看着严叔懋,捋着须髯,目光变得沉郁起来,轻轻地咳了一下这才拖着声调,慢腾腾地问:"可是王肃派遣到扬州去私自见萧宝卷的人?"

严叔懋诧异地瞪着一双死鱼似的无神的大眼睛,看着高肇,又是摆手又是摇头,连声说:"不是的,不是的。王肃大人派遣他去扬州视察地形,考察民情,并无私会萧宝卷属下之事情。"

"喔——"高肇拖着长长的语调,那曲折起伏的语调里透露出明显的不满意和不高兴,还有几分愤怒的谴责。

"不是吧? 我得到的报告怎么与你的不一样呢?"高肇阴沉着脸,眼睛定定地盯着严叔懋的眼睛,眼神里凝聚起他全部的权势。

严叔懋不寒而栗,双腿不由自主地轻轻颤抖起来,脑子里飞快旋转起来分析着高肇问话的意思。尽管他不知道高肇的真实用意,但是聪明的他已经明白,高肇并不是在向他询问真相,而是在向他暗示和指示一个事情。

严叔懋惊恐地看着高肇,嘴唇轻轻颤抖起来,他的牙齿轻轻磕碰着,半天发不出一点声音。

"是不是这么回事啊?"高肇拖着冷峻、严厉的长调追问了一句,眼睛依然死死盯住严叔懋的眼睛不肯离开,那阴沉的眼神里全是威胁和恐吓。

严叔懋头脑里一片空白,只是点头哈腰,连声回答:"是,是! 高大人!"

"既然如此,你回去,立即写份表奏与老夫,老夫会在皇帝陛下前引见你,让皇帝陛下知道你的功劳! 如何啊? 你想不想得到皇帝的赏赐和嘉奖呢?"高肇冷笑着,"刚从南边投奔,谁认识你啊? 想升官发财,是不是要做一件叫皇帝陛下高兴的事情啊? 你说呢?"

"是,是! 大人所言极是!"严叔懋索性不再追问高肇原因,只是一味附和着高肇的话说。

"好,识时务者为俊杰! 明日送来关于王肃派遣孔思达私自联络萧宝卷企图谋反的表奏!"高肇威严十足地说,轻轻拍了一下桌子。

严叔懋十分吃惊，这王肃立时就变成了里通外国、企图谋反的贼臣贼子！这是怎么个说的呢？他用死鱼一样的眼睛看着高肇，张嘴想再追问一下。

高肇冷眼扫了严叔懋一下，从桌子上端起精美的盖碗茶盅。

"送客！"站在门口的家人大声地、威严地喊。

第二天，严叔懋按时交了一份揭发王肃私通南边的表奏给高肇。

高肇拿着严叔懋的表奏，并没有立即呈献给皇帝，他找到任城王元澄。

任城王元澄看着严叔懋的表奏，皱着眉头，破口大骂："奶奶的！王肃！爷早就看出他不是好东西！一个南人，总是身在曹营心在汉！不会与我们一个心眼！果然露了狐狸尾巴！奶奶的！想勾结萧宝卷！可真够歹毒的！"

高肇见元澄如此愤怒，心中暗喜，元澄果然中计了！

"殿下，你准备如何处理王肃的谋逆？要不要上报皇帝陛下处理？"高肇小心地赔着笑脸，看着任城王元澄的脸，揣摩着他的心思，考虑着各种可能性和对策。

"皇帝陛下被他表面的忠厚老实所迷惑，不肯轻易相信我的表奏。既然有证据在手，就是铁证如山，容不得他抵赖和狡辩。本王乃宰辅，处理此事为宰辅职责。交由我处理好了！"

"好！好！此等事情，有宰辅处置即可，殿下英明，自能妥善处置王肃叛逆！"高肇笑着，奉承着任城王元澄，"殿下准备何时拘禁王肃呢？要防止走漏风声啊！"高肇又追问了一句，提醒元澄的注意。他现在恨不能立即动手，及早除掉这些宰辅。

元澄抬眼看着高肇，挥舞着手，在空中猛劈了一下，"事不宜迟，立即动手，让他来不及喘息！来人！"

元澄的长史跑了进来。

"去请领军将军于烈大人！"元澄吩咐。

长史带着皇宫领军将军于烈匆匆赶来。

于烈拜见元澄，"宰辅王爷见召，所为何事？"

元澄站了起来，威严地说："刚才得到王肃里通外国、阴谋叛逆，本王以宰辅命令领军将军，立即带领虎贲羽林，去查抄王肃家，拘禁叛逆之人！"

沉河艳后：胡灵皇后

65

于烈的眼睛由于吃惊瞪得老大。怎么会呢？王肃一贯忠心,深得高祖信任,尊遗诏为尚书令和宰辅,与彭城王元勰平南大胜,新娶彭城公主,怎么可能叛逆呢？

虽然知道诘问宰辅王殿下为大不敬,可于烈生性耿直,有话憋不住。他提高声音问:"此事尚未得到查证核实,殿下草率下拘捕令,是否过于匆忙？尚书令王肃大人为高祖信赖之人,不会行此卑鄙龌龊之事吧？"

元澄眼睛一瞪,拍着桌子,"事情已经落实,这里是严叔懋的表奏！他潜通南齐萧宝卷,南齐萧宝卷已派遣俞公喜送敕与他,公喜还南,他与之约定以马为信,只等叛逆时辰！你自己看吧!"元澄把严叔懋的表奏扔给领军于烈。几页黄黄的御用桑皮纸飞到地面,落在于烈脚下。

于烈弯腰捡起纸,迅速浏览了一下,又抬头望着元澄,试探着问:"既然严叔懋是表奏,是否须奏明皇帝陛下,而后行拘捕？"

元澄大怒,咆哮着:"皇帝谅暗,朝中诸事由宰辅主持,本王乃宰辅,拘捕叛逆,难道不能做主吗？去！立即查抄王肃府邸,拘禁叛逆王肃!"

于烈默然,不敢再行争辩,他行礼告辞,带着虎贲直奔王肃府邸,拘禁了王肃。

"北海王爷,你听说了吗？"高肇一跨进北海王元祥的大门,就大声喊着问。

元祥迎了出来,"舅父,什么事啊,看你这么心急火燎的？不是六镇有了战事吧？是不是萧宝卷打了过来？"

高肇气急败坏,一屁股坐到元祥大堂的椅子上,连声说:"这是怎么说的呢？任城王怎么能说拘禁就拘禁一个宰辅呢？他跟殿下你商议过了吗？"高肇义愤填膺地说。他诚恳地看着北海王元祥,皱着眉头,为宰辅王肃被任城王私自拘禁感到万分痛心。

"什么时候拘禁了尚书令王肃？他如今可也是驸马都尉啊,任城王怎么就拘禁了他？"元祥惊诧地问。

高肇连连摇头,脸上万分痛心的模样,"我也不大清楚,只是刚从领军将军于烈大人那里听说的。任城王派遣宿卫包围了尚书府邸,拘禁了尚书令王肃,说他里通外国,企图谋逆!"高肇看着元祥,故意又加上一句"王爷真的一点都不知晓此事？难道任城王行事不必通过其他宰辅？"

元祥摇头，"我真的一点也不知晓。任城王没有知会我。"

"那咸阳王元禧乃宰辅之首，他知晓吗？"高肇眨巴着眼睛，看着元祥，明知故问。

元祥摇头，"不知道。这两天没有见他。"

"要是连宰辅元首也不知道此事，这任城王可是太不把你们弟兄放在眼里了。是不是仗势他辈分高，是皇帝的叔祖，自行其是呢？"高肇皱着眉头，继续鼓唇摇舌，拨弄着是非。

这时，高太妃走了出来。高肇急忙向太妃施礼。高太妃笑呵呵地问："你们在说甚大事啊？"

北海王元祥走过来搀扶着母亲坐下，高肇笑着问："太妃身体可好一些？我给太妃介绍的太医医术如何？"

高太妃说："我就是听说你来了，才出来向你道谢你呢。你介绍的这个太医果然医术高明，真是华佗扁鹊再世，手到病除啊。我这胃痛已经好多了。"

高肇说："这就好。我还生怕这太医也是徒有虚名，未能医治太妃痼疾呢，到时候落太妃个埋怨。这就好，我这就放心了。"

高肇知道元祥十分孝敬母亲，有什么大事都向高太妃说，高太妃对朝中大事大多了如指掌，还经常为儿子出些主意，想些办法。他便笑着对高太妃说说："太妃，你可听说宰辅王肃被任城王元澄拘禁了？"

高太妃挑起眉毛，拍了拍手，惊讶地说："这算怎么回事？他怎么单独行事呢？其他几个宰辅王怎么就一点也不知情？"

高肇提高声音："对啊，说的就是这个事。北海殿下不知情，恐怕咸阳王作为宰辅元首也不知情呢。这里面是不是有些隐情？太妃看是不是要与咸阳王通通气？"高肇看着高太妃，大有深意地说。

高太妃频频点头，"是要与咸阳王通通气，看他到底是否知情。要是连元禧都不知情，这任城王可是太过分了！应该向皇帝参奏其事。"

元祥点头，"母亲所言极是。儿这就去见咸阳王元禧，与他商议。"

高肇心中暗喜，他看着元祥说："你去见咸阳王，我在这里陪太妃说说话。"

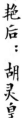

元禧在自己的府邸里歇息，门子来报，说北海王元祥来访。元禧趿拉着鞋，便服出来见元祥。都是兄弟，元祥也不在乎元禧的随便。

"二哥这两日，没有进宫吧?"元祥落座在厅堂上，看着元禧坐下，问。

元禧点头："皇帝没有召唤，也就没有进宫，在家里歇息着。今日感觉身体困乏，精神不济。"元禧抱怨着。

元祥嬉皮笑脸地问："二哥不是房中过于劳累了吧? 娇妻美妾数十，焉能不累?"

元禧笑着，"二哥我虽然娇妻美妾数十，可皆不若小弟之爱，弟妹宋王刘昶女，艳丽可人，实乃天下尤物。"

元祥并不喜欢这正妻刘氏，他只宠爱妾范氏，听到元禧提起刘氏，皱起眉头，又是摇头，又是摆手，"二哥快别提她，提起她我就心里烦。不是遵从高祖诏命，小弟怎么能娶她回家?"

元禧笑着，"不说了。你前来有何事? 不是来问候我的吧?"

元祥敛容正色，稍微往元禧那边探着身体，"二哥，可听说尚书令王肃之事?"

元禧看见元祥一脸严肃，知道事情非同小可，也敛容端坐，"王肃何事?"

元祥点头，"二哥与小弟一样被蒙在鼓中了! 我这位于末尾的宰辅也就罢了，你可是宰辅之首啊，尚且全不知情，这任城王也特仗势自己辈分，不把你我兄弟放在心里了!"元祥一脸不满意之色。

"到底何事啊，惹你如此不高兴?"元禧虽然并不喜欢这小弟，见他眼下如此替自己打抱不平，倒是有些感动。

"任城王瞒着你我，私自以叛逆罪名拘禁宰辅王肃! 二哥，你说，他是不是太不把我们兄弟放在眼里? 你是宰辅之首，这么大的事，是不是应该先与你商议一下?"

元禧腾地从座位上跳了起来，他眼睛瞪得如铜铃一般，看着元祥，"真有此事?"

元祥嘟囔着："小弟何苦哄骗二哥? 王肃已经被于登拘禁在天牢里，等着审理呢。"

元禧愤怒地跺了一下脚，攥紧拳头，自言自语："不像话! 居然私自以宰辅名义行事! 任城王原本就嫉妒王肃，现在是不是公报私仇啊?"

沉河艳后：胡灵皇后

元祥点头，"我看是这么回事。他对高祖遗诏任命王肃为宰辅一直心怀不满，他不是私下抱怨过多次吗，对王肃位居他之上甚为不满。现在，可叫他找到一个报复机会。二哥，我总觉得这里有些蹊跷，我以为王肃不会叛逆。你看呢？"

元禧背着手，走了几步，思考着元祥的话。"难道有人构陷不成？！"元禧猛然站住脚步，看着元祥，"是谁揭发的？"

元祥说："好像是一个叫严叔懋的北投的南人。"

"来人！"元禧朝外喊。

元禧的长史急忙跑了进来。

"立即派人去吴人坊捉拿一个叫严叔懋的人！"元禧厉声吩咐着。长史急忙跑了出去。

元祥接着问："二哥，你看，这事该如何对付？是置之不理，还是奏劾皇帝陛下，参奏任城王私自拘禁宰辅，破坏宰辅规矩？"

"不能置之不理！"元禧挥着手，在空中劈了一下，"置之不理，会让任城得寸进尺，以为我兄弟怕他！这无异于姑息纵容！要是能够找到构陷凭证，我要奏劾皇帝陛下治重罪于他！"

"现在呢？我们是等着抓来严叔懋再做抉择呢，还是先行表奏皇帝陛下？"

元禧想了想："我想，恐怕抓不到严叔懋。你想，如若构陷，那部署构陷之人定会出手杀人以灭口。我看，还是先表奏皇帝的好！"

元祥点头："小弟也是此意。那好，你我兄弟联名表奏皇帝，奏劾任城王私自拘禁宰辅，请求皇帝罢免其宰辅职务！诏其归第！"元祥断然说，站起身。

"好，就这么办。"元禧点头。

"小弟这就去命茹皓拟写表奏，奏劾任城王！小弟告辞了！"

元禧看着元祥急匆匆的背影，露出一丝讥讽的微笑。他知道这小弟的毛病，他这么急匆匆而去，一定又借机去心腹茹皓那里私会安定王元燮的妻子高氏。

安定王元燮是景慕皇帝即拓跋涛太子拓跋晃的五子拓跋怀的次子，长兄早逝，他便承袭父亲爵位，如今，出任华州刺史，留家眷京城。他的妻子高

沉河艳后：胡灵皇后

氏是茹皓妻子的堂姐,经常到茹皓府上看望堂妹。有一次,元祥在茹皓府上见到这高氏,便心迷神移,日思夜想,终于勾搭到一起。元祥便经常寻找借口到茹皓府上去与高氏私会。安定王元燮按辈分计算,是元禧、元祥弟兄的叔祖,这不光彩的被礼教斥之为"烝"的事情,虽然被元祥密闭左右,但还是风言风语传了出来,宗室成员大多都知道。不过为维护皇家宗室名誉,谁也不说破,都装作不知道似的。

2.皇帝游戏华林园　兄弟争宠御座前

皇帝元恪躺在寝宫的大床上,搂抱着贵人于宝玲。于宝玲给了他最大的快乐,这十四岁的小贵人丰腴温柔,像个温柔的小猫,蜷缩在他的怀抱里,给了他许多慰藉。年底的洛阳,还是有些冷,他不想离开温暖的被窝,更不想离开贵人温暖的肉体。

皇帝元恪睁着眼睛,看着阳光透过琉璃窗,落在寝宫。

转眼到了年底,马上就要进入景明二年的正月,他践阼已经快一年了。原来打算效仿父亲高祖皇帝持服三年的想法早就消失得无影无踪。虽然从纳于贵人开始就已经结束了持服,可朝廷依然由五宰辅辅政。按照高祖遗诏,六宰辅辅政三年。新一年里,要不要继续让宰辅辅政下去呢?这些日子,他思谋的就是这一个问题。

昨晚,舅父高肇来与自己做了次深谈。

到底该怎么办?他应该再去询问季父北海王元祥。他现在最为倚重的就是舅父高肇与季父元祥二人。

元恪坐了起来,于贵人伸出丰腴的玉臂紧紧抱住元恪,嗲声嗲气地说:"皇帝陛下,再睡一会嘛!外面多冷啊!"

元恪低头亲吻着于贵人于宝玲娇嫩的脸蛋,"朕有要事,不能不起身了。你多睡一会吧。"

"陛下,起身了吗?"内侍扫静和徐义恭走进寝宫,恭垂双手,在帏帐外低声下气地问,"护军将军、京兆王询问,今日皇帝有无出行安排,是否去华林戏射?"扫静典皇帝栉沐,负责给皇帝元恪梳头洗脸,徐义恭为皇帝穿衣穿鞋,他们日夜与皇帝在一起,很得皇帝喜欢。

于宝玲听着内侍监的问话，突然想起父母的嘱托，父母要她在皇帝面前进言，希望皇帝把她的妹妹赏赐给皇帝的哪个弟弟。她入宫以后，反复观察，认定这京兆王元愉最能干，最得皇帝的信任，她该让皇帝把妹妹于宝珍赏赐给京兆王元愉。

"陛下，你再躺一会，妾身有事请求陛下恩赐。"于宝玲紧紧抱住元恪的脖子，把元恪拖进了被窝。

"传话京兆王，让他暂且在大殿等候。"于贵人提高声音对帏帐外的内侍监说。

元恪只好又躺了下来，"贵人，何事啊？"

于贵人把脸拱进元恪的胸脯，蹭来蹭去，哼唧着撒娇说："京兆王年轻有为，忠心耿耿护卫陛下，妾身想把妹子给他，不知陛下可同意？"

元恪扳过于贵人的脸颊，在她娇嫩的脸蛋上吧唧亲了一口，"当然同意了。朕之兄弟之亲事，朕有权过问。先皇高祖有过诏令，要诸王娶世族女儿为妻。记得二叔父元禧不听从高祖诏令，找了一个隶户女娃做侍妾，被高祖责备，罢黜了官职，以示警诫。朕也要效仿父皇，为朕的弟弟们规定礼制，让他们按照朕的意思联姻。爱卿的妹子，朕同意赏给京兆元愉做妃。"

"感谢陛下恩赐！"于宝玲于贵人高兴地抱住元恪，亲了又亲，"陛下，赶快宣京兆王，宣布陛下旨意！"于贵人忍耐不住，掀开被窝，坐了起来，

元恪笑着，"瞧把你急的。宣告旨意，也得等我起身之后吧。对，不如你做主，再选几个世族女娃，一起赏赐四个弟弟，以显示朕之兄长之关心。废太子元恂被父皇赐死，老七早夭，朕对四位弟弟要关心备至，以效仿先皇遗风。"元恪说着，面容显得沉痛庄重起来。他的父亲高祖孝文皇帝对上孝悌有加，对弟弟爱护关怀，给他树立了很好的榜样，他要以高祖孝文皇帝为楷模。

于贵人抱着皇帝元恪，好一阵亲热，她的小嘴在元恪耳边厮磨着，把元恪挑逗得又是激情荡漾，他抱着于贵人，在她温柔、滑爽、丰腴的怀抱里亲吻，抚摩，尽情发泄自己的欲望。于贵人吃吃艳笑着，任元恪在她的怀抱里揉搓，她在元恪的身下故意扭动着，有意逢迎着元恪，让元恪感觉到更加舒畅。元恪累得满身大汗，喘息着，好一会，才慢慢平静下来，仰面躺了下来。

于贵人侧身俯在元恪身上，用手指轻轻划拉着元恪的脸颊，妩媚地笑着

沉河艳后：胡灵皇后

问："陛下，听说宰辅已经罢免了我大伯的领军将军一职，要把他外放到恒州做刺史，陛下可知道此事？"

元恪抬起头，惊讶地问："为什么？朕没有听说啊。"

于贵人还是微笑着，很淡然地回答："妾身只是听说，到底为什么，妾身不敢打听。好像是因为宰辅元禧不大喜欢他，没有答应他的什么请求。"

元恪推开于贵人，坐了起来。这么大的事情，宰辅为什么瞒着他？宰辅王爷到底想干什么？元恪警觉地想。看来，是要过问宰辅辅政情形了。

于贵人见皇帝元恪沉思，急忙向外喊："皇帝起身，过来伺候！"

内侍监徐义恭躬身趋步，轻悄得像猫一样，没有一点声响走到龙床前，挂起金黄的锦缎帏帐，伺候着元恪穿衣、下床，内侍监扫静给皇帝净面、梳妆。

"去传大将军高肇，让他到华林园清凉殿等待。"元恪对内侍赵修说。

精神焕发的元恪用过早膳，走出寝宫，来到东堂。等在那里的京兆王元愉急忙上来给皇帝元恪行礼。

右护军将军、京兆王元愉，是高祖孝文皇帝七个儿子中的二子，袁贵人所生，字宣德，太和二十一年封。拜都督、徐州刺史，他以彭城王元勰中军府长史卢阳乌兼任自己的长史，把徐州事务，无论巨细，全交付他掌管，自己身在京城皇宫，为皇帝元恪的右护军将军，出入宫掖，晨昏寝处，为皇帝安全奔走。他的右护卫府，就在皇宫阊阖门御道西，与左护卫府相对。

十七岁的元愉，高大健壮，英俊魁梧，一表人才。他与皇帝元恪一样，喜欢华美服饰，今天，他又换了一身华丽的服装，穿着鹿皮靴子，等着陪皇帝去华林园戏射。

皇帝元恪摆手，不让元愉下跪，他笑着对元愉说："今日朕要赏赐你妃子。于贵人之妹，出于名门，朕与于贵人都看好你，赏她为你正妃。等新年过后，正月忙完，你便可迎娶入门。"

京兆王元愉心里一沉：兄长皇帝怎么平白里想起赐妃于我呢？这可是多此一举！这些日子，他正想着回徐州去接他心爱的杨翠玉来京团聚呢。回京几个月，他越来越思念他的杨翠玉。不是为父皇守孝，他早就带着她回京来。想起杨氏，京兆王元愉心里就泛起一阵一阵的激动。杨翠玉那清脆婉转的歌喉荡漾在他的心头，让他激动得不能自已。

京兆王的眼前浮现出在徐州第一次见杨翠玉的情景。

那一天，是草长莺飞、杂花生树、乱花迷眼的烟花三月，他带着几个随从在徐州外游玩。游玩了一天，傍晚时分他回城去，在迷离的夜色里，春风吹拂下，走过了繁华热闹的大街，十七岁的他，在春光春风里，被温暖的春天激荡得春心荡漾，春心摇曳。突然，一阵歌声隐约缥缈传来。元愉勒住马，停住脚步，侧耳倾听，一阵一阵的歌声在朦胧的夜色里越来越清晰。这歌声清越、婉转、悠扬，动人心脾。

这是一个歌女在演唱南曲。元愉听惯了北方《真人之歌》《阿干之歌》《敕勒川》《凉角鼓吹》《凉州曲》一类激越、慷慨、豪迈的北地鼓吹乐，乍一听到这婉转、悠扬的南曲，元愉一下子就被深深地吸引住了。他从小喜爱音乐，对各种乐迷恋得很。加上歌女的歌喉很美，清脆中带一点豆沙似的沙哑，唱得凄婉、悠扬、哀怨，如泣如诉。

"我所思兮在泰山，欲往从之梁父艰。

侧身东望涕沾翰。美人赠我金错刀，何以报之英琼瑶。

路远莫致倚逍遥，何为怀忧心烦劳。

我所思兮在桂林，欲往从之湘水深。

侧身南望涕沾襟。美人赠我琴琅玕，何以报之双玉盘。

路远莫致倚惆怅，何谓怀忧心烦伤。"

元愉翻身下马驻足倾听着，不知不觉地被歌声所吸引，慢慢移步，向歌声来处走去。那婉转袅娜的歌声依然唱着：

"我所思兮在汉阳，欲往从之陇坂长。

侧身西望涕沾裳。

美人赠我貂襜褕，何以报之明月珠。

路远莫致倚踟蹰，何谓怀忧心烦纡。"

元愉如醉如痴，迷迷糊糊，顺着歌声来处，左拐右拐，来到一个街坊，在一个朱红色大门前站住了脚。朱红大门紧紧关闭着，两只白石雕刻的麒麟门墩立在大门两旁。大门上挑挂着两个大红灯笼，火红的蜡烛光在红色纱笼里摇曳跳跃，闪闪烁烁，明明灭灭，映照着灯笼上的三个金色大字：翠

沉河艳后：胡灵皇后

香院。

婉转的、如泣如诉的歌声又从朱红大门里飞了出来，在朦胧的夜色里飘荡：

"我所思兮在雁门，欲往从之雪纷纷。

侧身北望涕沾巾。

美人赠我锦绣缎，何以报之青玉案。

路远莫致倚增叹，何谓怀忧心烦惋。"

元愉把马交给随从，自己推门走了进去。长史卢阳乌一把扯住他，小声说："王爷，这是青楼女子所在，王爷进去不妥。"

元愉甩手，"有甚不妥？我是本州刺史，微服访民，进去探访，不为寻花，也不为问柳，有何不可？"

卢阳乌不敢再行阻拦，只好与随从等在大门外，听任元愉独自进去。

元愉进到院中，院中灯火通明，一座二层朱红木楼上，画牖雕梁，灯光明亮，敞开的窗户里，可以看到一个年轻女子，正怀抱琵琶，自弹自唱。

元愉不敢造次，大声咳嗽了一声，提高声音问："有人吗？"

一个老苍头从屋里走了出来，作揖行礼，"客官，何事造访？"

元愉问："这里可接待客人？"

老苍头道："客官，这院还没有拾掇好，姑娘尚且不备，还未曾开张。请客官改日再来。"

元愉指着楼上的姑娘身影问："那不是姑娘吗？"

老苍头摇头："那姑娘是刚从南边过来的女子，与东家有些亲戚，并不是接客姑娘。"

元愉说："我是本州刺史，我要见见这女子。有劳老人家请她下来。"

老苍头听说来人是刺史大人，急忙作揖，"请刺史大人饶恕老奴眼拙，有眼不识泰山。老奴这就去给大人请。"

说着，老苍头颤巍巍地上楼去。过了一会，环佩叮当，裙裾窸窣，一阵暗香袭来，一女子抱着琵琶款步从楼梯上飘然落了下来。

元愉的目光被飘然而落的女子吸引住，他呆呆地盯着楼梯上的飘然而来的佳人，几乎以为是天上仙女飘落人间。

那女子来到元愉的面前，双手放在腰间屈腿行礼，轻启双唇，吐出清婉的令人心醉的声音:"可是官人传唤奴家?"

元愉看见这女子,杏核眼,樱桃口,柳叶似的一双细眉弯弯,映衬在白皙粉红的脸庞上,分外好看,看年纪,与他相仿,不过十五六岁模样。一切都跟他想象的一样,那样美丽吸引人的歌喉,正该配这么美貌的长相,配这么年轻的模样,真是天生的尤物。元愉心花怒放,喜不自禁。

"是本官叫你。"元愉坐到厅堂的椅子上,指了指一把椅子,"你坐下。本官问你的姓名,请你如实说来。"

那女子坐了下来,抬眼看了看元愉,又随即垂下眼睑,回答道:"我姓杨,叫翠玉。扬州人氏,扬州兵乱,随父母逃到徐州,投奔亲戚。不想父母染病,双双亡故,留下我无依无靠,孤苦伶仃。亲戚见我会唱歌,就把我送进这翠香院,说是等开张以后让我接客。想起身世,愁苦未来,刚才就唱了起来。不想惊动了官人,奴家罪该万死!"

杨翠玉可怜楚楚的样子叫京兆王元愉好一阵心疼。他看着杨翠玉问:"本官带你回刺史府衙,你可愿意?"

杨翠玉扑通一声跪到元愉面前,两行晶莹的泪珠扑嗒扑嗒滴落在面前,"官人若是搭救奴家出此火坑,奴家愿意随官人去,愿意为官人扫地做饭洗衣、端茶倒水铺床叠被伺候官人!奴家什么活都能做!奴家不怕吃苦受累!"

元愉笑着说:"我可不要你扫地做饭,我只要你给我唱歌!现在就跟我走吧!"

元愉起身,拉着杨翠玉站了起来,"我们走吧。"

苍头见杨翠玉要跟着走,急忙伸出双手拦住去路,喊着:"翠玉,你不能走!你走了,我怎么向你舅舅交代啊?他要问我要人的啊!"

元愉沉下脸,大喝一声:"你让他到徐州府衙要人!"他一把拨拉开老苍头,挽着杨翠玉走出大门,抱起杨翠玉上马,在随从的簇拥下回到府衙。

从此以后,杨翠玉就伴在他的身边,每晚为他演唱南曲,为他演唱《子夜歌》《子夜四时歌》《杨柳歌》《采桑曲》《梁父吟》,教他唱《孔雀东南飞》。他也教杨翠玉唱北地的《折杨柳歌》《敕勒歌》《木兰歌》。几个月他和杨翠玉朝夕相处,心心相印,正像北地歌里所说:天生男女共一处,愿得两个成翁姬。杨翠玉已经成了他朝夕不可分离的"马鞭"。"腹中愁不乐,愿做郎马

沉河艳后：胡灵皇后

鞭。出入撰郎臂,蹀坐郎膝边。"杨翠玉唱着北地歌来表达她的心意。

想到这些,京兆王元愉小心翼翼地对元恪说:"陛下,小弟在徐州已经有了家室,请陛下开恩,允许小弟回徐州把她接到京师来同住。"

皇帝元恪惊奇地扬起眉毛,不大高兴地说:"这么大的事,你居然不让朕知道?国朝规矩你该是知道的。这联姻必得朕之恩准。当年各位叔父,可都遵从高祖诏命,娶名门名族女儿。你那媳妇,是哪家望族的女娃?"

元愉张口结舌,不知如何回答皇帝陛下的问题。杨翠玉不仅不是名门名族之后,甚至还出身歌女,他敢把这如实告诉皇帝陛下吗?

元恪见元愉犹豫着不回答他的问题,更加不高兴,他阴沉下脸,阴郁的目光注视着元愉,"朕告诉你,她若不是名门出身,朕决不答应你接她进京城!"

元愉心里发慌。这该怎么办?他略加沉吟,眼睛转了一下,随口而说:"陛下放心,小弟怎能不顾国朝颜面。小弟内室,绝对的望族,她是陇西李氏名门之后。"

"陇西李氏?"元恪反问,"谁的女儿?朕怎么没有听说过呢?"

元愉掩饰着自己的慌乱,随机应变,"她是李冲的一个从妹。"

元恪狐疑地看着元愉的眼睛,"真的?若是欺瞒朕,可小心朕惩罚于你!"

"真的,真的!小弟哪敢欺瞒皇帝陛下呢?"元愉一脸诚恳,连声说着。

"好吧,朕允许你把她接进京城。不过,朕的诏令是你必须娶于贵人之妹为正室。不过,她年纪还小,可以等一年再行迎娶,你可以先去接李氏进京,只能做妾。记住没有?不得为妃!"

元愉不敢违抗,只好答应着。走一步说一步吧,只要能够先把杨翠玉接来他就感谢不已。另外,等把杨翠玉接进京城,一定要先去请李冲家人来认下杨翠玉做族人,改杨翠玉为李翠玉以应付皇帝。这事千万不能忘记,否则欺君之罪他可吃罪不起。元愉在心里叮嘱自己。

左护军广平王元怀神采奕奕、精神抖擞前来见元恪。

左护军将军广平王元怀是高祖最小的儿子,比元愉小一岁,才十六岁,他与皇帝元恪一母所生,元恪待他自然比待元愉更亲热一些。

"小弟前来见陛下。"元怀笑嘻嘻地拜见皇帝元恪,态度随便亲热得很。

元愉看着元怀的衣着,暗自与他做着比较。元怀的衣服式样似乎比他更新一些,脚下的皮靴是更为金贵的麂皮制成,头上的冠帽崭新。元愉不无嫉妒地想:这家伙,又做了一套新衣! 我这套显然不如他的时兴了。

元恪招手,让元怀过去。元怀嬉笑着跳跃式走到元恪面前,皇帝元恪指了指旁边的座位,让元怀坐下,笑着问:"你在城外弄的那块地,干什么用啊?"

因为是一母所生的兄弟,元怀在皇帝元恪面前一点也不拘束,他哈哈笑着,"皇帝陛下耳目灵通,陛下从哪里听说小弟弄了块地呢?"

元恪捶了元怀一拳,"你说有无此事?"

广平王元怀只好承认,"有此事。小弟准备用来建造一所寺院,以参佛礼佛。王公显宦纷纷响应高祖和陛下的诏令,到处建佛寺以明志,小弟是陛下亲弟,怎么也不能落在他们身后啊!"元怀嬉皮笑脸地说,一点也不畏惧皇帝元恪的威严。

元愉看着皇帝元恪和元怀亲密无间谈话,心里很是不舒服,暗想着:这家伙又弄了一块地,一定是抢来的! 我可不能输给他,明天也要去城外找一个好地方,建一所更大的寺院,超过他!

元恪丝毫不介意弟弟元怀的随意态度,他还是嘻嘻哈哈笑着说:"朕听说你强占民房,可有此事?"

元怀瞪起双眼,摆手说:"没有的事! 小弟占的那块地原本荒地,没有村落的!"说到这里,他突然扭过头,指着元愉,"是不是你在陛下面前嚼舌头说我坏话?"

元愉沉下脸,生气地说:"你凭什么血口喷人? 我什么时候说你坏话了?"

元怀知道元愉一直在暗中与他较劲,与他较劲争抢皇帝的宠爱。不过,他不屑一顾,他与元恪是一母所生,是文昭高皇后的亲生血脉,他能比过自己。

元怀见元愉不承认,便指天画地地诅咒着:"谁要在背后说我坏话,让他舌头上长疔疮! 让他烂舌头!"

元愉涨红了脸,他抢步冲过去,抓住元怀的衣襟,面对面鼻子对着鼻子,

沉河艳后：胡灵皇后

喷着吐沫星子咆哮着:"你凭什么诅咒我!"

皇帝见两个兄弟脸红脖子粗地要打起来,急忙起身站到他们中间,阻拦着,"算了,算了。朕不是听元愉说的,朕是听宰辅说的!"

元怀拨开元愉的手,斜了他一眼,"不是你说的,就算了。我诅咒那说我坏话的人,你急什么啊?"

元愉放开手,嘟囔着退到后面。

元恪笑着,"你二人怎么就像针尖对麦芒一样,总是吵嘴?你二人乃朕之左右护卫,要一心护卫朕之安危才是啊。走,去华林园戏射,舅父在那里等着呢。"元恪对元怀说。

殿中监、常侍赵邕和主马常季贤已经为皇帝备好车乘。皇帝元恪走到金根车车乘旁,微笑着拍了拍赵邕的肩膀,赞赏他的工作。

赵邕,字令和,聪明机敏,善于逢迎。从小生活在李冲府上,为李冲奔走按摩、端茶递水、牵马备鞍,先意承志,逢迎周全,很得李冲喜爱,李冲允许他与自己的儿子一起玩耍一起读书。后来,李冲任他为门子随从,凡是想巴结李冲的人,首先要想方设法结交他,才能如愿以偿。高祖太和中,在李冲的举荐下做了殿中监,给事左右。元恪即位,依然位居殿中监,兼常侍、侍中,元恪出行,他与赵修陪乘元恪左右,兼车校尉,执辔同载。

赵修、赵邕、扫静、徐义恭,此四人,现在是皇帝元恪最为亲近的内臣,经常陪伴皇帝左右。

皇帝元恪乘坐着城内出游的金根车,左右护卫将军元怀和元愉骑着高头大马,带着几百御林军,出了阊阖门,向开阳门方向的华林园驶去。

皇帝元恪出行的队伍来到开阳门内。在开阳门御道东和建春门内御道北之间的地方,有一大片树林,这里原是晋时的太仓。

元愉指着那片光秃秃的树林,问皇帝元恪:"陛下,这一大片地方,为什么不用来盖所寺院呢?要不赏赐给小弟,让小弟在此盖一所大寺院,给国朝祈福,给皇帝祈福。"

皇帝元恪正要回答,左护卫将军元怀急忙说:"陛下,这里紧靠华林园,还是先空下来将来给太子修建东宫的好。"

"也好。空着吧,将来就在这里修建东宫。"元恪笑着看着路外的树林。

元愉不满意地白了元怀一眼,元怀挤了挤眼睛,做了一个得意扬扬的鬼脸。

队伍经过翟泉,翟泉日夜从地下涌流出清凌凌的泉水,汇合成一个大池,池南北一百二十步,东西七十步,周回三里。池水清澄,洞底明净,鱼翔浅底,龟鳖遨游。这翟泉是春秋时王子虎与晋狐偃结盟的有名地方。

过了翟泉池,来到城南开阳门与东门建春门之间的东南角落,这里便是著名的华林园。高祖经常在华林园接见宴请臣属。

元恪在元怀和元愉的护卫下,进了华林园。一进园门,便是一片清凌凌的蓝色水面,这片海子,汉代叫天渊池。《史记·天官书》说,东宫苍龙七宿。高祖定都洛阳准备在此修建东宫,于是把华林园叫苍龙海。天气冷,海子上结了一层冰,在阳光的照射下,闪烁着耀人眼目的光芒。一些士兵在海子边忙碌着,从水面上破冰,一块一块的冰被运送到海西的藏冰室贮存起来,到来年六月出冰,分给百官享用。

海子中间有九华台。高祖于九华台上建清凉殿,台上还有钓台殿,殿与殿之间,并作虹霓阁,可以在空中乘虚往来。每年的三月三上巳日,秋季的巳辰九月九日,皇帝来这里驾龙舟游冶。海西南有景山殿,景山山东有羲和岭,岭上有温风室。景山西面有姮娥峰,峰上有露寒馆。这些殿馆,全都建有飞阁相通,凌山跨谷,互相勾连。景山山北有玄武池,山南有清暑殿。殿东有临涧亭,殿西有临危台。景阳山南,有百果园,各种果木分别成林,林间有堂。

华林园产有著名的仙人枣,长五寸,把之两头皆出,核细如针,霜降乃熟,味道极甜。传说这仙人枣,出自昆仑山,也叫西王母枣。又有仙人桃,赤红鲜艳,表里照彻,得霜乃熟。传说仙人桃也出自昆仑山,又叫西王母桃。华林园东南,是一大片茂盛的柰林,夏天结红彤彤的柰果。

柰林南有石碑一所,魏文帝所立,题云“苗茨之碑”。高祖于碑北作苗茨堂。柰林西有都堂,有流觞池,堂东有扶桑海。凡此诸海,皆有石窦流于地下,西通榖水,东连阳渠,也与翟泉相连。若是旱魃为害,谷水注之之不竭,若是大雨滂沱,阳渠谷水又可以泄水,使之不满。海池里,鱼虾鳖龟,濯波浮浪,珍奇禽鸟,荡漾水面,悠然自在,怡然可爱。

元恪来到九华台,俯视鸟瞰着台下的海子。海子上的冰面反射出强烈

的亮光,晃得人睁不开眼睛。元恪望着宽阔的水面,对左护卫将军元怀说:"海面如此宽阔,一览无余,大煞风景。海子中央宜作蓬莱山,山上修仙人馆,朕于盛夏酷暑,上蓬莱山,入仙人馆,不亦赛秦皇汉武乎?"

内侍监、内侍中赵修躬身作答:"陛下,臣立即传达陛下诏令于匠作总管王遇,即可动工。"

赵修,字景业,赵郡人,原本是元恪太子东宫给事,为白衣左右。他身材高大,魁梧,膂力过人,充当皇帝左右近侍,保护皇帝安危。他又酒量过人,酒宴上逼劝觞爵,代皇帝饮酒,为皇帝解围,可以与酒量惊人的北海王元祥、广阳王元嘉比试高低。但是,他天性暗塞,不闲书疏,不参文墨。

元恪见赵修提到匠作总管王遇,叫他想起夏天下的一道诏令,诏令王遇到伊阕山去开凿石窟,雕凿先帝高祖孝文皇帝石像。同时,在京城建造寺院,以超度皇考皇妣。不知这工程开始了没有。

"伊阕山石窟开凿工程,开始了没有?"元恪问赵修。

"陛下放心,伊阕山工程正在勘察中,已经选定石壁,总管王遇正请画工作像,正式开凿,不日动工。"

元恪点头。这伊阕山雕凿石像的工程一直牵挂着他的心。从他即位那天起,他就决心在洛阳伊阙山为父亲和母亲雕凿两个大大的、超过平城石窟的大佛,以显示他的孝心和礼佛的虔诚。这不仅是他的愿望,也是父亲高祖的愿望。

高祖忙于迁来洛阳以后,虽然一直挂念着在伊阕山开凿一个武周山石窟那样宏伟的石窟群,为文明太后雕凿一个石像,可是,这一切还没来得及部署,他南征北战积劳成疾,英年早逝。

高祖的宏图要靠自己来实现了,元恪想。不过,元恪并不想雕凿文明太后石像,因为他不大喜欢严厉的祖母文明太后,祖母只喜爱废太子元恂,对他和其他弟弟冷淡严厉得很。他践阼后,下诏诏大长秋卿白整和王遇在准代京灵岩寺营造石窟,于洛阳伊阕山为高祖、文昭皇太后营石窟二所,雕凿父亲高祖和母亲文昭皇太后石像。

中常侍王温王桃汤急匆匆走来。赵修迎了过去,王温向赵修嘀咕几句,赵修又匆匆走到皇帝元恪身边,小声对元恪说:"陛下,高大人已到清凉殿等待接驾。"

高肇在清凉殿里走来走去，焦急地等待皇帝元恪到来。为了不引起外人注意，他早早来到华林园。得到皇帝召见的诏令，让他感到非常高兴和自豪。毕竟是甥舅关系，皇帝待他就是不一般。今天，他一定要把心里担忧全盘向皇帝元恪说出来，一定要引起皇帝元恪的重视。这几个月，他经过多方打探、侦察，暗中搜集到许多有价值的情报，这些情报关系到国朝安危、关乎着外甥皇位安危，可都是天下第一的头等重要之事情，万不能让皇帝掉以轻心。

　　他所搜集到的第一件事情是关于咸阳王元禧的。

　　那一天，他看见于烈气哼哼地从宰辅元禧府中出来，急忙上前去打招呼。"于领军，公干呢！"

　　听到高肇喊，于烈站住脚步。从侄女进宫起，他就与高肇建立了亲密的关系。

　　赶上来的高肇见于烈满脸的愤怒，安慰似的拍着他的肩膀，笑着问："于领军生的甚气啊？"

　　于烈甩手，"咳！我这领军干不成了！"

　　高肇惊讶地说："何故出此言啊？谁不让你干领军了？皇宫和京都可都有赖领军你的防卫呢！"

　　于烈张了张嘴，欲说又止，他心里犹豫着不知道该说不该说。这高肇是皇帝的舅父，而惹他生气的是咸阳王元禧，向他说出来，会不会又传到咸阳王元禧的耳朵里？

　　高肇见于烈欲说又止，知道他心有顾忌，就拉了他，说："这里不是说话的地方，到我府上小酌几杯。"

　　高肇与于烈回到自己府邸，进入书房，把所有奴仆都打发走。为了打消于烈的顾虑，高肇首先表明态度，"于大人，我可以猜想你为何生气。"

　　于烈还是一脸气愤，瓮声瓮气问："高大人说说看。"

　　高肇笑着，"因为宰辅欺人太甚。"

　　于烈惊讶地扬起眉毛，"高大人听说了老夫事情不成？"

　　高肇背手，在书房里走来走去，"我没有听说于领军事，可据我猜测，一定如此。近来已有不少朝臣暗地抱怨，说宰辅用权，全然不把皇帝陛下放在眼里。"

沉河艳后：胡灵皇后

"皇帝陛下知道此情吗？"

高肇呵呵笑了起来，他站到于烈面前，一脸狡猾，"你也算是皇帝岳父，你能不知道皇帝陛下的态度？于贵人难道就不向你透露一些口风？"

于烈摇头，满脸冤枉，"老夫真不知道。于贵人虽是老夫侄女，可老夫也不能经常见到她。再说老夫恪守职责，不敢超越职责打探皇帝事情。"

高肇连声夸赞着："于领军一门忠烈，于大人秉性耿直，这是朝中人所共知的。小弟景仰之至。不过，凡是关系国朝安危之事，我们有义务让皇帝陛下知情。"

于烈点头。

高肇继续晓以大礼，"宰辅弄权，朝臣啧有烦言，此事乃关乎国朝安危大事，你我皆为国朝近亲，不可不问。于领军，你说呢？"

于烈深深点头，他已经被高肇义正词严的大义说动了心。他应该把宰辅的事情说出来，通过高肇上达天庭。

于烈呷了口清茶，抬眼看着高肇："国舅所言不差，老夫确实为宰辅弄权愤怒担忧。前几日，首辅咸阳王元禧遣家童传言老夫，说他有一些旧日羽林、虎贲，请老夫允许他们执仗出入宫禁，说他们可以供老夫差遣。老夫一听，正色回答说：'天子谅暗，事归宰辅，领军只知典掌宿卫，有诏不敢违，无诏不敢从，断无私自行事之权。'那家童怅然而返，把老夫之言传达元禧。元禧大怒，拍桌子咆哮道：'去告诉于烈老儿！说我元禧是天子儿，天子叔，元辅之首，元辅之命，我的话与诏何异？'家童急忙又来见老夫，把他拍桌子的原话传达给老夫。老夫一听，便厉色严词、敛容正色回答他：'过去并不是我不知道殿下是天子儿，天子叔，若是有诏，应派遣官人送达，如此这般地随便指派一私家奴来向我索要官家羽林位置，于烈头可得，羽林不可得！'家童把老夫的话传给咸阳王元禧，元禧大怒，立刻找到录尚书事彭城王元勰，提出撤老夫领军将军一职，授老夫为持节使、散骑常侍、征北将军、恒州刺史，外放到恒州。元禧这报复性举动得到元勰的批准，昨天录尚书事元勰向老夫传达宰辅决定！老夫不愿意接受藩授，连着上表乞求停止任命，刚才，宰辅元禧告诉老夫，上表没有得到应允，还是让老夫赴恒州任职！老夫直接见彭城王元勰，对他说：'殿下忘记先帝南阳之诏了吗？何故如此逼迫老夫啊！'老夫只要以疾病为由，坚决拒绝宰辅任命，坚决不赴恒州刺史任。老夫甩手离开宰辅官邸!"

"原来如此!"高肇背手,在书房里走动,一边沉思着于烈的话。

"元禧为什么要派他的人进羽林宿卫呢?他想干什么?"高肇站住脚步,看着于烈问。

于烈摇头,"不知道。他的家童说,是那些旧人去求他照顾。"

"事情怕不如此简单吧?"高肇转着眼睛,启发着于烈。

"难道还有其他用意不成?"于烈看着高肇,迟疑不决地问。

"定有其他用意!"高肇挥手在空中劈了一下,断然说,"领军大人想啊,羽林虎贲,担当着保卫皇宫大内重任,日夜在皇帝身边行走,把自己人安插进去,意味着什么,不是秃子头上的虱子,明摆着的吗?"

于烈点头,"是这么个理。难道咸阳王元禧他?"于烈急忙噤口,不敢再说下去。

高肇冷笑着,"看来咸阳王是司马昭之心啊。"

于烈曜地站了起来,"这可如何是好?老夫已经不是领军,难以担当护卫皇帝职责。万一咸阳王得手,这?"于烈搓着双手,连连叹气顿足。

高肇拍着于烈肩膀,"于大人不必如此担忧,事情还没有到那地步。我希望大人通过于贵人,让皇帝任命大人之子于登接替大人领军职务,以防这领军大权落入宰辅手里。当务之急是想方设法说服皇帝立即亲政,结束宰辅辅政!"

于烈点头,"对!对!皇帝应立即亲政!宰辅辅政局面该结束了!"

高肇搜集到的第二件事情是彭城王元勰重新起用王肃一事。前些日子彭城王元勰虽然在皇帝面前坚辞录尚书事一职,虽然得到皇帝准许,可是宰辅以为还是由元勰出任此职合适,元禧说服了元勰,也说服了元祥,让元祥暂且把录尚书事交由元勰任。

高肇虽然很不满意,却也无可奈何。而元勰十月就任录尚书事以后,干的第一件事情居然就是把尚书令王肃又调回京城。皇帝在重赏王肃以后,已经任命王肃为扬州刺史,可是,还没有等他赴任,这录尚书事元勰又重新恢复他尚书令的职务,重新进入宰辅之列。当初王肃向皇帝推荐元勰征南,元勰现在投桃报李又起用王肃,这朋比为党的迹象不是太清楚不过的吗?宰辅王爷如此勾结亲近排斥异己,究竟想干什么?这情形,皇帝清楚吗?虽

沉河艳后:胡灵皇后

然他多次向元恪暗示过,可元恪明白其中的利害关系吗?

第三件事情,就是宰辅任城王元澄擅禁宰辅王肃。他想利用这件事,一箭双雕,既除去王肃,又除去另一个宰辅任城王元澄。

高肇在清凉殿里思忖着,猜度着皇帝诏他来的目的,一边思忖着如何向皇帝报告他搜集到的这些重要情况。

"皇帝驾到!"清凉殿外传来宿卫响亮遒劲的喊声。

高肇急忙撩起官袍,跪到门口,等待接驾。元恪走下金根车,径直进入清凉殿。左右护卫将军元怀、元愉没有得到皇帝允诺,留在清凉殿外候驾。

高肇拜见了皇帝,元恪赐座于下。

"舅父,近来朝野可有什么流言?"元恪问。

高肇站了起来,躬身施礼,而后便把自己准备好的一番言论滔滔不绝地说了出来。首先,他向元恪报告了关于咸阳王元禧想安插自己人进羽林虎贲的有关情况。他把从于烈那里听到的关于咸阳王的一切全都讲了出来,顺便还添加了许多自己的想象和补充,以张扬咸阳王的悖行。

元恪坐不住了,他腾地从宝座上站了起来,焦躁地在殿中走来走去,年轻的脸涨得通红,满是愤怒。果然如舅父所说,宗室王是他最大的敌人。元叔咸阳王元禧果然心怀鬼胎,想和他争夺皇帝宝座了。

元恪勉强按捺着满腔的愤怒,对停下来观察他龙颜的高肇挥了挥手,"继续说,还有什么事情?"

高肇立即开始添油加醋,把彭城王元勰如何重用王肃的事情说了一遍。

元恪有些不解,他看着高肇问:"这里面有什么不妥吗?彭城王叔不是想让王肃为朝廷效力吗?"

"哎呀,皇帝陛下,难道还看不出这里面的小九九吗?彭城王这是在拉拢私己结交朋党壮大自己的势力啊!他这是司马昭之心,路人皆知!"

"如此可恶!"元恪被高肇点化,觉得心胸豁然开朗,他的几个王叔父果然都是狼子野心,都在觊觎他的皇位!

"还有其他事情吗?"元恪额角上的青筋直跳,浑身血管都贲张起来。原来,他居谅暗,王叔父都在那里蠢蠢欲动,在暗地里磨刀霍霍,要动手抢夺他的皇位,准备谋反了!

"还有一事，微臣不得不禀报皇帝陛下。"高肇试探着，生怕说得多了，适得其反，引起皇帝对他用心的疑虑。

"舅父尽管说。朕要清楚明了朝廷内外情况！"元恪温和地说，试图微笑了一下，以安抚镇定高肇。

高肇放心了，他立刻滔滔说出任城王元澄擅自拘禁宰辅王肃这大事。

元恪微笑了一下，"这事朕知道，朕刚刚接到咸阳王元禧和北海王元祥的奏劾，他们联合弹劾任城王擅自拘禁宰辅王肃。朕已经下诏处理，免去任城王元澄宰辅及一切官职，听其归第。"

高肇兴高采烈地恭维着元恪："皇帝陛下英明！陛下诏任城王归第，这宰辅王便少了一个，此乃陛下之大幸！宰辅王沆瀣一气，互相勾结，其征兆越来越明显，陛下不可不加以防范啊！"

元恪点头。

高肇又说："皇帝陛下该亲政了，不可再拖延下去。宰辅辅政时间越长，势力越来越大，尾大不掉，皇帝陛下怕是越难控制朝局！"

元恪深深点头，他目光炯炯看着高肇，"朕也渴望早日亲政，可亲政实施恐怕不易。宰辅能轻易交出大权吗？朕居谅暗尚不足三载。"

"够了，够了，这头尾已是三载！如若陛下亲政决心已下，几个宰辅阻挡不了陛下决心！王肃和任城王元澄的宰辅皆已去除，只剩咸阳、广阳和北海三人。广阳王元嘉一味贪杯，经常醉醺醺的，举动言语怪诞失当，朝臣说他癫狂，他虽身居宰辅，却并不为政，近来根本不理朝政之事。臣以为他不足虑。只是这咸阳、北海，还有彭城，这三个皇叔父可堪忧虑啊！"

高肇扳着指头，给元恪分析。

"舅父鞭辟入里，一针见血。不过，季叔祥与朕同心同德，他也曾提醒朕，要防备王专权，朕不疑也。六叔彭城一再请求归第，是朕多次挽留，他也不会心生异念。只是元叔咸阳权势最重，专权最甚，恐其心生叵测。"元恪走来走去。

"陛下明察秋毫。"高肇适时逢迎，"不过，三位王皆拥有重权，又是宰辅，对陛下亲政是最大威胁。"

"朕如之奈何？"元恪走到高肇面前，压低声音问。

"只能如此这般。"高肇把嘴对到元恪耳朵边，小声说。

沉河艳后：胡灵皇后

"谁可信任?"皇帝元恪看着高肇,激动地问。

"领军将军于烈。"高肇掰着指头说。

元恪点头,"于烈乃于贵人至亲,一门三代忠烈,对朕必然一片忠心。"说完,他陷入沉思,又想起一个问题,不得不再请教高肇,"于烈被宰辅所逼,已辞领军将军职务,如之奈何?"

"依臣之见,陛下诏命于烈之子于登为领军将军,接替于烈职务。万不能让此职落入宰辅之手!"

"于登为于贵人之从兄,可以信赖。"皇帝元恪沉思着。最不可信任的就是几个手握重权的王叔,其次是自己的几个弟弟,他们都是天子之子,谁知道他们心中想什么? 谁知道他们是否在觊觎他的皇位呢?

"好,立即召见元祥,传朕之诏,即日起任于登为领军将军,领直寝羽林虎贲!"

3.春祭行阴谋缴宰辅权力 叔父听诏命任皇帝亲政

景明二年(501年)正月,丙申朔日,车驾谒长陵祭拜高祖。

庚戌这天,皇帝元恪祭天祭祖的发驾大队滚出洛阳皇城,天子羽林宿卫开道,卤簿大驾出行,依然按照太祖天兴二年的礼官设定的大驾规模。设五辂,建太常,属车八十一乘,京城令、司隶校尉、丞相奏引,太尉陪乘,太仆御从,轻车介士,千乘万骑,方阵卤簿,鱼丽雁行。

庞大的方阵里,旌旗幡帐,刀枪剑戟、瓜扇鼓吹,在早春阳光中飘荡闪烁,队伍中间,是皇帝乘坐的祭天祭祖的乘舆辇辂车,十六匹纯白大宛马驾车,这象征天子无限尊贵身份的乘舆辇辂,是魏国开国皇帝、庙号太祖的道武帝拓跋珪仿照魏天子的样式又加上他自己的改造建制的。十六副龙轴套十六匹龙马,四衡,车轮中心的圆木为朱红色,车轮为五彩,车身上雕刻着虬、文虎、盘螭的装饰图案,车前为龙首,衔着车扼,衡木上站立着鸾爵,圆盖上装饰着五彩华丽的花鸟虫鱼,装饰着锦鸡、孔雀的五彩羽毛,蛟龙似的流苏随风摇曳。乘舆辇辂上建有十二旗,上面画着日月升龙,旗帜在行进中随风飘荡,发出猎猎的清脆声音。

皇帝的乘舆辇辂之后,是于贵人的金根车,虽然规定金根车是太皇太后、皇太后、皇后祭祀乘坐的车，眼下国朝里没有皇太后和皇后，皇帝便允许于贵人乘坐金根车。金根车，画轴绣轮，华首华盖，插着孔雀羽毛和带旒①的旗帜做装饰，彩轩交落，四马驾车。

金根车后是各位皇子和亲王的鸾辂立乘，画轴龙首，朱轮绣毂，彩盖朱里，龙旗九旒，四匹大宛马驾辕。

大驾出行，为方阵行进。宿卫羽林步骑，内外四重，列标建旌，通门四达，五色车旗，各处其方。诸王导从在甲骑内，公在幢内，侯在步哨内，子在刀盾内，五品朝臣列乘舆前两厢。王侯公子车旒麾盖、信幡及散官构服，皆为纯黑。

一个以皇帝、皇后、皇子为中心的大方阵，在鼓吹雄壮的"阿干之歌"中浩浩荡荡向太庙进发。

这出行的卤簿规矩，还是依照太祖天兴三年（401年）之制。天兴三年，开国皇帝拓跋珪命礼官采古事，制三驾卤簿。一曰大驾，设五辂，建太常，属车八十一乘。平城令、司隶校尉、丞相奉引，太尉陪乘，太仆随从。轻车介士，千乘万骑，鱼丽雁行。前驱为，皮轩、芝盖、云罕、指南，后殿是豹尾②。鸣笳唱，上下作鼓吹。军戎、大祠设。二曰法驾，属车三十六乘。平城令、太仆导引，侍中陪乘。巡狩、小祠设。三曰小驾。属车十二乘，平城令、太仆导引，常侍陪乘，游宴离宫设。今日是国朝大祭，自然是大驾出行。

坐在金碧辉煌、缤纷艳丽的乘舆辇辂的皇帝元恪，心情很是不平静。在太庙，他要着手实施高肇与他密谋的一件大事。

车驾来到太庙举行春季的祔祭。一年四时之祭，是皇帝重大的节日。元恪衮冕，与祭者朝服，在《八佾》音乐声中，鱼贯进入太庙。元恪步入太庙正门，悬乐奏《王夏》，太祝迎神于庙门，皇帝跪拜，悬乐奏迎神曲；乾豆③上，奏登歌，仿佛古清庙之乐，皇帝跪奉；曲终，下奏《神祚》，皇帝行三跪九叩大礼。元恪跪拜七庙，奏着节奏分明的《陛步》，为皇帝指点行止步伐节奏。跪拜以后，皇帝起身出门，奏《总章》《八佾》《送神曲》。旁边，参与祭祀大礼的祭祀武士在音乐旋律的伴奏下，跳起刚劲有力、雄壮好看的《皇始舞》。皇始

①旒：旗帜下面的飘带。
②豹尾：指豹尾车。天子出巡，最后一辆车为豹尾车，车上悬挂豹尾。
③乾豆：祭祀用品，乾，干肉；豆，祭器。

沉河艳后：胡灵皇后

舞,是太祖拓跋珪所做,用来表明他发扬光大始祖大业的决心。

　　皇帝元恪在雄壮的音乐声中和刚劲有力的《皇始舞》的伴随下,祭奠了列祖列宗,完成全部祭拜仪式。然后,皇帝元恪又要冠黑介帻,素纱深衣,亲省斋宫,在斋宫里持斋。之后再冠服及郊,祀俎豆,拜山陵,而还宫。

　　参拜了列祖列宗,祭奠祖宗仪式结束之后,皇帝元恪便在斋宫持斋一日。回宫以后,继续持斋三日。

　　今年,他准备发畿内五万民夫在京师营建 323 坊,让京师洛阳变得更加美丽,更加华贵,更具有天子气派。他还要大兴土木,兴建修缮皇宫。高祖按照周礼天子有三寝的规定,营建了三寝,但是在元恪看来,这外寝、中寝和内寝宫殿,依然过于简陋和朴素,他希望修缮得更加富丽堂皇,以安置他自己和他的皇后。

　　天色黑了下来,皇帝元恪走出皇宫太极殿斋宫,站在前殿的廊下,望着蓝黑的夜空出神。夜空天幕上,闪烁着明灭的繁星。冷风吹了过来,元恪打了个冷战。赵修急忙过来给元恪披上貂皮大氅。

　　"陛下,进去吧,外面冷。"赵修说。

　　元恪摇头。他的心里颇不宁静。

　　"他们在干什么?"元恪轻声问。

　　"在各自斋宫里持斋。"赵修知道皇帝问的什么,急忙回答。

　　元恪点头。持斋之日,互相不见面,也不上朝,各自在府邸缅怀祖先,以求列祖列宗保佑。

　　这时一个威武的将军趋步走了过来。

　　"领军将军于登拜见皇帝陛下。"于登看见皇帝站在廊下,大吃一惊,急忙上前拜见元恪,"皇帝陛下,进去吧,天黑了,外面冷。"于登说。

　　元恪转身,小声说:"随朕来。"

　　赵修小声对于登说:"陛下正等你呢。"

　　于登紧紧跟随着元恪走入寝宫内室,"你在外面守着,谁也不要让进来。"元恪对赵修说。

　　于登随皇帝元恪进入密室。密室里,灯光明亮。

　　元恪坐到宝座上,于登恭身站在元恪面前。元恪坐下,又站了起来,他定定地看着于登,激动地说:"卿父忠允贞固,卿一门三代忠烈,实乃社稷之臣。朕命卿秘密潜入,令他明早入宫,当有处分。"

于登心情激动,虽然不敢询问有何处分,但是他心里明白,一定是有震撼朝野大事发生。皇帝如此信任他父子,他焉能不拼死以助?

于登朗朗回答:"陛下请放心,臣一定让老父按时见驾!"

于登心情激动地离开皇宫,回自己府邸去传达皇帝诏命。刚走出宫门,遇到右护卫将军元愉带着一队手提灯笼的宿卫羽林在皇宫前巡视警戒。

"谁?"他大声问。

于登听出元愉的声音,未免有些紧张。元愉年轻,以为自己是天子儿,皇帝弟,傲气得很,对他并不恭敬,万一他要有意刁难,禁止他这么晚出宫,可怎么好?

于登急忙上前,十分恭敬柔和谦恭地施礼:"于登拜见右护卫将军,殿下!"

"是于领军啊!这么晚,你不在宫里值勤,出宫干什么?"元愉让几个随从一起举起灯笼,上下照着面前的于登,查看着。

"是这样。"于登甜甜地笑着,柔和谦恭地解释说,"皇帝陛下持斋,在佛堂参佛,忘了时辰,臣不敢打扰,故而出宫晚了一些。原本不想出宫,可是突然发现内衣肮脏,不回府换衣不成。无可奈何,只得违反规矩,现在出宫,还请殿下宽恕!"

元愉抽动了一下鼻子,似乎嗅出异味。他挥手说:"去吧。"

于登心里发笑:这小王干净得要命,自己这理由找得真是太好了。"谢谢殿下恩赐!我走了。"他快步离开元愉,向自己府邸跑去。

于烈按时入宫拜见皇帝元恪。赵修把他安置在内宫,等着元恪。

元恪背着手匆匆走了进来,年轻白皙的脸笼罩着无上的威严,他一语不发,走到主位上坐了下来,大眼睛定定地看着于烈,总是不说话。

于烈的心扑通扑通直跳。皇帝陛下召见我到底为了何事?为甚他久久不说话呢?于烈跪在元恪面前,一动不敢动,他极力屏住呼吸,生怕出气的声音会激惹皇帝。他有些后悔,进宫之前没有先找皇帝身边的几个宦人问问情况,这几个阉人可是皇帝身边亲信,对皇帝的事情没有不知道的。像常

侍赵邕,内侍中赵修,朝臣谓之左右二赵,皇帝的事情没有能瞒过他们的。甚至连梳头、主衣、主马的阉人扫静、徐义恭和季贤,都能给以他一些有用的情报,诸如皇帝心情、心境、脸色、出行等。当然,这是需要给他们一些甜头的。今天怎么就把这事给忘了呢? 于烈心里责备着自己。

元恪打量了于烈许久,终于慢慢开口:"于烈,卿可知朕为何召见你吗?"

于烈磕头回答:"老臣不知。"

元恪说:"朕居谅暗,宰辅辅政,卿觉如何?"

于烈磕头,"陛下见问,老臣斗胆进言。老臣以为,宰辅辅政,虽则尽心尽力,但人心叵测,辅政日久,唯恐专权。老臣以为,陛下早日亲政为好。"

元恪点头,"卿果然忠贞,肝胆照人,敢于说真话、说实话,令朕心慰藉! 今诏你进宫,即为此事。诸父怠慢,渐露形态,朕心不安,恐生变故。故而诏卿来,朕欲使卿以兵召其入宫,与之商讨政事。卿其可行乎?"

于烈热血沸腾,他抬起头,朗朗地说:"陛下! 老臣累受君恩,历奉累朝,屡以干练、勇猛、谋略受皇帝赏识! 今日之事,关乎朝廷,陛下尽管放心,老臣不敢辞,必将拼命以死捍卫陛下!"

"卿之部下,可听凭卿之调遣? 此事必得高度保守机密,万不可走漏一丝风声!"元恪站了起来,走到于烈面前,亲自搀扶他起来,叮嘱着。

"陛下放心。老臣部下,直阁将军以下,可以死相托者不下百人。以百人请几王,不费吹灰之力。"

"好,朕这就放心了。事成之后,朕自当厚赏你父子。朕亲政之后,立即立于贵人为皇后! 以报答你父子忠心!"

于烈喜极而泣,"陛下恩德,于烈父子于家满门永志不忘!"

元恪用力握了握于烈的手,"卿即动手,事不宜迟!"

"是! 老臣这就去召集部属!"

于烈退了出去,高肇从后面屏风处步了出来,元恪高兴地说:"事情即可办妥,舅父那里,朕之亲政诏书一切可就绪?"

高肇笑得眼睛都眯缝在一起,"陛下放心,一切都安排妥当。"

"走! 朕于光极殿待诸父!"

咸阳王元禧,在城西别墅小宅里持斋。刚刚在佛堂里坐了许久,感到有些疲累，他信步走出佛堂，对国斋师刘小苟说："我累了，出去站一会。"

像往常一样，他沿着木楼梯上到住宅的眺月楼上，极目远望，作为休息。正月中的天气还有些冷，他披着件紫色的貂皮斗篷，戴着火红狐狸皮帽，站在眺月楼的窗户前，推开向北的窗户，望了出去。洛阳城西的景色，一览无余地尽收元禧眼底。

洛阳城西，有四门，从南到北，依次是西明门、西阳门、阊阖门与永明门。咸阳王元禧的城外小宅，在西阳门外一里御道南，与清河王元怿的住宅隔御道南北相望。当初，他之所以选择这里营造自己的住宅，是因为这里风景美丽，两里开外，有白马寺相望。

咸阳王站在自己府邸的楼上，望着西边的白马寺出神。白马寺的北面，是晋朝时建立的四十多所佛寺保留到今日的唯一一所石塔寺，人们都叫它宝光寺。宝光寺院中有一井，有一浮屠，有一海。

咸阳王望着御道对面宝光寺三层青石浮屠，沉思着。宝光寺的青石浮屠，以青石雕刻着精致完美的图案，飞龙祥云，菩萨佛像，莲花宝座，栩栩如生。石塔前有一个清澈的海，叫咸池，倒映着石塔和蓝天，倒映着海子周围的榆桑柳树，景色很是美丽。海子水面清澈，菱菏覆水，炎热盛夏，荷花出水，亭亭玉立。海子四周，蒹葭丛生，青松翠竹，榆槐杨柳，幽深清净。京邑士子，于良辰美景，明月清风之时，或休沐归告之际，便呼朋喝友，扶老携幼，络绎前来。或置酒林泉，或折藕浮瓜，或泛舟水面，或题诗花圃，或猜拳对诗，或吟啸长唱，热闹异常，乐不思归。

刚刚来到洛阳的时候，他喜欢邀请三五弟兄，带着自己的门子士人，来石塔下的海子畔游玩，喜欢在那片冬天也是碧绿的菜地旁饮酒说笑。

现在不行了。元禧轻轻摇头。这宝光寺已经被清河王元怿圈占进他的宅院，成为他的家产。可惜了那湖光塔影的景色。

想到这里，咸阳王的脸上现出忧虑。近来各位亲王凭借自己的身份权力和地位，纷纷出动强占土地，圈占民宅，建造住宅，建造寺院，一个一个都像疯了似的。听到小弟元祥强占民宅，把孕妇踢得流产，逼死百姓，他曾委婉地劝说过元祥，不仅没有产生影响，他依然强占民田建造豪宅不说，还徒然惹起他的嫉恨，听国斋师刘小苟说，元祥已经在皇帝面前攻讦自己了。

想到这里，元禧叹了口气。上有皇帝支持，王们各行其是，他这宰辅元

首也无能为力。可是，国家是他们元家的国家啊，天下是他们元家的天下啊！宗室王不爱惜这大魏江山，怎么行呢？也许，这样下去，灭大魏的就是元家子弟自己啊！

转念一想，元禧感到可笑。大魏江山只是皇帝元恪的江山，自己不过临时替他照看一下而已，怎么能说天下是他元姓的天下呢？这想法若是叫皇帝知道，也许还会引起皇帝的猜忌呢。何必操那么多闲心，管得太多，只会引起皇帝猜忌。皇帝叔父，从来都是皇帝最为猜忌的对象！从太祖道武帝起，有几个皇叔有好下场！百年来，大魏宗室内自相残杀，何时停止过？只有高祖孝文皇帝奉行孝道，对自己的弟弟和一两个皇叔甚为友爱，极少残害。现在的侄子元恪到底是何种脾性，他还摸不透。即使他元恪有爱护叔父之心，他身边那几个亲信，怎么样呢？能不能容他们这几个皇叔，还真不知道。特别是皇帝那舅父高肇，心怀叵测，一定会挑唆皇帝除去皇叔！

想到这里，元禧感到有些不寒而栗。他裹了裹身上的斗篷，摇了摇头，摇去刚才那些令人不舒服的揣测。想那么多干吗？眼下自己依然是宰辅元首，高肇能奈他何？

咸阳王元禧转过脸，望着自己住宅西边的二里外的白马寺浮屠，微笑着想：自己是宰辅元首，手握朝政大权，是不是也该效法各位王爷，把白马寺圈占进自己的宅院呢？当初，他之所以选择城西建住宅，可就是冲着这白马寺而来的啊！

白马寺，是一个叫他多么向往和喜欢的地方啊。

白马寺，汉明帝所建，是佛教传入中国的开始。汉朝张骞出使西域，从大夏还，听说邻国有身毒国，一名天竺国，才听说浮屠之教。汉哀帝元寿元年，博士弟子秦景宪受大月氏国王伊存口授浮屠经。中土听说，未之信了。后孝明帝做梦梦见金神，长一丈六尺，头颈背后有日月光明，飞行殿庭之中，于是访群臣询问，有人对曰佛。孝明帝派遣郎中蔡愔和博士弟子秦景等出使天竺，写浮屠经书。蔡愔与天竺沙门摄莫腾、竺法蓝东还洛阳。中国有沙门及跪拜之法，自此开始。蔡愔带回佛经四十二章及释迦立像。明帝令画工画出佛像，放置于清凉台及显节陵上，经书放置于兰台石室。蔡愔回来的时候，以白马负经书，明帝于是立白马寺于洛阳城雍门西。摄莫腾及竺法蓝都死在此寺。雍门，即现在的西阳门。

白马寺里到处雕刻绘画着精美的佛像，为四方式。宫塔都依照天竺旧状而建，从一级至三、五、七、九级，应有尽有。宝塔前的茶林①和葡萄，与别处不同，枝繁叶茂，果实硕大。茶林果重七八斤，葡萄果子比枣子还大，味道特别甜，入口满口蜜甜，颊齿留香，名噪京城。待到果实成熟时，皇帝特意命令宫内官员前来摘取，或者赏赐宫人，宫人得到，自己舍不得吃，辗转送给亲属。得到的人还是舍不得吃，又送他人，往往辗转多家。京师到处传唱：白马甜榴，一实如牛。

咸阳王元禧就非常喜欢白马寺的安石榴和葡萄。因为是紧邻，一待果实成熟，白马寺沙门就会专程给咸阳王府送来第一批果实给他尝鲜。他用很深的土窖窖藏起来，可以放置到正月。

元禧眺望着白马寺里的各色浮屠，眺望着白马寺高大华丽的佛堂建筑，看着出出进进去烧香拜佛的男女信徒，觉得有些奇怪。白马负经的故事，大约发生在明帝永平十年，公元67年，距今天已经四百多年，沧海桑田，世事已经变了多少个朝代，皇帝已经该换了多少，可这白马寺香火依旧那样红火。皇帝盛世早就灰飞烟灭，这佛却长久存留。他的荣华显赫能够像白马寺一样永久吗？

刘小苟，他的国斋师，走了过来，关切地问："殿下，看什么呢？"

咸阳王元禧指着白马寺方向，说："看市面风光呢。你看，那里的集市多热闹，熙熙攘攘的，都忙什么呢？"

刘小苟笑着，"熙熙攘攘，皆为利往。"

元禧笑着，"国斋师说偈语呢。"

刘小苟笑道："贫僧说的是眼前。殿下你看，那里是洛阳大市，周回八里。里面商贾走卒，挑夫贩夫，为利忙得不亦乐乎。通商、达货二里，里内皆工巧屠贩，资财巨万。其中有个叫刘宝的人，为首富。他与西域通商，贩卖马匹、琉璃、丝绸、盐铁，州郡都会之处，皆列豪宅一处，各养马十匹。舟车所通，足迹所履，没有不到的地方。海内之货，咸萃于庭，产匹铜山，家藏金穴。商贾之家，宅宇逾制，楼观出云，车马服饰，可与王者相比。"

"是吗？商贾竟富可敌国？"元禧惊讶地问。

①茶林：同涂林，《齐民要术》卷四："涂林，安石榴也。"

刘小苟接着说："那市南有调音、乐律二里。里内之人，丝竹讴歌，天下妙伎出于此。市西有延沽、治觞二里，内里人多以酿酒为业。"

元僖笑着："这我知道，洛阳好酒多出此，那有名的白堕春醪就产于此里。那刘白堕其人还在吗？"

"早就不在了。现在是他的后人在经营白堕春醪。"元禧身后有人接腔。

元禧回头，楼梯上正上来他的妻兄，黄门侍郎李伯尚。

"你来了。"元禧笑着招呼，"不在公事房忙碌，过来作甚？"

李伯尚笑着，"拟写文书感到疲乏，出来走动走动，听得眺月楼上有说话声，以为殿下在此饮酒，故而上来。"

元禧笑道："真是贪杯酒鬼！怪不得对刘白堕一清二楚。"

李伯尚笑着，来到窗户前，指着洛阳大市，对元禧说："殿下，你闻，是不是闻到白堕春醪的香味？"

元禧笑了，"说你肥，你就喘。你鼻子再尖，怕也是闻不到酒坊酒味的！"

刘小苟看着李伯尚的酒糟大红鼻子，调笑着，"侍郎好鼻子，闻酒最为内行。"

三人正说笑着，楼下传来一阵喧哗。侍卫匆匆跑上眺月楼，惊慌失措地喊："殿下，领军将军于烈大人带领百人羽林，团团包围了府邸，于烈大人口称诏书诏殿下立即入宫，不得有误！"

元禧挑起一双浓眉，眼睛冒出愤怒的火焰，"宣本王入宫，何得如此无礼？待本王下去看看！"元禧撩起大氅，通通跑下眺月楼，来到前院大堂。果然，院子里站着两队手握腰刀的羽林军士，各个雄赳赳气昂昂的，威武严厉。

咸阳王元禧从后面进入大堂，威严地走到大门前，厉声喝问："你等何事，擅闯宰辅宅第？"

一身戎装的于烈手握腰刀走前，施礼，"咸阳王殿下，领军将军于烈多有得罪！老夫接陛下诏书，请王叔立即进宫见驾，不得有误！"

元禧愕然，瞪着一双明亮的大眼睛看着于烈，"何事如此匆忙？本王正在持斋，不理公事。请你先回陛下，待我持斋已毕，自当进宫见驾！"

于烈手按腰刀，上前一步，厉声说："陛下有诏，不得有误！王爷若是不从，老夫这里就得罪了！来人！"

两个羽林军士上来，一左一右，驾起元禧就外院子的车上拖。元禧怒喝着："你们想干什么！"于烈一使眼色，一个羽林军士上来，用一团丝帛捂住元禧的嘴，不让他喊叫。羽林军士拖着元禧上了车。

元禧没有办法，斋戒期间，他没有带多少侍卫，城西住宅里，只有不多的苍头随从以及护院家丁。

刘小苟和李伯尚呆愣愣地看着咸阳王元禧被于烈带走。

彭城王元勰在城东的宅院里持斋。

洛阳城东有三门，从南至北依次是建春门、东阳门和青阳门。榖水绕着洛阳城一围，到建春门外，向东流入阳渠。阳渠有座白石石桥，石桥有四根青石柱，上面铭刻着"汉阳嘉四年将作大匠马宪造"。石桥南，是彭城王元勰在城外的住宅。元勰这所住宅，远没有城西的元禧宅院豪华。他在自己的后院的佛堂前，修建了一座三层浮屠。

元勰的元妃李夫人在佛堂持斋，祭奠自己的父亲李冲。

元勰元妃李夫人是司空李冲的二女儿，她的姐姐是高祖孝文皇帝的夫人，高祖崩，新皇帝元恪放先皇三夫人以下出宫，她便入了瑶光寺落发为尼，去陪伴废皇后冯媛。

太和十四年，文明太后崩，作为太后心腹的李冲，几日便白了头发。才四十岁的人，须发皆白，但是面目依然鲜亮，更显得俊秀飘逸。他在太和改制中所起的作用，叫高祖孝文皇帝一直非常信任和重用他，仪礼律令，润饰辞旨，刊定轻重，高祖都要征询于他。

高祖孝文皇帝对李冲分外器重，李冲在高祖南迁洛阳中，起了很大作用。高祖初定迁都洛阳大计，许多王公反对，李冲坚定支持高祖南迁。

当高祖车驾自发平城到洛阳准备继续南伐越地时，霖雨不断，路途艰难，高祖执拗，仍诏六军发轸。高祖戎服执鞭走了出来，主马已经牵出御马，准备出发。害怕继续南伐的群臣抬头看着高祖一动不动好像有话要说。高祖奇怪地问："长驱之谋，庙算已定，今大军将发，公等更欲云何啊？"

李冲上前，代大家起奏："臣等不能折衡帷幄，坐制四海，而令南有窃号之渠，实臣等之咎。陛下以文轨未一，亲劳圣驾，臣等诚思亡躯尽命，效死戎行。然自离都淫雨，士马困弊，前路尚遥，水潦方甚。且伊洛境内，小水犹尚致难，况长江浩瀚，江水滔滔，越在南境，若营舟楫，必须停滞，师劳粮乏，进

沉河艳后：胡灵皇后

95

退为难。不若借南地大丧反军,仁义为先。"

高祖生气地说:"南伐之事,早已议定。卿等正以雨水为难,然天时颇亦可知。何者?夏既炎旱,秋故多雨,玄冬之初,必定放晴。比后十天,若雨犹不已,此乃天意,脱于此而晴,行则无害。以至于此,何容停驾?"

李冲继续劝谏:"今者之举,天下所不愿,唯陛下欲之。古人言,吾独乘千里马,竟何至也?臣有意而无其辞,敢以死请!"

高祖大怒,跺脚挥手,"方欲经营宇宙,一同区域,而卿等儒生,屡疑大计,斧钺有常,卿无复言!"他打马想出宫。

大司马、安定王元休,兼左仆射、任城王元澄等并殷勤上前,哭泣着死谏。高祖只好暂时停住,他看着群臣,谆谆晓谕,想劝说群臣改变主意。他说:"今者兴动不小,动而无成,何以示后?苟欲班师,无以垂之千载。朕仰惟远祖,世居幽漠,违众南迁,以享无穷之美。难道此乃其无心,轻易遗弃祖宗陵壤?难道说今之君子,宁都有怀?舍不得离弃祖宗故土?此举乃天工人代,王业须成。若不南銮,即当移都于此,光宅土中,正当其时。王公以为如何?朕现在同王公商议,尔等不得旋踵,欲南迁者左,不欲迁者右。"安定王元休等相率站到右边。

这其实是高祖同李冲商定的计谋。高祖初谋南迁,担心众心留恋旧地,乃示为大举军事,外名为南伐,实则为迁都做打算,以大举来强迫群情。现在群臣害怕南征,对高祖提出的定都洛阳便不敢再加反对。定都洛阳就这样决定下来。

到了洛阳后,李冲建议高祖说:"陛下方修周公之制,定鼎成周。然营建六寝,不可游驾待就;兴筑城府,难以马上营讫。原暂还北都,令臣下经造,功成事讫,然后备文物之章,和玉銮之响,巡时南迁,规仪土中。"高祖采纳他的建议,以他为镇南将军、侍中、少傅,委任他经造洛阳皇宫。李冲经造洛阳,废尽心力,几案文牍堆积如山,终日伏案劳作,终于在很短的时间里营建了洛阳。

彭城王元勰想起李冲的死还很有些伤心。李冲四十九岁,发急病而亡,而发病原因,全在李彪。想起李彪,元勰和他的元妃李夫人都愤恨不已。

李彪,字道固,家事贫寒,有大志,笃学有才华。后进京师,拜在李冲门下,李冲爱其才华,荐给冯太后,为中书博士,帮助李冲起草章奏,后主修国史，改变崔浩、高允等采用《春秋》纪年体国史为纪传表志的迁固之体。

高祖南伐，留彭城王元勰、司空李冲留守京城。李彪此时得到高祖皇帝见爱，多次出使南朝萧宋王朝，兼任为度支尚书，负责财政支出。李彪因为自己位高权重，对李冲态度大变，前恭而后倨傲，在许多问题上与元勰、李冲意见相左。李冲愤愤不已，便拟写奏表，弹劾李彪。李冲奏表言辞激烈，说他"窃名忝职，身为违傲，矜势高亢，公行僭逸。坐以禁省，冒以官材，辄驾乘黄，无以惮慑。肆志傲然，愚聋视听，此而可忍，谁不可怀"。

接着，又写表奏，历数李彪之过，说："及去年大驾南行以来，彪兼尚书，日夕共事，始乃知其言与行舛，是己非人，专恣无忌，尊身忽物，安己凌上，以身作之过深劾他人，己方事人，好人佞己。听其言同振古忠恕之贤，校其行是天下佞暴之贼。"李冲与任城王元澄提出，请求"殛彪于有北，以除奸矫之乱政"。

虽然有司判处李彪大辟，但是高祖宽恕了李彪，只是免其官职。不久，吏部尚书宋弁为李彪美言，高祖复召李彪，让他与御史贾尚去河阳考察废太子元恂拘禁中情况。李彪诬告废太子元恂将叛，高祖听信李彪报告，让咸阳王元禧奉诏带着椒酒去河阳，赐死十五岁的元恂。李冲受文明太后之托，一直是太子太傅，与元恂关系亲近，元恂被李彪构陷废赐死以后，李冲愤怒异常，他捶胸顿足，瞠目咆哮，叫骂不停，投折几案，喊李彪为无耻小人。他把与李彪相好的几个御史拘捕起来，脸上涂满泥巴，以巾绑住脸面，詈辱肆口。李冲性情素来温柔，但李彪给予他的刺激太强烈，致使他暴恚愤怒，精神失常，言语错乱，扼腕叫詈，狂呼李彪小人。由于悲愤异常，李冲肝脏伤裂，医药不能疗，不过十几天，四十九岁的李冲便一命呜呼。

元勰满怀深情，看着身旁的元妃李夫人。李夫人微闭双目，跪在佛像前，轻轻翕动嘴唇，不停地念叨着，她在超度父亲。元勰同情地想，李冲的死，给了她太大的打击，大病一场，好几个月都没有恢复过来。几年过去了，她在四时大祭中，还会陷于深深的哀痛中。

这时，元勰嫡子元劭跑进佛堂，冲到身边，说："阿爷，院子里来了一队兵士。"

元勰急忙站了起来，李夫人也睁开眼睛，看着丈夫元勰，问："来了一队兵士？干甚的？"

沉河艳后：胡灵皇后

97

元飐拉着儿子元劭向外走，"我去看看。"李夫人也紧紧跟随着丈夫，向前院走去。

元飐刚进入前堂，就看见前领军将军于烈带着几个戎装持武器的兵士在堂上等待着他。

"殿下，"于烈迎了上来，一边施礼，一边说，"老臣奉陛下诏命，前来恭请殿下进宫！"

元飐微笑着，"现在吗？陛下何事见召？"

于烈也些微笑着说："老臣不知，大约是商量祫祭①之事。陛下宣殿下立即进宫！殿下，请吧。"

元飐看着于烈，于烈已经一脸庄重严肃，眼睛里流露着咄咄逼人的光芒，手按在腰间的刀柄上，逼视着。

"请吧，殿下！车子已经在院子等着呢。"于烈又语气强硬地重复了一遍。

元飐心中陡然潜升出一阵紧张。发生什么事情？皇帝以此种方式宣他进宫？商议祫祭，何须如此动用武士呢？他犹豫了一下，征询着问："请领军大人容我进去换身衣服，这等邋遢模样如何见驾？"

"不必了，殿下。走吧。"于烈对军士使了个眼色，几个军士立即上前，左右前后，把元飐围在中间，簇拥着他往外走。

元飐已经身不由己，让兵士簇拥着来到院子里上了椟车，一种像木箱子似的车，四下密闭。

洛阳城南有四门，从西到东依次是津阳门、宣阳门、平昌门和开阳门。在最东面的开阳门三里处，御道东，高耸着一个雄伟壮丽、金碧辉煌的寺院——报德寺，这是高祖孝文皇帝为他的祖母冯太后追福所建立的。

报德寺高大庄严的大门，里面建着用洁白石堆砌成的七级浮屠，雕刻着各色佛像。报德寺里，大殿、禅房、经幢、放生池，一应俱全。雄伟的建筑，高大的浮屠，使报德寺成为洛阳最漂亮的寺院。

报德寺周围是一个大果园，里面种植着洛阳最好的大谷梨和柰。不过，

①祫祭：古代天子四时祭祀之一，春季祭祀。

高祖驾崩，这报德寺明显萧条了许多，新皇帝元恪登极以来，不但没有光临报德寺一次，而且在宣阳门外一里处的御道东，与报德寺遥遥相望处，开始动工修建洛阳最大的寺院——景明寺。

报德寺曾经是汉代国子学堂，堂前有镌刻着《春秋》《尚书》的二十五块青石石经碑，表里刻着篆、蝌蚪和隶体三种字，据说是汉代右中郎将蔡邕的手迹。堂前还立着四十八块小石碑，表里镌刻着《周易》《尚书》《公羊》《礼记》，一块高大的赞学碑立在其间。高祖把这里的坊题名为劝学里。

劝学里东有延贤里，延贤里是尚书令王肃的宅院。这延贤里就是因为他得名。过延贤里往东不远处，两座高大雄伟的宫殿式的宅院对峙南北。两座宅院青砖围墙，朱红的飞檐斗拱式大门，门前各站一对洁白石雕的大麒麟，蹲踞大门左右，护卫着这豪华的宅院。这里是广陵王元羽和北海王元祥在城外的宅院。

进入北海王元祥的朱红色大门，是一个宽阔的青砖墁地的大院，种植着几株石榴、葡萄、桃、杏、奈、梨，中央处建着一座三级浮屠，院落两廊是厢房，正房是佛堂和厅堂，几进的后院，分别是内宅。后面是很大的果园、菜园、马房、牲畜圈房。

浮屠对着高大庄严、雕梁画栋的佛堂和厅堂。高太妃和儿子、媳妇说笑着走出经堂，向后面厅堂走去。元祥的元妃刘氏小心搀扶着高太妃，元祥的侍妾、侍婢亦步亦趋，跟在后面。

回到后面厅堂，丫鬟送来茗饮，拢旺了厅堂中央的火盆，刘氏搀扶着高太妃慢慢坐在中间主位上。元祥和刘氏分别坐在两边，侍妾侍婢也围拢着坐在左右下手。

高太妃摆手，"换了浆酪，我不饮这水厄。"刘氏和元祥却端起茶杯，呷着清醇的香茶。

高太妃饮了一口浆酪，笑眯眯地问刘氏："刚才超度你父亲了吗？"

"超度了。"刘氏低垂着双眼，温柔地回答。高太妃就喜欢这媳妇的温柔听话和贤惠，她对元祥是百顺百依，从不过问他在外面的拈花惹草。

也许这样会惯坏元祥的。家有妒妻，男人才会收敛一些。高太妃看着刘氏想。

刘氏的父亲是从南边北投的刘昶，他是南朝刘宋皇帝刘义隆的第九个

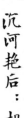

沉河艳后：胡灵皇后

儿子。刘义隆被侄子刘子业谋杀以后，刘子业处心积虑谋害刘义隆的几个儿子。为躲避刘子业迫害，刘昶悄悄辞别母亲和妻子，只带宠姜吴氏，乔装打扮，让吴氏穿上男人衣服，混在一队人马中，跑过江南，来到平城，投奔大魏。来到大魏以后，受到礼遇，冯太后把公主配给他，他做了驸马都尉，一年以后，公主死，又配以另一公主，没过多久，公主又死，冯太后又把第三个公主许配给他。他是先后娶大魏公主最多的驸马都尉。

高太妃摇头，呵呵笑了起来，"你父亲真好命啊，来大魏，先后娶了三个公主。我经常听前朝的老人说起他的笑话，说他一口南方鸟语，说起话来叽里咕噜，谁也听不懂。过来许多年，还是当初投奔时的那一身打扮，皂冠布衣，好似凶素之服。同皇帝在一起时那些王们经常捉弄他，有的上去掐他一把，有的揪他耳朵一下，有的故意踢他一脚，有的撞他一下，有的打他一拳。他呢，也鬼精，故意大声喊叫让皇帝听见。只要他在场，说那笑声就不断。皇帝和太后都喜欢听他诵读南方的诗呢。"

说到这里，高太妃呵呵笑了好一阵，元祥和侍姜们都附和着笑了起来。刘氏虽然觉得有些难为情，可是见高太妃这么高兴，也就赔着笑。

"还记得你父亲写的诗吗？"高太妃笑着问刘氏。

刘氏急忙回答："媳妇当然记得，不就是我父亲写的那首思念家乡的《断句》吗？婆母想听吗？想听媳妇就背诵给婆母听。"

元祥哼了一声，不屑地说："就他那几句破诗，还年年背诵个什么啊？"

高太妃白了儿子一眼，"破诗？你给我写首破诗来，让我看看？别听他的，背给我听，我喜欢这思乡的诗。"

元祥讪笑着，"儿子明天就写几首给母亲看，让母亲看看你儿子的才华。你老总是夸南人有才华，会写诗，跟太皇太后一个论调。"

高太妃不理睬他，只催着刘氏："背诵出来，让她们都听听。"

刘氏得到婆母鼓励，得意地斜了元祥一眼，朗朗背诵起来。

"白云满障来，黄尘暗天起。关山四面绝，故乡几千里。"

高太妃叹息着："这诗写得多好，平城不就是这么个景象吗？黄尘暗天来。当年去阴山、去云中金陵祭祀，春天经常看到这种景象。关山四面绝，故乡几千里。这里说出他思念家乡的意思。他这一辈子都在思乡啊。听说，他跟高祖南伐经过徐州，一路走一路哭泣。到了徐州，史官说他遍访故

沉河艳后：胡灵皇后

居,处处洒涕。说他哭拜其母高堂,哀感从者。离乡别国几十载,也是可怜见的。"说到这里,高太妃长长叹息了一声。说到这里,也有些勾引起她的思乡情绪。

"他去世也快三年了吧?这日子过得真快!"高太妃叹息着。

元祥急忙回答:"是的,三年了。"

"这么算起来,他从和平六年来投,也有四十年了。可是他那鸟语怎么就没有变呢?"高太妃又呵呵笑了,"临终前,六十二岁的人,说话还是一口叽里咕噜。可真怪。既没有学会鲜卑话,也不会平城汉话。而且一直不喜欢饮我们的浆酪,说什么浆酪有股骚味!真气人!什么骚味?尿才有骚味呢!连个膻味也不会说!"说到这里,高太妃又呵呵笑了起来。众人也笑了起来。

"可不是,那王肃也是一口鸟语,也是把浆酪的膻味叫骚味。"元祥笑着说,"不过,那王肃比他伶俐,北投不过五年光景,已经学会饮浆酪了。"

"那王肃啊,当年来的时候也是怪模怪样的。"高太妃想起当年形状,又忍不住呵呵笑着,"卑身素服,不听音乐,原来是为他那被南齐害死的父亲服丧的,人们这才改变了对他的看法。人啊,都敬慕那些有孝心的人,不是吗?"高太妃扫了儿子、媳妇一眼,不失时机地暗示了一下,语重心长。

元祥也笑了,他当然听出了高太妃的话中话。她老人家经常教导他要孝顺,要他以高祖为则。高祖对冯太后的孝顺,是全国效仿楷模。

元祥接着说:"王肃初来那几年,根本饮不了浆酪,一闻到浆酪的气味,他就要呕吐,也吃不了羊肉,每顿饭离不开用鱼羹,渴了只饮茗茶,能够饮一斗。所以京师士子叫他漏卮。这家伙,不吃也就罢了,还说什么浆酪和羊肉有股骚味,他一闻就要发呕。当时我们几个兄弟真想揍他一顿。不过,这小子真的乖巧伶俐,到高祖宴请我们,他就大变了。"元祥说得兴高采烈,眉飞色舞。

"说说高祖宴请的事,让我们大家听着乐乐。"高太妃催促着儿子。难得元祥今天兴致这么高,这么喜欢说,平素他偶尔回家,在妻妾面前很少说话,总是眉头紧皱,似乎很厌倦她们。元祥在她面前,倒是经常把朝中事情讲给她听,让她帮着疏导梳理个头绪,也让她帮着出出主意,想想办法。

元祥笑着回忆起当年高祖宴请王爷和王肃的情形。

沅河艳后:胡灵皇后

迁都洛阳以后,高祖在华林园宴请重臣,王肃也在邀请之列。

高祖十分看重王肃,特意赏赐延贤里给他做宅院,又把陈留公主许配给他。作为驸马校尉,王肃和各位王爷一起参加高祖华林园的宴会。宴会上主菜不是羊肉就是牛肉,饮的也是浆酪。王肃在宴席上又是大嚼羊肉,又是不断饮浆酪,与鲜卑王和来自北地重臣丝毫无异。

王肃用嘴撕扯着一块羊腿,发出很大的声响,吧唧吧唧的,吃得津津有味。高祖停箸,饶有兴趣地看着吃得山响的王肃,微笑着,欣赏着。王肃放下羊腿,抓起一块烤羊肉,吭哧吭哧撕啃几口,立即端起浆酪哧溜哧溜大饮几口,又抓起一块鹿肉,吭哧吭哧地啃了起来。

高祖孝文皇帝终于忍耐不住,放下筷子,笑着问:"王生,听说卿不食羊肉浆酪,只食水族稻米吗?如何现在大食牛羊呢?"

王肃急忙放下手中的鹿肉,在座位上欠欠身子,恭恭敬敬地回答:"回陛下,臣已习惯洛阳饮食了。陛下你看,臣食得多么香甜啊!"

"嗷?"高祖欣喜地扬起眉毛,"那你说说看,是羊肉好食呢,还是你们的鱼羹好食?是茗茶好饮呢,还是浆酪可口?"

王肃笑着,"回陛下,依臣愚见,羊乃陆地所产之最,鱼者乃水族之长。人之所好不同,其实都为珍馐。但是,以味言之,甚有优劣。羊好比齐鲁大邦,鱼只如邾莒小国,而茗更是不才,只配与酪作奴。"

高祖拊掌大笑,"好一个甚有优劣!好一个与酪作奴!巧言令色,王生之谓也!以后朕将谓茗茶为酪奴!来,赏王生一杯美酒!"

主酒过来给王肃满满斟了一杯,王肃起立,拜谢之后,一饮而尽。

高祖端起酒杯,说:"现在我们来猜谜。朕先说,各位听好。"高祖清了清喉咙,"三三横,两两纵,谁能辨之赐金钟。诸位续接,猜中者以谜形式说出。"

御史中丞李彪略微沉思了一下,立刻说:"沽酒老妪瓮注瓨,屠儿割肉与秤同。"

尚书左丞接着李彪话音说:"吴人浮水自语工,妓儿掷绳在虚空。"

彭城王元勰猜出字,却不能用谜语形式说出来,他干脆把谜底说了出来:"臣始解此字是習字。"

高祖大笑:"卿言不差。是習字。朕乃有感于王生所言,習者,万物可会。非习，无以致道。王生，已习北俗矣！金钟赏李彪！"

彭城王元勰对隔座的王肃小声说："卿不重齐鲁大邦，而偏爱邾莒小国。"

王肃也笑着小声回答："乡曲之美，不得不好。"

元勰轻轻捅了他一下，"鬼精！明日顾我，我为卿设邾莒之食，亦备酪奴。"

王肃笑着点头答应了。

给事中刘缟羡慕王肃之风，还专门登门向王肃学习茗饮。彭城王不屑地对刘缟说："卿不慕王侯八珍，却好苍头水厄。海上有逐臭之夫，里有效颦之妇，以卿言之，即是也。"彭城王元勰家有吴地来的奴仆，所以说沏茶是苍头水厄。那些年，虽然朝贵宴会设茗饮，王爷朝贵却耻于饮用，只有江表残民、远来归降者喜好。

高太妃就是耻于饮用茗茶的一个，她也效仿来自彭城王元勰时下对茗饮的贱称：水厄。不过，近些年来，饮茗茶的朝贵也多了起来。元祥受刘昶女儿刘氏的影响，就很喜爱酪奴——茗饮。

一家人围着高太妃说笑着，讲述着朝中故事，兴高采烈。

门子进来通报，说尚书令王肃前来拜见。

"说曹操，曹操就到。"高太妃笑着，"快请他进来！"她对刘氏和几个侍姜挥了挥手，"你们回去吧。"几个年轻女人起身离开厅堂，只留高太妃和北海王元祥。

王肃进来，揖手拱拳，"臣王肃给高太妃，给殿下问安！"

高太妃笑着，"尚书令快请坐。看座！"苍头把椅子搬到王肃身边。王肃拜谢之后就座。

"王大人何事登门？"高太妃笑着问。

王肃知道元祥在母亲高太妃面前很是恭谨，便看着高太妃，尽量微笑着，"臣前来拜见太妃，只是想向太妃和王爷表示微臣的一点谢意。微臣十分感谢北海王和咸阳王两殿下在皇帝面前的美言，不是两位殿下相助，微臣至今还羁押在牢，难以与家人共度年节。"说着，王肃已是两眼发红，语气哽咽，眼泪汪汪。

沉河艳后：胡灵皇后

　　元祥冷眼看着王肃，他并不喜欢这南人。尽管高祖对南来投诚的人都委以重任，给以信任，但是他和许多鲜卑重臣，许多拓跋宗室一样，从心底里看不起这些投诚的南人。他觉得南边士子骨头软，没有气节。汉人不是最讲究气节，可是却有这么多的汉人士子并没有气节，在自己的安危受到一点威胁，在自己的利益受到一些损害，他们不是立即改弦更张，立即抛弃原来的信仰，投怀送抱到他们看不起的异族中了吗？投诚之后，不也是向他们轻视的、称为异族的人大献殷勤、大显恭谨、大表忠诚吗？为了高官，为了荣华，为了保命，他们的气节哪里去了呢？怕是喂狗了吧？看这王肃，在宴席上的那番巧言令色，多肉麻！

　　元祥不喜欢王肃，还有另外的原因，那是他嫉恨王肃投进彭城王元勰的怀抱，与元勰关系非常密切。瞧他当年吹捧元勰的表，有多肉麻，元祥还清楚记得王肃上表推荐起用元勰去平定南方寿春的那些赞扬之辞："彭城王勰景思内昭，英风外发，协廓乾规，扫氛汉沔。凤旌旋旆，静一六师，肃宁南服。"文绉绉的，说了元勰一大通好话。

　　当任城王元澄奏参王肃的时候，他真的非常幸灾乐祸。但是，经过高肇的暗示启发，他明白了高肇的意思，便联合咸阳王元禧上奏，参劾任城王元澄擅自拘禁宰辅大臣的悖谬做法。他对高肇的深谋远虑和运筹帷幄佩服得五体投地。这一举措一石二鸟，即让王肃失去宰辅，又让任城王元澄也失去宰辅。如今，宰辅只剩他和元禧兄弟二人，外加一个半疯癫的不过问政事的广阳王元嘉。而宰辅大权其实只在他弟兄二人的掌握中。

　　但是，元祥还是不满足，他还有几个尚未实现的欲望。他是个欲望很难填满的人。他暗地里在觊觎元勰的录尚书事位置。这录尚书事是个掌握朝政实权的重要职位，他暗自希望能够把录尚书事从元勰那里夺到自己手中。所以，他多次在皇帝面前，有意无意地说彭城王威望过高，大得人心，不宜久在宰辅。

　　元祥还艳羡王肃那片宅院。王肃那片宅院正好与他的宅院在后院相连，要是能把王肃撵出京城，这宅院就是他的了。

　　高太妃倒是被王肃的话说得有些感动，对王肃的连声感谢，她连连摆手，"算了，不说那些伤心事了，都过去了。皇帝现在安排你作甚呢？"

　　王肃黯然地摇头，"暂时还没有安排。微臣赋闲在家，倒也清闲自在。"

高太妃笑着摇头，"话是这么说，可这清闲可不自在。让北海到皇帝面前给尚书令大人说说，及早安排大人职务。"

王肃急忙站起身，"微臣感谢太妃厚爱。有北海王爷美言，皇帝会顾念微臣，给微臣在京师安排一职务。微臣还是希望在京师为官。"

高太妃点头，"可不是，这家都在京师，还是在京师为官好。"

元祥不满意地斜了高太妃一眼，心里责备着：老糊涂，你怎么就迎合他的话？把他留在京师，我如何能把他那宅院弄到自己手里？

想到这里，元祥微笑着开口："京师为官，当然好，可这得看皇帝陛下旨意。"

"是，是。"王肃急忙附和。宰辅只剩下元禧和元祥弟兄二人，从各方面情况看，皇帝眼下除了最信任高肇外，宰辅中就只信任这元祥了。彭城王元勰虽然还任录尚书事，可各迹象显示，皇帝并没有真正信任他。王肃知道，眼下他只能依靠这北海王元祥。

王肃朝厅堂门口站的长史挥了挥手。长史出去，引领着几个担担子的家人进来。王肃让家人把担子放在高太妃和元祥面前，他亲自去掀开竹筐上的鲜红绸帛，露出金光灿灿的一尊纯金佛像，一些碧玉菩萨，其他竹筐里，分别盛满各种锦缎绸帛，各色珍玩，还有几筐是刚刚流通不久的、高祖下令铸造的五铢钱。王肃知道，元祥爱财，有了财物，他能够替任何人办任何事，没有财物，他不会替任何人办任何事。这在京师都是人所共知的。所以，他把自己来洛阳积攒起来的所有财物都拿来，想让元祥为自己在皇帝那里弄个官差。只要有官职，那些失去的财物还会回来的。

高太妃的眼睛霎时亮了起来。元祥也微笑起来。

"此乃微臣的一点心意，不成敬意，请太妃和北海殿下笑纳！"王肃逐一揭开竹筐上面的鲜红绸帛，让高太妃和元祥全部过目。

高太妃笑得嘴都合不拢，"王生，你这是作甚啊？快不要这么客气嘛！"

元祥心花怒放，微微点着头，心里想：还算你懂事。元祥看着竹筐里的金光灿灿的金佛，抓了起来，仔细端详着它的做工和成色。做工精制，看来是西域金银工匠亲手制作，成色也纯。他微笑着，"王大人客气了。你我同列宰辅，何须如此破费啊？"

王肃真诚地说："感谢殿下见爱，出手相助，还要仰仗殿下帮助，为微臣

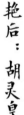

沉河艳后：胡灵皇后

复职出力。请殿下不必推辞，此乃微臣和公主的一点心意。"

　　元祥见王肃摆出公主名义，也就不再说什么。王肃现在的正妃，是彭城王元勰的同母妹子彭城公主，元恪前不久下诏赐他为妻，以嘉奖他平寿春功绩。

　　送走王肃，高太妃感觉有些劳乏，便起身离开厅堂回自己卧房歇息。母亲走了以后，元祥感觉百无聊赖，开始盘算着是不是找个借口回城。有些日子没有与高氏会面，他很是思念。

　　该去茹皓家私会高氏了，元祥想。快一个月没有与她私会，真想得慌。一想起高氏，元祥就怦然心动。那高氏，真是个尤物，床上把人弄得神魂颠倒，飘飘欲仙。有了高氏，在他眼里，不管是老婆还是侍妾，简直就是活死人，叫他提不起一点兴趣和欲望。自从宠妾范氏去世，他对家里的几个女人，没有一个感到满意，看见都觉厌倦。不是母亲阻挠，他真想把她们都打发进瑶光寺去落发修行。

　　该去见见茹皓。元祥想着站了起来。不仅为了在那里私会高氏，还为了与茹皓走得更近一些。茹皓现在已经成了皇帝亲信，他为皇帝元恪修建华林园，用心尽力，从伊阙山、邙山开采了许多形状怪异的山石，装点在华林园里，使华林园更加美丽。元恪看到华林园换了新颜，非常喜欢，对茹皓十分宠爱，经常让他在左右行走。茹皓掌握着皇帝元恪的最新动态，知道许多连宰辅也不一定掌握的情况。所以，元祥一定要经常往茹皓那里跑，去向他打听一些元恪的想法，了解皇帝的情况。

　　"来人，给我备车！"元祥向外喊。

　　门子侍卫快步走了进来，禀报元祥："殿下，外面来了一飙人马，赶着一辆槛车，正向王府驶来。"

　　元祥摆手，"不理它。槛车出动，可能又是御史中尉要去拘拿哪个犯事官员路过这里，你们惊慌什么？"

　　又一个侍卫跑了进来："殿下，金紫光禄大夫于烈领着一队羽林军，包围了王府，他带人进了王府！"

　　元祥正要咆哮，只见戎装的于烈气宇轩昂地穿过庭院，走进厅堂，后面的羽林军立刻散开，包围住厅堂。

"于大人，你这是干什么？"元祥怒吼着。

于烈手按刀柄，上前作揖拜见元祥，"殿下，多有得罪。老臣得皇帝陛下差遣，特来请王爷进宫！不得有误！皇帝陛下诏令，如若不从，军法从事！殿下，这是皇帝诏令！请验！"于烈把元恪诏令展示给元祥。元祥扫了一眼，心怦怦跳了起来。

"殿下，请吧。楼车候迎在外。"

"皇帝还宣何人？"元祥小心打问。

"还有任城王和彭城王。他们已经恭候在楼车上。"于烈微笑着回答。

元祥的心平静下来。他明白，高肇"防卫诸王"的建议已经说动了皇帝的心，皇帝要对诸王动手了。但是，这诸王里，并不包括自己在内，皇帝对自己是信任的，高肇对自己也是信任的。

元祥平静地跟着于烈走出大门，正要上楼车，高太妃哭喊着从宅院里追了出来。她听说这消息吓坏了。皇帝要清理门户了，要扫除宰辅的障碍了。儿子元祥作为宰辅，看来性命不保，她哭喊着扑了过来。

于烈急忙把元祥推上楼车，命令驭手赶车快走。他自己也翻身上马，带领着队伍匆匆而去。三辆楼车夹在全副武装、虎视眈眈的羽林马队里，向城里赶去。

高太妃招来自家车，哭泣着，在元祥正妻刘氏的搀扶着上了车，远远跟在羽林队伍之后，一直送车到金墉，抹天哭地看着楼车进了金墉。

"这王咱们不当了！"高太妃哭泣着对刘氏说，"只要一家人能够平平安安厮守在一起，即使扫市做活，也比甚都好！"

太尉、咸阳王元禧，司徒、彭城王元勰，司空、北海王元祥三人，被皇帝亲派的楼车接进金墉城。三公进入光极殿等候接见。

皇帝元恪在领军将军于烈及左右宿卫百多人的簇拥下进入光极殿，元恪微笑着登上龙台，坐到宝座上，于烈等人仗剑执戈，站在皇帝前后。元恪环视着面前的三公和宰辅王叔，笑着说："各位王叔，朕在光极殿召见诸位，有重要事情宣告。"

内侍监内侍中赵修上前，展开诏书，朗朗宣告："恪虽寡昧，忝承宝历，比缠尪疹，实凭诸父，苟延视息，奄涉三令。父等归逊殷勤，今便亲摄百揆，且

沉河艳后：胡灵皇后

还府司,当别处分。"

元禧三人,你看我,我看你,都愣怔住了。他们没有想到皇帝突然来了这么一手,转瞬之间便褫夺了他们辅政大权。

元勰心里长叹一声:元恪开始动手清君侧了,果真一朝天子一朝臣,这几个宰辅叫他放心不下,要迫不及待停止宰辅权力了。先帝可是要宰辅辅政三年的,居然两年不到,他就动手了,还说什么"奄涉三令"?真好意思!不过,他不是宰辅,原本就请求归第,归第就归第吧。元勰低头不语。

元禧仗势他是元恪元叔,便上前一步,看着元恪,提高声音,语气很是严厉地质问:"陛下,先帝遗诏陛下谅暗三令,以臣等辅政三载。陛下谅暗刚一年多不到二载,如此迫不及待诏宰辅归逊,难道不怕宗室、臣属议论陛下不孝?陛下如何向宗室、臣属交代?"

元恪脸上红一阵白一阵,张口结舌。于烈按剑,瞋目而视。宿卫也都虎视眈眈,注视着诸王举动。

元恪站了起来,一言不发地退回后殿。后殿里,高肇正紧张地倾听着前殿的动静,听着元禧的质问,他正在转动着脑子想办法。元恪回来,高肇忙着迎了上去。

"如何对付元禧?"元恪紧张地问高肇。

高肇微笑着:"陛下,臣已经有了对策。"

"快说来。"

高肇说:"咸阳王元禧最不服气,只有先安抚住他,使他不再滋事寻衅,分化出宰辅队伍再说。"他小声把自己的想法说给元恪,元恪点头。高肇、于烈、赵修、赵邕等人,商议了一会,立即拟订了一份新诏书。

赵修步出后殿,大声宣读:"朕以寡昧,凤罹闵凶,忧茕在灸,罔知攸济。实赖先帝圣德,遗泽所覃,宰辅忠贤,勤劳王室,用能抚和上下,肃清内外。乃式遵复子,归政告逊,辞理恳至,邈然难夺。便当励兹空乏,亲览机务。王尊惟元叔,道性渊凝,可进位太保,领太尉;司空北海王季父英明,声略茂举,可大将军、录尚书事。"

元禧见皇帝诏书,特意恩赐,不好再说什么。眼前这阵势,他知道,即使再不满意,也得服从皇帝诏命,否则,这于烈和他手下那一百多虎视眈眈的宿卫,不会放他们走出着光极殿和金墉城。

元祥见皇帝把自己日思夜想的录尚书事给了自己,非常高兴,差点就笑出声来。不过,为了不引起兄弟猜疑,他急忙用手扼住喉咙,赶紧拼命抑制住自己想当场大笑一番的强烈愿望。

　　元禧和元祥上前谢恩。

　　元勰明白了眼下局势,元恪真正所要对付的只是自己。他上前拜谢说:"陛下明鉴,当初臣曾多次请求陛下遵照先帝遗诏批准臣归第,而陛下以各种理由多方挽留,臣感念陛下盛情,乃接受任命。臣本愚钝,不堪重负,非乃臣留恋高位,也非臣欲以权谋私。现陛下开恩,终乃同意臣遵先皇遗诏归第,陛下孝心无改,仰遵先诏,上成睿明之美,下遂微臣之志,臣不胜感激涕零之至!"

　　元勰一席话,说得元恪面色微红,元勰绵里藏针的话语,叫他心里很是不好受。不过,他是皇帝,此一时彼一时,哪能把过去的话当真呢?谁叫你元勰叔父大得人心呢?季叔元祥向他暗示过,舅父高肇也向他暗示过,说要防卫诸王,首先要防卫这元勰。于烈的儿子于登不也提醒自己说要注意元勰动静吗?

　　皇帝元恪于是宣布说,遵遗诏,听司徒、彭城王勰以王归第。赵邕出来宣布诏书,诏书高度评价了彭城王元勰,说:"王宿尚闲静,志捐世务,先帝爱亮之至,弗夺此情,遗敕炳然,许遂冲退。雅操不移,朕宜未敢违夺。今乃释位归第,丘园是营,高尚之节,确而贞固,《贲》《履》之操,邈焉难追。而王宅初构,财力多缺,成立之期,岁月莫就。可量遣工役,分给材瓦,禀王所好,速令置办,务从简素,以称王心。"

　　元勰嘿然冷笑着想:全是一群乌蝇作怪!赋闲以后,一定要写首《蝇赋》来讽刺一下那些构陷的乌蝇小人!他转念又想,既然皇帝允许我营造宅第,我也要趁此时机,大量圈占一块大土地,好好营建一处豪宅,赋闲在家,也要好好享受享受!去他妈的国家!这国家是他元恪一人的,与我何干!

　　第二天,元恪回到皇宫,引见群臣于太极前殿,向群臣百官和天下百姓宣告自己亲政。宣告彭城王元勰归第,其余太尉、咸阳王禧进位太保,司空、北海王详为大将军、录尚书事。过了几天,又宣布,以太保、咸阳王禧领太尉,大将军、广陵王羽为司徒。

沉河艳后：胡灵皇后

为了彻底消灭宰辅势力，元恪在高肇的策划下，向群臣宣布考课百官。皇帝诏曰："朕幼承宝历，艰忧在疚，庶事不亲，风化未洽。今始览政务，义协惟新，思使四方风从率善，可分遣大使，黜陟幽明。"元恪企图通过考核官吏，彻底清除州郡地方上拥护宰辅的势力，以巩固自己地位。

同时，元恪又采用高肇、元祥建议，采用多种措施以笼络百官与百姓。二月，皇帝下诏宣布，宿卫之官进位一级。接着宣布大赦天下。三月，下诏蠲免百姓徭役劳务，与民休息。诏书说："比年以来，连有军旅，役务既多，百姓凋敝。宜时矜量，以拯民瘼。正调之外，诸妨害损民一时蠲罢。"辛亥，诏曰："诸州刺史，不亲民事，缓于督察，郡县稽逋，旬月之间，才一览决。淹狱久讼，动延时序，百姓怨嗟，方成困弊。尚书可明条制，申下四方，令日亲庶事，严勒守宰，不得因循，宽怠亏政。"壬戌，诏曰："治尚简静，任贵应事。州府佐史，除板稍多，方成损弊，无益政道。又京师百司，僚局殷杂，官有闲长者，亦同此例。苟非称要，悉从蠲省。"元恪以种种措施来收买人心，以期得到百姓朝臣拥护，以维护朝政局势稳定。

但是，就在他宣布亲政的当年春天，青、齐、徐、兖四州大饥，民死者万余口。

当年四月，南边萧衍立宝卷弟南康王宝融为主，年号中兴，东赴建业建国，南朝齐灭亡。

4.广陵王幽会下属妻　北海王挑动员外郎

景明二年(501 年)，夏五月，天气很好。元恪睡到红日高照，才懒洋洋地打着呵欠起床。于贵人又搂抱着他，很是撒了一会娇，才放他起身。

主衣内侍监徐义恭为皇帝元恪穿好衣服，梳头内侍监陈扫静伺候着元恪净面梳头。中常侍宦官王桃汤和赵修伺候着皇帝用过早膳。

是不是该去伊阙山视察一下石窟的进展？快一年了，这伊阙山石窟不知雕凿进度如何？他下令同时在北都的灵岩寺和京师的伊阙山各为高祖和昭明皇后雕刻石窟石像，负责灵岩寺的将作大将回来禀报，说石窟已就，正在雕刻佛像。伊阙山进度如何，却没有得到禀报。应该出去看看，顺便打猎散散心。这几个月的亲政，叫他感到非常疲劳。

元恪叹了口气。亲政后的元恪，亲自执掌了大魏朝政，四个多月，忙于清除异己。几个皇叔，除了彭城王元勰归第，还都在朝中为官。他知道，清除皇叔，不能操之太急，欲速则不达，操之过急，反而可能激起皇叔谋反。几个皇叔要是联合起来共同对付他，他这皇位还真岌岌乎殆哉。幸亏几个皇叔各怀鬼胎，各行其是，互相倾轧。要不，他还真难办呢。为了分化几个叔父，他故意继续委任二叔父元禧为太尉，他信赖的季叔元祥委以录尚书事、进位司空，委任广陵王元羽为司徒。但是，这几个叔父除了保留季叔元祥以外，是要逐一除去的，他们不除，他睡觉都睡不安稳。

　　除了几个叔父叫他经常担心，四月里，四州大旱，四州大饥，也叫他有些担忧。他倒不是怕饿死饥民，灾荒年年有，年年都会饿死一些百姓，这算不得什么。他只担心饥荒年一些流民趁机造反，造反又会引发更大规模的暴乱。

　　当皇帝真麻烦，元恪叹了口气。今天天气这么好，是该出去游玩游玩了。

　　正在元恪思忖着今日安排时，殿中常侍赵邕过来提醒他："陛下，高大人、北海王、领军将军，已在东堂等候。"

　　元恪又叹了口气，对赵修说："去传朕之诏令，朕于明日辰时动身幸伊阙山游猎一旬！诏百官准备！"

　　元恪发布了出游的诏令，才松了口气，在赵邕等人的陪伴下，到东堂上去接见元祥、高肇和于烈。

　　北海王元祥近来很得意。那天进宫，看着皇帝元恪解除了元勰的录尚书事让其归第，他高兴极了。虚惊一场的他非常感谢元恪对他的厚爱。不过，皇帝依然委任元禧以高位，他觉得有些遗憾。

　　回家以后，母亲高太妃见他平安归来，抱着他又哭又笑，说什么"自今以后，不愿富贵，但令母子相保，愿意共汝扫市做活也"。

　　元祥把皇帝的任命告诉了高太妃，高太妃擦干眼泪，破涕为笑。

　　外面一阵狂风大作，大雨滂沱，大风扫过，拔起宅院里的几棵大树。听到院子里震耳欲聋的霹雳炸雷声，看着划破漆黑夜空的耀眼闪电，高太妃惊慌地看着儿子，问元祥："这天象是不是很异常？"元祥笑着安慰母亲："母亲

沉河艳后：胡灵皇后

大人不必担心,上天也来庆祝皇帝亲政呢。"

今天是元祥与高肇相约进宫觐见皇帝的日子,去向元恪定期禀报朝政要事。另外,皇帝元恪还交给他和高肇一项秘密任务,就是定期禀报各位王爷的情况。元祥负责禀报元羽、元雍,高肇负责禀报元禧和元勰。对于元雍,他没有什么好禀报的。老四高阳王元雍,为持节使,都督冀相赢三州军事,长住冀州,口碑尚可。对于元羽,他并不想在皇帝面前替他美言。

元恪在东堂引见元祥、高肇和于烈。这三人现在是元恪最信赖的外朝大臣。

元恪穿着常居便服,坐在龙椅上。内侍中赵修、殿中中常侍赵邕、中常侍宦官王桃汤,几个分别站在他的身后和门口。元恪不过十九岁,因为缺少运动,白胖白胖的,腆着一个不小的肚皮。个头虽然像他的祖先一样高大,却没有祖先那样的英武健壮,失去分明棱角的脸颊,圆鼓鼓的,垂着松软的双下颏,叫他看起来很善良。

高肇满脸笑着,躬身趋步,拜见皇帝元恪。他很满意对他言听计从的皇帝外甥。外甥亲政,他的地位更加煊赫,朝里朝外再没有人敢小瞧他了。那几个盛气凌人的王爷,风光不再,元勰归第赋闲,元禧不再辅政,明显没那么神气活现了。即使如此,他也不会允许这几个皇叔辈的王在他眼前晃动,他会说服皇帝逐一除去他们。

"季叔,近来内外,有何要事啊?"元恪慵懒地斜倚在龙椅上,胳膊支着下垂的腮帮,双目微眯,看着录尚书事元祥问。昨夜他和于贵人玩耍到深夜,有些困顿,精力不大集中。亲政以后,朝政烦事太多,光是那些表奏,就够他看的了。全是些文绉绉的语言,好几千字,看得他头疼。

元祥上前回答:"皇帝陛下,青、齐、徐、兖四州大饥,民死者万余口。已派持节使赈济。"

"知道了。"元恪懒洋洋地回答。

元祥禀报第二件事:"南边萧衍立宝卷弟南康王宝融为主,年号中兴,东赴建业。国号为梁。"

"派使者朝贡了吗?"元恪直起身子,睁开眼睛,眼睛里闪过亮光,满怀希望地看着元祥问。

"还没有。"元祥摇头。

元恪失望地垂下眼睑。元恪不喜欢打仗,他并不打算效仿他的父皇高祖,他没有一统中国的雄心壮志。只要能守住祖宗创建的这魏国国土,他就心满意足了。要那么大的疆土干什么,他常常这么想。从他记事开始,他就知道他父皇不断率领着军队南伐,不断征战,也就不断死人。何苦来着?他总是不解地想。他愿意与南朝隔江而治,和平共处,只要他们来朝,他决不想主动出击。可是,这梁不来朝贡,是不是该出兵呢?

　　"舅父那里有何事禀报?"元恪又恢复了懒洋洋的神气,问高肇。

　　高肇趋步上前,躬身于元恪宝座前,恭顺地说:"臣这里有关于咸阳王的密报。"

　　元恪又从龙椅上坐了起来,"什么密报?"他双眼灼灼放光。

　　"咸阳王元禧已经多日没有到太保衙门去公干。太保衙门里混乱不堪。"

　　元恪白胖的脸已经怒容满面,"他为何不至府衙公干?"

　　高肇皱着眉头,"于登大人搜集到他散播的不满言论,他私下散播说陛下夺其宰辅,委以太保闲职,乃不守先帝遗诏。"

　　"胡说八道!"

　　元恪一拍龙椅扶手,腾地站了起来,"他竟敢口出狂言! 是不是欺负朕年纪小!"

　　身后的宦官王桃汤急忙搀扶住元恪,柔声细气地安慰元恪:"陛下息怒! 陛下息怒! 请保重龙体!"

　　元恪坐回座位。

　　高肇小声说:"亲王不去,总是祸患!"

　　元祥捅了身边的领军将军于烈一下,于烈明白,元祥在示意他迎合高肇。于烈也故意嘟囔出声,让元恪听见:"可不是,高大人所言极是,咸阳王大为不满。"

　　"彭城王如何?"元恪问于烈。

　　于烈说:"彭城王归第为夙愿,归第以后,正忙于建构宅院,规模很大,每日喜气洋洋去城外监工,倒没有听说什么。"

　　元恪点了点头,又看着元祥问:"季叔与五叔相邻,五叔可有什么举动?"

　　元祥笑着:"叔翻每日牵黄驾苍,游玩于城外。声色犬马,敷衍塞责公

务。他忙于与别人老婆幽会，倒是没有什么怨言牢骚。"

皇帝元恪阴沉着脸，说："对朕亲政不满，故而阳奉阴违，敷衍塞责，虚与委蛇，以图看朕之笑话！实属可恶！"

高肇急忙小声说："到时候了。皇帝陛下不能再优柔寡断，养虎为患了！"

元恪半天没有说话，只是默默地看着自己那双泛着"酒窝"的肥胖的手出神。

高肇知道元恪下不了决心，默默地退了回去，与元祥和于烈交换了个眼色，元祥点点头。

五月的一天，天气是那样明媚，清风明月之夜，广陵王元羽在自己城西的住宅怎么也安不下心。

元羽的住宅在元祥城西住宅的对面，规模大小，略逊于元祥府邸。虽然皇帝元恪任命他为司空，按说应该住在城里，可他还是喜欢住在城西的宅院里。从正月皇帝宣布结束宰辅权力开始亲政，他就清楚地看出来，皇帝元恪对他们这几个叔父心怀疑虑，对叔父们有所戒备。既然如此，他何苦要留恋朝权惹皇帝嫉恨呢？既然皇帝不希望他们掌握朝权，他何不识趣地远离朝廷，给自己寻找快乐呢？他才三十二岁，应该想办法给自己积累多多的财富，给后辈儿孙留下吃不完用不完的金山银山，让自己的家族永远荣华富贵，还要给自己多寻找些乐子。他有几十匹名马，大宛马、高车马、汗血宝马，应有尽有，几十条好犬，几十只猎鹰，冠盖如云，仆从成群，娇妻美妾，如影随形，他可以左牵黄，右擎苍，千骑卷平岗去打猎游玩，也可以左携妻，右搂妾，奴婢苍头随其后，车辆马队，浩浩荡荡，游山玩水，去享受山水之乐。他还想干什么呢？

元羽，字叔翻，孟椒房所生，是高祖孝文皇帝的五弟。高祖孝文皇帝元宏有六个弟弟，二弟咸阳王元禧，封昭仪所生；三弟赵郡灵王元干，韩贵人所生，太和二十三年薨；四弟高阳王元雍，也是韩贵人所生；五弟广陵王元羽，六弟彭城王元勰，七弟北海王元祥。高祖元宏在祖母冯太后的教导下，极遵行孝悌，对自己的六个弟弟非常友爱，没有弄死一个兄弟。

元羽和几个兄弟，从小被冯太后送进为他们专设的学馆里学习，同几个兄弟一样,都曾饱学史书五经。高祖晏驾,他被元恪迁升为司州牧,兼常侍。作为京师所在地的司州牧,他的权力也不小,责任更为重大。他几次请求皇帝,想辞去司州牧职守,去任一个职责不大的官职,好落个清闲自在。可是,皇帝元恪不许。

正月,皇帝在光极殿免了宰辅以后几天,皇帝又召见他,说任命他为司徒。司徒原是元勰的职务,皇帝从元勰那里夺了回来委给他,他感到很不是滋味。这明摆着是一种挑唆弟兄关系的伎俩。

元羽苦楚着脸,坚决推辞:"陛下,司徒职务,臣实乃不敢接受。当年陛下把此职务给彦和,彦和本不愿,陛下强与。今彦和新去此官,而以臣代之,必招非议,使我弟兄失和。臣不敢接受,望陛下开恩。"

元恪心里恼怒得无以名状:这五叔父,真是给脸不要脸!居然如此不识抬举!

元恪正待发作,旁边的高肇轻轻咳嗽了一声。他回头看了看高肇,高肇正朝他挤眉弄眼地使眼色。元恪知道,舅父在提醒自己不要发怒。

元恪勉强压下满腔怒火,勉强挤出一丝难看的笑容,说:"五叔父仁义,天下共知。既然五叔父强辞,朕也不勉强。五叔父,你以为何职适宜?"

元羽知道,自己不能与皇帝争辩,也不能完全推辞不干。他想了想说:"既然陛下非要臣选择,臣以为,季豫既已转录尚书事,取之无嫌,请为司空。"

站在旁边的元祥很生气。这老五,居然与自己抢食,转为录尚书事,难道就不能兼任司空吗?官位可不嫌多,那是韩信将兵,多多益善,重要职务一个都不能少,他早就想把几个大权全都揽在自己手里。可这老五,却明目张胆来抢属于自己的官职!这还了得?是可忍,孰不可忍?那一刻,元祥心里充满对元羽的仇恨。

元祥的这些想法,元羽当然不能明了。

明月朗照着,中庭地面上洒下斑斑驳驳的树影,夏风吹来,斑驳树影在地面上晃动着,重新组合成各种形状。

还想干什么呢?元羽问自己。他总觉得心里空洞洞的,好像有个填不满的黑洞在啃噬他的心。过去,随高祖南征北战,他幸福快乐得很,从正月到现在这三四个月里,一种百无聊赖的感觉时时在吞噬他,让他坐立不安,

沉河艳后:胡灵皇后

让他烦闷焦灼。

那一天,他应司空府员外郎冯俊兴的邀请,去他府上饮酒。员外郎让他的妻妾亲自招待元羽。能够结交到亲王殿下,员外郎感到非常荣耀,交代妻妾一定要使出浑身解数让王爷高兴。酒席上,员外郎娇妻美妾分别坐在元羽左右,轮番敬酒布菜,不断恭维夸赞,耳鬓厮磨,觥杯交筹,把个元羽灌得晕晕乎乎,心旷神怡。员外郎的妻子是胡人血统的女子,非常妖艳,一双美目勾魂摄魄,让元羽为之心动。那女子原本也想攀王爷高枝,频送秋波媚眼,屡屡在桌子下面用脚轻勾元羽,元羽善解风情,两人眉来眼去,你有情我有意,宴席上很快形成默契。

第二天,元羽在自己府邸设宴招待冯员外郎和他的家眷。趁人不注意,元羽与冯员外郎的妻子私自约定了相会的时间。从此以后,与这胡人女子偷情,便成为他最能解除烦闷的事情,给他的日子增添了许多兴味。

今晚,又是冯俊兴到司空府值班的日子,冯俊兴的妻子正在家里等着与他相会呢。元羽怀着激动,吩咐家人备车,他要到冯俊兴府邸去幽会。

元羽换了刚刚熏过的衣服,打扮得整头齐脸,光鲜喷香,神采奕奕,乘着一辆不引人注意的便辇出门。

元祥坐在府邸的得月楼上,他正约见司空员外郎冯俊兴。皇帝带着于烈、高肇、于登等人出城游猎,这京师朝政,暂时就由录尚书事主持。皇帝不在皇宫,他要按照与高肇商量的办法,亲手替下不了决心的皇帝来去除眼中钉。

冯俊兴是元祥司空府的老人,办事干练,善于逢迎,很得他的喜欢。现在,元祥要把元羽和他老婆偷情的事情全部告诉他。

元祥知道这件事情的整个经过,这是元羽亲口告诉他的,绝对准确。

端午节,元羽请元祥饮酒,酒宴上,元祥与元羽都有了几分醉意。元羽仗着几分酒意盖脸,随口问起元祥与元燮妻子高氏的事情。

"听广阳王叔祖说你和元燮的妻子高氏有一腿,可有此事?"

元祥哈哈笑着,"老五,别听他瞎说。他老糊涂了,随口胡诌。"

元羽拍着元祥的肩膀,"咳,老六啊,你我兄弟,又无外人在场,何必遮遮掩掩?老哥问你,其实是想向你讨教呢。"

元祥惊讶地看着元羽，一脸好奇、兴奋、淫亵的坏笑，"讨教？难道五哥你也偷情？快告诉小弟，偷的女人是谁啊？"

元羽哈哈笑着，"你先说，你说了，我就告诉你。"

元祥说："好，好，我承认，我和元燮老婆高氏确实好了很久。隔个几天，我们就在茹皓她妹妹家幽会一次。"

元羽拍着元祥的肩膀，"老七啊，你这可是玩火啊。元燮高我们一辈，也算我们的叔，你可知道，淫母为烝，难听啊。再说，你的老婆名门出身，很漂亮，又有四五个侍妾、侍婢伺候着你，你何苦要吃着碗里看着锅里？"

元祥苦笑着："五哥，这不是没办法的事吗？家里的老婆再多，也没有偷情幽会有意思、有兴味。俗话说，吃着不如吃不着，偷情才有兴味啊。我那范氏死了以后，家里那些女人没有一个能勾引起我的兴趣。我看见她们就烦，一个个如活死人。可那高氏，你不知道，真的叫人神魂颠倒。你没听小曲里唱，家花不如野花香？"

"那你不怕老母高太妃责罚你？高太妃那么严厉，说责罚就可真的就用荆杖抽你啊，你不怕？"元羽笑着，呷了一口酒，夹了一块鹿肉，慢慢咀嚼着。

"当然怕了，所以到现在，我都紧紧瞒着她老人家。"说到这里，元祥捶了元羽一拳，"你可不要给我说漏了。咳，我都说了，该说你了。你采了谁家的花？"

元羽不好意思地说："员外郎冯俊兴的老婆。"

元祥哈哈笑了起来，"冯俊兴？我知道，那是我司空府的员外郎啊。听说他老婆是胡人后裔，很是漂亮，我却从无眼福得一睹芳容，五哥你怎么就这么有艳福，刚接手司空府就见到他老婆？"

元羽就把事情经过给元祥讲了一遍。元祥微笑地听着，把这事牢牢记在心里。他要从这里找出置元羽于死地的办法。

冯俊兴坐在元祥对面，心里一直惴惴不安地揣测着北海王找他的原因。是想通过他了解其他同僚的情况，还是想让他禀报新司空的事情？

冯俊兴实在想不出他的旧上司、现在的录尚书事北海王找他来的目的，他有些坐立不安，额上已经渗出细密的汗珠。

元祥微笑着问冯俊兴："你知道本王为何叫你来吗？"

冯俊兴摇头。

"你今日值班于司空府,这事,你的妻子知道吗?"元祥笑着问。

"知道,知道。每月此日当值是定数,拙荆知道的。"冯俊兴擦着额头的汗珠,连声回答。元祥这问话更叫他摸不着头脑,也就越加张皇起来。

"听说你的夫人很是漂亮,是吗?"元祥呵呵笑了起来。

"还可以,还可以。胡人血统,看得过眼。"冯俊兴傻傻地笑着说。

"本王听说她很漂亮。"元祥还是东一搭西一搭地说。

难道他看上我老婆了?冯俊兴见元祥紧紧追问不放,心里扑通扑通敲起鼓。听说王爷强抢女人的事情时有发生,冯俊兴的心战栗起来。

"有个漂亮老婆不放心吧?"元祥乜斜着眼睛,调笑着问。

"没甚的,没甚的。我老婆不……不……不算漂亮。"冯俊兴抬手,擦去一头大汗,着急得有些结巴起来。

元祥仰面哈哈大笑。狂笑了一阵,收敛起笑声,严厉地问:"要是你老婆与人私通,你该如何处置?"

冯俊兴抬起惊慌失措的眼睛,看着元祥,连连摆手,"殿下何来此言?拙荆历来奉行妇德,断然不会有此秽行!拙荆品德方正,断然不会!断然不会!"

"你回答我,要是此事发生,你将如何处置?"元祥收敛了笑意,严厉地追问。

冯俊兴看着元祥严厉的表情,犹犹豫豫地回答:"那……那……我就……我就……"

"你要怎么样啊?说啊?亏你还是个男人!"元祥不屑地瞥了冯俊兴一眼,催促着。

"我就杀了那奸夫淫妇!"冯俊兴终于咬牙切齿,恶狠狠地说出这叫自己胆战心惊的话。他可是从来没有杀过人的。一个员外郎,从来没有打过仗。

"说得好!像个男人!"元祥夸赞着,又爆发出一阵哈哈大笑,他站了起来,走到窗户前,对冯俊兴招手,"你过来!"冯俊兴急忙站了起来,躬身趋步走到窗户前。

这得月楼居高临下,面对元羽的宅院大门,从得月楼推开的窗户里,可以看到元羽大院和院门。元祥指着下面大院中间的一个人说:"你认识他吗?"

冯俊兴从推开的窗户里探头看了一眼,急忙缩回头,战战兢兢地说:"那不是司空、广陵王殿下吗?"

元祥笑着,"他一会就要出门去你府上,与你那漂亮妖艳的老婆幽会。你怎么办?敢不敢像你刚才说的,杀了他?"

冯俊兴浑身颤抖起来,双手抖得像秋风里树梢头最后一片树叶。他上下牙打战,发出清脆的牙齿相碰的声音,"王爷殿下饶命!小人刚才是信口胡诌!小人不敢杀王爷!不敢杀王爷!"

元祥冷笑着,"瞧你那点胆量!本王爷为你撑腰,你怕个甚呢!他品行不端,私自潜入你私宅,对你老婆不轨,你杀了他,谁也无话可说!我命令你,马上跟随他的车回你府上,在他们幽会的时候,抓他们的奸,趁机干掉他!"

"小的不敢!小的不敢!"冯俊兴嚎叫起来,扑通跪到元祥面前,"请王爷殿下饶命!小的上有老母,下有幼儿,小的不敢杀王爷,小的不想招致灭门之灾!"冯俊兴泪流满面,哭喊着,膝行,扑到元祥脚下,抱住元祥的双膝,恳求着。

"奶奶的!"元祥一脚踹开冯俊兴,"你还像个男人吗!告诉你,今次,你干也得干,不干也得干!要是不干,你就永远别想走出我这王府一步,你也别想再见你的高堂老母和嗷嗷幼儿!你选择吧!"元祥冷着脸,背着手,站在窗前,注视着下面元羽的举动。

"好,我干!我干!"冯俊兴哭泣着爬到元祥的脚前,抱住他的双腿哀求着,"王爷可得出手相助啊!我从来没有杀过人,小人怕制服不了广陵王!"

元祥回过头,灿烂地笑了,"这你放心!我会派几个最壮实的家丁跟你一起去!好!起来吧!他已经走出大门,要上车了!"

元羽走出大门,上了一辆洛阳城到处都可见的便辇。月色如水,朗照大路,路边的各色大树在月光下一团一团的,把自己婆娑的阴影投在路上。元羽怀着激动的喜悦,让驭手赶着驾辕快马向冯俊兴家赶。马蹄在地面上得得响,搅动了栖息在路旁枝头的鸟雀,几只乌雀,惊慌地发出嘎嘎叫声,从横斜的枝头飞了出来。三四点明星,闪烁在黑蓝的天幕外。

来到冯宅,元羽迫不及待跳下车,命令车夫把车赶到远处的树荫下,在

沉河艳后:胡灵皇后

那里等着他出来。元羽走向后门，轻轻地咳嗽了一下，只听角门吱呀一声在月光下打开，一个小丫鬟探出头，向外面四周看了看，让冯俊兴闪身进去。

元羽轻车熟路，径直走向女主人的卧房。

"殿下，奴家这厢有礼了!"冯俊兴的老婆艳笑着，从卧房的屏风后面出来，迎上来向元羽行礼。

广陵王元羽拉了拉女人的手，自己坐了下来。卧房里散漫着香气，叫人心意迷离。几盘水灵灵的早熟的鲜桃放置在几上。

元羽扫视了一下他熟悉的这卧房。卧房里，依然灯烛高照，可女主人又换了装饰，头插珠翠和绢花，梳了个风流的卧堕髻，胭脂官粉，搽得更加娇艳。

女主人今晚只穿着葱绿的百褶绸裤，一件粉红绲边的立领小袄，上面绣着金黄的鸳鸯戏水，这是典型的鲜卑女人打扮。虽然高祖在太和十九年就已经下诏严禁大魏人穿鲜卑式立领小袄，可是，还有许多来自北地的鲜卑女人喜欢这鲜卑服饰。这立领小袄，配上里面的水红绣花兜肚，把女人的曲线完全凸现出来，使女人分外妖娆。穿上南边女人的宽大的衣服和宽大的下裳裙，虽然飘逸，却完全掩盖了女人的身条。

这胡人女子家居还是经常偷偷穿鲜卑立领小袄。

小丫鬟送来清茶，元羽笑着:"我不喜欢饮酪奴，还是改换浆酪吧。"

女人娇嗔地说:"我家现在已经全部改饮酪奴，殿下就凑合着饮吧。反正殿下来这里不是为了饮浆酪的!"

元羽抓住女人的手，把它紧紧握在自己手心里摩挲着，笑着:"可也是，有夫人的浆酪，就能解我的饥渴了。"说着，就把女人搂到怀里。

"殿下，今次给我带什么好东西来了?"女人用指头刮着元羽的鼻子，笑着问。

元羽从怀里掏出一个西域进贡的赤金手镯，这手镯雕刻得非常美丽精细，龙凤缠绕着，龙头凤头相对。

女人一把抢了过去，端详了一阵，急急戴在手上。果然是王，出手大方不说，而且每次送的礼品都是贡品，外面从没有见过的。

"好看不好看?"元羽得意扬扬地亲了女人一口问。

女人吃吃艳笑着，在元羽怀抱里扭来拧去，挑逗着元羽。元羽已经急不可耐,抱起女人冲向屏风后,把女人扔在床上。

两个赤裸的男女叠摞在一起,呼哧呼哧喘息着,缠绕着,搏斗着,厮杀着,不可开交。他们的听觉,已经全然麻痹。他们什么也听不见,什么也看不见,更什么也想不到,他们沉浸在激情澎湃的宣泄中。

冯俊兴率领着几个彪形大汉,跳下马车,敲开门,门子奇怪地问:"老爷,今儿回来这么早?"

冯俊兴顾不上回答,径直向后面走去。他的院落不大,青砖青瓦的两进院落。冯俊兴轻手轻脚,穿过月亮门,进入后宅。

他对身后的几个彪形大汉摆手,示意他们止步。此时,他的心情极为复杂,他希望看不到元祥所说的情形,却又有些好奇,希望自己没有白跑一趟。

冯俊兴的心怦怦跳个不停,他蹑手蹑脚靠近卧房,侧耳贴在卧房的窗户上倾听里面的动静。卧房里似乎有些动静,似乎有些喘息的声音,却又听不真切。他用指头捅开糊窗户的桑皮纸,凑上去向里看。卧房里面灯烛高照,亮晃晃的,床却被屏风阻隔着,什么也看不到。

冯俊兴轻轻推开房门,蹑手蹑脚走了进去。小丫鬟正坐在门口丢盹打瞌睡,冯俊兴没有惊动她,慢慢向屏风走去。

他浑身的热血沸腾起来,屏风后面粗重的男人喘息,女人吃吃艳笑,轻轻呻吟,都塞进他的双耳,他的头嗡的一下子大了起来。他双腿一软,扑通一声跌坐到屏风旁。

小丫鬟被惊醒过来,她睁开眼睛,看见坐在地上的老爷,惊慌失措地"哎哟"喊了一声。

"谁?"屏风后的女人抱住元羽,大声问。

"老爷回来了!"小丫鬟吓得哭喊起来。

元羽急忙跳了起来,抓起衣服往身上穿,女人拉过被单,把自己紧紧裹住。元羽跳下床,正要穿裤子,看见地上坐着的冯俊兴正呆呆地望着他。冯俊兴惊愕地张着嘴,瞪着眼睛,什么话也说不出来。

元羽尴尬地笑着打招呼:"员外郎,你怎么回来了?"

冯俊兴还是坐在地上,呆呆地看着元羽,心里想着元羽的问题:我怎么回来了?我怎么不能回来?他想责问元羽:你怎么来到我家?却张着嘴,一

沉河艳后:胡灵皇后

点声音也发不出来。他面前站着的是当今皇帝的叔父,一个赫赫有名的亲王,司空大人,他的顶头上司。他有几个胆敢责问他?

女人从床上坐了起来,看着元羽,催促着:"殿下,你快走吧!"

元羽这才回过神,提起裤子,穿着靴子,回过身对女人说了一句"我走了",抬脚正要出房。

呆愣愣的冯俊兴突然一把抱住元羽的双腿,歇斯底里地大声喊叫起来:"来人啊!来人啊!"

女人裹着被单,从床上跳了下来,扑到冯俊兴身边,捂住他的嘴,焦急地小声恐吓着冯俊兴:"你疯了?你喊什么啊喊?你不想活了?他可是亲王殿下啊,可是你的顶头上司司空大人啊!"

元羽挣扎着从冯俊兴的手里抽出腿,对冯俊兴说:"冯大人,不要喊。以后我会重重赏赐你的!明天就提升你为员外散骑常侍,从右四品下直接升到右第三品上,你看如何?"

冯俊兴依然呆愣愣地,他扒拉开女人的手,张着嘴,好像还要继续喊。元羽伏身下去,拉住冯俊兴的手,摇晃着,企求着:"要不再升一级,给你个右二品,给你个秘书监,如何?本王我求你不要再喊了!"

冯俊兴眼睛里闪过亮光,"真的?给我秘书监?"因为惊喜,他的声音有些颤抖。

"真的!本王从不诳人!只要你答应本王,不把这事闹出去,明天就给你任命!"元羽满怀希望地看着冯俊兴,信誓旦旦。

女人推着冯俊兴,"官人,快答应吧!右二品的秘书监啊!官人不早就在羡慕秘书监吗?这可是官人最好的机会啊!"

冯俊兴颤巍巍想站起来答应元羽,这时,外面那几个彪形大汉冲了进来。冯俊兴正要解释,为首的一个并不说话,提刀冲到元羽面前,手起刀落,把元羽砍翻在地。一股热血从元羽的脖颈处喷涌而出,喷射到女人和冯俊兴身上。冯俊兴"哎哟"一声,扑通倒在地上,不省人事。

女人喊叫着,正要跑开,被另一个彪形大汉抢上前去,抓住她的卧堕髻,扑哧一声,把一把光闪闪的亮刀捅进胸腔,热血喷溅而出。

小丫鬟正待要跑,又一个彪形大汉上前一刀结果。

几个大汉把元羽的尸体拖进床底,把带血的刀塞进冯俊兴的手里,把身上的血迹擦洗干净，吹熄了灯，向门子打着招呼，大大方方走出大门，乘车回元祥府交差。

元羽的车夫在外面等了一夜，也不见王出来，以为亲王风流快活得忘了时辰，只好在清晨自己赶车回去。他又不敢声张，也不敢打听亲王是否回来，只装着没事人似的，并不关心元羽的下落。

冯俊兴清晨清醒过来，已经陷入半疯癫景况。他痴呆呆地守着老婆的尸体坐了一天一夜。家人发现了卧房里的尸体，全都不知道如何处理，只好隐匿在家。

几天以后，元羽家人遍寻元羽不着，车夫才说出那晚元羽的去向。有司派人来冯俊兴府上搜查，找到元羽的尸体。冯俊兴此时已经疯疯癫癫的，什么也说不清楚。

皇帝元恪听说五叔元羽落了这么个下场，心里虽然难过，却还是庆幸又一个叔父消失了，使他少了一个担忧。皇帝元恪亲临凭吊，哀痛之极，诏给东园温明秘器、朝服一具、衣一袭、钱六十万、布一千匹、蜡三百斤，大鸿胪护丧事。

大殓时，皇帝元恪亲临，举哀华林都亭。赠元羽使持节、侍中、骠骑大将军、司徒公、冀州刺史，给羽葆鼓吹、班剑四十人，谥曰惠。及葬，皇帝亲临送别。

冯俊兴枭首灭门。

5.国斋师勾搭风流尼姑　高肇公陷害宰辅元禧

胡国华走出瑶光寺，向高太妃府慢慢走去，听得后面有腾腾的跑步声追了上来，一个故作温柔的声音喊着："胡师父，请留步！"

胡国华回头，一个僧人打扮的年轻沙门站在她面前，这僧人长得眉清目秀，很是灵气。

"原来是小苟师父啊。哪里去？"胡国华甜甜地笑着，大眼睛忽闪忽闪的，带着微笑，略微斜睨着他。这胡国华天生的狐媚子，见了男人，不由自主便会做出这般娇羞、妖媚的模样。

"师姐，哪里去？"叫小苟的僧人凑上去，做出一脸的媚态，讨好地问。

沉河艳后：胡灵皇后

"去高太妃府上。"

"小弟也是去高太妃府上。说是高太妃寿辰庆贺,也是今日开斋,要我们去讲经。师姐,可也是去讲经的?"

"是的,是去讲经。"胡国华笑着。

"那我与师姐相跟着,一起前去。"刘小苟急忙说,悄悄靠近胡国华。

"放尊重点,小心人看见!"胡国华悄悄打了刘小苟一下。刘小苟只好闪开身子,与胡国华保持一点距离。

"你怎么叫小苟呢? 真难听!"胡国华一边向前走,一边好奇地问。她是个好奇心挺重的人,对什么都感到好奇,总想问个清楚。对刘小苟这沙门的名字,早就感到很好奇,总得不到机会弄个明白,今天叫她碰上了,她一定要弄个清楚。

刘小苟不好意思地搔着青光光的头皮,"我是这里的人,我们这里有个风俗习惯,生个儿子怕养不活,就给他起个贱名,什么猫啊,狗啊,丑娃啊,丑蛋啊什么的,那样阎王就不收他了。我爹娘老年得子,就怕我养不活,就给起了个贱名叫小狗。"

"原来是这样,我明白了。"胡国华咯咯地笑了起来,那笑声好似潺潺的流水,好听极了。加上胡国华大笑的时候,又好捂住嘴,大眼睛忽闪忽闪的,流露出明亮的光芒。

刘小苟看得发呆,脚步也停了下来。

"走哇,你! 不想和我相跟着走了?"胡国华催促着,娇嗔地回头斜了刘小苟一眼。

刘小苟的心都快融化了。"走,走!"他急追了几步,赶上胡国华。

"真难听。"胡国华又吃吃地笑了起来,"现在是小狗,将来是老狗,真难听。"胡国华说着,又是一通吃吃的笑声。

"不过,写出来并不难听。咸阳王给我把狗字改成带草头的苟了。你看,不难听了吧?"他讨好地问。

胡国华掩着口,又发出一阵艳笑,"我看还是一样。反正都是小狗,小黄狗!"

说话间,来到高太妃府邸。

高太妃府上张灯结彩。高车络绎,冠盖如云,录尚书事元祥亲自在门口迎接高肇等八座贵客。

刘小苟和胡国华待元祥引领着高肇进入府院,才从侧门进去。

高太妃穿着雍容华贵的皇妃朝服,坐在大堂中间的高座上,笑呵呵地接受着宾客的敬贺,各色礼品堆积左右,小山似的。拜贺之后,高太妃在儿子元祥和高肇的搀扶下,到佛堂跪拜,去听京师沙门讲经。

来到佛堂,站了一排的沙门女尼,逐个向高太妃贺拜高寿。

高肇看着面前眉清目秀很是娇艳的胡国华,笑着问:"有些日子未睹胡师父芳容。今日有幸听胡师父讲经,老夫可要洗耳恭听! 都说胡师父好口才,老夫要好好领略领略。"

高太妃笑着说:"可不是,京师这么多师父,我最爱听她讲。她深入浅出,能够把那些深奥的佛理用明白的话语讲出来,还能用一些生动的事例加以阐释,说得有鼻子有眼,叫你没法不信服。不像他——"高太妃指着胡国华旁边的刘小苟说,"听说他还是跋陀大师和达摩大师的家传弟子,讲起经,是满嘴听不懂的胡语,讲半天,也听不出个头绪,不知他讲个甚。"

高肇不认识刘小苟,"师父高姓大名? 主持何处寺院?"

刘小苟面对着当今朝廷中炙手可热的重臣高肇,心情有些激动,见国舅爷问他,急忙回答:"回高大人,小僧为咸阳王门下国斋师,名刘小苟。"

"小狗?"高肇微笑着反问了一句。

"不是小狗的狗,是草字头的苟。"刘小苟急忙解释。

高肇笑着,"也差不多,总不是个好名字。苟且偷生的苟,还不如小狗的狗! 小狗尚且忠心不渝呢!"

"是,是。高大人说得好!"刘小苟连声逢迎。

旁边的女尼胡国华已经忍俊不禁,用手掩口,悄悄笑着,眼睛弯曲成很好看的月牙。录尚书事元祥忍不住多打量了她几眼。

高太妃和高肇、元祥入座,高肇招呼胡国华和刘小苟:"你们俩过来陪高太妃。"

胡国华过来,挨着高太妃坐下,轻声与高太妃说着家常话。高太妃问起干孙女胡小华:"你怎么没带小华一起来?"高太妃关切地问。

"小孩子家家的,不敢带她来。我正想问问太妃,莺莺什么时候来? 等

沉河艳后:胡灵皇后

125

莺莺来给太妃拜寿,我再带着她来给你老人家拜寿。"

"莺莺明天来。"高太妃说。

"明日我带小华来。"胡国华急忙说。

刘小苟要挨着胡国华坐,见高肇向他点头示意,急忙蹭到高肇身边,挨着高肇恭敬地坐了下去,盘起双腿。

高肇眼睛眯缝着,小声问刘小苟:"师父进咸阳王府多少时日?"

刘小苟欠着身体,恭恭敬敬地回答:"约有一年。"

高肇想着:虽然想往咸阳王府安插一个耳目,可惜总是没有机会。既然安插耳目一时做不到,何不收买王府内的一个人做耳目呢?看这沙门,机灵聪明,一脸狡猾,是一个心眼活络的后生,这样的后生,最容易拉拢笼络,只要晓之以厉害,动之以威胁,付之利益好处,一定可以为自己所用。

高肇微笑着问:"咸阳王近来身体可好?心情如何?"

刘小苟是个极聪明伶俐的人,察言观色,揣摩心理,见风使舵,见机行事,这些聪明人的本事他都具备,而且无与伦比。他一下子就领略到高肇问话的真实用心。他在向我打探咸阳王的情形呢!刘小苟惊喜地猜测。

刘小苟眼睛转了几转,笑着说:"咸阳王吃得睡得行得,身体很好,精神极佳,心情非常好。"

"他每日在干些甚事啊?都有谁去拜访他?"高肇继续盘问。

"殿下每日吃斋念佛,与小僧议论佛理,或者在书房里读书写字,有时去衙门转转,也不见有人拜访。"刘小苟流利地回答。

高肇睁开眼睛,用尖锐的目光看着刘小苟。这目光充满审视、怀疑和考问,还泄露出威胁和恫吓。小子,别跟我要花样!高肇的目光无声地说。

刘小苟的心颤抖起来。他急忙垂下眼睛,不敢接触高肇的眼睛。

高肇微微一笑,小声说:"小师父,想不想到大寺院里当主持啊?想不想进昭玄曹当官啊?"

刘小苟心里一颤,一阵惊喜的狂潮席卷了他。进昭玄?那可是所有沙门最向往的地方啊!昭玄,原叫监福曹,高祖年间开设,是专门管理僧众事务的朝廷官府。在昭玄里混个职务,不仅吃穿不愁,而且还可以得到寺院、僧尼的许多孝敬。

刘小苟睁着一双明亮、圆大的黑眼睛,灼灼地看着高肇,一脸灿烂和向往,又带着几分调皮聪明,笑着说:"怎么不想呢? 这么好的事,谁不想啊? 只是不敢想而已。"

高肇瞥了他一眼,"只要你听话,老夫可以成全你!"

"真的?"刘小苟惊喜万分。

"小点声!"高肇呵斥着。

刘小苟急忙收敛了放肆,正襟危坐,端坐在蒲团上,不敢随意说话。

"我问你,你要老实回答。我说的话,你要仔细听着,叫你咋做,你就咋做!"高肇用威严的声音说。

刘小苟唯唯诺诺,"一切听大人的! 一切听大人的!"

"我告诉你个秘密,你回去不要对咸阳王说! 皇帝陛下现在对他一点也不信任了! 劝他好自为之!"高肇冷钝的声音在刘小苟耳边低语,"听清楚没有? 不要说是我说的!"

刘小苟小声答应着。

高肇心里冷笑着:一定要把咸阳王搅得心神不宁!

6.心惊胆战咸阳王谋反　惊慌失措新皇帝反攻

送走五弟元羽,咸阳王元禧整日闷坐在府第的书房里。三十二岁的五弟元羽说没就没了,给了他很大打击。

对于元羽的死,不知道为什么,他总感觉到有些不对劲。哪里不对劲,他又说不出来。一个冯俊兴有那么大的胆量,竟敢明目张胆地杀害一个亲王,他不大相信。

国斋师刘小苟坐在他的对面,为他讲经。看着元禧心不在焉、无精打采的模样,刘小苟知道,亲王现在无心听他聒噪。他停了下来,讨好地说:"殿下,不如出去到白马寺转转,那里的六月白桃子该熟了,去尝尝鲜,如何?"

"也好。"咸阳王元禧高兴地说。去白马寺转转散散心,比这么郁闷地待在府上什么也不想做要好得多。

元禧起身,随国斋师刘小苟和几个随从出门,信步向白马寺走来。黄门侍郎、妻兄李伯尚乘车过来,急忙下车,三人一起走进白马寺。白马寺主持见咸阳王元禧来,忙不迭迎了出来。元禧不想让主持在旁聒噪,推辞着:"主

持师父，我等随意转转，不行礼拜，请师父自在，不必陪同！"

主持谢过，自去一边，任元禧三人在寺院里闲转。他们从山门转入后面果园，在果园里看桃、杏、茶林和葡萄。一串串、一嘟噜的葡萄泛着光芒，垂挂在葡萄架上。金黄的杏子已经成熟，石榴刚刚有拳头大小，藏在繁茂枝头。

元禧走进桃林。桃树枝头的六月白，时时碰着他们的头和脸，六月白是成熟于六月的一种鲜桃，它不像五月尖鲜红艳丽，不像五月尖那样柔软多汁。它圆大脆甜，皮色白皙。

刘小苟从枝头挑选了一个完全成熟的六月白，小心摘了下来，带着两片碧绿的椭圆形的桃叶衬托，让它显得更白皙。"殿下，尝尝鲜吧。"

元禧接了过来，用手擦去桃身上的绒毛，咬了一大口。"不错，很甜。"元禧品品味，说，"你们也摘着吃吧。主持这点面子还是给的。"

刘小苟和李伯尚在桃林里走动，从枝头挑选着最大的桃子，摘了几个，捧着来到一个布列四张鼓形石凳的石桌前，大家围着坐了下来，慢慢品尝鲜桃。

李伯尚说起有司对冯俊兴的审理。他刚从有司那里回来。

"有什么结论吗？"元禧关心地问。

"没甚。那冯俊兴完全疯癫了，满嘴胡话，什么也说不出来。"李伯尚摇头。

"可怜老五了。就那么着不明不白地死了，才三十二岁，只比我小两岁。"元禧眼睛暗淡下来，幽幽地说。

"想起国朝这么多代，属你们弟兄好，能够与高祖皇帝友爱相处那么多年，高祖皇帝在位，没有诛杀一个弟弟。真是难得。"李伯尚一边啃着鲜桃，一边看着元禧说。

元禧深深叹了口气，"过去了，没有那好时辰了，怕是我们弟兄的厄运就要相继临头了。"

从正月被褫夺宰辅权力到现在，元禧一直处于郁郁不乐中。元羽的暴死，更增添了他的忧虑。皇叔历来是皇帝的心病。从开国皇帝拓跋珪开始，哪个皇叔不引起新皇帝嫉恨？当年拓跋珪害怕弟弟拓跋仪不拥戴他的孙子登皇位，不是千方百计逼拓跋仪遁走然后又以逆反赐死他吗？拓跋仪跟随拓跋珪南征北战,在建国中立了汗马功劳,功勋卓著,威望无比。真是应了范蠡的那句名言:飞鸟尽,良弓藏;狡兔死,走狗烹了。可是,眼下飞鸟尚未尽,狡兔并未死啊,高祖皇帝混一天下、一统中国的宏伟大志还没有实现啊!这元恪难道非要把忠心耿耿的几个叔父全除掉不行?

刘小苟对元禧的忧虑深表同情,他附和着说:"可不是。我听说皇帝经常和左右谈论他的叔父,咸阳王爷德高望重,又是元叔,肯定最为放心不下。"

李伯尚点头,"是这么个理。几个叔父,彭城王归第,不理朝政,广陵王新亡,北海王正得信任,只有咸阳王放心不下。咸阳王功勋卓著,德高望重,作为元叔,智谋威勇,仪表风度,哪方面都超过那白胖小子,自然要招嫉恨了。"

元禧沉默着扔掉手中的桃核,又拿起一个水灵灵的大桃,擦去绒毛,咬着吃。对于李伯尚的话,他很认同。

几个叔父,除了北海王元祥以外,大约都成了元恪眼中钉,恨不得一个一个拔去。彭城王元勰归第赋闲,没有任何职务,大约已经对他构不成威胁。元干、元羽薨,元雍在京外为官,只有他元禧还在朝中碍眼。那下一个对付的是不是他呢?

元禧浑身哆嗦了一下,不寒而栗。

李伯尚对刘小苟说:"国斋师,你经常进宫讲经,能够见到赵修、赵邕,可以听到一些传言。你以后可要支棱起耳朵,为王爷打探些情况啊。"

刘小苟指天画地,"王爷,你尽管放心,我一进宫就注意打探。宫里有我的徒弟。"

元禧说:"我要设法进宫去,与皇帝陛下长谈一次,让他明了我的心思才好。疑心生暗鬼,老是让他这么猜疑可不好!"

李伯尚同意,使劲点头:"殿下说的是,殿下应该经常进宫,在皇帝身边走动走动,你不去说,不去表明心迹,那皇帝陛下当然会听信高肇和北海王构陷。他们两人,现在可得意呢!"

元禧又摇头,"说是这么说,我难道不想经常进宫去见见陛下?陛下难见啊!现在见皇帝很难,通常要先经过赵修传达。谁知道他给不给传达?每次去让他禀报,他都说皇帝陛下不见,一点办法都没有!"

李伯尚也叹了口气，"这可真没辙！那赵修成了皇帝的把门狗，他想让谁见皇帝，就让谁见！真他娘的！"

"下午我要与胡国华一起进宫给于贵人讲经。让我看看能不能从中套问出点什么情况。"刘小苟突然想起，高兴地说。

"胡国华？"元禧反问着，"谁是胡国华？"

"瑶光寺的女尼，伶牙俐齿的，很会说经。高太妃推荐她与我一起进宫给于贵人讲经。于贵人快要立皇后，高太妃让我们好好给她讲讲经。"刘小苟解释说。

于贵人在澄鸾殿里与皇帝元恪下棋。元恪很喜欢下围棋，手把手教于贵人了许久，这于贵人还是下不好。

于贵人的兄长父亲于劲进来禀报，说国斋师刘小苟和女尼胡国华来讲经。

元恪还想下棋，摆手说："让她们在外殿等候。等朕下完此局。"

于贵人早已腻味下棋，每次都输，让她输得气恼。她把棋推到一边，对赵修说："赵修，你来陪皇帝陛下下完此局。我要去听国斋师讲经了。那刘小苟和胡国华讲经很好听的！"说着，便站了起来。十七岁的姑娘于贵人已经完全成熟，在宫廷里熏陶得典雅、华贵、雍容，举止投足，充满了皇后的威严。虽然仅仅是贵人身份，可眼下六宫不备，皇帝宠爱皆在一身，皇帝早就答应她，下个月封她为皇后。眼下，她正心焦地等待着七月的到来，等着皇帝举行仪式祭告太庙宣告她的皇后身份呢。

于贵人微微沉着脸，让她稚嫩的脸上笼罩着皇后的尊严，她双手揣在宽大的皇后衣袖里，端着一动不动的上身，轻移脚步，毫无声息地移出内殿，来到外殿，宦官王桃汤站到她的身后。

胡国华和刘小苟被叫了进来。二人趋步来到贵人座前，伏身跪拜，"小僧叩见贵人娘娘！"

"小尼胡国华叩见贵人娘娘！"

"起来吧！"于贵人拿腔作调地说，尽量让说话的声音语调里透出最大的威严。

刘小苟垂下眼睛，不敢看于贵人年轻的脸。

胡国华却抬眼看着于贵人，她要认真打量打量这马上就要做皇后的于贵人，在心里和自己的侄女胡小华做着比较。这于贵人虽然成熟漂亮，但是她缺乏妖娆。她是那种比较庄重的美人，这种美人对男人没有多少诱惑。别看现在皇帝喜欢她，如果皇帝身边有一个狐媚子的女人，这于贵人一定要败下阵来。

胡国华心里有底，她一定要想办法把侄女训练成极具诱惑的女子。小华聪明伶俐，一定可以培养修炼出来，别看小华没有于贵人那么漂亮。女人的诱惑不完全在脸蛋的漂亮，女人的诱惑在风度、气质和狐媚。

胡国华微笑着，恭维于贵人："恭喜贵人娘娘，立马就是皇后国母，愿皇后娘娘身体健康，凤体安康！"

刘小苟低垂着双目，迎合着胡国华的话，说："后宫得主，国家有幸！不知这祭告大礼何时举行？"

于贵人说："七月大祭，一并举行。"

胡国华双手合十，"佛祖保佑娘娘。贫尼将在瑶光寺祈祷七七四十九天，为皇后娘娘祈福！"

"谢谢师父关爱！请师父讲经吧。"于贵人笑着。

刘小苟先开讲。刘小苟曾听讲于跋陀大师[①]，孝文帝迁都洛阳，特意为爱山水的大师下诏在嵩山建寺，安置跋陀大师于少林寺传经。刘小苟还曾听讲于达摩禅师，达摩从南边来到中土南朝宋，在南朝居住讲经修行几十年，晚年到魏，欲以禅法开化魏土，据说活了一百五十年。刘小苟曾记录其讲经语诰，集合几卷，流传于世。刘小苟既讲跋陀大师的禅学，也讲达摩大师的禅学，可谓南北佛经结合。他以自己记录的达摩的《楞伽经》秘要为主，讲"二入四行"的修行方法。

"二入，谓理入和行入。理入谓佛理之思考，欲求真经，须舍伪归真，须凝住壁观。行入，谓佛理之实施践行。凡有四行，即报怨行、随缘行、无所求行、称法行，可引领入境界。"

刘小苟微闭双目，双手合十，自顾自滔滔不绝地讲。

于贵人认真地听。

---

①跋陀：后译作佛陀，天竺人，孝文帝时到魏传经。

那面皇帝元恪下完了围棋，赵修按照以往的办法，让皇帝大赢。大赢了的元恪兴高采烈地与于登、于劲说笑着向外殿走来。他们说话声引起刘小苟的注意。

刘小苟刚讲完一段，对胡国华说："你接着讲，让我歇息一下。"

胡国华正心里痒痒着欲在于贵人面前一展她的口才，见刘小苟让她讲，就嫣然一笑，接过话题，开始讲了起来。

胡国华讲《法华经》，讲观世音信仰。观世音信仰此时正风靡全国。胡国华口才很好，她不光讲经义，主要还讲南方宋齐传过来的《观世音应验记》。《观世音应验记》里的各种应验小故事，讲得活灵活现。

刘小苟闭着双眼，注意倾听着走过来的皇帝说话声。

皇帝元恪正在与于登、于劲说着什么。

于贵人的父亲于劲说："陛下真英明。早动手除掉的好，留着总是祸患。"

于登附和："臣也以为，越早除去越好，不可养虎为患。"

刘小苟听得心里扑通扑通直跳。皇帝要除去谁？皇帝要动手除去几个王爷？除了王爷，皇帝还想除去谁？

皇帝元恪又大声说："赵修，朕又闷得慌了，传诏于录尚书事，朕明日去伊阙山游玩打猎半月！"

元恪说着，走进外殿。于贵人急忙起身，恭迎皇帝。胡国华和刘小苟也都站了起来，恭身站到一边。元恪大步走过来，揽着于贵人的肩头，嬉皮笑脸地问："贵人，听得如何？他们讲经比朕如何？"

于贵人笑着，"他们哪能与皇帝陛下相比啊？不过在妾身前卖弄罢了。"

胡国华笑着说："皇帝陛下，虚怀若谷，领会深透，博大精深，贫尼不过仰仗佛祖，来宫里混口饭吃。何敢与皇帝陛下相提并论？"

胡国华嗓音清脆，口齿清楚，柔婉动人。元恪被胡国华的声音吸引过去，抬眼看胡国华一眼。这女尼面目清秀，虽然落发，不过是僧尼的灰布衣服，却依然掩饰不住她的风流倜傥。元恪笑着问："你来自哪里？"

胡国华微笑着回答："回陛下，瑶光寺。"她落落大方，毫不惊慌，也不胆怯，镇定自若地抬眼望着元恪，杏核似的一双眼睛，又黑又亮，清纯可爱，流露着好奇、景仰和崇拜。

这目光突然打动了元恪的心。他看惯了臣属那些胆怯、慌乱、取宠、献媚、讨好、狗一样的目光，这女尼的目光叫他感到舒畅和兴奋。

"你继续讲，让朕也听一会。"元恪笑着对胡国华，他又补充着问，"你叫什么名字？"

"胡国华。"女尼微笑着回到自己的座位。皇帝元恪揽着于贵人的肩头，并肩坐着，等待胡国华讲经。

元恪抬眼扫了一下，发现下面还站着一个沙门，"是你啊，刘小苟！"他厌恶地挥手，"你先下去吧。"这刘小苟，以跋陀大师和达摩弟子自称，到处吹嘘标榜自己，言必称跋陀达摩，在朝内外声名很响。但是，元恪并不佩服他，不过是打着大师的旗号欺世盗名，并无真才实学，讲经讲得一塌糊涂。加之这刘小苟又一直依附于咸阳王元禧，做元禧的国斋师，更使元恪厌恶。

刘小苟灰头灰脸，被元恪撵出大殿。他感到非常恼怒，一定要挑唆起咸阳王元禧对元恪的仇恨才好。刘小苟不怀好意地暗自琢磨。

胡国华同情地看着刘小苟出了大殿，微笑着，接着讲《观世音应验记》各种应验的小故事。她眉飞色舞、活灵活现地渲染着描述着，把那些小故事讲得栩栩如生。

"不好了！大事不好了！"刘小苟一进咸阳王元禧的大门，就高吆二喝地喊。

元禧从太师椅里腾得跳了起来，不知道外面发生了什么大事。"出了甚事？"元禧快步走出厅堂，迎着刘小苟问。李伯尚也惊慌失措地从厢房里跑了出来，张皇地赶过来追问着发生了什么事情。

刘小苟拉着元禧进了厅堂，压低声音故作神秘地说："我刚从皇帝那里讲经出来，我听说了一些绝密消息。"

"什么消息？"元禧着急拉着刘小苟坐到自己身边，也顾不得身份尊严，着急慌忙地追问。

刘小苟叹了口气，满脸忧伤，看着元禧连连摇头，"王爷大祸临头了！我去给皇帝讲经，听见皇帝和于登、于劲议论。于贵人的父亲于劲说：'陛下真英明。早动手除掉的好，留着总是祸患。'于登附和：'臣也以为，越早除去越好，不可养虎为患。'王爷，这不是准备动手是什么啊？"

沉河艳后：胡灵皇后

元禧机械地重复着："越早除去越好？留着总是祸患？甚意思？"

刘小苟白了元禧一眼，着急得也顾不上身份，又责备又催促："殿下，这不是明摆着的嘛！甚意思？还不是于劲、于登在怂恿皇帝对王爷动手?! 事不宜迟，殿下，快想办法吧！先发制人，后发则制于人啊！"

李伯尚犹豫地看着刘小苟追问："国斋师，你可听仔细了？于登等是这么说的?"

"千真万确！这是他们的原话，一个字也不错的！"刘小苟指天画地。

"那皇帝是怎么说的?"李伯尚追问。

刘小苟搔着头皮，"皇帝说……皇帝说……"

"这事马虎不得的！万一说的不是这事，可是要贻误大事啊！"李伯尚见刘小苟语塞，便郑重其事警告他，"你可不敢胡说乱说啊！你要想清楚!"

刘小苟转了转眼珠，笑着，"我想起来了。皇帝点头，小声说：卿言之有理，是该下决断了！就是这一句，我听清楚了！就是这么说的!"刘小苟的语气越来越肯定，最后，他断然做出结论。

李伯尚背抄着手，走来走去，沉思着。

元禧颓然坐到椅子上，耷拉着脑袋，心里塞满忧伤、绝望、悲痛，他失神落魄地喃喃自语："他要动手了，真要动手了!"是的，皇帝元恪要动手除去他这元叔了！怎么办？怎么办？他在心里问自己。是束手待毙，还是铤而走险？

与其等待着皇帝前来处置他和他的全家，不如铤而走险，带着家人部下过河回代都，回到拓跋鲜卑的老家，回到草原去，也许能够找到一条活路。干脆，让儿子带人过河，占据一个城池，振臂一呼，部下响应，也许可以与元恪分庭抗礼。坐在这里是等死，起来反抗是找死，反正都是一死，何不铤而走险呢？找死也许还死不了！

元禧心潮澎湃起伏，思谋着自己的出路。

刘小苟看着元禧的脸，虽然这忧伤焦灼的脸上反映不出他内心激烈争斗，但是，他断定元禧现在一定在思谋如何反抗。他应该在元禧的心头再点把火，让反抗的火焰燃烧得更旺一些。

刘小苟又神秘兮兮地说："我还听皇帝说，从明天起，他要到伊阙山打猎半个月！这可是个好机会啊。"

元禧猛然抬头,眼睛放射出希望的火花,"真的?去半个月?"

"是的。明天动身。"刘小苟奸笑着,"是不是个机会啊,王爷?皇帝出行,宫城内可是空虚了许多啊!侍郎,你说呢?"刘小苟看着李伯尚,眼睛里满是狡黠。

李伯尚看着元禧,满脸焦急,"王爷,万不可冲动!此事须从长计议,须小心计议啊!"

元禧不说话,只是咬住自己的嘴唇。刘小苟和李伯尚互相对视了一下,他们都明白,殿下他已经有了自己的决定。

皇帝果然率领着浩浩荡荡的队伍,出城向小平津方向去打猎。

等皇帝一出城,元禧就开始自己的部署。

元禧叫来大儿子元通。元通,字昙和,十八岁。元通身材魁梧,虽然不是正妻李妃所生,因为是长子,元禧很是看重,许多事情与他商议。

"皇帝即将谋害为父,为父不得已欲起事自保。为了起事后须有人接应,我派你带着你的妻儿,潜入河内郡,河内郡①郡守为陆秀,他与为父私交深厚,你去投奔他,让他作为外应。万一事败,他可以保护你们的安全。"说到这里,元禧不免有些哀伤,他抓住儿子的手,轻轻抚摩着,很是舍不得。

元通一脸豪气,"阿爷你放心!儿一定能平安进入河内郡,儿会说动陆秀太守响应阿爷起事!"

元禧点头,脸色稍微开朗一些,"好,有你这话为父就放心了!为父此举,实乃走险,成与不成,只在天意。万一不成,儿要及时逃离河内,向北去,走得越远越好!"说着说着,元禧的眼睛红了起来,声音也有些哽咽。

"儿记住了!"元通的眼睛也红了。

"你去收拾收拾,马上动身!"元禧说完,急忙回过头去,不忍心再看儿子一眼,他担心自己控制不住感情。

元通最后深情地看了父亲一眼,急忙退了出去。不多久,一辆小车,几匹快马,载着化装成商人的元通和他的家眷出了洛阳,向北的河桥驶去。这一去,便是元禧与长子的永别。元禧在事败以后被皇帝杀死,元通在河内郡

①河内郡:今河南沁阳一带。

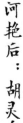

沉河艳后:胡灵皇后

被听到元禧事败的太守陆秀杀死,以向皇帝邀功请赏。

元禧送走长子元通,立即着手布置,送家眷到洪池他的别墅去躲避,自己和李伯尚、刘小苟留在城西宅院召集部属。

元禧的部属听说咸阳王召集,带着军队陆续赶到城西,拜见咸阳王。

部属陆续来到,元禧招待大家晚宴。十几个最忠心的部属围坐着,一边饮酒一边说着闲话。大家猜不透王爷召集的原因,也不敢询问,只是吃着,饮着,说着,笑着。

酒至半酣,元禧高举酒杯,站了起来,大声说:"今天召集大家前来,有要事相商!皇帝信任奸臣,迫害贤良,逼彭城归第,迫咸阳失权,本王为皇叔,屡遭皇帝猜忌,如今又要加害于本王,本王走投无路,决定起事以推翻这无道昏君!"

部属全都变了脸色,你看看我,我看看你,一声不敢吭。这可是他们没有想到的!谋逆,那可是杀头大罪啊!谁敢答应走这一步?

元禧继续鼓动:"君无道,臣起而推翻之,此乃天道!我行天道,天助人助,得道者多助,失道者寡助,如若诸位股肱肯于出手襄助,本王敢肯定,大事可成!"

武兴王杨集始,是文明太后表弟杨播的孙子,接替其祖承袭了爵位。作为元禧的部属,在元禧讲完以后,他应该说两句以表示他对咸阳王元禧的尊敬和忠诚。武兴王杨集始站起身,目光炯炯地看着元禧,"殿下,昏君无道,令人发指,殿下振兴朝纲,无可厚非。臣不才,愿意追随殿下始终!"

武兴王杨集始这一表态,立即引来其他部属纷纷效仿,生怕落在同侪之后,被王爷误会。于是大家争抢着表态,争抢着宣誓效忠。一时间,场面热烈,群情激奋。

元禧感动异常,他的眼睛发热,胸口发堵。有如此忠心的部属,他顾虑什么呢?有他们,他的大事肯定可成!

待闹哄哄的场面慢慢平静下来,元禧振臂,慷慨激昂地开始部署行动。

"本王命令,队伍由武兴王率领,清晨出发,进攻金墉城!"

武兴王杨集始看看外面的天色,天色已经蒙蒙发亮,黑夜在不知不觉中溜走了,清晨即在眼前。听着元禧的命令,他打了个寒战。刚才一番激昂慷慨的表态,为他换来一个首领的地位。假如是平常,他一定感到很高兴。可是这非常时期的首领，是福还是祸，真还是未知数。如果成功了，他肯定具首功，大富大贵属于他。可是，万一事败了，那结局是什么呢？

杨集始的脑子急速旋转盘算着。这差使不是美差，他意识到自己刚才急于表现所犯的严重错误。后悔已经来不及，可补救还行，要赶快想办法补救！

杨集始脸上挂着平静的、感激不尽的、仰慕的微笑，看着元禧。等元禧话音刚落，他就接过话茬："殿下这么看重微臣，微臣感激不尽！微臣一定视死如归，肝脑涂地，为殿下效力！不过……"说到这里，杨集始抬起眼睛，看着元禧，又扫视了一下在场的人。

"不过什么？"元禧急忙问。

"不过殿下可能有所不知。这金墉城已经调有五千羽林，由老将于烈亲自把守。我这里的一千人马，根本无法冲进金墉城。除非王爷可以调动司州军队！"

话音刚落，在场的人都互相窃窃私语起来。

"五千？"

"都是羽林军啊！一个顶三的啊！"

"可不是。于烈老将军把守啊！"

"一夫当关，万夫莫开啊！"

"拿一千人马去攻金墉城，不是以卵击石吗？"

元禧手中的酒杯啪的一声掉到地上，他听到下面的窃窃私语，脸色一下子变成灰黄。于烈把守金墉城，这是他没有想到的，金墉城过去只有几百人守卫，很容易攻破。攻进金墉城，就很容易乘胜打进宫城，以夺取皇宫。

元禧颓然坐到座位上，以手抱头，苦苦思索着对策。怎么办？怎么办？看来攻取金墉城的方略已经不能用了。一些部属开始以解手为由，离开房间，想找机会偷偷溜出王爷府。李伯尚急忙出去，命令家丁把守住，不许任何人离开王府。

元禧把刘小苟和李伯尚叫出大厅，对刘小苟说："你立刻换上衣服，快马向洪池去，让家眷在洪池等我一起北上，洪池不宜久留！你选匹快马，尽快赶到洪池！"

刘小苟刚才听见杨集始的话，心中早就在嘀咕着寻思如何及早离开这

沉河艳后：胡灵皇后

137

里。听到王爷元禧的话,心里乐得开了花。不过,他不想让王爷看出他的心思,故意皱起眉头,似乎很恋恋不舍似的,说:"殿下,在这个时辰离开殿下,小的有些放心不下!"

元禧皱着眉头,挥了挥手,焦躁地说:"说甚废话?快去吧!"

"那好,我去了!"刘小苟说着,回身就跑。

李伯尚看着刘小苟匆忙逃窜似的背影,忧虑地问:"殿下,这小子可靠吗?他不会出卖殿下吧?"

元禧摆手,"说甚哩?小苟哪里会那样下作?你说,我们现在该怎么办?我现在也是六神无主了。"

"我看,还是放弃进攻金塘城的打算,我们向洪池去,然后过河去投奔大公子。留得青山在,不怕没柴烧!三十六计走为上!眼下还是赶紧离开洛阳为妙!"李伯尚咬着嘴唇,看着元禧,决断地说,"不能在这里耽搁!万一走漏了风声,让于烈听到动静,他会赶来的!那时跑都来不及了!"

"他们怎么办?"元禧朝里面努了努嘴。

"一个不能放!万一哪个去向皇帝报告,我们就走不脱了!"李伯尚用手在脖子上抹了一把,"全干掉算了!"

元禧摇头皱眉:"都是我的老属下,我下不了手!要不,我去问问他们,看他们谁愿意跟我们走,只要愿意跟我们走,我们就一起走!不愿意跟我们走的,再一起干掉!"

李伯尚说:"也好。我去带人来。"

天已经大亮,阳光从敞开的窗户照进大厅。一些实在支持不住的人已经趴在桌子上呼呼大睡。

元禧走进大厅,敲着桌子,大声喊:"本王决定,立即动身过河投奔北都六镇!愿意跟本王走的,说话!"

杨集始贼眼贼溜溜地在元禧脸上旋了几圈,元禧的脸色十分阴沉,眉头紧皱,看来是下了决心。这时,李伯尚带着十几个拿刀的士兵走进大厅,排在门口,虎视眈眈地看着里面的客人。

杨集始心里叹口气:不同意跟元禧走,怕是出不了这门。

他急忙高声喊:"我愿意跟殿下走!"

大家都高喊着:"愿意跟殿下走!"

元禧放心了,他挥手,"事不宜迟! 我们现在就出发!"元禧带领着李伯尚去集合队伍,院子里乱了起来。

杨集始跟着大家走出大厅,到马圈牵出了马。院子里已经乱成一团,你推我挤,无处站立,元禧只好命令士兵打开大门,让牵了马的到院子外集合。

杨集始随着人流,牵着马,走出大门,恭顺地站在队伍里,等待上马的命令。元禧看见出来的人黑压压地站满了院子和大门前的空地,一声命令,让大家上马出发。

杨集始翻身上马,狠踹马肚,坐骑一下子蹿了出去。杨集始打马,飞一样跑了。

"跑了! 跑了!"有人大喊。元禧急忙出来观看,让士兵去追,可是杨集始已经跑出很远很远。

这里,趁着混乱,有些人钻进后院,有些人翻墙逃跑,还有些人躲进茅厕,躲进柴房,不肯随元禧出发。时间紧迫,元禧也顾不得搜索,只好带着队伍出发。路上,有些人趁不注意,又逃跑许多。元禧一行不过剩了二三十人。

杨集始逃出元禧府第,打马向小平津方向奔去。他知道,皇帝在小平津打猎,他要第一个把咸阳王元禧叛逃的事情禀报皇帝,他要抢这个大头功!

小平津在洛阳西北一百多里的地方,靠近大河边。那里有山,有密林,有平原,野兽出没,是打猎的好地方。

元恪箭服窄袖,麂皮靴,冒着豆大汗珠,跨乘一匹大宛马,在侍卫直寝校尉于登、内侍中赵修、主马季贤以及高肇等亲近的陪同上,在小平津打猎。

小平津平原上,古木参天,平常这里安静得很,只有野兽鸟雀在里面鸣叫啸唱。现在,这里却热火朝天,喧闹得天翻地覆。大队羽林军兵士穿着鲜艳的服装,在卫将军的指挥下,步行入林中,排列着队行,敲锣打鼓,呼啸喊叫,包抄着从远处慢慢向森林出口走来。森林里,鸟雀乱飞,惊叫着,扑扇着翅膀,拼命向森林外飞来。一群野鹿,几只狐狸,惊慌得奔跑着,在林间慌乱逃窜,一会儿东,一会儿西,不知道哪里是安全的地方。

元恪站在一个小山坡上,注视着森林,一有猎物出现,他就会搭弓射箭,向猎物射去。

"出来了！出来了！"元恪从马上翻身而下，惊喜地指着林子间茂密的树丛喊。果然，树丛里有一只色彩斑斓的花豹在惊慌地四处跳跃，身上斑斓的斑点在绿色中闪烁，忽而这里，忽而那里。

元恪从背囊里抽出一支利箭，搭在弓上开始瞄准。

"在那里！"赵修在旁边喊，伸出手指着方向。

元恪拉开弓弦，向赵修手指的方向瞄准。充当打猎猎郎的几个侍从立即搭弓，向元恪瞄准的方向一起瞄准。

花豹从树丛里窜了出来，向山坡跑来，想窜进这一片树林以躲避身后的追逐。

元恪与猎郎同时发现花豹，十几支利箭几乎同时离弦，飕飕地带着风声飞向花豹。正在奔跑的花豹颠踬了几下，又挣扎着向前跑了几步，慢慢倒了下去。

"射中了！射中了！"侍从们大声喊着，欢呼着，"陛下好箭法！好箭法！"

侍从跑向花豹，抬着鲜血淋漓的花豹过来。元恪见不得鲜血，他急忙掩面掉头，不敢观看。

那边，侍卫带着一个人向他跑了过来。赵修与季贤急忙上前，挡住来人。赵修认出来人。"原来是武兴王杨集始啊。你怎么来了？"赵修傲慢地瞥了杨集始一眼。

杨集始赔着笑脸，"侍中大人，我有重要事情向皇帝禀告。请赵大人关照，让我见见皇帝陛下！"杨集始哀求着。能不能见皇帝，全要靠这赵修安排，全要仰仗他的高兴。连皇叔王爷都如此，何况他一个异姓王。

赵修傲慢地白了一眼，"你看你这人，多没眼色。你没看见皇帝陛下正忙着打猎吗？哪有时间见你呢？真是的！这么大个人！真不懂事！"赵修嘟囔着，转身要走。

杨集始一把拉住赵修，"赵大人，此事非常非常重要，也千万火急！请大人开恩！让我跟皇帝只说一句话！"他苦苦哀求着。

赵修白瞪了他一眼，"有什么话你不能跟我说？我会替你传达的！难道你信不过我？"

"不是的，不是的！"杨集始摆手摇头，连声说，"微臣怎么敢不信任大人？只是这事特别特别重要，一定要当面禀告皇帝陛下！"杨集始继续缠磨着，不肯放手。

赵修甩手,想甩开杨集始的纠缠,可杨集始就是不肯放手。他看见皇帝向这边张望,就拼命似地大声说:"大人再不同意,微臣就在这里放声喊叫了!"

赵修没有办法,只好甩开他的手,说:"你不用喊叫,我这就带你去见皇帝陛下! 你可记住,你欠我个人情! 将来是要偿还的!"

杨集始见赵修口气有些松动,马上挤出一脸谄媚的笑容,"赵大人放心,微臣会记住赵大人的好处,回去就到府上拜访!"

赵修领着杨集始向元恪走去。

"什么? 咸阳王元禧叛逃? 向哪里叛逃? 是不是来小平津?"元恪慌里慌张地问杨集始,杨集始带来的消息太叫他惊讶,虽然早就疑虑这元叔图谋不轨,对咸阳王元禧极为不放心,可是还没有等他动手,元禧那里就露出原形! 果然如舅父高肇所说,最不可靠的就是那几个皇叔父!

怎么办? 元恪看了看周围,只有不多一些羽林士兵可以召集起来,多数羽林都散在森林里,仓促中很难一下子召集起来返回京师。万一元禧攻占京师得手,可如何是好? 他元恪会不会再也返回不到皇宫了呢?

元恪连连搓着手,连声叹气:"这可如何是好?"

见皇帝如此担忧,左右都一时慌乱起来,连高肇和赵修都你看我,我看你,一时没有主张。

于登过来,他镇静自如地对元恪说:"臣世蒙皇帝恩宠,心在皇室。臣父领军,肩负留守之重任,他防扼有方,调度有当,陛下不必过虑。臣相信臣父守卫京城,万无一失。"

元恪转向于登,脸色稍微松弛下来,"卿驰骑回京观之,若无事,举狼烟告朕。"

于登立即翻身上马,向京都奔驰而去。

"陛下,继续打猎吧。看,那里跑出一群野鹿!"高肇指着森林边缘,故意用兴高采烈的高调门喊着说。赵修明了高肇的用意,他们要把元恪从刚才这不愉快的事件里牵扯出来,不要让它破坏了元恪的兴致和心情。他更加欢欣雀跃地说:"可不是,陛下,看森林飞出锦鸡了! 多好看的锦鸡啊! 快,

射一只下来！猎郎，动手啊！"

果然，几只拖着长尾巴的五彩锦鸡从森林里飞了出来，越过蓝天，向远处飞去。

元恪一下子来了情绪，他跳了起来，喊着："快，快！给朕射一只下来，太漂亮了！"他拍着手，跳着脚，白胖的脸上浮现着真心的快乐，他确实已经完全忘记了刚才的不愉快事情。

高肇和赵修意味深长地对视了一下，微微一笑。皇帝高兴，他们就放心了。猎郎正要射箭，元恪突然想起什么，急忙喊着："都给我住手！不许猎射鸳鸟！不许猎射鸳鸟！"

高肇和赵修互相看了看，苦笑了一下。这皇帝，怎么突然想起当年他父亲高祖孝文皇帝的故事了呢？

元恪确实突然想起小时候文明太后祖母讲给他们兄弟的关于高祖的一个故事。当年他的父亲高祖打猎，猎了一只鸳鸯，另外一只鸳鸯悲鸣着，在空中上下盘旋，不肯离去，发出悲凉、凄惨、悠长的叫声，动人心弦，催人泪下。高祖满心同情，无限怜悯，眼圈都红了起来。他问左右："此飞鸣者，为雌为雄？"左右回答："臣以为为雌。"

"何以见得？"

那臣子回答说："阳刚烈，阴性柔，以刚柔推之，必是雌矣。"

高祖慨然感叹说："虽人鸟事不同，但其资识性情，竟无多少差异啊！失其配偶，悲其不幸，与人相同。从今以后，禁猎鸳鸟！不得蓄养！"

这诏令虽然从没有被朝廷与民间认真执行过，但是，文明太后极爱讲这故事给晚辈重孙子们听，以教导重孙子们慈悲为怀。

元恪突然心血来潮，他以后要效仿高祖治政，施仁政，以仁义治理国家，让上下左右夸赞他的仁政。

元恪又全身心投入打猎。他骑着马，一会儿驰骋在平原上，一会儿奔驰在山坡上，与部下侍从捕猎着走兽。

不管陪着皇帝走到哪里，高肇和赵修都忘不了向京城方向遥望。他们比元恪更加担心京城事变。

突然，赵修跳着脚高声喊了起来："陛下，狼烟！狼烟！"他指着京城方向。

元恪向京城方向望去。在洛阳城墙上，正升起一柱黑色浓烈的狼烟。黑色的烟柱正冉冉升向蓝色晴空，在晴空下慢慢散开。

元恪有些迷惘地看着赵修问："这狼烟是干什么的？"

赵修看了看高肇，高肇急忙回答："这是于登燃起的，他在向陛下禀报京师一切平安！请陛下安心！"

"原来如此！"元恪轻松快活地说，"我都给忘了！咸阳王没有得逞啊！朕这就放心了！"他拍了拍手，看着狼烟慢慢散在空中，笑着说，"这于登果真料事如神啊！于登的名字是先帝赏赐的，诚为美称，朕嘉其忠烈，从今改名忠，以嘉奖之！"

刘小苟离开元禧，向洪池方向驰去，天气已经热了，急驰了几个时辰，他大汗淋漓，气喘吁吁。刘小苟脱掉外衣，只穿一件赤色小衣，继续急驰。一队巡逻的士兵出现在他的前面，刘小苟突然慌张起来，他打马拐进一条小路。

"那小子神色慌张，不对劲。追！"校尉喊。士兵尾随其后，拼命追赶过去。

"站住！站住！"追兵喊。

刘小苟不敢停留，拼命打马逃窜。前面是邙岭，邙岭上树木繁茂，挡住他的去路。刘小苟跳下马，刺溜钻进树林的树丛之中。

追兵赶到，只见一匹大汗淋漓的马在路边站立着，埋头啃着路边的青草。骑马人却不见了。

校尉指着山岭上的丛林，笑着说："他肯定跑不远，给我搜！"兵士散开，进入树林，到处搜查着，这里戳那里捅，并不见人影。

"奇怪了，看着他钻进这林子，怎么就不见踪影了呢？"校尉嘟囔着，看着山林。山林那么密，要在里面搜索到藏匿的人，恐怕需要很多时辰。校尉眼睛转了几转，大声喊着他的部下："我们走吧！找不见，算了！我们回去吧！邙岭林子里有狼，有豹，还有大虫！到晚上，自有野兽出来对付他！"

部下都从树林里撤了出来，回到路上，骑马走了。

藏在密林一个山洞的刘小苟听说山林有野兽，已是吓得浑身哆嗦不已，他听得追兵走开，急忙从山洞里钻了出来，下岭来寻找他的坐骑，他可不想

留在山岭上喂大虫。

刘小苟刚找到自己的坐骑，正要翻身上马，四周草丛里突起士兵，把他团团围在中间。校尉笑骂着："小秃驴，想跑？说，你鬼鬼祟祟的，要干什么？不说，老子宰了你！"校尉说着扬起手中亮晃晃的短刀。

刘小苟胆战心惊，浑身哆嗦得如筛糠一般，原指望按照咸阳王的指派到洪池以后，确定了咸阳王最后的动向，再找机会去报告高肇，可眼下，遇上这般不讲理的兵士，只好先保命要紧。

"大爷，你千万不要动手，我这里有机密大事报告。你带我去见领军大人，或者见高肇大人。"

校尉哈哈笑着，"你莫想采用缓兵之计！领军大人会见你？高肇大人？他陪着皇帝爷出去打猎，到哪里见啊？你说说看，是机密，我就带你回去，不是机密，我就地解决，省却许多麻烦事。"

刘小苟慌忙摆手，"大爷，你听我说，我真的有机密事情要报告。咸阳王爷谋反，正在叛逃啊！"

"哎哟！我的娘！这可是天大的事！"校尉一听，变了脸色，"走！我们赶快赶回京城！向领军报告！"校尉把刘小苟捆绑得结结实实，放到马上，大家一齐上马向洛阳赶去。

元禧带着二三十人的队伍，向洪池方向进发。

到了洪池，刚才还晴朗的天色突然大变，一时间狂风大作，暴雨倾盆，山洪倾泻，拔树折木，大河水涨。元禧看天气这样恶劣，决定在洪池过夜。

李伯尚过来劝阻："殿下，不能在洪池停留，需要赶紧过河才是。殿下集众图事，商议未决，杨集始逃离，消息恐已泄露，今夕哪能这么安心在此停留啊？还是速速出发，早日过河，否则危祸将至啊！"

元禧看着外面的倾盆大雨，为难地说："这天气过河，不是找死吗？还是暂且歇息一夜，天亮就动身。"

李伯尚又劝说："殿下，儿妇已过河，殿下滞留于此，两头不自知，今停留于此，不是很危险的事情吗？还是及早动身，与儿妇会合的好！"

元禧不耐烦地挥手，眉头紧皱，"你呀，怎么这么啰唆！天气如此恶劣，过河无异于找死！再说，我已经与元通约定，明日在河边会合。明早动身，不会误事！"

李伯尚不敢再坚持，嘟囔着说："等在这里，无异于等死！找死尚且有一丝活路，等死可是死路一条！"

元禧摆手，"算了，算了，不必争辩了！我反正也是愦愦难于入睡，不如做谜，让我猜着玩，权且解闷。"

李伯尚看了他一眼，摇了摇头，什么时候了，还有心猜谜？他想了想，说："眠则同眠，起则俱起，贪如豺狼，赃不入己。"

"眼睛。"元禧猜了猜说。

李伯尚摇头。

元禧又猜了几次，李伯尚均说不对。

"那你说是什么？"元禧不高兴地看着李伯尚问。

"筷子！"李伯尚说出谜底。

元禧想了半天，才点头。

突然，外面传来嘈杂的人声，几个浑身湿淋淋的士兵跑了进来，惊慌失措地喊："追兵来了，打着火把，正向这里赶来！殿下，快跑吧！"

元禧和李伯尚冲进大雨里，到外面张望。果然，洛阳方向的大道上，一长串的火把在大雨里明灭，正向这里飞快地移动着。

元禧和李伯尚跳上部下拉过来的马匹，"家眷怎么办？"元禧哭喊着问。

"顾不得了。殿下逃命要紧！"李伯尚用鞭子抽着坐骑。元禧与几个侍卫跟随着跑进倾盆大雨里。

"向哪里逃啊？"元禧问李伯尚。

"只有向东南方向逃去。大河岸一定被封锁了。"李伯尚在风雨中喊着。元禧明白，李伯尚想向东南逃去，投奔南方梁政权。当年他最看不上投奔过来的南人，没想到，今日也落得个南投的下场。但愿老天保佑，可以逃脱追兵！他在心里祷告着。

几个人在风雨里向东南狂奔，度过洛水，来到一个小平原上。元禧狼狈地停住马，巡视着。这时，天已经亮了，雨也停了，元禧抹着脸上的雨水汗水，回头一看，只剩了李伯尚和一个侍卫。

"这是什么地方？"元禧问左右。左右都摇头。一个戴着斗笠披着蓑衣的农人扛着锄头过来，李伯尚急忙上前询问："请问，这是什么地方？"

沉河艳后：胡灵皇后

那农人惊异地看着这几个狼狈的官人，说了声"叫柏谷坞"，说完就掉头回转身向村里加快步伐走去。

元禧筋疲力尽，他滚落下马，跌坐在路边草丛里，斜靠在一棵大柳树的树干上，呼呼喘着粗气。

李伯尚和侍卫也下马，坐到元禧身边。元禧看着身边剩余的这唯一侍卫，感慨地说："龙虎啊，你还跟着我干什么啊？干什么要与太尉我同赴死呢？"

侍卫喘着粗气，抹着脸上横流的雨水汗水和泪水，呜咽着："龙虎是个草野莽人，遭殿下宽待，常跟殿下左右。今殿下危难，我没有别的办法救殿下于危难中，只能陪伴殿下到永远。若能够与殿下同命，虽死犹生！"

元禧双眼流着泪，紧紧握住龙虎粗糙的手。这么一个没有读过圣贤书，不大懂孔孟儒家之道的草野莽汉，在危难关头，却如此重情明义！而那些平素满嘴仁义道德、自以为最高尚、最伟大、最英明的，那些整日围着他转，奉承他、讨好他、取媚他的官僚部下，那些饱读史书经书的士大夫们，眼前却一个不剩，全都如鸟兽散了！真是树倒猢狲散啊！

元禧唏嘘起来。

三个疲累之极的人靠着大树，昏昏沉沉，在路边树丛里呼呼睡了过去。等他们睁开眼睛，已经被绳索紧紧捆绑着，正被羽林军送往都城华林都亭。

元恪端坐在宝座上，沉着脸，看着捆绑着带着枷的，被羽林侍卫推上来的元叔元禧。录尚书事元祥、大将军高肇等八座等皆分列两旁，听皇帝审问元禧。

元恪冷着脸，"松绑！"殿中侍卫上来，给元禧解去绳枷。

元禧跪在元恪的宝座前。

"朕来问你，你为什么要谋叛？"元恪年轻的白皙的脸因为愤怒，涨得通红。亲自审问自己的叔父，这还是第一次。尽管心里有些胆怯，但是一想到元禧的谋叛，他就愤怒不已。

元禧双眼垂泪，平静了一会儿，才抬起头，看着元恪，缓慢地说："当年高祖皇帝闲宴，对我弟兄说过，我后子孙，邂逅不逮，汝等观望辅取之理，无令他人有也！如今，皇帝陛下听信谗言，罢我宰辅权力，又听信构陷，欲加害于我，我心中害怕，才出此下策。并非谋害陛下！"

站在皇帝元恪身后的赵修，怕他说出高肇，立刻伏身对皇帝元恪小声说："一派胡言。这元禧欲挑唆陛下与大将军和录尚书事的关系！"

元恪猛拍面前的桌子，"元禧！你不得狡辩！朕免你宰辅，你心怀不满，故而谋反！何来构陷？！"

元禧担心继续申辩会惹恼元恪和他的亲信，会更加严厉地处罚他和他的家人，他不敢继续申辩下去，只是痛哭流涕，请求皇帝开恩，饶恕他的家人。

皇帝元恪看着元叔元禧的模样，禁不住有些怜悯起来，毕竟是自己的血肉至亲啊！他深深叹了口气，语气沉痛地说："天作孽，犹可恕，自作孽，不可活。元叔这是自作孽啊！朕想活你都不行！不过，还是饶你不死，囚禁于家吧！"

元禧全身趴伏于地，连连叩头，大声哭泣着感谢皇帝的大恩大德。

高肇没想到皇帝说出这样的诏令，很感意外。他和于忠陪皇帝打猎时，已经很明白地把要求处死元禧的想法说给他，当时元恪甚为愤怒，他愤愤不平地说："元禧不杀，断无天理！"但是，怎么回来这就变了呢？

高肇用阴沉的目光看了看元祥。元祥假装没有看见高肇的眼色，掉转目光，望着上面的皇帝。

高肇想，看来只有自己亲自出班启奏了。不过，他转念一想，这样公开反驳皇帝不是聪明之举。他的聪明之处就在于懂得维护皇帝脆弱的面子，从不公开反驳皇帝。他善于在与皇帝独处的时候，在皇帝高兴的时候，说出自己想要办的事情，趁皇帝高兴骗取皇帝的同意，办成他想办的事情。在朝堂上公开驳斥皇帝的决定，那是最愚蠢不过的办法。他希望此时有个蠢货出来驳斥皇帝，请求皇帝重新下诏，处死元禧。除恶务尽嘛！

高肇又看看他的同侪，大家都沉默不语。

高肇在心里叹了口气，尽量让自己平静下来，抑制住出班驳斥皇帝诏令的冲动。以后再想办法吧！办法多的是！他带着冷然的微笑看着元禧撅着屁股磕头。

你活不了的！高肇恨恨地想。

沉河艳后：胡灵皇后

元禧回到城里的住宅,住宅已经被羽林军团团围住封死,除了特别允许的几个家人可以前来看望,谁也不能接近。

虽然失去自由,但是保住性命,元禧还是很庆幸。第二天,他的妹妹彭城公主、陈留公主前来探望。

元禧见到妹妹,又惊又喜。妹妹给他带来一些珍馐佳肴。多日没有吃过饱饭的元禧一把抓了过来,连扯带撕,迫不及待,狼吞虎咽,吃了个风卷残云。他那贪婪的吃相,惹得妹妹唏嘘不已。昨天还是那般豪华奢侈的元禧转眼间就一无所有如此狼狈,这富贵真的是过眼烟云啊!

吃饱以后,元禧擦了擦嘴,问及李伯尚和龙虎等人的下落。

"都处死了。"妹妹悲戚地说,"龙虎被千斤锁锁着,受尽折磨,听说是笑着就刑。"

"元通呢?"元禧满怀希望地看着妹妹。

"陆秀听说你被抓,怕受牵连,已经杀了元通一家!"

元禧流着眼泪,连声说:"也好,也好,这也省他受罪了。"

公主陪着兄长流泪。

"那些儿子呢?现在何处?"元禧忍不住又问。

"你放心,翼、昌、显和、树、晔、坦、昶七人,都暂住在六弟勰那里,他让我转告你,他得不到允许,不能来探望你,不过他会好好照顾你的儿女的。他让你注意保重身体,过些日子,也许可以得到大赦呢。"

元禧流泪了。都是亲兄弟,过去他总是猜忌元勰,现在悔之晚矣。若是兄弟齐心,能保住元勰的地位,他元禧决不至于走到今天这么凄惨的地步。

元禧忍不住问起妻子李氏的情况。公主流泪摇头:"她经受不住这打击,悬梁自尽了!"

元禧又是一阵唏嘘。

"梁氏、王氏呢?"元禧抬起眼睛,惴惴不安地询问着他最宠爱的侍妾的下落。

公主流着泪,愤愤地说:"你还问她们做甚?不是她们,怂恿你贪婪多占,也不至于有今天下场!还好意思问她们?"

元禧无话可说,掩面而泣。

外面侍卫长喊:"时辰到!请公主离去!"公主站了起来,抽泣着叮嘱兄长多多保重。她们刚迈步出门,内侍中赵修捧着皇帝诏书,中常侍王桃汤捧着一个托盘,托盘上放着一个酒壶,冷着脸走了进来。门在她们身后通的一声关了起来。

在门外的公主相拥在一起,痛哭失声。这种场面她们是太熟悉了,凡是皇帝赐死王公太子,全是这般场面,内侍中捧着诏书,中常侍捧着椒酒,内侍中宣读诏书,中常侍倒酒,两人逼着被赐死的人饮酒,然后看着他们咽气,看着他们气绝,验明确定之后,回宫去禀告皇帝。如果有不肯饮的,两人便一个搂抱,一个强灌。内侍中都是些武艺高强力大无比的壮汉,就像这赵修。

一会儿,里面传出元禧撕心裂肺的绝望的嚎叫:"我要面见皇帝!让我见见皇帝!"

喊声越来越小,越来越弱,一切都平静下来。

又过了一会儿,赵修和王桃汤走了出来,脸上挂着似有似无的得意和满足的微笑。他们冷眼扫了公主一眼,冷冷地说:"去给他收拾收拾吧!"

元禧死后,他的诸子诸女,微给家产,勉强可以度日活命,他所有家产全部没收充公,主要地产、房产、钱产,被皇帝赏赐给高肇、赵修两家,其余赏赐给内外百官,多者百余匹,少者十来匹。

元禧由盛而衰的遭遇,引起洛阳一些士人的感慨,有好事之徒,编成歌谣传唱:

"可怜咸阳王,奈何做事误。

金床玉几不能眠,夜踏霜与露。

洛水湛湛弥岸长,行人哪得度?"

后来,这歌谣随着他的几个投奔南朝萧衍梁的儿子,传到南朝去,在南朝的北人,虽然富贵,但是每当丝竹管弦弹拨起这曲子,听到歌伎唱起这歌谣,便泪流不止,思念家乡的乡情永远笼罩在他们心头,永远抹不去、挥不掉。

7.阖家团聚王肃乐融融　奸佞迫害驸马凄惨惨

寿春,刺史府邸里,王肃正在与儿子王绍谈论学问。多年不见,在南边的儿子已经长成大人,叫王肃欣喜不已。自太和十七年(493年)投奔大魏,

到现在已经八年过去了，八年里没有见到正妻谢氏、儿子和两个女儿，他无时无刻不在想念他们。可是，天各一方，无尽的思念绵绵，却不能全家团聚。他曾多次托人带信过去，致以问候。妻子谢氏也曾捎来书信。这一切，都瞒着他的公主妻子。他现在的妻子是彭城公主，就是当年偷跑去向高祖报告皇后冯莲秽行的那个公主，高祖的妹妹。

谢氏坐在厅堂里，笑眯眯地看着丈夫和儿子说话。终于得以团聚，她非常满足。她是江南大族谢氏之女，受过很好的教育，能读能写，能诗能文。八年里自己拉扯着儿子、女儿，一点也没有放松对他们的教育。不光儿子子经诗史，满腹经纶，连两个女儿也饱读诗书，甚有学问。

可是，八年的艰辛，使她明显苍老，三十四五的人一脸皱纹，看上去比王肃老相得多。不过，她身边的两个女儿却如花似玉一般娇艳。

彭城公主婀娜着走进厅堂，小儿子理紧紧跟随着她。看见公主进来，谢氏和儿女急忙站了起来，恭敬地问候着。

公主气恼地看着王肃满脸笑容。她刚从京师回来，有许多重要事情要跟他说。元禧被赐死，会不会牵扯到王肃，她现在正担心着呢。所以，她才从京师匆匆赶回寿春。没想到，她离开寿春不过个把月，王肃就去江南接来他的原配妻子和儿女。

过去，王肃曾瞒着她给他江南的妻子写信，而他的妻子谢氏也不时有信以通问候。有一次，谢氏以诗一首寄托自己的情思，表达思念之情。可是，这诗落到公主手里。

公主展开丝帛，小声读着：

"本为箔上蚕，今作机上丝。

得络逐胜去，颇忆缠绵时。"

公主冷笑着，反复吟诵。络是绕丝的，胜是机上持经线的，丝即思，络和胜是比公主的，这不是暗讽王肃得了公主而忘记旧人了吗？不是表明她对王肃的思念之情吗？这诗里暗含的情思缠绵悱恻，王肃读了，一定会为之动容。

不能让官人看到。彭城公主想。

彭城公主展开丝帛，自己吟诗一首作答：

"针是贯线物，目中恒任丝。

得帛缝新去,何能纳旧时。"

她把王肃比作只能贯穿新线的针,委婉谢绝了谢氏请求团聚的念头。

王肃虽然两度为驸马都尉,但是一直觉得对不起结发谢氏,便在洛阳城东宅院里建寺院一座,为正德寺,以报答谢氏的恩德。

来到寿春,王肃趁公主回京,派人接来谢氏母子,全家团聚。

王肃见公主回来,也起身相迎,公主坐到王肃身旁,她挥手对谢氏说:"你们先下去,我有要事与官人相商。"

谢氏带着儿女听话地走了出去。

王肃有些不高兴,"一家人,何苦撵他们出去?"

公主冷着脸,说:"朝廷内的事,与他们无关。"

王肃不好争辩,问:"什么事情?"

"元禧谋逆,已被皇帝赐死。我怕牵扯到官人。"

王肃惊讶得大张着嘴,半天合不拢,"这到底是为什么呀?咸阳王功劳卓著,怎么会谋逆呢?"

公主接着说:"我还听说,御史中尉审理元禧的妻兄李伯尚,李伯尚交代,他们东南走,是想先投奔官人你,然后伺机投奔南朝萧衍梁!"

"糟了!糟了!这下肯定受牵连了!"王肃顿足捶胸,连声说,"这可怎么好?可怎么好?"

公主冷冷地说:"官人也不必太惊慌。我已经见过皇帝,向他申诉了官人的情况。我说,官人在州,悉心接抚,远近归怀,付者若市,以诚绥纳,咸得人心。我又说,官人王肃清身好施,简绝声色,始终廉约,家无余财。不过,性微轻佻,好以功名自诩而已。至于元禧谋逆,他远在寿春,决无勾结相通,不过是元禧自己走投无路,一厢情愿,企图投靠而已。"

王肃擦着满脑门的汗水,感激不尽地看着公主,"幸得公主在皇帝面前解释,否则,我性命难保矣!"他又急忙追问,"皇帝陛下听了你的解释,有何说法?"

"皇帝说,他明白官人忠诚,不会因为李伯尚的话而牵连官人。"

王肃的脸立刻舒展开来,他长长出了口气,"这下放心了。刚才可是吓死我了!有皇帝之言,谅无人敢陷害于我!"

公主悲伤地摇着头,"官人不可盲目乐观。我这次回京,发现一切大不

沉河艳后:胡灵皇后

一样。皇帝亲政以后，很少亲见亲王公主，一切事情都听高肇、于烈、赵修几个人的！皇帝曾经亲自说过，念元禧为元叔，饶他不死，只是软禁于府邸，不得接近任何人。可是，第二天，我们姐妹去看望他，就碰见赵修奉诏捧椒酒去赐死他。你看，这是咋的回事啊？"

王肃神色又严峻起来。他站了起来，忧虑地看着院外，自言自语："怕是躲不过了，怕是躲不过了！高肇不会放过我的！"

"是的，我担心的就是高肇。元祥还不会加害于你，这高肇一定还在记恨你阻挠皇帝加封他弟兄之事！"

"这可如何是好啊？"王肃连连搓着手，"若是高肇使坏，我的性命不保，恐怕连公主以及全家性命也不保啊！"

公主叹气，"连坐倒还不会，自打文明太后废了门诛，国朝再没有行使过门诛的峻刑呢。我只担心高肇加害官人！"

"即使不门诛，不连坐家眷，那高肇只要靠实我与元禧勾结的罪名，加害于我，那全部爵位、俸禄、财产、家业，都会被官府没收，儿子女儿会被送进寺院为僧奴，永远受罪！永世不得翻身！我怎么能忍心啊！"说到这里，王肃不禁号啕大哭起来。公主坐着，眼泪涟涟，泣不成声。

"不行！我们得想办法！"王肃号啕了一会儿，擦着眼泪，断然说。

"能想什么办法呢？我这次回京师，可是费了九牛二虎之力，才算见了皇帝一面。该说的跟他说了，他也答应不追究了。还有甚办法？那高肇要是瞒着他，从御史中尉那里给官人罗织罪名，皇帝被蒙在鼓里，我们有甚办法？"公主抽泣着说。

"是的，公主所言不谬。那高肇现在炙手可热，要风得风，要雨得雨，御史中尉还不控制在他手中？他还不是想给谁罗织罪名，就给谁靠实罪名？朝廷那里毫无办法可想，只能靠我们自己想个万全之策了！"

王肃在厅堂里走来走去，眉头紧皱，紧张地思索着办法。刚才那场号啕大哭，发泄了他胸中的郁闷紧张和害怕，现在他反倒十分平静。

高肇决不会放过他，高肇一定会借元禧谋逆来构陷他王肃！左右不过是死，不如以自己一死换来家眷子女的平安，也算他对子女的关心。只要自己以病而死在高肇构陷之前，高肇就无法加害自己，更无法加害自己的子女家眷。

对，就这么办！先死在高肇构陷之前！然后上报朝廷，王肃以急病暴卒，他高肇还有什么办法？

王肃主意已定。他的脸色慢慢平静下来，轻轻捋着须髯，静静地坐着。

"想出什么办法了吗？"公主看着王肃平静下来的脸，关心地问。

王肃勉强笑了一笑，"还没想出什么办法，你还是先去歇息。走了这么远的路，还没歇过来呢！"他温柔地搀扶起公主，拉着刚刚蹒跚会走路的小儿子王理，送他们回后院卧室歇息。

王肃安置好公主和小儿子，急忙又回到书房。他自己亲自研墨，伏案笔走龙蛇，写一封给公主的密信，他实在没有勇气当着公主的面把他的想法说出来。他知道，公主虽然嫉妒，对他却是一片真心。当年有幽皇后的威逼，她都坚决不嫁冯皇后的弟弟冯凤，宁愿冒着生命危险独自跑到悬瓠行营，去向高祖揭发冯皇后私通高菩萨等秽行。但是，当元恪说要把她赏给自己的时候，她二话没说，痛快地答应了这婚事。婚后，她对自己万般温柔，千般体贴，除了不同意他接谢氏来团聚以外，可也是事事听从于他。

多好的妻子啊！王肃的眼泪又涌上眼眶。他掩面抽泣了一会儿。

不，现在已不是哭泣的时候了，也许高肇已经做好了一切手脚，正派羽林赶来寿春捉拿他呢！再耽搁下去，可能就永远失去挽救亲人儿女的机会！

王肃毅然抬起手，擦去脸颊上的泪水，提笔继续写信。

他写了一封长信，在信里，他向公主倾诉了他对她的爱慕，对她的依恋，然后告诉她他的想法，他的做法，他的理由，以及身后请求公主代他做的几件事情。

写完最后一个字，王肃平静地放下笔，拿出一个信封，又在上面写了"公主亲启"几个字，用火漆封了口，把它放在桌面上。

王肃起身，他要去后院最后看看公主，最后看看谢氏，最后看看儿女。王肃来到公主卧房，公主搂着小儿子已经醺醺地入睡了。他站在公主床前，静静地看着公主年轻美丽的脸庞，他低下头来，在公主白皙柔嫩的脸颊上轻轻地亲了一口，公主感觉到他的亲吻，甜甜地微笑着，翻了个身，伸出胳膊，含糊不清地说："官人，快睡吧。"

王肃的眼泪止不住又涌了出来，他怕眼泪滴在公主的脸上，急忙扭过

头,轻轻把公主的胳膊放回被窝,温柔地说:"你睡吧。"说完轻轻挪步,快步走出公主卧房。

王肃擦干眼泪,慢慢地走向谢氏的卧房。他欠谢氏的太多了,虽然在京师宅院里建了小寺院——正德寺,可是依然消除不了他的内疚。

谢氏的卧房里还亮着灯,谢氏在油灯下缝补衣服。八年来,她都是这么度过孤寂的夜晚。现在虽然与王肃团聚,可是,她不敢与公主争抢官人,夜晚还是她一个人独守空房孤灯。

房门吱呀一声开了,王肃走进卧房。油灯跳跃着,闪烁着,照着进来的人,落在地上一个长长的阴影。

地上的阴影吓了谢氏一跳,手中的针扎了她一下,她把手指放进嘴里吮吸着,站了起来,"官人来了?"她有些惊讶地问。

王肃走到谢氏的身边,温柔地拉过她的手,心疼地问:"可是扎了手?"

谢氏轻轻嗯了一声,又温柔地说:"没什么的,都习惯了。"

王肃拉着谢氏的手到灯下,他轻轻掰开谢氏的手,只见谢氏的手指上密密麻麻地布满针眼,那都是缝补衣服时被针扎的。

"辛苦你了。"王肃叹息着,拉过谢氏的手,把它凑到自己的嘴唇上轻轻地抚弄着。谢氏哽咽起来。她扑向王肃,紧紧地抱住他,心疼地抚摩着他的鬓角头发。三十八岁的人,鬓角都出现了丝丝白发,看来官人他活得也不轻省。

王肃几乎又要哭出声来,他极力把堵在胸口和喉咙口的硬块咽回肚里,可是,还有一声压抑不住的哽咽冲出喉咙。

"官人,你怎么了?"谢氏惊慌失措地扳过王肃的脸,王肃不敢扭过脸,只是别扭着,把脸紧紧抵在谢氏的肩头,连声说:"没什么,没什么。口水呛着了。"他竭力掩饰着自己的失态。

谢氏紧紧抱着王肃,静静地站着,她在享受着这难得的温存。她的小女儿从自己卧房里跑了过来,喊着:"娘,阿爷来了?"她听到王肃的说话声,于是跑过来,从小很少见阿爷的她,来了以后,对阿爷亲得很。

谢氏急忙放开王肃,不好意思地拢了拢头发,嗔怪地责备着女儿:"死妮子,疯疯癫癫的,喊个什么?没有点淑女的德容,将来怎么找婆家?"

"娘,看你说到哪里去了,我才十二岁,还小着哩。"女儿就势抱着母亲谢

154

氏,搂着她坐到床上,"阿爷,你也坐下嘛,与我说话。"

王肃已经完全平静下来,他笑着说:"好啊,干脆去把你姐和你哥一起叫来,我们一起说会话。"

小女儿欢快地答应着冲出去。一会儿,王肃的长子王绍和大女儿一起过来,围着王肃和谢氏坐了下来。望着灯影下亲人的脸,王肃突然又感到一阵难以抑制的哽咽涌上心头和喉咙。他竭力平静着,用力咳嗽几声,压制着涌上来的一阵又一阵的呜咽。

谢氏轻轻捶打着王肃的后背。王肃抬起头,看着长子王绍,嘴唇哆嗦了一会,才勉强挤出几个字:"你要好好照顾你娘和你妹子。"

王绍嘴里答应着,心里感到奇怪,父亲怎么冒出这么一句没头没脑的话?

王肃又说:"也要听公主的话!"

王绍只是点头,不大情愿回答。

王肃逐一看着女儿、儿子和谢氏,恨不得把他们的容貌都刻烙在心头,以便在另一个世界里还能相认。他有一肚子话要说,可是现在一句也说不出来。他不能在他们面前流露一点他的打算,他们若是知道他的计划一定会阻拦他,他就再也不能实现他拯救亲人的计划!他什么也不能说,一点异样也不能流露!

王肃默默地坐了一会儿,起身说:"我困了,想去睡了,你们也先歇息吧。"说完,他疾步冲出房间,一刻也不敢停留。

回到书房,王肃拿出一块金子,硬是吞了进去。他吹灭了灯,静静地趴伏在桌子上,等着最后时刻到来。

清晨,太阳照亮了刺史府邸。公主已经和家人一起吃过早饭,却还是没有见王肃的面。叫家人去叫,家人说书房的门从里面闩上,推不开。

公主的脸一下子白了,一种不祥的预兆升了起来,她慌里慌张站了起来,碰倒满桌子杯盘碗碟,她双腿有些发软有些颤抖,被丫鬟搀扶着来到书房门前。

"官人!官人!"公主扑到门上撕心裂肺地喊着。

几个家仆正在用力撞门。门终于被撞开,几个家仆跌倒在书房里。公

沉河艳后:胡灵皇后

主急忙走了进去,王肃蜷缩在桌子下面,痉挛的脸因为痛苦已经扭曲的不像他的模样。

"官人啊!你这是怎么啦?"公主痛哭着扑了上去,抱着王肃号啕不止。

谢氏和儿女也都得到信,号啕着跑了过来。一家上下一片号啕。

一个家人从桌子上发现了写给公主的信,公主抽泣着哽咽着打开了信封。她一边读一边抽噎。

王肃用自己的性命来换取亲人的平安,他的良苦用心感动着公主。她不能这么痛哭,不能让消息走漏出去,妨害王肃计划的实施。

"都别哭了!"公主大喝一声,"来,把官人抬到床上!"公主眼睛红红的,命令着家人。

"听着,就说刺史大人得了急病,快去给刺史请郎中。你们要张扬得让城里人都知道!"公主对家人说。

谢氏和王绍都愣怔地看着公主,不知道她干什么。

公主忍受着巨大哀痛,按照王肃的指示的办。这事情只能她一人知道,决不能透漏给第二个人!

"去叫长史来!"公主又说。

当把寿春城里的好郎中全被请进刺史府,还是晚了,刺史大人得了急病暴卒,谁也没有回天之力。

公主立刻命令长史拟写公事,向朝廷禀报寿春刺史、散骑将军暴病暴卒的讣闻,并且派急使日夜兼程送洛阳京师,上达录尚书事元祥和皇帝。

这里,公主指挥着上下为王肃出殡安葬。

诛杀咸阳王元禧以后,咸阳王元禧的财物珍宝奴婢田宅的大部分入了高肇家,高肇又马上被皇帝委任为尚书左仆射、领吏部。高肇现在正是且贵又福,得意非凡。

不过,高肇并不满足。国朝里,只有他才是皇帝最值得信赖的人,其余的人都在觊觎他外甥的皇位,他一定要为皇帝清除一切异己,一定要为皇帝组建一个最可靠的大臣班子。他掌管吏部,一定要挑选最可靠的人为官,把所有他认为不可靠的人清除掉。

现在,他当务之急是彻底清除元禧及其王爷势力。皇帝赦免元禧不死,让他忧心忡忡，不过他最终还是说服元恪下诏赐死元禧，可是他还不能放心。除恶务尽，古人的话他牢记在心。朝政上，大凡当政者，必有一帮势力，他深深懂得这一点，所以，他一面处心积虑地拉帮结派，培植个人势力，另一方面，就是彻底清除政敌集团。元禧当政也非一日，他的势力决非个别，除了明目张胆跟随他叛逃的几十个人以外，王肃应该也在其中。

高肇原本就不喜欢王肃。王肃得罪他是在王肃为宰辅的时候，皇帝元恪提出赏封舅父高肇弟兄父子三人，王肃便指出，一下子封赏三人有些太多，恐朝臣有所议论，不如先赏一个，以后慢慢再赏不迟。

这话后来传到高肇的耳朵里，高肇对王肃刻骨铭心地憎恶起来。上一次，利用任城王元澄免了王肃的宰辅职务，不过只是报了一箭之仇，他和王肃还有一箭之仇要报！

高肇早就在矺摸着一个能够置王肃于死地的机会。这机会终于被他等到了！

据李伯尚交代，元禧与他逃向东南，正是想投奔寿春的王肃。这下，王肃可是死定了。

高肇来找御史中尉崔亮，询问审问李伯尚的情形。

崔亮，字敬儒，清河东武城人，为清河崔浩后裔，太武帝诛灭崔浩九族时逃往南方的一支。十岁时，在南齐为官的父亲被害，寡母携他投奔叔父。他虽然生活贫穷，却喜爱读书，经常在市上借书苦读。从兄崔光投奔李冲，邀崔亮一起前往，劝他说："安能久事笔砚，而不往依附李冲呢？李冲爱才，手握重权，你我依附，一定可得到重用。"崔亮摇头，"弟妹饥荒，岂可独饱？我不想看人眉睫依人眼色为生，宁愿如此观书于市。"崔光向李冲推荐崔亮。爱才的李冲便邀请崔亮来见，李冲看着一表人才的崔亮，问："我曾经见过你先人所著的《相面论》一书，读过后使人常常追念不已，可惜已经亡失。你是否能记住一些呢？"

崔亮慷慨激昂地背诵起来，语调铿锵，抑扬顿挫，背诵到动情处，每每唏嘘不已，涕泪交流。李冲很是感动，立刻收他弟兄二人为馆客。李冲还常常对自己的儿子侄子说："大崔生宽和笃雅，汝等宜友之；小崔生峭整清澈，汝等宜敬之。二人终将有大作为。"

在李冲的推荐下，崔亮为中书博士。高祖时，为吏部郎，不久为太子中

沉河艳后：胡灵皇后

157

舍人,后又升迁为中书侍郎,兼尚书左丞。元恪即位亲政,迁给事黄门侍郎,不久迁度支尚书(相当于财政部长),领御史中尉。崔亮在度支,整肃规章,别立条格,一年节余很多钱,很得皇帝元恪赏识。后来便委任他兼领御史中尉,弹劾申斥官员。

"崔中尉。"高肇召崔亮来到自己的府邸,先是夸赞崔亮和他的从兄崔光一番,才笑眯眯地切入正题。

"李伯尚的案子审理完了没有?"

"回大人!结案了。"崔亮恭谨地回答。

"他供出点甚来?"高肇往前凑了凑,伸长脖子,一脸的笑容。

"他只供出龙虎几个元禧身边侍卫,没有牵涉别的朝廷官员。"崔亮留意地注视着高肇的眼睛,谨慎地回答。

"听说他供出想投奔寿春,可有此事?"高肇干脆挑明了说。

崔亮有些紧张,他就怕高肇插手,担心牵扯出更多的人。他已经看出来,眼下高肇正控制着朝廷,而且好像以祸害亲王为乐事。崔亮不敢说,心里明镜似的,但是他并不想为虎作伥残害更多无辜之人。

崔亮犹豫着,支吾了一会。

高肇不大高兴,缩回脖子,仰靠在圈椅上,眯起眼睛,声音立时变得冷峻严厉起来,"怎么回事啊?到底是也不是?中尉如此支吾?"

崔亮偷眼看了看高肇的脸色,高肇的白脸已经笼罩着一层阴云,明显的愤怒闪烁在他的眼睛里。高祖时代的高肇,是出名的好脾气,虽然是高祖孝文皇帝高夫人的堂兄,却从不敢摆谱,即使外甥元恪被立为太子,依然不敢摆他的身份。因为那些年里,高祖皇帝只认冯氏母舅,不允许儿子们相认自己的母舅。现在的高肇,今非昔比,自从皇帝元恪认了这母舅以后,他一天比一天暴躁,脾气越来越大,炙手可热的权势使他盛气凌人、不可一世,生杀予夺大权在握,让他变得可怕之极,顺他者昌,逆他者亡,像活阎王一样。

崔亮心里哆嗦起来。他急忙辩解:"左仆射大人,并非微臣支吾,李伯尚虽然供言如此,但并无实据可查,故而微臣犹豫。"

"为甚说无实据可查?李伯尚供言岂非实据?李伯尚既已交代,便铁案如山,查有实据!王肃与谋逆元禧勾结,已铁板钉钉,可坐实结案!"高肇用官腔说,向崔亮表明已无商量的余地。

崔亮眼巴巴地看着高肇，张嘴想再辩解几句，高肇却扬手从空中劈了下去，"休得多言！立即拟写拘捕王肃令，明日派羽林去寿春捉其归案！"

吏部郎中崔光进来拜见。崔光，字敬儒，崔亮的从兄。他拜见高肇，说："禀报大人，录尚书事北海王殿下宣臣见大人。"

"何事？"高肇傲慢地问。

"录尚书事北海王殿下接到寿春急使公事，说寿春刺史王肃大人于昨日清晨暴病身亡。"

高肇惊愕地瞪大眼睛，"暴病身亡？靠实吗？"

崔光说："寿春刺史府衙送往吏部之公事，一定靠实。另有彭城公主给北海王殿下的亲笔手书，亲自报丧。北海王殿下已经进宫去见陛下，禀告此事。"

高肇失望地靠到椅子背上。

崔亮试探地询问："大人，那拘捕令是否还须拟写？"

高肇摆手，"还拟写个屁！人都死了！算了！"

不久，在北海王元祥的说情下，皇帝下诏："肃奄止不救，痛惋兼怀，可遣中书侍郎贾思伯兼通直散骑常侍抚慰厥孤，给东园秘器、朝服一袭、钱三十万、帛一千匹、布五百匹、蜡三百斤，并问其卜迁远近，专遣侍御史一人监护丧事，务令优厚。"赠侍中、司空公，本官如旧，诏谥宣简，子王绍，承袭官职。

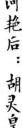

第三章　弱女入宫

1.瑶光寺废后谈盛衰　禅院房女尼训小女

"来，抛个媚眼给我看看。"胡国华走到胡小华身后，轻轻扶住她的肩头，看着琉璃镜里梳妆的侄女，笑着说。

胡小华站了起来，袅娜地走了几步，慢慢回头，看着胡国华，甜甜地露了个笑靥，眼波一转，流光一盼，又浅浅一笑，便回过头，施施然，袅娜前行。

胡国华拍手夸赞着："还行！比昨天大有进步！不过，那眼光里还少一些勾魂摄魄的妖气。你要心里想着身后的是皇帝，你的眼光里就多了些妖气，眼光要再灵光些。对，就这么左右流盼。"

胡国华拈起一根点燃的香，香头上燃着红红的火，她拿着香在胡小华面前飞快地旋转着，"眼睛随着香转。跟上，再快点！再快点！对！就这样，就这样！"

胡小华听着姑母指挥，让自己的眼睛随着那红红的香头转了又转，上下左右，下上右左，不断变换着方向。

练了这么一刻时辰，香已经燃烧到底，胡国华也感到手有些酸痛，这才停止了训练。胡小华扑通一声坐到卧榻上用手捂住眼睛，"哎哟，累死我了！"她小声抱怨着。

"起来！起来！"胡国华严厉地喊着。

胡小华跳了起来，惊讶地看着胡国华，"咋的了？姑姑？"

胡国华戳着胡小华的额头，"跟你说了多少遍，你总记不住。这坐要有坐相，站有站相，看你，怎么往下坐？没一点优雅形状，完全像个劳作女，扑通一声，东倒西歪的！不行！给我重新坐一下！"

胡小华想起姑母的教导,在听到长辈训斥的时候,要眉头舒展,面带些微的笑意。她急忙调整着面容上的表情,露出些微笑意,用带着服从恭敬的目光看着姑母,按照姑母的教诲,顺从恭谨地慢慢落座到卧榻上,尽量让自己的动作优雅、大方和舒展。

　　"孺女可教也!"胡国华满意地拍了拍小华的肩膀,夸赞着。

　　得到姑母的夸赞,胡小华心里很是高兴,她正想咧嘴大笑,突然想到姑母的教导:笑不露齿!有教养的淑女决不可以露出一口白牙和红红的舌头咧嘴大笑。她抿嘴笑了。因为心里高兴,原本大笑的欲望被压抑着变成了抿嘴的微笑,这微笑就分外甜蜜好看。

　　胡国华被这笑容迷住了,她一把抓起一个琉璃制成的镜子照着小华,"你快看,你这笑容多甜,多好看,多吸引人!你好好看看,记住它的样子,以后就这样对皇帝笑!保管让皇帝看不够。"

　　胡小华对着镜子,凝视着镜中的自己,反复练着微笑。琉璃镜子中的那个小姑娘,真的非常漂亮,比起一年前大不相同。一年前,是个天真烂漫、活泼的小姑娘,现在镜子里的小姑娘已经是一个有着娇羞和妩媚神态的大姑娘,用姑母的话说,就是有了些妖气,更狐媚了。

　　胡小华趁姑母不注意,故意对镜子里的她咧开嘴一笑,露出一口排列整齐的不大不小的白牙。胡小华觉得她自己露齿而笑比刚才的微笑还好看,将来也还是可以适当露齿而笑的!她自信地想。

　　"我们该去拜访她了。"歇息了一会,胡国华对小华说。

　　小华急忙起身,对着镜子整理着自己的发髻,往卧堕髻上插了两朵鲜红的绢花。

　　胡国华领着胡小华走过瑶光寺禅房,穿过月亮门,来到花园里一个僻静的小所。这里绿竹四合,青黄两色交错的碎石小径两旁,丛丛月季花盛开,散发出馥郁的香气。竹门半开,小院落里种植着丛丛牡丹。

　　胡国华领着胡小华进入院落,来到青砖青瓦的房前。小院里静谧肃穆,笼罩着神秘和庄严。胡小华大气不敢出。

　　胡国华扬起手,慢慢地轻轻地叩着门。胡国华的脸上失去平素的轻佻、傲慢与严厉,不知什么时候,也已罩上崇敬、恭谨与仰慕。

沉河艳后:胡灵皇后

胡小华的心通通地跳了起来。

禅室门上笃笃的敲门声响了几下，门吱呀一声打开，一股好闻的檀香香味扑面而来，一个与胡小华年岁相仿的小尼走了出来，微笑着说："师父等着你们呢。"

小尼引领着客人走进禅室。

禅堂里，摆放着三身金光灿灿的纯金佛像，紫檀木的禅桌上摆放着镏金香鼎香炉，里面插满黄色的檀香，青烟袅袅，缭绕在佛祖像前。禅桌前的地上，摆放着几个紫貂皮镶着黄色锦缎边的坐垫，几个蒲草团。

胡小华不止一次见过的那个令她倾慕的女尼师父正端坐在佛祖前，手捻念珠，一动不动地诵经。从报德寺迁入刚建好不久的瑶光寺，这女尼就一直静静地居住在这一隅，不与寺院其他女尼往来。

小尼摆着手，蹑手蹑脚，引领客人进入里面的房间。这里显然是主人接待来访客人的小客厅，紫檀木方桌左右摆放着紫檀木圈椅，两边下手摆放着坐榻茶几。方桌上摆着纯金观音菩萨和金银错的小鼎小香炉，里面也是青烟袅袅。

胡国华与胡小华大气也不敢出，轻轻地落座。胡国华虽然也是瑶光寺女尼，却从没有来过冯媛居处。尽管她嘴上说看不起废后，心里轻视她，但是她也明白，以自己的地位身份，并没有接近废后的机会。废后在瑶光寺里，一直具有特殊地位。

坐了一会，废后冯媛才走了进来，她与瑶光寺女尼一样打扮，灰色袍服，青履白袜，脖颈上挂着念珠。

冯媛不过三十岁，清癯白皙，眉眼里时而流露出掩饰不住的凄清哀怨。不过，报德寺和瑶光寺里修行八年，凄清哀怨淡早已淡化了许多，眉眼里更多的是平静淡定，是一种看破滚滚红尘的睿智与安详。

"你们来了。"废后冯媛淡淡一笑，淡淡地说，随意走了过来，坐进圈椅。

从冯媛走进门来，胡小华就不错眼珠地跟随着她的行动，专注地看着她，她已经被冯媛不经意的优雅折服。果然是皇后，举止动作那么优雅写意，在随意中透露着庄重，在无意中流露出高贵与雍容，于朴素中看出华贵。

"明月，为客人上茗。"冯媛稍微提高声音喊小尼，小尼明月应声端来清茗，放在客人面前的茶几上，又翩然离去。

"王公公来了。"明月又翩然进来，禀报冯媛。

"请他进来。"冯媛淡淡地说。

胡国华知道，这王公公就是文明太后非常宠幸的内侍监王遇，当年向高祖报告冯莲过错，后来冯莲得到宠幸，高祖向李冲申斥他诽谤冯莲，李冲说："果然如此，王遇当死。"高祖因为他是太后老人，赦免不死，只夺其爵位，收其衣冠，以民还私第。后来，王遇又被高祖起用，兼将作大匠，营造文昭皇后墓园，太极殿及东西两堂，内外诸门。现在正在开凿伊阙山石像。这王遇不管是为官还是为民，都不忘经常来看望废皇后冯媛。

白发苍苍的王遇进来，扑通倒地，行跪拜礼。

"公公怎么还是如此？贫尼消受不起。"冯媛急忙搀扶王遇起来。王遇毕恭毕敬地侍立一旁，让仆人送来衣食。冯媛急忙摆手，"公公不必如此，贫尼衣食无忧。"

王遇眼泪汪汪，"太后最疼的就是娘娘与高祖。娘娘虽然衣食无忧，可奴婢还是放心不下，这些财物请娘娘收下。"

冯媛沉下脸，"我说过多次，公公怎么就是不听贫尼的话？这些财物贫尼并不需要，还是请公公拿回去。要是公公执意不肯，还是按照过去办法，请公公直接送到寺院主持那里，就算是公公捐献的香火。"

王遇哽咽着，"娘娘就是不肯接受奴婢的一点心意，奴婢总是于心不安。也罢，奴婢不敢勉强娘娘，送往主持那里去吧。"王遇慈爱地看了看冯媛，关切地叮咛着，"娘娘要注意身体，老奴告辞了。"他躬身退了出去。

胡国华感叹着："难得这老内侍监这么有情啊！"

"是的，这么多年来，我一直蒙他关照，是个好心的老人啊。"冯媛轻轻叹了口气，些微一笑，转移话题问胡国华，"你来见贫尼为着何事？"

胡国华恭敬地说："我这侄女在寺中居住，屡屡见师父独来独往，对师父仰慕不已。小尼早想前来拜访求教，只是怕打扰师父清净。昨日去为高太妃讲经，她问候师父，特意托我转达她的问候。"

废后冯媛淡淡一笑，"替我谢谢她，难为她还记着我。她还好吗？"冯媛抬起眼睛，看了胡国华一眼，又低垂下眼睑。

"她很好，很富态呢。五十岁了，一点皱纹没有。"胡国华笑着回答。她已经摆脱了刚才的拘束。

沉河艳后：胡灵皇后

163

"他的儿子元祥聪明伶俐,当年文明太后很是喜爱呢。"废后冯媛微微笑着,明亮忧伤的眼睛里泛起一丝过去的涟漪。

"可不是,当今国朝的录尚书事,很受皇帝重用呢。"胡国华说,慢慢引导着废后对过去的回忆。她要想办法打开她对过去生活的回忆,让小华从中得到一些有用的东西。人们都说,这废后从不谈论过去,也不过问当前皇宫的任何事情。胡国华却不相信,一个女人,总会回忆过去,总要谈论她喜欢的事情。有合适的倾吐对象,她一定会滔滔不绝倾吐的,即使她的心里有无穷的孤独在吞噬她,有难以忍受的永远沉默,也一定会在合适的时机向适宜的人倾诉。她胡国华要做废后冯媛的倾吐对象。

"修好这瑶光寺,皇帝陛下来看望过师父吗?"胡国华小心翼翼地问。

冯媛轻轻摇摇头,轻轻说:"怎么会呢? 我不是他的亲娘。"

胡国华同情地深深叹了口气。

胡小华突然站了起来,走到冯媛身边,轻轻地跪倒在冯媛的面前,轻轻抱住她的双腿,小声喊了声:"亲娘!"

这声音已经十多年没有听到过了,冯媛心头一震。

那是废太子元恂过去常常喊的。废太子元恂,从小就喜欢抱着她的双膝这么喊她,喊得她心里激情荡漾。她不能生育,但是她一样具有天生的母性,她爱元恂,那白胖白胖的孩子,她抚育他长到十三岁,长成一个情窦初开的少年。

冯媛那尘封多年的记忆突然被打开,眼泪涌了出来,胸口升起一团硬块,堵在她的喉咙,让她喘不过气来。多年来,她把那可怕的记忆死死挤压在心底,从不去触动它,从不让它飞出一丝一絮来破坏她的心境。她把自己关闭在佛堂里,关闭在佛祖前,用那些佶屈聱牙的经文的背诵来抑制回忆的涟漪,她成功地忘掉了过去,忘记了那个曾经是煊赫皇后的冯媛。她把自己变成了瑶光寺的女尼,变成法号为能净的女尼。许多人不知道她的过去,只知道她是个宫里出来的身份特殊的女尼。

她不知道当时是谁在构陷她和废太子元恂,但是,她知道,自己和那才十三岁的元恂都是宫廷夺权阴谋的牺牲品。高祖南征,是她率领着六宫迁来洛阳。父亲冯熙、兄长冯诞相继过世,高祖亲自写信慰问,多次亲临祭奠。

到洛阳,高祖恩遇甚厚。可惜好景不长,高祖接来她的姐姐冯莲,不久封她为左昭仪,而她这皇后便失宠了。到了洛阳的冯莲宠断后宫。太和二十年,高祖突然翻脸无情,不听她任何解释,一下子废了她皇后的身份。不久,又废了他自己刚立一年的太子元恂。后来,她才隐约听说,是冯莲和她母亲常氏,收买内侍监双三念等人,构陷她与废太子元恂私通,引起皇帝震怒。

她这才知道皇宫里的丑恶与凶残。

眼前这好看的女娃的一声发自内心的深情的呼唤,一下子摧毁了她好不容易才修炼起来的那道厚实的墙壁,那道隔离过去的墙壁。

冯媛双手捂住颜面,让痛苦的泪水畅快地冲出眼眶,如决堤的洪水一样泛滥。冯媛终于再也控制不住自己,她哽咽着抽泣着,紧紧抱住胡小华。

胡国华的眼泪也如决堤洪水畅快地流淌起来。虽然她是自愿落发修行,可是,她那敏感的女人的心灵,能够理解废后冯媛的痛苦。过去,她对这废后有轻视,有嘲弄,现在,废后的眼泪和痛苦深深打动了她的心,感动了她,让她对这痛苦的女人产生了深深的同情。

胡国华站起身,走过去,轻轻握住废后冯媛的手,轻轻地,轻轻地抚摩着,把自己的无言的同情和安慰传达给冯媛。

冯媛尽情地宣泄了自己多年的孤独和委屈,感到从没有有过的轻松和爽快。废太子元恂被高祖赐死的消息传到她这里,她在禅堂静静地坐了一夜。高祖皇帝去的时候,她又在禅堂坐了一夜,心里那么难过,却一滴眼泪流不出来,一团火总是燃烧在她的胸膛里,咬噬着她的心。

现在,胸膛里的那团火终于被她的眼泪熄灭了,冯媛终于平静下来。她擦干脸颊上的泪水,抚摩着胡小华黝黑发亮的发髻,平静地说:"我已脱离红尘,不能受世俗之礼。女娃,还是师父相称吧。"

胡小华明亮的眼睛看着冯媛,听话地点点头。冯媛扶着小华站了起来。

胡国华端过茶杯,递了过去,冯媛微笑着接了过来,"谢谢你。坐下谈吧。你们姑侄来见我,还有什么事情?"

胡国华稍微想了想,立刻决定把事情和盘托出,这么聪明有教养的女人你是骗不了的,只有以诚相见才能换来她真心的帮助。

胡国华笑着说:"来见师父,除了传达高太妃的问候,就是为了这女娃。"胡国华笑着,用手指了指胡小华,"我兄嫂有心让这女娃去伺候皇帝,可又怕

沉河艳后:胡灵皇后

她不懂宫里规矩，进去以后受气，所以想请师父指点指点。"

冯媛苦笑着说："你兄嫂费这心干甚？他们日子过得挺好，何必去争这种富贵？"

胡国华道："还不是图个家族繁盛吗？"

冯媛摇头，"繁盛？能指靠得住吗？你看我们冯氏家族，可是不繁盛吗？当年，崔光与我庶母兄冯聿同在黄门当值，经常对他说：'君家富贵太甚，终必衰败。'冯聿很是愤怒，说：'我家和负四海，你何诅咒于我！'崔光说：'以古推之，不可不慎。'此时，我父为太保，兄长冯诞为司徒、太子太傅，二哥冯修为侍中、尚书，冯聿为黄门，我为皇后，冯莲为昭仪，一门显赫，威震四方。可是不到一年，父兄丧亡，冯修以罪弃世，我入了寺院，那冯莲当了皇后，倒是又红火了几年，可是，结局呢？比我还惨，被幽禁半年，结果还是被高祖赐死，冯聿与其母一起赐死。你们看，这繁盛靠得住吗？还不是昙花一现，还不是竹篮打水？还是古人说得好，盛极必衰，何苦追求那靠不住的繁盛呢？"

胡国华竟一时为之语塞。

胡小华却闪着亮眼睛，大胆地驳斥着冯媛："师父所言，虽然在理，但繁荣昌盛，是人人所求。求到之人，必然福佑自身与家眷。至于盛极必衰，终究在其后，还是以眼前看得见利益为重。师父家族不还是享福多年，令人羡慕多年吗？"

冯媛眼睛含着笑意，看着胡小华，"这么聪明伶俐好看的女娃是该进宫去伺候皇帝。可是，这伴君如伴虎，你不害怕被老虎吃掉吗？"

"不怕。"胡小华勇敢地迎着冯媛的目光，坚定地说。

"好！"冯媛赞叹着，"不过，你知道，皇帝身边除有皇后以外，还有昭仪、贵人、椒房、夫人等许多妃嫔，这些女人为了争宠皇帝，互相钩心斗角，可是你死我活的。你不怕吗？"

"不怕！我倒喜欢和她们争斗拼抢一下，比试比试，看谁厉害！"胡小华大睁明亮的双眼，依然一眨不眨地迎着冯媛，还是那么坚定地说。

"有这种准备，进宫就不怕了。我当初仰仗文明太后和父亲进宫，从来没有想和谁争斗比试个甚，到头来吃了大亏！"冯媛凄然笑了一下，立即转向胡国华，问，"你说吧，想叫我跟你讲点甚。"

"也就是想让你给她讲讲宫里的规矩甚的。"胡国华游移地说，"其实，也不过随便聊聊,真的还不知道该讲甚好。"

冯媛点头,"我明白了。这话题真的还确定不下来。这样吧,以后,你们姑侄经常来就是了。来了,我就随便聊聊过去,想到个甚,就说个甚。你们也可以随便问,只要能回答的,我就尽量详细回答。你看行不行?"

"太好了。"胡国华感激地握住冯媛的手,真诚同情地说,"只是这样怕打扰你的平静。"

冯媛摇头,微微地笑了,"刚才那么痛哭一阵,我倒觉得我反倒不怕提起过去了。过去的一切,才算彻底离我而去。以后再提起它们,只是回忆其他人的事,全都与我无关。"

胡国华点头,"师父能这样看待,我就放心了。"

胡国华欠起身准备告辞,冯媛急忙拉住她的手,"先不忙着走,再坐坐,看小华想问个甚。"

胡小华早就有一肚子话想问冯媛,急忙插嘴:"师父,你怎么没有儿女呢?"

胡国华呵斥侄女:"小女子问这干甚?"

冯媛却微笑着,端起茶杯,抿了一口清茶,润了润喉咙,她已是多年没有讲过这么多话,感到有些口干舌燥,但她还是想再说一会。

"你别呵斥她,她问得好呢。要进宫,还是非得先知道这国朝旧制不可。"冯媛笑着对胡国华说。

"我知道这国朝旧制,不就是子立母死吗?"胡小华眨巴着明亮的大眼睛,迫不及待地插嘴。

"是的,子立母死。所以当年文明太后谆谆告诫我们姊妹不要生孩子,所以我就没有儿女了!"冯媛欢快地说,真的好像是在谈论别人的事情一样轻松。

"那我进宫也不能生孩子了?"胡小华明亮的眼睛闪过一丝阴影,"那多不好,我挺喜欢自己有个孩子的,也许还能当太子呢!"

"那你可要被赐死!"胡国华威吓着她。

"难道就没有别的办法? 子立母就一定要死? 旧制难道就不能改变或者废除?"胡小华睁着明亮的大眼睛看着冯媛说,"当年文明太后立了那么多新规矩,高祖皇帝也立了那么多新规矩,为什么这旧制就没有改变呢? 这规

沉河艳后:胡灵皇后

167

矩那么残酷!"

这问题问住了冯媛,她有些愣怔。是啊,为什么能够立那么多新规矩的文明太后姑母和高祖,都没有废止这残酷的规矩呢?

胡国华插嘴:"我听说这规矩是开国皇帝太祖道武皇帝制定的,没有人敢随便废止改变的。"

"可是,文明太后和高祖皇帝都挺勇敢的嘛,不是连国都都迁徙了,连拓跋姓、鲜卑语言、鲜卑服都给废了吗? 不是连祭祀都变成祭祀圜丘了吗? 怎么这么个规矩就不能废了呢? 真是奇怪!"胡小华明亮的眼睛充满了疑问和不解,像是问姑母和冯媛,又像是自言自语,"我将来要是有了太子,一定能想办法让皇帝废了这规矩!"她小声说。

胡国华急忙捂住她的嘴,严厉呵斥着:"越来越没形! 不许乱说!"

胡小华急忙换上一副调皮神色,笑着把姑母的手拉到自己脸颊上,蹭来蹭去,"看把姑母吓的,我不过是瞎说说罢了。"

冯媛和胡国华相视而笑。

胡小华突然想起一件事,姑母约好高肇侄女高莺莺来瑶光寺玩耍的,约好的时辰快要到了,可是姑母还是没有起身告辞的样子。该怎么让姑姑走呢? 她和冯媛师父谈得正高兴。

胡小华轻轻皱了皱眉头,轻轻哎哟一声。

冯媛急忙问:"小华,咋的了?"

"我有点肚子痛。"

姑母急忙对冯媛解释:"这女娃有经事,每月都要痛几天。"

冯媛站了起来,"快回去弄碗红糖水给她饮,我就不留你们了。"

胡国华辞别冯媛,带着胡小华回到自己的禅室,正要张罗给她弄红糖水饮,她却笑着说:"我没有肚子痛,只是想起高莺莺马上要来,才出此下策。"

胡国华戳着侄女的额头,"鬼精鬼精的! 将来进宫要是有这么鬼精就好了,就能成大事了!"

胡小华又撒娇般靠在姑母怀里,哼唧着:"姑母放心,我要是进宫,一定比这还鬼精! 一定能把皇帝哄得团团转!"

"看把你能的!"胡国华撇着嘴。

"不信姑姑你就等着瞧!"胡小华调皮地朝姑姑做了个鬼脸,跑了出去。

高莺莺早就盼着来瑶光寺与胡小华一起玩耍一次。自从在高太妃那里结识了胡小华这么个妹妹以后,她非常喜欢这妹妹。

高莺莺是个独女,在家里没人跟她一起玩耍,经常感到孤独。那大眼睛闪闪发亮的胡小华,那甜蜜清脆的姐姐的叫声,叫她十分喜欢。也许是冥冥之中的一种安排,从来不喜欢和女娃玩,特别不喜欢那些与她年龄相仿、比她好看一点的女娃玩的高莺莺,就是那么喜欢这胡小华。

高莺莺今天更想见到胡小华,她想把她从伯父高肇那里听到的消息告诉胡小华,与她一起分享这高兴事。伯父高肇对她父亲说,皇后进宫三载,总是不怀孕,这可不行,要说服皇后父亲于劲和伯父于烈,让他们出面劝说皇后和皇帝,及早充实后宫。她要进宫了,父亲和母亲都欢天喜地地告诉她。她迫不及待要把这好消息告诉最好的妹妹胡小华。

胡小华和姑姑胡国华在瑶光寺门前等着高莺莺。高莺莺在家丁苍头和丫鬟的陪伴下来到阊阖门御道北千秋门西二里的瑶光寺。

胡小华欢快地跑了上去,迎住高莺莺步辇,用甜蜜蜜的声音大声喊:"姐姐,你可来了,想死我了!"她发自内心地欢呼着。在寺院与姑姑一起住,被姑姑管教得不能乱说乱动的她,早就盼望着能有个与她年龄相仿的女娃来跟她玩。

高莺莺从步辇上下来,欢天喜地地扑进胡小华的怀抱,两个豆蔻年华的姑娘抱在一起,又蹦又跳,好似多年不见的亲姊妹一样。

胡国华微笑地看着两个如此亲密的女娃,心里很是高兴。她对自己的侄女真是赞赏倍至,这女娃有一种特殊的本事,能叫见到她的人发自内心喜欢她,高太妃和冯媛真心喜欢她,连这最不喜欢女娃的高莺莺都这么喜欢她,可见她的本事不小。以后,她一定能叫皇帝迷上她。

"姑母好。"高莺莺紧紧拉着胡小华的手,跑到胡国华面前,施礼问好。

"莺莺又长高了,长成大姑娘了,真漂亮!"胡国华夸赞着,同时在心里与侄女做着比较。高莺莺虽然白皙红润,眼睛却不如小华漂亮,单眼皮,没有小华双眼皮好看。高莺莺身段颀长,腰肢柔软,比小华个头高一些。但是小华身段匀称,比她显得丰满一些。

胡国华点头微笑。高莺莺不见得能够迷倒皇帝,她看着眼前两个如花似玉的女娃,想着。

胡小华引领高莺莺进入瑶光寺院，在院子中间的五级浮屠前礼拜。白石堆砌雕刻的五级浮屠离地五十丈，高大巍峨，各级上面都有仙掌承接，凌虚而立，最顶层围挂着青铜铃铛，垂挂在蓝天下，随风摇曳，发出清脆的叮当声。

高莺莺虔诚地礼拜了浮屠，欣赏着浮屠上雕刻的各种图案，上面有佛祖菩萨的坐像、立像，有佛祖的各种小故事，雕刻得栩栩如生。

转着看了一圈，胡小华拉着莺莺，"姐姐，我们去后园里转转，后园有花园、果园，可好看了。"

莺莺揽着胡小华，蹦跳着向后园去。胡国华带着高莺莺的家丁苍头和丫鬟，慢慢走，慢慢看。

"姐姐，你看，这瑶光寺大不大啊？"胡小华偏着头，一副天真无邪的小姑娘模样，这表情把高莺莺弄得心里喜欢得不得。她紧紧抱住胡小华的头，把自己的脸紧紧贴在她的脸上，蹭着亲热了一阵。

"这是什么草啊？"高莺莺指着一片开着蓝花的草，问胡小华。胡小华不知道是什么花，可是她脑子转得快，立刻编出一个名字告诉莺莺。"姐姐，这叫蓝花草，用来治病的。姑姑说，能治疗女娃肚子疼。"

"那里的红花呢？叫什么？"

胡小华一看，急忙回答："那是红花草，也是治疗女娃肚子疼的。"

胡小华怕高莺莺接着问，急忙拉着她向果园走去，"姐姐，去看果园，果园里有许多果子，可好看呢。"

高莺莺不以为意，跟随着胡小华向果园跑去。果园里，一些女尼正在劳作，有的除草，有的在摘着成熟的果子。那边，葡萄一嘟噜一嘟噜地垂挂在绿色肥厚的圆叶中间，吊挂在棚架上，成熟的石榴吊挂在枝头，压弯了树枝。桃杏早已过季，果园里只有秋天果子正热闹地争奇斗艳，金黄的柿子在枝头闪烁，鲜红的苹果在枝头忽悠，水灵的大梨让人垂涎欲滴。

"真好看！"高莺莺叹息着。她家的果园里虽然也有这么多果木，可是觉得还是这里的果子好看。

"要不要给姐姐摘几个吃？"胡小华搂住高莺莺的肩头，小声问。

"师父骂不骂？"高莺莺悄悄问，眼睛向劳作的女尼那里瞥了一眼。

"不叫她们看见，不就行了吗？"胡小华满脸鬼机灵的样子，也瞥着那些女尼,笑嘻嘻地小声回答。

"偷啊?"高莺莺睁大眼睛,笑着问。

"对啊! 偷一次,多好玩啊!"胡小华调皮的天性突然萌动起来,她在高莺莺耳边说,"你放风,我来偷!"胡小华说着,闪身钻进树丛,在葡萄架下,装作梳理发髻,趁那边劳作的女尼不注意,就偷偷掐下一嘟噜紫色的葡萄,塞进怀里。她梳理了几次发髻,几嘟噜葡萄便塞进她的胸襟里。

一个女尼朝这边警惕地望了几眼。高莺莺急忙轻轻咳嗽了一声,胡小华抬手伸向葡萄的手停留在空中,转向自己的发髻,轻轻地优美地,娴雅地梳理着自己的发髻,慢慢退出果园。

"走吧。"胡小华轻轻说,拉了高莺莺一把。那个女尼正向她们走来。胡小华揽住高莺莺的肩膀快步向来路走去。

"得手了?"高莺莺捂着自己蓬蓬乱跳的胸口,小声问,

"你摸。"胡小华拉着高莺莺的手,让她摸着胸襟里的凉凉的果子。高莺莺和胡小华发出清脆的笑声,一路大笑着钻进一个花丛。

胡小华在花丛里掏出几嘟噜葡萄,两个女娃开心地吃着,嘻嘻哈哈扔着,连吃带糟蹋着,一点也不心疼。

高莺莺擦着手上的果汁,笑着说:"跟你在一起真开心真高兴,要是能永远跟你在一起多好啊!"高莺莺叹息着。

胡小华听出莺莺的叹息里隐藏着什么话语,急忙说:"姐姐可以经常来找我玩嘛,叹息什么呢?"

高莺莺想了想,决定把自己听到的秘密告诉胡小华:"告诉你,我快要进宫了。"

"什么? 你要进宫了?"胡小华吃惊地反问,"什么时辰?"

"不知道,大约就在今年吧。"高莺莺又叹息了一声。

"姐姐,我舍不得你!"胡小华突然扑到高莺莺身上紧紧抱住她,哭泣起来。她哭得是那样伤心,以致高莺莺终于控制不住自己,哽咽着也哭泣起来。两个小女娃刚才笑得像两只小喜鹊,现在又哭得像两只夜莺。

两个女娃抱头痛哭一阵,互相盯着看,又扑哧一声笑了起来,一道道泪痕,加上葡萄果汁,脸上花里胡哨的。胡小华拉着高莺莺的手,"姐姐,我们去那边小溪洗把脸。"两个女娃来到果园外的小溪旁边,撩起裙裳,蹲下身

沅河艳后: 胡灵皇后

171

子,掬起清澈溪水,嘻嘻哈哈洗了把脸。

胡小华又想起刚才的话题,十分羡慕地对高莺莺说:“姐姐,你的命真好!我真羡慕你!要是我也能进宫,有多好!”

高莺莺抬起眉毛,吃惊地问胡小华:“你也想进宫?”

胡小华见说走了嘴,眨巴着黑眼睛,噘起小嘴,撒娇似的说:“不是因为姐姐要进宫嘛!我舍不得姐姐嘛,要不,我才不想进宫呢!”

高莺莺过来拉住胡小华的手,“我一人进宫,多闷啊!要是妹妹跟我一起进宫,我们俩不是可以做伴了吗?这倒是个办法!”高莺莺拍着手,满脸欢喜,“是个好办法!你跟我一起进宫!行不行?小华?”高莺莺紧紧抓住胡小华的手,拼命摇晃着,期待地看着小华的眼睛。

胡小华心里乐开了花,却噘起小嘴,扭动几下身子,“我哪能进宫啊?你有你伯父,又有高太妃,我哪能与你比啊?”

高莺莺温柔地搂住胡小华的肩膀,“有我呢。我去求我伯父,你让你姑姑去求高太妃,这事一定能办成。我听我阿爷和我伯父一起议论,说要选好几个像我这样大的女娃进宫伺候皇帝呢。你看,这不就行了吗?”

“真的?”胡小华跳了起来,“那我就能和姐姐在一起了?”她欢快地跳着,拍着手,喊着:“这可真好,真好!”

胡小华疯了一阵,安静下来,她眨巴着明亮的漆黑的大眼睛想了想,脸上的笑容一点一点地隐去,喜悦的眼光一点一点暗淡下来。

“你怎么了?小华?怎么不高兴了?你不想进宫了?”高莺莺着急地拉住胡小华的手,惶惶地问。

胡小华低下头,双手扭着衣襟,噘着嘴,“我不信姐姐的话。姐姐回去肯定就忘了妹妹。姐姐只不过说说而已。”

高莺莺见胡小华这么不相信自己,急得满脸通红,“我从不撒谎的!你不信,我就跪下来当着你的面,向天地起誓!”

“不要!不要!”胡小华连连摆手,却不拉住高莺莺,高莺莺已经扑通跪在青草地上,仰面向天,大声说:“我高莺莺向苍天发誓,决不食言!如若食言,让天神惩罚!”

胡小华见高莺莺发誓,才急惶惶地拉着高莺莺,责备着:“姐姐这是干什么啊?我不过说说,姐姐何必当真发誓呢?”

高莺莺站了起来，掸去衣服上的草屑，看着胡小华，"这下你相信了吧？我进宫，你也进宫！我们俩现在是好姐妹，进宫以后依然是最好的姐妹！你答应吗？"

"我当然答应了！我们永远是最好最好的好姐妹！来！让我们俩对苍天结拜成亲姐妹！"胡小华心里充满感动和温情，她抓住高莺莺一起跪了下来，撮土为香，向蓝天三拜，结为姐妹。

2.高肇操纵太妃选美　皇后阻挠妃嫔入宫

高太妃在自己府邸的佛堂里拜佛诵经。高肇前来拜访。

"国舅爷高大人来了。"高太妃呵呵笑着，迎出佛堂。

"太妃，近来身体安康？"高肇笑着，上来搀扶住高太妃。

"托佛爷的福，这身体好多了。"高太妃依靠在高肇的身上，倚老卖老地让高肇搀扶着她向厅堂走去。

"太妃，还要不要再请个太医来给太妃医医风湿痛了？"高肇关心备至地问。

"不必了，不必了，这风湿痛已经好多了。不用再医治了。谢谢高大人的关心！"高太妃走进厅堂，对苍头说，"去传唤王爷出来。"

高肇急忙摆手，"不必了。老夫今日专程拜访太妃，与太妃有要事商量。"

"嗷？与我商量要事？"高太妃感到略微有些意外，她笑眯眯地看着高肇，"什么事情与我这老婆子商量啊？"

"你老坐下，听我慢慢说。"高肇搀扶着高太妃坐到厅堂的主座上，自己拉了把椅子靠近高太妃坐了下来。丫鬟捧着清茶上来。

高肇笑着，"太妃也饮酪奴了？"

高太妃笑着，"这不是见样学乖吗？我自己还是喜欢饮浆酪的，不过招待你们这些朝廷官人，就用酪奴了。现在朝廷里文官越来越多，南朝来的文官越来越多，自然这酪奴就显得宝贵起来。以后怕不再是酪奴，而是酪主了。"高太妃取笑着说。

高肇笑着说："太妃真会说笑话！"

173

高太妃突然严肃起来，"这不是笑话。那些魏国老臣，特别是北京老臣，那些护卫边陲重镇的武将，都有这议论呢。国舅爷，可得小心点啊，不能叫那些用血肉保护国朝的元老武将心寒啊！"

高肇急忙恭顺地点头，"是，是，太妃所言极是。"

高太妃转移了话题："高大人找我商量什么事情？"

"噢，是这样。"高肇从沉思中醒悟过来，笑着，伸长脖子凑到高太妃面前，满面诌媚地说，"老夫想和太妃商量给皇帝选妃充实六宫。当年皇帝纳于皇后，多亏太妃神机妙算。如今，于皇后进宫已经三载，依然没有身孕，国朝内外，无不心焦。我以为，需要给皇帝纳六宫了。"

高太妃皱起眉头，为难地说："皇帝没有太后做主，这选妃之事，就该皇后做主啊。我不过一个太妃身份，如何敢越俎代庖？"

高肇也皱起眉头，"话是这么说。可这于皇后性情妒忌，皇帝又听命于她，她不说话，怎么能够进行选妃大事呢？"

高太妃更是眉头紧皱，"那我就更没有办法了。大人只有去找于皇后的伯父于烈、父亲于劲和她的兄长于登，噢，现在叫于忠了，去说服他们，让他们再去说服皇后。非得皇后同意，才能选妃。别人都没有办法。"

"是啊，所以我才发愁呢。后宫不备，我们心不安啊。这于皇后久久不孕，国朝前程令人忧虑啊！"高肇叹息着，看来真是一筹莫展。

"我看，大人一定要想办法说动于烈大人，他的话，于皇后还是会听的。"高太妃轻轻拍着椅子扶手，沉思着说。

"于烈大人那里我去想办法。不过，选妃的事，还得太妃劳神。请太妃现在开始选人，看哪些女娃可以入选，太妃要亲自出面，逐个面视，选出可以入宫的女娃，等于皇后同意，我们就立即送进宫去。"

高太妃沉吟了一会，心里盘算着：高肇给了她一个好差使。那些想送女儿入宫的官员听说，一定会络绎不绝地找上门来，送礼，说情，托人，她一定能够收到许多财物珍宝。想到这里，她呵呵笑了起来，"感谢高大人这么信任我老婆子。不过，选妃不通过皇后，合适吗？她将来会不会闹事啊？"

"谅她也不敢！"高肇口气生硬地说了一句，马上又改用很亲切的语气继续对高太妃说，"皇帝陛下信任我这舅父，我怎么说，他就怎么做，我办事他放心。你老办事呢，我也放心。你就自己选吧。什么条件你老尽管自作主

174

张。只要能为皇帝选出贤惠、聪明、美丽、健康的妃嫔，充实华宫，能让皇帝生皇子皇女就成。老夫实在太忙，外朝大事还顾不过来，这内朝后宫的事，就请太妃代劳了！"高肇说着，站起身，恭恭敬敬地给高太妃鞠躬作揖行礼。

高太妃忙不迭地回礼，"高大人，可是要折杀老身了。"

高肇坐回座位，看着高太妃，笑着提醒："你老可不要忙乱得忘了你孙女莺莺啊！"

高太妃呵呵笑着，"怎么会呢？老身还没有老糊涂！莺莺当然是头牌，要以贵人身份入选，就像当年于宝玲入宫一样！"

高肇点头，"这我就放心了。我没有女儿，这莺莺虽然是侄女，可自小在我府上长大，就跟我的女儿一样。高太妃不要忘了她就行！"

"你就放心吧！"高太妃慈祥地拍了拍高肇的手背，"高大人还有什么人要关照的，就尽管说，老身一定关照！"

高肇沉吟了一下，他想起胡国珍多次往府上跑的那可怜巴巴的样子，他那吞吞吐吐、欲说还休的暗示，是不是把他的女儿说给高太妃？高肇心里犹豫着，一时没有拿定主意要不要为他女娃说情。给他说情吧，似乎太便宜了他，虽然多次府上拜访，也有些礼物送，可是，却没有一件值钱的玩意儿，他全看不上眼。什么土特产，什么金银首饰小礼品，全都不值几个钱，如今，没有几百万的礼品，他为甚要替胡国珍办这么大的事？

高肇沉吟了一会，终于没有说出胡国珍的女儿。虽然高莺莺向他提起过胡小华的事，求他想办法让胡小华也能进宫去。但是，一个女娃的话，他管他干什么？没有好处，他干吗要给胡国珍办事？

澄鸾殿的寝宫里，皇帝揽着于皇后柔软的腰肢，亲昵地替她梳理着云鬓。于皇后给了他极大的快乐，极大的满足。十七岁的花朵一样娇艳的于皇后，满脸幸福与娇羞，紧紧依偎在皇帝元恪的怀抱里，幸福地接受着皇帝的爱抚。

于皇后觉得自己是历朝历代皇后中最幸福的一个。她在后宫里处于独尊地位，上没有太后管教，下没有任何妃嫔与她争宠，她不必担心皇太后不喜欢，她不恐惧皇帝移情他处。在后宫里，皇帝只有皇后一人陪伴，每日与她厮守一起。还有哪朝哪代的皇后有她这样的独尊地位呢？

沉河艳后：胡灵皇后

　　"卿卿，"皇帝元恪抚摩着于皇后娇嫩的脸颊，鼓足了勇气，把舅父高肇的话说了出来，"舅父和太妃要朕跟卿卿商量一件事情。"

　　于皇后抬起眼睛，幸福地微笑着问："陛下，商量什么啊?"普天之下，有皇帝用这样语气跟皇后说话的吗? 于皇后得意地想。

　　元恪亲了于皇后一口，"朕说了，你可不许生气啊。"

　　于皇后搂住元恪的脖子撒起娇，"陛下，你说么，你说么。"

　　"舅父正准备给朕选妃充实后宫。卿卿，你说，行吗?"元恪小心翼翼地说出高肇的决定。

　　"什么?!"于皇后惊叫了一声，一下子从皇帝元恪怀里挣扎着站了起来，"皇帝要选妃?!"于皇后重复着元恪的话。

　　"是的。"元恪惊恐地看着于皇后变了形的脸，刚才那张嫩脸娇艳得像洛阳牡丹花，转眼间，这嫩脸就笼罩着乌云，眉眼似乎改变了形状，变得狰狞可怕起来。

　　"不行!"于皇后一手叉腰，一手指着皇帝元恪，开始哭着数落，"皇帝啊，你好狠心。妾身整整陪伴了你三年，与你恩恩爱爱。如今，你竟说也不跟我说一声，就瞒着妾身选妃!"

　　于皇后拉扯着元恪，把头抵在元恪的怀里，又揉又碰，连哭带闹，把元恪揉搓得手足无措，狼狈不堪。

　　皇帝元恪亲政以后，半年里一下子去掉广陵王元羽和咸阳王元禧，接着便考核州刺史，加以黜陟，完全清除了元禧势力，稳固了他的地位。剩下已经放弃了职务归第的六叔彭城王元勰，对他已经构不成任何威胁。高阳王元雍一直在外，也不必担心。至于季叔元祥，是自己的心腹。元恪用了半年时间进行权力转移，现在，他已经成功地、平静地完成了权力的交接和转移，朝政一切要走上正轨了。

　　高肇、于烈和元祥等八座，即太师、太傅、太保右三师三公，大司马、大将军二大，太尉、司徒、司空三公，以及诸王，开始轮番劝说皇帝立皇后。景明二年七月（501 年），元恪封于贵人为皇后，告太庙，礼成。立了皇后以后，皇帝元恪后宫宠爱只有于皇后一人，但是，皇后久久不怀孕，引起了满朝文武大臣的不安。高肇便出面劝说皇帝纳妃嫔充实后宫。元恪正是在百官和高肇劝说下动了心，才试探着征询皇后，来与皇后商量此事。没想到，他的话刚说出来，皇后便号啕大哭，便闹得不可开交。

元恪手足无措，站在一边，支支吾吾解释着："皇后，你不要哭喊了嘛，你听我说嘛。这都是舅父的主意。"

"我不听，不听，就是不听！"于皇后双手捂住耳朵，跺着脚，晃动着身体，头上凤冠乱颤。

元恪小心翼翼地走到皇后身边，拉住于皇后的手，把她抱在怀里，继续解释着："这事他没有跟我说过，我一点都不知道！真的，我一点都不知道。"

于皇后终于把别扭在一边的脸扭了过来，看着元恪，哀怨地说："原指望与天家恩爱相守一生一世，天家也曾答应过我，向我发过誓的。可是，誓言犹在耳边回响，天家陛下的心却变了。"说着，于皇后又哀哀痛哭起来。于皇后这一哭，哭得好似梨花带雨，哭得花枝乱颤。

元恪最怕女人哭，尤其怕皇后哭。皇后一哭，他就心乱如麻，就神魂颠倒，就六神无主，就心痛难受。为了摆脱这难以忍受的痛苦，元恪便会想方设法，哄着，逗着，不让于皇后哭，或者满足于皇后的一切要求，变着法子让她高兴。

元恪紧紧抱住于皇后，嘴唇在她的脸颊上轻轻地触吻着，聆哄她说："快别哭了，哭红了双眼，哭肿了眼皮，看你咋出宫门？"

内侍监刘腾急忙递上净面巾，元恪心疼万般地小心翼翼为于皇后轻轻擦拭着眼睛。

"来，给皇后娘娘净面上妆！"内侍监刘腾喊远处站立的宫女。

元恪搀扶着于皇后坐到梳妆台前，看着琉璃镜里的皇后，笑着抚摩着她的脸颊，"看，眼睛红了吧？"于皇后瞥了镜子里的自己一眼，低垂下眼睛，扭动着身体，娇嗔地说："还不是让天家给闹的！"

元恪见于皇后平静了许多，又征询着问："卿卿，你说，我如何答复舅父？什么时候把那些嫔妃接进后宫？"

于皇后刚平静下来的脸一下子又狰狞起来。她杏眼圆睁，柳眉倒竖，尖利地喊叫起来："说了半天，天家还要接她们进宫啊？"说着趴伏在梳妆台上，痛哭失声。

元恪张皇失措，连连搓手，唉声叹气。

刘腾过来，"陛下，于劲、于烈、于忠在宫外等候陛下和娘娘接见。"

"快请他们进来。"元恪喜出望外，正一筹莫展的他，现在有了救兵。

领军将军于烈，他的儿子于忠以及于皇后的父亲于劲，趋步走进澄鸾殿，拜见皇帝元恪。

"你们来了，正好，替我劝劝皇后吧。"元恪小声对于烈说，朝皇后寝宫里努了努嘴，"正哭着呢。"

于烈笑着，"我们就是救驾来的。皇后父亲知道皇后脾气，怕她使性子与陛下置气，故此让我们父子一起来看看情形。果然如他所料。"

于忠笑着，"知女莫若父嘛。"

于劲看着元恪劝慰着："陛下不必过虑。小女任性，入宫这几年，上没有太后管教，下没有妃嫔争宠，恣意妄为，有些宠坏了。陛下让老臣兄弟进去劝一劝，她会听话的！"

元恪点头，"好吧，你们进去替朕劝说劝说。不过，不要责骂她，她哭了一个清晨，别把身体哭坏了。她这一哭啊，把朕的心都揉碎了。"元恪叹息着，让于烈、于劲、于忠进入皇后寝宫。

于皇后趴伏在梳妆台上痛哭，耳朵却听着动静。半天听不到皇帝的劝慰，她也不再继续啼哭，偷偷抬眼看了看寝宫，没有见到皇帝。她坐了起来，对着镜子呆呆地出神。

"娘娘，"刘腾过来禀报，"于烈大人、于劲大人、于忠大人前来探望娘娘。"

于皇后急忙站了起来，用劲揉了揉眼睛，让眼睛看起来更红一些。她转过身，于烈三人已经来到寝宫门口向她走来。

她快步过去，扑进父亲于劲的怀里。于劲急忙把皇后身体扶正，让她站在面前，恭恭敬敬地行礼问好："娘娘安好！"于烈、于忠也跟着施礼。

于皇后拉着父亲的手，已是眼泪汪汪。

于劲小声劝慰着："不要这样，不要这样。小心皇帝生气！"

于皇后还是忍耐不住，眼泪吧嗒吧嗒滴落下来，又成串滚下脸颊。

于劲搀扶着女儿走到坐榻前，坐了下去，爱抚地抚摩着她的黑发，说："娘娘，不可如此任性！皇帝有三宫六院是天经地义的，是《周礼》规定的。你不可以不遵从周礼规矩。皇后是后宫的主儿，你这么个样子，如何可以率领六宫呢?"

"我不要什么六宫! 我就要皇帝守着、陪着我一人! 他答应过的!"十七岁的于皇后又任性地说。

"这是甚话?"于烈见于劲劝不住于皇后,就走上前,看着侄女,板着脸,脸上笼罩着威严肃穆。

于皇后有些害怕伯父,看了伯父一眼,急忙低垂下眼睑。

"你是皇后,后宫之主,你有责任为皇帝延续子嗣。可是,你入宫三载,至今无孕。大臣为国家利益,有的已经上表请求皇帝废皇后。不过,皇帝陛下仁慈,宅心宽厚,恩宠加身,不理会此类奏表。你如果一味不明事理,一味闹腾,不许妃嫔入宫,若是激怒内外大臣,你的皇后位置怕是难以保全! 这后果你要想清楚!"

"是吗?"于皇后圆睁一双大眼,恐慌地看着伯父于烈,又求救地望着父亲于劲,"阿爷,这是真的吗?"

"是的,是真的。"于劲明知道这是于烈吓唬她的,却也肯定地说。

于皇后低垂着头,陷入了深深的思索。她尽管年轻,但是对皇宫里斗争的残酷性还是有所耳闻的。她入宫做皇后正赶上好时候,仗着没有太后的管教才敢于任性使性,来要挟皇帝。如果上面有皇太后管教,她有几个脑袋敢在宫里这么闹腾?

可是,她敢再闹下去吗? 她敢坚持不让国舅高肇主持选出的嫔妃入宫吗? 伯父、父亲、堂兄一起来,就意味着他们受到一些压力,不得不出面来劝阻她的任性。伯父的权力虽然不小,堂兄领直禁羽林,权力也不小,可是他们有国舅高肇的权力大吗? 如果她继续闹下去,是不是意味着同高肇作对呢?

十七岁的于皇后不得不考虑这么多沉重的问题。

于烈见侄女有些醒悟,便放缓了语气,和蔼慈祥地劝着:"宝玲啊,现在可不比你在家的时候,在家你可以任性而为,可以使点小性子。这里是皇宫! 你是皇后! 你要考虑国家利益,要考虑皇帝利益。皇帝没有子嗣,内外大臣都忧心如焚,你若不识大体顾大局,怎么行呢? 万一激怒了内外大臣,莫说你皇后位置保不住,就是我们于家一门老小的性命都难保啊!"

于劲也说:"你伯父说得对啊! 你可不敢胡闹了! 国舅选嫔妃,是为国

沉河艳后：胡灵皇后

家着想的啊！你可不敢得罪国舅啊！"

于忠在一旁敲边鼓，"皇后娘娘聪明，你们不用说太多。她明白事理，更明白这里面的利害关系！"

于皇后听着伯父、父亲和堂兄轮番劝说，知道不能再闹下去，这妃嫔入宫的事一定要抓紧办，再闹下去，只能是落个激怒皇帝、惹翻高肇的可悲下场。

于皇后年轻的、娃娃般的脸上罩上深深的忧虑，像个饱经沧桑的老太婆似的长长地叹了口气，"告诉皇帝陛下，我同意妃嫔进宫！"

于烈长长地松了口气。高肇那阴沉的脸，阴沉的眼睛，至今还晃动在他的眼前，他那带着明显威胁口气的话还响在他的耳边："你们于家，要去说服皇后！要是皇后还僵持着不肯同意妃嫔入宫，我和高太妃为了国朝，我们会想办法的！你看着办！"

于烈拍了拍于皇后的手背，"宝玲，你算救了我们全家！"

于劲也握住于皇后的手，深情地抚摩着，"你真懂事！以后，有了妃嫔，处世更要小心谨慎，万不可率性而为！以后，你更要多长个心眼。听说新贵人有高肇的侄女，叫高莺莺，比你小，你可要和她处好啊！"

于皇后虽然听话地点头，心里却暗自嘀咕着：一个贵人，总盖不过皇后吧？我干吗要怕她？！

3.高太妃假公济私选妃　高莺莺寻死觅活说情

高太妃接到高肇的委托，便开始着手选妃。果然，如她所料，京师里得到这消息的达官贵人，凡是家里有待字闺中的女儿，便纷纷托人说情送礼，络绎不绝地到北海王府邸里去求见高太妃。

清晨起来，外面就有人求见高太妃。高太妃笑呵呵地准备接见来客。

北海王元祥给母亲道过早安，见高太妃忙着准备接见来客，很是高兴。他急忙梳洗换过衣服，从后门溜出府第，乘车向茹浩府第赶去。近来元燮出京师公干，他的妻子便借口去看望姐姐，住到茹浩府第里，等着元祥去幽会。

元祥看到母亲每日忙忙碌碌于选妃之事非常高兴，母亲有事可干，自顾不暇，没有时间来管束他，他就可以放心大胆去与情人私会了。

元祥对茹浩允许他到府上去与元燮老婆幽会十分感激,他以大权在握的录尚书事的身份照应茹浩,使茹浩能以内侍中官职在皇帝身边行走,茹浩也感激元祥的提携,有时给元祥通报皇帝情况。两人同声同气,互相照应着。

元祥来到茹浩府第。

门子见是北海王殿下来,自然是殷勤相迎。元祥熟门熟路,径直穿过前堂向内院走去。元祥一边走,一边观看着茹浩的府第。茹浩这小子经营华林园同时也经营了自己的府第,他的府第果然不同凡响,自有风致。茹浩的宅院虽然比不上北海王王府宽绰,占地面积不过几十亩地,虽然不算大,但是布局紧凑,装饰修建精致,进入内园,便是一个狭长的走廊,为了开阔走廊视野,他在两边的墙上开设了八角、六角的几个漏窗,让外面的风光夺去墙壁的压迫。走过走廊,一个六角形园门通向内院,园门门额上镶着一块白色玉石,上面镂刻"如意"两个大字。进得园门,便见黄的、白的、绿的、红的、花的,各色奇石或站或卧,或立或倚,或独或双,或叠成山,或摞成块,掩映在绿树丛里。这些奇石与华林园的奇石相同。元祥笑着想,茹浩这小子果然聪明,为皇帝修建华林园,也同时修建了自己的小华林园。

元祥沿着墙边的廊走向元燮老婆高夫人卧房。

一个丫鬟迎了出来,"殿下来了。"丫鬟笑吟吟地招呼着元祥,"夫人正在内室里等候殿下呢。"小丫鬟一边说,一边为元祥拉开房门,引着元祥走进内室。

不一会,内室里响起淫荡的笑声。

高太妃准备好,走了出来。等候在大厅里的彭城公主急忙站起身,向高太妃行礼问好。

"是彭城公主啊。"高太妃惊喜地招呼着,"公主怎么来了?"

彭城公主笑着说:"想太妃了嘛,多日不见,很是想念太妃啊。"

高太妃拉着公主的手,让她坐了下去。

"七弟呢?"彭城公主问高太妃。

高太妃四下看看,没有见到元祥的影子。"王爷呢?"高太妃问端茶来的苍头,"去叫王爷出来,说彭城公主来了。"

苍头小心地回答："回太妃娘娘，王爷已经出去了。"

"这小子！"高太妃不高兴地嘟囔着，"不打个招呼就偷跑了，不知道又要跑哪里去鬼混！"

彭城公主急忙打圆场："七弟公事繁忙，肯定进宫去了。"

高太妃笑着问彭城公主："公主来，可有事情？"

彭城公主笑着说："女儿为王肃女儿之事来求太妃母亲帮忙。"

高太妃点头说："你可是想让王肃女儿进宫为妃？"

彭城公主神色戚然地说："正是太妃母亲所言。王肃不幸亡故，留下几个孩子悉数交付我照顾。为了对得起王肃嘱托，我把他的长子和女儿带回京城，靠几个兄长照顾安顿下来，想给他们找个出路。听说太妃母亲正在张罗着为皇帝选妃，我想求太妃母亲可怜可怜王肃来国朝多年，给他女儿个出路。"说到这里，彭城公主已是眼泪汪汪，声音哽咽。

高太妃有些动容，急忙说："公主不要这么说，只要女娃人品可以，我一定帮这个忙。女娃呢？你带来没有？你想让她进宫，一定要让我见见人。若是长得太难看，怕是我不能答应。"

彭城公主擦了擦眼睛说："女娃还在外面车里等着。我这就去叫她进来。"

高太妃回过头喊苍头："去把外面车里的女娃叫进来。"

苍头很快领着一个女娃走进来。

"就是这女娃？"高太妃眼睛一亮。

"快给太妃祖母跪下请安！"彭城公主说。彭城公主未开口说话，又先红了眼睛，"她就是亡夫王肃的小女儿。王肃生前没有积蓄，皇帝赐予的赙物也难得糊口。小女就让她跟着我来到京城，也算我对王肃的尽的一点心意吧。快给太妃奶奶下跪请安！"彭城公主又催促着。

"小女给太妃奶奶请安。"女娃听话地扑通一声跪在高太妃面前，通通通磕了三个响头，照着彭城公主来之前教的话，脆生生地操着南音款款地说，"太妃奶奶好。请太妃奶奶多多关照！"

"挺好看的女娃。快起来，快起来。"高太妃笑呵呵地说，"叫什么名字啊？"

"回太妃奶奶，小女叫王小玉。"王肃的女儿站了起来，低头站在高太妃面前,低眉敛容,不敢抬头看高太妃。

高太妃的眼睛也有些发热。她不断点头,不断叹息着:"可怜见的! 可怜见的! 过来,过来让奶奶端详端详。"高太妃慈眉善眼,向女娃微笑着。

女娃急忙站了起来,凑到高太妃面前。高太妃仔细端详着,连声夸赞着:"女娃长得不错,眼睛大大的,鼻子高高的,直直的,圆圆脸,唇红齿白,瞧,还有个笑酒窝。我就喜欢有酒窝的女娃,喜色,总是笑着。身条也不错,高高的。今年多大了?"

"十五岁。"女娃急忙口齿伶俐地回答。

"好,年龄也相当。"高太妃点头。她端详着眼前这长酒窝的女娃,脑海里突然浮现出另一个长着甜甜酒窝的活泼可爱的女娃模样。这不是她新近认的干孙女小华吗? 有段时间没见了,还挺想她的呢。

彭城公主看高太妃动心,急忙对女娃说:"快跪下谢太妃奶奶!"女娃扑通跪了下去,眼睛流着眼泪,哽咽着说:"谢谢奶奶! 谢谢奶奶!"

彭城公主立即唤来随从,送上准备的一份厚礼。一尊从广州过来的纯金佛像,一些广州产的大玳瑁、大珍珠、大珊瑚,一尊岭南象牙雕刻的观世音菩萨。

高太妃笑得眼睛都眯缝了起来,她把玩着那尊纯金的佛像,抚摩着,爱不释手。做工精致精巧的南方佛像,与北方的全然不同。她又抓起一把珍珠,撮弄着,眼睛却看着那尊象牙雕刻。

"我们娘们还送甚礼啊? 有甚事你就尽管说好了。要是我帮不了你,还有你详弟呢,他大小是个朝廷的录尚书事,说话还是管用的!"高太妃叨叨着。

"那怎么好意思呢? 小女眼下不比从前,本应该经常来孝敬你老人家的,可是眼下处境,小女有心无力,还要请太妃阿娘原谅。今次,典见着脸来,实在是为了实现亡夫王肃的遗愿。他最大的愿望就是送女儿进宫去伺候皇帝,为国朝最后尽忠!"说到这里,彭城公主的眼圈又红了,声音也哽咽起来。

高太妃被深深感动了,她拍着彭城公主的手背安慰着:"公主啊,你也不必过于伤心,人死不能复生,你只要满足他的心愿,就是对得起他了! 我答应你,让这女娃进宫为充华世妇。级别虽然低了一些,可是衣食无忧。想做

沉河艳后:胡灵皇后

人上人呢，就得靠她进宫自己慢慢地往上熬了呢。"

彭城公主站起身，向高太妃连连屈膝行礼，"谢谢太妃阿娘，谢谢太妃阿娘！"

高太妃突然想起一件事，问彭城公主："你怎么得知我主持选妃呢？"

彭城公主沉吟着不知道该不该对太妃说出真情。她在寿春安葬王肃以后，就按照王肃的嘱托，带着王肃的长子和女儿来到京城，她找到兄长彭城王，彭城王元勰给她安顿了住处，把她全家安置在自己的悬明尼寺居住。

元勰如今赋闲在家，他城东的豪宅已经全部竣工，全家搬入新宅居住，为了悉心礼佛，他特意在后院辟出十亩地，修建了浮屠，建造了一个家寺，取名明悬尼寺。之所以取名明悬尼寺，是因为《易经》上说：悬象著名，莫大乎日月。日月合成明，他希望帝王悬明，希望大魏悬明。

这一天，元勰来见彭城公主。

"兄长来了。"正在念佛诵经的彭城公主站了起来。她很感激元勰，虽然并非同母所生，可是同胞兄长元禧不在了，她只能依靠元勰。元勰为人大度，并不嫉恨当年元禧的促狭，不仅为她提供了居所，而且常常接济元禧的儿女。

"诵经呢！"元勰微笑着说，"我有个好消息带给你。"

彭城公主笑着问："什么好消息？"

"高太妃正在为皇帝元恪选取充华妃嫔，你不是为王肃的女儿操心吗？带她去见见高太妃，也许能弄进宫去做个妃嫔，也算对得起王肃了。"

彭城公主有些犹豫，"这高太妃与我们不协，不知她肯不肯帮忙？"

元勰微笑着说："她不看僧面，还要看佛面吧。我们与她儿子一样，总都是高祖血脉，她难道连这点方便也不肯给？她难道就不怕宗室议论？再说，只要你多备些礼品，她肯定会答应。"

"兄长与我同去如何？"

元勰摇头，神色暗淡，"我就不去了。眼下皇帝对我们这几个叔父很不放心，我还是老实待在家里好。我不想出头露面给自己招惹麻烦。"

彭城公主摇头叹息着，"这算怎么回事啊？自家亲叔叔反遭猜忌，听任外姓干政，这国朝还有希望吗？"

彭城王元勰急忙摆手，"勿谈国事！勿谈国事！"说着，匆匆走了出去。

彭城公主看着元勰的背影,深深地叹息着。想起几个宰辅的下场,想起自己官人王肃的可悲结局,她不由热泪盈眶。这国朝看来真的是走下坡路了。父皇错走一步棋,废了太子元恂立了元恪,亲手把大魏推向衰败的边缘。这元恪,原本就性情懦弱而且多疑,不如元恂豪放,元恂在文明太后的亲手抚育下,开朗、豪爽、大方,处世果断勇敢。可惜,不知父皇高祖听信了冯莲和她那常氏母亲的什么构陷,竟如同发疯了似的,不听任何人劝阻,先废了冯媛的皇后,接着就废了太子元恂,立了这元恪! 元勰这么小心谨慎,看来这国朝变故还不会停止! 彭城公主有些忧虑地想。

彭城公主听了元勰的劝说,前来见高太妃。

要不要说这些呢? 彭城公主沉吟了一下,笑着回答高太妃:"小女偶然遇到七弟,向七弟问候太妃母亲,七弟说太妃母亲眼下正忙着给皇帝选妃。"

高太妃点头:"原来是这样。可从没听元祥说起过。真是,甚也不跟我说,几天也见不到他一面。"高太妃不满意地嘟囔着。

彭城公主急忙起身告辞:"太妃母亲,我就先带女娃回去了。甚时候召唤她们,我再送她过来。"

"也好。那你们先回去吧。我这里一会要来女尼讲经,也没时间陪你说话。到时候,我会叫人去知会你的,你就放心吧。"高太妃说着也站起身。

高太妃来到后园佛堂,胡国华已经在佛堂等候着她。讲了一会,高太妃突然问起胡小华:"小华呢? 这些日子咋的不带她来玩了?"

胡国华搀扶着坐累了的高太妃站起来活动活动腿脚,一边说:"没见太妃问起她,小尼不敢让她来打搅太妃。"

高太妃眨动着眼睛,好奇地看着胡国华。"我记得你好像说过,想让小华进宫去伺候皇帝。怎么事到临头,却不见你家动静呢? 是不是给小华找了人家了? 十四岁啦,该是找人家的时候了。"

胡国华吃惊地问:"事到临头了? 难道皇帝已经开始选妃了? 可是没见动静啊?"

高太妃戳着胡国华的额头,"这么聪明个人,原来也有糊涂的时候。等你听到动静,这黄瓜菜怕是早就凉了。我这里已经有了四五个待选的女儿了!"

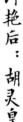

胡国华听小华说起她与高莺莺相约的事，但是她以为，那只是高肇让莺莺一人入宫而已。原来高太妃这里已经开始大规模选妃了。

胡国华急忙施礼，"太妃恕罪，小尼耳目闭塞，这么大的事情居然没有得到一点风声。请问太妃，小华还有没有机会？"胡国华着急地问，恨不得给高太妃磕上几个响头，以成全她的心意。

高太妃意味深长地笑着，"这要看你兄嫂了。要是他们真的有意让小华进宫，机会还是有的。这第一批，我和高大人不打算选太多名额，有四五个充华世妇也就行了。"

胡国华着急，提高声音瞪大眼睛，"太妃，四五个不是少了点？皇帝后宫怎么不得十个八个的？后宫佳丽太少，皇帝体面威风不够啊！"

高太妃说："选妃是后宫大事，需要谨慎从事，第一批先选个四五个，让皇后习惯习惯。这皇后啊，不喜欢后宫有太多佳丽！"

"那我们小华呢？不是没有机会了吗？"胡国华有些沮丧，丧气地问。

"你啊，怎么这么不开窍？刚才不是说了吗？那要看你兄嫂的态度了。那名额也没有定死，多一个少一个，也是无所谓的！"高太妃不高兴地嘟囔着。

我真笨！胡国华心里骂着自己，怎么就没听出高太妃的暗示呢？这不是说得很明白了吗？

"我这就回去传达太妃的意思给我兄嫂！他们这就来向太妃表示他们的心意！"胡国华不敢耽误，告辞高太妃，一阵风似的卷回胡国珍府邸。

胡国珍的过继儿子僧洗见胡国华回来，眉开眼笑迎了上来，他就喜欢和这风流倜傥的姑母调笑打闹。"姑姑回来了。"他上去施礼，趁势捏了胡国华细腻滑爽的手背一下。胡国华扬手，在他的手背上打了一下，斜睨着笑骂："坏种！老爷在吗？"

"在，他在内堂里读书呢。"僧洗又凑上去，一脸坏笑，乜斜着眼睛，小声说，"姑姑，先不要进去嘛，先让小侄再多看姑姑两眼。"

"别闹，我有要事！"胡国华沉下脸，僧洗不敢再闹，急忙领着她进去见胡国珍。胡国珍正在内堂里阅读佛经。

"妹子来了。"胡国珍放下佛经，招呼着妹子。

"都什么时候了,你还有心在家里闲坐着读佛经!"胡国华生气地大声嚷嚷着。这声音惊动了皇甫氏,她从卧室里扭捏着走了出来打着招呼,问:"是国华啊?甚事惹得你这么焦躁?"

胡国华一屁股坐到卧榻上,拿起卧榻上的蒲扇扇着自己发热的脸。因为着急,她一路小跑跑出一身热汗。"你们一点消息都没听说?没听说高太妃正在给皇帝物色充华嫔妃?外面都吵翻了天,你们却甚也不知道,也不去走动走动?真是的!"

胡国华翻着白眼,不满意地睥睨着兄嫂。

胡国珍尴尬地笑着说:"谁说我不走动?我前天还去高肇高大人府上拜访高大人呢,可也没听他说起这事啊。"

"你啊,真是老古董!你空手而去,人家为啥要把这么重要的消息说给你?你没听说,没有好处不办事,有了好处乱办事。你没有好处给人家,人家为甚要把有好处的事说给你?"

"可也是,可也是。"皇甫氏急忙迎合着小姑的话,生怕小姑发脾气,甩手走了,让他们无计可施。

胡国华发泄一顿,感觉心里舒畅了许多。她慢慢摇着蒲扇,看着哥哥胡国珍,发布着她的命令:"高太妃是专门负责选妃的!你赶快准备一份厚礼去见高太妃,向她明确表示你想让小华入宫做充华世妇的想法。"

"才是个充华世妇啊?"皇甫氏气急败坏地喊,"地位太低下了吧?连个充华夫人都轮不上啊!"

胡国华不屑地斜了嫂子皇甫氏一眼,"你以为你是谁啊?你想她一进宫就做贵人啊?你做梦吧,那是人家于家、高家的!我们胡家祖坟还没有冒青烟!就这充华世妇,要是去得晚了,还不知有没有得做呢!"

胡国珍呵斥着老婆:"你懂个甚!头发长见识短!少在这里胡呲!"

皇甫氏不满意地白了胡国珍一眼,不服气地嘟嚷着什么。

胡国珍不再搭理老婆,只是征询着妹子的看法:"我现在就去?"

"是的,越快越好!你今天先去,明天我再带着小华一起去,高太妃一定会答应这事的!"

"那你看,送点甚礼?锦缎、貂皮,还是金银?"胡国珍又问。

胡国华有些不耐烦,抢白着胡国珍:"你以为你是在送朋友礼物呢?锦

沉河艳后:胡灵皇后

187

缎、貂皮，她高太妃稀罕吗？她可是皇宫里生活了多半辈子的人，什么珍宝没见过？你想用这些东西来讨她欢心，可能吗？真是没脑子！"

胡国珍只好赔着笑脸，"这不是跟你商量吗？你说送甚好，我就送甚！"好脾气的胡国珍一点也不恼，还是笑嘻嘻地说。

皇甫氏不高兴地只拿白眼看胡国华，心里恨恨地想：瞧她那张狂样！看把她能的！

胡国华说："依我看，你要把你那压箱底的压宅珍宝拿出来。我看那只夜光杯，还有西域金匠打造的佛像，送高太妃最合适！"

"甚？"皇甫氏惊叫着站了起来，伸开双手，拦住胡国珍，"我不让你送这两件东西！这是我家最珍贵的！我舍不得！"

胡国华不屑地撇着嘴："真是头发长见识短！舍不了孩子打不了狼，这不是我们胡人、鲜卑人经常说的话吗？你舍不得你的宝贝，你的宝贝女儿就进不了宫，进不了宫，你就不会有更多更珍奇的宝物！想想这个理吧！"

胡国珍拨拉开老婆皇甫氏，"你呀，就听国华的吧！她比你有主见！"

皇甫氏想想，大约是想通了舍不得孩子打不了狼的这个道理，也就不再阻拦，嘬着嘴站到一边，看胡国珍进房去收拾礼物。她看着胡国华，不放心地问："你看到底有没有把握啊？会不会舍了孩子也打不到狼，白赔上我这宝物？"

胡国华轻轻拍了拍嫂子的手背，安慰着："嫂子，你就放宽心吧。我办事，你还有不放心的吗？"

高莺莺在伯父高肇家里住，看见高肇喜气洋洋从外面回来，一回来就招手叫她父亲进了书房。伯父一定有了什么好事情要跟她阿爷商量。在他们高家里，她阿爷没什么主意，事事都要听伯父安排。

看着阿爷和伯父进了书房，高莺莺悄悄溜了过去，把脸凑在门上偷听里面谈话。

高肇今天高兴，他已经安排好选妃的大事，他一脸笑模样，坐到大圈椅里舒展开腿脚胳膊。

"什么事？今儿这么高兴？"高劲问兄长高肇。

"选妃大事已经安排妥帖，你说我能不高兴？"高肇兴高采烈地回答。

"真的？"高劲高兴起来，急忙凑上去问问兄长高肇，"高太妃选了几个？"

"五个。"高肇伸出手掌。

"都是谁家女娃？"

"除了莺莺外，有王肃的女儿、李冲的女儿，宋弁的、赵邕的，还有宦官刘腾的一个侄女。"

"一共六个，多不多？"高劲问。

"多是不多，才六七个，哪能算多呢？"

两人正议论着，突然书房的门哐啷一下被撞开，高莺莺闯了进来。她的脸拉得老长，脸色极为难看。

"你怎么啦？闺女？"高劲心疼地问。他就这么一个独生女，爱惜得不得了，放在手上怕丢了，含在嘴里怕化了，全家宠爱全在她一身。

高肇也关心地询问："莺莺，这是咋的了？谁招惹你了？"

高莺莺上前扯出高肇的袖子，尖叫着："伯父骗我！伯父说话不算话！伯父骗我！"喊着，喊着，高莺莺哭了起来，抽抽搭搭，上气不接下气，越哭越伤心起来。

"你这闺女，咋的回事啊？哭个甚哩？有话说嘛。"高莺莺哭得高劲心乱如麻，他抚摩着高莺莺的头发，一个劲地问着，哄着。

高肇也哄着她："莺莺，你是咋的了？说话啊？仅哭个甚哩？哭坏眼睛你可咋办？你可是要进宫去的啊。哭肿了眼睛，可是进不了宫啊！"

"不进就不进！胡小华不进宫，我就不进！"高莺莺哭泣着抽搭着，尖叫着。

高肇和高劲互相看了看，高肇明白了。原来是因为进宫名单里没有胡小华，让她听见了，才这么闹腾起来。

"不叫胡小华进宫，我也不进宫！"高莺莺跺脚捶胸，尖叫哭泣。

"胡小华是谁啊？"高劲问兄长高肇。

"就是侍中胡国珍的女儿嘛。她和莺莺要好，莺莺说一定要让她也跟着同时进宫。可是，你看，莺莺，这名单是高太妃定的，高太妃的名单里没有她，我有甚办法？"高肇尽量温和地向莺莺解释。

高莺莺双手捂住耳朵，跺着脚，面向高肇，尖声喊着："我不听，不听！你根本就没有替小华说情。你骗人！骗人！"

高劲怕高肇难堪,急忙拉住莺莺,轻轻拍打着她的背,呵斥着:"莺莺,不许这样跟伯父讲话!"

"不!我就要这样跟他说话!谁叫他骗我?他答应了我,又没把小华弄进宫!我不干!不干!"

"这女子!越来越没形了!"高劲提高声音呵斥着,还顺手在莺莺的头顶上拍了一下。这下子可是捅了马蜂窝,高莺莺索性一屁股坐到地上双手捂住脸哭喊起来:"你打我!我不活了!我不活了!"

高劲慌得如陀螺在地上旋转着,一个劲搓手,"这可咋办?死女子这么闹腾起来,谁都没办法!莺莺,起来,阿爷求你了。起来!"高劲用劲拉着高莺莺。高莺莺却全身缩成一团,怎么也拉不起来。

高肇叹了口气,"莺莺,别闹了。伯父这就去给你求高太妃把小华加上。这总行了吧?"

高莺莺立刻停止了哭闹,她抬起满是泪痕的花脸,抽泣着问:"伯父,这次你说话当真?你不骗我?"

高肇叹息着说:"碰上你这么个古董女子,我还敢骗你么?我这就去见高太妃,立刻换上胡小华。行了吧?"

"那你准备换谁个啊?怕都使了钱的。高太妃能换谁呢?"高劲小声提醒。

高肇沉思了一会,点头道:"可不是,换谁都不合适。要不,就再增加一个。一个贵人,三个夫人,其余都是充华世妇。连皇后正好凑成九人。久久大顺,也吉利的。"

"你准备什么时候安排她们进宫?"高劲又问。

高肇摇头,"这还说不上。于皇后那里还没有说好,她还没有点头答应。看来急不得,得她真正点头答应才行。我这就去见高太妃了。莺莺,听话,都快要进宫了,还没个形,说闹就闹,那还能行啊?"高肇责备了高莺莺几句,便匆匆出门去见高太妃。

高肇来到高太妃府邸,一进门,正看见胡国珍坐在高太妃旁,与高太妃亲密地谈论着什么,还欣赏着手里的一件金光灿灿的什么东西。

见高肇进门,高太妃忙不迭地把那金光灿灿的佛像塞进自己衣襟下面,颇有几分尴尬地说:"高大人来了,快请坐。"高肇假装什么也没看到,笑呵呵地招呼着:"太妃这里有客人啊! 老夫来得不是时候!"

胡国珍忙不迭地起立,向高肇行礼问好。

"这不是胡大人吗? 我还以为是谁呢?"高肇故意装作刚刚看到胡国珍一样,不冷不热地说。他心里已经有了几分不高兴。这家伙,真够势利的,每次去我府上,总是空着两手,原以为他为人迂腐,不懂人情世故,却原来是看人下菜碟,分着彼此的,来高太妃这里,不也懂得送金送银吗? 那一刻,他差点放弃了为他女儿说话的想法。可是,想到高莺莺寻死觅活的样子,只要强制自己坐了下来。

"胡大人,拜访高太妃为的何事啊?"高肇明知故问。

胡国珍尴尬地看了看高太妃,张口结舌,不知道如何回答得体合适。倒是高太妃老到,她呵呵笑着,替胡国珍解围:"胡大人,是为我认了他女儿为干孙女,前来拜见的。"

"唔? 太妃又认了个干孙女? 这可是可喜可贺的事情了! 既然胡大人女儿是高太妃的干孙女,看来老夫这趟是白跑了。高太妃一定会替你女儿安排好的。"高肇说得有些酸溜溜。

高太妃听出高肇话里有话,急忙问:"难道高大人也是为小华入宫之事来的?"

高肇苦笑着说:"你看我多贱,胡大人并没有求情于我,我却巴巴地跑来替胡大人说情!"

胡国珍急忙起身告谢:"高大人哪里话? 老夫多次登门拜访,皆为女娃。不过,见大人公务繁忙,怕叨扰大人,经常是话到嘴边又咽了回去。请大人不要见怪!"

高太妃呵呵笑着,"这倒奇了。胡大人没求到高大人头上,高大人却主动出手相助,这高大人为的甚呢?"

胡国珍急忙说:"高大人古道热肠,为人豪爽仗义,乐于助人,不管求不求到他头上,他总愿意帮助人,这才是真正的好人呢!"

"那你的意思,凡是你求到头上,再出手相助的,就不是真正的好人了?"高太妃不高兴地反问。

"不是,不是。高太妃不要误会! 不要误会!"胡国珍急地有些磕巴,额

沉河艳后:胡灵皇后

头上的汗珠也冒了出来。

　　高肇见胡国珍两面受敌，顾此失彼，开心地哈哈笑了起来。高太妃也呵呵笑着，不再为难胡国珍。

　　"我是受我侄女，你干孙女莺莺的嘱托，来向太妃为胡小华求情，请太妃同意小华入宫！"高肇看着高太妃，把原因说了出来，"我不来给她说情，莺莺就与我寻死觅活的，闹得我没有一会儿安静！"

　　"没想到，莺莺这女娃这么仗义！"高太妃叹息着，"这么多人为小华说情，我哪能不通情理？再说，她是我的干孙女，我喜欢她。那女娃那脸啊，长得真喜色，谁见谁爱。我同意让她进宫，不过，这想入宫的女子太多，名额有限，我想让她们集中在一起，重新评选，为皇帝选出五六个心仪的嫔妃来。"高太妃慈眉善目地笑着。

　　"多少女娃应选？"高肇看着高太妃喜笑颜开的脸，知道她已经从中得到许多好处，所以才想出这么个评选的办法来应付。

　　"差不多二十个。"高太妃笑吟吟地说。

　　"噢，我要入宫了！我要入宫了！"胡小华抱住姑姑胡国华，喊着跳着，疯狂得不得了。她的愿望终于实现了。

　　胡国华呵斥着："别太得意忘形！这真正入宫，还得几个月呢。这几个月，高太妃还要让我集中训练你们呢！"

　　"训练什么？"胡小华好奇地问。

　　"给你们讲皇宫规矩。"胡国华平淡地说。

　　"我都知道了。道净师父都给我讲过了。"胡小华得意地说。

　　"这是你的优势。她们不会比你知道得更多。"胡国华笑了。她很为自己的聪明而得意。正是她的聪明和策划，才能使小华有了今天这一步。要是她能像前朝的冯左昭仪一样，教养出个文明太后那样的女主，她该多自豪啊！文明太后不也是从一般嫔妃升到皇后地位的吗？但愿小华的聪明能够派上用场，入宫以后能够慢慢升到贵人或者皇后的位置上。

　　胡国华想入非非。

　　"姑姑，你想什么呢？"胡小华见胡国华沉思，拉了她一下问。

　　"我在替你设想入宫以后的情景呢。"胡国华笑着，从沉思里醒了过来。

"入宫以后,我会是什么样子? 会不会被皇后和其他贵人踩到脚下?"十五岁的胡小华突然萌生了一些担忧,她的眼神有些暗淡下来。

"怎么会呢?"胡国华急忙打断她的话,"不许说这样丧气的话,想也不要想! 你要想的只是如何讨皇帝欢心! 不要放过任何一个可以讨皇帝欢心的机会,要抓住一切机会,让皇帝早点记住你,早点让皇帝心中有你的影子! 你聪明漂亮,皇帝一定会喜欢你! 只要你能够早日让皇帝见到你! 另外,你不要怕任何嫔妃,包括皇后。但是,表面上,你要顺从她们! 记住没有?"胡国华谆谆告诫着。

"记住了!"胡小华刚才那瞬间出现的担忧一扫而空,她充满了自信,充满了无往不胜的决心和胆量! 她浑身胆气和豪气,迫不及待地等待着那一天的到来,她渴望着进入皇宫去大展她的宏图和手脚!

废后冯媛听说小华被批准入宫,很是高兴。她特意在自己的住所备了一桌斋饭,请胡国华和小华来。

看着胡小华笑盈盈的小脸,冯媛心里有些难受。以后见不到这聪明伶俐的女娃,她会想念她呢。不过她还是为小华高兴。能够进宫去侍奉皇帝,这是女娃最向往的事情,也是女娃最好的前途和出路。

她想在小华入宫前,再多叮嘱她一些。皇宫是个吃人不见吐骨头的地方,她可不想眼睁睁看着这么好个女娃被活活摧残,就像她自己那样。

废后冯媛不喜欢元恪。她隐约感觉到,元恪与冯莲之间有些不干不净的暧昧关系。而冯莲,又是毁她一生的人。不过,害人的人又得到甚好下场呢? 高祖立元恪为皇太子以后,冯莲以"子立母死"的故制赐死元恪生母高夫人。她冯莲呢,最后不也是落了个幽禁皇宫最后被高祖赐死的可怜结局吗? 皇宫内到处是阴谋,皇宫内处处是陷阱和机关。

"小华,你入宫以后要多加小心,处处提防,要多看多想少说。不要与人太亲密,见人只说三分话,未可全抛一片心,谁也不要相信。"冯媛沉郁的眼睛流露着深深的悲哀,语重心长地叮嘱。

"师父,你放心,我记住了。"小华眨巴着明亮眼睛,扑闪着长长的睫毛,很同情地看着冯媛,听话地答应着。

"还有,国朝宫里,嫔妃都怕生长子,你要小心一点。万一为皇帝生了头

沉河艳后：胡灵皇后

胎儿子，他要被立为太子，怕是送了你的性命。"冯媛又叮嘱着。

"师父，我知道。我不给皇帝生儿子就是了。"胡小华调皮地笑着，露出两个圆圆的酒窝。

胡国华轻轻拍了拍胡小华的手背，"师父仔细叮嘱你，你可要牢记在心啊！"

胡小华尽管郑重其事地点着头，但在心里并不以为然。不会想法子废除那祖制吗？规矩是人定的，人也能废除它！她坚定地想。

冯媛举起酒杯，"小华，师父祝你好运！师父在这里诵经祷告，让佛祖保佑于你！"

"谢谢师父！"小华感动地拉住冯媛的手，深情地抚摩着。

胡国华微笑着看着小华。这女娃见谁亲谁，天生性情，不怕她讨不到皇帝的欢喜。

4.小姑娘争选妃嫔　胡小华化解敌意

高太妃把十几个准备应选的女娃集中在北海王南第进行训练，然后进行比赛，准备从中选出五六个做嫔妃进宫。

十几个女娃都打扮得，如花朵一般来到高太妃府邸。高太妃邀请胡国华帮她评选和训练。所以，胡小华和高莺莺对评选过程心中有数，了如指掌。

女娃住在北海王的南第，高太妃把她们召集到一起训话，女娃们说说笑笑，叽叽喳喳，吵闹个不停，高太妃用了很大劲，才让她们静了下来。高太妃不高兴地说："你们是准备应选入宫做嫔妃的，这么没教养，皇帝怎么能喜欢你们呢？"

高莺莺大声说："奶奶，我们推举一个女娃做内司，让她来负责每日起居训练的召集，可以省奶奶的不少力气。"

高太妃点头，"这是个好主意。好，你们推举一个女娃做女内司吧，你们看，愿意推举谁啊？"女娃们你看我，我看你，一时不知推举谁好。她们之间还不太熟悉。

胡小华笑吟吟地看着高太妃，不假思索地脱口说："太妃奶奶，我选高莺莺姐姐！高莺莺姐姐热情胆大,能管住我们。"

高太妃看着高莺莺,笑着问:"高莺莺,胡小华选你,你愿意做女内司吗?"

高莺莺想,以后入宫要想做皇后,一定要先学着管人。要是能够管住这些女娃,让她们现在就服从自己敬佩自己,以后入宫,她们都会与自己一心,就不怕于皇后的刁难了。

"我愿意!"高莺莺大声说。

"好,今后高莺莺就是你们二十人的女内司,你们要听从她的召唤。"高太妃笑着说。胡小华看着高莺莺,向她挤了挤眼睛,带头拍响巴掌。女娃们也都拍着巴掌。

王肃的女儿王小玉心里有些不服气,她对李天香、崔秀枝等女娃撇了撇嘴。高莺莺看到王小玉的神情,狠狠地瞪了她一眼。

胡小华微笑着看着这一切,她与高莺莺会意地一笑,用她那会说话的眼睛对高莺莺说:别怕她们,我会帮你的!

高莺莺上前拉住胡小华,故意用亲昵的语气说:"小华妹妹,我俩去玩跳绳吧。"

胡小华看着相貌老实的李天香和崔秀枝等女娃,招呼着:"来,我们一起玩跳绳吧。"女娃们都呼啦一下围了过来,争抢着与高莺莺一起玩。王小玉立刻被孤立了起来。胡小华故意用眼睛瞥着王小玉,却与几个女娃嘀咕着,说着王小玉的坏话。

王小玉浑身不自在起来。与王小玉站在一起的几个女娃看到这情景,也畏缩地离开了她,不敢与她太亲近。

"站队!"高莺莺喊着从房间里走出来的女娃。女娃乖乖地快步走到高莺莺面前,自动排成两队,等着高莺莺检查。

王小玉慢腾腾地走过来。

"王小玉! 快点!"高莺莺厉声喊。

王小玉好像没有听到高莺莺的喊声,还是低着头慢腾腾地走着。天天早晨集合练习走步,她王小玉都是这样,根本不把高莺莺放在眼里。

高莺莺几次禀报高太妃,让高太妃把王小玉开除,可是高太妃已经接受

沉河艳后:胡灵皇后

了彭城公主许多贵重礼物，并且答应彭城公主请求要送王小玉入宫，她一面惧怕彭城公主，一面也碍于情面不敢开除，只是敷衍着高莺莺。

王小玉走到高莺莺面前，轻轻唾了一口。高莺莺的脸气得通红，她怒喝着："还是照旧规矩办事，罚她站两个时辰，不得用早膳！"

王小玉高昂着头，别着脸，不屑一顾地站到队列里，似乎没有听到高莺莺的话一样。高莺莺脸已经涨得通红，咬着嘴唇，她又要像平素一样冲到王小玉面前，想把她拽出队列。高莺莺犹豫着，每次这样的拉扯，她都不能占上风，王小玉动也不动，她根本拉不动，反而招引女娃们的哄笑。

胡小华心里很着急。她已经想了许多办法帮助高莺莺制服王小玉，可惜这王小玉软硬不吃根本不怕。她多次组织女娃孤立王小玉，故意拿眼睛瞅着她，与一些女娃喊喊喳喳交头接耳说她坏话，然后大家默契地一起不理睬她，不与她一起玩耍。女娃使用这套招数可是熟练之极，而且极为见效，不少女娃害怕被孤立，很快就投降。但是对王小玉就是一点作用不起。王小玉不怕高莺莺孤立，大不了挑选不上而已，不进宫就不进宫！生性倔强的王小玉故意与高莺莺捣乱，暗地里与高莺莺对着干。

王小玉不怕孤立，依然我行我素，依然与高莺莺对峙。王小玉憎恨高肇，她隐约知道自己父亲的死因，对高肇和高莺莺怀着深深的敌意。她并不想进宫，可母亲和彭城公主却竭力怂恿她进宫，她们说，也许将来得宠，可以为家门争光。她看不惯高莺莺颐指气使的骄横，高莺莺俨然是女娃里的小头领，想呵斥谁就呵斥谁。她看不惯那些巴结高莺莺的女娃，女娃知道高莺莺的特殊身份，都争抢着巴结她，奉承她，伺候她。王小玉见大家都巴结高莺莺，心里很是气愤，就拗着性子故意与高莺莺别扭。

王小玉看到高莺莺猖狂的样子就来气，而高莺莺见到王小玉就嫉妒。王小玉是南人，说话与高莺莺等不大一样，她的模样最漂亮，个子高挑颀长，年岁大高莺莺两岁，显得丰满成熟。她像高莺莺一样白皙，却比高莺莺红润，大眼睛漆黑水灵顾盼自如，很是好看。高莺莺心里对王小玉的美貌怀着深深的嫉妒。两个女娃水火不相容。

胡小华看着高莺莺涨红了的脸，很是难受。她一定要帮助高莺莺渡过这难关。该怎么对付王小玉呢？这是个吃软不吃硬的女娃，要另想办法。她已经听姑母私下说过，高太妃挑选的五个女娃中不光有高莺莺和她，还有这王小玉,两个女娃将来都是要进宫的,这么水火不相容不是办法。

想到这里,胡小华上前一步,笑着对高莺莺说:"内司姐姐,小玉今日晚来是有原因的。我知道!"

高莺莺冷着脸问:"什么原因?"

胡小华小声说:"她身上来了那个,所以迟到了。请姐姐息怒,不要责罚王小玉姐姐了。"

高莺莺虽然纳闷,不清楚胡小华为何突然转变态度,不仅为王小玉求情,还口里称她为姐姐。不过,有聪明伶俐的胡小华上来替她解围,她也就只好顺水推舟,送个人情给胡小华。如果与王小玉纠缠下去,吃亏的还是她高莺莺。

"好吧,今次算了,不罚了!"高莺莺故作大度地摆摆手,"我们开始练习走步吧!"她领着女娃按照高太妃的教导走着姿态优美的步伐。

王小玉对胡小华的举动更是惊诧。这胡小华虽然人不大,却鬼精鬼精的,简直就是高莺莺的帮凶,经常帮着高莺莺欺压女娃,也没少帮高莺莺欺负自己。王小玉对她没有多少好感,可今天她为什么替自己说好话呢?王小玉跟随着队伍一边走,一边琢磨。

走了一个时辰,高莺莺宣布解散去用早膳。

早膳以后,女娃散到园子里弹琴、唱歌、跳舞,准备着应选的项目。

园子里牡丹花盛开。女娃们三三两两招呼着走到花圃前、柳荫下、假山旁、池塘畔,各自练习着自己的技艺。

胡小华看着王小玉的动静。王小玉又像往常一样独自来到她喜欢的垂柳下,开始翩翩起舞。胡小华急忙跑了过来,"小玉姐姐,帮我看看我跳得好看不好看?"胡小华脸颊上的酒窝里装满真诚的笑容,明亮的大眼睛眼巴巴地看着王小玉,目光那么清纯,那么热烈,那么诚恳,那么渴望。

王小玉看着胡小华的眼睛,露出难得的笑容,点点头,说:"好吧,那你跳一个让我看看。"

胡小华活泼地笑着说:"姐姐可不许嘲笑我啊!"说着,她在王小玉面前翩翩跳了起来,故意跳错一两个动作。

"错了,错了。"王小玉真诚地说,"应该这样跳。"她给胡小华做了个示

沉河艳后:胡灵皇后

197

范。胡小华急忙纠正过来。

胡小华跳了一个舞蹈以后，擦着额头上的汗水，笑着夸奖王小玉："我们当中，小玉姐姐的舞跳得最好。"

王小玉见胡小华这么真诚地夸奖她，开心地笑着说："小华妹子的歌喉最漂亮，好听极了！"两个女娃一起开心地笑了起来。

胡小华急忙说："以后我们进了宫，就可以经常一起跳舞唱歌了。"

王小玉嘴一撇，"我能不能进宫还是两说呢。"

胡小华四下瞅瞅，见没人注意她们，急忙说："我听我姑母说，莺莺姐，我，还有你小玉姐，是已经定好要进宫的了。小玉姐，你以后可不要跟莺莺姐姐闹别扭了。以后，我们要长期生活在一起，老是这么闹别扭，心里该多难受啊。她难受，你也难受，连我都不好受！你说是不是啊？"

王小玉点头，轻轻地嗯了一声，小声辩解一句："谁叫她那么张狂呢！我气不过！"

胡小华劝说着："她是家里的独女，又是高大人的侄女，是皇帝陛下的表妹呢，能不比我们张狂？想想，要是你是她，是不是也这么傲气啊？以后，我们还要在她下面生活呢。没办法，姐姐，我说你就忍了吧。定了你进宫，你想推辞都推辞不了，不如现在和她和好吧。"胡小华忽闪着大眼睛，非常真诚地劝说着王小玉。

王小玉见胡小华说得那么在理，又确实是为她着想，很有些感动，她低头绞着衣角，沉默了一会小声说："只怕她不想和好。"

胡小华急忙说："那得慢慢来，你先不要跟她拗，让我慢慢劝说她。她其实心眼挺好的。"

王小玉轻轻点头，叹了口气："好吧，我听妹妹的。"

胡小华高兴得跳了起来，"你真好，我就怕你软硬不吃，听不进人劝呢。"

王小玉白了胡小华一眼，"看你把我说的，我又不古董，我还不知道你是为我好吗？"

胡小华用劲握了握王小玉的手，"那我们可是说定了，从现在起，你要听从莺莺姐的指挥，不再跟她闹别扭！我现在要去找她，你看，她在那边噘嘴，一定是生我的气了！她肯定是嫌我跟你说话了！"胡小华轻轻地笑了起来，女娃的小心眼她是一清二楚的。

"那我走了!"胡小华向王小玉招招手,蹦跳着向高莺莺那边跑去。

高莺莺在假山旁生气地噘着嘴,虽然有三四个女娃簇拥着她,让她感到自己地位的高贵和身份的重要,但是她还是生气,因为胡小华居然没有跟在她的身后,却跑去找王小玉,跟王小玉在一起又说又跳的。女娃最怕孤立,最怕没有同伴跟她玩,偏偏王小玉不怕,可她高莺莺最怕,虽然身边围着三四个女娃,对她来说还不够,她要所有的女娃都围着她,都跟随着,都来奉承她、巴结她、讨好她。

高莺莺看见胡小华跑了过来,故意别扭过脸,亲热地搂着身边的一个女娃,大声笑着说:"我们到湖边去唱歌喽!"几个女娃蹦跳着向湖边跑去。

胡小华翻了翻白眼,委屈地噘起嘴,小声嘟囔了一句:"不识好歹!好心当了驴肝肺!"她一脸委屈,站在假山旁犹豫踌躇了一会,还是勉强笑着跟着高莺莺向湖边跑去。

来到湖边,高莺莺还是故意不搭理胡小华,她和几个女娃玩起斗草,玩得嘻嘻哈哈,谁也不看胡小华一眼,谁也不搭理胡小华一下。

胡小华站在旁边,心里难受极了,眼睛里不自觉地汪起委屈的泪水。胡小华用劲眨巴着眼睛,不让泪水流出来。她想了一会,还是慢慢蹭到高莺莺身后,静静地站在那里看她和女娃玩斗草。高莺莺依然故意不理她,就像没有看到她一样。

胡小华生气了。我让你不搭理我!我让你不搭理我!她弯腰从湖畔草丛里仔细挑选了一根最坚韧的草茎采了下来,她一把推开正在和高莺莺斗草的女娃,"你过去,让我和她斗!"她把自己的草茎与高莺莺的草茎缠绕在一起,用力拉扯着。

高莺莺噘着嘴,诧异地抬眼看了胡小华一眼。

"斗啊!斗啊!"胡小华红着脸催促着高莺莺,"你不是不理我吗?我偏要和你斗一斗!看谁厉害!"胡小华发狠地说,她用力拉扯着草茎,终于把高莺莺为王的草茎扯断。

高莺莺虽然生气,心中还是有些惊怵。胡小华那发狠的样子,她可从没有看见过。高莺莺用生气但是又略微带着讨好的语气责备说:"你不是不跟我玩了吗?干吗还来找我?你不是跟那个狐狸精去玩了吗?"

沉河艳后:胡灵皇后

　　"谁不跟你玩了？谁是狐狸精啊？妹子不过去找王小玉说句话,妹子劝她以后不要和姐姐闹别扭,劝她和姐姐和好,怎么就是不跟姐姐玩了?"胡小华知道自己占了理,这话就越说越快,越说越理直气壮起来。

　　高莺莺理屈词穷,急忙讨好伸手拉住胡小华的手:"真的? 她答应了没有?"

　　"她答应了。只怕姐姐这么小心眼,不答应呢!"胡小华白了高莺莺一眼,半生气半撒娇地说。

　　"好妹妹,别生气了! 姐姐错怪你了!"高莺莺生怕胡小华以后生她的气,急忙讨好道歉。

　　胡小华扑哧一声笑了出来,接着是一阵快活的极富有感染力的咯咯笑声,她亲昵地拍打了高莺莺手背一下,"妹子可不那么小心眼! 来,我跟姐姐一起练唱歌吧!"

沉河艳后：胡灵皇后

第四章　血雨腥风

1.霸道皇后棒打鸳鸯　恩爱夫妻分飞劳燕

京兆王元愉携杨翠玉乘车出城,到元勰府邸拜见六叔。

"你怎么来了?"元勰惊喜地问元愉。他赋闲在家,为了躲避不必要的麻烦,既不去拜访别人,也不见有他人来拜访,现在见元愉上门,非常高兴。

京兆王元愉拜见了六叔,便推着杨翠玉上前,"快给六叔行礼!"

杨翠玉袅娜着上前,屈了屈膝,娇滴滴地叫了声六叔,便红着脸,退到元愉身后。

元勰笑着问元愉:"你小子好艳福,这可是你从徐州带回来的媳妇?"

元愉说:"是的。就是她。"

听说元愉带着媳妇前来拜访,元勰的元妃李氏出来见面。元愉让杨翠玉拜见了六婶。

元愉眼巴巴地看着元勰和婶母李氏,"六叔、婶子,小侄今天是无事不登三宝殿。小侄有事请六叔六婶帮忙。"

元勰苦笑着,"我已经赋闲在家,朝政之事百不过问,能帮你甚忙呢? 你有事,可直接去找皇帝陛下啊。他肯定会替你解决的。"

元愉摇头,"此事只能请六叔六婶帮忙。于皇后想把她的妹子给我,可我已经有了翠玉,翠玉就是我的命,我不想再娶。翠玉家庭出身不好,皇帝陛下要过问她的家庭,如若非名流出身,皇帝会下诏让她离开京城。我向皇帝撒谎说,翠玉为陇西李氏家族出身,乃名流。皇帝不大相信,说要着人查验。六叔、六婶,我来求你们,你们出面为我说说情,让李氏家族出面认下翠玉为族人,这样才能搪塞皇帝陛下啊。"

元飈摇头，"这可是欺君之罪啊。"

元愉苦着脸，"这也没什么大不了的，不过玩弄了个小把戏而已。我想皇帝不会因此而治罪于我的吧？都是高祖儿子，他不看僧面还看高祖的面吧。"

李氏坐在杨翠玉身边，拉着她的双手轻轻抚弄着，在她耳边小声说："看不出，元愉这么有情义。你可真有福气，找了我们元愉这个好郎君。"

杨翠玉趁势也恳求着李氏："六婶，你就可怜可怜我和元愉吧。万一被皇帝知道我非李氏人，他一定会下诏逼迫元愉娶皇后妹子的！"

说到这里，杨翠玉抹着眼泪，抽泣起来。

李氏心软，见杨翠玉哭泣这眼眶也就红了。她看着元飈，征询地问："官家，要不就把我兄长叫来商议一下？这事也不算甚大事，只要同意她改姓李就行了嘛。皇帝不问，也无人提起。皇帝若是问起，就让他说是李氏族人。我看也行。"

元飈点头，"也是，算不了甚大事。看元愉这么痴情，我们真的该帮他一把。"

元愉见六叔六婶这么说，急忙拉杨翠玉跪下，"给六叔六婶磕头了。谢谢六叔六婶的恩德！从今天起，杨翠玉就是六婶的堂侄女了！翠玉，快给姑姑磕头！"

李氏笑着，"我到现在还没有侄女呢，兄长李延寔还无女儿呢，这下好了，有这么大这么漂亮个堂侄女，也算有福气呢。既然是我的侄女，也要把儿子们喊出来，大家相认相认啊。"

元飈差苍头把几个儿子都喊了出来。元飈的大儿子子直、二儿子元劲、三儿子子攸都跑了出来。元劲与子攸是李氏所生，长子子直为元飈妾所生。

李翠玉一一拜见了这些表兄弟，认了亲。

元愉幸福地微笑着，他完全放心了。皇帝不会再逼着他与皇后妹子成亲了。他可以和他心爱的李翠玉恩爱相守一辈子了！

于皇后送走父亲于劲，坐在澄鸾殿里想事情。

父亲于劲又提出妹子于宝珠的婚事。妹子宝珠已经十五岁，该娉人家了。去年、前年，她曾经跟皇帝多次说起过这事。可是当时宝珠还小，只是说说而已,她还没有完全把它当成一回事来办。那时她就看中皇帝的三弟元愉,不过听说元愉有了正妻,还是陇西李氏,即尚书李冲的侄孙女。既然是名门出身,她就不好强迫元愉,国朝不允许出身名门望族的女儿做偏房侍妾。但是,她还是一直想让妹子嫁给元愉。想个什么办法呢?

"去给我把广平王元怀叫来。"皇后对澄鸾殿长秋卿、内侍监刘腾说。刘腾不敢怠慢,急忙派小黄门去请元怀。

因为广平王元怀是皇帝元恪的一母同胞弟弟,于皇后待元怀就更亲热一些。

广平王元怀来见。元怀拜见皇后,"嫂子娘娘,何事叫小弟前来啊?"

于皇后笑着:"嫂子有事想请你帮忙。"

"嫂娘娘尽管说,小弟一定全力以赴。"元怀笑嘻嘻地说。

"我想让你去劝劝你三哥,让他娶我妹子宝珠。"于皇后满怀希望地看着元怀。

元怀挠了挠脑门,颇显为难。

"怎么?办不到?"于皇后笑容满面的脸立刻拉了下来。

元怀急忙说:"嫂娘娘,不是小弟不办,而是这三哥脾气实在古怪,他从徐州带来的媳妇,爱若掌上明珠。他说过,只要李翠玉在他决不会再娶。而且他总是不服气于我,事事要与我比试个高低。我去劝他,怕是难以奏效。"

于皇后的脸色很难看。一个堂堂的皇后,连这么点小事都办不了,还算什么皇后呢?

"他那媳妇是从徐州带来的,怎么就是陇西李氏家族人呢?"于皇后问。

"这小弟也不大清楚,小弟也觉奇怪。嫂子娘娘想知内情,容小弟派人出去打探打探,再来禀报。"

"也好。速去打探清楚回来报告我。对,再问你,你说让谁去劝元愉好呢?"

元怀想了想,"让清河王元怿去最好。元愉与元怿亲近,经常在一起。"

"那也好。"于皇后点头,"你就去找找元怿,把我这层意思告诉他,让他帮着劝劝你三哥。"

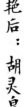

沉河艳后:胡灵皇后

元怀去元怿府邸找元怿。

清河王元怿,字宣仁。幼而敏惠,美姿容,高祖爱之。彭城王元勰很器重他,曾经对人说过:"此儿风神外伟,黄中内润,若天假之年,比二南矣。"元愉从小博览经史,兼综群言,有文才,善谈理,宽仁容裕,喜怒不形于色,太和二十一年封。元恪践阼,拜侍中,为左卫将军,后转尚书仆射。

元怿府邸在洛阳城西西明门外一里御道北。与元禧、元羽的府邸相距不远,在白马寺之后。元怿府邸,高大巍峨,西北有楼,比皇宫里西游园的凌云台还要高,登临其上,可以俯临朝市,目极京师。正如古诗所说:"西北有高楼,上与浮云齐。"楼下有儒林馆、延堂馆,形制如华林园的清暑殿。一个占地很大的人工开凿的湖,中央耸立着用挖湖土堆砌起来的土山,高大巍峨,冠于当世。他的府邸,是"斜峰入牖,曲沼环堂,树响飞莺,阶丛花摇",可谓美不胜收。

元怿爱宾客,喜文藻,海内才子,多前来附庸投靠,他府邸里的臣子属官,多从这些英俊的才子士人里选用。在清晨明景里,邀他们到南台高楼,具珍馐,设琴瑟笙篌,酬答应和,舞文弄墨,欣赏清音,品尝香茗,清风明月入怀,佳诗美句出口,很是怡然自得。

元怀知道,元怿一定在南台高楼,便直奔高楼而去。元怀穿堂过院,步长廊回环,欣赏假山小园,水榭曲桥,逶迤曲折来到西北高楼。

高楼上传来清脆婉转的琴瑟箜篌相和的北音南曲。

元怀只喜欢舞刀弄枪,打猎游玩,不喜欢这斯文玩意。而元怿相反,终日玩赏靡靡之音,喜欢吟诗作画,吹拉弹唱,歌舞升平。真辜负了拓跋出身!元怀不屑地想着,沿着木梯上了楼。

元怿与几个宾客正品饮青茗,弹奏着箜篌,玩得很是尽兴。

"四哥果然雅兴。"元怀喊着,上了楼。

"五弟来了。"元怿急忙放下箜篌,站起来迎接元怀。虽然废太子元恂不在,但是他们还习惯按过去的排行叫,皇帝元恪为二哥,元怿为四哥。

"四哥也做漏卮了?"元怀坐下来,看着桌子上的茶壶茶杯,他端起茶杯,欣赏着清亮碧绿的茶水,笑着问。

"怎敢与王肃大人相提并论?老哥饮茶不过三两杯,还算不上漏卮呢!"元怿哈哈笑着,拍着元怀的肩膀,"五弟前来,有何见教啊?"

"多日不见,有些想念。"元怀笑着,拉元怿坐下,"你坐下,我们哥俩说说话。"宾客见状,都识趣地急忙告辞。

"五弟,请饮酪奴。"元怿亲自把盏,给五弟斟茶。五弟元怀是皇帝的同母弟弟,元怿自然不敢得罪,他毕恭毕敬地招待着。

元怀端起精致的茶杯,啜饮一口,笑着:"我还是喜欢饮浆酪,这酪奴,寡淡无味。"

"上浆酪!"元怿大声喊。楼下的苍头响亮地应了一声,不一会儿,一个眉清目秀、身材颀长的丫鬟便捧着金银错的茶盘托着金银错的银碗上来,把一碗清凌凌的浆酪放在元怀面前。元怀笑眯眯地看着丫鬟,趁势捏了她的脸蛋,"这丫鬟长相不错啊!"那丫鬟羞得满脸通红,急忙退到楼口,噔噔跑下楼去。

元怀端起浆酪一饮而尽。他抹了抹嘴,笑着问元怿:"近来见三哥了吗?"

元怿摇头,"三哥自从娶回嫂子,便天天守着嫂子,很少外出。"

"是吗? 如此重色轻义啊!"元怀笑着。

"三嫂来自南方,他怕她听不懂话,怕她一人太闷,就经常陪伴在她身边。"元怿解释着,"另外,这嫂子弹奏南曲令人如醉如痴,三哥完全被迷住了。"

元怀问:"我好像隐约听说,她是陇西李氏人,怎么是南人呢?"

元怿笑着说:"你我弟兄,我才告诉你。三嫂本是徐州人,姓杨,三哥通过彭城王六叔和六婶给她认了李氏亲人,改姓李了。"

元怀笑着:"原来是个假冒李氏了。"

"五弟,你可不要乱说啊。这主意还是老哥帮他出的呢。"

元怀点头,"我知道。"他看着元怿,微笑着追问,"依你看,三哥会不会停妻再娶呢?"

元怿摇头,"我看不会。三哥对三嫂一往情深,为了她连妾都不娶一个。"

"这么说,皇后交代的使命你我是完不成了?"

"什么使命?"元怿好奇地看着元怀。

"皇后想把她的妹子许配给元愉,她派你我去说服元愉。"

元怿搔着头皮，为难地说："怕是很难。三哥痴情得很。"

"我们去见见他，把这事的厉害跟他说说，也许可以说服他。"元怀站了起来。

京兆王元愉携李翠玉在府邸后花园里散步。李翠玉大腹便便，一看就知道她即将临盆。元愉更是心痛有加。

"慢点走！"京兆王元愉见李翠玉甩开他的手，加快脚步，自己向石榴树走去，便在后面警告着喊。

李翠玉回头，娇羞地看着元愉，"没事。稳婆说，临盆前要多走，快走，将来更好生一些。"

元愉摇头，"我还是有些担心。万一惊动胎气，可如何是好？不足月的孩子可是养不活的。"

李翠玉咯咯地笑了起来，"什么呀，你。已经足月了，怎么会不足月呢？净瞎说！"她嗔怪地瞥了元愉一眼。

元愉紧跑两步，赶上李翠玉，心痛地搀扶着她，"来，还是靠在我身上慢慢行吧。"

这时门子跑了过来，大声传达："报告殿下，广平王和清河王殿下来访，正在前堂等着呢。"

元愉笑着对李翠玉说："弟弟们来了，我要回去招待他们。你呢，是与我一起回去呢，还是自己在后园里转转？"

李翠玉低头看了看自己高挺的肚子，羞涩地笑着："我这难看样，还是不见人的好。就让丫鬟陪着我吧。"

元愉喊来丫鬟，交代了又交代，这才离开花园向前院大堂走去。

"四弟、五弟，你们来了。"元愉一进门，亲热地喊着。

元怀和元怿站了起来，一起向元愉施礼，"三哥，跑哪里去了？让小弟等了这么久！"

元愉笑着，"不知道你们要来，我陪你三嫂去后园散步了。快坐！请坐！是饮水厄还是饮浆酪？"

元怿笑着对元怀说："五弟，你看三哥，不把茗饮叫酪奴，却叫水厄，这可也是王肃大人的故事吧？"

元怀笑着:"这其实不算王肃故事,酪奴和漏卮是王肃故事,这水厄应该是六叔故事。六叔曾对那个拜王肃府上苍头为师学习茗饮的京官刘缟说:'卿不慕王侯八珍,好苍头水厄。海上有逐臭之夫,里内有学颦之妇,以卿言之,即是也。'以后,这水厄同酪奴一样,也成了茗饮的别名。"

元愉笑着,"这王肃大人留下的故事还真不少。"

弟兄三人坐了下来,说着闲话,话题慢慢转到皇帝选妃上。"听说彭城姑姑要把王肃女儿送进宫去?"元怿问元怀和元愉。元怀和元愉是皇帝的护军,自然多知道一些宫禁内新闻。

"是的。"元怀说,"皇帝快要选妃了,高太妃选出几个女娃,听说她老人家正在训练呢。"

"这下好了。"元愉笑着,"皇帝只有皇后侍寝,怕是不大妥帖。皇后娘娘万一不能生育,这国朝不就危殆了吗?"

元怀看着元愉,不怀好意地接着他的话茬说:"那你呢,只有一个老婆侍寝,不是也不妥帖吗? 我们哪个王爷像你那样寒酸,只有一个婆娘? 你是不是也该再寻个老婆了?"

元愉急忙摆手,"五弟休得取笑三哥。五弟有皇帝扶持,多几个婆娘养活得起,三哥需要自食其力,婆娘多了养活不起啊。"元愉原本对皇帝偏心元怀就有些不满,说话也就有些话里有话。

元怀听出元愉话里有话,却也不介意,只是打着哈哈,"那要看娶谁做婆娘了。娶一个贫民女子做婆娘,你就是再多给她认几个养父,也还是得你养活。要是娶一个名门豪族的女娃做婆娘,不仅不用你养活,反倒会给你增加许多钱财。是不是啊,四哥?"

元怀向元怿眨巴着眼睛示意他迎合一下。领会了的元怿顺杆爬,急忙说:"是的,五弟言之有理。"

元愉哈哈大笑,"我已经有了正妻,哪个名门豪族的女娃愿意来做妾? 五弟不要开玩笑了。四弟,听说你要建所寺院,可曾动工?"元愉不想接着谈论婆娘的事情有意转移话题,他担心元怀受皇后所托又要旧事重提,便转向元怿问。

元怀干脆挑明了话题,笑着对元愉说:"三哥,我来问你,皇后看中了你,想把她的妹子许配给你做元妃,你可答应她?"

元愉见元怀还是说出自己不愿意听的事情很是沮丧,他苦楚着脸摇头摆手,"五弟不要拿三哥开心。我们弟兄那么多,皇后娘娘怎么会偏巧看上我呢?四弟、六弟,还有五弟你,不都是一表人才,堂堂正正,威武雄壮,都是皇后妹子的合适郎君嘛!"

元怀笑着,"我倒是想娶于劲的女儿为正妻,可是,我已经有了正妻,这正妻也是皇帝指配的,不好再给配个正妻了吧?他们哪个不是如此?只有你尚未指配正妻,看来做皇后妹夫的命运是逃不了的了。"

元愉苦楚着脸,哀求着元怀:"五弟,求你在皇帝面前给我美言美言。我元愉有正妻李翠玉,她是名门望族出身,何况又身怀六甲,请皇后娘娘另选妹婿为好。"

元怀冷笑着,"我劝三哥还是谨慎从事。常言道,识时务者为俊杰,三哥抗拒皇后旨意,怕是没有好结果吧?"

元愉又说:"我和李翠玉已经当着天地发过毒誓的。我们在天愿为比翼鸟,在地愿为连理枝,谁若是背叛誓言要遭天打五雷轰的!五弟就可怜见我们两个,在皇后面前替三哥美言几句吧。"

李翠玉挺着大肚,从堂前经过,元怿喊了一声"三嫂",走出大堂到院子里见她。

元怀扭头出去,看到站在院子中间的李翠玉。元怀的眼睛一下子有些发亮。院子里的女子确实妩媚漂亮,杏核眼,猩红唇,漆黑眉毛,齿如蝤蛴,虽然身形有些臃肿,却依然掩盖不了她颀长高挑的身材。怨不得三哥为她如此痴情。元怀有些嫉妒地想。

元愉见元怀有些魂不守舍的样子,轻轻咳嗽了一声,元怀回过神来,他转过头笑着问元愉:"那可是三嫂?"

元愉点头。

"果然丽质。三哥好眼力啊!"元怀真心夸赞着。

元怀进宫见皇后。

"怎么样?说动京兆王的心了吗?"于皇后着急地问。

元怀摇头,"三哥一片痴情,决不准备停妻再娶。"

"他的正妻何许人,打探清楚了没有?"于皇后恼怒地问。

“打探清楚了。”元怀讨好地向前走了几步,故作神秘地说,“元怿不让我说呢。不过,皇后是他的嫂子,他不该瞒着皇后和皇帝啊。”元怀把元怿告诉他关于李翠玉的情况一五一十告诉了于皇后。

于皇后一脸气恼,她站起来走到澄鸾殿窗前望出院子里。皇帝元恪在院子里练剑,把一把银光闪闪的剑舞得如银龙一般,上下飞舞,令人眼花缭乱。

“皇帝陛下,你回来!”于皇后娇滴滴地喊着。

皇帝元恪急忙收拢剑式,把剑递给赵修,梳头内侍监陈扫静上来用湿帕给皇帝擦去满头大汗,主衣内侍监徐义恭为皇帝披上皇袍,元恪笑吟吟走进殿里。

“卿卿,何事唤朕?”他走进大殿,笑着问。皇后近来没有为选妃的事情继续跟他闹腾,叫他心里挺高兴,对皇后更加体贴备至。

“皇帝陛下!”于皇后过来亲热地拉着皇帝元恪的手,身子扭来扭去地撒娇,“皇帝陛下,我妹子的事情,你到底管还是不管啊?”

“管,当然管了!我不是说让你从我那几个弟弟里面挑一个吗?你看中哪个,只要那个没有正妻,我就指配给他。”皇帝元恪抚摩着于皇后光滑细腻的手背,心跳有些加快。

“我不是告诉过陛下了吗,我看中三弟元愉了。”于皇后娇柔地拉着皇帝坐到坐榻上,紧紧靠着他的肩头,在他耳边轻轻地说着。皇后温热的气息吹拂着元恪的耳朵和脖颈,痒痒的,苏苏的,叫他体内流动起一股说不出的舒服的热流。

“可是,朕问过元愉,他有正妻,出身陇西李氏,是李冲堂侄孙女。”皇帝元恪看着于皇后说。

于皇后撇着嘴,发出不屑的嗤嗤声:“什么名门望族?全都是欺骗皇帝的假话!不过徐州一个歌女而已!”

“果然如此?如此低劣之出身,如何为王爷元妃?岂有此理!这不是坏朕皇家声望嘛!”元恪生气地说,“情况属实?”他不放心地追问了一句。

“当然属实。五弟元怀所说,还能骗我?”于皇后噘着小嘴,在元恪身上扭来扭去撒娇。

“既然如此,朕就以诏书形式指配他与小妹成婚,如何?”元恪拥住娇艳

的于皇后,刮着她的鼻子。于皇后紧紧抱住元恪,亲热地依偎在他的怀抱里,娇滴滴地说:"感谢皇帝陛下!"

元愉在府邸里焦灼地等待着。卧室里,李翠玉正发出一阵阵痛哭的嚎叫,这哭喊声撕裂着元愉的心,他几次想冲进去,可都被管家挡在门外。"不能进去!王爷!"

元愉不忍心再听下去,他来到院子里,在院子当中焦躁地转来转去。

李翠玉的喊叫声还是一阵一阵传来。生孩子竟是如此痛苦,这是他没有想到的。他在院子转着圈子,用双手紧紧塞住耳朵。给孩子的名字已经起好,如果李翠玉头胎给他生个儿子,这儿子就叫宝月。他微笑了,宝月,多好听的名字啊,这是纪念他们俩在月下相识。

长史匆匆进来,对元愉耳语几句。元愉脸色大变,急匆匆赶到前堂。皇帝派来的殿中常侍赵邕在前堂等着他。

"京兆王殿下,"赵邕作揖行礼,"皇帝有诏书与你。"赵邕展开诏书给元愉。

元愉看着,他的脸色变得更加惨白。皇帝诏命他与皇后之妹成婚,以京兆王元妃身份进京兆王王府。

元愉真想撕烂这诏书,这硬逼着他与皇后之妹成婚的混账诏书,这棒打鸳鸯的混蛋诏书!可是他不敢跟皇帝和皇后对抗,不过十七岁的他,还是个孩子,他怎么敢与皇帝对抗呢?

管家狂喜地喊着冲了过来,"王爷,生了,生了!"

元愉急忙向赵邕说,"回去禀告皇帝陛下,说我家夫人刚刚生子,暂时顾不上其他事情。请皇帝宽恕。"

赵邕告辞,回皇宫复命。

元愉一蹦一跳地奔回卧房堂屋。接生婆双手捧着个赤条条的婴孩,婴孩手脚扑腾,正张着嘴哇哇哭喊着,向跑过来的元愉宣告他的到来。

元愉看着接生婆手里的婴孩,泪水模糊了他的双眼。眼前这么个赤条条的青紫的小家伙,就是他的血脉,他的骨肉,他的精血,他的生命的延续。多奇妙啊,他已经有了自己的儿子!

元愉小心翼翼地伸出手,轻轻触了触小家伙双腿间怒张的小鸟,那婴儿

沉河艳后:胡灵皇后

似乎感受到触摸,哭喊得越发响亮了。接生婆捧着婴孩回到卧房,去给婴孩冲洗包裹。

元愉冲进卧房。李翠玉浑身无力地躺在床上,脸色苍白,看见元愉进来,给了他一个灿烂的微笑。

元愉跪在床前,深情地抚摩着她的手,喃喃地说:"你受苦了! 受苦了!"

李翠玉幸福地微笑着,黑亮的大眼睛闪烁着幸福的光芒,看着元愉,"是个儿子,是我们的小宝月!"

"是的,是小宝月!"元愉幸福地喃喃着,低下头,用自己的嘴唇轻轻抚摩着李翠玉的胳膊。我会永远爱你的! 他在心里默默地说。

李翠玉抱着刚刚满月的宝月,在卧房里喂他吃奶。小宝月吮吸着李翠玉饱满的乳房,咕嘟咕嘟地咽着丰沛的乳汁,吃得十分香甜。乳房虽然被吮吸得有些疼痛,但李翠玉的心甜蜜得如同饮了蜂蜜一样。她拉着婴儿的小手,不断地亲吻着。

府邸外面传来一阵阵热闹的唢呐喇叭鼓吹乐声,好像人家办喜事娶亲一样。

"谁家办喜事啊?"李翠玉微笑着问丫鬟。

丫鬟支支吾吾,"小婢不知。"

鼓吹乐敲打着进了元愉府邸。

"好像进了我们家了,这是咋的回事?"李翠玉吃惊地问,她扯出婴儿正在吮吸的奶头,抱起婴儿就要下地,丫鬟张皇地伸出胳膊上前阻拦,"不能下地啊,夫人。王爷吩咐过,不让夫人下地。"

李翠玉放下儿子宝月推开阻拦的丫鬟,夺路跑出卧房,向前院奔去。王府大门前,羽林士兵分列在两旁,皇后出行的法驾仪仗站在门前,旗幡招展,刀枪闪亮,鼓吹齐鸣,瓜伞扇下,装饰着五彩旗幡的金根辇正停在大门前。元愉率领着家人在门前迎接。

金根辇上,并排下来皇后和她的妹妹。内侍中赵修在后面伺候。

元愉上前迎接。赵修向后面挥手,法驾乐队鼓吹齐鸣,呜呜哇哇,热闹非凡。

于皇后笑着对元愉说:"四弟,我把我妹子亲自给你送来了,你可要好好

待她啊。"于皇后把她的妹子于宝珍推到元愉面前,"以后,你就是京兆王妃了,来见过你的夫婿。"

于宝珍笑盈盈地向元愉施礼,羞答答地喊了一声:"王爷,妾身有礼了。"

元愉惊慌失措,不知道如何是好。

"来,送王妃入京兆王府!"于皇后朝赵修说,赵修立即让身后的几个小内侍监搀扶着于宝珍,拥戴着于皇后一起慢慢向王府大堂走去。捧着各色陪嫁品的宫女、内侍监鱼贯跟随其后,法驾鼓吹更热闹地吹奏起喜气洋洋的曲调。

"走吧,京兆王爷。"赵修笑着对元愉说,"皇后娘娘要亲自为你们主婚呢。"

张皇失措的元愉,在赵修的半拉半架下,跟随着来到大堂。于皇后已经坐到大堂主位上,赵修拉着元愉,让他与于宝珍并排站在一起。

"拜堂!"赵修高声喊着。站在元愉身边的内侍监用力拉着元愉跪了下去,与于宝珍行了拜堂大礼。

李翠玉站在东庑廊下,不敢出声,她的脸颊上静静地流淌着辛酸的眼泪,看着于皇后亲自主持的婚礼。

2.得意忘形元祥结党营私　贪赃枉法同党为非作歹

北海王元祥的府邸里,正热火朝天地请客。领直阁的左中郎将茹皓、直阁将军刘胄、殿中将军、司药丞常季贤与皇帝梳头内侍监陈扫静、主衣内侍监徐义恭,正嘻嘻哈哈举杯畅饮,弹冠相庆。

茹皓,字禽奇,旧吴人。十五六岁时随父亲避南方战乱饥荒流落到淮阳上党,做了县金曹吏,有姿貌,又勤谨,被徐州刺史看中,带到洛阳,做了高祖白衣左右。元恪践祚,茹皓侍直禁中,在皇帝前后奔走伺候。因为姿容英俊,很得爱男色的元恪的欢心。元恪见他聪明伶俐,办事利落,慢慢宠爱起来。一次皇帝元恪拜山陵,路中想引他同车,他高兴得不得了,正要奋衣登车,却被赵修挡住。赵修见不得皇帝元恪宠幸他人,见皇帝元恪对茹皓日见有好感,他就说动高肇,让高肇劝皇帝元恪出茹皓为外官。茹皓聪明,见自己遭赵修嫉恨,也怕惹祸烧身,就主动请求除去内官,做了濮阳太守,与父亲为太守的阳平相邻,父子共相接应,互为表里,这外官当得也倒其乐融融。九月,皇帝元恪到邺城讲武,从元祥那里得到消息的茹皓,专程到邺城求见皇帝元恪,诉说自己想回京师为官的心愿,元恪当下答应,免了他濮阳太守职务,任命为左中郎将,领直阁。

今天,元祥宴请茹皓,庆贺他回京师为官。

刘胄,字元孙,河间人。与茹皓一起到邺城赴元恪皇帝讲武,也向皇帝乞求回京。皇帝元恪准予他回京,但是回京以后,并没有得到任用,他多方辗转求到元祥门下,元祥为之说情推荐,才弄了个直阁将军的头衔,在茹皓领下。

常季贤,是前朝乳母常太后的弟弟常英的后人。原是主马,元恪喜爱骑马,很重用他。现在是殿中将军,司药丞。

陈扫静,徐义恭,一个是元恪的梳头内侍监,一个是元恪的主衣,都是彭城旧营人,与元祥关系密切。扫静娶了徐义恭姐姐为妻。但是扫静并不喜爱这妻子,经常殴挞鞭笞,类如奴仆。徐义恭非常生气,有一次趁便哭诉于元恪。元恪见他们都是左右亲近,不忍责备扫静,两相护卫。徐义恭也无可奈何。这两人与元祥关系密切,都来为茹皓接风捧场。

元祥高举酒杯,说:"茹皓兄今始归来,一定会重新得到皇帝宠信。来,让我们五人举杯庆贺,庆贺茹皓兄高升!"

"茹皓兄,来,我敬你一杯!"元祥说着,一饮而尽。

刘胄与常季贤、陈扫静、徐义恭也都高举起酒杯,"祝茹大人高升。"

茹皓笑着说:"谢北海王殿下!北海王殿下恩德,我茹皓没齿不忘。今后,只要是北海王的事,就是我茹皓的事。我们大家要互相照应着呢。"

"是的,是的!"陈扫静急忙附和着。

茹皓高兴地拍着陈扫静的肩膀,"不错啊,扫静老弟! 以后有什么需要我茹皓的地方,只管开口,我想,我还能在皇帝面前说上话!"

陈扫静激动地面色发红,结结巴巴地说:"有茹兄这句话,小弟心里就有了底,我不过是皇帝面前一个典栉沐的内侍监,没有直阁大人的关照,能有个什么前程呢? 有大人关照,我慢慢也能混个三品二品的,也就有了奔头。"说到这里,陈扫静转了转目光,看了看徐义恭。

看到茹皓这么待见陈扫静,徐义恭的心里已经酸溜溜的不是个滋味,又

看到陈扫静用这么一种挑衅的眼光瞥了他一眼,那眼光里满是志得意满和嘲弄,他的心里翻腾起一种近乎仇恨的愤怒。

真是小人得志。徐义恭不动声色地冷眼看着陈扫静想:是不是该报复他一下呢? 谁让他得志便猖狂。

徐义恭脸上挂着沉静的微笑,不多言语,心里却在紧张地盘算着、翻腾着,一个罪恶的计划已经初步形成。

大家正在畅饮中,忽然听得一阵狂放的笑声,"北海王好兴致,居然不叫我来!"随着笑声,赵修昂然走了进来,"听说北海王设宴,我也来凑趣,不知王爷欢迎不欢迎啊?"赵修哈哈笑着,来到北海王元祥面前。

北海王元祥急忙站了起来,满脸堆笑,"员外通直散骑常侍,光禄卿,赵大人,失敬了,失敬了。"

原来,这赵修又高升了。茹皓听北海王这么称呼赵修,酸溜溜地想。新皇帝即位以来,原是东宫太子舍人的赵修,已经连续升了多次。这通直散骑常侍已经是右三品秩序,很尊贵的了。自己不过左中郎将,仅仅是个右第四品,还差他一级。俗话说,官大一级压死人,以后还得在他压制下讨生活。

茹皓不得不弄出一脸灿烂的笑容,站起来欢迎赵修。

其他人都毕恭毕敬地站着,打着哈哈,都谄媚地、巴结地笑着,眼巴巴地看着这皇帝身边炙手可热的重要人物。

赵修一屁股坐到元祥旁边茹皓的座位上,拉着元祥坐了下来,"北海王爷,好久没有和你畅饮了。来,来,我们两个对饮。"

元祥急忙摆手,"赵大人,你可饶了本王。谁不知道你赵修的海量,我哪里是你的对手啊。王爷里只有广阳王元嘉勉强可以与你对峙一番。我早已是你的手下败将了。那一次与皇帝陛下畅饮,我们这几个叔父本想灌醉皇帝,可有你保驾,结果把我们灌了个烂醉。你呀,就饶了我吧。"

赵修哈哈笑了起来,"就你们几个王爷的一肚子坏水,我早就揣摩了个明白。皇帝与你们一起饮酒,你们准要想方设法出损招来对付皇帝陛下,就想把皇帝陛下灌醉看他的笑话不可。不过,有我保驾,别说你们几个王爷,就是再有几个,我对付起来还是绰绰有余!"说着,赵修换了一个大尊,斟了满满一尊桑洛酒,仰起脖子,咕咕嘟嘟,一口气灌了下去。他一抹嘴,抄起桌子上的筷子，夹了一大块红烧肉，放进嘴里嚼了起来，发出咯咯吱吱的咀嚼声。

真他娘的一个粗野武夫！茹皓心里骂，脸上挂着尊敬的微笑，连声夸赞："赵大人好酒量，好酒量！佩服，佩服！"

赵修咽下嘴里的食物，又笑着说："皇帝陛下本来要来的，可临出宫时于皇后拦住了他。"

"可惜了，可惜了。"元祥连连摇头，"家母正盼着皇帝陛下来府上，好让他偷偷看看那些正在训练的嫔妃呢。是不是于皇后猜出了他的去向？"元祥笑着问："皇帝陛下也这么惧怕河东狮吼啊！"

赵修笑着，"可不是，皇帝陛下对于皇后是又怕又爱，虽然经过她伯父和父亲的劝说，不再为选妃事与皇帝陛下打闹，可是还在偷窥着皇帝动向，时刻警惕着皇帝陛下出行。她还是不让皇帝陛下很快接那些嫔妃进宫。我这就是来传递皇帝陛下的话给高太妃，这嫔妃进宫还得暂缓，于皇后说她已经有了身孕，皇帝怕惊扰了她的胎气，说要等些日子再说。这里，还有劳高太妃先训练着。"

元祥笑着，"转告皇帝陛下放心，家母自会安排妥帖的。赵大人，一起饮酒。"元祥为赵修斟满了酒，"来，我敬赵大人一杯。祝赵大人官运亨通，再连着升他两级，弄个二品的中书监、尚书仆射、金紫光禄大夫什么的干干。"

赵修笑着举起酒樽，"有司徒王爷这话，我非饮此杯不可。"他又是一口灌下大樽浓烈白酒。他把空酒樽重重地放到桌子上，盛气凌人对陈扫静喊："季贤、扫静、义恭，你三人怎么屁都不放一个？来，给本大人斟酒！"

常季贤、陈扫静和徐义恭平素常与赵修一起伺候皇帝，互相熟悉得很，但是官职比赵修低得多，他们没有资格像茹皓、元祥一样去逢迎赵修。见赵修点名，三人急忙齐齐离座，争着去给赵修斟酒。

赵修接着元祥的话茬说："这升官不升官，还要司徒王爷多多美言啊！他们都是靠了你老人家，才弄到个一官半职。"

元祥笑着，拍了拍赵修的肩膀，"你可真会说笑话。你老人家的升职，还要靠我说话吗？你在皇帝面前稍微暗示一下，皇帝马上就会给你那个你想要的官职。"

赵修看着斟好的酒樽，摆手让季贤几个坐回座位，他打了个咳声，"殿

沉河艳后：胡灵皇后

215

下,话是这么说,可眼下不比以前了。皇帝有了高大人的照应,有些事情办起来就不那么容易,许多事情需要高大人同意才行哩。高大人有崔光大人支持,有些事情不大好办。崔大人是御史中尉,得罪了他,他出面弹劾,怕是不光没有官做,有时性命还难保哩。"

元祥不断点头。自从皇帝亲政以来,这高肇越来越权高位重,皇帝差不多事事听他的摆布。不过,元祥并没有附和赵修的话,只是微笑着劝酒:"赵大人,饮酒,饮酒。这刘白堕的桑洛酒,还是很不错的吧?"

赵修知道自己有些失言,打着哈哈,端起酒樽:"好酒,真是好酒!名不虚传啊!"

茹皓趁机献殷勤,"赵大人喜欢,下官赶明给大人送一坛去!"

陈扫静适时地说:"茹大人把此事交与我来办好了。我明日就给赵大人送去。"

茹皓和赵修都笑嘻嘻地看着扫静,赵修夸赞着:"还是扫静乖巧,会讨好人。皇帝陛下常对我说,这扫静老实忠厚,又机灵乖巧,小嘴蜜糖似的甜。要不义恭多次在皇帝陛下前告他打老婆,皇帝总不忍心惩罚他。是不是啊,义恭?"

徐义恭见赵修提起这件叫他气恼的事,心里已经气愤得哆嗦,可脸上还是挂着甜蜜的微笑,连声说:"是,赵大人说的是。"

赵修乜斜着眼睛,看着徐义恭,指点着陈扫静,说:"你们两个是皇帝的左右手,皇帝哪个都不忍心责备。你俩以后不要再斗气了,都是亲戚,你是他的小舅子,他是你的姐夫,好好伺候皇帝,有你们的好处呢!"

徐义恭和陈扫静不断点头哈腰,连声称是。徐义恭橘皮一样的脸上,挂着谦恭、憨厚、甜蜜的微笑,他总是以这样一副笑容面对皇帝和各级官长。但是,他的心里对赵修已经积累了一肚子愤怒。他为了能够提升一下官职多次拜访赵修,不是送钱就是送金银送绸缎,赵修一概笑纳。赵修每次都爽快答应着说一定为他谋个好差使,可到现在为止,他依然不过一个右从第八品的宫门仆射。徐义恭想起自己记录在册的送礼清单,心就隐隐作痛。那么多珍贵东西全都像打水漂一样,没有一点响动地落进贪得无厌的赵修的无底洞里。

"我给扫静弄了个右五品的通值散骑侍郎,明天上任。怎么样,还满意吧?"赵修看着陈扫静哈哈笑着。

"真的?"陈扫静腾地站了起来瞪着惊喜的眼睛看着赵修,他不敢相信自己的耳朵。从从八品一下子越次升为右五品,是不是做梦啊?

"我什么时候诓过人?"赵修不高兴白了陈扫静一眼。

陈扫静离开座位,扑通一下跪倒在赵修面前,感激涕零,"感谢散骑常侍的大恩大德! 感谢赵大人恩德!"他撅着屁股一连磕了三个响头。尽管他知道,这是他最近那次咬牙跺脚送一块土地给赵修才换来的这官职,但他还是感激不尽。

徐义恭心里嫉妒得要死。这陈扫静到底送了赵修多少财物才换来这个官位呢? 他脸面上甜甜地笑着,阴沉地睃了赵修一眼心里想:总有一天,我要让你知道我徐义恭的厉害!

赵修注意到徐义恭阴沉的眼光,用筷子戳点着徐义恭,玩笑着:"你小子总是笑得这样甜蜜,眼光却阴沉沉的,不言不语,不爱说话,准是心里思谋做事。"

"哪里,哪里。"徐义恭谦卑地说,心里却在冷笑:算你小子猜得对,不心里做事,我能成事吗? 此时,他已经有了个一箭双雕对付赵修和陈扫静的办法。作为皇帝身边的宦官,他虽然官职不高,知道的事情却很多。他最清楚皇帝宠信谁、信任谁、听从谁,他知道谁是朝廷的要人,谁是人物。从皇帝亲政以来他就看出,虽然这几个王是皇帝的亲叔父,是先帝的亲弟弟,但是皇帝元恪真正信任的不是他们,而是他的亲舅舅高肇。高肇才是朝廷最有实权的人物。从刚才酒席宴上赵修和元祥的谈话中,从平素伺候皇帝时听到皇帝与高肇只言片语的对话,他意识到,高肇最不放心的是皇帝的几个叔父王,皇帝动手去除了几个,只剩下皇帝还信任的季叔元祥。尽管高肇与元祥关系密切,可他徐义恭还是可以揣测出高肇对元祥的戒备与提防。徐义恭断定,高肇正大睁双眼找机会除去所有王爷。既然高肇对元祥有戒心,他何不利用高肇来除去叫他深恶痛绝的陈扫静、茹皓一干呢? 今后,他要从这里入手。

元祥指着茹皓对赵修说:"以后他还要靠你多照顾点。我们几个可要互相关照才好啊!"元祥意味深长地对赵修眨了眨眼。

赵修明白元祥的暗示。元禧被除以后,元祥建议皇帝把元禧的家产分

沉河艳后:胡灵皇后

217

一部分给赵修,为此,赵修也感激他。赵修得到元禧的家产以后,广增宅舍,在城外强占一个村庄,把村庄百姓赶的赶、打的打全都撵走,在那里盖了一所高大华丽的别墅,顺便把位于皇宫西面的住宅也重新扩建,兼并了附近一些民居,盖了一所不亚于元祥宅院的高门大院,里面高门大堂,阁楼亭台,房庑曲廊,花园水榭,崇丽华美。

赵修对元祥当然心存感激。他微笑着点头,"北海王殿下,你就放心吧。"

"今后有我们弟兄的好日子!来,我们弟兄饮酒!"元祥高兴地喊。

赵修说:"饮酒这么酣畅,可还少点什么呀,怎么就没有几个女娃陪酒呢?"

元祥笑着说:"我们几个没有想着你来,所以没有给你预备啊。茹皓,怎么样,能不能现给叫几个?你那里可是美女如云啊!"

茹皓急忙站起身,"只要赵大人喜欢,下官这就去领几个来,你们先慢慢饮着,我这就去叫,一会就来!"

赵修笑着:"你可要快一点啊。我这里已经等不及了!"一句话说得满座高朋全都哈哈大笑起来。

元祥突然想起什么,他拍了拍赵修,在他耳边小声提醒说:"听说你父亲在病中,你这样玩乐可要小心点啊!"

赵修满不在乎地大声说:"没干系的。他老人家生他的病,还不许儿子玩一玩、乐一乐?他老人家病上一年半载,儿子难道就一年半载没得个乐处?"

洛阳朝官得到赵修葬父的消息,吊唁队伍络绎不绝,大家争抢着上门送礼吊丧送葬。这一日,赵修为亡父出殡,京城洛阳自王公八座以下,百官无不来吊祭,所送的酒犊祭奠器具,填塞门街。礼品多得叫赵修心里暗暗吃惊,他突然生出一种深深遗憾:怎么就一个老父呢?要是多几个垂死老父,他不就发大财了吗?

赵修一身孝装,徐义恭和陈扫静也是孝子打扮,他们俩特意向皇帝告假,前来帮忙张罗。

徐义恭跟在赵修后面,替赵修接受拜祭礼品,累得满头大汗。徐义恭自有他的目的。自从心里酝酿出一个办法以后，他就更加谦恭地接近赵修，赵修对他越来越加信任，正暗自筹划着给他弄个五品官职。不过，父亲死，让赵修把这事暂且搁置下来。

"各县制的碑铭，石柱、石兽，运到地方没有？"赵修问主持杂务的陈扫静。

满头大汗、声音嘶哑的陈扫静哑着喉咙说："到了，到了。"

"发哪个县的民车牛？"

陈扫静献媚地笑着说："大人，这你就不要管了。有茹皓大人全力以赴，他自能调动相关郡县人力的。"

正说着，茹皓匆匆来到赵修前，也是哑着喉咙请示："大人，凶吉车辆百乘，已全部到达，道路供给也已准备就绪，是不是可以出发了？"

"这些供给都要我出资雇佣吗？"赵修笑着问。

"说哪里去了？赵大人是朝廷肱骨，朝廷能不为大人准备此等财物？大人放心，所有这些，还包括墓地营建，全由官府出，不用花费大人一个小钱！"

赵修满意地点头，拍了拍茹皓的肩膀，"好小子！会办事！我不会忘记你的功劳！"说完，朝后面一挥手，大声喊，"走吧！送老爷子上路！"

"起棺！"茹皓大声喊。浩浩荡荡的送葬队伍开拔。

赵修撩起孝袍正要上车，几个羽林郎簇拥着一个官员喊着策马过来，"散骑常侍赵修留步！"

赵修从车上下来，只见殿中常侍赵邕翻身下马，"赵修，皇帝陛下命你现在回宫见驾！"赵修二话不说，甩掉孝袍束麻，侍从牵来坐骑，他翻身上马，马上抱拳对茹皓说："这里一切交与你，由你代劳了！"

徐义恭喊着说："赵大人，我同你一起回宫！"

赵修和赵邕跑马回到宫中，原来皇帝元恪要去射宫玩马射，指名要赵修骖陪。赵修换了骑射小服，窄袖短袍马靴，骖乘陪皇帝元恪出宫。车驾来到东门，皇帝辂车旂竿撞到东门上撞折了。皇帝元恪变了脸色，沮丧地连连摆手，"出师不利！出师不利！罢了，罢了！不去了！不去了！转回去！转回去！"大队折返回宫。

赵修怕赶不上父亲下葬，特求皇帝批准，准许他带着数十个左右随从直接奔父亲葬地。徐义恭也紧紧跟随着赵修，向赵郡房子——他的老家赶去。

赵修带着的几十个禁军部下随从，平素一贯狐假虎威、作威作福，这次跟随赵修虽说是奔丧，却并没改平素习惯，依然嘻嘻哈哈说笑吵闹个不停。赵修也并不在意，任同他们时而狂奔时而慢行，互相打打闹闹、嘻嘻哈哈调笑不断。

路上，一个年轻的少妇正挎着篮子走路。羽林校尉勒住马嚼子止住狂奔的坐骑，让坐骑围着那少妇转了一个圈。羽林校尉哈哈笑着："这娘儿们挺好看的哟！"

羽林军士都放慢了坐骑，赵修赶了上来，端详着被围在中央的少妇，也笑着说："校尉果然好眼力，真的不错，很好看。"

羽林校尉对赵修眨巴眨巴眼睛，"赵大人，一路上弟兄挺辛苦，犒赏犒赏弟兄们，如何？"

赵修哈哈大笑，"由你们吧！"说着，自己打马向前奔去。

羽林校尉转身对羽林军士大声喊："赵大人犒赏我们了！弟兄们，动手吧！"羽林校尉第一个跳下马，向那少妇扑去。其他兵士都号叫着，狂笑着，纷纷从马上跳了下来，围拢过去。

那少妇哪见过这阵势，早已吓得瘫软地上，一团烂泥似的动弹不得，只是哭喊着哀求着："士兵大爷，士兵大爷，饶过民妇吧！饶过民妇吧！"

羽林校尉拿着马鞭拨拉着那少妇的脸，淫亵地狂笑着，"来，先让大爷过过眼瘾！大爷有些日子没见过女人了！"说着，对围拢上来的兵士喊，"剥掉她的衣服，让咱爷们看看！过过眼瘾！"

"对！过过眼瘾！"几个兵士扑上去，你撕我拽，把那少妇衣服全都剥光，露出白花花的肉体。少妇蹲在地上，紧紧抱成一团，拼命遮掩着自己的前胸。

羽林校尉狂笑着抱起少妇，钻入树林，那少妇哭噜着，声音越来越弱。

过了一会，那羽林校尉满脸舒心地笑着从树林出来。"去吧，谁想去，就去吧！"他哈哈笑着对兵士喊。兵士狼一样扑进树林。

徐义恭把所有这一切都暗自记在心中。

3.高肇难安除异己　国舅设计去北海

赵修葬父守孝，皇帝元恪身边少了通直散骑常侍的伺候，茹皓便日夜伺候在皇帝身边，日见宠幸。这一日，皇帝元恪又去华林园游玩，对茹皓新增建的假山很是欣赏。这座建在天渊池旁的假山，采掘北邙及南山佳石造得玲珑剔透，形状怪异，又从汝颖移来嘉木修竹，珍花异草，种植其间，树草栽木，颇有野趣。

元恪在假山中间漫步，穿行在柳荫花丛中，茹皓亦步亦趋，紧紧跟随元恪左右。

"不错，不错。"元恪欣赏着假山，连声夸赞着，"卿这座假山，不亚于那座。"元恪指点着天渊池对面。

"臣感谢皇帝陛下夸奖。"茹皓回答。

"茹皓，朕做主赏赐你个老婆，如何？"元恪心里高兴突然涌上这么个念头。昨天晚上舅父高肇来见他，说起他的家事，说到他有个从妹，近来丧夫新近守寡，希望皇帝做主给她配个王公豪族。元恪眼下看着茹皓，突然想到这件事。

茹皓一听喜出望外，急忙跪下表示感谢："臣谢陛下厚爱，谢陛下恩德！"此时，茹皓已经把他的结发妻子置之脑后，不假思索地一口答应下来，连赏赐的是谁都没顾上询问。只要是皇帝赏赐，哪怕是只猪，他也会感恩戴德地迎娶进门。

"朕把高肇的从妹赏赐于你，明日便迎娶进门，如何？"

"高肇的从妹？"茹皓又一大惊喜。能与当朝国舅爷，最炙手可热的高肇攀亲，今后飞黄腾达还不是易如反掌？

"遵陛下诏命！"茹皓连声说。

"起来吧。"元恪说。

"陛下，迎娶高大人从妹，臣以为臣现在之府邸过于简陋，臣恐高大人见怪，臣恳请陛下赏赐臣宅地一块，为高大人从妹建造一处新宅。"

"好！朕准奏。赏你宫西西明门内处宅地一亩，尽快建造新宅，迎娶新夫人！"

"臣遵旨！"茹皓心花怒放，转瞬之间，他得了三大好处：与高肇联姻，得新夫人一个，得新宅地一大块！为皇帝营建华林园，他既有工匠又有木石砖瓦各色上等材料，他的新府邸一定可以在最短的时间里营建起来，而且规模气派一定要大大超过赵修！茹皓在心里盘算着，脸上露出得意的笑意。

沉河艳后：胡灵皇后

"你笑什么?"元恪看着茹皓俊秀的面庞,向往地问。

"回陛下,臣为陛下赏赐而感到由衷高兴,所以禁不住总是想笑。"茹皓急忙回答,他看着元恪问,"陛下,请问今晚还要臣当值禁中吗?"

元恪点头,"留卿禁内当值。赵修不在,卿留禁中,朕才安心。"茹皓虽然已经一个多月没有回家,但是他知道,正因为能够禁中当值,他才有门下奏事权力,他的身价在这些日子里才陡然升起来,朝官们纷纷上门送礼求他关照,近来,家里财富也是日日见涨,有时是日进斗金啊。

茹皓陪着皇帝元恪回到皇宫,正好遇到高肇和元祥求见。茹皓谦恭地抱拳作揖,谦卑地对高肇说:"以后还请兄长多多关照。"

高肇有些愕然。

皇帝元恪急忙解释:"朕把从姨母赏配给茹皓。"

元祥急忙向茹皓表示祝贺:"祝贺你喜结良缘啊!"

高肇不大喜欢茹皓,听了元恪的话,也只好装出很欢喜的样子笑着说:"从妹终身终于有所依托,我也放心了。以后,希望茹大人好生照顾从妹。"

"兄长尽管放心,小弟一定会像保护自己的眼珠子一样保护令从妹的。"茹皓笑嘻嘻地说。

元祥在一旁笑着,"什么时候大喜? 我要及早备一份厚礼送上,以表庆贺和我的一点心意啊!"

茹皓不敢太冷落皇帝元恪,乖巧地说:"臣等皇帝陛下诏令呢。"

高肇冷眼旁观着元祥,心里想:北海王这么起劲拉拢茹皓,他想干什么? 想在皇帝身边安插他的心腹,还是加紧拉拢私我?

高肇对元恪的几个叔父王爷总是放心不下。在他看来,与元恪争夺权力的只能是这几个叔父王爷,他们最有实力,他们仗恃皇叔的身份,萌生篡夺皇位之心的可能性最大。元禧去除了,元羽死了,元勰赋闲在家,元雍在外,朝内只剩这北海王元祥,可是这北海王元祥依然大权在握,司徒和录尚书事的位置依然很有实权。这元祥可靠吗?

高肇思忖着。元祥会不会萌生抢夺外甥皇位的异心呢? 这问题开始盘旋在他的脑海里,挥之不去。高太妃那里一直训练准备进宫的几个女娃,这也会助长元祥的野心。该让那些女娃进宫了。

高肇白皙的脸上,冷然阴险地闪过一丝冷笑。他的内心深处又响起那个频频出现的声音:元氏魏国天下,将来一定要由高氏家族主宰! 这声音近来越来越响亮、越来越频繁地在他内心深处轰响。

高肇近来对元氏宗室更加气恼,原来他听说宗室元匡造了一口柏木大棺置于厅事,屡屡扬言说要舆棺谏诤,论高肇罪恶自杀切谏。

元匡,子建扶,性耿介,有气节,为景穆帝子广平王洛侯之过继子。高祖很器重他,说:"叔父必能仪形社稷,匡辅朕躬,今可改名为匡,以成克终之美。"元恪即位,累迁给事黄门侍郎。

"简直是活腻味了!"高肇恨恨地自言自语。皇帝陛下委政于高肇,朝廷倾惮,唯元匡与之抗衡,常无降下之色。这元祥是不是想以元匡为榜样呢?

高肇回到府邸,与他的心腹散骑常侍兼御史中尉甄琛密谋。

甄琛,字思伯,中山人,自己说是汉代太保甄淯后人。他个头矮小,举止粗俗,长着一张满是疙瘩的橘皮脸,眉毛又短又粗,一双三角眼,总闪烁着探究、疑惑的光,一眼看去,就是一个天生的奸臣相。甄琛原本与赵修同在太子东宫为黄门侍郎,元恪即位,赵修得势,他曾依附于赵修,在赵修的保举下,转到高肇门下,官升散骑常侍,被高肇举荐为御史中尉,与崔亮一起在御史台管事。信奉有奶便是娘的甄琛使出浑身解数,巴结奉承高肇,很得高肇的宠信,成为高肇的心腹之一。

"甄琛啊,你说,北海王元祥现在怎么样?"高肇端着茶碗,用盖子拨弄着茶水中的茶叶,好似无心地随意问甄琛。

甄琛眨巴转动着小眼睛,急速地揣摩着高肇问话里的深层含义,小心翼翼地给了个试探性的答案:"司徒北海王还是很勤勉的啊!"

高肇抬起眼睛,咄咄逼人的目光盯住甄琛,追问着:"朝内外人心都这样以为?"

甄琛已经揣摩出高肇的真实用心:高肇开始妒忌元祥权高位重了,自己说话可要小心,不要让他产生误解。甄琛在心里警告自己。

甄琛谄媚地笑着:"那倒不是。也有些朝臣以为北海王权位太高,权力过大。北海王权力太大,会不会对高大人不利啊?"

高肇点头:"陛下委任我领吏部,可他北海经常干预吏部事务,不断推荐官员,像刘胄、茹皓等人,都是靠着他的推荐得以在朝内为官。你说,他北海

沉河艳后:胡灵皇后

223

王是何居心?"

"这不是明摆的,北海王想笼络私我,拉帮结派。"甄琛专门挑拣着高肇想听的说。

"有此迹象。"高肇呷了一口清茶,品了一会,才咕噜一声咽了下去,把茶碗放到桌子上,身子靠在椅背,双手轻轻拍着扶手,沉思着说,"权力这么大,会不会产生不轨之心、非分之想啊?"

甄琛急忙凑了过去,脸上的每一粒红色疙瘩都在谄媚地笑着:"大人心有不安,不如私下访查访查。把此事交于下官,让下官私下查访,看看他有无不轨之蛛丝马迹。大人以为如何?"

"好!此事就交付与你,此事办成,立刻官升一级,给你个右二品的中书监,与我平起平坐。怎么样?"高肇眼睛一亮,坐直身体,兴奋地说,用赞赏的眼神看着甄琛,他的目光在夸奖着甄琛的聪明。高肇就喜欢如此聪明、精明的部下,不用多说一句,立刻领略了说话人的真正用意。

甄琛受宠若惊。高肇这人说话算话从不食言,只要他亲口答应许诺的事情,他一定会兑现。甄琛见过那些携重礼上门请求关照的人,只要让高肇满意,用不了多长时间,各个都高升了。"伏之者旬月高升,背之者立即获罪。"甄琛这么总结高肇的性格。

甄琛深深作揖,一揖到地,"谢大人恩德!甄琛不才,办此事尚游刃有余。大人暂且耐心等待旬日,下官一定把元祥作为详细禀报上来。"

高肇想了想,又指示说:"首先查访他有无结党朋比之事。若有,要把同党查访个清清楚楚!对,看看赵修与他关系如何,我总觉得他正在陛下身边精心拉拢亲信!"

甄琛心中一惊:自己曾经与赵修关系非同一般,自己父兄的官位都是靠赵修保荐得来的,不知高肇是否记得?如今高肇怀疑赵修,自己该如何是好?是替赵修掩饰,还是极力顺从高肇意思,把赵修弄到元祥同党一边?

甄琛眼睛转了几转,立刻做出决定,不管事实如何,还是坚决顺从高肇的意思办事!顺他者昌,逆他者亡,甄琛可不想亡,不管赵修是不是元祥同党,也要坚决依照高肇的心意把赵修定为元祥同党。赵修这小子眼下炙手可热,权势熏天,早就令朝臣侧目而视。让高肇除去这小子,未必不是一件好事!甄琛幸灾乐祸地想:赵修也该鸿运到头了。

十天以后，甄琛带着徐义恭前来拜见高肇。

徐义恭扑通一声，先给高肇磕了个大响头。高肇认识皇帝元恪身边这主衣黄门侍郎。高肇对皇帝身边这些小人，都很客气尊重，这是他从文明太后那里学来的。不要小看皇帝身边这些小人，他们不过一些受阉割的残人，虽然人微言轻，但是他们与皇帝朝夕相处，皇帝的一切事情他们都知晓。他们的好恶爱憎，也经常有意无意地影响到皇帝，他们在皇帝身边一句话，可能就让一个人倒霉运。他们虽然成事不足，却败事有余。文明太后对高官威严，对身边的这些小人却很是亲热慈祥，她得到王遇、抱嶷、符成祖等内监的多少帮助啊！

高肇亲热地微笑，用一种十分亲切甚至有些亲昵的语气说："小徐啊，今日什么风把你给吹到寒舍来了？你可是从不登我的门的啊！快起来，起来！"说着，他竟附身下去，亲自搀扶着徐义恭站了起来。

受宠若惊的徐义恭诚惶诚恐地看着高肇，连声说："高大人说到哪里了，小的哪敢贸然上大人府上叨扰啊！不是甄琛大人引领，打死小的，小的也不敢上高大人门！"

高肇笑着问甄琛："你为何事把小徐领到这里来？"

甄琛笑出一脸疙瘩，"大人，他有重要情况想禀报大人。"

"哦？什么情况？"高肇很有兴头地扬起眉毛，灼灼放光的眼睛逼视着甄琛和徐义恭，"可是关于我想要的？"

"是的，正是大人想知道的！"甄琛压低声音说，从怀里掏出一沓写着密密麻麻小字的白色桑皮纸，双手捧着送到高肇眼前。

高肇接了过去，很快地浏览着。上面详细记载着北海王元祥宴请茹皓、刘胄、常季贤、陈扫静、赵修等人的时间，谈话内容，还记载着赵修葬父期间的各种不轨举动。

"好！太好了！"高肇忘情地猛然高喝，同时猛地一拍桌子。

徐义恭吓得激灵了一下，连甄琛也愣了。

"果然如老夫所料，结党营私，朋比为奸，图谋不轨，狼子野心现了出来！"高肇冷笑着，扫了徐义恭一眼，"这都是你记录的吗？"

"是的，是小人留心记载下来的。"徐义恭恭敬地回答，眼巴巴地盯着高肇的脸，像只等待主子赏赐骨头的狗。

沉河艳后：胡灵皇后

225

"这赵修,葬父途中淫乱百姓,真是禽兽不如!"高肇又浏览了一下,愤怒地喊。

"臣下还查访出一件事情。"甄琛媚笑着凑到高肇身边。

"说吧!啰唆个啥?"高肇白了甄琛一眼。

甄琛急忙说:"臣下还查访出赵修曾经与长安人赵僧镖私谋,欲私下藏匿一枚玉印,不知是何居心?"

"果然居心叵测啊!"高肇叹息着,"谋匿玉印,不是谋反,又是什么?老夫这就进宫去见皇帝!走,徐义恭,跟我进宫,把你记的这些都禀告给皇帝!"

徐义恭看着高肇,期期艾艾地说:"北海王宴请之事,原本也有小人参与。请高大人还要在皇帝面前替小人遮掩才是。"

高肇点头:"也罢,就替你遮掩吧。以后,你在皇帝面前要少说话,只勤勉小心办事,不会牵连于你的。"

"感谢高大人恩德。"

元恪在宫中佛堂参佛,他喜爱沙门之学,经常与沙门一起讨论佛经佛义。赵邕前来禀报,说典事史前来敬献四足四翼鸡。

"四足四翼鸡?"元恪惊讶地说,"闻所未闻。朕只见过两足两翼鸡,从未听说四足四翼鸡。如此怪异,朕不敢见,须先问吉凶。携鸡去见太常卿崔光,问过吉凶之后再行定夺。"

赵邕去见太常寺见太常卿崔光。

崔光,本名孝伯,高祖赐名为光,字常仁。清河人,崔亮的从兄。十七岁的时候,随父徙代。家贫好学,昼耕夜读,佣书以养父母。太和六年,拜中书博士,转著作郎,迁中书侍郎,后迁升为太子少傅、侍中。崔光为人宽厚、大度,喜怒不形于色,有毁恶之者,必善言以报。多次谦让官职给他人,很得高祖和同僚称道。元恪即位,他转太常卿。

赵邕抱着四足四翼鸡去见崔光。崔光把玩着这五色灿烂的锦鸡,沉思着,在这只锦鸡身上寻找不寻常的征候,从现象中寻找着治国为政的微言大义。

崔光对元恪即位以来的政事有诸多忧虑,他很想谏诤一下,可是他又没有这胆量。朝里有赵修等人控制皇帝,朝外有高肇等人专政,他谏诤不是自己找死吗?借古讽今,是谏诤的常用手法,他何不借此向皇帝进言呢?崔光果然饱学多识,他略加思索和构思,提笔唰唰写了起来。他写了一篇载于史册的表奏,用借古讽今的手法情真意切地谆谆劝谏皇帝清明为政。

崔光写道:

"臣谨按:《汉书五行志》:宣帝黄龙元年,未央殿路軨中,雌鸡化为雄,毛变而不鸣不将,无距。元帝初元中,丞相府史家雌鸡伏子,渐化为雄,冠距鸣将。永元中,有献雄鸡生角。刘向以为鸡者小畜,主司时起居,小臣执事为政之象也。言小臣将乘君之威,以害政事,犹石显也。敬宁元年,石显伏辜,此其效也。灵帝光和元年,南宫寺雌鸡欲化为雄,一身毛皆似雄,但头冠尚未变。诏以问议郎蔡邕,邕对曰:'貌之不恭,则有鸡祸。臣窃推之,头为元首,人君之象也,今鸡一身已变,未至于头,而上知之,是将有其事,而不遂成之象也。若应之不精,政无所改,头冠或成,为患滋大。'是后张角作乱,称黄巾贼,遂破坏四方,疲于赋役,民多叛者。上不改政,遂至于天下大乱。今之鸡状虽与汉不同,而其应颇相类矣。向、邕并博达之士,考物验事,信而有证,诚可畏也。

臣以邕言推之,翅足众多,亦群下相扇助之象,雏而未大,脚羽差小,亦其势尚微,易制御也。臣闻灾异之见,皆所以示吉凶,明君睹之而惧,乃能招福;暗主视之迷慢,所用致祸。《诗》《书》《春秋》,秦、汉之事多矣,此陛下所观者也。今或有自贱而贵,关预政事,殆亦前代君房之匹比者。南境死亡千记,白骨横野,存有酷恨之痛,殁为怨伤之魂。义阳屯师,盛夏未返,荆蛮狡猾,征人淹次。东州转输,往多无还。百姓困穷,绞缢以殒。北方霜降,蚕妇辍事。群生憔悴,莫甚于今。此亦贾谊哭叹,谷永切谏之时。司寇行戮,君为之不举,陛下为民之父母,所宜矜恤。国重戎战,用兵犹火,内外怨弊,易以乱离。陛下纵欲忽天下,岂不仰念太祖取之艰难,先帝经营勤劳也。

诚愿陛下留聪明之鉴,警天地之意,礼处左右,节其贵越。往者邓通、董贤之盛,爱之正所以害之。又躬飨加罕,宴宗或阕,时应亲肃郊庙,延敬诸父。检访四方,务加休息,爱发慈旨,抚赈贫瘼。简费山池,减撤声饮,昼存政道,夜以安身。博采刍荛,进贤黜佞。则兆庶幸甚,妖弥庆进,祯祥集矣。"

崔光写罢,又读了一遍,稍微改正几个错字,交与赵邕带回宫中。

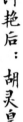
沉河艳后:胡灵皇后

赵邕刚进宫门，见高肇匆匆而来。"高大人，觐见皇帝陛下啊？"

"是的。"高肇笑眯眯地走上来，亲热地拍着赵邕的肩膀，问，"赵大人哪里去了？"

赵邕扬了扬手中的纸，笑着说："陛下诏太常卿崔光占卜一下四足四翼鸡之吉凶。"

"哦？太常卿奏了些什么？"高肇立时警觉起来，他笑眯眯地看着赵邕，那眼光却已经阴鸷了许多。

赵邕急忙把手中写字的纸递给高肇，讨好地说："请高大人过目。"

高肇展开崔光的奏折，仔细读了起来。虽然崔光没有明说什么，可高肇总觉得这奏折里字里行间有着一种不利于他的含义。他想：这奏折还是不要现在交给皇帝元恪阅读的好。他笑了笑，折叠起崔光的奏折，对赵邕说："让我亲手交给陛下吧。"

赵邕只好点头答应。

高肇和赵邕一起来到澄銮殿见元恪。高肇把御史台的弹劾交给元恪。

元恪惊愕地看着手中的一沓桑皮纸，很快地浏览了一遍。上面写着赵修葬父途中奸淫民妇、抢掠民财、鞭笞百姓等种种暴行。

元恪愤怒得手都有些发抖，"这……赵修……真的如此兽行？"

"是的。"高肇恭谨地回答，"御史台还接到另外一些大臣的弹劾表奏。"

元恪与废太子元恂一样，从小在文明太后为皇子皇孙所设的皇子学馆里接受儒学教育，对孝道极为重视。父亲高祖经常劝诫他们，为他们讲儒家孝道，因此，他从小就极为尊奉孝道，对不孝之人甚为厌恶。没想到，他身边居然就藏着如此大不孝的人，竟然还是他的亲信。好一个赵修，太子东宫陪伴他多年，竟是如此禽兽！元恪的脸涨得通红，他对赵修如此大逆不道、不孝不义的悖逆十分愤怒。

元恪顿脚喊着："立刻捉拿赵修，让他来见朕，朕要亲自审问他！"

高肇小声劝慰着："陛下，少安毋躁！赵修之事权且搁置一下，请陛下接着阅读。臣为后面的事情担忧！"

元恪看了看高肇，顺从地往下读去。下面揭发北海王元祥结党于茹皓、刘胄、常季贤、陈扫静等人。

"有这么严重吗？不过是在一起吃喝饮宴罢了，怕还不能算是结党吧？"

元恪读完，抬眼看着高肇，满脸惶惑地问。

高肇心下有些着急，这皇帝外甥果然糊涂懦弱古董，怎么会说出这种话？这还不算结党，难道要等他明火执仗来抢夺皇位，才算结党吗？

高肇心下着急，却还是微笑着看着皇帝元恪，平静缓慢地说："陛下，古人说，未雨绸缪，方可成就大事。北海王正在绸缪中，不可掉以轻心。当初，元禧谋反，不也是如此吗？陛下难道忘了不成？赵修私自藏匿玉印，狼子野心不已经昭然若揭了吗？陛下，请看太常卿崔光表奏，这是他对敬献四足四翼鸡的解释。连崔光都对眼下表示担忧呢。"

元恪翻看着。崔光说："翅足众多，亦群下相扇助之象，雏而未大，脚羽差小，亦其势尚微，易制御也。臣闻灾异之见，皆所以示吉凶，明君睹之而惧，乃能招福；暗主视之迷慢，所用致祸。"崔光所言正如眼下事实。

元恪沉默了。群下扇助之象，不是指赵修此等人吗？

元恪看着舅父高肇，不好意思地搔了搔后脑勺，喃喃地说："舅父所言极是，果然是结党。"

高肇看着元恪对他言听计从的模样，不由得露出得意扬扬的微笑。他已经完全掌握了元恪的性情脾气，不怕他不听命于自己，懦弱又没有主见的元恪只能依赖他这舅父的帮助了。

"既然是结党，陛下不可不先发制人。孙子兵法说，先发制人，后发制于人，陛下要先发制人的好。"高肇进一步劝说。

"舅父以为如何动作呢？"没有主意的元恪急忙征询高肇的意见。

高肇微微冷笑着，"我以为，必须先除去陛下身边异己，而后一网打尽北海王的朋党。剪除多余羽翼，北海王势单力孤，就无计可施。"

元恪点头："就依舅父所言。"

"请陛下下诏，除去赵修。"高肇笑着提醒。

元恪为难地搔着头皮，"赵修在朕身边多年，恭谨勤勉，忠心耿耿，朕于心不忍。舅父，能否网开一面？"

高肇笑着，"陛下一向仁慈，人所共知。可是，奸佞不除，国朝难安，陛下还是要以国朝大局为重啊！"

元恪说："那也就只好如此了。御史台以为如何处罚呢？"

高肇说："御史中尉以为，赵修罪大恶极，罪不可逭，应处以大辟，以儆

效尤!"

元恪苦着脸,眉头紧皱。赵修跟着他多年,小心谨慎,恭谨勤勉,他实在不忍心下如此诏命。元恪想了一会,对高肇说:"朕即下诏。"

高肇急忙亲自伺候笔墨。元恪慢慢踱着步,边想边慢慢措辞,从小在皇子学馆里修习四书五经,被文明太后和父亲孝文皇帝严厉监督着学习,元恪写文章还是相当不错的,他略加思忖,出口成章:

"小人难育,朽棘不雕,长恶不悛,岂容抚养。散骑常侍、镇东将军、领扈左右赵修,昔在东朝,选充台皂,幼所经见,长难遣之。故篡业之初,仍引西禁。虽地微器陋,非所宜采;然识早念生,遂升名级。自蒙洗濯,凶昏日甚,骤佞荐骄,恩加轻慢。不识人伦之体,不悟深浅之方,凌猎王侯,轻触卿相,门宾卷士,嚣气豪心,仍怀鄙塞。比听葬父,侈暴继闻。居京造宅,残虐徒旅。又广张形势,枉生矫托,与雍州人士赵僧镖等阴相传纳,许授玉印。不轨不物,日月滋甚。朕犹悯其宿隶,每加覆护,而擅威弄势,侏张不已。法家耳目,并求宪网,虽欲舍之,辟实难爽。然楚履既坠,江君徘徊;锺牛一声,东向改衅。修虽小人,乘侍在昔,极辟之奏,欲加未忍。可鞭之一百,徙敦煌为兵。其家宅作徙即仰停罢。所亲在内者悉令出禁。朕昧于处物,育兹豺虎,顾寻往谬,有愧臣民,便可时救申没,以谢朝野。"

高肇一边抄写,一边心里冷笑着:赵修啊,赵修,别以为皇帝能救你的命!你和元祥狼狈为奸,我不会让你活过明天!

高肇记完元恪的诏令,展开给元恪读了一遍。元恪点头,挥手说:"去宣读诏书罢!"

这一天,于皇后听说父亲于禁身体违和,有些小恙,就派赵修去领军于禁府邸探望。赵修与于禁关系甚好,他兴冲冲来到于禁府邸。于禁听说赵修特意前来慰问,忙着迎接他进府。

"领军大人,于皇后派我前来探望。不知贵体可安康?"赵修兴高采烈地揽着于禁的肩膀,笑呵呵地说。

"多谢皇后挂念。不过偶染风寒,饮过葱白发散汤,出了一身透汗,已经痊愈。难得赵大人亲来府上,今天多陪老夫些时辰。老夫这两天也正闷得慌呢!"

"好啊，我也正想与老兄比个高低呢！"赵修哈哈笑着，与于禁对面坐了下来。两人都喜欢玩樗蒲，一见面就要杀个天昏地暗。樗蒲从汉代兴起，一直持续到现在，无管贵贱，不分老幼，都喜欢玩。

于禁叫苍头铺上彩绣的锦缎樗蒲枰，摆放出自昆山的上等玉石琢磨的杯，上等紫檀木雕刻的五块木，蓝田玉石琢磨的矢，玄犀象牙雕刻的马，开始对攻。杯为上将，临敌攘围，木为君副，齿为号令，马为翼距。

于禁掷了齿，在坪上向前挪动马，他的策略是先攻取对方的君副五木，而后直取大将杯。可惜马在前进中遇到枰上的陷阱，只好停了下来。

赵修哈哈笑着，掷骰子齿，挪动自己的步卒矢向对方杯攻去。

于禁和赵修你来我往，慢慢移动着马和步卒，部署着战局，目光灼灼地紧紧盯着上将杯，都想一下子把"杯"攻取到手。

"臭手！"看到于禁的马又掉进锦缎枰上的陷阱，赵修得意地哈哈大笑，一边嘲笑着于禁。于禁也不示弱，也是骂骂咧咧地嘲笑着赵修："你才臭篓子呢！被高山挡住了吧？还笑我呢！"

两人玩得正难解难分，忽然有羽林校尉带着几个羽林军士闯了进来，见了赵修便大声嚷嚷起来："赵大人，皇帝陛下要你立刻回宫！"

赵修慌里慌张站了起来，推过樗蒲枰，对于禁说："于大人，下次再与你比试，我要赶紧走了！"

赵修跟着羽林校尉回宫。刚出于禁府邸不远，又一队羽林兵围了上来，校尉马上喝喊着："奉皇帝诏令，拿下罪人赵修！"

几个羽林冲上来，七手八脚要来捆绑赵修。赵修大声喊着："好大胆，你们敢假传皇帝诏命！看你谁敢来！"说着，飞起一脚，平地旋转，扫堂腿风火轮般旋转了一个圆圈，把几个羽林一下子全都扫倒在地。校尉又命更多羽林上前，一番挣扎，终于制服了赵修，把他捆了起来，带到御史衙门，御史中尉崔亮和吏部尚书郎甄琛在等着审问。

吏部尚书郎甄琛和御史中尉崔亮并排坐在衙门大堂上，羽林把赵修推了上来。

"崔中尉，我到底触犯什么律条？"赵修梗着脖子，脸红脖子粗地嚷嚷着，瞪着牛一样的大眼。

崔亮拍着面前的惊堂木，大声喊着："大胆赵修！胆敢咆哮公堂！来人，

沉河艳后：胡灵皇后

重鞭一百!"

　　一声吆喝,上来五个壮汉,各自执着牛皮鞭,把赵修按倒在地上,轮流抽打起来。皮鞭呼啸着,带着尖锐的哨声,落在赵修的背上。赵修肥健强壮,腰背博硕,皮鞭抽打着,他既不喊叫呻吟,也不挣扎,竟动也不动,任由兵士抽打。兵士一直抽打三百鞭,才停了下来。体无完肤、浑身鲜血淋淋的赵修,勉强挣扎着说:"看来你们是秉承高肇意思,想置我于死地了! 我要见皇帝陛下!"

　　甄琛不好意思与赵修目光相遇,他掉转目光看着旁边,尴尬地笑着:"皇帝有诏,鞭笞之后,徙敦煌为兵! 来人! 送罪人赵修上马!"

　　赵修无望地任羽林士兵把他拖了出去,心里充满悲哀和绝望,他知道自己根本见不到皇帝。见不到皇帝,他的小命也就没了保障! 伤痛加上心痛,赵修终于忍不住唏嘘着泪如雨下。他的老母,他的妻子,他都见不到了! 想不到刚才还势如中天、炙手可热、作威作福,以为永远可以做人上人的他,转瞬之间,便沦落到如此凄惨的下场。

　　几个羽林把赵修拖到马背上,甄琛叫来羽林校尉悄悄叮嘱了几句,塞给他一些钱。校尉带着羽林兵赶着驮赵修的马出了城西门,赵修在马背上已经坐不住,摇晃着差点摔下马。校尉让士兵用绳子把赵修牢牢捆在马背上,打马急驰,奔腾而去。出城不过八十里地,赵修就气绝身亡。

　　赵修以罪被高肇秘密处死,高肇并不追究甄琛依附赵修之事,但是有人却不想放过甄琛。

　　尚书邢峦就是其一。邢峦,字洪宾。少而好学,博览群书,有文才干略,加上美须髯,姿貌壮伟,被李冲收为中书博士,后迁为员外散骑侍郎,很得高祖重用,升迁为散骑常侍、兼尚书。元恪即位,依然为散骑常侍、尚书。

　　邢峦讨厌甄琛,缘自甄琛的一次请客集会。当时客人都来到了,只有邢峦姗姗来迟,早就心中不快的甄琛讥诮邢峦说:"卿何处放蛆来,今晚始顾?"众宾客都哄堂大笑,让邢峦面红耳赤难以下台。从此以后,邢峦一直小心留意甄琛举动。

　　赵修得罪,本应该由吏部尚书出面弹劾,但身为吏部尚书的甄琛俛眉畏惧,不能绳纠贵胄,凡所劾治,多为下吏,百官评价甄琛是只会拍乌蝇,不敢打老虎。赵修奸诈，吏部尚书和御史中尉本该早日弹劾，但甄琛拖延不办，直到事情大白于天下，他才出面追究。他平素阿附赵修，靠赵修申达，为父兄讨得官职，居然可以不受牵连？

邢峦越想越以为天道不公。邢峦亲自写了弹劾奏折，交与录尚书事、司徒公元祥。奏劾说：

"臣等闻党人为患，自古所疾，政之所忌，虽宠必诛，皆所以存天下之至公，保灵基于永业者也。谨按：侍中、领御史中尉甄琛，身居执法，纠摘是司，风邪项黩，犹宜劾纠，况赵修奢暴，声著内外，侵公害私，朝野切齿。而琛尝不陈奏，方更往来，绸缪结纳，以为朋党，中外影响，致其谈誉。令布衣之父，超登正四之官；七品之弟，越陟三阶之禄。亏先皇自豪选典，尘圣明之官人。又与武卫将军、黄门郎李凭相为表里，凭兄叩封，知而不言。及修衅彰，方加弹奏。生则附其形势，死则就地排之，窃天下之功以为己力，仰欺朝廷，俯罔百司，其为鄙诈，于兹甚矣。不实不忠，实合贬黜。谨依律科徒，卿以职除。其父中散，实为叩越，虽皇族帝孙，未有此例，既得不以伦，请下收夺。李凭朋附赵修，是亲是仗，交游之道，不依恒度，或晨昏从就，或吉凶往来，至乃身拜其亲，妻见其子，每有家事，必先请托。缁点皇风，尘鄙正化。此而不纠，将何以肃整阿谀，奖励忠概！请免所居官，以肃风轨。"

元祥手执奏章沉思默想，不知道如何处理这奏章。隐瞒不报，邢峦追究起来，会遗祸自己。趁此机会，以追究赵修同党为名除去一些异己，不是很高明吗？甄琛为高肇铁杆，除一个少一个，难道不是好事吗？真正结党的，恐怕是高肇吧？元祥对高肇的专权，也已经有些惴惴不安了。

元祥邀元英、邢峦等人，递上奏劾。正被赵修一事弄得满头冒火的元恪阅了奏劾，立即批示：可。甄琛免官职归本郡，左右相连死黜者三十余人。

不过，甄琛得到高肇庇佑，免官不久，又召回京师为官，近六十岁的他娶了一个年仅二十岁的姑娘。元恪死了以后，新皇帝追究高肇同党，出为徐州刺史，他又依附崔光，征为车骑将军，拜侍中。以其年老体衰，诏赐御府杖，朝值挂杖出入。正光五年（524年）卒，赠司徒公，谥"文穆"。后被吏部郎袁翻上奏取消。此为后话，不提。

沉河艳后：胡灵皇后

4.仗势欺人为非作歹北海王　机关算尽难逃一劫季皇叔

正始元年(504年)夏日五月的一天,天气很好,清风吹拂,晴空万里,洛阳城里人来人往。一队人簇拥着两辆步挽从华林园旁的司徒北海王府邸出来,向东掖门大路走来。穿着北海王府衣服的羽林们在前面吆喝着开道。这是北海王携母亲高太妃出来视察他新近正在建造的新王府。

北海王元祥这些日子很是忙碌,城里城外的府邸已经重新扩建,挖山开池,修建亭台楼阁,轩榭廊宇,充盈珍花异草,遍植嘉木修竹,广列奇山宝石,把皇帝常去的南第建得与仙境一般。听说司徒、录尚书事北海王扩建住宅,有所求想依靠的群小纷纷呈献珍奇异物,进献珍宝财物,北海王和他的母亲高太妃来者不拒,统统纳取。正如《魏书·北海王列传》里所说:"贪冒无厌,多所取纳,公私营贩,侵剥远近躄狎群小,所在请托。珍丽充盈,声色侈纵。"两处豪宅,依然满足不了北海王越来越膨胀的占有欲望,他又在东掖门外大路之南,圈占了一处土地,正在忙着起宅。

今天,专营建造的王府长史带着他和高太妃去视察新府邸建造情况。东掖门大路南,是一个住十几户人家的小坊,有很大一片空地,是一个菜市,城东的菜农来这里卖菜,城内东区的市民来这里买菜。十几户人家的小坊是元恪于景明二年(501年)建立起的几百个民坊中的一个,住户有卖小食的,有做一些针头线脑小生意的,也有一些钉锅补鞋的百姓。自从北海王要圈占这块土地盖他的府邸,这些人家就没有一天好日子过。北海王府的羽林士兵天天上门赶他们搬家。可是,他们往哪里搬呢?俗话说,穷家难舍,穷家值万钱,他们已经在这里安家落户,已经在这里盖了房,置办了家居,如今说搬就让他们立刻搬,他们连个可安家的地方都找不到,更不用说有钱盖房了。没有房,没有一个遮风避雨的地方,他们上有垂垂老人,下有嗷嗷待哺乳儿,让他们如何生活?可是,凶神恶煞似的羽林军士羽林校尉没有人听他们诉苦,只是挥舞着皮鞭逼迫他们在三两日内搬离这里。

"还没有搬完啊?"北海王搀扶着高太妃走下步挽,看着眼前那些房屋和被羽林羽林军士从房屋里赶出来的男人、女人、小孩、老人,生气地问,"怎么这么慢?都过去三日了,为什么还没搬完?"

高太妃冷眼看着面前的景象,也是很不满意:"瞧瞧,还剩这么多人家没有拆,这什么时辰才能开工啊?"

羽林军士正甩着皮鞭,抽打那些不肯搬离家园的市民。一个白发苍苍的老婆婆和老公公被几个羽林士兵推搡着倒在地上,羽林士兵冲进他们的家门,把里面的锅碗瓢盆哗啦啦扔出门外,把破旧的棉被衣物也扔了出来,破被褥发黑的棉絮与花花绿绿的破旧衣服,散落一地。

一个浑身孝服腰间扎着麻绳的男人从两个羽林军士拉扯中挣扎着冲了过来,大声哀求着:"北海王爷,你行行好吧!我阿爷刚刚去世,还没有出殡,你就宽限几日,等我安置了我阿爷,再来搬家!你看,我阿爷还停棺在门前呢!"

北海王元祥顺着那男人的手看了过去,一个民房前果然停着一口黑色柏木大棺,前面点燃着蜡烛,焚烧着黄纸,燃放着柏树叶,十几个穿孝服的大小男女跪着,哀哀地哭着。

元祥啐了一口,扭过脸去,厌恶地朝长史说:"让他立刻搬走,要不就让士兵替他搬走!"

长史随即命令士兵:"快去把那棺木搬到大路那边去!"

羽林校尉立即带领着几十个士兵,七手八脚,连抬带拖,把棺木搬离了原地。男人女人,大人小孩与士兵拉扯着,被士兵拖拉着倒在地上,男男女女,老老少少,一阵撕心裂肺的哭号声夹杂着哀告咒骂,在滚滚黄尘中翻腾。

羽林士兵挥舞着手中皮鞭,抽打在那些孝子孝孙的头上背上,把棺木拖到大路边上。孝子孝孙哭喊着,扑到棺木上,号啕大哭。

北海王搀扶着高太妃,在随从苍头、丫鬟、士兵的簇拥下,慢慢行,慢慢看,一边规划着:"这里建大门,那里建堂屋。"北海王指点着,"那里做后花园,挖个大池,中间堆个假山,修一个楼阁,就像华林园的天渊池一样。母亲,你看如何?"北海王笑嘻嘻地指点着,问着高太妃。

"好啊,一切照华林园的布置建造。不过,钱财可够?"高太妃笑着,巡视着周围,漫不经心地问。

"母亲就不必操心了,我有办法。"北海王笑着。

元祥陪着高太妃慢慢行,慢慢巡视。

羽林士兵已经把原有住户人家全都赶走,正在开始拆房,一团一团的尘

沉河艳后:胡灵皇后

土飞扬着扑了过来。元祥急忙搀扶着高太妃快走,"我们回去吧。这里太脏了,别呛着母亲。"

高太妃点点头,与元祥上了步挽,"告诉他们,要赶快建造起来。这冬天一到,就不好施工了!"高太妃严厉吩咐长史。

此时,元恪皇帝正在东堂召见御史中尉崔亮。

"朕召卿入禁,是问茹皓等人。有大臣表奏,议论茹皓、常季贤、刘胄、陈扫静等人谋结同党,图谋不轨,不知卿可有所闻?"

崔亮表面上方正,但内里很是识时务,甄琛免官以后,高肇继续保举他连任御史中尉,他很感激高肇。

高肇想通过重用来利用他,这一点崔亮看得很清楚,但是,他不敢得罪高肇。眼下高位来得太不容易,他不能轻易放弃。得罪高肇,不按照高肇意图办事,就无法担保他的高位。所以,他对高肇也是言听计从。在皇帝召见他之前,高肇早就把想弹劾赵修、茹皓等人的意图向他透露过,暗示过。崔亮正是秉承高肇意愿,亲自部署一些大臣上表弹劾茹皓等人的。

崔亮满脸凛然正气,义正词严地说:"陛下所言极是。茹皓等四人果然朋比结党,图谋不轨。且擅权纳贿,聚众私乱,群情沸腾,民怨载道。御史台弹劾,决定为民除害。请陛下明断,下诏罪之。"

元恪白皙肥胖的脸上露出愠色,"朕一向信任茹皓,没想到他竟如此张狂,真是可恶至极!"元恪背着手,在殿里走来走去,很是暴躁。

"陛下,御史台还有表奏呢!"高肇从自己怀里掏出另外的表奏双手捧着交给元恪,"这是弹劾司徒北海王元祥弄权专权、行贿谋私、结党谋逆的各项罪状!请陛下过目!"

元恪接了过来,草草浏览着。果然,表奏上罗列了元祥桩桩件件行贿受贿、奢侈豪华、淫乱腐化等罪状,都铁证如山。元祥与茹皓四人关系密切,吃喝宴饮,不分你我,互相关照,互为表里,阴相谋划,图谋不轨!

这是怎么回事?身边竟没有一个可靠之人!元恪恼怒地跺着脚。刚除去赵修,这里又有御史台参劾茹皓等四人,而且还牵扯到他一直信任的季叔元祥。元祥与此四人结党营私,不是图谋不轨,又是什么呢?还是舅父高肇分析透彻,他元祥如今权高位重,其狼子野心也膨胀起来了。趁茹皓四人事件,剥夺元祥权力,正是一举两得,一石二鸟。

可是元恪又有些犹豫:几个叔父都被他搞掉了,宗室成员怎么想呢? 他怎么面对祖宗太庙呢?

高肇看出元恪的犹豫不决,急忙在旁边敲打边鼓,以坚定元恪除掉元祥的决心,"陛下,北海王拥权自重,不可不防啊!"

元恪低头不语。

高肇向崔亮使了个眼色。崔亮急忙附和着说:"陛下,臣这里还有弹劾,请听臣读。"

元恪点头。崔亮朗朗读着自己拟写的弹劾奏章:"贪害公私,淫乱典礼。朝廷比以军国费广,禁断诸番杂献,而祥擅作威令,命寺署酬值。驱夺人业,崇侈私第。蒸秽无道,失尊卑之节;尘败宪章,亏风教之纪。请以见事,免所居官爵,付鸿胪削夺,辄下禁止,付廷尉治罪。"

元恪沉思了一会,下诏说:"准御史台表奏,着廷尉治罪! 立即收禁茹浩、常季贤等四人!"

高肇附耳对元恪耳语:"陛下,得同时对北海王行事,以防元祥听到风声以及早防范,若奔越逃窜,投奔南边,可是难办了。"

元恪皱着眉头,忧心忡忡地问:"那你说怎么办?"

高肇谦恭地说:"老臣以为,要调虎贲百人,先行包抄元祥府邸,派御史台郎中郭翼开金墉门急驰元祥府邸,不给他喘息机会,即行收禁。然后引高阳王元雍等王爷入议其罪!"

元恪频频点头,不断称是。

高肇立即派人拘拿正在宫禁里洋洋得意当值的茹皓、刘胄、常季贤、陈扫静等四人去南台廷尉衙门。第二天,御史中尉崔亮奏处罪,其晚押送回家。茹皓妻子披头散发出迎茹皓,茹皓入内,与妻子诀别,食椒而死。刘胄、常季贤、陈扫静三人与茹皓同时,各自食椒,死于自己家中。

元祥和母亲回到南第,下了步挽,进到大堂,元祥搀扶着高太妃坐下,他的元妃刘氏率领着几个妾前来迎接。丫鬟、苍头刚刚捧来酪奴,高太妃正要啜饮,大门侍卫门子匆匆跑了进来,慌张地喊叫着:"殿下,大事不好! 一队虎贲包抄了府邸! 御史台郎中郭翼飞驰而来!"

元祥呵斥道："你大惊小怪地嚷嚷什么？虎贲来就来吧，有什么大不了的！"

说话间，御史郎中郭翼急忙滚鞍下马，带着虎贲校尉神气活现地进了元祥府邸，径直向大堂走来，一边走一边喊："罪人元祥接诏！"

元祥惊愕地站了起来，不知所措。郭翼展开御史中尉崔亮的奏表，朗朗读了起来，然后，又宣读了皇帝诏书。

高太妃听罢，顿首号泣着说："郭大人，怎么会这样啊？元祥不过收了些礼品，这算什么罪行啊？官员哪个不收礼呢？"

郭翼收了诏书，命令虎贲上来捆绑元祥。

高太妃号哭着，上前阻拦："不能这样啊！郭大人，元祥可是司徒啊，是王爷啊！是当朝录尚书事啊！皇帝陛下常常来我家的啊！我曾对陛下说，愿官家千万岁，岁岁一至妾母子舍也！皇帝陛下他答应的啊！你们御史台不能这么对待元祥啊！"

元祥倒是不太害怕，他安慰着高太妃："母亲，不必担忧，果如中尉所弹劾罪状，倒没有什么可担忧的！只要没有更大罪横至。人家送我些珍宝异物，我确实喜爱收了下来，我没有什么担心恐惧的。"

高太妃拉着元祥，抽泣着问："中尉弹劾你说，贪害公私，淫乱典礼。还说你蒸秽无道，失尊卑之节；尘败宪章，亏风教之纪，这到底是指什么事情啊？你说啊！"

元祥不说话，高太妃举起荆杖，厉声呵斥着："死到临头，你还不讲真话！你说不说？"眼看着荆杖要落到元祥头上，元祥连连退了两步，嗫嚅着："母亲息怒。儿子不过与元燮元妃高氏有些往来，并没有其他私情。"

"你给我跪下！你给我老实交代！"高太妃喝令着。元祥急忙跪倒在高太妃面前，高太妃用荆杖打着元祥的脊背，数落着，"你这不成器的东西！元燮是你的叔祖，你怎么就去勾引他的老婆啊？你自己这里娇妻美妾成群，侍婢如花似玉，怎么就去找么一个高丽婢啊？怎么就去跟那个高丽婢通奸啊？令今日致罪！我见到那高丽婢，非要咬她的肉不可！"

高太妃哭着、数落着、抽打着元祥的脊背和脚，一连打了几十下，把元祥打得嗷嗷痛叫。高太妃自己打累了，又让奴婢接着打。

郭翼劝说着："算了，太妃，不要打了。我还得拉他去见皇帝陛下呢。"郭翼命令虎贲捆了元祥,带他回皇宫去。

高太妃见这么也救不了元祥,号哭着,指着元祥的元妃刘氏痛骂着:"你这贱婢! 你给我跪下!"

刘氏扑通跪到高太妃面前。高太妃一边扬着荆杖抽打刘氏,一边痛哭流涕地数落责备着:"你也是个大家闺秀,大户人家女子,你与他门户匹敌,你怕什么啊? 你为什么就不敢管教你的夫婿呢? 妇人都嫉妒,你怎么偏偏不妒呢? 都是你的宽容,让你夫婿招致今日祸端!"

刘氏一句话不说,平静地接受着高太妃的责罚。

皇宫里,元恪在太极殿西柏堂召集王爷入议元祥罪。这些王爷是高阳王元雍,广平王元怀,京兆王元愉,汝南王元悦,清河王元怿。高阳王元雍是元恪的四叔,其他四王是元恪的四个兄弟。

高阳王元雍,字思慕,为高祖孝文皇帝的韩贵人所生,少而偶傥,高祖曾说:"吾亦未能测此儿之深浅,但是观其认真率直,也许大器晚成。"太和九年,封颍川王,后改为高阳王。迁都洛阳时,他主迁七庙神主于洛阳。高祖任命他为镇北将军,相州刺史,特别告诫他说:"相州乃旧都,自非朝贤德望无由居此,是以使汝作牧。为牧之道,亦难亦易。其身正,不令而行,故便是易。其身不正,虽令不从,故便是难。又当爱贤士,存信约,无用人言而轻与夺也。"

元恪亲政,元雍还在相州,前不久为了上表议论皇帝考陟之法,才奉诏还京。元雍对朝廷考陟之法,很有自己的看法、想法,他想通过表奏以达上听。果然,元恪读了他的表奏以后,大为欣赏,特地诏他进宫议论政事。

元恪尊敬地看着高阳王元雍,说:"四叔考陟之法所奏,议论鞭辟入里,入木三分。四叔对考陟时间、方式,对减用散官冗员之看法,对武人羽林、虎贲、直从退阶夺级之建议,深得吏部赏识。左仆射高肇以为,应准予表奏,立即执行。"

元雍诚惶诚恐地说:"谢陛下夸奖。"

元恪又说:"吏部高肇建议,调四叔回朝,任司空一职,兼任司州刺史。愿四叔竭诚竭力,分担朝内事务!"

元雍急忙起身离座,跪下向元恪磕头致谢。他没想到,自己这次回京,

竟有如此好运，受到皇帝夸赞并且任命为三公兼司州刺史，回京师任职。一时间，他对皇帝元恪和高肇充满感激之情。

元恪等元雍坐回座位，继续说："今日召见四叔和弟弟们，是为了议论元祥罪行。元祥近来拥权自重，很是嚣张，吏部与御史中尉弹劾他以下罪行。"元恪让秘书丞把崔亮的弹劾读了一遍。

"四叔，你以为如何处置他呢？"元恪眼睛定在元雍脸上。

元怀等四弟兄见有四叔长辈在场，不好抢先说话。其实，元怀很想抢着发言表示支持元恪。把元祥废掉，司徒位置也许就是自己的了，他是皇帝的一母所生弟弟，元恪不照顾他，还照顾谁啊？

乍一听皇帝元恪的话，元雍打了个冷战。怎么？元祥也出事了？他们弟兄可是只剩他二人还在位了啊！皇帝怎么就这么和他的叔父过不去呢？

元雍抬眼看了元恪一下，他想问问详情。

元恪正不错眼珠地盯着他，白皙肥胖的脸上肌肉抽搐了几下。不是元恪的抽风病要犯了吧？他知道元恪从小患过羊角风，说抽搐就抽搐，长大以后听说好多了，很少犯了。元雍担心地看着元恪。

元恪见元雍沉吟，又笑着追问："四叔以为如何处置元祥呢？"

元雍试探地问："御史中尉弹劾的罪行确凿吗？可曾派人核查落实过？"

元恪脸上闪过一丝不快，"舅父在吏部已经核查，确凿无疑。四叔有什么疑惑吗？"

"没有，没有！"元雍生怕引起元恪不高兴，急忙否认，"我只是问问。不知皇帝陛下准备如何处置元祥？既然元祥这么罪大恶极！"

元恪说："我一时还没有主意。舅父高肇说，应该像处置元禧一样处置元祥。但是我一时还下不了决心，请四叔拿个主意。"

元雍在心里斟酌了半天，慢慢地试探性地说："陛下问臣，臣就斗胆说说看法。元祥果然罪大恶极，怎么惩处也不算过分，一切是他咎由自取。可是，元祥毕竟不是元禧，他尚无叛逆举动，虽然结党营私有谋逆之嫌疑，嫌疑毕竟是嫌疑，不可以此为由赐死元祥。我以为，陛下不如把他禁闭在郊外，严禁他与任何人沟通相见，也就严惩了他。陛下以为如何？"

元雍一边说，一边小心仔细地观察着元恪脸色的变化。还好，元恪脸色很平静，还频频点头，看来是认可他的提议了。元雍紧紧提着的心稍微放了下去。

"也好。叔父所剩不多,我也不忍心按照舅父提议的办法赐死于他啊。"元恪有些伤感,自言自语。

"陛下仁慈。元祥毕竟还是陛下的叔父啊!"元雍急忙添了一句。

"好,就这么办!"元恪挥手向下一劈,不容置辩地说,"先送罪人元祥回府,严加防守,不得与内外相通,然后别营坊馆,专门囚禁!"

元恪下诏说:"王位兼台辅,亲懿莫二,朝野属赖,具瞻所归。不能励德存道,宣融轨训,方乃肆兹贪腆,秽暴显闻。远负先朝友爱之寄,近乖家国推敬所期,理官执宪,实合刑典,天下为公,岂容私抑?但朕诸父倾落,存者无几;便极逮坐,情有未安。可免为庶人,别营坊馆,如法禁卫,限以终身。邦家不造,言寻感慨。"

二旬以后,太府寺里,被单独关押在斗室的元祥躺在木板床上,一个老苍头为他端来饭菜,一个小侍婢过来伺候着他的日常起居。看守他的门防主司刚才告诉他,洛阳县东北隅专门为他赶建的馆舍已经造好,明日清晨要把他从被囚禁的太府寺转移到那里去。

头发凌乱衣衫不整的元祥长叹一声,这世事怎么就这么难以预料呢?人们说伴君如伴虎,果真如此!元祥突然想起那件他不愿意想的事。前年,在元禧赐死以后他上任的那一天,那真是一个可怕的夜晚,电闪雷鸣,风雨交加,大风拔树,暴雨倾盆,山洪暴发,河流暴涨,反常的天象似乎在向他预示着天意。

可惜,那时他只沉浸在胜利的喜悦中,沉浸在除掉对手的快意中。可惜他不知道,螳螂捕蝉,黄雀在后,他置别人于阴谋中,而自己终究成为同一场阴谋的受害人。

元祥唉声叹气,起身在房里走来走去。转移到洛阳城外终身囚禁,他可怎么办呢?在这里,母亲妻妾每日都派人送来可口的饭菜,迁移到洛阳县东北隅的地方,以后他可如何生活?永远被囚禁在那里,真是生不如死。

身材单薄的小侍婢把饭菜放到桌子上,在旁边站立着,等待着他的吩咐。这侍婢是自愿前来伺候他的,很令他感动。白天无事,问起她的身世,才知道她原来是王肃府里的丫鬟。王肃死了以后,王肃府邸被元祥合并,她

便来在元祥府中为丫鬟，做了元祥的侍婢。

元祥不知道，这丫鬟是王肃老家人的女儿，这老家人伺候王肃一辈子，临死托王肃照管他这孤苦无依的女娃。王肃待这女娃如同亲生女儿，不让她干重活、脏活，只让她留在京都照看府邸。可是，没想到，王肃死了，听说是被元祥和高肇联合起来逼迫死了。

这女娃不言声，在元祥府里静静地做丫鬟，并不惹人注意。

侍婢看了看元祥，背着在门口看管的门防主司，指了指食盒。刚才送饭来的家奴，悄悄给她手心里塞了个纸团，侍婢知道，这是元祥家奴托她给元祥递送的信。主司仔细检查食盒，任何夹带都能被发现，侍婢心通通跳着，把纸团握在手心，紧张地等待着主司检查食盒。主司把食盒里里外外仔细检查了几遍，确定没有任何可疑之处，才挥手让侍婢把食盒给元祥送去。主司坐在门口，盯着元祥和侍婢，监视着他们的一举一动。侍婢趁主司不留神，把纸团掉进食盒里面。

元祥看到侍婢的手势和眼色，看了看主司，转身背对着主司，从食盒里拣出纸团，小心展开。家奴写信说，他已经纠集几十个人，准备在明日送元祥到新住址的路途上劫持他出去，信上还写着行事家奴的姓名。

元祥心扑通扑通直跳，他仔细又看一遍，上面告诉他如何配合行动。

门防主司看元祥长时间背对着他，好像在读什么纸条似的，他跳了起来，三步两步窜了过来，一把抓住元祥手中的纸条，看了一眼，神色大变。

门防主司是高肇派来的亲信，他急急去见高肇，把字条交给高肇。

高肇哈哈大笑。一直在寻找着干掉元祥的合适机会，这机会终于来了。元恪下诏终身囚禁元祥，他并不很满意。依他的想法，还是及时处死元祥为好，留着总是祸患。

高肇对门防主司附耳小声说了几句，主司频频点头。主司回到太府寺，把那侍婢找来。那侍婢惊吓得不知所措，跪在主司面前，浑身颤抖得如秋风中的落叶。

主司冷笑着："大胆贱婢，你为罪人元祥私通消息，该当何罪？"

侍婢颤抖着，只是伏地磕头，什么也说不出来。主司稍微缓和了下语气，说："我知道你原是王肃大人的丫鬟，王大人对你不薄，可你知道王大人是如何死的吗？王大人就是被这元祥陷害逼迫而死的！"

侍婢惊慌地抬头看着主司,小声说:"奴婢听说过。"

"既然如此,你还要为陷害你恩人的人私通消息?"主司厉声喝道。

"奴婢就是想为王大人报仇,才自愿来伺候他的!"侍婢稍微平静下来。

主司笑道:"你说的可是真心话?"

"是的,奴婢说的是真心话!奴婢在寻找机会,只是因为大人监管严密,无从下手,才拖延至今。"侍婢完全平静下来,她看着主司。

"那好,机会来了。我已经得到皇帝诏令,要结束元祥的性命。这事情就交付于你,如何?"主司定定地看着侍婢,补充说,"你要想活命,只有按照我说的办法去做!"

侍婢急忙答应。

"把这椒盐放在今夜他饮的浆酪里,你的事情就办妥了!"主司把高肇交给他的椒盐纸包递给侍婢,瞪着眼睛,凶狠地看着她,警告着,"你可要小心从事。事情办不成,你就别想走出这里一步!"

"大人放心,今天他母妻不来探望,只奴婢伺候在他身边,奴婢会办妥的!"

元祥不知道走漏风声以后自己的命运如何,一直忐忑不安,晚饭也没有心思吃,便早早睡下。他躺在床上,思来想去,翻来覆去,总是睡不着。折腾了一两个时辰,他又饥又饿,坐了起来,喊侍婢给他端浆酪来饮。

侍婢急忙起身,在黑暗里摸索到桌子边,把椒盐倒进浆酪尊里,这才点着灯,倒了满满一碗浆酪给元祥端了过去。元祥接了过去,呱呱一口气饮了个精光。他抹了抹嘴,说:"再倒一碗给我。"

侍婢的眼睛在昏黄的灯光里闪烁着,她并不移动,也不去接元祥递过来的碗,只是静静地看着元祥。

"再给我倒一碗,死婢子,你聋了吗?"元祥愤怒地吆喝着,把碗塞进侍婢手里。

侍婢冷笑了一声,"你还耍威风啊?"

"你什么意思?"元祥愤怒地喊,"连你也想骑到我头上不成?贱婢子!"元祥咆哮着,跳下地,扑到侍婢身边,抓住她的头发,按着她的头,向床板上撞去。

沉河艳后:胡灵皇后

侍婢并不挣扎，任他撞。突然，元祥感到腹部如刀绞般疼痛。他双手抱住腹部，倒在床上，痛苦地呻吟着，挣扎着喊："死婢子，你给我下了什么？"

侍婢站了起来，冷笑着说："这是皇帝赏赐你的椒盐！一是遵从皇帝诏意，二是为王肃大人报仇！想不到，你害人开始，以害己告终，最终落得个与王大人一样下场！"

元祥号啕大哭，"天啊！你为什么这样对待我啊？我可是高祖最小的儿子啊！"

侍婢端着青铜灯台，照看着元祥。在昏黄的灯光下，元祥的脸因为痛苦已经扭曲起来，难看得不成样子。

"你就大哭几声吧，再不哭就没时辰了！你连哭也哭不成了！"侍婢站在床前，用灯照着元祥，冷冷地说。

元祥大哭几声，气绝身亡。

侍婢见元祥停止抽搐，把灯台放回桌子，给他盖上被单，吹灭了灯，转身回到自己的睡处，极为平静地入睡了。

天亮以后，皇帝得到元祥死亡的消息，很是唏嘘了一阵，在高肇的授意下，下诏表示他的哀痛。诏书说："北海叔奄至倾背，痛慕抽恸，情不自任。明便举哀，可敕备办丧还南宅，诸王皇宗，悉令奔赴。给东园秘器，赐物之数一依广陵（元羽）故事。"

高太妃因为儿子死得不明不白，罪无定名，拒绝发丧，一直停殡五年。永平元年（508 年）十月，在新皇后高莺莺的劝说下，皇帝元恪下了追复元祥王爵封号的诏令，他的儿子元颢才出殡安葬了他。

元祥死的时候，不到三十岁。

第五章　兄弟阋墙

1.京兆王坚贞不渝敬爱翠玉　于皇后蛮横无理棒打鸳鸯

除了元祥以后，皇帝元恪改景明五年为正始元年。

元恪即位四年，用了三年时间，终于全部清除了高祖皇帝遗留下的辅政势力，把几个叔父把持的大权完全褫夺收回到自己手中，把大魏朝政大权完全控制在自己和自己亲信人的手中。

大魏政权对周围国家的威慑也不小，高丽来贡，西域的于阗、鄯鄯、疏勒等十几国来朝，南边的天竺、婆罗等国也派使者拜献。动荡的江南也已经平息下来，萧衍杀了其侄子萧宝卷于景明三年（502 年）做了皇帝，年号天鉴，他的另一个侄子萧宝夤北上投降了大魏。虽然萧梁不断派兵骚扰出击大魏，可元恪这里有元英、李平、李崇等虎将为朝廷征战，不断破城掠地，俘获了梁的几员大将。

国内还算太平，虽然有饥荒、天灾，梁州氐杨反叛，鲁阳蛮反叛，蠕蠕来犯，大小事故不断，但是元恪并不担心，有镇北镇南将军部署，有几员虎将南征北战，这些骚乱很快就平息了。

元恪对大魏的内外景况甚为得意，他不再担心叔父拥权自重，不再恐惧叔父觊觎抢夺他的皇位，有忠心耿耿的舅父高肇，还有皇后的伯父于烈、父亲于禁，加上弟弟元怀等人，他的皇权有了保障。

于是，在正始元年（504 年），他下诏淮南北所在镇戍，令及秋播麦，春种粟稻，随其土宜，水陆兼用，必使地无遗利，兵无余力。下诏蠲免赋税，下诏"崇建胶序，开训国胄，诏宣三礼，崇明四术，使道畅群邦，风流万宇。自皇基徙构，光宅中区，军国务殷，未遑经建，靖言思之，有惭古烈。可敕有司依汉

魏旧章,营缮国学"。

元恪要着手抓国内事务了。

元恪被一群佳丽簇拥着走出后宫,几个如花似玉的小女娃在他的身前身后伺候着,他感到从未有过的快乐。这是他刚选进宫的高贵人、王华嫔、崔华妃、李华妃、胡世妇等,他要带着她们到西游园去游玩。高太妃和胡国华经过假惺惺地考察与评比,选出几个早就内定好的女娃入宫做了元恪嫔妃。

胡小华默默走在最后,心里很不是滋味。这支出游队伍严格按照后宫等级走路,走在最前面的是皇帝和于皇后。

高祖改定内官定了后宫序列,皇后以下为左右昭仪,位视大司马,三贵人视三公,三充华嫔视三卿,六华嫔视六卿,数世妇视中大夫,数御女视元上。几个女娃进宫以后,皇帝和于皇后封高莺莺为贵人,其他几个分别封了华嫔、华妃,而胡小华只封了个承华世妇,虽然比御女高一等,其实还是位于最低等级。胡小华不敢流露任何不满。

胡小华走在最后,明亮的眼睛微笑着看着走在她前面的几个女娃,心里又一次暗自对自己说,一定要改变地位,一定争取走到她们前边!

元恪与于皇后一起走,贵人高莺莺紧紧跟在他们身后。元恪回头,对高莺莺招手,"来,上来。"见皇帝招呼,高莺莺急忙跑上来,紧紧傍着元恪,向西园走去。

于皇后白了高贵人一眼。虽然于皇后尽力做出宽怀大度、宠辱不惊的德貌,不敢太显露她的嫉妒,可心里对这高贵人却嫉恨得要命。高贵人正在慢慢夺取皇帝的心,她已经感觉到也已经看出征象来。高贵人长一张圆扁大脸庞并不好看,但是一双大眼睛灵动飞扬,很有勾魂摄魄的神采。这高贵人仗着高肇的势力,在皇帝身边发嗲撒娇,勾引着皇帝元恪。于皇后见了她那张大圆扁脸就来气。

王肃的女儿王华嫔和李华妃跟在高贵人的身后,端庄地走着。王小玉有心招呼胡小华与她们一起走,却不敢打乱后宫严格的等级。

胡小华独自一人默默地走在两个华妃之后。

胡小华沉静地走着,面上露着若有若无的微笑,两个酒窝还是甜甜的,她双手抄在宽大的袖子里,端正着上身,不摇不动,专心致志地走着。她和高贵人的身材差不多,顾长,高挑,高贵人白嫩水灵,她却红润健康。

元恪与皇后带着新嫔妃来游西游园。

西游园在千秋门内道北,皇宫的西北角。西游园里,嘉木修竹,假山奇石,亭台楼阁,轩榭池沼,奇花异草,罗列有致。

于皇后勉强陪着皇帝游了一会,心里越来越腻味和气愤。高贵人黏在元恪身上,不断发嗲撒娇,叫她很是愤怒。

"高贵人,"于皇后拉了拉高莺莺,"不要太倚靠陛下,会累着陛下的!"

高莺莺却给皇后一个莞尔的微笑,又嗲声嗲气靠到皇帝身上"陛下,累着你了吗?"

感觉到高莺莺丰满柔软胸脯的元恪喜滋滋地说:"不累,一点也不累,你就这么靠着我吧!"

高贵人得意地斜了于皇后一眼,"陛下说不累!"

于皇后气愤得差点背过气去。她勉强又跟着皇帝走了几步,实在难以忍受高贵人与皇帝的亲昵,心情不佳,就更容易疲累,加上生过孩子的她似乎还没有完全恢复体力,走几步便气喘吁吁,便对皇帝元恪说:"陛下,你陪她们游吧,我有些劳累,需要到明月轩歇息了。"她突然想起来,一会妹子于宝珍要进宫来见她,她只好找了个托词对皇帝说。

元恪说:"也好,让内官伺候着,你到明月轩先歇息歇息,早些回宫吧。朕带她们再转转。"

元恪拉着高莺莺走在黄色鹅卵石铺成的小石径上,一边观赏着风景,一边向她们介绍着园中景致。

"那是凌云台。"元恪指着前面耸立的一个青石搭建的宏伟高台,说,"这是高祖孝文皇帝生前登高游乐宴请的地方。走,我们上去。"元恪兴致勃勃地撩起袍子,沿着青石阶梯白玉栏杆噔噔地跑了上去。高贵人只好提起衣裙,紧随元恪,移步登梯。

胡小华见高莺莺独自上台,急忙抢先上前两步,越过其他女娃,甜甜笑着说:"姐姐,让我扶着你,阶梯太陡峭,小心不要走得太快。"

高贵人高莺莺正为皇帝甩下他而有些闷闷不乐,见承华世妇胡小华上来招呼,心下高兴了许多,她感激地朝胡小华笑笑,一手提着裙裾,一手扶着胡小华慢慢上到凌云台上。胡小华并不扶栏杆,只是小心地搀扶着高莺莺

沉河艳后:胡灵皇后

247

登台。这上百级的石级很陡峭,登上去有些吃力,她不敢大意。

皇帝元恪登上凌云台,高兴地长啸(吹口哨)起来,他也会啸,能够啸出《阿干之歌》曲调,清脆悠扬。看着这些娇媚可爱的娇娃一个个气喘吁吁登上凌云台,一个个香汗淋漓,娇喘吁吁,脸蛋通红,显得更叫好看妩媚。尤其是高贵人和搀扶她上来的胡世妇,白皙的脸蛋红扑扑的,可爱妩媚极了。他忍不住跑过去,抱住高贵人高莺莺,在她红扑扑的脸蛋上亲了一口,又把胡小华拥进怀抱,亲了亲。胡小华偷眼看了看高贵人高莺莺,高莺莺的眼光里似乎闪过一丝嫉妒,她急忙从皇帝怀抱里挣脱出来,像头受惊的小梅花鹿一样轻捷地跳到一边,笑着对元恪说:"皇帝陛下,妾要去看风光了。"

元恪笑着,指着旁边一个青石铺成的八角井北面一个朱红柱子金黄琉璃瓦的亭子说:"到凉风观去那里去观风景吧。"

"走,我们过那里去观风光吧!"胡小华对王华嫔几个女娃喊,自己提起裙裾,快步向凉风观跑去,以便让皇帝和高贵人高莺莺多亲热一会。

元恪微笑着看着胡小华领着其他妃嫔向凉风观跑去,他紧紧拥抱着高莺莺,高莺莺比于皇后要丰腴漂亮,身材高挑,比于皇后自有不同。元恪亲吻着高莺莺猩红的饱满的小嘴,很是快乐。高莺莺紧紧靠在元恪的怀抱里,对元恪产生了无比的依恋。自己一生的荣辱幸福全靠他,自己要使尽全身解数来讨好他、奉承他、取宠他,让他慢慢喜爱自己离不开自己。

高莺莺把父母伯父的所有教导都牢牢记在心地。是啊,自己的一切,家族的荣辱升降,都维系在自己身上,一定要慢慢取得专宠地位才行。高莺莺想着,以热烈的亲吻回报元恪的亲吻。

元恪快乐得有些发晕。这高贵人,真是一个尤物啊,她的亲吻,怎么这么销魂?

胡小华站在凉风观里,斜依在朱红柱子上,极目远眺。洛阳景色,尽收眼底。远眺出去,目极洛川。洛川迤逦,穿过伊阙山,绕过洛阳,像一条蓝色的绸带,在河洛平原上流向远方,波涛滚滚的大河也依稀看见。

胡小华收回目光,偷眼瞥了瞥八角井井台上紧紧相拥的皇帝和高贵人,心里稍微泛起了些嫉妒的涟漪。要是皇帝能和我这么亲近该多好啊!这念头一闪,胡小华急忙掉转目光,看着凉风观下的风光,以转移自己的心思。她现在不能产生任何嫉妒,不能对高莺莺产生些微的不满。她喜欢高莺莺,高莺莺也喜欢她,她们二人要同心一气,互为支持,只有这样,才能够在这么多女娃和于皇后中有稳固的地位。

"瞧!多大个海啊!海水多清澈啊!多蓝啊!"胡小华故意夸张地喜悦地大声喊叫起来。高太妃训练她们的时候,特意嘱咐她们说,作为嫔妃不能大呼小叫,可是现在她偏偏故意大声喊叫着,以期吸引皇帝元恪的注意。

"那是什么海啊?"她又大声喊着问。

皇帝元恪被胡小华的喊声惊动了,他放开高莺莺,一脸灿烂地回过头望了望,他拉着高莺莺,"我们也过去看看景致,那里景致可美了。"

"那是碧海曲池。"元恪拉着高莺莺来到凉风观,看着台下一片波光粼粼的蓝色海,笑着回答胡小华的问话。

胡小华上来拉住高莺莺的另一只手,灿烂笑着,"姐姐,你看,那洛川多美。"

高贵人顺着胡小华的手指方向望去,果然美不胜收,她高兴地拍手笑着喊:"真美,真美!洛阳这么美啊!"

元恪指着凌云台东面的一个高大雄伟的飞檐拱角的彩色阁楼,说:"台东那是宣慈观,去地十丈。观东有灵芝钓台,累木为之,出于海中,离地二十丈。"

"领我们到灵芝钓台去看看吧。"胡小华娇声娇气地说,她不敢在皇帝面前太过于撒娇,只好摇晃着高莺莺的手,向高贵人撒娇,"姐姐,你跟皇帝陛下说说,领我们去灵芝钓台看看嘛!"

胡小华向高莺莺的撒娇,叫高莺莺心里很是喜欢。她急忙向元恪递了个媚眼,半撒娇半庄重地说:"陛下,就领着看看这灵芝钓台吧。"

皇帝元恪喜笑颜开,美滋滋地说:"听你们的,走,我们去灵芝钓台!"

元恪下了凌云台,亲热地搂着高莺莺,向东边海边走去,来到离地二十丈的钓台前,这钓台,全部架木构成,元恪领着自己几个女娇娃沿着柒成彩色的木阶梯上到钓台上。

钓台伸在蔚蓝色的海上,站到钓台上,风生户牖,八面来风,清风徐徐,凉风扑面,令人心旷神怡。这钓台,丹楹云起梁栋,梁柱红漆鲜红如丹,橡子上精细雕刻花纹,描画着各种仙人。灵芝钓台下面,是一条雕刻成鲸鱼的巨石,背负钓台,远看钓台,好似从地下涌出,又像从空中飞下。钓台南有宣光

殿,北有嘉福殿,西有九龙殿。殿前有九龙吐水成为一个碧波荡漾的湖,这是引洛阳阳渠水支流流入石逗,再伏流进入皇宫,从九龙龙口里流了出来注入灵芝九龙池。钓台四面这四所宫殿,都有飞阁通向灵芝台。

"这里可真是避暑的好地方!"高贵人掩盖不住满脸的笑意和幸福,小声对胡小华说。

"三伏天,让皇帝陛下带咱们来这里避暑,行不行?"胡小华小声对高莺莺说。高莺莺笑盈盈地点头。

高莺莺娇媚地把头抵在皇帝元恪的肩头,摩挲着元恪的手,娇滴滴地说:"陛下,三伏天带我和胡世妇来这里避暑,好不好啊?"

"好,好,带你们来避暑!"元恪就势在高莺莺的嘴唇上亲了一口。

"瞧陛下!"高莺莺羞红了粉脸,在皇帝肩头扭捏着,娇嫩的脸和温热的嘴唇在皇帝元恪的脖颈里蹭来蹭去。元恪紧紧抱住高莺莺的肩头向九龙殿走去。

胡小华识趣地急忙跑到钓台前,不敢扰乱皇帝的兴致。

于皇后从西游园回到澄鸾殿,妹子于宝珍早已在等她。

于宝珍见姐姐回来,走上去拉着于皇后坐在卧榻上。于皇后见于宝珍灰灰的脸色,笑着问:"怎么又是哭丧着脸,与京兆王又吵架了?"

于宝珍摇头,"要是能吵架也是高兴事啊,他根本就不理睬我!"说着,这眼眶已经红红的,眼泪也就充溢了眼眶。

气恼蓦然升上于皇后的心头。自从把妹子于宝珍送进京兆王元愉府邸做了元妃已经一年多天气,但是元愉依然不理睬妹子。她知道元愉对自己赏赐的这婚姻并不喜欢,他对妹子于宝珍一直很冷淡。夫妇在一个锅里吃饭,一个床上睡觉,时间一长,关系一定会亲密起来。于皇后经常这么劝慰妹子于宝珍,对她三天两头的抱怨也没有多在意,还不断劝慰妹子让她学会忍耐,学会奉承元愉。可这元愉居然这么轻视自己,不把自己这皇后嫂子放在眼里!

于皇后的脸色越来越严峻。

于宝珍哭哭啼啼,泪流满面,哭诉着元愉对待她的情景。

"元愉他根本就不去我那里过夜。"于宝珍抽泣着,很伤心。

"那他在哪里过夜?"于皇后沉着脸问。

"还是去李翠玉那里,白天黑夜都在李翠玉房里,他们又拉又弹又唱,高兴得闹翻了天,把我一个人孤零零地撂在房里,谁也不理我。姐啊,这日子我可怎么过啊?"说着说着于宝珍竟号啕大哭起来。

于皇后烦躁地站起身,在澄鸾殿里走来走去。于宝珍还在哭个不停,于皇后烦躁地呵斥她:"别哭了好不好?你仅这么哭,也哭不出个办法啊!你就不会想办法拴住元愉的心?男人的心其实很好栓的嘛,你看皇帝陛下为我,不是全心全意的嘛!你怎么就没有一点办法呢?真窝囊!"

于宝珍不敢再哭出声音,只是饮泣着,"我想了办法,只是不管用。元愉他铁了心喜欢那李翠玉,我是一点办法也没有。"

于皇后挥着手,自言自语重复着妹子的话:"一点办法都没有?我就不相信,一点办法都没有?!"

"除非没有了李翠玉,否则元愉不会为我动心!"于宝珍嗫嚅了半天,终于说出了这心里话。

"怎么办?难道杀了她不成?"于皇后斜了妹子一眼,不满意地说。

"也不是,就是不让她住在府上。"于宝珍小心翼翼地看着姐姐。

于皇后皱着眉头沉思了半天。

"来人!"于皇后大声喊。女内司急忙跑了进来。与尚书令、仆相同级别的最高女官女内司专门负责拟写皇后诏令,为皇后处理文书管理后宫事务。

"皇后,有何吩咐?"女内司恭敬地问。

"立即派人去京兆王爷府宣布皇后诏令,诏京兆王的侍妾李翠玉进宫,在宫内寺修身养性修学佛法教义一年!"皇后大声威严地下令。

于宝珍破涕为笑,她紧紧抱住于皇后的胳膊,亲热地摇晃着,"姐啊,你可帮小妹的大忙了!"

于皇后用手指刮着她的鼻子,"你也不能高兴得太早了。男人的心,很难测啊。他要是被谁迷住了,就是把他们分开,也是无济于事的,关键要看你能不能让他回心转意了!你可要好自为之啊。"

于宝珍信心百倍地说:"姐,你放心,只要李翠玉不在元愉身边,妹子我一定能让元愉为我着迷,你就等着看吧。"

"但愿如此吧,我可不想再看你哭哭啼啼的!"

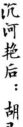

沉河艳后:胡灵皇后

251

元愉府邸里，元愉与李翠玉相拥，与儿子玩耍。虽然皇后把她的妹子强行送进府中，元愉还是只喜欢李翠玉，这深情一点都没有改变，皇后妹子于宝珍在他京兆王的眼睛里如同陌路人。

李翠玉看着已经开始蹒跚学步的儿子宝月，笑着对元愉说："官家，你看，宝月长得与你一模一样。"

元愉年轻的脸上洋溢着喜悦，他刮了李翠玉的鼻子一下，亲昵地说："我的儿子嘛，不像我像何人？"

李翠玉靠在元愉的肩头，幸福地笑着。看到皇后亲自送来她的妹子给元愉，李翠玉担心得要死，她以为从此会失去元愉。可是，于宝珍进府已经一年多，元愉从没有进过她的房，从没有冷落自己，她为元愉坚贞不渝的感情感动不已。

儿子宝月蹒跚地走过来，扑进李翠玉的怀抱。元愉抱了过来，亲热一阵，递给保姆，对李翠玉说："才子都在中厅等着你去弹箜篌呢。我们走吧。"

李翠玉笑着说："你的那些客人，不是与你吟诗作赋，就是与你比试着弹唱，真是一帮狐朋狗友。"

元愉轻轻捶打李翠玉一拳，"不许这么说我的这班朋友。他们可都是当今才子，各个风流儒雅，既不为非作歹，又无败行坏德，比元怀的那帮宾客好多了。他们那才是狐朋狗友呢，经常架鹰牵狗，呼啸而出，打家劫舍，无法无天。"

李翠玉笑着，"你和元怀虽然都是王爷皇弟，可王爷千万不要像他那样欺压百姓。大家都是人，自己活也要别人活，才是善人。像他那样，总有一天，要给朝廷找麻烦的。官家还是要向善才好。"

元愉抚摩着她的手，"听你的，我不是已经捐建了几个寺院吗？"

李翠玉撒娇般地说："修寺院是向善，可善举更为重要。元怀不是比你修建的寺院还多吗？像他那般为非作歹，修建再多寺院也是徒劳，佛祖菩萨心中明白着呢。"

"可皇帝不明白。"元愉嘟囔着，"他只护着他的同母弟弟元怀，似乎我们不是他的亲兄弟似的。"

李翠玉知道，元愉因为皇帝处处庇护元怀，心中很是气恼。她急忙劝慰着，"别这么说，皇帝心中有你们兄弟的。"

"心中有我这兄弟，也就不会硬送一个于宝珍给我了。"元愉嘟囔着。

说到于宝珍，李翠玉一时无话。

中厅的才子尚书郎宋世景、祖莹、袁翻、张始均等人，见京兆王元愉携爱姜李翠玉来，都起身行礼相见。

"今日有耳福了，"大家笑着说，"得夫人亲手弹奏一曲，我等三月不知肉味了。"

李翠玉爽朗地笑着，"看大家说的，我有那么好的技艺吗？"

才子纷纷恭维起来，"听夫人弹奏，正是余音绕梁，三日不绝于耳啊。"

元愉笑着说："今日我们先听夫人弹奏箜篌，然后请各位老兄吹笛，最后一起作赋记之，诸兄以为如何？"

"好，一切听从京兆王爷安排。"众才子拊掌。

京兆王府长史羊灵引从前面匆匆赶来，他大声招呼着元愉："王爷，宫里皇后派人来，请夫人即时入宫呢。"

元愉愕然，"为什么啊？"

长史摇头，"宫中来人，立等李夫人进宫。"

李翠玉起身，对元愉笑着说："皇后宣我进宫，可能有事。官人不必担心，请官人在这里招待客人，我这就进宫一趟吧。于宝珍常常进宫，我看着都眼热，这倒遂了我的心愿了，让我也进宫开开眼。走吧。"李翠玉心中虽然忐忑，可外表依然那样平静安详，她笑眯眯地对元愉和大家说了声"我先去了"，便跟着长史来到前院。果然，前院里，皇宫派来的辂车正停在门口，皇后女内司带着几个女官和羽林，正等着她呢。

女内司对李翠玉说："皇后要接你进宫住些日子，你稍微安排一下，就跟我们走吧。"

李翠玉有些惊慌，她急忙说："我的儿子尚小，老大刚刚学步，老二尚在褓褓中，需要奶养，住些日子怕是不行啊。"

女内司不耐烦地说："其余事情自有京兆王爷元妃照顾，你就安心走吧。"

李翠玉只好叫过保姆稍微安顿几句，匆匆登上辂车进宫去。

元愉在家等待着李翠玉回来，一直等到上灯时分，也不见人影，这才听

保姆说,李翠玉入宫要住些日子。元愉心急如焚,他不知道皇后要干什么。

于宝珍袅娜着身子从外面进来。她的脸上挂着胜利的微笑,浑身洋溢着得意扬扬的喜悦。她从没有像今天这么得意。皇后把李翠玉叫进宫,当着她的面,教训了李翠玉一顿,想起来就叫她乐不可支。

李翠玉跟着女内司一进澄鸾殿,已经浑身上下哆嗦成一团,脸色都已经白得没有一点颜色。于宝珍心里暗自冷笑:你害怕了吧?有你害怕的时候呢!

"跪下!"李翠玉进入澄鸾殿,向前走了几步,就听到上面传来这么一声。

李翠玉膝头一软,扑通跪了下去,她还没有看见皇后呢。

"抬头来,让我看看!"于皇后咬牙切齿地说。她也很好奇,能让元愉死心塌地不变心的这个女人到底有什么魅力呢?

李翠玉战战兢兢地抬起头,看见高坐在皇后座位上的于皇后和站在旁边的她的妹子于宝珍。

于皇后走下座位,来到李翠玉面前,她要真切地、仔细地看看这个打败她妹子的听说是风尘女子的女子。

于皇后仔细端详着李翠玉。李翠玉唇红齿白,面容白皙,明眸流盼,弯弯黑眉,长长睫毛,确实很妖媚。可是自己的妹子也不难看啊,一样的明眸皓齿,一样的白皙,只是眼睛没有她的大没有她的亮就是了,难道就吸引不住元愉的心?

于皇后站在李翠玉面前,一手叉腰,一手指着李翠玉,厉声喝问:"下贱婢子李翠玉,我来问你,你用什么狐媚办法迷惑了京兆王,让他不喜欢我的妹子?"

李翠玉因为害怕,眼泪已经禁不住流了下来,她颤抖着声音,怯生生地辩解着:"回皇后问话,贱妾李翠玉没有使用狐媚办法迷惑京兆王,京兆王喜欢贱妾,也喜欢皇后妹子于夫人,于夫人是尊贵皇后的亲妹子,又是皇帝陛下亲赐的元妃,京兆王如何能不喜欢呢?京兆王爷喜爱珍贵元妃于夫人,并不敢轻薄于她。请皇后明鉴!"

于皇后冷笑道:"好一个伶牙俐齿的贱婢子!居然糊弄到皇后面前来了!你当你的所作所为不为人知啊?我妹子进京兆王府算来已经一年多,至今没有得到京兆王侍寝的待遇,这不是你贱婢子从中作梗又是什么?你还狡辩！"

李翠玉流着泪，可怜巴巴仰脸看着皇后，又看着她妹子于宝珍，求救地说："于夫人，你说句公道话吧，啊，我李翠玉什么时候阻拦过京兆王爷去你房里过夜啊。好几次还是我催促王爷到你房里去呢。还有几次，我故意闩了门不让王爷进去，哀求他进你的房里过夜，可京兆王爷说于夫人年纪太轻，又从小娇生惯养，他不忍心蹂躏皇后妹子，更不忍心皇后妹子受女人那些怀孩子、生孩子的大罪啊！京兆王真的一片苦心，一片好心啊！他看李翠玉从小吃苦，才把怀孩子、生孩子的大罪给了李翠玉受啊！"

于皇后一时竟没有反驳的话，她只是冷笑了几声，"好一个伶牙俐齿！我不跟你辩，你说，以后你能不能保证不再接近元愉，让元愉跟宝珍亲亲热热过日子？"

李翠玉急忙磕头，连连说："皇后明鉴，李翠玉能够保证自己不接近京兆王爷，可李翠玉不敢保证王爷能和元妃亲热！王爷脾气倔强，贱妾不敢约束王爷！"

"既然如此，就不要怪我无情！来，给我教训这贱婢，让她学会懂得尊卑上下！"几个身材强壮的女奴手执皮鞭过来。

"给我狠狠抽打五十鞭！"于皇后冷着脸吩咐完毕，转身回到座位上。

女奴开始狠狠抽打着李翠玉，李翠玉凄惨的喊叫声、哭喊声在澄鸾殿里回响着，皮鞭的呼啸声伴着李翠玉撕心裂肺的哭喊，凄厉怕人。

"怎么样？解气了吧？"于皇后努了努嘴，笑着问妹妹于宝珍。

于宝珍开心地笑着，看着前面地上挣扎的李翠玉，"谢谢姐姐为妹子出了这口恶气！不是她狐媚子在那里迷惑元愉，元愉怎么会不喜欢我？姐姐准备怎么处置她？"

"让她留在宫中寺院修行，不准她回京兆王府。你看，行不行？"

"太好了！"于宝珍抓着于皇后的双手，感激地摇晃着，"姐姐，你可是救了我！"

被狠狠抽打五十皮鞭的李翠玉皮开肉绽，她躺在地上，连哭喊的气力都没有了。"送她进宫中寺院！严加看管！"于皇后起身，与妹妹于宝珍携手离开澄鸾殿，回后殿去了。奄奄一息的李翠玉被几个女奴架着，拖到皇宫内的寺院去看管起来。

沉河艳后：胡灵皇后

回想起这些情景,于宝珍抑制不住满心的喜悦,嘴角上洋溢着得意的笑容,走到大厅上元愉身边。"官人,我回来了。"于宝珍弯了弯双腿,笑微微地说。

元愉冷淡地哼了一声,算作回答,他原本不想搭理她,可是因为担心李翠玉的下落,还是勉强抑制住自己的厌恶,冷冷地问:"夫人可是从皇后那里归来?"

于宝珍见元愉开口问自己,心里高兴,便袅娜着身子走到元愉身边,紧紧靠在他的身后,学着李翠玉的样子用双手捏着他的脖颈给他按摩着,想讨得元愉的欢心。她刚刚捏了几下,元愉突然哎哟了一声,拨拉开于宝珍的手。元愉按着脖子处,脖颈处生疼生疼的,他拿开手,手指上沾着些殷红的鲜血。于宝珍尖利的指甲戳在他的脖颈上,戳破了皮肉。

"笨手笨脚的,什么也不会做!"元愉厌恶地推开于宝珍,"坐下说话吧!"

于宝珍讨了个没趣,讪讪地坐到元愉身边的椅子上,沉着脸,不知道说什么好。元愉白了她一眼,接着询问:"皇后叫李夫人入宫,你见到她了吗?"

于宝珍气恼地说:"见到了。"

元愉只好放缓语气,稍微讨好地问:"皇后叫李夫人进宫干什么?怎么还不见她回来?"

于宝珍更加没有好气,腾地站起身,恶声恶气地说:"皇后让她进宫修行,一年半载别想回来!以后,她的孩子就归我来抚养了!"说完,起身噔噔向后面去,她要开始行使她抚养孩子的事情。

"你给我站住!"元愉大喝一声,从座位上站了起来,疾步赶上于宝珍,一把抓着她的衣袖咆哮着,"不许你碰她的孩子!孩子有保姆抚养,不用你费心!"

于宝珍愣怔在原地,看着元愉噔噔进到孩子的卧房,哐啷一声关了门。于宝珍流着眼泪,跑回自己冷清的卧室,一头扑在床上,痛哭起来。

2.广平王为非作歹祸患乡里　郦道元为民请命弹劾国亲

广平王元怀穿着朱红紧袖窄身小袍,葱绿裤,橙黄色的鹿皮高腰靴,一身猎装打扮,在仆从和王府羽林军士的簇拥下走出王府朱红色大门。

广平王元怀这所位于城东青阳门二里外御道北孝敬里的府邸，朱红色高大的门楼，飞檐斗拱，大门高台基左右站立着高大的白石雕刻的麒麟，虎视眈眈护卫着广平王王府。府邸里，楼台勾连，堂宇高大，亭台华美，阁榭宏伟，林木森然，修竹茂盛，嘉花异草，葳蕤蓊郁。大门外左边，一些工匠正忙着雕刻青石莲花须弥底座，乒乒乓乓的敲击声悦耳动听，光灿灿的三丈高的青铜大佛像正微笑着站在一旁，等着安放到这底座上。迁都洛阳以来，高祖向佛，建了追悼文明太后的报德寺等一批寺院。元恪即位以后，更是身体力行，虔诚敬佛，建了景明寺、瑶光寺等寺院，王爷官员都纷纷立寺建浮屠。他是皇帝一母亲兄弟，更应该响应兄长诏令，为普及推广佛教做些贡献。他已经在城西自己的另一所住宅里建立了大觉寺，而城东这所府邸，虽然暂时不准备建寺，却要在府邸大门前耸立一坐特大青铜佛像，以显示他向佛的虔诚。

大门外的平地上，集合着队伍。

"准备好了吗？"提着马鞭的元怀威风凛凛地问王爷府司马。

司马巡视着眼前排列整齐森然的队伍，啪地立正，向元怀敬了个军礼，响亮回答："一切就绪！请王爷检校！"

元怀走到高台前台阶处，巡视着自己的打猎队伍。

"出发！"元怀扬手大喊，翻身上马，双腿一夹胯下大宛马肚，雪白的大宛马扬起四蹄，鬃鬃飘扬，飞腾而去。一群猎犬狂吠着，随着大宛马奔跑。几十个猎郎架着猎鹰，打马飞奔。各路校尉率领着自己的羽林军呼啸着卷向平冈。

洛阳城东南，黄尘团团，翻滚在通向嵩高山大路上。

"王爷，我们去打猎玩玩吧？"元愉的长史羊灵引见元愉一直怏怏不乐，打不起精神，便出主意劝说他。

"打猎？"元愉轻轻摇头，他不大喜欢这舞刀弄枪的消遣方式，他更喜欢与文人雅士们一起吟诗作赋，弹琴品酒。这个十九岁的小伙子爱好风雅。

"打猎可是很好玩的啊。"羊灵引竭力劝说着元愉，"广平王又去嵩山打猎了。"

"元怀去打猎？"元愉重复了一句。

"是啊。广平王每打猎一次,就可以弄回许多好东西啊。"羊灵引笑着说。

元愉知道,这元怀每次出去打猎,都是向郡县勒索财物的好时机,也是他趁机霸占土地的好时机。所以,元怀是几兄弟中最富有的。元愉慷慨好客,出手大方,建造寺院,养活沙门、客人、雅士,花费很大,长史经常向他抱怨入不敷出,是不是也该学学元怀,出去想点办法呢?另外,他也真需要出去散散郁闷心情。于皇后把李翠玉留在宫中已经几个月,他思念李翠玉,非常烦闷。于宝珍已经甩手回了娘家,他乐得不见她生气。

"好,我们去打猎!"元愉站了起来,笑着对羊灵引说,"你去安排吧。"

元愉的打猎队伍也卷出了洛阳,向嵩山方向奔去。

躲过元怀打猎队伍的农民,刚刚钻出麦子地,正要干活,远处洛阳方向又卷起团团黄尘。农民吓得又喊叫着,纷纷逃离麦地,几个腿脚慢的,只好再次钻进又热又闷被麦芒扎的麦地里躲藏。

元愉的打猎队伍风驰电掣一般,向打猎的阳城县奔去。

元愉的队伍进了阳城县地界,就看到前面桑树林里有旗幡招展,士兵的身影在桑林里闪动。

长史羊灵引和京兆王府司马李遵,急忙向元愉报告说:"王爷,广平王爷的队伍在桑林歇息,我们是不是绕道而行?"

马上的元愉勒住缰绳,眼睛一瞪,喊着:"绕道干什么?他们打他们的猎,我们走我们的道,谁怕谁啊?"

过去,两个王府的羽林士兵相遇,经常发生一些互不让道引起冲突的事情,羊灵引担心这样的事情再次发生,还想劝说元愉,元愉却大喝一声,呵斥道:"继续前进!"

元愉的队伍并没有减慢速度,还是快跑着来到桑林旁。

元怀正坐在桑林树荫下吃饭,道路上马队经过扬起的团团尘土呛得他咳嗽起来。"奶奶的!什么人敢在本王歇息处骑马经过?为何不下马?赶上去!把那队伍截住!"

元怀司马急忙集合队伍,带着羽林士兵上马追了过去。

元愉的队伍过了桑林,已经放慢了速度,司马李遵和长史羊灵引正查看地形,寻找安放营盘的地方。

元怀的兵士追赶上来，抓住几个落在后面的士兵，抽打起来。李遵听见后面喧哗，催马过来查看，见士兵扭打在一起，便呵斥着："这是京兆王队伍，不得无礼！"

元怀王府的羽林校尉仗恃着元怀的身份，根本不把京兆王司马放在眼里，他傲慢地说："我们王有令，让我们来追赶捉拿刚才经过的士兵，他们呛着我们王！"

元愉司马李遵笑着说："我们随王爷出猎，走的是大路，怎么就呛着了你们王爷呢？你们王爷在哪里歇息呢？"

羽林校尉说："我们要把拿他们回去叫王爷问罪！"说着，就让羽林士兵绑了那几个士兵拉在马后要走。司马李遵恼怒了，他打马横在路上，说："你们不能把人带走！这是京兆王的人！"

校尉哈哈笑着，"我们是广平王的人。京兆王有广平王大吗？广平王说要人，他敢不给？"

元愉见这边聚集着人，好像发生了什么争执，就带着长史羊灵引等过来查看。他正好听到校尉的最后一句话。这话像利刃一样戳在他的心窝，元愉的怒火腾得燃烧起来，他从腰间掣出锋利的腰刀，打马朝那校尉冲了过去，一句话不说，扬起腰刀，只见亮光一闪，刀起头落，校尉的一腔热血喷洒在蓝天之间。

元怀的羽林士兵吓得嗷嗷喊叫着，打马掉头便跑。

"不好了！不好了！校尉被京兆王杀了！"士兵喊着号着，冲回桑林。

躺着休息的元怀听到喊声，腾地坐了起来。士兵滚下马，哭着向元怀报告刚才的情景："京兆王爷听说我们要拿他的士兵，扬起腰刀，就把校尉给砍了！"

"打狗还要看主人呢！他居然欺负到本王头上了！"元怀怒喝着，"来人，我们出发！"他让士兵拉来坐骑，放出凶猛的獒犬，带着全部士兵向元愉的队伍追了过去。

元怀的队伍和元愉的队伍，在阳城县的地界上打得不可开交，从路上打到野地，从野地打进快要成熟收割的麦子地，有的打进村庄，两方死伤惨重。

直到天黑了下来，元愉和元怀才各自收拾了自己的残兵败将，回洛阳去了。附近村庄的百姓哭天喊地，有的房屋被戳破，有的人被马踩踏，快要收

沉河艳后：胡灵皇后

割的麦子地，更是一片狼藉，成片的小麦被践踏，半黄的麦穗掉在泥土里，被麦秆泥土掩埋。

阳城县令郦道元正在书房读书，桌子上乱七八糟摆满许多翻开的书籍，有刻印的，也有许多手抄的，有纸的，也有些竹刻的。郦道元翻了这本，又翻开另一本，忙得满头大汗，为查找《水经》上一个河流的不同名称，他已经翻了几十本书。郦道元正在忙着他已经继续了多年的一项爱好，为《水经》这本书做注，把《水经》上言之不详的河流湖泊撰注得更为详尽具体。为了能够得到翔实的资料，他需要查阅各种奇书，有时还需要经过自己的实地考察。这要花费他大量的精力，但是，郦道元乐此不疲，到哪里为官，他就仔细考察那里的河流湖泊，在为官的一切空闲时间里埋头注《水经》。虽然很苦，他却干得津津有味，乐此不疲。

郦道元，字善长，范阳人，太和中为尚书主客郎，御史中尉李彪以郦道元秉法清正，引为治书御史史，累迁辅国将军、东荆州刺史。在东荆州为刺史时，威猛为治，蛮民上告说他为法峻刻被免官回家，不久前刚被起用，来这阳城县为一个从七品的阳城县县令。郦道元最大的爱好就是读《水经》，实地考察《水经》所说的河流地方，为《水经》做注。这是个很辛苦的工作，进展得很缓慢。不管为官还是为民，他都不放弃这个流传后世的工作，他下决心一定要把《水经》注完。这些天，他刚刚考察了阳城界内的湖泊河流，正忙着把考察结果记录下来。

县衙前面传来一阵一阵的嘈杂，郦道元皱了皱眉头，站了起来走出书房，正遇到匆匆赶来的县衙的主书令史，他张皇地报告："郦大人，不好了，来了几百个告状的农民！"

郦道元急忙回去换上官服，带着主书令史来到衙门大堂。

一大群衣衫褴褛的农民黑压压跪了一院子。县官郦道元急忙升堂。

农民哭诉着京城王爷的暴行。两支打猎的王爷队伍互相打斗，毁了几个村庄的麦地，毁了许多民房，还伤了许多无辜的村民。

阳城县令郦道元非常愤怒，听着村民的哀哀哭诉，他气愤得红头涨脸。

怎么会这样呢？这些王爷，锦衣秀食，吃着农民种的粮，花着农民交的税，住着农民盖的房，怎么就不知道爱护农民呢？这样残害百姓，也不怕害了自己的朝廷？这朝廷难道不是你们元魏的吗？你们不爱惜,谁会替你们爱惜呢？你们残害百姓,下属官吏自然更变本加厉。你们腐败,官吏更腐败,看元魏这些年来,官吏腐败成什么样子了？这根子原来就在这些王爷宗室身上啊！

郦道元为官清明,一生最嫉恨贪官污吏,在荆州为刺史,他把属下那些贪官污吏全都免了官,结果,贪官污吏利用他们在朝廷内的各种关系,有的找王爷,有的找高肇,有的找御史中尉,纷纷告发弹劾他,朝廷以酷吏的名义罢免了他的官职。削官为民倒正好让他有了更多时间精力来撰注《水经》,他也乐得赋闲在家读书。现在朝廷又起用他,他还是要秉承自己的良心,即使拼着性命,也要为百姓仗义执言来弹劾这些王爷。

郦道元知道,自己不过一个小小的从七品的阳城县小县令,根本不可能参倒皇帝陛下的亲弟弟王爷。但是,他还是要上表弹劾他们。他一个县令,决不能眼睁睁看着自己的子民百姓遭受这样的蹂躏糟蹋。

他这阳城县属阳城郡,司州所辖。司州为太宗所设,时为洛州,太和十七年改为司州,有一万六百七十九户,六万六千五百多人。司州下属六郡十二县。阳城郡管辖阳城、颍阳、康城三县。阳城县只有一千多户三四千人口。

"走,我们去看看!"郦道元骑马带着差役,来到两个王爷大战的几个村庄。眼前的惨相叫郦道元不忍观看,横七竖八躺着几十个羽林士兵,桑林被打得七零八落,一眼望去,大片大片的麦地被践踏得颗粒无收。一些妇女孩子流着眼泪,在麦地里寻找着麦穗,想抢救回一点救命的口粮!

郦道元愤怒得浑身颤抖。两个亲兄弟王爷,为了屁大一点小事,害了几十个士兵的性命不说,还害了好几个村庄的几百名百姓。

郦道元回到县衙,秉烛连夜,提笔慷慨陈词,向司州刺史元雍和朝廷御史中尉写了两份言辞激烈的奏表,禀告广平王元怀和京兆王元愉纵部行凶残害百姓一事,请求朝廷为百姓做主,严惩闹事王爷与其部下。

"京兆王、广平王数出游猎,二王国臣,多有纵恣,滋扰百姓,鱼肉乡里,百姓切齿,道路侧目,公行除请!"郦道元愤怒地写道。

3.谈佛论经皇帝好佛　修身养性元怿厌政

御史中尉崔亮见到阳城县令郦道元的奏表,不敢自作主张,此事涉及皇帝的两个亲弟弟,特别又涉及元怿的一母弟弟元怀,他更不敢擅自处置,只好拿着奏表先来请示尚书令高肇。

高肇阅读着郦道元的奏表,也是一腔怒火!他非常恼怒这两个小王爷,居然这么顽劣,给朝廷找这么多麻烦。该怎么处置这两个王爷呢?元怀是他的外甥,他当然心疼,可是,为了朝廷,为了元怿的皇位,他要想个一箭双雕的妥善办法,趁机除去这些小王爷。叔辈王爷已经被他一个一个剪除,这弟兄辈的王爷会不会闹事,构成对元怿的威胁呢?这是他近来经常忧虑的问题。

高祖孝文皇帝共有七男。长子元恂,因为谋反,在太和二十一年十四岁时被高祖赐死。次子元恪,即位做了皇帝。郑氏充华嫔生的皇子元恌,未封,早夭。元恪其余四个弟弟分别是京兆王元愉、广平王元怀、清河王元怿、汝南王元悦。

这四个王爷现在都已长大成人,他们会不会觊觎皇位呢?他高肇对所有的王爷都放心不下。既然如此,何不未雨绸缪,借此时机褫夺四个王爷的权力,限制他们的行动,早早杜绝来自这几个小王爷的威胁呢?

高肇那善于谋划的头脑在阅读郦道元的奏表时已经飞快旋转,已经初步谋划出一个计划。

高肇现在更是得到皇帝元恪的信任。侄女高莺莺进宫以后,被封为贵人,在于皇后怀孕生子的日子里,几乎已经取代了皇后位置,元恪对她宠爱之极。内有侄女高莺莺吹着枕边风,外有他的谋划和控制,这国朝大事全在他的掌握之中。

高肇周密谋划一番,做了通盘地部署,正要进宫,宫禁通值散骑常侍甄琛匆匆来见。

"什么事啊?"高肇问。自从赵修、茹皓等人被诛,高肇便擢升甄琛为通值散骑常侍,日夜在宫禁内行走,让他及时向自己报告元恪身边大事小事。

"高阳王元雍请求进宫觐见皇帝陛下。"甄琛神秘地说。

高肇的眼睛立刻警觉地亮了起来，"什么事情？"他威严地瞥了甄琛一眼，冷钝的声音拖着长腔。

"他没说。"甄琛满脸橘皮疙瘩的脸堆着谄媚和讨好，正如当年未曾得势的高肇表情。

"你怎么就问不出来呢？蠢货！"高肇冷峻的目光扫过甄琛的脸孔，很是生气。

"是，是！大人！"

"进宫了吗？"

"还没有。小臣给他拖延着，说皇帝正在参佛，谁也不见，让他等在东堂。"甄琛更加小心翼翼地说着，讨好的目光不断在高肇脸上打旋。

"我这就进宫！"高肇说。甄琛急忙唤来随从，帮高肇换上朝服，登上步挽，羽林军士拉着向皇宫赶去。

高祖时代，这乘坐步挽进宫的特权只赏给三老元丕（拓跋丕）、司徒尉元和五更游明根三位德高望重的老人，这三位身历多朝的元老死了以后，皇帝元恪把这殊荣赏赐给他的舅父高肇，如今，高肇是国朝唯一一个可以乘步挽进宫的人。

步挽来到太极前殿的东堂厢房，那里是大臣等待内侍传唤进去见驾的地方。东堂内侍见高肇来了，都趋步上前行礼迎接。高肇摆手，昂头挺胸走了进去。

高阳王元雍坐在椅子上看郦道元的奏章，假装没有看见高肇进来。他是王爷，高肇不过平原郡公，为什么要向他行礼致敬呢？高阳王元雍专心致志地读着。元雍拿到郦道元表奏，对侄儿的胡闹很是愤怒。但是，他无权也不敢处理这侄儿，特别是元怀，他更不敢轻易处罚他。元雍带着郦道元的奏表进宫面见皇帝元恪。

高肇走进东堂，见元雍低头看着手中的奏章，似乎没有看见他。高肇威严地咳嗽了一声，元雍依然不肯抬头。

高肇恼怒，却也无可奈何。他走到元雍身边，挤出了一脸笑容，主动招呼着："高阳王爷，看什么看得这样专心？连老夫进来都没看到？"

元雍猛然抬头，满脸惊讶，"高尚书啊，失敬，失敬！我正看阳城县令郦道元的奏章呢。你看看。"

原来也是为郦道元奏章进宫见驾的。高肇笑了，不再计较元雍的不敬了。

"老夫已经看过了。我这里也有一份。"高肇笑着，坐到元雍身边。同时，他向一直在旁边窥探等着他眼色的甄琛使了个眼色，甄琛走了出去。

"王爷，你见驾就为此事吗？"高肇笑嘻嘻地问。

"是啊，你看这两个小王多胡闹！得让皇帝陛下教训教训他们了！"元雍脸色严肃地看着高肇，"这里可有高大人的亲外甥，也得高大人管教管教了！"

"是的，是的，高阳王所言极是！"高肇谦恭地笑着连连点头，"老夫也是为此事而来！两个小王确实需要管教！我们一起去见陛下，向他陈述我们的意见。"

元恪白胖的脸上浮现极度虔诚，盘脚坐在蒲团上，与两个年轻英俊的沙门相向，辩论着佛经。这是刚从北天竺来的菩提流支高僧与五台山高僧坛鸾，两位高僧佛学造诣很深。

元恪这几个月有了最大的喜事。于皇后给他生了太子，为庆贺太子诞生，他从四方广召高僧，延请了许多国内国外的高僧进宫来给他讲经，一来译经，二来让他们广为传播佛经，三来让更多僧人为他和他的太子祈福。他要以发扬光大佛教，在他的国土让佛光普照，来感谢佛祖赐予他太子。眼前这两位高僧刚刚来到洛阳，就被慕名的皇帝请进宫。

"大师，可安置妥当？"皇帝元恪问被安置到建好不久的城西永明寺的菩提流支，"供给还算丰厚吧？能让大师安心译经吧？"元恪好奇地看着来自天竺的长相特别的高僧菩提流支，微笑着问。

"贫僧对陛下安置十分满意。"菩提流支双手合十在蒲团上欠身回答，"贫僧之所以不远万里来到洛阳，就是听说陛下礼佛、敬佛，国内建造几千座寺院，丰厚供给养活沙门，给沙门研讨佛教理论提供了很好保障。又听说皇帝陛下特别礼遇外国沙门，建造好几个寺院给外国沙门居住。"

"是啊。除了大师居住的永明寺安置外国沙门，洛都还有几个寺院专为西域沙门所备。"元恪矜持地笑着，很是得意，他接着问，"大师准备翻译哪些佛经啊？"

高僧菩提流支操着生硬的汉话说："贫僧带来百多部梵文经书，有《十地经纶》《梭加》《深密》《佛名》等，贫僧准备与助手勒那摩提等按部就班译来。"

元恪微笑着点头，"大师精神感人。大师眼下正译的可是《十地经纶》？"接见高僧前，昭玄统①大统已经通过崔光向他介绍了些情况。

"陛下所言不错，贫僧正在译《十地经纶》，已经译了不少章节。"菩提流支双手合十，谦恭地说。

元恪睁着好奇的眼睛，看着菩提流支，"《十地经》是《华严经》的《十地品》的单行本，早在《华严经》翻译前，就有西晋竺法护译出，称为《渐备一切智德经》，后有鸠摩罗什的重译，称为《十住经》。国朝沙门寺院及百姓，以此经教导，以菩萨修行方式为借鉴，虔诚修行成佛之十地，不少人已经修行到五地六地，甚至七地八地。至于十地成佛者尚未听说，朕也不过修行至五地。这《十地经纶》作为对《十地经》的阐释，对百姓修行向佛，定有很大指导。"

"是的，陛下佛学如此深厚，又如此厚爱佛理，贫僧定要努力，夜以继日，早日译出《十地经纶》，供陛下修行。"菩提流支感动地说。

"朕已诏本朝大儒崔光协助大师译经。请大师早日把译好部分交崔光带来，让朕及早拜读。"元恪虔诚恭敬地嘱咐菩提流支。

"感谢陛下鼎力支持。"菩提流支双手合十，拜谢元恪。

元恪掉转目光，看着坐在菩提流支身旁的那位本国沙门坛鸾，问："听说大师刚从南边归来？"

"回陛下，坛鸾刚从南边茅山②归来。"坛鸾脸上浮着若有若无的虔诚的微笑，双手合十，低首敛眉，回答元恪的提问。

坛鸾，三十出头，眉清目秀，又不失男子的英俊。雁门人，家在五台山附近，听着五台山佛寺钟声长大，从小就经常上五台山去拜佛，长大以后，入五台山寺院出家。出家后遍览经书，各地访学，为难懂的《大集经》作注，一时

①昭玄统：北魏官署，掌管寺院僧人佛教事务。设大统一人，统一人，都维那三人。也置功曹、主簿员，以管州郡沙门曹。大统，为上法师，也称国统。

②茅山：陶弘景建馆隐居之地，在今江苏句容县。陶弘景（456—536年），南朝齐梁著名道教大师，发展上清派，创立茅山宗。

名噪京城。注解还未完成，他遇气疾停笔，为疗治疾患，他大江南北行走寻访医治。

"可曾见到道家大师陶弘景？"

"回陛下，见到了。不仅见到陶大师，且弟子有幸聆听教诲，疗治疾病，还授以《仙经》，十部，教弟子以长生不老术。"

元恪非常感兴趣，立刻问："《仙经》是讲长生不老术的吗？"

坛鸾点头，"回陛下，《仙经》是陶大师博采道家各宗各派长生不老术之精华，发扬光大茅山宗长生不老术，是一部集长生不老术之大成之巨著啊。"

元恪笑着问菩提流支："大师，佛家长生不老术可胜道家《仙经》吗？"

菩提流支低首敛眉回答："陛下，贫僧不曾读过《仙经》，无法相比。请陛下诏坛鸾大师送贫僧观之，而后才可回陛下所问。"

"你可带有《仙经》？"元恪微笑着问坛鸾。

"弟子带着。"坛鸾从怀里掏出陶弘景亲笔写的《仙经》十部，恭敬交与菩提流支。菩提流支很快翻阅浏览一下，掷之地上，正色对元恪说："陛下，这《仙经》一派胡言，什么炼丹长生，什么服药不老，全乃胡言乱语。陛下可曾见过不老之人？可曾见过百岁以上之人？当年秦皇汉武不都曾征集过此类长生不老之方术吗？如今他们可曾有一人在人世？纵得长生，少时不死，终更轮回三次。佛家所谓长生不老，是轮回之不老。依《观无量寿经》修行，才得解脱生死，此乃长生不老之大仙方！"

坛鸾急忙起身，跪倒在菩提流支面前，接受菩提流支授给他的《观无量寿经》，虔诚礼拜，"请大师接受弟子一拜！弟子愿为传播佛家大法，传播弥陀净土信仰！陛下，请烧掉《仙经》，以防歪理邪说流弊误人！"

元恪把书交与侍立内监，"在院中当众焚烧了罢。"说罢，他又转过脸对坛鸾说，"从今以后，朕命你为传播弥陀净土信仰使者，赐名神鸾，住并州大寺，传播弥陀。"

"弟子谢过佛菩萨皇帝的恩赐！"坛鸾伏地拜谢。

"朕还要请教大师，这禅法普及与净土信仰有多宗多派，可否赐教阐明其各自不同？朕有时糊涂。有大师来讲弥陀崇拜，有大师来讲菩萨崇拜，搞得朕如一团乱麻。"

"禅法源自释迦，几百年来流布传播，十数代高僧和数以万计弟子研习辩论,不断发扬光大,不断补充,不断完善,形成了许多宗派。所以禅法虽同源却不同流。禅法因果报应说,三世轮回说,人生痛苦说,彼岸说等,都是同源义理。只是因为各位沙门师出多门,各自喜好擅长不相同,在传播禅法中各自有了不同的侧重,于是慢慢便形成不同流派。像被先帝礼遇在嵩山建少林寺的佛陀禅师,他以传播律学为主。贫僧就以传播十地修行和弥陀信仰为重。各宗各派,在佛法上有不同,在修行的方式上,更是各有不同,有的重思想,有的重行动,有的重颂念。这就是为什么民间流行的净土信仰不完全一致的原因。"说到这里,菩提流支抬眼看看皇帝元恪,元恪目光炯炯地看着他,脸上没有一点厌倦和疲劳,看来他听讲得兴致正高。菩提流支放心了,继续他的侃侃而谈。

"由于修行的方式不大一样,民间的佛教信仰分成净土信仰和菩萨信仰两种,净土信仰又分为弥勒净土信仰和弥陀净土信仰。我们先讲净土信仰两种:弥勒净土信仰和弥陀净土信仰。

弥勒是继承释迦牟尼佛的未来佛,本出身于婆罗门,佛曾预言,弥勒命终必得往生兜率天宫,过五十六亿万年再降生人间,在龙华树下成佛,普度众生。兜率天是六欲天的第四天,生长在这里的生命,寿命极长,可以享受五欲之乐,这里富丽堂皇,宫殿园林应有尽有,皆以金银珠宝装饰,是人间没有的天堂乐园,只要诚信佛教,按照佛教导修行,或只要相信佛教,恭敬礼拜弥勒,死后都可以上生兜率。西晋时的竺法护已经把《弥勒下生经》翻译成汉文,鸠摩罗什翻译过《弥勒下生成经》《弥勒成佛经》等。信仰弥勒可以上天堂,弥勒经义又简单明白,百姓所以信仰者众。"

元恪点头,"朕明白了。"

菩提流支笑着对坛鸾说:"你为陛下讲解弥陀信仰吧。你是弥陀使者嘛。"

坛鸾清了清喉咙,开始讲述弥陀信仰。

"弥陀净土信仰,以大师传授的这本《观无量寿经》为主,无量寿也叫弥陀佛,只要观想念佛,便可成佛。若念佛名字,若念佛相好,若念佛光明,若念佛神力,若念佛功德,若念佛智慧,若念佛本愿,无他心间杂,心心相次,乃至十次,名为十念。十念除口念阿弥陀佛名字外,主要是心念,禅定心念,念佛三昧,即可成功。"

元恪笑着说:"朕明白民间多信仰弥陀之原因了,它方便快捷,不用背诵那么多经文,只要念佛三昧,即可见佛,即可得到阿弥陀佛相助,死后可往生西方极乐世界。百姓何乐不为呢?"

菩提流支清了清嗓子,接着坛鸾开讲:"至于这观音信仰嘛……"

"观世音信仰朕已经听过许多。"元恪打断了正准备滔滔不绝讲述观音的菩提流支,他有些疲累,想歇息一会,"宫中有个女尼胡国华,专门讲观世音信仰,她讲得又生动又形象,朕对观世音信仰不生疏。"

菩提流支只好有些遗憾地停住讲述,微笑着点头。

正在这时,内监刘腾走来报告,说甄琛禀报,高肇和司空高阳王请求见驾。

真烦人! 元恪轻轻皱了皱眉头。他现在有些疲累极想回寝宫歇息,同时与贵人高莺莺亲热亲热。歇息一会儿以后,他还要去看望皇太子昌,再去与于皇后商议为皇太子过百岁生日的大宴。这么多事,他这么劳累,哪能再见臣子呢?

"不见!"元恪厌恶地挥了挥手,威严十足地说。

"可是……"内监刘腾吞吐着,犹豫着,站在元恪面前不肯离去。

"可是什么?"元恪不耐烦地问。

"高大人说,不管陛下多忙,一定要见他,他和高阳王有很紧要的事情禀报!"内监刘腾口气逐渐强硬起来。

元恪眼前闪动着舅父高肇那威严、严厉、阴沉的眼神,这眼神叫他不安,叫他敬畏。舅父可是不能忤逆的啊! 元恪心里对自己说。

"既然如此,宣他们进来吧。"元恪懒洋洋地说着,侧身倒在卧榻上。高僧菩提流支和坛鸾急忙告退。

元恪歪在卧榻上,已经昏昏欲睡。夜里与高莺莺贵人销魂的玩耍,消耗了他许多宝贵的精力。刚才又在佛前坐了许久听大师讲佛,疲累已经袭上身来。

元恪近来更是无心处理朝政大事。于皇后于正始三年(506年)正月丁卯为他生了个皇子,举国欢腾。皇帝久无子嗣,引起全国上下不安,许多人猜测着,许多流言不胫而走,有说皇帝元恪爱好男色,所以皇后久不孕育;有说皇帝元恪阳事不举。这些流言，叫高肇和于皇后的伯父于禁很是不安，他们劝说于皇后同意把高太妃选的嫔妃迎接进宫。这些嫔妃进宫冲了喜，于皇后终于为皇帝诞下皇子。三月满月的时候，元恪为皇子起名为昌，蕴含着国阼昌盛的意思。

元恪微笑着回忆第一次抱起小小幼儿的情景，婴儿的指头那么小那么脆，粉红透亮，似乎一碰就会折断似的，他不知道能不能碰他。五月将是婴儿诞生百天，昏昏中的元恪琢磨着怎么给太子过百岁庆贺，他要举行盛大热闹的国宴来庆贺太子昌的百岁生日。这些天，他经常琢磨的就是这事。

高肇和高阳王元雍进来，跪拜了元恪。

"起来吧。"元恪懒洋洋地说，懒洋洋地坐了起来，"什么事啊？"他满脸烦躁和疲倦，半眯着眼睛，不耐烦地问。

"臣这里得到阳城县令郦道元之奏章，奏京兆王与广平王兄弟恣纵部属，行凶乡里，践踏庄稼，打仗斗殴，伤及无辜乡民数十人。臣不敢私自处理，特意邀请尚书令高大人前来见驾，请示处置。"高阳王元雍双手捧着奏章，恭身上前，交与皇帝。

元恪叹了口气，接了过来，他浏览了一下，抬眼征询着高肇："舅父以为如何处置稳妥？"

高肇庄重严厉地说："臣以为，王爷年轻不懂法纪，需要陛下予以亲自教诲，方可以正其身。臣以为要暂时约束他们的行为，让他们面壁反省，以思其过。"

"好吧，等忙过皇太子庆宴以后，朕会给他们亲自讲一次《孝经》。眼下，还是让他们先自行思过。其部下，由舅父自行处置吧。"元恪懒洋洋地说。

高肇见元恪懒散无精打采的样子，知道他体力不支，很心疼也很无奈地劝谏着："陛下要多爱护龙体，不要过于疲劳。"

"朕知道了。退下吧，朕想歇息了。"高肇与高阳王元雍只好急忙告退。

高肇离开皇宫，便以皇帝名义下诏，拘禁元怀于华林别馆，禁其出入，令四门博士授以经传。拘禁元愉在府邸，禁其出入，令其闭门思过。诏御史中尉崔亮穷治之，伏法于都市者三十余人。其不死者悉除名为民。

沈阿艳后：胡灵皇后

5.叔侄对弈乐融融 皇帝讲经昏沉沉

"有了!"伏案已久苦思冥想的彭城王元勰猛一拍桌子,大喊一声,立即展开纸,研墨润笔,提笔在纸上龙飞凤舞地写了起来。这几日,他总在书房里坐着苦思冥想构思他的《青蝇赋》,文思却总是枯涩得很,什么好句子也想不来,让他感到苦恼万分。难道已经江郎才尽了不成?

今天天气好,万里无云,阳光灿烂,叫人心情好了许多。元勰又来到书房,刚坐下不久,思绪就突然流畅开朗起来,文思突然迸发,优美的骈体句子奔涌而出。

他没有江郎才尽,文思没有枯竭!

彭城王元勰欣喜已极,笔走龙蛇,把涌进头脑里的句子一股脑全都写了下来,生怕刚才想到的好句子转瞬消失。作诗犹如抓亡捕,稍纵即逝徒奈何?

"叔,好兴致啊,躲在书房清净啊!"身后清脆的声音吓了他一跳。元勰扭过头,看见自己的侄儿元怿笑嘻嘻地走了进来。

"是老四啊。瞧你,咋咋呼呼的,吓了我一大跳!"元勰笑着抱怨,"把我的诗句也给吓跑了!"抱怨归抱怨,元勰还是放下笔,笑着欢迎他的侄子。

清河王元怿,字宣仁,幼而敏惠,长得虎头虎脑,一双漆黑发亮的大眼睛,很得高祖欢心。长大以后,方脸盘,大眼睛,高鼻梁,很有拓跋先人的美姿容。彭城王元勰也很喜爱这侄子,他多次对高祖说:"此儿风神外伟,黄中内润,若天假之年,比二南①矣。"

元怿从小喜爱读书,博涉经史,兼综群言,有文才,善谈理。宽仁容裕,喜怒不形于色。太和二十一年封,现在拜侍中。虽然年轻,却擅于政,明于决断,割判众务,甚有名声。

元怿笑着闯进书房,咋咋呼呼地喊着吓了元勰一跳,可元勰还是很高兴。这些年,为了避高肇的猜忌和迫害,他自己很少出去拜访宗室王爷,也很少有侄儿和宗室王爷来访,他主要待在家里读书,偶尔与一些门客士子饮

---

①二南:《诗经》的"周南""召南",《晋书·乐志》说:"周始二南,风兼六代。"这里彭城王恭维高祖,说此儿可以开好世风。

酒作赋解解闷。

元勰放下笔，招呼元怿："你来看叔呢，还是有事来求叔啊？"

"看叔说的，没事就不能来看叔啊？侄儿想叔了嘛！"元怿英俊清朗的脸上做出受冤枉的模样，显得更好看。

元勰感叹着："只有你还记得我这叔啊。"

元怿怕勾引起元勰的伤感，凑到书桌旁，关切地问："叔，你又写什么呢？不怕累着？"一边说，一边抽过元勰书写的纸张来看。

"《青蝇赋》？"元怿轻轻读了起来：

"青蝇嗡嗡兮，漫天飞舞。逐臭追秽兮，终日营营。巧佞！巧佞！谗言兴兮。营营习习，似青蝇兮。以白为黑，在汝口兮。汝非蝮虿，毒何厚兮。巧佞！巧佞！一何工矣。司间司忿，言必从矣。朋党尊沓，自相同矣。彼谄谀兮，人之青蝇。罔顾耻辱，以求媚兮。我思古人，心焉若疾。"

元怿看着叔父元勰，"还没写完吧？"

"是的，还没写完。下面还没有想好，不知道该写什么。"

元怿沉思着，叔父这《青蝇赋》是有所指的，但是他不便明说。他虽然年轻，可是他也清楚看出朝廷出了些问题，皇帝陛下任用高肇等外戚，疏远了宗室王爷这些至亲，如此下去，国运将如何呢？

元怿岔开话题，问元勰："叔，子直兄和劭弟呢？他们在干什么？"

元勰笑着，"子直为我誊写《要略》，小劭抄写《史记》呢，我让他每日抄写一篇，今天还没完成。"子直是元勰的长子，与元怿关系最密。劭是元勰的嫡子，元妃李氏所生。

元怿苦着脸，又是摇头又是啧啧叹息抱怨着元勰："哎哟，叔啊，我说你是想把劭弟累死啊。"

元勰摇头，"我这不过是逼他读书而已。为将来着想，还是读书长久。有了学问，才可以立身。"

元怿不以为然，"看叔说的，他生在王侯之家，有享不尽的荣华富贵，读那么多书干吗？"

元勰长叹一声，"这王侯富贵谁知道能维持多久？世事难料啊！还是让他们多读点书的好，也许终有用上的时候。"

元怿点头，"叔说得对，我也要多读点书！"

271

元勰赞许地拈着须髯继续教导元愉："治国也需要多读一些书啊。我正在编前代帝王贤达事迹成书，阅前代前人之事可以让我们明白许多事情。昔汉室羸弱，内部纷争，遂致王莽凭借着渭阳势力篡汉。前事不远，后事之师啊!"元勰闪烁其词地对侄子发表自己对政事的看法。

元愉频频点头，他满怀同情地看着元勰，心里很为他不平。元勰既正直忠心，又有才干，深得高祖信任。没想到高祖崩后这些年，他横遭排揎，空有满腹报国志向，却不能效力朝廷。现在虽然又委任个太师之职，名义上参与国事朝政大事议论，实际上大权被外戚独揽，宗室王爷难以实施自己的政治抱负。

见到皇帝，要力谏一下。元愉看着元勰忧心忡忡的脸暗自想。

"叔啊，你的寺院建好了没有?"元愉关心地问。皇帝好佛，号召宗室百官一起修建寺院，元愉自己不敢怠慢，在城西自己两所住宅修建了两所寺院，快要竣工。

元勰笑着，"我舍出我这宅院的一半，修建了明悬尼寺。你呢? 你的建好了没有? 起什么名字啊?"

元愉急忙说："侄儿今天就是为寺院命名来请教叔的。叔啊，你说，我这两所寺院起个什么名字好呢?"

元勰想了一会，"依我的意思，建在你住宅里的不妨叫冲觉寺，冲然大觉，不是幸事吗? 你看如何?"

元愉拊掌，"叔果然厉害，冲觉寺这名字很不错。那一所呢? 阊阖门外的那一所，离元怀住宅不远的那一所?"元愉睁着明亮的大眼睛，崇敬地看着元勰，追问着。

"既然这个叫冲觉寺，那个不妨也以觉为名，就叫融觉寺吧。"元勰说。

"好，好，等元怀的那所建起来，我也让他以觉为名。"元愉眉开眼笑。佛教讲究个觉悟，能够冲觉、融觉，便是觉悟，便能得道，这是多好的名字啊。

"你告诉元怀，就说叔我给他那寺院也起了名字，叫大觉寺，希望他能够早日大觉大悟，大彻大悟，否则……"元勰摇头没有继续说下去。元怀仗着自己是皇帝的一母亲弟，仗恃着舅父高肇的权势，越来越恣意妄为，与元愉的冲突也越来越激烈，叫元勰不得不为他们弟兄俩都担心。现在弟兄二人被责罚闭门思过，不知他们觉悟了没有。

"好，我一定告诉他。他现在还被禁在华林寺里。"元飏并没有理会元飏的暗示，只是兴高采烈地想着他在阊阖门外的那寺院，那里一字排开正在兴建三所寺院，元怀的大觉寺，元怿的融觉寺，中间是皇帝元恪大兴土木建的永明寺，其规模最大，有僧房一千多间，专门接待安置外国来洛京的沙门僧人。

"皇帝的永明寺建好了没有？"住在城东的元飏很少到城西去，他随便打听着。

"建好了，可排场了，广宇千间，茂林修竹，松柏森森，奇花斗艳，异草萋萋，美不胜收。那些异国沙门，一定可以安心留在这里写经、念经、传经了。皇帝为他们想得可真周到啊！"元怿感叹着。

"外国沙门来了吗？"元飏好奇地打听着。

"来了，来了许多外国沙门，听说有三千多呢。有大秦国的，歌营国的，安息国、身毒国①的。听说歌营国最远，要经过句雅、典逊、扶南、林邑，入萧衍国，走了一年多，才来到洛阳。"

"养活这么多外国沙门，真耗费钱财啊！"元飏低声叹息着，摇了摇头，似乎要摇去自己的杞人忧天。

"来，陪叔玩几局樗蒲吧。"元飏展开锦绣樗蒲枰笑着招呼元怿。叔侄俩都极爱玩樗蒲，见面一定要对杀一场。

元飏与元怿隔着樗蒲锦绣枰，你来我往，对杀起来。年龄相差不算太多的叔侄俩高声呼喊，互相嘲笑，没大没小玩得兴高采烈。

十一月，天气已经冷了下来，皇帝元恪总算忙过了庆贺皇太子的大宴，在高肇的多次提醒下，终于记起他那两个被囚禁在府邸闭门思过的弟弟，也记起自己要给他们讲《孝经》以教诲他们为人的事。这一天，元恪心情好，便在式乾殿召见四个弟弟：广平王元怀、京兆王元愉、清河王元怿、汝南王元悦，为他们讲《孝经》二十二章。

元恪高坐在镏金宝座上，威严神气。白胖的脸，已经显现了老成，即位六年，他已经二十四岁了。元恪神气地环顾着围坐在自己宝座下的四个弟

————————

① 大秦国、歌营国、身毒国等：北魏时分别为罗马帝国、马来半岛、印度。安息国，在大月氏国西，今新疆境内。

弟,心里也高兴,四个弟弟都已经长成威武高大、英俊神气的青年王爷,像他一样。有他们的护卫,他这皇帝便有了支持。亲兄弟嘛,血管里流淌着父皇高祖的血脉。所以,他要以《孝经》教诲他们,让他们懂得孝道永远依顺自己,不要心生悖乱,这是高肇舅父经常告诫他的,要防患于未然。

元恪微笑着开讲:"孝顺之道,天地之经。五孝六顺,天地之所先。三千之罪,莫大于不孝,而律不逊父母,罪止髡刑,于理未衷,可更详改。"

京兆王元愉面带着平静的微笑,看着元恪的脸。其实,他的心地里却涌动着难以抑制的愤怒。他被关在府邸几个月不能出门,心里早就憋着一肚子气,加上爱妾李翠玉进宫差不多一年,还不被皇后放还,心里更是充满对元恪的愤怒。他坐在元恪宝座下,看着元恪那肥胖的脸就来气,听着他讲孝道,更是气愤不堪。他勉强抑制着自己心里的愤怒,拼命让自己的脸上露出微笑景仰的神情,拼命把自己目光弄得柔软亲切一些。

"孝友德义,以孝为先,高祖把孝列为首,足以见高祖对孝道之重视。不孝有三,无后为大;其二是不养父母,其三是不服管教,目无尊长,令长辈不快。你等作为高祖之子,要时刻发扬高祖遗风,身体力行,奉行孝道,为国朝百姓之楷模,为宗室之表率!"

屁话!你的孝道在哪里?元愉心里反驳着元恪的话,高祖遗诏,让你居晾暗三年,你做了吗?前后不过一年多,你就迫不及待地跳出来亲政,褫夺了高祖委任的辅政大臣,你这是孝道!?

元恪继续以高祖为楷模,谆谆教导他的几个弟弟,要他们做率先垂范的表率:"高祖重孝,嘉奖孝悌之人,又立三老、国老,扩大养老范围,把三老拓跋丕和游明根当作国宝养了起来,允许他们步挽进宫。高祖每到一地,总是亲问高年,为老人送衣粟,举行老人宴等各种敬老活动,以倡导全国发扬光大孝道。"

元愉心里说:举孝廉,父别居。直如弓,死道边。在极重儒道的汉代就如此,何况这国朝了!

元怿听着元恪讲解,睁着明亮的眼睛看着元恪,心里揣摩着元恪大讲《孝经》的用途,可是他怎么也揣摩不出来。

元愉见元恪停顿下来,急忙插嘴说:"陛下亲自为小弟等愚钝讲解孝经,循循善诱,愚弟茅塞顿开,受益匪浅。愚弟有一事不明,胆敢请教陛下。请问陛下,抢夺他人之爱,可算孝道?"

元恪脸色有些微红,他看着元愉问:"朕不明白元弟所说何意?谁人抢夺别人之所爱?"

元愉微笑着,尽量用平缓语气说:"于皇后强行愚弟之爱妾进宫,至今近一年,依然不放她回家,致使愚弟嗷嗷待哺之婴儿失去母亲喂养,两个蹒跚学步之幼儿失慈母教养。愚弟不明,此事可与孝道有关?"

元恪见元愉说得很平静,自己也不好发火,只好支吾其词地说:"皇后之事,朕不大清楚。愉弟可亲自询问皇后。"

元愉有些激动,身子动了动正想站起来,旁边的四弟元怿轻轻拉了他一把。元愉明白四弟元怿的暗示,他勉强抑制自己情绪,尽量使自己平静下来,缓慢地说:"愚弟无法入宫,何来机会见皇后?请皇帝过问一下此事,恳请皇后放还李翠玉回家,使小弟夫妻、母子早日团聚,孝道得以倡导。"

元恪面红耳赤,急忙说:"好,好,朕一定过问此事,让李翠玉返回。愉弟只管放心。"

元愉这才轻松了一些,他急忙起身,跪倒在元恪面前:"感谢陛下恩德,小弟忧心如焚,立等李翠玉归来。请皇帝即时下诏,放李翠玉回家吧。"

元恪只好命令内监刘腾回内宫见皇后,传达皇帝放李翠玉回家的诏命。

元愉长长出了口气,对元怿笑了笑。终于可以和李翠玉团圆了,以后谁也别想离间他和李翠玉的关系,这一辈子,他元愉必将与李翠玉携手到白头!

汝南王元悦只是闭目暗自颂念佛经。他的母亲罗太妃从小教导他远离朝政,亲近佛祖,怕他惹祸上身,招来杀身之祸。他倒也听母亲罗太妃的话,在自己家里安静读书礼佛,与几个狐朋狗友探讨养生长寿之术,根本不过问政事。

6.京兆王兴致勃勃携爱妾郊游　汝南王无事生非衅兄长事端

元愉带着爱妾李翠玉和少数几个随从到白马寺拜佛。李翠玉不喜欢张扬,更不喜欢耀武扬威,通常只让元愉带少数随从出门。元愉和李翠玉携着两个儿子,走下京兆王爷的辂车,三岁的宝月嬉笑着拉着母亲的手,扯着让

母亲走快一些。元愉和保姆抱着一岁的小儿子跟在后面，慢慢向白马寺走来。

这白马寺再向西行一里，御道南是洛阳大市，周遭连绵七八里，所以，白马寺周遭闲人很多，有小贩，有香客，也有各色闲杂人。

宝月看到白马寺前人来人往，他高兴得很，跳着跑着，扯着李翠玉。"白马!"宝月指着白马寺门前的石雕白马，猛然甩开母亲的手，跳跃着跑到白马前，这里摸摸，那里摸摸，高兴得不得了。李翠玉几步小跑，紧追其后来到白马前，拉着宝月向白马作揖行礼。这是匹功德无量的白马，谁来白马寺都要先向白马行礼。

一队穿着广平王府衣服的羽林军士来到白马寺前，他们是遵照广平王元怀的命令前来清道的。

"走开，走开!"羽林校尉狐假虎威，吆喝在积聚在白马寺山门前的闲杂人员也小摊贩。人们见这羽林军士凶猛，都疾走着闪避开来。

"走开，走开!"羽林军士挥舞着皮鞭，抽打着走避不及的人，道人侧目怒视，却也不敢反抗。

一个羽林士兵来到白马前，吆喝着让李翠玉领着孩子走开："走开，走开!"他在空中甩出一个炸鞭，响亮的炸鞭把小宝月吓了一跳，他哇地哭了起来。

李翠玉急忙拉过宝月，心疼地把他拥在怀里，她怒目喝喊着那羽林士兵："狗奴才! 你凶什么啊? 我们是京兆王元愉的家眷，休得无礼!"

那羽林见李翠玉生得漂亮，一双大眼睛汪汪着一潭秋水似的，怒容满面，却依然叫人心动。他似乎没有听见李翠玉的话，凑上前来，抬手摸了摸李翠玉的脸蛋，调笑着："哟，哪里来了小美人啊? 过来让大爷我看看!"说着就往自己怀里拉扯。

李翠玉护着宝月，高声喊着："王爷! 王爷!"

下了辎车慢慢走、一边端详着幼子的元愉，猛然听得那边李翠玉的尖叫，急忙跑了过来，见穿着广平王府标记的羽林士兵正在拉扯着李翠玉，那边一些羽林士兵正在驱赶人群，心里的火就冒了起来。他抽出随身佩带的腰刀，冲了过去。

"狗奴才，你要干什么?"元愉冲到羽林士兵面前，一把抓住那士兵，把他推到一边,扬起腰刀要向那士兵砍去。李翠玉急忙拉住元愉的手,劝说着:"王爷,不要莽撞!饶了他的性命吧!"

元愉大喝一声:"快滚!"已经认出京兆王元愉的广平王元怀府第的羽林士兵,吓得屁滚尿流,踉跄跑去向校尉报告。

校尉听说京兆王爷在这里,愣了一下,不知道该不该继续清理白马寺前的闲杂人员。

那边御道上,旗幡招展,枪戟闪烁,马嘶犬吠,车轮辚辚,黄尘飞扬,广平王元怀的队伍来到白马寺前。

讲过《孝经》之后,元恪放李翠玉回家,也解除了广平王元怀和京兆王元愉的闭门思过放其归家。被解除禁闭的广平王元怀,便如放飞的鸟一样,快活地飞回家。被禁闭多日,广平王元怀早就憋闷得要死。回家以后没有几天,他便召集家人随从出城到城西府邸,一来去看看自己捐建的寺院,二来准备到城西府邸住些日子。

元怀带着他的人马随从出西明门,他准备先在白马寺礼拜游玩一番,再到大觉寺住宅去,在大觉寺他那风光优美的府邸里住上些日子。元怀很喜爱城西这府邸,这府邸比城东和城中府邸更为豪华和舒适,它北顾邙岭,南眺洛水,东望宫阙,西顾旗亭,依山傍水,山水之胜,尽收眼底。在所居堂上,元怀置七尊金佛,让它们时刻保佑他平安。经过这次修葺,不仅又建了寺院浮屠,还扩建了住宅园林,重新布置庭院,林池飞阁,假山奇石,春兰秋菊,茂林修竹,令人赏心悦目。春天春风动树,兰草飘香;秋天,黄菊盛开,傲霜吐蕊。冬天,窗含白雪,蜡梅怒放。

元怀率领着他的队伍出西阳门,向西走三里,御道南白马寺和御道北的宝光寺便在视线中。元怀见白马寺前还有些闲杂人,很是生气。来到寺院山门前他跳下马,甩着马鞭,大声喊着校尉:"你他娘的瞎了眼,没看见还有闲杂人员吗?"说着扬起皮鞭,抽了校尉一马鞭。校尉不敢说话,只是指了指元愉和李翠玉母子说:"那是京兆王和王妃!"

元怀愣怔了一下,心里想,这可真是冤家路窄,刚出来怎么又遇到他?真他娘的晦气! 不过,一定不能显露出怕他的样子! 上次冲突,没有占上风,这次一定要压过他!

元怀哈哈大笑着,大步走到元愉面前,嘲讽地说:"元愉,带你的风尘知

己游玩？又把于宝珍送回了娘家？"

元愉最恨别人叫李翠玉为风尘女子，偏偏元怀当着众人这么羞辱他。盛怒的元愉扬起拳头，劈面打向元怀，这一拳，打得元怀眼冒金星，鼻子流出鲜血。

元怀被元愉劈面一拳打得生疼，他跳着，捂着鼻子嗷嗷喊叫："你敢打我！给我上！"元怀捂着鼻子，喊着羽林士兵。可羽林士兵哪个也不敢上前，两个王爷，一对兄弟，他们敢动手吗？上次被处死的不都是两府参与斗殴的属下吗？

元怀挥舞着皮鞭，飕飕向元愉抽了过来。元愉一边保护着李翠玉和宝月退到白马后面，一边沉着地躲避着元怀的皮鞭，趁元怀一个不注意，他一把夺过元怀的皮鞭，元怀趁机抱住元愉，弟兄两个王在白马寺前转着圈，打得不可开交。

校尉急忙跑到不远处元怿府邸，叫来元怿劝架。

元怿听说元愉和元怀在白马寺前大打出手，急忙随羽林校尉跑来白马寺。

"都给我住手！"元怿挺身站到扭作一团的弟兄二人中间，费了好大的力气，才将谁也不让谁的弟兄分开。

"不像话！"元怿阻挡着被拉开还想扭打的元愉和元怀厉声呵斥着，"还像个王吗？也不怕宗正卿惩罚！"

听御史台报告说两个弟弟王爷在大庭广众之下又一次大打出手，让皇帝元恪分外恼火。刚刚教诲了他们，刚刚解除了他们的闭门思过，居然不思悔改继续为非作歹，败坏朝廷声望，"抓来见朕！"

元恪派内侍和羽林去捉元愉和元怀进宫。

满脸怒容的元恪审问事情经过，元怀一口咬定是元愉挑衅，派随从殴打他的士兵引起他们的斗殴。

"他说的是实情吗？"元恪问元愉。

元愉拧着脖子站在元恪面前，只是沉默着不说话。

高肇担心外甥元怀受罚，冷笑着说："京兆王自知理亏，听凭皇帝陛下责罚，不做辩解了。"

元愉冷冷地扫了高肇一眼,那眼光冷峻仇恨,叫高肇不寒而栗。元愉不说话,并不是他认罚,而是他又不愿意说出元怀羞辱李翠玉的真相,不想让李翠玉的名声在皇帝面前再一次受到羞辱。

元愉紧紧闭着嘴,并不辩驳。

"那你是认罚了?"元恪怒喝着,"来人,杖元愉五十,出冀州为刺史!"

元愉被羽林按倒在长凳上,两个羽林士兵在皇帝元恪的监视下,一起一落地杖打着元愉。元愉咬着牙强自忍受着杖击的痛楚,并不喊叫,他把所有的痛楚都咽进肚子里。

元怀冷眼看着元愉挨打,幸灾乐祸的笑容浮现在他的脸上。从今以后,元愉被撵出京城,再也无法和他争高低了。想和我争,自不量力!也不看我是谁!有同母兄长元恪的包庇,还有大权在握的舅父高肇的护卫,你元愉能占到什么便宜?!

趴在凳子上的元愉看到元怀的冷笑,心里无比愤怒。荆杖一上一下地抽在他的屁股上,钻心地痛,他就是强自忍受着,既不呻吟,也不喊叫,一直紧咬牙关,把所有的愤怒和仇恨埋藏在心底。这个仇,他一定要报!

高肇看着被拖出去的元愉,小声对元恪说:"陛下,这几个王需要严加管教,不然的话……"他意味深长地看着元恪,没有继续说下去。

元恪意识到高肇的暗示,他想起了元禧、元祥。是的,皇帝的弟弟通常都是谋逆的元凶,仗着他们也是天子之子,能够号召一些人的。

元恪看着高肇,"舅父,你以为如何处置他们?"

高肇用下颏点了点元怀,"还让他住到华林园,派四书博士去教他读书。清河王和汝南王全都禁闭在府邸,不许他们与外人交通。"

"好,就依舅父!下诏!诏宿卫队主率羽林虎贲,幽守诸王于府邸,不得自行出入,外人不得进内!"

这是怎么回事啊,一日之内,赶元愉出京到冀州,又幽闭元怿、元悦等人,这是要干什么啊?

元勰听到这个消息,又气愤又不安。元恪软弱,已被高肇完全控制在手,这元氏宗室就这么被高肇残害吗?高肇专权已经到了登峰造极的程度,这国朝安危迫在眉睫,他不能继续明哲保身了。

元翙放下手中正在编写帝王贤达事迹的《要略》,提笔给皇帝写表切谏,他言辞恳切地写道:"伏惟阙下,臣闻陛下禁闭诸王于第,窃以为不妥。诸王与陛下一脉相承,惺惺相惜,唇亡齿寒。高祖时,慈训诸弟,乃得诸弟护卫,高祖时终无内乱,高祖与侍臣升金墉城,顾见后堂茂桐修竹,曰,凤凰非梧桐不栖,非竹实不食,讵能降凤乎?翙对曰:凤凰应德而来,岂竹、梧桐能降?昔在虞舜,凤凰来仪;周之兴也,鸾凤鸣于岐山。陛下以德降凤凰,岂必梧桐修竹?高祖以为然。今陛下修明德,召天下贤达,集四海之精华,故得政治清明。何足不容诸弟乎?高祖有知,难免唏嘘,太后有灵,定然慨叹。望陛下三思!"

元翙写完,换上朝服,叫来乘辇,毅然进宫。

元翙来到皇宫正门阊阖门,他正要从供王出入的东掖门进入,被东掖门宿卫羽林拦住去路。"殿下,没有大将军高肇和于忠将军的命令,谁也不得入宫!"

元翙正色厉言说:"我乃当朝太师,皇帝叔父,进宫见驾,有何不可?尔乃何人,竟敢阻拦?"

几个羽林士兵依然横枪阻挠,只是不肯放行。

听说太师元翙进宫被阻挡在阊阖门,宫门司马跑来劝解。他连连作揖赔礼,请求元翙宽恕:"不是兵士不给太师面子,实在是大将军和领军将军于大人有死命令在先,任何人不得进宫。听说宫内发生大事,但什么事情,我等实在不知情。殿下进宫有何事,请留言,微臣等大将军来代为传达。"

元翙哼了一声,把写好想亲自面交皇帝的表书扔给宫门司马,懊恼地登上乘辇回家。高肇升为大将军、尚书令,与太师他同为八座,他如之奈何?

第六章　后宫风云

1.高贵人专宠夺爱激怒皇后　大将军未雨绸缪计除国戚

这一天,元恪正要起身去佛堂,高莺莺突然哭着从外面跑了回来,一头扑到皇帝元恪的怀抱里,"皇帝陛下。"她娇声喘息着在元恪的怀抱里揉搓起来。高贵人高莺莺进宫以后,在伯父高肇的纵容下,逐渐俘获了皇帝元恪的心,专宠了后宫。于皇后怀孕生子两年里,高莺莺已经完全替代了皇后的位置。

"怎么了,我的小乖乖?"元恪心疼地捧起高莺莺的脸,连连亲吻着。

"皇后欺负我。"高贵人高莺莺哭得花枝颤抖,花容失色,泪水把一张涂脂抹粉的脸冲得阑珊一片。

"皇后怎么欺负你了?"元恪笑着问。看着几个女人为他争风吃醋,他很是高兴,很是满足。

"我好心去看望皇子昌,给他带了许多好东西吃,可皇后不但不领情,反而诬陷妾,说妾有意害皇子!陛下,这可真是好心喂了狗,好心成了驴肝肺了!"高莺莺说着,又哭成泪人。

"小心肝,小乖乖,快别哭了!瞧,把这小嫩脸哭成什么样子了嘛?大花脸似的!来,让朕给你擦擦脸!"

元恪扳过高贵人高莺莺的脸,接过内监递过来的巾帕,轻轻擦拭着她脸上的泪痕,高莺莺的脸是那样娇嫩,那样明媚,樱桃小口鲜红娇艳,真像娇艳欲滴的一颗樱桃,令人垂涎三尺。元恪禁不住凑了上去,紧紧拥抱着高莺莺,吸吮着那颗叫他总是心动的红樱桃。

高莺莺娇嗔地扭动着身体,发嗲地说:"陛下,还没为妾做主呢!陛下就

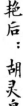

281

任由皇后欺负妾不成？陛下不为妾做主，妾以后还有什么脸面面对其他姐妹啊？皇后这么对妾，她们还能听从妾的话啊？"说到这里，高莺莺又花枝乱颤，嘤嘤哭了起来。

"好了，我的心肝宝贝，我的乖乖！朕为你做主！你说，让我怎么处罚皇后？"元恪嬉皮笑脸地问。

高贵人高莺莺一下抱住元恪，惊喜万分，她要的就是皇帝这句话。伯父高肇一再叮嘱她，要她笼络住皇帝，让皇帝慢慢疏远皇后，以便把她推到皇后宝座上。她一直牢记着伯父高肇的话。

"陛下，把皇后打入冷宫！"高莺莺毫不迟疑地提出她的建议。

元恪笑着，"好，好！朕把皇后打入冷宫！来人！"元恪大声喊，内监给事中王温趋步过来。

"传诏，于皇后有违后德，嫉妒成性，打入冷宫！"元恪大声宣诏。

散骑常侍王温以为自己听错了，只是愣怔着不敢移动脚步。

高贵人柳眉倒竖，一手叉腰，一手指着王温，尖声高叫着："你怎么还不去传诏？快去啊！去啊！"

王温看着皇帝元恪，嗫嚅着，还是没有动。

高莺莺抢步上前，用力推了王温一下，"你怎么还不动？你是不是想违抗皇帝啊？"

王温被高贵人推得跟跄了一步。

"陛下，你看他，还是不动弹！"高贵人回头，看着元恪，眼睛一挤，眼泪又唰唰流了下来，"连他都不听妾的话，以后妾还有什么脸面啊？"

元恪愤怒得涨红了脸，咆哮着："死奴才！你还不快去传诏？找死啊！"元恪从墙上掣下一把亮铮铮的宝剑，挥舞着朝王温刺来。王温吓得跳了起来，急忙退了下去。喜怒无常的元恪暴怒起来非常吓人，随手刺死小黄门的事情屡屡发生。

"什么？打我入冷宫？"于皇后扬起眉毛，略感意外和惊奇。

皇帝元恪又抽了哪根筋，发什么羊角风啊？她极为了解元恪，几年的共同生活让她知道元恪喜怒无常，脾性不定，做事没有准性，全凭感情意气用事，很容易被人操纵、利用和控制。近来，她和伯父堂兄都不无担忧地看出他正渐渐在被高肇操纵和控制。她不断劝说他,引导他,开导他,希望他能够运用自己的智慧治理朝政,不要太受控于高肇。前几年她独霸后宫,元恪对她的话还能听进去几句,可自从高莺莺几个嫔妃进宫以后,她感觉到皇帝正在远离她。不过,好在她已经顺利地为皇帝生下唯一的皇子昌,皇帝还会一如既往地喜爱她的,她还是皇后,还是后宫主宰。再说,她的伯父于烈与父亲于禁、堂兄于忠,一门忠烈,都是捍卫皇帝的心腹,在关键时刻救驾护驾首当其功。皇帝怎么会下如此诏令呢?怕是弄错了吧?

于皇后微微笑着问王温:"是不是高贵人那小蹄子在一旁使坏?"

王温含混其词,不敢说是,也不敢说不是,"可能……也许……大概……听说……是吧。"

于皇后冷笑着,"知道了!先别理他!来人!"于皇后喊。伺候皇后的黄门和女侍中急忙跑来。"诏领军将军于烈和于忠进宫!"

于烈与于忠父子急急入宫见于皇后。

于皇后把皇帝元恪打她入冷宫的诏令对于烈父子说了一遍。

"又是抽了哪根筋?"于烈气愤地说。

"还不是高肇的侄女高莺莺使坏?"于皇后气愤不已,"这小蹄子人小鬼大,狐媚皇帝还不够,还想取代我的位置呢!"

"那还不是高肇的阴谋?"于忠愤愤不平地小声说。

于烈不说话,只是拈着须髯沉思。高肇内外专权的局势已经很太明显不过,他该怎么应付呢?是明哲保身,还是挺身而出予以反击呢?是不是该除去高肇?除了高肇,侄女这皇后位置就保住了。

于烈叮嘱着:"你要好好保护好皇子昌,只要皇子平安,你就平安。你不要让其他嫔妃接近皇子昌,千万记住!"

"今天就是高贵人借口来看望昌被我撵走,才引来皇帝陛下的这道诏令!"于皇后终于控制不住,流着泪说。

"皇子昌还养在你的宫中吧?"于忠关心地问。

"是的,昌儿在我宫中!我不让皇帝把他别养他宫!"于皇后哽咽着回答。

"好,只要昌儿在你身边,皇帝还会回心转意的!你要用昌儿感化他!"于烈叮嘱着。

沉河艳后：胡灵皇后

283

"要是他不改变主意呢？他这人，有时犟得跟犟驴一样！"于皇后小声说。

"以后的事，你不要管了。我们会替你想办法的！"于烈坚定地说。

于皇后擦去脸颊上的眼泪，点了点头，有伯父和堂兄的支持，她不必担心高贵人的阴毒。

王温去了以后，皇帝元恪又和高贵人温存了一会儿，便到太极前殿东堂去处理政事。

高贵人想想无事可做，起身去华妇宫昭阳殿里找胡小华。

胡小华见高莺莺来，急忙迎了上来。"拜见贵人！贵人光临，请上座。"胡小华甜甜地笑着，行礼后搀扶着高莺莺入座。

高莺莺急忙摆手，"不坐，不坐。我想去看看于皇后被打入冷宫的情景，你陪我去走一趟吧。"

"什么？"胡小华惊讶地提高了声音问，不过话一出口她立刻意识到自己的莽撞，急忙捂住嘴压低声音问，"于皇后被打入冷宫了？"

高莺莺炫耀似的笑出一片灿烂，"是啊，是啊。我们去看热闹吧。"

胡小华压抑不住喜悦，凑到高贵人面前，鬼祟地笑着："你看，我就说这皇后位置将来是你高贵人的吧？我说对了吧？"

高莺莺莞尔一笑，拉着胡小华就走，两个人笑嘻嘻地向承欢宫走去。

承欢宫前一片平静。

高贵人心里一凉：承欢宫并没有执行皇帝的诏令，于皇后还没有给打入冷宫。这是怎么回事？正在她纳闷的时候，看见于烈与于忠从承欢宫里走了出来，两人说着什么。

高莺莺一下子明白了，原来于皇后有于烈、于忠做后台，并不执行皇帝的诏命！她一脸笑容立刻消失，拉着胡小华往前走。

"哪里去啊？"胡小华不放心地问。

"去找皇帝！"高贵人气呼呼地说。

"不行！"胡小华断然站住脚步，"你不能去！"

"为什么？"高莺莺愕然地看着胡小华，气愤地涨红了脸，"她于皇后胆敢反抗皇帝诏命，我要告诉皇帝去！"

胡小华见高莺莺在气头上，知道不好深劝，笑着说："皇帝陛下正忙于公事，这么莽撞去打搅，会让陛下生气的。姐姐，依妹子的话，不如先回宫去吧。要不，我们去西游园玩。"说着，拉起高莺莺，连拉带拽让高贵人往回走。

"不嘛，我不回去！我要去见皇帝！"高贵人挣扎着，试图从胡小华拉扯中脱身，胡小华只是不放手，两人在御道上拉扯着。

皇帝元恪和高肇说笑着过来。

"皇帝陛下来了！"胡小华小声说，放开拉扯高贵人的手，整理了一下衣服和头发，敛容屏息，垂手站到御道边，迎接皇帝。高莺莺却满不在乎地迎着皇帝的方向看了过去，静静等着皇帝过来。

"你们在这么干什么？"元恪来到高贵人身边，笑着揽住她的肩头，亲热地抚摩着她的脸颊。

"妾与高贵人等着迎接皇帝陛下回宫！"胡小华生怕高莺莺口无遮拦，一下子就说出于皇后的事情，急忙抢着替高莺莺回答。

元恪从高贵人的脸上掉转目光，微笑着盯住胡小华那笑容甜美的、有两个大酒窝的娇嫩脸蛋，笑着问："是胡华妇吗？"

胡小华急忙回答："妾身是华妇胡小华。陛下忘记了吗？"

元恪笑道："忘是没忘记，不过朕还没有临幸过华妇，也就印象不深了。"

高贵人见元恪只是和胡小华说话，心里很有些嫉妒，她抱住皇帝的胳膊摇晃着，哆哆地说："陛下，妾有事禀报陛下，请陛下为妾做主！"

"心肝乖乖，你这是又怎么啦？难道又有人欺负你了不成？"元恪从胡小华脸上收回目光，把高莺莺紧紧搂抱在怀抱里，笑着问。

"陛下，于皇后到现在还没有被打进冷宫！"高莺莺不管胡小华一旁挤眉弄眼地使眼色，还是把这件事给说了出来。

高肇一直笑眯眯地看着皇帝与自己侄女亲热，他那外表忠厚的脸上堆积着美滋滋的笑，侄女莺莺已经成功地俘获了元恪的心，他非常高兴。突然听到高莺莺冒出的这句话，叫他大吃一惊。"什么？！陛下，你要把皇后打入冷宫？这是什么时辰发生的事？臣怎么一点都没有听说啊？"

高肇一双小眼睛流露出极端诧异和责备，看着元恪，连声责问："陛下怎么不告诉臣？怎么不与臣商量商量啊？这么大的事情，陛下怎么敢自行做主啊？"

沉河艳后：胡灵皇后

元恪见高肇动了真气，很有些惶惑不安。舅父是他的主心骨，是最关心爱护他的人，其他大臣，包括宗室兄弟在内，全都觊觎他的皇帝宝座，他怎么可以惹舅父生气呢？元恪惶惶不安地辩解着："这是上午在高贵人请求下做出的决定，贵人说于皇后欺负了她，朕这是为贵人做主啊！"

"胡闹！真是胡闹！"高肇跺着脚气急败坏地对高莺莺呵斥着，"你想过没有？这么做的可怕后果吗？小孩子家家的，怎么就敢于干涉后宫这么大的事情啊？你不要命了是不是？你知道于皇后的伯父堂兄现在的权势吗？"

高肇一连串的呵斥吓得高莺莺直往元恪怀里钻。她脸色发白，浑身颤抖着，紧紧钻在元恪的怀抱里不敢看伯父高肇因为生气而狰狞的脸。

元恪急忙劝高肇："舅父，别生气，别生气，有话好好说，好好说。"

"陛下，你知道她闯了多大的祸吗？也许现在于烈和于忠已经知道此事，正在调兵遣将来包围皇宫呢！他们要不拼命保卫于皇后才怪呢！"高肇焦躁地挥舞着双手，把右拳砸在左手掌心里。

"他们刚从于皇后宫里出去！"高莺莺从元恪怀里抬起头，怯生生地对高肇说。

"你看，坏大事了吧？他们一定去部署队伍了！"高肇惶惶不安，脸色陡变，自言自语连声说着，"这可咋办？这可咋办？"

高肇的慌乱感染了元恪，元恪也紧张起来，他怯生生看着走来走去的高肇，连声问："事情真的有这么严重？有这么严重？那该怎么办？啊？舅父？那该怎么办啊？"

高肇终于平静下来。他对元恪连连摆手："不至于太坏，还来得及补救！走，我们回宫里再商量！"高肇看了一眼胡小华，对元恪说。

胡小华急忙对高贵人说："姐姐，要不，我先回宫去了。"

高肇赞赏地看着胡小华，点点头，心里夸奖着：真是个聪明伶俐的女娃！他对胡小华笑着说："你还是陪着高贵人玩吧。陛下，我们回宫去！"

于烈和于忠回到自己府邸，便立刻关进密室开始商量对策。皇帝元恪要把于皇后打入冷宫，这消息无异于晴天霹雳，尽管他们在于皇后面前保持镇定自若，其实他们异常震惊和恐慌。于皇后被打入冷宫，便是于氏家族光荣豪华地位的终结，也许就是这个从代国时期就紧随太祖道武帝征战天下、自曾祖于栗磾四世贵盛、出一皇后、四赠三公的于氏家族颓败倒霉的开始！

一定要想办法阻止这事的发生！

于烈捋着几乎全白了须髯，坐在中间的椅子上沉思默想。

于忠走来走去。

于烈呵斥着："你给我坐下！在眼前晃来晃去的，把我的头都晃晕了！"

于忠讪笑着坐了下去，看着父亲于烈。于烈虽然一头银发，但精神依然矍铄，头脑异常冷静。父亲会想出好办法的！于忠欣慰地想，崇敬地看着于烈，等着他想出锦囊妙计。

于烈用手指轻轻刮着眉骨，分析着各种办法的可能性。调兵遣将包围皇宫，逼迫元恪收回成命？不妥！他立刻否定了这办法。这是公然的叛逆，不是他于烈应该做的！与于忠一起面见皇帝元恪，向他陈述于氏家族的功劳，劝元恪回心转意收回成命？还是想办法把于皇后和皇子昌悄悄接回于府，威胁皇帝收回成命？

于烈反复地比较着，想着事情的后果，犹豫着迟迟做不出决断。

于忠有些着急，他又站了起来，忍不住催促着问："阿爷，想出办法了没有？"

于烈茫然地摇头。

"这都什么时候了？要是还想不出好办法，妹子也许就被关起来了！我们可怎么办好啊？要不，我再进宫去，先把妹子和昌儿接回家躲避几天再说！"

于烈叹了口气，"也只有先这么办了！我头脑里乱哄哄的，一时真还想不出合适办法！我们于家四世忠烈，不能干那些太荒唐的事情！"

"那，我这就进宫！"于忠说着抬脚就走，出门撞上进门的门子，门子惊慌地说："宫里派人来，说皇帝陛下请于老爷父子进宫商量要事！内侍王温和羽林军在大门等待！"

于忠又返回内室，惊慌失措地说："阿爷，皇帝来人诏我们进宫呢！你看，怎么这么巧？会不会有什么阴谋？"

于烈变了脸色，腾地站了起来，眼睛瞪得如铃铛一样压低声音说："来者不善，善者不来！皇帝诏我们父子同时进宫，势必是提防我们谋乱！我一个人进宫，你千万不要去！一切由我来应付！你赶快悄悄出城去躲避几天，就

沉河艳后：胡灵皇后

287

说是到邙山打猎了！万一出了事情，你还可以照应我们于氏一门！"

"阿爷！"于忠猛然扑到于烈身上，"还是让儿子进宫吧！阿爷在，于家就在！"

于烈威严地咆哮，"什么时候了？还容得你我争执？你年轻，又有皇帝亲自赐予的名字保护，只要逃过这一劫，皇帝不敢再怎么着！我老了，六十五岁了，没有什么顾忌的！快去准备！带几个人，从后门走！快点！要不羽林军进来，我们父子谁也逃不过！"

于忠哭泣着，扑倒在于烈面前，磕了几个响头，"阿爷多保重！"

于烈老泪纵横，以手掩面，"快走！快走吧！"于忠号啕着冲出门，带了几个亲信，张皇出了后门，快马向城外邙山奔去。

于烈估计于忠出了门，这才整理好衣服，不慌不忙走到前堂，来见内侍王温。王温见了于烈，抱拳施礼，笑着传达了皇帝诏令。

于烈呵呵笑着："好，好，老夫这就随大人进宫！"

王温双手拦住往外走的于烈："等等，于大人！皇帝诏大人父子一起进宫！请问于忠领军呢？"

于烈还是呵呵笑着，"瞧，王大人，你来得真不巧。于忠一大清早就带着他的弟兄随从到伊阙山打猎，不在府里！王大人你看是在这里等他回来呢，还是先带我进宫见皇帝呢？"

王温见于烈如此平静，不像诳人、诓人的样子，只好说："那要等到什么时辰啊？只好先请于大人跟我进宫吧！"

于烈跟随王温来到澄鸾殿。澄鸾殿只有大将军高肇站在门口等待着于烈。

"陛下呢？"于烈瞪着眼睛问高肇。

高肇冷笑着说："陛下正在歇息，诏老夫见你。于将军，听说你正调兵遣将准备起事，是吗？"

于烈凛然站在高肇面前，不卑不亢地说："大将军说话要有证据。何来见我调兵遣将了？"

高肇嘿然冷笑着说："只是没来得及罢了！不是诏你进宫，怕是你要去集合部众了！来人！把叛逆主犯于烈给我拿下！"廊下的羽林兵士吆喝一声冲了过来，把于烈捆绑起来。

"大将军！你天良丧尽，残害忠良！我要面见陛下！"于烈挣扎着喊叫着。

高肇冷笑着，"陛下不会见你的！我看你还是省点气力，保留个全尸首吧！"说着，他的面目狰狞起来，眼睛流露着凶光，平素忠厚白皙的脸皮横肉纵横，短而粗的眉毛拧在一起，"拿椒盐上来！"

羽林士兵捧来椒盐和酒，几个人按着于烈，把椒盐和酒强灌了下去。

2.胡华妇出谋划策助莺莺　高贵人枕边吹风惑皇帝

高贵人看着元恪和高肇匆匆离开的背影，小声问胡小华："你说，我伯父和陛下会怎么做？"

胡小华明亮的眼睛凝视着他们的背影，也小声说："我猜想高大将军要想办法对付于烈和于忠。"

高贵人拉住胡小华，"你说，陛下会不会赐死于烈？"

"有可能。反正高大将军不会让于烈先动手的！他一定会先发制人！"胡小华收回目光看着高贵人，两个酒窝浅浅浮在脸颊上，总像微笑似的，让她的脸面看上去总是那么甜美动人。

高贵人还想问什么，胡小华却拉着她的手，"别瞎猜了，反正你伯父会替你安排妥当的！走吧，我们去园子里摘指甲花染指甲玩吧。"

高贵人摇头，"让宫女去摘，干吗我们动手啊？"

胡小华笑着，摇晃着高贵人的手，半撒娇半强制性地求着她："走吧，我们自己动手多好玩啊！园子里没有别人，只有我们姐妹，我们可以趁机疯一疯嘛。宫里生活多烦闷啊，我都快闷死了！求你了，姐姐！好姐姐！"

高贵人经不住胡小华的哀求，笑着点头应承下来，胡小华高兴地抱住高莺莺，左右看看没人过来，急忙在高莺莺脸蛋上清脆响亮地亲了一口："你真好，姐姐！我们快走！"

两个女娃跑着进了西游园。西游园花圃里，各色鲜花争奇斗艳，牡丹花圃里各色牡丹盛开，引来成群蜜蜂嗡嗡嘤嘤，上下翻飞，在花心里采集着花粉，各色彩蝶翩翩在花丛里飞舞。

胡小华和高贵人手拉手，在花丛间跑着跳着欢笑着，正像两只彩蝶在花

丛中飞舞。两个女娃尽情地疯跑疯笑了好一阵,才来到指甲花花圃,各自采摘了一大捧,又摘了些碧绿的豆角叶子,坐到石凳上,用手揉着指甲花,让鲜花变成花泥。

"姐姐,我给你包。"胡小华抓住高贵人的手,拈起花泥贴到她的指甲上,用宽大的豆角叶包了起来,又从腰间佩带的锦绣荷包里抽出丝线,仔细地缠绕包扎起来。胡小华为高贵人包着,一边夸奖着她的手:"姐姐,你的手真好看,正像诗句说的那样指如削葱。十指尖尖的,长长的,细细的,翘翘的,指甲长长的,红润红润的,夹上这半个粉白月牙,真好看!"说着,胡小华拉着高贵人的手,凑到自己嘴边,亲了一下。

高贵人笑着,"瞧你,没样!来,让姐姐给你包。"

胡小华把手背到身后,甜甜笑着,"姐姐是贵人,马上就要做皇后了,妹子可不敢劳动姐姐大驾。你就让我自己包吧,反正我的手已经弄脏了。"

高贵人笑着说:"你真好,有你做伴,我在宫里就不闷了。哎,你说,我真的能当皇后?"她的大眼睛流露着期望,问胡小华。

胡小华眨巴着黑黑睫毛覆盖着的眼睛,注意看着自己的手指,一边仔细包着指甲花泥,一边说:"我说肯定能,而且就在今年年内。要是皇子昌立了太子,姐姐当皇后的日子就更快了!"说到这里,胡小华一脸诡秘好奇凑近高莺莺,看着她的眼睛,压低声音问,"姐姐,你有了没有?"

高贵人粉脸蓦然红了起来,她轻轻捶打着胡小华:"鬼女子,你说的啥啊!"

胡小华的眼睛略微暗淡了一些,她羡慕地说:"姐姐,我真羡慕你哩。皇帝陛下那么宠爱你,天天幸你的昭阳宫。妹子不过一个充华世妇,皇帝陛下根本不放在眼里,进宫这么长时辰,一天也没幸过。"说到这里,胡小华深深叹了口气。

高贵人打了她一拳,"看你!唉声叹气的,像个老太婆似的!我会想办法让皇帝幸充华宫的!你放心!我说到做到!"

胡小华急忙阻止她:"姐姐!你可别这么做!皇帝想去哪里去哪里,千万不要为了妹子让陛下不高兴!他现在不幸充华宫,我还巴不得呢!我现在这么小,急什么啊!他总有一天会幸充华宫的!姐姐你要占据皇帝的心!要让皇帝千万宠爱在你一身!只要姐姐当了皇后,妹子就会有好日子过!

是不是,姐姐?"

"你真是我的好妹子!"高贵人紧紧抱住胡小华,也亲了亲她的脸蛋,"我们俩永远相好!"

"好! 妹子和姐姐拉钩为盟!"胡小华伸出小拇指勾住高贵人伸出的小拇指,两个女娃笑着一起唱:"拉钩上吊,一百年不许变!"

高贵人突然想起胡小华说的一句话,"哎,你刚才说要是皇子昌立了皇太子,我当皇后的日子就更快了。这是为什么啊?"

"姐姐,你怎么忘记了国朝旧制? 立了皇太子,他的母亲要怎么啊?"胡小华抬起毛茸茸的眼睛看着高贵人,眼光里满是提示和暗示。

高莺莺拍着自己的脑门,恍然大悟,"你看我这记性! 子立母死,我怎么把这国朝故制给忘了? 真是的!"

"明白了吧?"胡小华狡黠地笑着,"妹子说得有没有道理啊?"

高莺莺敬佩地看着胡小华,戳点着她的额头,"死女子,你真能着呢! 这么说,我要撺掇伯父和皇帝陛下赶快立太子?"

"我想该是这样,要是你想早日做皇后的话!"胡小华郑重其事地说。

"可那皇子昌还小,皇帝不会答应的! 他离不开他娘!"高贵人又提出一个疑问。

胡小华的眼睛闪出一些不屑,"姐姐,你怎么这么想不开啊? 皇子昌已经一岁多快两岁了,可以断奶了。再说,皇子原本就不该皇后喂养,不是皇后仗恃她的地位,皇子不早就别宫养了吗? 国朝哪个皇子是亲娘养的? 再说,他娘没有了,你不就是他的娘? 你来抚养他,他将来还不是你的儿子? 你忘了文明太后了? 高祖多孝顺太后啊,对太后言听计从,比亲儿子还听话呢? 你不羡慕?"

高贵人一把抱住胡小华,"好妹子! 多亏你的提醒!"她又搂住胡小华吧唧亲了一口,眼睛异常得亮了起来,脑海里一片灿烂光明。

高莺莺和胡小华在西游园尽情玩闹直到太阳西斜,才慢慢走出西游园回自己宫里。路过承欢宫时,只见承欢宫前来来往往许多人,都慌里慌张的,宫里传出一阵阵号啕的大哭声。

"好像是于皇后的哭声。"胡小华侧耳听了听,拉了高贵人一把,"肯定是

于皇后出了事,等我去给姐姐打听打听。"

胡小华跑向承欢宫,倚在大门口向里张望。一个小宫女从宫里出来,走到院子里。

"小妹子,过来!"胡小华向那宫女招手。那宫女见是充华世妇胡小华叫她,急忙走过来。

"你叫什么名字?"胡小华亲热地问,抚摩着她的黑发。

"回世妇,奴婢叫春香。"宫女恭敬回答。

"春香啊,这名字真好听,跟我在娘家的小丫鬟同名。"胡小华笑着解下一块小玉佩送给宫女,"这玉佩送给你了,以后有事来找我。"胡小华把玉佩塞给春香,又好似无意地问了一句,"皇后咋的了?"

"皇后伯父于烈将军暴卒!"小宫女欢喜地接过胡小华送的玉佩,握在手心里,四下看看急急地说。

"啥时辰的事?"胡小华见春香急着走,拉住她又问了一句。她做事讲究个细致,不问清楚明白哪行啊。

"就在刚才,于烈奉诏进宫,突然暴卒于澄鸾殿。"小宫女春香一气把自己知道的全都说了出来,对胡小华笑笑,急忙离开。

胡小华心中明白了事情的原委。高肇果然厉害,提前动手除了于烈,以防患于未然!这高贵人的皇后位置十之八九已经成了定局。失去依靠的于皇后还不是砧板上的鱼肉,任人宰割。

胡小华的心里有些同情,但更多的是一种幸灾乐祸的快意,看着一个人从鼎盛的高位上跌落下来,下面的人全都会产生出一种幸灾乐祸和醋畅淋漓的快意!她微笑着走到高贵人身边,脸颊上的酒窝盛着放不下的笑意,她一把抓住高贵人的手,欢喜地说:"姐姐,于皇后全完了。他伯父于烈刚才暴卒于澄鸾殿!"

高莺莺拍手笑喊着:"看她还神气什么!她一定要被打入冷宫!走,我们进去看看她的倒霉样!"高贵人拉着胡小华。

"姐姐!别这么做!姐姐是快要做皇后的人啦,要处处表现出处世的大度、宽厚和仁慈才好呢!姐姐现在进去,明明是同情慰问一片好心,可容易被人误认是幸灾乐祸!好心没有好报呢!"

"那就由着她了?不打她进冷宫?"高贵人不高兴地问。

"姐姐让皇帝内监去办,不就行了吗?"胡小华还是那么喜色地笑着说。

高贵人看着胡小华,"鬼女子,总是这么有理! 姐姐听你的!"

"真是我的好姐姐!"胡小华亲昵地抱住高贵人的胳膊摇晃着,慢慢向自己宫院走去。

"姐姐,从现在开始,你就要在陛下耳边吹风,督促陛下早日立皇子昌为太子! 记住了没有?"

"记住了! 好妹子!"高贵人方扁的脸庞上浮现出心悦诚服的敬意,向胡小华招手再见,兴奋地跑回自己的宫室。

承欢宫里,于皇后呆呆地坐着。听到伯父暴卒宫中的消息,她号啕痛哭了一个时辰,她已经哭干了眼泪,也耗尽了气力,现在是连哭的力气都没有了。

保姆抱来皇子昌,皇子昌喃喃不清地喊着阿娘,在保姆怀里扑腾着,张着小手让阿娘抱。于皇后把皇子昌抱在怀里,眼泪涟涟。

皇子昌用他的小手擦着于皇后脸颊上成串的泪水,牙牙说着含糊不清的话。

皇帝内监王温带着几个黄门和宫女来到承欢宫。王温绷着脸,对于皇后说:"皇后,奴婢再传皇帝陛下诏,前来封承欢宫,请皇后把皇子昌交与奴婢!"

于皇后紧紧抱住皇子昌,"这是我的孩子,我的娃啊! 你不能从我手中抢走啊!"

王温冷冷地说,"这是皇子! 皇帝陛下诏奴婢带去交高贵人教养! 请皇后还是听从诏命为好!"

于皇后号啕大哭,紧紧抱着皇子昌死不放手。

王温摇摇头,无可奈何地说:"皇后,恕奴婢无礼了!"他招手,过来几个身强力壮的小黄门,"把皇子抱过来!"

身强力壮的小黄门上前,一下就从于皇后怀抱里抢过皇子昌。皇子昌哭喊着,挣扎着,踢着咬着抱他的小黄门。于皇后被小黄门推倒在地上,她又哭喊着挣扎着站了起来,扑向王温,"还我的娃! 还我的娃!"于皇后抓挠着王温,王温招架着扭来扭去躲避,可脸上还是被于皇后尖锐的指甲划出几

沉河艳后:胡灵皇后

道血印。

"她疯了!"王温命令黄门和宫女拽住皇后,自己抱住皇子昌。

"封门! 把所有宫女内监带走!"王温命令着。小黄门和宫女按照王温的吩咐,把承欢宫的人员全都集中起来,撵出宫院,在各个门上贴上封条。

"你还住在你自己的寝宫里!"王温对于皇后说,"留一个宫女伺候你!"

说完,王温抱着皇子昌巡视了院子,让侍从锁了于皇后寝宫的门,指派一个宫女留在院子里伺候,自己带着承欢宫全部人回去向高贵人禀报。

被关在寝宫里的于皇后听着皇子昌越来越远的哭喊声,一头栽倒在紧锁着的死一样寂静的寝宫里。

3.立太子依故制赐死皇后 遂心愿学太后抚养太子

高莺莺欢天喜地在自己的昭阳宫里忙得团团转,宫女内监跟着她前前后后忙乱,几个内监在更换彩灯帷幛,几个宫女托着盛放水果、浆酪、清茗、美酒的托盘来来往往。高莺莺高贵人兴奋得脸色红红的,眼睛放着异彩。皇帝把于皇后打入冷宫,以后要天天幸昭阳宫,她要让昭阳宫成为皇帝最心仪的后宫,她要用浑身解数让皇帝陛下乐不思蜀,乐不思他宫!

胡小华胡华妇带着一个宫女来。

"姐姐,忙着呢?"胡小华一进昭阳宫就感觉到昭阳宫里上上下下的喜气,她灿烂地笑着,甜甜地喊。

高贵人高莺莺见是胡小华,亲热地跑了几步,上前揽住她的肩头:"妹子来得正好,来帮我看看,这样布置皇帝喜欢不喜欢?"

胡小华故意像个受宠的小妹妹一样噘起小嘴嗔怪地撒娇说:"看姐姐不是问道于盲吗? 妹子从没有单独与皇帝陛下呆过一次,怎么知道皇帝陛下喜欢什么不喜欢什么啊?"

高贵人高莺莺亲昵地刮了她的鼻子一下,"小蹄子,想皇帝陛下了不是?"

"姐姐你真坏!"胡小华扭捏着身子,甜甜的脸一下子飞起红晕,"瞧姐姐说的! 妹子根本不是那个意思!"

"别不好意思了! 姐姐知道! 以后姐姐会关照妹子的!"高贵人轻轻拍

了拍胡小华的肩头,安慰着。

"那可是要先谢谢姐姐的关照了! 姐姐很快就要成为皇后,妹子可全凭姐姐关照!"胡小华很受感动,明亮的眼睛里水汪汪的,充溢着真心受感动的泪水。

高贵人被胡小华感动了,她拍拍胡小华的脸颊,真心诚意地向她保证:"妹子,你放心! 姐姐不会亏待你的! 今后在这后宫里,有我的,就有你的!"

胡小华扑到高莺莺怀抱里,两个女娃又紧紧拥抱在一起。

"姐姐,我带来一些仙人枣和白马寺的石榴来。我知道姐姐最爱吃这仙人枣和石榴了!"胡小华说着,让宫女把竹篮上盖着红帛揭开,篮子里满满一篮子鲜红的石榴和紫红的仙人枣!

"陛下赏赐给各宫不就这么一篮子吗? 这么长时间你都没吃啊?"高莺莺惊讶地看着胡小华问。她自己分到的一篮子早早吃了个精光,这些日子很嘴馋,却是一个也没有了。

"妹子知道姐姐喜欢吃,特意给姐姐留下来。妹子尝尝鲜就够了。"胡小华甜甜地笑着,脸颊上的两个酒窝盛满了衷心的喜悦,"姐姐,你馋不馋这石榴啊?"她从竹篮里拣了一个最大最红的石榴,在高贵人面前晃着,调皮地逗引着她。

"馋,早就馋得不行了。只是不知道你那里有,要不,我早就去抢来了!"高莺莺笑着,动手去抢。

胡小华高举着石榴躲闪着,"那你得告诉妹子实话,你这么馋,是不是有了?"

高莺莺红着脸点点头。

"果然有了!"胡小华笑着,用指头划拉着自己的脸颊羞臊着高莺莺,"承认了吧? 羞不羞?"

高莺莺伸手去抢石榴,胡小华故意举得高高的,两个女娃欢笑着喊着追逐着,抱在一起。胡小华拉着高莺莺坐到卧榻上,剥开石榴皮,把一颗一颗晶莹透亮的石榴子抠出来喂高莺莺吃,一边小声问:"听我娘说是酸儿辣女,你是馋酸还是馋辣啊?"

高莺莺不好意思地说:"好像是馋酸!"

胡小华惊喜地说:"姐姐要生儿子了! 恭喜你啊!"

沉河艳后: 胡灵皇后

295

高莺莺撇了撇嘴，"儿子女儿不一个样？反正也做不了太子！"

胡小华捅了高贵人一拳，"姐姐又犯糊涂了？生太子怕不是好事吧？你忘了妹子的话了？"

高莺莺扑扇着眼睛，"没忘，怎么敢忘呢？皇子昌已经被送到我这里，陛下宣我抚养呢。"

"什么时候封皇太子？"胡小华关切地问。

"陛下只说快了，快了，可最后日子还没确定下来。"

"还是越早越好啊！俗话说夜长梦多啊！"胡小华叹息着说。

"皇帝陛下驾到！"外面传来侍卫响亮的通报。

胡小华有些惊慌，"坏了，坏了。姐姐，我到哪里躲藏一下啊？"

高贵人笑着，"算了，不必躲藏，大大方方拜见陛下也就是了。走吧，出去接驾吧。"高贵人拉起胡小华的手向外走。

"姐姐，不合适吧？"胡小华缩着身子，犹豫地看着高莺莺。

"我让你去见驾就没有什么不合适的，又不是你自个儿钻营。"高贵人笑着，拉了拉胡小华的手。

胡小华偏着头看着高贵人兴高采烈的脸，好奇又略带调皮的样子问："姐姐，这么宽宏大量啊。你不怕别人从你身边夺去陛下啊？"

高贵人脸色马上沉下来，她正色看着胡小华，"我警告你，别在皇帝面前使狐媚子迷惑皇帝！因为你是我妹子，我才允许皇帝幸你，别的嫔妃想也别想！"

胡小华吓得一吐舌头急忙抽身，"哎哟，妈呀！姐姐，我还是不见陛下的好！我怕姐姐吃醋！"

高贵人换上笑脸，"我开玩笑呢！我信得过妹子！，妹子不会和我抢夺皇帝的！是吧？"高贵人轻轻拍了拍胡小华的肩膀，半开玩笑半认真地问。

"当然不会了！"胡小华大睁着漆黑的眼睛看着高贵人，坚定地说，眼光满是诚挚亲热和信任，"再说，我凭什么和姐姐争抢皇帝啊？我长得不如姐姐漂亮，人又没有姐姐聪明，就算我长了熊心豹子胆，也不能从姐姐那里把皇帝抢来啊！"

高贵人心花怒放，眉开眼笑，她拍着胡小华肩头，"好了，不说了。快去接驾吧。"

皇帝元恪大踏步走进昭阳宫,高贵人和胡华妇跪着接驾。

"起来,起来。"元恪拉起高贵人,"以后不必跪接了。"元恪笑着。

"谢谢陛下!"高贵人优雅地慢慢站了起来,淑娴地走到皇帝身边,笑着邀请皇帝入座。

元恪看一眼还低着头跪在面前的胡华妇,问:"这是哪位充华世妇啊?"

高贵人急忙回答:"是胡华妇。"

"噢,是胡华妇啊!"元恪想起西游园那个活泼可爱的、个头高高、身材颀长、走路袅娜的小姑娘。

"好久没有见你了。你还好吗?"元恪走上前伸手抬起胡小华的下颌,仔细地端详着她的脸庞。

胡小华多么渴望着抬起自己水灵灵活泼泼的眼睛勾皇帝一眼,让皇帝为之心跳心动。可是,有高莺莺看着她,她不敢。胡小华只是低垂着目光,不敢正眼看元恪。她小声嘟囔了一句:"陛下。"元恪放下手,笑着说:"起来吧。"

"感谢陛下!"胡小华顺从地站了起来,低垂着眼睛说。

"你挺喜欢她,是不是?"元恪看了看垂手站到一边的胡小华,笑问高贵人。

"是的。"高贵人挺满意胡小华的表现,笑着说。

元恪坐到卧榻上,高莺莺把仙人枣和石榴摆到几上,鲜红的小枣,咧开嘴笑的鲜红的石榴,让元恪的眼睛一下子亮了起来。"还是高贵人知道疼朕,把朕最喜欢的水果留到现在。"说着,元恪拥住高贵人,响亮地亲了一口。

胡小华上前在果盘里拣了个最大的石榴,小心剥开皮,把亮晶晶的石榴递给高贵人。高贵人一边喂元恪吃,一边娇媚羞涩地笑着:"陛下,立太子的事议定了没有?"

元恪笑着,"与舅父商议过,日期已经定了下来。"

"什么时候?"高贵人掩饰不住惊喜,提高声音问。

胡小华急忙朝高贵人使了个眼色。高贵人压抑了一下自己的情绪,调整了自己的过于惊喜的表情,平静地笑着,"立太子可是国朝大事,太子立,人心稳啊。"

元恪拉过高莺莺的手,高莺莺好看的粉红色掌心里托着晶莹的石榴子,

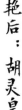

沉河艳后:胡灵皇后

297

让他忍不住低头直接用嘴从她的掌心里吸起几颗石榴子,顺便用嘴唇在她的掌心里亲吻抚弄了一番。皇帝的嘴唇弄痒了高莺莺的手掌心,她咯咯地笑了起来。

胡小华趁机开口:"请问陛下,立太子可要后宫做些什么准备?夫人世妇能否参加典礼?妾要不要做些准备呢?还来得及吗?"

元恪笑着回答:"怕是来不及了,明日辰时举行仪式,一切都准备妥当,除了外朝四品以上大臣参加,内朝后宫不参与。"

胡小华抬起大眼睛兴奋地看了高贵人一眼,双颊的酒窝溢出甜甜的笑容。高贵人感激地朝胡小华轻轻点点下颔。不是她的旁敲侧击、她的迂回询问,她一时还得不到这么准确的消息。

元恪怔怔地看着胡小华,好一双美目! 元恪想,胡小华流光溢彩、顾盼自如的美目吸引了他的注意。

胡小华又轻声发问:"陛下,难道皇后娘娘也不参加吗?"问完以后,胡小华的心怦怦直跳,这是一个很冒险的话题,也许会惹起皇帝的震怒。但是,她得冒这个险,她要想方设法帮助高莺莺把话题引导到皇后身上,然后慢慢寻找机会提醒皇帝,让皇帝对于皇后行使国朝故制的制裁!

皇帝元恪诧异地看着胡小华,心里想:这女娃真大胆,竟敢提起被朕打入冷宫的皇后。他想生气,可眼下他心里没有一丝气愤,只有温柔熨帖和甜蜜充溢着胸膛。他淡淡地说:"都打入冷宫了,还参与什么啊?"

胡小华提着的心落了下来。还好,皇帝没有生气! 她抬眼偷偷瞥了高贵人一眼,给她使了个眼色:该你了!

高莺莺懂得胡小华的暗示。胡小华适时地把话题引导到于皇后上,她要抓住机会,把立皇子与行使国朝故制联系起来,暗示或请求皇帝赐死于皇后!

高莺莺往皇帝身边凑了凑,亲热地靠在皇帝的肩头,伸手抚弄着皇帝的脖颈和脸颊,柔柔地问:"陛下,妾身好像听说国朝曾有旧规矩,凡立太子,其生母一定要赐死。可是真的?"

元恪直着眼睛看着高莺莺,"当然是真的了。这规矩是太祖道武皇帝效仿汉武帝亲自立的,一直持续到高祖时期。"

高莺莺急忙问:"那陛下当年被高祖立为太子时,妾身姑母昭皇后也是依照国朝故制赐死的吗?"

元恪默然无言,只是点了点头,神情凝重起来。

高莺莺轻轻抚摩着元恪的脸颊,安慰着他沉痛的心情。过了一会儿,高莺莺开口,小声问:"皇帝陛下立了太子将如何处置于皇后?依国朝故制呢,还是不依?"

元恪直着眼睛愣怔了半天,一时不知道如何回答高贵人这问题。想了一会儿,他喃喃说:"这要和舅父商讨商讨再做决断。"

高莺莺和胡小华迅速交换了一个欣慰眼神,心里偷偷地乐:于皇后死定了!

正始四年(507 年),十月中旬的一天,从大河北方南飞的大雁,在天空中嘎嘎飞过,不断变化着"一"字和"人"字形队伍,飞过洛阳上空,继续向南方飞去。被关在冷宫里十几天的于皇后面容憔悴,头发蓬乱,衣衫不整。她站在窗前,望着院子里枯黄的草在秋风里瑟瑟,看着蓝天和蓝天飞过的大雁,唉声叹气,几乎已经干涸的眼泪又潸然落下。

昨日的辉煌,昨日的鼎盛,昨日的锦绣,怎么这么快就消失殆尽?正如天空中飞过的大雁,转瞬已了无踪影。十几天,她被独自关在这旧日的皇后寝宫里,没有锦绣衣食,没有前呼后拥,没有颐指气使,没有豪华权威,只剩她一个人孤影青灯,连自己的儿子昌也被剥夺,让她一无所有,让她孤寂无靠,让她感到生不如死。

于皇后站得腿脚发麻,她慢慢走回卧榻,躺下来歇息。偌大的寝宫里,没有声音,可以听到院子外面几声快死的蛐蛐的哀鸣。几只苍蝇在空中嗡嗡飞过,扇起了一阵微风。

于皇后把自己埋进被褥里,欲哭无泪。

院子里传来杂沓的脚步声。于皇后急忙翻身坐了起来。是不是皇帝陛下派人来看望她?每当听到外面的脚步声,她就怀着这样的巴望和幻想。于皇后急忙起身,慌乱地整理着自己的衣裙,拿起木梳和篦子梳理着自己蓬乱的头发。

门外的锁咔嚓一声被打开,一道阳光照进宫室,阳光下几个人走了进来,拉长的影子落在于皇后脸前,于皇后欣喜地迎了上去,强烈的阳光刺痛

了她的眼睛，她用手遮挡着阳光，辨认着来人。

"王大人！"于皇后终于看见捧着一个黄色纸卷的内侍中王温，惊喜地喊。

王温并不答话，只是展开纸卷，朗朗读起皇帝的诏书，诏书说，根据八座①议论，封皇子昌为国朝太子，依国朝旧制，其母亲赐死！

于皇后瞪着发呆的眼睛，半天没有醒过神来。她的儿子被封为太子，她的心里多高兴啊！她是太子的母亲啦！可是下面的话是什么意思呢？什么是依国朝旧制，赐死谁？她呆愣愣地站着，木然看着王温。

王温同情地摇头，向后面捧着托盘的黄门招手。黄门过来，倒了一杯放了椒盐的毒酒，王温双手捧着递给于皇后，"请皇后娘娘饮酒！"

于皇后突然明白过来，她的脸刷得变得苍白，浑身颤抖着连连后退，连连摆手，"这是干什么？这是干什么？"

王温同情地说："娘娘，请饮酒吧！这是皇帝的诏命，请娘娘上路吧！"

于皇后双腿一软，扑通跌坐在地上，颤抖得如秋风里的一片树叶，叫王温看着都感到心疼。

"天哪！这是为什么啊？"于皇后双手伸向苍天痛苦地呼唤着。她十四岁入宫伺候皇帝元恪到今年不过五年，才十九岁啊！十九岁的青春年华，就这样结束了？不！不能！她不心甘！

于皇后哭喊着，哀求着王温："请王大人开恩，让奴家见见皇帝陛下！皇帝陛下不会这么绝情的！"

王温同情地搀扶起于皇后，沉痛地说："不是奴婢不给娘娘面子，陛下不会来见皇后的！皇帝陛下携高贵人与大将军一起出游华林苑了！娘娘见不到皇帝的！皇后娘娘还是自行裁决吧！"

"让我去最后见见我的娃儿啊！求求你啦！"于皇后又哭求着。

王温还是摇头，"太子昌跟着高贵人出游，皇后不能见他！"

于皇后跌坐到地上。所有的希望大门都已经紧紧关闭，她已经了无生路！于皇后仰天大哭三声，大喊三声，一仰脖子，决然饮下毒酒。

---

①魏国八座，指右三师上公：太师、太傅、太保；右二大：大司马、大将军；三公：太尉、司徒、司空八位最高级别臣子，多为皇帝宗室王爷。

4.掐死太子高贵人撞邪　诬陷保姆胡华妇祈祷

正始五年（508年）三月，清晨，雄鸡报晓的啼鸣响过三遍，天刚麻麻亮，高贵人还在熟睡中，怀有身孕的她近来困倦得很。突然，一阵尖利的小儿的哭喊声从隔壁宫室里响亮地传了出来。这清脆尖锐的哭喊声像往常几个月一样惊醒了高贵人。

高贵人腾地坐了起来，她愤怒地用手捶打着床铺，"来人！来人！"

内侍和宫女一起跑了进来。

"你们就不能让他别哭?！天天天不亮就这么哭，让不让人活了!"高贵人尖锐地喊叫着，愤怒的脸扭曲得很是狰狞。

太子昌又哭喊了。虽然立为太子，但是皇帝没有把他转到太子东宫去居住，因为高贵人坚持说太子昌年纪太小需要与她住几年，大一些以后再移居东宫。耳根子软的元恪答应了高贵人的请求。

几个月来，这太子昌差不多天天在这个时候开始他的哭喊，准时得像报晓的雄鸡。任是谁也不能让他停止这清晨的哭喊。这哭喊响亮，尖锐，刺耳。太子昌这里一哭，高贵人立时被惊醒，并且再也无法入睡。

高贵人恼怒地捶打着床铺，咆哮着："快去！让他别哭了!"她听从伯父和胡小华的劝告，把太子昌接进自己的昭阳宫，想效仿文明太后，从小养育太子昌，以便将来培养一个顺从自己、孝敬自己的皇帝。可是，与太子昌生活了这么几个月，她怎么也喜欢不了太子，而太子昌对她似乎也喜欢不起来。

隔壁宫室里的哭声一声紧似一声，像尖锐的利器刺激着高贵人的头脑。她钻进被窝，用锦缎被子紧紧包住头，可是那尖利响亮的哭喊声还是从锦缎被子外钻了进来刺激着她。高莺莺终于忍无可忍，她猛然掀开被子，腾地跳下地，趿拉着鞋，朝隔壁跑去，慌得宫女抄起她的衣服紧喊慢喊跟了过去。

怒不可遏的高莺莺冲进太子昌的房。

宽大的床上，太子昌双脚扑腾着蹬开被子，露出光屁股，双手双脚扑腾着哭喊个不停。保姆试图接近他去抱他起来，他却又蹬又打又抓又咬，不让保姆近身。保姆手足无措，急得只是聒哄着："太子，别哭了，别哭了！再哭

沉河艳后：胡灵皇后

301

又要吵醒高贵人,她会发怒的!"

高莺莺冲到床前,一把拽起光屁股的太子昌,怒喝着:"别哭了! 你号丧呢!"

太子昌被高贵人呵斥得停止了哭喊,睁着眼睛愣怔了半天。高贵人瞪着眼睛严厉呵斥着保姆,"连个娃也糊弄不住! 要是以后再让他哭,你马上给我从宫里滚出去!"

三岁的太子昌从床上爬了起来,光着屁股站在床上,又扑腾着哭喊起来。他太想他的阿娘了! 过去,早晨睁开眼睛第一眼看见的一定是阿娘那含着甜甜笑容的脸,听到的总是阿娘那清脆悦耳的、温柔亲切的声音:"我的昌儿醒了? 睡好了没有?"然后总是阿娘那温暖丰腴的双臂把赤裸裸的他抱了起来,给他穿衣服。可是近来,阿娘连影子也见不到。睁开眼睛见不到阿娘的笑脸,太子昌只好以拼命哭喊来表示他的失望,他的愤怒,想以自己大声哭喊把阿娘唤出来。所以,他就尽量大声哭喊,尽量让自己长时间哭喊,一直哭喊到自己精疲力竭为止。可是,他的哭喊并没有唤来他的阿娘,唤来的却是他不认识的陌生的一张大方扁脸,那方扁的脸上一双眼睛阴郁而凶恶,对他大喊大叫,凶恶至极,一点没有阿娘的温柔和慈祥。

太子昌更伤心惊惧,哭得也就更加用力。

"再哭,再哭我掐死你!"高贵人一把拽过太子昌,在太子昌的光屁股上拧了一把,恶狠狠地威胁着。

太子昌撇着嘴蹬着双脚哭喊得更响亮、更用力,根本不把高贵人的权威放在眼里。

高贵人突然怒火中烧,一股不可抑制的愤怒升腾起来。几个月勉强压抑的怒火终于如火山爆发一样喷涌而出,形成灭顶之灾! 高贵人腾地一下跳上太子昌的床,把太子昌扑倒在床上,用双手紧紧掐住太子昌纤细的脖子,愤怒地喊:"我让你嚎,我让你嚎!"

太子昌不能再哭喊,他的声音微弱下去。

高贵人还是愤怒地喊着:"你怎么不嚎了? 你再嚎啊?"

保姆惊慌地上来拉高贵人,"贵人,快放手! 快放手! 你要掐死他了!"

高贵人只是不肯松手,她害怕自己一松手,太子昌继续哭喊,她再也无法忍受这孩子的哭喊。

保姆扑过来,用力掰着高贵人的双手,"高贵人,你松手啊!娃娃快没气了!"

高贵人这才松开手。

太子昌喉咙里发出尖锐的嘶鸣,浑身一颤,停止了抽搐。

保姆惊慌地抱起太子昌,拼命地呼喊着,太子昌却已经脸色青紫,没有了一点鼻息。保姆感觉到这三岁的孩童的身体正在自己怀抱里慢慢冷却下去。

保姆哇地一声号啕大哭起来:"太子啊!太子啊!"她亲自哺育了三年的太子昌已经失去了他幼小的生命,去寻找他可怜的阿娘了!

高贵人呆呆地坐在床上,似乎不大明白眼前发生的事情。她瞪着眼睛看着痛哭失声的保姆,好一会儿才醒了过来。太子昌被她掐死了!她猛然明白了眼前的一切!

怎么办?她的脑子轰鸣着,一个声音撞击着她的头脑:她杀了皇太子!

高贵人以手抱头,呆呆坐在床上。得赶快想出个万全之策,如果传了出去传到皇帝耳朵里,她还想活命吗?

高莺莺慢慢抬起头,她咬住自己的嘴唇,突然站了起来,发疯似的喊了起来:"不得了了!保姆掐死太子了!快来人啊!"

侍卫听到高贵人可怕的尖叫,冲了进来。

保姆依然抱着太子昌痛哭流涕,她似乎没有听到高贵人的喊叫。太子昌在保姆怀抱里一动不动地躺着,脸色青紫,脖子上有明显的鲜红血淤,一看就是被掐死的。内侍惊慌地喊叫着,让冲进来的羽林军士把保姆反剪双手捆绑起来。

"我冤枉啊!我没掐死太子啊!是她掐死的太子!"保姆拼命喊叫着,挣扎着,声嘶力竭。

永平元年(508年)三月,北魏魏皇帝元恪站在洛阳宫城里,生于太和七年(483年)闰四月的他,忧心忡忡,不过二十六岁的人,却显得憔悴疲惫,没有年轻人生机勃勃的活力。三岁的皇子昌昨天还活蹦乱跳的,今日却从宫里传出高贵人为太子昌夭殇而痛哭的号啕。听着高贵人撕心裂肺的哭声,他也不禁潸然泪下。

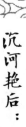

高贵人走了出来，眼睛红红的，她温柔地挽着元恪的脖子，亲热地爱抚着他，安慰着他："陛下，请爱惜龙体啊！国朝需要皇帝啊！"高贵人说着，眼睛里已是盈盈泪光闪烁，声音也哽咽起来。

元恪紧紧揽住高贵人的肩膀，头抵在高贵人的怀里无声地抽泣着。

高贵人用嘴唇轻轻地触摸着元恪的脸颊，竭力安慰着元恪。元恪的饮泣令她心碎。

"陛下，节哀顺变，太子遭遇不幸，国朝为之难过。陛下千万要想开一些，不要过于悲痛以伤龙体啊！"高贵人温柔地说。

"再说，妾身已经有孕，根据妾身近来喜吃酸食物看，妾身很可能为陛下再添一皇子。"高贵人踌躇了许久，终于把这消息告诉元恪，以安慰他。

元恪惊喜地问，"真的？"他一把抱住高贵人，"多长时间了？"

高贵人扭捏着回答："有三个月了吧。"

"太好了！朕年龄这么大，好不容易有了太子，如今却发生这么不幸的事！万一不能生育皇子，这国朝可怎么办。这下好了，朕的忧虑减少了一大半！以后，卿卿可是要千万小心，万万不能出一点差池！"

元恪叫来昭阳宫内侍，严厉地吩咐了一番。

"我们回宫去吧。不要着凉了。"元恪揽着高贵人的肩头，慢慢走回寝宫。高莺莺舒心地笑着，她已经成功地安慰了皇帝，她不再担心太子昌的死会伤害皇帝了。

清晨，雄鸡报晓的啼鸣响过三遍，昭阳宫里一片寂静，大家都还沉睡在黎明中，高贵人突然惊叫着坐了起来，她披头散发，双目惊恐地瞪着前面，挥舞着双手乱喊："去，去！别嚷了！"

内侍宫女全都惊醒，慌里慌张拥到高贵人的床前。

"叫他别嚷了！"高贵人瞪着惊慌的眼睛大声喊。内侍和宫女们面面相觑，不知道高贵人说什么，昭阳宫里寂静得没有任何响动。

女内侍过来试图安慰高贵人。

"去！不要碰我！"高贵人挥舞着手打在女内侍脸上，"不是我！是你掐死的！是你掐死的！"高贵人瞪着眼睛尖声喊，好像在和谁吵架似的。

"你想干什么？你想干什么?!"高贵人满脸惊慌，她缩着身子向后闪避着,好像有人要打她一样。

内侍惊慌地吩咐宫女:"春香,快去请太医,贵人犯病了!"

太医匆匆赶来,在女内侍的帮助下,好不容易也让高贵人安静下来。他为高贵人把了一会儿脉,对女内侍说:"贵人怀孕小受惊吓,虚火上攻,痰迷心窍,服几剂药去去心火,静养几天,不碍事的。"

女内侍伺候着太医写了药方,派宫女春香去抓药。那个叫春香的宫女,原在于皇后承欢宫,承欢宫封了以后,随同大部分宫女内侍转到昭阳宫做事。她路过夫人世妇的寝宫时,顺便进去告诉胡小华高贵人犯病的事情,她已经成了胡华妇的贴心人。

胡小华听春香说高莺莺病了,急忙梳洗打扮一番,连早饭都没有顾上吃,便急急跑来探视高贵人。

高贵人头上敷着帕子,坐在床上,女内侍和春香正服侍着她吃药。

"姐姐,你这是咋的了?"胡小华侧身坐到高贵人的身边,接过春香手中的药碗,亲自喂高贵人吃药。

高贵人一见胡小华,这眼泪就哗哗地流了下来。

胡小华用帕子擦去高贵人脸颊上的泪水,安慰着:"姐姐,不要伤心,以防动了胎气。姐姐可要爱惜皇帝陛下的骨肉啊!他也许就是将来的太子呢!"

高贵人拉着胡小华的手,小声说:"妹子,你要代我去瑶光寺找你姑母,让她悄悄给我念念经,我心里害怕!"

胡小华一边给她喂药,一边答应她的要求:"姐姐放心,我姑姑念经可灵验了。姐姐有什么可怕的呢?"胡小华想起宫里私下流传高贵人掐死太子昌的传言,看来不是空穴来风,而是实有其事了!不过,她还是装作一无所知的样子,天真热情关切地询问:"姐姐怎么好好的就病了呢?是不是撞了什么邪气?"

女内侍吓得变了脸色,对胡小华又是挤眉又是弄眼,制止她问下去。

胡小华只是装聋作哑不理会女内侍的暗示,继续说:"姐姐要是撞了邪气,让我姑姑在瑶光寺专门给做场法事,一切都会化解,保你平安无事!"

"好,好!你这就去告诉你姑姑,让她在瑶光寺给我做法事祈祷平安!"高贵人迫不及待地拉着胡小华的手催促着。

沉河艳后:胡灵皇后

胡小华有些为难，"姐姐，我哪能随便出宫呢？还是姐姐派人叫我姑姑入宫来见我的好。"

"好，好，这就派人去叫你姑姑国华大师来！"高贵人应允胡小华的要求，派内侍去传胡国华进宫。

胡小华心里暗喜，这些日子后宫发生这么多大事，皇后死了，太子死了，对她是好还是坏？是不是给了她机会呢？她的直觉感到她有了点机会，可怎么把握这机会呢？她心里不大明晰，乱糟糟地理不出个头绪。要是能与姑姑说说，姑姑一定会帮助她理出个头绪来，会给她些忠告，让她知道自己今后该怎么办。可是她不能出宫，姑姑也没有机会进宫。

这下好了，姑姑进宫来，她一定要向姑姑请教许多大事，让姑姑给自己出些主意。

胡小华平静地安慰着高贵人："姐姐，把这药吃了，心里念着南阿弥陀佛，念着救苦救难的观世音，什么妖孽也不敢伤害姐姐。姐姐，你先试试看。"

高贵人按照胡小华所说，双手合十，口里轻轻念叨着：阿弥陀佛，阿弥陀佛。果然，她感觉自己平静了许多，刚才还不断闪现在她面前的那两张清晰的脸面，太子昌哭泣的脸，保姆狰狞地扑向她的身影，都隐遁到黑暗中。

高贵人喃喃念着，不敢停下来。

"姐姐，过几天就是浴佛节，姐姐劝说皇帝陛下带我们一起去观看，妹妹愿意为姐姐拜佛。"

四月八日，是佛祖诞辰，全城各迦蓝寺院都举行盛大的庆祝活动。为了给高贵人禳灾，皇帝元恪同意让全部嫔妃同他一起到景明寺参看浴佛节。

景明寺是元恪即位当年下诏建立的，为庆贺他即位祈福，景明二年竣工。每年的浴佛节，皇帝都亲临景明寺祈福，参与佛事庆祝。

四月七日清早，法驾护送皇帝元恪辂车和嫔妃金根车出了皇宫阊阖门，在雄壮的鼓吹乐的伴奏下，在发驾队伍簇拥下出南门宣阳门。

胡小华坐在金根车上，隔着车窗贪婪地望着外面。城外树木葱茏，庄稼茂盛，青一块黄一块的麦子地，有些已经快要收割，金黄一片。还有的灌浆晚的麦地，依然青葱碧绿。这黄一片，绿一片，又黄又绿的一片，互相夹杂着，美不胜收。城外空气特别新鲜，漂荡着绿草野花庄稼的各种清香，让她特别心旷神怡。

出来游玩真好啊！胡小华心里叹息，但愿她能够经常出来游玩游玩。可是，对于她，这恐怕是奢望。作为嫔妃，她怎么可能有出来郊游的自由呢？

胡小华叹了口气。

一片喧闹景象立刻又吸引了她的注意。

出了宣阳门，很快就能够看到一里以外屹立着高大雄伟的黄红两色为主的景明寺。景明寺左右都是高大挺拔的松柏树林，前面是一大片开阔的场地，已经聚集了黑压压的人群，各寺的僧人都抬着自己寺院里的菩萨佛祖来到景明寺集合，准备第二天一起参加皇帝主持的浴佛节，朝见圣尊和接受皇帝散花，然后排队巡游全城。

法驾队伍来到景明寺前，头戴头盔、身穿盔甲的宿卫羽林虎贲已经清理了道路，一步一个士兵，荷枪排列成人墙，把闲杂人员挡在羽林宿卫的人墙外面。场面上已经停放着上千座金光灿灿的佛祖菩萨像，等着参加明天的巡游。场面远处，搭着帐篷，住着从各地赶来的乐伎杂耍艺人，也是等着参加明日的全城大巡游。有花车、高跷、踩绳索、喷火、顶缸、叠罗汉、抖空竹等各色杂耍艺人。

皇帝元恪在侍卫的搀扶下下了辂车，嫔妃也都下了车，在侍中、侍郎、宫女的簇拥下进入景明寺。

景明寺东西南北各方五百步，前望嵩山少室山，背靠洛阳京都帝城。葱茏的松柏树林，遮盖着它的院墙，一条绿水，绕着寺院流过。寺院里殿堂台观，重重复复，约有一千间，窗牖相通，门户相对，廊檐相通，曲折连绵。高台接天，飞阁摩云，连天栈道，四通八达。

院子里，飞檐斗拱与花树媲美，白石台阶通向殿堂。院子里果木茂盛，松竹争荣，兰芷吐香，真是姹紫嫣红，争奇斗艳，含风团露，流香吐馥，一派初夏美好时光。

寺里有三个池，各自生长着芦苇菱藕，红色、黄色的鱼鳖在清冽的水中游动。也有彩色鸳鸯和白色天鹅、褐色大雁在水面上游弋。

胡小华兴奋地看着寺院景色。遥望着远处的嵩山少室。什么时候可以到嵩山少室游历一次呢？那里有高祖下诏建立的寺院，有许多修行的高僧，

沅河艳后：胡灵皇后

也肯定有美丽的景色，什么时候可以自由地像皇帝一样去登山去游玩呢？胡小华向往地看着蓝天白云，出神地想。

"看什么呢？"高贵人走了上来，小声问。胡小华回过神，哂笑自己又想入非非了。一个充华世妇，哪来出外游玩的自由呢？这可已经不是国朝早年了，听说那时的嫔妃可以坐着没有盖的车子满城到处跑。现在是礼制的时代，那些懂礼的大臣动不动就拿礼来约束皇帝和嫔妃。皇帝尚且要受礼约束，何况一个充华世妇！

胡小华没有回答高贵人的问话，只是微笑着摇头。不，我一定要争取到一些出外游玩的自由！胡小华心里对自己说。

皇帝元恪在主持和僧人的引领下，来到大殿参拜佛祖。元恪上香以后久久跪在佛祖前，祈祷着佛祖保佑他国朝安定。

高贵人和胡小华几个嫔妃跪在皇帝身后，胡小华只为高贵人祈祷平安。高贵人感激地握了握胡小华的手。

四月八日，皇帝元恪带领着大臣登上阊阖门楼上阊阖宫，观赏各寺的佛像，各寺的僧人一早就抬着自己的佛像，在宣阳门外排队，依次进入宣阳门来到阊阖门前，接受皇帝散花。皇帝元恪把鲜花瓣从门楼高处撒下来，于是，金花映日，宝盖浮云，幡幢若林，香烟似雾，梵乐法音，聒噪天地。散花之后，百戏腾骧，人头攒动，百姓扶老携幼，倾城而出，争相前来参拜佛祖菩萨。僧人都聚集于此，竞相向佛祖菩萨献花。

胡小华在宫里，凭栏站立着，她久久遥望着窗外蓝天，倾听着宫外隐约传来的阵阵欢呼，丝丝缕缕的梵乐传进她的耳中。胡小华在宫里坐卧不宁，站立不安，她恨不得跑出皇宫去看外面的热闹。

胡小华跑出宫，站到宫门前倾听着。

阊阖门前是欢腾的海洋，是鲜花的海洋，是金光灿灿的佛像的海洋。胡小华遥望着蓝天，想象着阊阖门前的景象。她无缘享受这盛大热闹场面。她只能留在宫里，凭栏遥望着窗外，想象着阊阖门前皇帝散花的欢呼景象和热闹盛大场面。

胡小华深深叹了口气。为了能够享受这热闹，她也应该不懈地去争取最高地位！想当年两度临朝听政的文明太后，不是想到哪里就到哪里，谁敢阻挡她？

胡小华叹了口气，沮丧地转回自己的寝宫。她羡慕文明太后，可她怎么能与文明太后相比呢？她不过一个充华世妇而已！

外面的欢呼声又一阵一阵传进胡小华的耳朵。胡小华跺了一下脚：不能轻易放弃！幸福在自己手中！她应该为自己争取到最高位置，只有这样，她才可以尽情游乐，才可以想到哪里玩就到哪里玩！这深宫生活，太让她失望了。

沉河艳后：胡灵皇后

第七章　永平之乱

1.一手遮天高肇专权　忍无可忍元愉谋反

正始五年(508年)六月初三,洛阳闷热,元愉坐在京师府邸的大堂上,听府邸总管禀报府邸的财政情况,元愉昨天才带着家眷老小从冀州任上返回京城。被元恪责罚后撵到冀州作刺史,元愉离开京师将近一年,他这是第一次返回。李翠玉怀了他的第四个孩子,还有一两个月临产,他想让李翠玉在京师临盆。

门子过来,把一张帖子交给元愉。

元愉展开,原来是大将军高肇明日庆贺寿诞请客。

元愉接到高肇的请柬。去不去呢?元愉很是犹豫。不去吧,他会开罪于高肇,而且还开罪于皇帝。高肇是皇帝的舅父,也就是他们弟兄的舅父,舅父寿辰,他们这些晚辈怎么能不去祝贺?

去吧,他实在不想见高肇。高肇的专权令他很是担忧。

挺着大肚子的李翠玉,左手拉着五岁的宝月,右手牵着两岁的宝矩,笑吟吟地走来,见他拿着个帖子发呆,笑着问:"官人有何为难之事啊?"

元愉把手中帖子给李翠玉看。李翠玉看毕,笑着说:"国舅爷五十大寿请官人赴宴,官人准备一份厚礼自去便是了,有何为难?"

元愉拉了把椅子让李翠玉坐在旁边,抱了宝月、宝矩在膝上,说:"我不想去,一是刚到京,还没歇息过来。二是不想去凑那个热闹,以防遇见元悦,他一定要去给他舅父拜寿! 我不想见他!"元愉皱着眉头说。他想起元悦就恨得咬牙切齿,真有不共戴天之感。虽然都是高祖的儿子,却如此水火不能相容。

李翠玉柔声细语地排揎着元愉心中解不开的疙瘩："妾身看,官人还是该大大方方去给高大人拜寿才是。他是皇帝的舅父,不也是你兄弟等人的舅父? 作为晚辈,不给长辈拜寿于礼不通。再说,皇帝一定要去,你不还想见见皇帝吗? 这不正是个见皇帝的好机会吗? 以后他也根本不记得接见你,你想见他一面,不是那么容易的。宫里一连出了那么多的事,他哪有心情见你们啊!"

"也是,你说得有道理。"元愉被李翠玉一番话说得眉头舒展,他不断点头,"就依你。管家,去备一份拜寿厚礼!"

确实,这是一个见皇帝元恪的绝好时机,他想面见皇帝,请求皇帝收回诏命,调他回京师为官。元愉微笑着想,一定要想办法说服皇帝,才不虚此行。

六月初四,红日东升,大将军高肇府邸里张灯结彩,人欢马叫,高肇府邸的大门前,一对白石麒麟也都挂着鲜红的绸帛。高肇府邸,更加豪华,皇帝元恪把北海王元祥在华林苑外的府邸赏赐于他,他经过重新扩建,与自己原来的住宅连在一起,成为京城里最大、最豪华的官邸。

高肇五十大寿的特大庆贺轰动着京师。今天,他豪华宽绰的府邸里高朋满座,京师权贵都以得到他的一张邀请帖子为荣。许多官员早在一个多月前就私下活动高肇府邸的各级官员,从郎中令到门子,希望从不同渠道得到一张邀请帖子。

高肇名义是庆贺寿辰,私底里是为了显示他的权势,检验一下他的威风,看能不能压倒一切王,成为万人之上一人之下的超级权贵。同时,他还想借寿庆召集宗室王爷,以逼迫王爷同意立他的侄女高贵人为皇后。

皇帝元恪乘坐着刚改车制后新建的辂车,以小驾形式出行来到高肇府邸为舅父庆贺寿辰。

高肇穿着大红绛团寿的官袍,带着前来拜寿的百官和家人出来迎接皇帝大驾。高肇恭敬地把皇帝迎下辂车,簇拥着皇帝进入大堂。

元恪微笑着进入大堂,让内侍王温送上他的贺礼,一对青玉枕,一尊黄金佛,一尊碧玉观音。他笑着向高肇祝贺寿辰:"祝舅父寿比南山不老松。"

高肇把皇帝的贺礼摆放在大堂大桌的正中,大桌的地下,已经堆放着小

沉河艳后：胡灵皇后

山似的各色贺礼和太和五铢钱。书法家书写的各色条幅画轴张挂在四面墙壁上，还有一些堆放在地上。

这时，元悦穿着鲜艳的红衣从外面进来："祝贺舅父寿比南山不老松。福如东海万里长。"元悦纳头便拜。自从与元愉打架被皇帝禁在华林苑读书已经快一年，他多次请求舅父高肇向皇帝求情以恢复他的自由，但是元恪怕其他弟弟不服，还是没有答应。听说高肇要庆贺寿辰，元悦多方致意，让舅父高肇出面为其说情，终于得到皇帝许诺，允许他恢复自由出来给舅父拜寿。他备了厚礼，携带妻子，得意扬扬来高肇府邸。

元悦磕完头站了起来，送上礼品，退到后面，刚好撞到一个人身上。元悦正要发脾气呵斥，抬头一看，真是冤家路窄，他刚好踩到正要上前行拜的元愉脚上。元愉"哎哟"一声，与元悦照面，两个对头冤家恶狠狠地互相瞪着。

李翠玉拉了元愉一把，小声提醒着："官人，过去拜见舅父吧。"元愉听话地移动脚步离开元悦。

元悦见元愉自动走开避闪，得意地哼了一声，冷笑着说："也配来拜寿？什么东西！"

元愉听到元悦的说话，猛然回过身抓住元悦的衣襟，怒喝着："你说什么？说什么！你说谁不配拜寿？我难道不是高祖的儿子？"

元悦见元愉愤怒得变了颜色的脸面，有些胆怯，转瞬一想，又理直气壮起来。在亲舅父高肇府上，他怕谁？

元悦拨拉开元愉的手，冷笑着说："我说那不知哪里来的歌女贱人！"

元愉咆哮着跳了起来，他已经听不到李翠玉的劝慰，看不见周围的一切，他的眼睛喷着愤怒的火焰，扬手扇向元悦。

元悦捂住热辣辣的脸颊，怒喝着："你打我！"他抬起一脚，飞向元愉，元愉闪过元悦的飞腿，又劈胸给了元悦一拳。元悦恼怒之极，十八岁的他热血沸腾，被元愉当众这么欺凌，他岂肯善罢甘休？而二十一岁的元愉此时也是昏了头，忘记了时间地点和场合，只剩了暴怒。

两个忘乎所以的小王爷像两只斗红了眼的公鸡，互相打成一团。

高肇听见这边喧哗，急忙过来看。见元悦与元愉正打在一起，他怒喝起来："还不住手！"元愉与元悦谁也没有听见高肇的喊声，依然打在一起。

"来人!"高肇喊。几个侍卫冲了进来。"把他们给我分开!"侍卫冲到两个王爷中间,分别抱住元愉元悦,停止了二人的打斗。

高肇不想让他们搅了自己的寿辰贺宴,便吩咐侍卫:"把他给我扔出府!"他朝元愉摆了摆头。几个侍卫立刻抬起元愉向大门外去,元愉挣扎着喊叫着:"我要见陛下!我要见陛下!"侍卫只是装作没有听见似的,抬着他穿过院落。

李翠玉踉跄跟了出去。侍卫把元愉扔在麒麟前扬长回到院里。

李翠玉上前搀扶起元愉,替他揉搓着脊背,关切地问:"没有摔着吧?"

元愉站了起来,大门前响起嘲弄的哈哈笑声。元悦站在大门里,得意地指着元愉,嘲弄地说:"想跟我斗?没你的好果子吃!"

元愉又想冲过去,被李翠玉死死拉住胳膊不放,她哀求着:"官人,我们回去吧!回去吧!"元愉被李翠玉拽着,还是很不甘心,他拧着脖子回头看着元悦,喊着:"你小子欺人太甚!你等着!我饶不了你!"

元悦做了个鬼脸。

元愉被李翠玉生拉硬扯拉上了车,气哼哼地回自己府邸去。乘兴而来,败兴而归,元愉懊恼愤怒之极。

高肇寿宴之后,元愉几次请求拜见皇帝元恪,但每次都被拒绝了。皇帝元恪十分恼怒元愉在舅父高肇府上的恶劣表现,他不想见他!而且,他也没有时间和心情见他。在高肇寿辰宴上,高肇和左右心腹肱股轮番劝说要他重新册封皇后,国不可一日无君,后宫不可一日无后。他答应了舅父的请求,准备册封皇后大礼,他正忙着呢,要拜佛,要斋戒,要拜圜丘,拜太庙,祭告祖先,事情多着呢。

元愉见不到皇帝,得不到皇帝准许,无法继续逗留京都。元愉带着一肚子愤怒、郁闷、气恼、憎恶和仇恨动身回冀州。该死的京师,让他一天也不能再待下去了!

元愉回到冀州,已是七月,不久就接到弟弟元怿从京师送来的函,告诉他皇帝于七月辛卯立高肇侄女高贵人为皇后。元愉读着元怿函,心里窝憋着一肚子愤怒和仇恨。本来就已经专权的高肇,侄女成了皇后以后必将更是如鱼得水,更是不可一世,这元姓天下怕是已改高姓了。元愉越想越

沉河艳后:胡灵皇后

313

气恼。

元愉回到房里,李翠玉正在教宝月、宝矩认字,见元愉气哼哼地进来,急忙让保姆带儿子走开,自己起身迎接元愉。"官人,出了什么事情?"李翠玉惴惴不安地帮元愉脱去官服换上便服。

"你放着,我自己来!"元愉见挺着大肚子的李翠玉要弯腰为他脱靴,急忙阻止她。李翠玉听话地直起身子,让元愉自己动手。

"刚才接到清河王元怿京师来函,说朝中已经立高肇侄女高贵人为皇后。这元氏天下已经成了高家天下了!元氏祖先浴血奋战得来这大魏江山,居然让那姓高的不费吹灰之力夺了过去!我气愤不过!我是天子之子,不能护卫元氏天下,何面目立于人世间?"元愉脸红脖子粗,激昂慷慨地说。

见元愉如此激愤,李翠玉心中很是难过,她不知道如何安慰他,便走过来轻轻揽住他的肩膀,让他坐了下来,小心翼翼地问:"官人可有什么打算?"

元愉愤激地站了起来,"我要复兴元氏大魏江山!"

李翠玉吃了一惊:"官人如何复兴?眼下这大魏江山不还在元氏手中吗?皇帝不还是元氏皇帝吗?"

元愉瞪着眼睛,"他元恪虽然是高祖儿子,可是早就把大魏江山拱手送给了高肇这奸贼!你看他这皇帝能做主吗?自己躲在深宫吃斋念佛修炼十地,把朝政大权拱手让高肇一手包办,一手遮天!他高肇才是真正的皇帝!他已经夺取了元氏天下!我要把元氏失去的天下再给夺回来!"

李翠玉吓得脸色发白,浑身簌簌抖动起来,"官人,你这可是谋反啊!要杀头的!"

元愉咬着嘴唇,"与其这么屈辱地活着,不如铤而走险轰轰烈烈干他一场!大丈夫战死在轰轰烈烈的战场上,才死得其所!我已经再也不能忍受眼下这屈辱局面了!一天也忍受不下去了!我与他们不共戴天!"

李翠玉慢慢平静下来。她知道元愉生活得不快乐,不幸福,他气恼,憋屈,愤怒,仇恨,而这局面大部分是因她而起,是因为他想保护她,是因为他不能容忍宗室对自己这出身低贱的女子的轻视。她理解元愉对她忠贞不渝的爱,她感激元愉给予她的无微不至的关心和体贴,为了报答元愉的这份爱,她应该支持他的一切行动,只要他愿意,只要能叫他高兴,她心甘情愿追随他到天涯到黄泉!

元愉看着沉默不语的李翠玉，爱抚地把她揽到自己怀抱里坐了下来，爱抚着李翠玉的脸颊，关切亲昵地问："你支持我吗？我这么做可是要冒生命危险的！你要是反对，我会遵从你的意见。"

李翠玉抬起水汪汪的大眼睛看着元愉，平静地微笑着："妾身不过一个女子，不懂朝政大事，官人以拯救大魏和元氏为己任，妾身很是感动，妾身不敢对官人大事说三道四！妾身支持官人所做的一切决定！妾身永远与官人在一起，不管官人发生什么事情！妾身与官人生死一起！妾身会陪伴着官人赴汤蹈火！"

元愉感动得泪流满面，他紧紧拥抱着李翠玉，"有你这些话，我就是赴汤蹈火也在所不惜了！"

李翠玉从元愉怀抱里站了起来，笑着说："官人不是喜欢袁翻的《思归赋》吗？来，让妾身为官人弹唱一曲！"

"好！"元愉擦掉眼泪，握着李翠玉的手感激地亲吻着，"有你这一曲《思归赋》，我就是死而无憾了！"

"别这么说！"李翠玉感激捂住元愉的嘴，"也许官人可以成事呢。我这《思归赋》就是盼官人归来啊！"

李翠玉抱起箜篌，调整着琴弦，边弹边唱，元愉轻轻拍打着节拍，和着李翠玉清脆婉转的歌喉，以雄浑低沉的声音和唱着。

"日色黯兮，高山之岑。月逢霞而未皎，霞值月而成荫。望他乡之阡陌，非旧国之池林。山有木而蔽月，川无梁而复深。怅浮云之弗限，何此恨之难禁。于是杂石为峰，诸烟共色。秀出无穷，烟起不极。错翻花而似绣，网游丝其共织。蝶两戏以相追，燕双飞而鼓翼。怨驱马之悠悠，叹征夫之未息。"

箜篌哀怨地弹奏着，元愉缠绵地吟唱着。

"彼鸟马之无知，尚有情于南北。虽吾人之固鄙，岂忘怀于上国？去上国之美人，对下邦之鬼蜮。形既同于魍魉，心匪殊于蟊贼。欲修之而难化，何不残之云克。知进退之非可，徒终朝以默默。愿生还于洛滨，荷天地之厚德。"

元愉和李翠玉一直弹唱到深夜。

沉河艳后：胡灵皇后

315

元愉召见长史羊灵引及司马李遵，与他们商量谋反自立皇帝大事。"我深思熟虑许久，决定张扬大旗，自立为皇帝，不再受元恪和高肇的窝囊气！"元愉浓眉紧皱，看着长史羊灵引和司马李遵的眼睛说。

羊灵引和李遵面面相觑，面色苍白，浑身颤抖起来。羊灵引扑通跪倒在地，连连磕头，结结巴巴地说："殿下，不敢乱来啊！这自立为皇帝可是大逆不道之罪啊！请殿下三思，三思啊！"

李遵也跪在元愉面前，竭力劝说他回心转意："殿下不过据冀州一方，势单力薄，宣布自立无异于以卵击石，势必招致杀身灭门之祸！望殿下千万不可莽撞草率行事！"

一心起事的元愉见自己的两个部下如此不支持自己，非常震怒，他咆哮着："你等敢逆本王心意，本王养你们何用？来人！拖出去给我砍了！"

几个兵士进来，把羊灵引和李遵拖到院子里，砍翻在地。元愉集合属下队伍，振臂号召："本王得清河王密疏，国朝发生巨变，奸佞高肇谋杀主上，篡夺皇位！本王为高祖天子之子，天命神授，本王决定为坛于信都，君临天下，复兴大魏江山！"

于是，元愉在信都南面建造天坛，准备天子冠冕黄袍，他率领着百官属下来到天坛前，柴燎告天，冠冕加身，向天下宣布即皇帝位，年号建平元年，立李翠玉为皇后，宣告大赦天下。

元愉匆忙即皇帝位以后，写信给定州刺史元诠，告诉他国中有变，高肇篡权，说他在冀州已自立皇帝，说服元诠前来归附。

元诠，文成帝拓跋濬之子安乐王长乐的儿子，是元愉的叔祖辈宗室，他得到元愉的信函立刻派密使回京都，向皇帝报告元愉在冀州谋反。

2.谋反失败元愉赴死　夫妻牵手翠玉蒙难

"什么？元愉在冀州即皇帝位？"正在佛堂修炼十地的元恪听到高肇的报告从蒲团上一下子蹦了起来，惊讶地喊着。

"是啊。臣屡屡提醒陛下要防范这些王，可还是谋反了！真是防不胜防啊！"高肇连连摇头，一脸愤慨。

"舅父你看该如何处置？"元恪白胖的脸上满是无奈和焦灼。

"立即出兵讨伐!"高肇不满地瞥了元恪一眼,断然说。

"派谁去讨伐好呢?"元恪惶惑不安地看着高肇,底气不足地问,他越来越惧怕舅父高肇。

"臣以为派定州刺史元诠和度支尚书李平为宜。"高肇捋着须髯说,"定州距冀州最近,平叛最宜。至于李平嘛……"他微笑了,没有继续说下去。

高肇不喜欢李平,李平做度支尚书并不完全听他高肇调遣,支取费用很是麻烦。高肇想借此机会调出李平,重新任命一个自己人做掌管财务的度支尚书,以方便自己支取国库费用。

李平,字坛定,顿丘人,文成元皇后李皇后①的弟弟之子。高祖年间,高祖寻使诏李皇后之兄李峻及四个弟弟诞、嶷、雅、白、永等到京师,晋爵加官。李平乃李嶷之长子。

李平为官清廉,劝课农桑,修饰太学,广求人才,很得民心。为了告诫前来见他以贿官职谋取私利的人,他在自己的厅堂里悬挂了自己画的"履虎尾""践薄冰"的大幅画卷,并且在上面加上自己亲自撰写的箴言,以警诫自己和他人。

正因为如此,高肇不喜欢这李平,早就在处心积虑想把李平排斥出朝廷。机会来了,他高肇怎么能不利用这好机会呢? 一石二鸟,这是高肇惯于使用的伎俩。

"李平嘛,谋略过人,智勇双全,委任他使持节、都督北讨诸军事、镇北将军,行冀州事以征讨,定会取胜!"高肇笑着说,表情大度而且诚恳,一派忠心耿耿模样。

元恪点头,"好,依舅父之见,立即召见李平!"

元恪在式乾殿召见李平,亲自慰劳。元恪对李平说:"元愉是朕之元弟,朕没想到他位居不疑之地,却怀虎狼之心,不意而发,欲上倾社稷,下残万姓。大义灭亲,古已有之。周公行之于古,朕亦当行之于今。朕委派卿以专征之任,必令应期摧殄,勿亏朕之信任!"说到这里,元恪突然感到心酸,他眼睛一热,双眼泪下,"没想到朕今日会说这些话!"

他掩面唏嘘不已。

---

①关于文成李皇后,见宋其蕤的《中华第一女皇——文明皇后》。

沉河艳后：胡灵皇后

　　李平见皇帝元恪难过，急忙说："臣愉天迷其心，构此枭悖，一切皆是他咎由自取！陛下不以臣不武，委以总督之任，臣愿肝脑涂地为陛下解忧。对守迷不悟者，当仰凭天威，倚靠将士，如太阳消解微露，巨海荡灭荧烛，天时人事，灭在昭然。如果他投降军门，就执送大理，若不悛待戮，则鸣鼓衅钟进攻，非陛下之事。"

　　元恪含泪点头，想了想，又交代李平说："尽管元愉大逆不道，毕竟为朕之元弟，血脉共之，千万不要伤其性命。平定之后，带他回京，朕将亲自训他以家人之礼！"

　　李平叩头答应。

　　高肇却一脸冷笑。

　　李平率大军出京师直奔冀州州治信都而去。

　　李平到了经县，与元晖军队集合。

　　听说朝廷派遣李平与元诠合兵来攻，元愉也不敢懈怠，集合冀州各路军队几万人严阵以待。冀州及附近州郡一些不满朝廷的士人豪绅听说元愉谋反，也都各自趁势起兵，有个蛮人头领集合蛮人兵数千，半夜去攻打李平军队。蛮人英勇，斫砍奔突来到李平前垒，齐放弓箭，有些弓箭射到李平营帐前，但李平镇静如常，坚卧不动。李平的前垒部队不久就打散了蛮人军队。

　　李平打败蛮人后，率领着朝廷军队来到冀州南十六里地草桥，驻扎下来。元诠的队伍也到达。李平命令士兵挖壕堑，围栅栏，准备与元愉军队决战。

　　元愉指挥着自己的军队围攻济州军，英勇的士兵拔栅填堑，眼看就要填满壕堑冲进营地，李平和元晖率领诸将，用乱箭将元愉的士兵赶走，才解了济州军之围。但是，济州兵被元愉的军队吓得不敢再攻，李平只好亲自到营帐中去慰问，答应给以重奖，才说动兵士参战。

　　战鼓咚咚，李平指挥军队开始进攻元愉婴城坚守的信都。信都城城池坚固，李平与元诠多方攻打都无法攻破。元愉指挥着城墙上的弓箭手，紧紧把守着城门，射退了朝廷军队的一次又一次的进攻。

　　李平和元诠站在信都城下，看着坚固的信都城，寻找着攻城方略。李平看着城外茂密的树林，眉头一皱，计上心来。"停止攻城！"李平命令传令手，传令手急忙鸣金收兵。

"将军准备如何攻城？"元诠看着眉头舒展的李平。

李平命令军士，"大家都去砍树！砍来堆在大门前！"

兵士在军官的带领下，散开到城外的树林，砍着那些葱翠的树木。兵士把砍来的树木分别堆到东西南北城门前。

"点火！"李平命令着。

大火劈劈啪啪燃烧起来，火焰冲天而起，烤炙着坚固厚实的大城门。木制的城门开始发热，慢慢冒起白烟，终于抵挡不住火焰的力量开始燃烧，大城门坍塌下来。

元愉看见城外起火，知道李平要用火攻，他急忙跑回宅第与李翠玉告别。这些天，李翠玉与儿子衣不解带，时刻准备着和元愉一起逃命。

"快上车！信都守不住了！"元愉催促着李翠玉。

李翠玉挺着大肚子，抱着老三，元愉拉着儿子宝月和宝炬匆忙走出府邸上了车，元愉翻身上马，带着一百多亲兵，护着李翠玉的车向东面城门往城外冲去。

城里已经混乱起来，夹着大小包袱扶老携幼的人群惊慌地喊叫着在街道上乱跑。有人喊："南门失守了！"向南的人群呼啦一下向北涌去。

元愉带着亲兵向北门冲去。冲向北门，亲兵杀开一条血路冲了出去。元愉骑马刚冲出城门，坐骑被一支利箭射中，坐骑痛苦地嘶鸣着颠踬起来，把元愉甩下马。一个亲兵下马，把马给了元愉，元愉翻身跳上马，领着亲兵，保护着李翠玉向北跑去。

李平的大军掩杀进信都，斩首数万。

见元愉逃跑，李平命令统军叔孙头追了过去。

统军叔孙头一路追去，追到十里外，便追上了元愉一行。元愉见自己的亲兵不过几十，知道大势已去，长叹一声，下马就擒。

叔孙头捆绑了元愉，带着元愉和李翠玉来见李平。李平见到元愉，摇头叹息着："京兆王这是何苦？连累妻子！"

元愉紧紧拉着李翠玉的手，年轻的脸上没有任何悔意，只是平静地微笑着说："事已至此，我不后悔！家国不幸，奸臣专权，我原想替天行道，恢复祖宗基业。天不助我，无可奈何！要杀要剐，悉听君便！我毫无怨言！只是请

沉河艳后：胡灵皇后

319

将军不要难为我的妻儿,他们并无罪过!我的爱妻身怀六甲,孩儿幼小,请将军网开一面,送他们回京师请求陛下发落,万一陛下念血脉情分,或许饶恕他们性命!"

李平点头,"殿下放心,陛下有诏,让我带你们回京师去见陛下,陛下将申以家人之训。殿下不必忧虑!"

元愉拉着李翠玉的手不放,李翠玉也紧紧握着元愉。

李平整顿冀州,为了不连累更多的人,李平没有过多追究跟随元愉起事的人,只上报了元愉身边的一些官员。冀州安定下来,皇帝元恪宣秘书丞慰劳,徵还李平和要犯元愉回京。李平准备了专门的车让李翠玉和她的孩子乘坐,还允许元愉的保姆老家人随行予以照顾他们。

元愉被捆绑着放在囚车里上路,李翠玉带着孩子乘坐车辆随李平出发。

每到宿亭传,元愉都要携李翠玉手,温存相问,令李平很是感动。元愉大概知道时日不多,他是那么舍不得李翠玉啊。

这天,来到洛阳外一个叫野王的地方,李平心中高兴,到了野王看着就要到京师了,他这次出师没有辱皇帝使命,成功地平息了元愉叛乱,把元愉夫妻平安带回京城,皇帝高兴,他也高兴。

看着天色苍茫,李平命令人马在野王过夜。像前几日一样,他命令部下为元愉松了绳索,让他和李翠玉及孩子一起过夜。

元愉高高兴兴地拉着李翠玉的手,牵着儿子,下车进到房间里。

看着这对恩爱夫妻,李平只摇头叹息:元愉对李翠玉痴情不改,一往情深,实在是难得的至情中人!

李平正要转身进自己房里歇息,统军叔孙头前来报告,说京师高肇大人派亲信来见李平大人。李平心里一沉,不免担心起来。

来人是高肇的心腹刘腾。刘腾,字青龙,平原人氏,今山东平原县东南,小时坐事受刑,补小黄门,高祖时为大长秋卿、太府卿。曾经向高祖报告冯莲私通。赵修死了以后,高肇便把刘腾提拔为中常侍,在皇帝身边行走,与王温一起成为皇帝最信任的两个内侍。

李平一见刘腾,心便扑通扑通直跳。刘腾大约是为元愉而来,必无好事。李平猜测着,急忙请刘腾来见。

刘腾,身材高大,白净面皮,说话声音尖细得如女人一样。从小受宫刑,虽为男人身,却如女人一样扭捏走路,扭捏做派。

"常侍刘大人,何事出京?"李平笑着拱手让刘腾进来。

刘腾笑着,"受皇帝所差,不敢不来。"

李平一听,急忙揖手谢罪,"下官不知皇帝诏书到,请刘大人见谅。陛下诏命下官何事,请刘大人明示。"

刘腾尴尬地呵呵笑着,坐了下来。"李大人不必着急,还是先让我坐下喘息喘息,吃口饭填填肚皮再说其他。"

李平笑了,"你看我,忘记招待大人晚膳。"他急忙请兵士摆上肉食饭菜,笑着,"行军途中,无以招待,请大人见谅。"

刘腾笑着,"李大人不必客气,我这就动筷了。"刘腾随意吃了些饭菜,推开碟碗。李平命侍从撤去,亲自斟了清茗,与刘腾饮。

李平心里急惶惶得只是想知道皇帝诏令,刘腾却只管说闲话。"皇帝立了高皇后后,这六宫规矩越发严了,皇帝几乎不能御其他夫人嫔妃。"刘腾端着茶杯,靠在椅子背上,很悠然的样子笑吟吟地透露内宫最机密的情况,以炫耀他的身份地位。

李平微笑着想,这刘腾也像平民百姓与长舌妇一样,把讲别人私隐作为谈天说地和拉近双方距离的最好办法,他现在要把他所知道的皇帝私隐拿出来作为谈话材料了。

李平随便应付着说:"记得高祖当年为幽皇后所辖制,不能随便御其他嫔妃,他曾对彭城王等人感慨地说:'皇帝尚且惧内,何况百姓?'看来陛下又如高祖一样惧内了。"

刘腾笑着反驳:"李大人差矣,皇帝不是惧内,而是太爱高皇后了。皇帝陛下事事听高大人的,自然就更加珍爱高皇后。如今朝内大事小事皆决断于高大人,朝内百官没有敢不听命于高大人的。"

李平这才省过味来,原来刘腾不是为了谈天说地,而是要向他暗示高肇的权势。李平不知道刘腾究竟要干什么,只好平静地微笑着听刘腾说话。

刘腾抬眼看着李平,眼睛里闪现着狡黠的光,"百官都很精明,知道自己将来的官职地位俸禄全要仰仗高大人的一句话,所以事事顺着他老人家。李大人,你说是也不是?"

"是,是!"李平连声说。眼下朝廷这现实确实如刘腾所说。

"李大人是聪明人,聪明人好办事。我就喜欢与聪明人打交道。"刘腾哈哈笑着,啜饮了一口清茗,把茶杯放到几上,换了严肃的神情看着李平。

李平知道,刘腾摊牌的时辰到了,他的心有些紧张。

"李大人带回叛逆元愉了?"刘腾坐正了身子,满脸肃杀之色。

"是的,臣奉陛下诏令,带元愉进京面见皇帝,陛下诏臣,带罪人元愉回京,以训之以家人之礼。"李平端正了身体,正襟危坐,回答刘腾。他特意把皇帝的诏令复述了两遍。

刘腾微微冷笑,"我就是奉陛下诏命而来。皇帝陛下不想再见这大逆不道的叛逆元愉,诏赐他自裁以谢祖宗!"

李平大吃一惊,他急忙起身作揖行礼,"刘大人既然奉皇帝诏命,请大人出示皇帝诏命于臣,臣乃敢遵命行事!"

刘腾一愣,没想到这李平故意做痴装呆,非要他出示诏命不可。他不过秉承高肇意旨来替高肇除掉元愉,哪里来皇帝诏命呢?他刚才一番暗示居然对李平没有起作用,是蠢笨还是故意为难,故意与高大人作对?不管是哪种情况,回去秉明高大人,都没有他李平的好果子吃!

刘腾尴尬地笑了笑,故作镇定,"我传达皇帝口头诏命!"

李平搔着头发为难地说:"这就难办了。臣不敢随意处置元愉,他可是陛下元弟,万一皇帝念手足情,又忘记了自己的口头诏命,向我要人,我可如何是好?"

刘腾变了脸色,"李大人这是何意思?难道我能够假传圣旨不成?此事有高大人手谕在此,你尽可放心!"刘腾从怀里掏出高肇的亲笔信交给李平。李平接过信函,信函不过两句话:"李将军阁下,皇帝派刘腾前去处置叛逆元愉。请阁下予以方便。"李平读了两遍,折叠起信揣进怀里,说:"既然如此,臣不敢阻挠大人行事。元愉在那边房间歇息,请大人自行其便。"李平指了指,难过地扭过头去。

"那好,我自己去了。"刘腾阴沉着脸站起身,心里大为恼怒。这李平竟如此不识时务,此等事居然不能主动代劳,竟全推到自己这里。

房间里,一盏小油灯闪烁着,明灭不定的昏黄色的光照着小房间。这小小亭传的房间里,一张木板床上并排躺着两个儿子,最小的几个月的儿子与保姆睡在外间。元愉和李翠玉却谁也睡不着,他们拥抱着靠坐在另一张木板床上。距离京师越近,他们的心情越不安,越来越惶惑和紧张。

明日就要进京师了,他们的命运如何呢?也许,叔父彭城王能够向皇帝求情,让皇帝训以家人之礼然后软禁起来?也许元恪能够念一父精血的手足骨肉情原宥了他?

"明日就进洛阳了。"李翠玉搂抱着元愉的脖子,小声说。

元愉深深叹了口气,"就要进洛阳了。"

李翠玉亲昵地抚摩着元愉的脸颊,担忧地问:"你说皇帝会如何处置我们呢?"李翠玉第一次与元愉谈论起这话题。

"不知道。"元愉握住李翠玉的手,轻轻地抚摩着。李翠玉感到,元愉正把他全部柔情和爱恋通过抚摩揉进她的身体里。李翠玉的心颤抖起来,难道他有什么预感吗?

良久,元愉又轻声问:"你害怕吗?"元愉轻轻地把脸贴到李翠玉的脸颊上,在她耳边小声问。

李翠玉紧紧抱住元愉,"官人不怕,妾就不怕。官人如有不测,妾决不多活一天!"李翠玉坚定地说。

元愉急忙用嘴唇封住李翠玉的嘴,"夫人不要这么想!你肚子里还有我们的儿子!你一定要把儿子生出来!"

李翠玉已然泪流满面。

"你要答应我!"元愉扳过李翠玉的脸,深情地看着李翠玉那水汪汪的、灵动的、原本会说话的眼睛,这双大眼睛如今被泪水迷蒙,被忧伤笼罩,是那样可怜巴巴,那样让人伤心。

李翠玉终于点了点头。

"这我就放心了!"元愉放开李翠玉的脸,轻轻舒了口长气。

李翠玉突然生出一种冲动,她要和她心爱的元愉再行房一次。她有一种预感,明天以后,她和元愉可能再没有在一起的机会了。今夜,星光灿烂,今夜天气凉爽,今夜这么美丽,她要和她最心爱的人最后领略一次那震撼心魄的肉体接触,她要让她的王尽欢,要让她的王带着最幸福的感觉与她分别!

沉河艳后:胡灵皇后

她猛然抱住元愉，在他的耳边小声说："过来！"她命令着，拉元愉躺了下去。她扑地吹灭了油灯，脱去自己的内衣，赤裸裸地躺在元愉身边。

元愉吃惊地说："你疯了吗？你肚子里还有孩子啊！"

"不妨事的，我们换个姿势。"李翠玉吃吃地艳笑着开始挑逗元愉。二十一岁的元愉虽然忧心忡忡，虽然担惊害怕，虽然路途劳累，但是青春的活力依然旺盛，他果然禁不住挑逗，已经蠢蠢欲动起来。

外面响起杂沓的脚步声。有人在外面敲门。有人喊。

元愉想起来，李翠玉却紧紧抱着元愉不放手，"不要理他！不要理他！"他们正在兴奋中，一切都阻挡不了他们如胶似漆地变为一体！

门被人砸开了，一些人闯了进来。刘腾命令人点亮油灯，元愉和李翠玉还赤条条紧紧抱在一起！他们同时扭过脸，坦然面对这房间里闯进来的人群，他们眼睛放射着异彩，脸上洋溢着天下最幸福的笑容！

刘腾冷冷地说："起来吧，京兆王！"

元愉微笑着坐了起来，慢慢穿上衣服。他最后拥抱了李翠玉，在她的额头上轻轻地亲吻了一下，微笑着嘱咐："记住你的诺言，一定要把孩子平安生下来。他是我们的血脉！"

李翠玉伸出雪白赤裸的胳膊抱住元愉，最后紧紧地抱着她心爱的官人，"官人，你等着我，我生了孩子，一定去与你相会！那时候，谁也别想分开我们！"

元愉慢慢下了床，李翠玉用被单裹住自己雪白赤裸的身体，也下了床。刘腾带着元愉走出房间。元愉最后回头，凄然向李翠玉笑了笑。

刘腾带元愉来到一个房间，拿出椒盐，冷冷地说："这是皇帝陛下赏赐你的！"

元愉微笑着接了过去，一口吞了下去。窗外漫天繁星，秋风吹过，几声秋虫啾鸣。年仅二十一岁的元愉带着对李翠玉的怀念和眷恋离开这残酷的世界。

第二天，李翠玉收拾了元愉的尸体，用一个小棺收敛，厝在野王。直到元恪死了以后的灵太后时代，才追封为临洮王，长子宝月袭位，得以改葬父母，追服三年。

李翠玉葬了元愉，被带回京城。

皇帝元恪听说元愉已死,滴了两滴眼泪,诏命崔光为诏以极刑处决李翠玉。百官没有敢为李翠玉说情的。

3.彭城王坐家中议论古今　崔太常入宫内劝谏皇帝

彭城王元勰的书房里,元勰和长子子直、嫡子劭三人正忙碌着。两个十六七岁的年轻人脸上洋溢着笑容,一边为父亲誊写文稿,一边与父亲东拉西扯说着话。上个月朝廷发生了元愉逆反事件,京师里气氛骤然紧张起来,父亲元勰总是忧心忡忡,难得他有心情召集他们弟兄一起说话。不是为整理自己的文稿,父亲元勰还不会叫他们弟兄来,这是父子间难得的相聚。

元勰从一堆发黄的纸堆里抽出一张,浏览了一下,交给子直,"誊写这首诗,在诗前加这样几句话作注。"

元勰捻着须髯沉吟了一会儿,说:"此诗作于上党铜鞮山,时高祖幸代次于此,见路旁有大松树十数棵,边行边为诗一首,诗成之后命余作之,高祖说:'吾始作此诗,虽不七步,亦不算远,汝可作之,比至吾所,令就之也。'时高祖离余不过十余步,余边行边作,未至帝所而诗就。"说到这里,元勰摇头晃脑吟诵起来:"问松林,松林经几冬?山川何如昔,风云与古同。不错吧?"他炫耀地看着儿子,语气很是得意扬扬。

"不错,很有意境。"长子子直笑着夸,"阿爷,高祖那首诗呢?阿爷吟诵出来,我把它也记录下来。"

"好!"元勰高兴地拍手,"让我想一想。噢,想起来了,高祖原诗是'问松林,松林历严冬。山川与古同,风云今胜昔。'"

嫡子劭笑着说:"阿爷的诗好像在反驳高祖似的,高祖见了,不生阿爷的气?"

元勰笑着说:"看你把高祖说得多小心眼啊。高祖当时大笑,说汝此诗是调责吾耳,不过,吾要为你改动一字。若把经改为历,恐怕读起来更加上口。松林本为平声调,再用一平声读起来拗口,而历为仄声,避免了平声,使平中有仄。高祖没生气吧?"

子直笑着,"高祖很爱作诗啊。"

元勰点头,"是啊,高祖爱向臣下显示他的诗才,只要外出游玩引发他的

雅兴，他便吟诗诏臣下唱和。高祖才华横溢，可惜高祖诗风未能传之于后代。"元勰摇头，颇为遗憾地说。

子直和嫡子劭缮写着元勰的诗稿，一边听父亲元勰教导。元勰几年来心情抑郁，很难得有这样好的心情，跟他弟兄俩说了如此多的故事。

元勰今天确实高兴，持续几年编写的三十卷《要略》终于全部完稿，从上古到本朝，他把历朝历代的帝王贤达全都记录下来，可以为以后皇帝治国提供借鉴，也算他对国朝所做的贡献吧。

彭城王元勰把话题引到学问上，他一边翻检着文稿，一边对儿子劭和子直说："古语说，容体不足观，勇力不足恃，族姓不足道，先祖不足称，然而显闻四方，流声后裔者，其惟学乎。你我虽有幸生于皇族，可遍读史书，便知道这话实在太好了。族姓不足道，秦始皇原本要百世乃至千世万世，不过才到二世而亡。如今嬴政子孙何在？族姓何在？秦如此，大汉又如何？虽则延续百多年，如今刘邦子弟何在？刘邦族姓何在？他之子孙，能靠种姓生活吗？倒是被汉武帝行刑的司马迁，以一部《史记》名垂千古，以一部《史记》的笔墨，让后人景仰失败的英雄项羽，讨厌奸诈狡猾流氓一样的汉高祖刘邦。足见惟学乃显闻四方，流声后裔。今后你兄弟几人只用心读书即可，不必为官。"

子直笑着说："生在宗室，能不为官？即使我们不想为官，皇帝要让我们为官，我们也是不能推辞的啊。像阿爷，自从陛下准许阿爷遵从高祖遗志赋闲在家，原本可以不过问国事的，但是陛下又委任阿爷个太师，阿爷多次推辞，不是还没有推掉吗？陛下又是下诏，又是写家书，非要阿爷接受不可。"

元勰叹了口气，"子直说得也是。这太师一职我原本不想接受，可陛下那家书写得那样恳切，那样有情，我推诿不过啊。其实啊，皇帝对我们这些叔父还是有感情的嘛，只是那高肇从中作梗，间构谗陷，迷惑了他。他那家书写得多好啊，我只字不敢忘记。他说，恪言：'奉还告成，犹执冲逊，恪实暗寡，政术多秕，匡弼之寄，仰属亲尊。父德望兼重，师训所归，岂得近遗家国，远崇清尚也。便愿纡降，时副倾注之心。'你们说，皇帝这么情深意切地邀请我，我好意思推辞吗？"

嫡子劭人小说话没有顾忌，他快言快语说："可我觉得皇帝没有准性，变来变去的，朝令夕改。他需要阿爷出面为他召集三公八座制定律历，才又起用阿爷。要不，他才不希望阿爷出山呢，他对阿爷和各位叔父，甚至他的弟弟，都戒备着呢。在他眼中，宗室王都在觊觎他的皇位！"

子直也有些愤激地说："弟弟说得没错。不是高肇不学无术制定不了律历，我看皇帝陛下还不会诏阿爷进朝。现在连元怿、元怀几个小王都禁闭在家，以元愉反叛为由。谁知道高肇又在借此想什么坏点子来害宗王呢？阿爷，你可不要大意！"

元勰虽然沉默着不附和，心里却也不得不思索着儿子的话。他多次上表请求皇帝宽待小王，可是没有得到皇帝任何响应。而冀州传来元愉反叛，更使洛阳宫城的形势严峻起来，派了李平去冀州剿灭元愉，这洛阳城里的宿卫羽林虎贲成队成队盘桓在各王府邸前后，整日整夜地监视着宗王行动。近来，他是大门不出，二门不迈了，整日待在家里，静观京城局势。

正始五年可不是个吉年，三月皇子昌薨，七月元愉据冀州反叛，皇上派李平等去平叛，听说已经捉拿元愉，不知皇帝会如何处置他。元勰忧虑地想。

"阿爷，我记得你还作了首《思归赋》，底稿在哪里？我来誊写啊。"子直又说。

元勰醒悟过来，他笑了，"那《思归赋》其实算不得我作的，那是才子袁翻的作品，我喜爱它，觉得与我想法一致，便改动一些字句，拿来诵读冒充我写的，聊以自慰。"

"管它呢。阿爷把底稿拿来，我给你誊写下来。"子直笑着催促，"我也挺喜欢这《思归赋》。"

嫡子劭从元勰面前的手稿里翻捡着，"在这里，在这里。"他抽出一张桑皮纸，问哥哥子直："袁翻可是字景、少以才学擅美一时的著作郎？"

元勰点头，"是的，他初为朝请奉，后为徐纥所荐，景明中为著作郎，正始中，迁司徒祭酒，尚书殿中郎，与我、高阳王元雍、中书监京兆王元愉等一起入预其事。"

嫡子劭展开桑皮纸，朗朗读了起来："尔乃临峻壑，坐层阿，北眺羊肠诘屈，南望龙门嵯峨。全千重以耸翠，横万里而扬波。彼暖然兮巩洛，此邈矣兮关河。心郁郁兮徒伤，思摇摇兮空满。思故人兮不见，神翻覆兮魂断。断魂兮如乱，忧来兮不散。俯镜兮白水，水流兮漫漫。异色兮纵横，奇光兮烂

烂。下对兮碧沙，上睹兮青岸。岸上兮氤氲，驳霞兮降氛。风摇枝而为弄，日照水以成文。行复行兮川之畔，望复望兮望夫君。君之门兮九重门，余之别兮千里分。愿一见兮导我意，我不见兮君不闻。魂徜徉兮知何语，气缭绕兮独萦蕴。"

嫡子劭读罢，元勰夸奖着："劭读得真好。"

嫡子劭笑着说："还是袁翻的赋写得好！是不是啊？哥哥？"

子直笑着说："当然了，当代大才子嘛。阿爷，这是不是他的原文？"

元勰摇头，"我记得我改动过一些字句，现在也记不得改动了哪些。你不可誊写在我的文稿里，那岂不是贪天之功据为己有了吗？抄袭之事，君子不齿。"

"你放心，阿爷，孩儿给阿爷注明是袁翻原文阿爷改动，不就行了吗？"子直一边誊写一边对元勰解释。

元妃李夫人挺着个将要临产的大肚子过书房来，元勰急忙站了起来上前搀扶住李夫人，心疼地埋怨着："你看你，身子如此沉重，还到处跑什么？不在自己房里歇息着。"

李夫人焦急地说："我刚才得到消息，说元愉在冀州自立为王，皇帝派李平大军去剿灭，如今已经带元愉回京。可元愉在路途中被皇帝赐死，有身孕的李翠玉和几个儿子被带回京，皇帝要处李翠玉以宰割之极刑。李平派人转告我，说李翠玉身怀六甲，让我们想方救救她和她的儿子，也算对得起元愉的嘱托。"

元勰看着李夫人满脸着急的样子，也很担忧。不管怎么说，元愉是他的侄儿，李翠玉又认了夫人姑母，他怎么能见死不救？

元勰说："我这就进宫去面见皇帝，看能不能劝说皇帝改变主意宽恕李翠玉？"

元勰穿戴好，命令苍头备车。

元勰来到阊阖门，被挡了回来。

高肇冷眼看见元勰匆匆走到阊阖门，估摸他是要进宫见陛下为元愉家人说情。高肇命令阊阖门禁卫，禁绝一切王入宫。

元勰没有办法，转身去见崔光。听说崔光近来为皇帝拟写诏书，这行刑李翠玉也是一定要发诏书的,也许崔光能够见到皇帝,也许崔光能够为李翠玉说说情。

崔光正在太常寺衙门里,见元勰来见,急忙起身行礼,"彭城王殿下光临,荣幸之极!不知殿下何事光临?"

元勰也顾不得客套寒暄,他怕被人撞见,急忙说:"我听说元愉叛逆已被赐死,他的爱妾与几个儿子均已押送回京。皇帝震怒,要大辟李翠玉。可李翠玉身怀六甲,不知大人能否奏请皇帝,暂且不要行刑,待她生产。而元愉的儿子年纪尚幼,元愉叛逆与他们一点关系都没有。不知大人能否出手相救?"

崔光颇为为难,"殿下所言甚是,只是皇帝陛下盛怒,百官没有敢为之说话的。而且,有高大人……"崔光不敢再说下去。

元勰点头,"我知道这是很冒险的事情。可是,救人一命,胜造七级浮屠。大人,这可是救五条性命啊!"

崔光点头:"是的,我也正犹豫着呢。陛下已经命我拟写诏书,我这里正在为难。既然殿下说情,我崔光就拼着性命试试看。我这里便写奏章给皇帝。"

元勰十分感动,他深深作了一揖,"我替李翠玉和她那未出生的婴儿以及三个儿子谢谢崔大人!我这就告辞了。"元勰匆匆而去。

元勰离开太常寺,崔光立刻提笔写奏表。写完奏表,崔光便入宫去见皇帝。

元恪见崔光来,高兴地问:"诏书拟写好了吗?"

崔光再拜,眼睛逡巡左右闪避着元恪的目光,吭吭哧哧却不回答问题。

元恪奇怪地问:"卿怎么不说话啊?起草这么个诏书,对卿来说,还有什么为难的吗?"

崔光又拜,鼓起勇气说:"请皇帝陛下饶恕臣。臣有事奏陛下闻。"

元恪有些生气,"卿如此啰唆,请念吧。"

崔光抬眼睨了元恪一眼,急忙掏出自己的奏表,清了清喉咙,朗朗地读了起来:"臣伏闻当刑元愉妾李,加之屠割。妖惑扇乱,诚合此罪。但外人窃云李今怀妊,例待分产。且臣寻诸旧典,兼推近事,戮至刳胎,谓之虐刑,桀

纣之主，乃行斯事。君举必书，义无隐昧，酷而乖法，何以示后？陛下春秋已长，未有储体，皇子襁褓，至有夭矢。臣之愚识，知无不言，乞停李狱，已俟育孕。"

崔光读完，小心看了元恪一眼，垂手恭立，等着元恪说话。

元恪背着手在东堂里走来走去，心里翻腾着。在舅父高肇的不断劝说下，他对元愉已经恨之入骨，依他和高肇的意思，一定要斩草除根除恶务尽，他不仅同意高肇处死元愉，也接受了高肇全部除掉元愉儿子和爱妾的建议。所以，他才让崔光拟写处置李翠玉和元愉儿子的诏书。

元恪阴沉着脸思考着崔光奏表。崔光这番奏言，不软不硬，不卑不亢，言之在理，言之有理，叫他一时还无言以反驳。桀纣所行之事，他能为之吗？春秋已高，尚无储君，仅有的一个皇子早夭，他若是再不积德行善，触怒天神祖宗，天将惩罚他，让他无后，那可如何得了？以后历代以他为剖胎之暴君，这又如何是好？

崔光偷眼看着元恪的脸色，心都提到嗓子眼。元恪万一变了脸色，他和他全家性命怕是不保。

元恪脸色还算平和，崔光稍微有些安心。

元恪站住脚步，看着崔光，问："这是你一个人的想法，还是有其他人的想法？"

崔光急忙回答："回陛下，这是臣个人的想法。但是据臣所闻，凡听说李犯怀有身孕即将临刑者，必怀恻隐之心，唏嘘不已。百官皆望于陛下仁慈。陛下具菩萨心肠，对元氏血脉定然眷顾。元愉有罪，其幼子无罪。臣乞陛下赦之。"

"卿言之有理。"元恪嗫嚅着，"朕原来没有想赐死元愉，不管如何，他毕竟是朕之元弟，朕原是要徵他入宫申以家人之礼的。可是不知为什么，他死于路途，朕也有些伤心。至于他的家眷嘛，就依卿奏。"元恪说着，在崔光的奏表上提笔写了一个"准"字，又写了"赦其子"三字。

崔光的心高兴地怦怦直跳。他救了五条人命啊！

元恪赦免了李翠玉和她的四个儿子，但是李翠玉没有忘记她与元愉的生死约定，她不愿意独自活在没有元愉的这个世界上，生儿子不久，她便投缳自尽追随元愉到另一个世界与他相会去了。

4.无端构陷高肇布局　为奸捏造小人陷害

高肇知道皇帝元恪赦免了元愉的儿子和爱妾,非常愤怒。但是生米已经做成熟饭,他也无可奈何。经过多方打听和耳目亲信的密报,他终于弄清楚崔光说情的前后经过。

又是元勰作怪!高肇恼怒地想。

元勰已经让他忍无可忍。每当见到仪表堂堂、气宇轩昂的彭城王元勰,高肇心底就不由自主潜生出一种自惭形秽的自卑感,让他感到自己的卑微与渺小。这种感觉让他恼火,让他愤怒,让他对元勰产生刻骨铭心的仇视。

元勰处处与他作对。高肇想起几个月前皇帝打算立高贵人为皇后时元勰的作为。元勰竟偷偷进宫去劝阻皇帝,他说,不可立高贵人为后。幸亏内侍刘腾与自己相善,偷偷通报,否则,耳根子软的元恪很可能听信了元勰的谗言,使他的所有努力付之东流。

"彭城王,你的死期到了!"高肇咬牙切齿地说,一拳砸在桌子上,"去传魏偃和高祖珍马上来见我!"高肇对甄琛说。甄琛已经去了吏部尚书职务,专门跟着高肇。

甄琛答应着立马派人去传。

魏偃和高祖珍都是元勰王爷府官员,魏偃为国郎中令,高祖珍为前防阁,他们希冀得到高肇提携,经常上门走动请求高肇和甄琛的关照,善于利用机会、善于收集情报的高肇经常从他们那里打听有关元勰的情报。

魏偃和高祖珍听说高肇传唤,乐颠乐颠地来见高肇。

高肇冷着脸问:"元愉谋反以来,彭城可有异常?"

二人你看我我看你,交换了半天眼色,魏偃才说:"彭城王出去一趟,听说进宫去了。"

"这我知道。还有什么异常举动?"

高祖珍想了一会儿说:"小的听说彭城王担心其母舅安危。好像他母舅在冀州为官。"

高肇小眼睛一亮,"喔?他母舅为何人?"

高祖珍摇头,"小的不很清楚,好像听说姓潘,好像是冀州乐陵太守。"

沉河艳后：胡灵皇后

吏部尚书甄琛猛一拍脑门，惊叫起来："是潘僧固！冀州乐陵太守！听说也参与了元愉谋反！"

高肇仰天哈哈大笑，"元勰啊元勰！你的末日到了！"高肇狂笑了几声，立刻收敛笑声，严厉地对甄琛说："元愉据冀州谋反，作为冀州属下的乐陵太守岂能不参与元愉谋反？你说呢？是不是这个理？"

甄琛急忙迎合着："是，是！"

高肇冷笑着，他终于寻找到参倒元勰的突破口。虽然他一直留意寻找着元勰的破绽，无奈元勰非常谨慎，不给他找到任何攻讦的罅隙。

"叫李平来！"高肇命令。

李平急急来见高大将军。

"你去冀州处理元愉谋反，抓到多少同谋？"高肇冷然问。

李平说："真正支持元愉谋反的同党很少，大多是元愉府邸的部属，围城时大部已经战死，少数胁从经过讯问，有的被免职，有的坐罪，都已经处置了。"

高肇捻着须髯定定地看着李平，冷然问："确实吗？"

被高肇盯得心里有些发毛的李平还是坦然回答："下官所言句句确凿，请大人审查。"

高肇不满意地瞪了李平一眼。原本就不喜欢李平，所以才调他去平元愉逆反，趁机换了自己人王显作度支尚书，听刘腾回来报告说李平在执行处置元愉的命令时多方刁难不予配合，叫高肇对李平更为恼火。

"冀州有个乐陵太守，你知道他的名字吗？"高肇阴沉着脸。

"知道，知道。"李平急忙回答，"他叫潘僧固，曾被元愉胁迫参加了元愉自立的祭天大典，当元愉起事的时候，他托词生病，没有参与其事。下官查证之后，恢复其乐陵太守之职，继续留任乐陵！"

"李平！你好大胆！竟敢包庇隐截官口！"高肇怒喝，"你可知道，这潘僧固是元愉谋事的主犯，不仅积极为元愉出主意，还积极参与元愉谋反！你竟敢留他为官！"

李平额头沁出细密的汗珠，他擦着额头汗水，不敢辩驳，心里却很不服气。他高肇又没亲临冀州，怎么知道潘僧固的事情？"敢问大人，潘僧固事听何人禀报？是不是以讹传讹不实之词？"

高肇一拍桌子站了起来,"岂有此理!本官难道要向你禀报详情吗?!你是何人,竟敢如此说话?"

"不是的,不是的!下官只是担心大人听来详情有误,并不敢追问。"李平急急地辩解着。

"下去吧!"高肇挥手。他已经从李平这里证实潘僧正参与了元愉谋反,他可以禀报皇帝除李平名。另外,他可以把元飏勾结母舅潘僧固的事情奏与元恪知晓。

通过谁去禀报皇帝呢?高肇皱着眉头想,最好通过宗室成员让皇帝知晓的好。

高肇派人去请吏部尚书元晖。

接替甄琛吏部尚书职位的元晖,字景袭,为昭成帝子寿鸠的第五代后人,元恪即位后拜为尚书主客郎、给事黄门侍郎,不久前迁吏部尚书和侍中,领右卫将军,是元恪的心腹之一。凡在禁中要密之事,元恪都要元晖奉旨藏之于柜,唯元晖才得以开启。

元晖接任吏部尚书以后,大肆聚敛钱财,纳货用官皆有定价,大郡两千匹,次郡一千匹,下郡五百匹,其余受职各有不同,天下号"市曹",又名之"饿虎将军"。

高肇了解这元晖,贪婪爱财又小肚鸡肠不容人,他有个堂弟叫寿兴,在州为官,他深害其能,便常在元恪面前说堂弟的坏话。皇帝诏御史中丞崔亮前往考察,崔亮出发前,元晖鞭打三寡妇,逼迫她们出面做伪证,诬陷为寿兴所逼而做了他的女婢。寿兴听说御史中丞前来调查,知道自己难逃元晖诬陷,只好让其外弟率十辆运小麦的车经过其住宅,他越墙跳上车藏身小麦下面得以逃脱。后来遇赦才得以见皇帝,自陈元晖诬陷。但是,不久,寿兴还是没有逃脱元晖的诬陷。

高肇最喜欢结交这样的小人,一是因为这些小人有把柄攥在他的手心里,可以随心所欲要挟他们,逼迫他们为自己所用。二是因为小人易于收买,只要诱以大利,他们连天王老子也敢出卖。他最擅长与此类小人打交道,知道什么时候要挟,什么时候收买。

高肇喜滋滋地拿出他珍藏的一个周鼎,等着见元晖。

元晖接到高肇邀请，急急忙忙来见高肇。尽管他现在得到皇帝宠信，可是他依然不敢得罪皇帝的舅父高肇。

高肇亲热地拍着元晖的肩膀，热情地邀他到小书房就座。元晖受宠若惊，笑着问："高大人请下官来，不知有何见教？"

高肇说："看你说哪里去了？老夫何来见教啊？只是老夫新近得一稀世珍宝，请尚书一起来欣赏。"

元晖眼睛一亮，惊喜地问："什么稀世珍宝？汉代金错刀还是周代毛公鼎？"元晖喜爱古董，又爱历史文学，经常结交一班儒士撰录百家要事，编纂古董文物逸事，也经常赏玩古物。他过去曾听说有求官者送高肇一批稀世珍宝，其中有汉代金错刀、周代毛公鼎、秦代刀币等。

高肇呵呵笑着，"听闻侍中风雅博学，果然名不虚传！被你一言言中。瞧，就是它！"高肇走到桌子前，小心翼翼捧起一个铜锈斑斑的鼎。

"毛公鼎？！"元晖腾地站了起来，抢步上前，急切地夺过鼎，看着那些铭文，努力辨认着。

毛公鼎是西周宗庙祭祀用器，铜鼎内部铸有五百个铭文，记录了周宣王的叔父毛公治理国家政务的事迹。

"是不是毛公鼎呢？"高肇笑眯眯地问。他已经把元晖掌握在手心里了，有这价值连城的周鼎的诱惑，不怕元晖不按照他的意思办事。

"是，是！"元晖眼睛熠熠放光，一脸灿烂。

"怎么样？喜欢不喜欢？"高肇狡黠地眨巴着眼睛，戏弄地看着贪婪的元晖，戏弄地问。

"当然喜欢了！"元晖爱不释手地抚弄着毛公鼎，也嘲弄地看着高肇，"怎么？高大人难道想送我不成？"

"你说对了。"高肇哈哈一阵大笑，"老夫知道你这吏部尚书喜欢珍玩，所以愿意割爱送尚书啊。"

元晖也是开怀大笑："我这吏部尚书不过步高大人后尘，不足挂齿。高大人才是大手笔，大手笔！佩服佩服！"

高肇笑了一阵，才收敛住笑声坐了下来，端起茶杯啜了一口，端庄了神色，问元晖："这毛公鼎就算我借花献佛送侍中了。怎么样，老夫还算慷慨吧？"

元晖笑着摆手,"高大人慷慨,但是我不敢夺人之爱。何况我收礼,也是有定数的,我只收那些求我办事的人的礼品,无功决不受禄!"

高肇眯缝着细小的眼看着元晖,沉思了一会儿,说:"其实老夫这毛公鼎也不是白白送你的。老夫最近得到密报,说彭城王私通元愉,南招蛮贼,此事重大,老夫需要吏部上报皇帝知晓。所以,这毛公鼎权作对吏部尚书的酬谢!"

元晖脸上的笑容有些僵硬和凝固,呆呆地看着高肇,不知道说什么好。不过,心头上却响起一个声音,这声音在敲击着他的心:借刀杀人! 借刀杀人! 高肇要借他的手来杀彭城王元勰了!

元晖出了一头冷汗。他急忙把毛公鼎郑重地放到桌子上,站起来行礼告辞:"高大人恕罪,我突然有些头晕,直想呕吐。我得告辞了! 告辞了!"

高肇没有想到元晖竟这样拒绝了他的请求,恼火得很。他恨恨地捶了一下桌子,咬牙切齿地骂:"不识抬举的东西! 你这是敬酒不吃吃罚酒! 咱们走着瞧!"

元恪在佛堂参佛,他的十地已修炼到五地,再多用心修炼,就可以达到更高的境界了。元恪要加紧修炼,为自己祈祷子嗣。高皇后已有身孕,正是他虔诚向佛的缘故。他要更加虔诚参拜和修炼,以祈祷高皇后为自己生个皇子。

左卫将军元珍前来拜见元恪,元恪正盘腿坐在蒲团上虔诚地修炼十地。刘腾小声在元恪耳边禀报左卫将军元珍来见。元恪慢慢睁开眼睛"唔"了一声。元珍急忙过来行礼,在皇帝耳边说:"臣听闻一重大消息,特来禀报陛下。"

"什么重大消息?"元恪又闭上眼睛,慢吞吞地问。

"臣听闻冀州来人密报,说元愉谋反得到彭城王元勰的支持!"

元恪睁开眼睛,无神的眼睛惊讶地大张着,"什么? 彭城王参与元愉谋反?"

"是的,冀州密报,说彭城王元勰通过其母舅潘僧正互相串通,北与元愉通,南招蛮贼。"

元恪腾地从蒲团上站了起来,惊讶地喊:"真有此事?"他现在是越来越

糊涂,越来越弄不清楚什么是真的,什么是假的,经常有人在他耳边搬弄他人是非,他信以为真,却发现自己上当受骗,冤枉了许多人。

"陛下准备如何处置?"元珍胁肩而问。

元恪没有说话,他正在努力思考,正在告诫自己要慎重从事。彭城王这些年谨慎恭谨,虽然在自己的邀请下出任太师,与高阳王元雍及八座、朝士中有才俊者参论轨制应否,却并不参论政事。彭城王聪明睿达,博闻强记,加之美容貌,善风仪,端严若神,折旋合度,凡所裁决,时彦归仰。这样一个德高望重的肱股,可不能因为自己的糊涂而使其蒙受冤屈。何况五个叔父只剩了彭城王元勰和高阳王元雍两个,他可不愿意因为自己的昏庸再失去一个好叔父。这几年,他对元勰有了更深的认识,叔父元勰不仅不是高肇所说的野心家,而是一心一意拥戴朝廷拥戴元氏天下的忠心耿耿的臣下。

"去叫右卫将军元晖进来。"元恪没有回答元珍的问题,转向刘腾。

元晖走了进来。"陛下叫臣?"

元恪说:"朕刚才得到密报,说彭城王元勰北通元愉,南招蛮贼,卿以为此事当真否?"

元晖看了元珍一眼,急忙回答:"臣以为彭城王小心谨慎,忠心一片,断不会参与元愉谋反!"

元恪点头,"朕也不信此传言。"

内侍中刘腾走了进来:"陛下,高大人来了。"

元恪从蒲团上站了起来,恭敬地向舅父问好:"舅父来了。"

高肇昂首挺胸笑眯眯地向皇帝元恪走来,他的得意都显露在他的笑容里。皇帝元恪对自己越来越恭谨,越来越听话,越来越依赖他了。他微笑着向元恪行礼:"陛下今日精神可好?"

元恪笑着,"还好。舅父有何事来见?"

高肇面容沉了下来,"陛下,臣刚得到一个惊人的消息,特来禀报陛下。"原来消息灵通的高肇得到皇帝叫元晖的消息,生怕元晖坏了他的好事,又亲自赶来查看情况。这一次,他一定要除去元勰,谁也别想搅了这事。

元恪笑着,"是不是关于彭城王参与元愉谋反的事啊?朕已查过,断无此事。"

高肇冷笑着,"陛下差矣。臣经多方查证,铁证如山。"

元恪有些慌乱，"铁证如山？什么铁证？"

高肇从怀里掏出几张纸递给元恪："陛下，这是元勰的部属魏偃、高祖珍的证言，他们亲自参与元勰勾结元愉的阴谋活动。而且，陛下可能还不知道，元勰的母舅潘僧固是冀州乐陵太守，是元愉谋反的干将之一。所有这些，不都是铁证吗？"

元恪惊慌地眨巴着眼睛，不知道说什么好。经高肇这么一说，他刚才还算清楚的脑子一下子又成了一盆糨糊，迷惑混乱了。由于羊角风的疾患，使他经常感到迷乱和惶惑，一着急，脑子便糊涂迷惑起来，理不出思绪。

高肇见元恪不说话，知道他已经又陷入惶惑、迷乱之中，这种时候正是他高肇控制皇帝的最好时机，他说什么皇帝听什么。

"你们下去吧！"高肇冷冷地扫了元珍、元晖一眼，阴沉凶狠、险恶仇视的目光在元晖脸上打了个旋儿。

看到这眼光的元晖打了个寒战，像掉入华林苑的冰窖，他意识到自己在朝廷为官的生涯快要结束了。

不久，元晖被解吏部尚书职，出为冀州刺史。离京下州之日，连车载物，发京都，至汤阴之间，首尾相继，道路不断。路途上，车少肢角，即截路过的牛，活生生截取牛角以充其用。道路行人为之侧目。

5.横天祸从天降横遭构陷　彭城王受迫害暴死非命

正始五年的九月，洛阳天高云淡，湛蓝湛蓝的天空又见北雁南飞的队形，又听到北雁南飞的嘎嘎叫声。

彭城王元勰的府邸里，上上下下都在焦急地等待着王妃李氏临盆生产。三十三岁的彭城王元勰因为无事可做，只好与儿子在书房里说话，排遣焦急，打发时光。他的《要略》已经整理誊写完了，也算完成一桩大事。近来朝廷笼罩着肃杀，他不想惹是生非，不想办理公事，只想静静地待在府邸里读书，与儿子议论学问，等待元妃李氏临产，再给他生一个儿子。

正始五年（509 年）可不是一个吉年，国朝事故不断，正月有太守逃奔南朝萧衍，三月皇子死，七月元愉谋反，八月元愉被杀，连累了许多人。这九月，能够平静吗？虽然皇帝在八月丁卯宣布大赦，改正始年为永平元年，可

是,国朝能永平吗？前不久,又传来郢州司马等人谋反为乱,潜引萧衍兵入义阳。又听说三关戍主以城南叛。国朝内忧外患交集,能永平吗？

"阿爷,你说,这国朝能永平吗？"长子子直轻轻打断元勰的沉思。

元勰苦笑着摇头,"怕是难得永平。"

"为什么？"子直和劭崇敬地看着父亲,急切地想听他的议论。

元勰凄然地说:"你们看,国朝内,父亲猜忌儿子,高祖赐死元恂,猜忌皇后,朝臣蒙蔽视听,奸佞构陷罪名,挑拨离间,兄弟父子宗室,互不信任。皇帝软弱又蒙昧,一味任用私人,陷害忠良。宗室弟子偏又不争气,自相构陷,腐化堕落,与民争富,残害百姓。能永平吗？"

子直和劭弟兄两人都定定地看着元勰,听他分析。不知为什么,元勰今天想尽情向儿子倾吐出自己几年来的思虑。他慢慢踱着步,尽量压抑着自己的愤激,让自己平静地说:"皇帝的红人元晖,与自己的弟兄寿兴不和睦,这寿兴,不仅为自家兄弟坑害,还受新任的御史中尉王显奸臣构陷。当初,他为东宫中庶子时,王显也在东宫,身份低贱,因公事被寿兴杖之三十。现在王显得宠,做了御史中尉,便奏寿兴在家每有怨言,诽谤朝廷。当时皇帝因极饮无所觉悟,于是他又书面上奏其事,元晖和他一起极力恚恿皇帝在奏章上注可,直付寿兴赐死。陛下当时书字不成字,当时见者亦知非皇帝本心,但惧元晖等威,不敢申拔。及行刑日,王显自往看之。寿兴命笔自作墓志铭曰:'洛阳男子,姓元名景,有道无时,其年不永。'回头对其子说:'我棺中可放百张纸,笔两枚,吾欲讼显于地下。若高祖之灵有知,百日内必取显,如遂无知,亦何足恋。'你们看,宗室子弟下场多可怜。自己互相倾轧,还受奸臣构陷。焉有此理！"

说到这里,元勰停顿下来,歇了口气,又说:"再说,这宗室子弟又极不争气,腐败至极,道武七王之后,存活至今已无几,而存活至今有数几个却各个不成器。像河南王曜的重长孙元和,出家为沙门,把爵位让给弟弟鉴,这元鉴本来很有才学,很得高祖称赞,在齐州为刺史,也得百姓爱戴,可是自从他的兄长元和罢沙门归俗,抛弃妻子,纳了一个比他年纪还大的、有五个子女的曹寡妇为妻,他们与元鉴一起来到齐州历城,这元和、曹氏以及她的五个子女七处受纳,干乱政事,而元鉴对他们言听计从,任凭他们受贿,狱以贿成,齐人怨声载道,骚乱不断。

景穆十二王之后人也不多，而济阴王小新城的孙子元诞做刺史也是贪贿暴虐，大为人患。牛马骡驴，无不逼夺，家人奴隶全强娶良家妇女为妻。有沙门出外采药归来，他问那沙门，外面有何消息，沙门说，只听百姓议论王贪，愿早日撤换。元诞说，齐州七万户，我来以后，一家还没有交够三十钱，何得言贪？

　　乐浪王万寿的重孙子元忠，不务正业，吃喝玩乐，纨绔子弟，衣服不遵常制，喜欢着红罗襦，绣做领，碧纱裤，锦为缘。帝谓之曰：'朝廷衣冠，应有常式，何为著百戏衣？'你们猜，他怎么回答？"

　　说到这里，元飏停下来喘口气，呷了口清茗润了润喉咙。劭着急地追问："阿爷，他怎么说？"

　　子直扯了扯劭的衣袖，"别催阿爷，让他歇口气。"

　　元飏放下茶碗，坐回椅子，稍微显得有些激动地接着说："他说：'臣少来所爱，情存绮罗，歌衣舞服，是臣所愿。'"

　　元飏摇头叹息："你们看，人之无良，乃至此乎？"

　　子直和劭都使劲点头。

　　元飏又接着讲："城阳王长寿的次子元鸾，身长八尺，腰带十围，以武艺著称，为定州刺史，却一心向佛，修持五戒，不饮酒食肉，积岁长斋，重赋重税，横征暴敛，大兴土木，修建佛寺，颇为民患。编户嗷嗷，家怀嗟怨。民不堪扰，奸乱是由。安定王休的三子愿平，更是令人发指，轻狂无形，陛下给他个给事中，他却日益悖恶，杀人劫盗，公私成患。坐裸其妻王氏于其男女之前，又强奸妻妹于妻母之侧，真是禽兽不如。陛下以其亲近，不忍心绳之以法，只好禁闭于别馆愁思堂，希望他改过自新。不过，依我之见，江山易改本性难移，他是不会改过自新的，将来放出来，依然照旧。"

　　元飏摇头叹气，加了一句："至于你那几个叔父伯父，也是劣迹斑斑，不去说他们了。他们全然忘记高祖皇帝的教导了。记得高祖皇帝讲武，召南安王桢回京，离京之时，皇帝特意在皇信堂接见元桢，谆谆告诫他。我还记得皇帝说：'翁孝行著于私庭，令问彰于邦国。长安镇年饥民俭，理须绥抚，不容久留，翁今还州，其勤隐恤，无令境内有饥馁之民。翁既国之懿亲，终无贫贱之虑。所宜慎者，略有三事：一者，恃亲骄矜，违礼僭度；二者，傲慢贪奢，不恤政事；三者，饮酒游逸，不择交友。三者不去，祸患将生；但能慎此，

沉河艳后：胡灵皇后

339

足以全身远害,光国荣家,终始之德成矣.'你们看,高祖说得多好。可惜子弟把皇帝教诲做了耳旁风!"元飂气恼地拍着巴掌。

"这些不成器的宗室子弟不去说他们了！再看国朝官吏。官吏腐败,民怨沸腾。你看邢峦,作为假镇西将军护卫西部安全,平巴西、汉中、成都,虽说抵御萧衍有功,却为官不洁,在汉中抢掠民女二十多人供他淫乐,又抢巴西太守庞景民的女儿化生等女,被侍中卢昶所闻,卢昶与邢峦历来不和,这卢昶便以此告到御史中尉崔亮和吏部尚书元晖那里,元晖与卢昶现在都是皇帝的亲信,元晖与卢昶便命令崔亮追究邢峦,卢昶许诺崔亮,要是此事办妥,搞倒邢峦,他便向皇帝保举崔亮侍中。得到许诺的崔亮立即追究弹劾邢峦。邢峦听闻害怕,又马上把他在巴西掠来的女子化生等二十多绝色女子一起送给元晖,元晖得到这么多绝色女子高兴得不得了,便出尔反尔背着卢昶为邢峦在皇帝面前说好话,说邢峦新近立了大功,应该将功补过,不宜再行追究。你们看,重臣如此德行,这国朝还有何指望啊?"

看着父亲元飂心情如此沉重,子直和劭的小脸也都堆积起忧愁。他们学着父亲的样子,长长叹着气。

元飂站了起来,走到窗前,他推开窗户,望出窗外,窗外湛蓝湛蓝的蓝天,蓝天上飘着淡淡的白云,一阵深秋的秋风吹落几片金黄的白杨树叶,在空中飘飘荡荡,慢慢落入院子里。这国朝会不会像秋天的树叶,已经到了快飘零的时辰?

除了刚才说的那些叫他忧虑,还有另外一些叫他担忧的。北方六镇的怨愤情绪越来越烈,从高祖迁都时种下的隐患越来越明晰,北方六镇以鲜卑旧人为主,他们对国朝越来越倚重汉人和南人做法深感不满,对朝廷越来越重视文官儒士、越来越轻视武将而深怀怨愤,六镇那些代人后代,对国朝对他们的轻视越来越怨愤。国朝远离了鲜卑远离了拓跋,越来越亲近南地、越来越向汉人靠近,越来越汉化,但是,中原汉人百姓反抗不断。朝廷一味重用汉臣,抛弃鲜卑武人,是好是坏,他元飂做不出清楚的评判,但是他能够感到,国朝现在有些像钻在风箱里的老鼠,两头受气。

朝廷对柔然的姑息赎买,他元飂也很忧虑。柔然一贯阳奉阴违,朝廷不做防备,只采取安抚,能安抚柔然的狼子野心吗? 加上战争频仍,百姓得不到休养生息,这国朝能永平吗?

想到这里,元勰深深地叹了口气。所有这些忧虑,他多想面见皇帝向他陈述,向他进谏,让他任用一批才俊来改变国朝越来越疲弱的现状。可是,他有机会吗?懦弱的元恪被奸佞高肇紧紧掌握着,他敢去进谏吗?他又何来机会去进谏呢?他遭皇帝猜忌,内有高皇后吹枕边风,有内侍中刘腾、殿中常侍赵邕等把持,外有高肇、元珍等人构陷,他现在没有得见皇帝的机会,更无法向皇帝陈述他对以上情况的担忧,元勰只能把自己关在城东的府邸里。

想到这里,元勰烦躁起来,他砰地关上窗户,走回座位,"你娘不知生了没有?"他看着子直和劭,换了话题。

"待孩儿去后边看看!"劭站了起来跑出去。

门子慌里慌张进来通报:"殿下,宫中来使,诏王入宫见驾,与高阳王元雍、广阳王元嘉、清河王元怿、广平王元怀等一起见驾宴饮。"

元勰挥手,"告诉来使,说本王王妃方产,本王要侍候王妃,不得闲暇,待稍后方便再入宫见驾!"

门子飞也似的去报告使臣。

"阿爷,阿娘生了!生了!"劭喊着冲进书房。

元勰急忙问:"男娃还是女娃?"

"男娃!"劭喜笑颜开地回答。

"走,我们去看看!"元勰笑着拉着两个儿子向后面寝室走去。

"官人来了。"元勰来到元妃李氏的卧房前,子直的母亲孙氏急忙迎了上来。

"顺利吧?"元勰问大妾孙氏。

"很顺利呢。"孙氏眉开眼笑,"妾一直守在元妃身边,一个又肥又白的男娃,像老爷一样英俊,像劭一样好看。"贤惠的大妾孙氏笑着说。

元勰推开房门,走了进去。元妃李氏正静静地躺在床上,脸色苍白,她的胳膊弯里躺着个粉嘟嘟的小生命,正挣扎着啼哭。

元勰正要上前去看,孙氏从门外慌里慌张进来,她走到元勰身边,小声说:"官人,宫中又来使者催官人进宫!"

元勰皱起眉头不耐烦地说:"去告诉他,说本王王妃方产,暂时不能进

沉河艳后：胡灵皇后

宫！不就是宴饮吗？改日不行吗？怎么还来催？真是的！"

孙氏不敢多嘴，急急走去回话。

元勰走到床边，拉住正妃李氏的手轻轻抚摩着，"你受苦了！"

李氏幸福地笑着，"看，这男娃多像你啊！浓眉大眼的！"她拍着还在挣扎啼哭的婴儿，"来，见过阿爷！"

元勰把婴儿抱了起来，笑着说："看见阿爷了吗？等明天阿爷给你起个好听的名字！"

李氏拍了拍床，"官人，你坐下来。"

元勰把婴儿小心放回李氏身旁，正要坐下，孙氏又慌里慌张地进来，"官人，宫里又派来一个使者，催官人进宫！这使者说，皇帝生气了，要王爷立刻进宫！不得有误！一个时辰官人不到，宫里将派羽林宿卫来请！"

元勰愣怔了一下，这可不像宴饮的架势啊！难道要发生变故不成？元勰的心忐忑起来，他看着床上的李氏，不知说什么好。

李氏说："既然皇帝陛下这么说，官人还是进宫去吧。我们母子都平安，官人不必挂念，就放心进宫去吧。"

元勰点头，"只好如此了！你们母子要好好保重！"说到这里，元勰突然有些伤心起来，声音竟有些哽咽，他急忙抑制住自己的伤感，强露出笑容，抚摩着李妃的手，"你要好好保重，坐月子期间不要多下地。"说到这里，他又扭头对孙氏嘱咐着："你就多辛苦一些，好好照顾李妃。对，起名子攸吧。"

孙氏急忙点头，"官人，你就放心，我会操心照顾的。"

李妃笑着对孙氏说："你看官人，越来越妇人心肠了。过去，他哪管我们这些事啊？你放心走吧，最多明天就回来了，干吗嘱咐得像出远门似的。"

元勰勉强笑着，"我不放心嘛。对，还要好好管教我们的儿子，让他们用心读书，不要荒废了时光！"

李妃诧异地看着元勰："官人，你这是咋的了，不是进宫宴饮吗？"

元勰深情地抚摩着李妃的手，"是的，皇帝请我们几个王宴饮。我不过随便说说，你别多心，明天我就回家了。明天我再给儿子起个好听的名字。"

说到这里，元勰放开李妃的手，匆匆说了一句"那我走了"，急忙转过身，向门外走去。他伤感得厉害，害怕自己控制不住会掉下眼泪。

来到门外，子直和劭正站在门边等着，见元勰出来，急忙上来拉住元勰的手，子直说：“阿爷，你不能去！这是鸿门宴！”

勐也说：“阿爷，不要去，阿娘刚临产，她离不开你！”

元勰抽出手深情地抚摩着儿子的头发，叹口气，摇着头小声说：“明知是鸿门宴也得去！皇帝要我去，我哪敢不去？以后，万一有什么不测，你们就是彭城王府邸的顶梁柱了！你们要撑起全家的大梁啊！”

子直和勐的眼睛里已经溢满了眼泪，两个人眼看着就要哭出声来。元勰急忙拉着他们离开卧房，一边安慰着，“也许是我过虑，皇帝不过是请王宴饮罢了。你们千万不要伤心，影响阿娘坐月子可不好！”说到这里，元勰勉强笑着说，“好了，你们去书房读书吧。我走了！”

元勰故作轻松地笑着，朝儿子挥挥手，走到院子中，宫中派来的几个使者正等着他呢。宫中派来的牛车也早就停在大门外，等着接彭城王元勰进宫。

元勰的车入东掖门，过白石桥，桥下流水潺潺。拉车的牛不知何故突然发了牛脾气，怎么打怎么拉也不肯过石桥。牛车僵持在白石桥头。

皇宫派的又一个使者相继而来。他责备元勰来迟，说皇帝生气了。元勰无法，只好让随从卸了牛，人拉车进宫。

皇帝元恪在宫中澄鸾殿设宴，与高阳王元雍、广阳王元嘉、清河王元怿、广平王元怀以及高肇等人等候彭城王元勰到来。

见元勰姗姗来迟，元恪不大高兴，阴沉着脸说：“叔父好大架子，要三顾茅庐才请出叔父来啊。”

元勰急忙谢罪：“陛下见谅。臣妻李氏方产，臣侍奉床边，一时脱不得身，故而来迟。”

性好仪饰、车服鲜华的广阳王元嘉仗着自己辈分最大，打着哈哈为元勰解围：“女人生孩子如同过鬼门关，彭城担心人之常情。陛下不要责怪他了。来，彭城入座！”

坐在下手的高肇一见彭城王就来气。他不知道皇帝宴请这些王用意何在，是按照自己的计谋行事呢，还是想与王透露什么消息？他担心元恪见了元勰以后会动摇赐死元勰的决心。所以，他一听到元珍密报皇帝宴请王的消息，便立刻赶进宫，不请自来地参加了皇帝宴请王的宴饮。

见高肇自己赶来坐进宴会厅，无可奈何的皇帝元恪只好任他在场。

元勰坐了下去。

元恪清了清喉咙，笑眯眯地说："国朝繁荣，政治清明，国泰民安，今日请各位王来畅饮，叙叙家常。元愉谋反，也打扰各位王，今天，请王开怀畅饮，一醉方休。"

元勰看着举座欢腾，看着自己的兄弟侄子都灿烂地笑着，自己也安下心来，与大家一起说着笑话，拉着家常，畅饮美酒。

坐在下手的高肇很不自在，好在他老练，惯于应付各种场面，也高举酒杯不断与王干杯。广平王元怀坐在高肇舅父身边，与高肇开心地说笑着。自己的亲哥哥元愉被杀，他简直开心极了。他放浪地高声喊叫着，不断与舅父高肇猜拳说笑，引得几个长辈不得不侧目而视，连元恪也看不过眼，不得不呵斥他注意自己的举止。

元怿闷闷不乐地喝着酒。哥哥元愉被杀，让他心里很是难过。

广阳王元嘉年纪最大，这些年，他看到朝里没有自己地位，也偃旗息鼓不大过问朝政。可是自元祥赐死，元恪慑于宗室朝臣议论，又起用了元勰、元雍和他在内的几个老王，他知道这不过是皇帝的权宜之计，故并不认真做事。不过，他还是同元勰一起议论轨制，不断举荐人才，有益公私的事，他也多所敷奏。

像往常宴饮一样，他还是自恃年纪最大，辈分最高，大声喧哗着，大声说笑，或沉醉，或自顾饮酒，言笑自得，无所顾忌。

元勰和元雍弟兄坐在一起，稍微交谈了几句，各自饮酒。元勰总是挂念家中刚临产的李妃，言笑并不欢洽。

这桌并不很欢洽的酒宴一直持续到晚上。各位王都有些沉醉。元恪自己更是酩酊大醉，被刘腾、王温等内侍搀扶着回寝宫。

"夜已深了，让王爷在禁内歇息吧！"高肇搀扶着元恪，小声提醒皇帝。

"各王，今天都……都不许走，在禁内歇息。"元恪含混不清地发布诏命。

于是，诸王在元珍的安排下在禁内不同宫室里歇息。

彭城王元勰虽然有些醉意，但并没有大醉，他很清醒，躺在禁内宫室里，却并不能马上入睡。听着外面秋风吹过，发出萧瑟的凄凉声音，听着秋风敲打着窗户纸,他睡不着,回想起刚才的酒宴,他总觉得有些蹊跷。皇帝似乎想说什么,却最终没有说出来。倒是高肇频频目视皇帝,似乎在暗示什么。高肇到底想干什么呢?

元勰翻来覆去,高肇阴险狡诈的小眼睛总是闪现在他的眼前,白净的面皮上浮现的阴险总让他心神不定。

元勰脑子里乱糟糟的,一会儿闪现着元妃李氏的眼睛,一会儿闪烁着儿子的面容,朦胧中他似乎入睡了。

突然,门吱扭一声,外面进来几个提着灯笼的人。

元勰惊醒过来,急忙坐了起来。"谁?"他问。

"是我。"左卫将军元珍走了过来。

"什么事?"元勰突然感到心慌。

"给彭城王殿下送酒来了!"元珍冷冷地说,朝外挥手,门外进来几个武士,一个托着盘,盘上方放着酒壶和酒杯。

元勰打了个冷战,浑身起了一层鸡皮疙瘩,他什么都明白了!果然,这宴会是冲他而来的!事情明了了,元勰反倒没有了惧怕,他只是感到愤怒,非常愤怒。

元勰腾地跳下床,怒喝着:"我忠于朝廷,何罪见杀!让我一见至尊,才能死而无憾!"

元珍冷笑着,"至尊歇息,哪能见你?殿下还是饮酒吧!"

元勰说:"至尊圣明,不会无事杀我!求你让我与诬告我的人当面一对曲直!"

元珍嘿然,挥手对武士说:"动手吧!"两个武士上来,一个强按住元勰的头,一个用腰刀狠敲元勰脑袋一下,一阵疼痛使元勰倒在地上。

"敬酒不吃吃罚酒!"元珍冷笑着,"给我灌!"

又一个武士上来,捏着元勰的鼻子往他嘴里灌毒酒。元勰死命挣扎着,弄洒了许多毒酒。

元珍命令武士:"打晕他!"武士高举起腰刀,用刀柄狠命砸着元勰。元勰惨叫一声,晕死过去,武士把毒酒灌进元勰的嘴里。

一阵猛烈的秋风扑打着洛阳皇宫,一阵秋雨从天而降,像在为可怜的彭城王哭泣,更为魏国的前途而哭泣。

清晨,元珍命令武士将元勰尸体用被褥裹了起来,从侧门抬上车,让宫中羽林送彭城王回家,对他家人说彭城王宫中饮酒过量暴薨。

李妃扑到元勰的尸体上号啕大哭,子直和劭也痛哭不止。李妃看着元勰明显被殴打的伤痕,双手向天呼喊着:"高肇枉杀王!天道有灵,让高肇不得好死!不得好死!"

元恪酒醒以后听到元勰暴薨,很是难过。高肇还是背着自己对元勰下毒手了!为什么舅父对他的亲人这么仇视呢?他第一次对高肇产生了不满。

元恪难过地在东堂为元勰举哀,给东园第一密器,朝服一袭,赗钱八十万,布二千,蜡五百斤,大鸿胪护丧事。追崇假黄钺、使持节、都督中外军事、司徒公、侍中、太师、彭城王等如故。谥武宣王。

国人听说元勰被高肇枉杀,朝野上下,十分震惊。

《魏书》记载:"勰既有大功于国,无罪见害,百姓冤之。行路士女,流涕而言曰:'高令公枉杀如此贤王!'在朝贵贱,莫不丧气。"

第八章　小荷初露

1.周旋后宫平皇后嫉妒　获得恩准受皇帝雨露

李夫人、王夫人、胡华妇等几个嫔妃一早就来给高皇后问安行礼,这是嫔妃每日惯例。承欢宫的女官作司、大监和女侍中,位同二品,恭手垂立在门前,迎接嫔妃。中才人、供人、中使女生、才人、恭使宫人等几个位同四品的女官正导引着皇后到膳厅里去。

高皇后的腰身已经明显粗了许多,腹部也已经突现出来,她穿着家居便服,来到膳厅。春衣、女酒、女飨、女食几个位同五品的女官在膳厅里看着小宫女小黄门等准备早膳。女侍中亲自搀扶高皇后入座。嫔妃向皇后行礼问安后在女官导引下入座,如过去一样,高皇后让胡华妇坐在她的身边。

"用完早膳,你陪我在佛堂念经。"高皇后对胡华妇说。

"皇后夜里睡得好吗?"胡华妇关心地问。

"还好,只是胎儿有时不安分,会搅了我的睡眠。"高皇后说着拿起筷子开始选择菜肴点心。等皇后动筷以后,嫔妃们才拘谨地拿起筷子,在离自己最近的盘子里选择菜肴面点。胡华妇对高皇后规定的这种陪她一起进膳的方式也感到别扭,可是伶俐的她知道这样反倒可以显示出皇后对她的喜爱,所以,她还是欢天喜地地与皇后一起用膳,一边活泼地张罗着给皇后选择菜肴面点。

用过早膳,高皇后起身,嫔妃不管是否吃饱,都急忙放下筷子,跟随皇后离开膳桌。高皇后回身挥手对嫔妃们说:"各自请便吧。"嫔妃李夫人、王夫人等都行礼离开承欢宫回自己寝宫去。

"我们去拜佛。"高皇后拉着胡华妇的手走向佛堂。她们上了香便跪在

沅河艳后：胡灵皇后

347

佛像前,虔诚地礼拜。

"皇后,我们今天求佛爷保佑什么呢?"胡华妇调皮地笑着问皇后。

"求佛爷保佑我生个皇子!"高皇后说。

胡华妇小声说:"皇后不怕国朝旧制?我听说宫中嫔妃都怕生男娃,经常在佛爷前祈祷生女儿呢。"

高皇后突然想起于皇后。于皇后不是因为子立母死的国朝旧制而被自己撺掇皇帝赐死的吗?将来自己生了皇子,谁能保证不会有大臣亲信去撺掇皇帝以国朝旧制名义赐死自己呢?

真糊涂!高皇后懊恼地拍了拍自己的前额。

"那就祈祷佛爷保佑不要生儿子吧!"高皇后双手合十,对着佛爷像拜了又拜,喃喃着:"佛爷保佑,千万不要让我生皇子,千万不要让我生皇子。"

胡小华心里好笑,她笑高皇后这么容易受她摆布。她说不要生皇子,高皇后就祈祷佛爷保佑她不要生皇子。生皇子有什么不好呢?为什么你不可以想办法废除国朝旧制呢?你高皇后现在这么有权势,皇帝对你百依百顺,又有高肇大人的支持,你怎么就不想着去说服皇帝改变那些旧制呢?

胡华妇微笑着与高皇后一起参拜,继续暗自思量着。我要是你,我一定要努力去说服皇帝废除那该死的残暴的旧制!我决不会祈祷佛爷保佑不生皇子!

想到这里,胡华妇哂笑了。生皇子?可笑!怎么可能呢?入宫这么久,一直没有得到皇帝临幸,还生什么生?过去于皇后嫉妒,不让皇帝临幸嫔妃,如今高皇后更是河东狮子,依然不准皇帝临幸任何嫔妃。高皇后虽然多次信誓旦旦地对她说,要让皇帝临幸她,可是皇帝还是从没临幸过。她现在已经十六岁了,年纪不小了。什么时候才能得到皇帝雨露天霖呢?高皇后什么时候才能大发慈悲,让皇帝临幸她一次呢?胡小华从心底里渴望为皇帝生个皇子,眼看着皇帝春秋已高,唯一的太子夭亡,她心里非常着急,常常暗自为国朝前途担忧。

这样不行!胡华妇心想,要想办法说服感动高皇后,让她开恩允许皇帝临幸嫔妃,否则,万一皇后生个公主,国朝明天如何?

想到这里,胡华妇笑着问高皇后:"万一皇后生了公主,这国朝没有嗣君,可如何是好?"

高皇后从没有想过这问题,她只知道应该把皇帝牢牢掌握在自己手心里,她不能容忍皇帝临幸其他嫔妃。她知道,王肃女儿王夫人具有南方美人的婀娜,又那么清纯聪明,皇帝临幸很容易被她迷惑。李夫人敦厚温柔体贴,难保皇帝不喜欢她。其他几个夫人华妇也各有各的风采,各有各的性情,皇帝肯定会见一个爱一个,如此下去怎么能确保唯她独尊的地位?杜绝皇帝迷恋其他嫔妃的最好法就是严禁皇帝临幸任何嫔妃!这是最可靠的办法!所以,高皇后效仿于皇后,虽然自己怀孕,却依然不允许皇帝临幸其他嫔妃。元恪有时像偷腥的猫垂涎其他嫔妃的美色,却害怕高皇后的一哭二闹三叫高肇,只好乖乖地听命于高皇后的淫威,不敢越雷池一步。

　　万一生个女娃,国朝没有嗣君,可咋办?胡华妇说的这问题,高皇后还从来没有仔细思忖过,现在倒是提醒了她。万一生个女娃,咋办?皇帝以没有嗣君为由要求临幸其他宫,她如何能够拒绝?那样做难免激起全体朝臣反对。

　　是的,该想个妥当的办法,找个自己信得过的妃子做自己的代替,让皇帝临幸,让她为皇帝生子。高皇后瞥了一眼胡华妇。最可靠的妃子就是身旁这妹子了。

　　高皇后笑着说:"皇帝怎么会没有嗣君呢?我生个女娃,也会再怀上男娃的啊!"

　　胡华妇笑着,"皇后说得是。可皇后不怕国朝旧制吗?这不还在祈祷佛爷保佑别生皇子吗?"

　　高皇后也笑了,她刮了胡华妇的鼻子一下,"就你机灵。那你说,我该咋办?"

　　胡华妇闪动着水汪汪的大眼睛,扑扇着黑长的睫毛,脸颊上的酒窝洋溢着甜甜的笑意,说:"皇后,你真的想听妹子的想法?"

　　高皇后从佛像前站了起来,胡华妇也随着皇后站起身。

　　"当然是真的想听你这鬼女子的想法啊!"高皇后向佛堂外走,她已经有些步履蹒跚,腰身沉重了。胡华妇紧走一步,上去挽住高皇后。

　　"那妹子就说了。我的想法还是让皇后效仿文明太后,自己不生皇子,让嫔妃去生,将来立为太子,由皇后抚养成人。"胡华妇小心打量着高皇后的脸色,观察她的神色变化,准备着应变办法。

沉河艳后:胡灵皇后

　　高皇后想起她抚养的太子昌，不由又打了个寒战。难道还要再来一个太子昌？高皇后脸色阴沉下来。

　　胡华妇急忙转换话题："皇后，听说乾陀罗国国王敬献白象一只，你见过了吗？"

　　高皇后还在想胡华妇的话。胡华妇的想法其实和自己一致，看来只有这一个两全办法，既保护自己在后宫的至尊地位，又为国朝着想，解除国朝危机。

　　高皇后看了看胡华妇，她那年轻的容光焕发的脸上洋溢着热情，笼罩着忠诚，她又是那么聪明，对自己如此体贴关心，她是个好妹子。对这么好的妹子还要严加戒备和防范，自己是不是太没有皇后之德？

　　好吧，就把这为国朝生嗣君的重任交给她最放心的胡华妇！高皇后眼睛闪现出光彩，做出她的决定。

　　"皇帝一会来承欢宫，你陪他去看那白象，如何？要是皇帝喜欢，今晚我允许他临幸你宫！"高皇后说。

　　胡华妇激动地差点扑上去拥抱高皇后，可是她立即意识到自己的过分喜悦和激动会破坏这好事，她不仅不能表示出一点兴奋和激动，相反，还要做出很不乐意、很勉强的样子来拒绝。欲取之，必先予之。欲擒故纵。孙子兵法。

　　胡华妇噘起好看的小嘴，很不乐意地说："皇后姐姐干吗让皇帝陛下临幸妹子啊？那么多嫔妃，让皇帝临幸李夫人啊王夫人啊什么的，我害怕伺候不好皇帝陛下。妹子只愿意伺候姐姐！"说着，眼圈竟有些发红，声音还有点哽咽。

　　"傻妹子！"高皇后大受感动，紧紧抱住胡小华的肩膀。胡华妇这表情告诉她，这妹子没有野心，她不想与自己争宠，她不想抢夺皇帝的爱。

　　"作为嫔妃不能御皇帝，可是很耻辱的事啊。姐姐我这是真心喜欢你，才给你这么个好机会的！其他人求我都不会答应的！"高皇后撇着嘴说，白了胡华妇一眼，"你狗咬吕洞宾，不识好人心！"

　　"可妹子担心皇帝临幸以后，姐姐对妹子有了想法，有了芥蒂，有了隔阂，不再喜欢妹子了！我可是宁愿像过去那样，也不愿让姐姐不喜欢我！"胡小华越说越伤心起来，这眼泪就啪嗒啪嗒地成串滴落下来。

"傻妹子！这是姐姐愿意的,姐姐不会怪罪你！你忘了？我们姐俩拉过勾发过誓的!"高皇后亲热地揽着胡华妇的肩膀,安慰着她,替她擦拭着脸颊上的泪水。

"有姐姐这话,妹子算是可以安心一点。"胡小华破涕一笑,脸颊的酒窝里洋溢着甜蜜的笑意。

高皇后看得有些发呆,这胡华妇哭的时候像梨花带雨,楚楚可怜,转瞬便灿烂如艳阳天的牡丹一样娇艳。她真的能迷惑住皇帝呢!

高皇后忽然有些后悔刚才的允诺。不过,这念头仅仅一闪而过,她又高兴了。有胡华妇为皇帝生子,她高皇后将来一定能控制局面,像文明太后一样把朝政掌握在自己手里,那多好啊。胡华妇的儿子就是她自己的儿子,她会喜欢那孩子的。

"走吧,皇帝陛下快来了。"高皇后催促着胡华妇。

元恪高兴地来到承欢宫。"皇后,皇后。"他高兴地喊。

元恪心情很好,元愉事件以后,国朝又平稳下来,国泰民安,风调雨顺,一切都恢复了正常,他又可以潜心向佛修炼十地,又可以尽情与嫔妃冶游。乾陀罗国国王新近敬献他一头白象,令他感到很新奇。这白象那么庞大笨重,长着长长的鼻子,长长的象牙,是国内从没有人见过的动物,他要携带皇后和嫔妃一起去西游园观看。

但愿高皇后心境好,愿意陪他出游。元恪忐忑不安地思忖着来到承欢宫。高皇后身怀六甲,自己懒于走动,也不允许嫔妃陪他玩耍,叫他很扫兴。可是他又不敢拗着高皇后的意愿。拂了高皇后的心意,她会生气撒娇,会一哭二闹三找高肇。元恪不想让高皇后生气,更不想让舅父高肇来责备教训自己,所以处处让着、顺着、宠着她。

高皇后拉着胡华妇的手亲热地进来。

元恪只看着高皇后说:"皇后,我们去西游园看白象,可好玩了。"

高皇后笑着,"陛下,妾身沉重,走不了那么多路,改日吧。"

元恪很失望,"皇后又不想去游玩啊？真扫兴。"元恪甩手,一脸失望,还夹杂着几分恼怒。

高皇后见元恪有些生气,急忙走上前拉住元恪的手,扭动着身体娇嗔地

沉河艳后：胡灵皇后

劝慰着，"陛下不要生气嘛。妾不去，妾让胡华妇单独陪陛下游玩，如何？"说着，猩红的小嘴亲了亲皇帝的脸颊。

元恪眼睛大放光芒，"真的？皇后恩准胡华妇单独陪我玩？不是开玩笑吧？"

"真的。如果陛下喜欢，今天晚上陛下还可以临幸胡华妇宫室。如何？陛下高兴了吧？"说到这里，高皇后瞥着元恪灿烂的脸，轻轻跺了跺脚，噘嘴抱怨着，"瞧皇帝陛下喜出望外的样子！真是的！"

元恪高兴地抱住高皇后响亮地亲了一口，"瞧，又生气了不是？那还是你陪我去玩吧！我可不想看你生气。小心伤了胎气！"元恪现在真的开始为没有子嗣感到着急，眼看着自己春秋已高，到现在还没有嗣君，国朝上下都着急。

高皇后大度地笑了，"皇帝陛下心中有妾，妾就满足了。皇帝陛下与她一起去玩吧。"高皇后把低头不语的胡华妇推到元恪前面。

元恪仔细看了看高皇后的脸，发现她不是在说笑话，他放心了。"好吧，朕带胡华妇去看白象，皇后可要好好歇息，小心不要动了胎气。"元恪谆谆嘱咐了高皇后，才挽起脸色并不灿烂的胡华妇，"走吧。"

胡华妇的胳膊在皇帝的臂弯里亲热地蹭着，却扭头看了看高皇后，轻轻地噘了噘嘴，给高皇后做出一脸不情愿和分外勉强的表情，跟着皇帝出了承欢宫上了辂车。

元恪坐到辂车舒适松软的座上，看了看一直不说话的胡华妇，关切地问："你是不是不想单独陪伴朕去看白象？"

胡华妇回头看看，辂车已经离开承欢宫，她立即换上灿烂的笑脸，脆生生的声音里含着极大欢喜快乐，"陛下说什么啊？妾每天都在祈祷着能与陛下单独出游呢！今日终于盼到了！妾都快高兴死了！"说到这里，胡华妇靠到元恪身上，把下颏轻轻抵在元恪的肩头，轻柔地蹭着，"可惜妾不过一个世妇，入宫两三年，还没有福气得到皇帝陛下的眷爱！"说到这里，胡华妇有些辛酸，眼圈有些发红，声音也有些哽咽。

元恪大受感动，他伸手把胡华妇揽进自己的怀抱，亲吻着她说："皇后已允诺朕晚上临幸世妇宫室！"

"真的？陛下说话当真？"胡华妇惊喜地说，从元恪怀抱里抬起头，满脸灿烂阳光,满脸惊喜万分,两个圆圆的酒窝里溢出极其幸福和甜蜜的喜色。

元恪呆呆地看着眼前的这胡华妇,多么迷人的女子啊!元恪忍不住一下扑了过来,紧紧地把胡华妇拥在自己怀抱里,连连亲吻着那给他极大快乐和诱惑的酒窝。

来到西游园的白象房,驭手把乾陀罗国国王新近敬献的白象牵到园子里。

白象迈着沉重的步伐踢踢踏踏地走了出来,不时甩动着长长的鼻子,喷着粗重的气息,扇动着两只蒲扇似的大耳朵。

这么个庞然大物,胡华妇从来没有见过。白象在驭手的引导下,低头迈着沉重的步伐,鼻子左右摆动着,耳朵轻轻煽动着,一步一步向皇帝和胡华妇走了过来,两只粗大的白色象牙,越来越接近。胆战心惊的胡华妇急忙紧紧拉着皇帝元恪的手,把身子紧紧地靠在元恪身上。

元恪笑了,在她耳边小声说:"不要怕,别看它大,它可温柔了。你看,驭手正指挥他给我们下跪行礼呢。"

驭手拍着大象粗大的脖颈,向他发出指示口令。大象温柔尊敬地看着元恪和胡华妇,笑眯眯地左右摇晃着长长的鼻子,又高举起鼻子晃动了几下,慢慢跪下前腿,把头低下,呜呜地叫了几声。那神情就像大臣跪倒在皇帝宝座前,向皇帝三呼万岁。

胡华妇咯咯地笑了起来,欢快地拍着手,"真好玩,真好玩!像大臣一样!"

元恪见胡华妇那么高兴活泼不再紧张害怕,自己更轻松起来。他从随从捧着的盘子里取了一个石榴,笑着对胡华妇说:"你把这石榴给他,看他怎么从你手里取走。"

胡华妇笑着背着双手不敢接石榴,"陛下,我不敢!我怕它咬我!"

元恪笑着,"它不咬人。它要是发怒了,只是用鼻子扑打人,或者撞击人,或者用它的大象蹄踩人。看,我给你做一次。"说着就伸出手。

胡华妇一把抱住皇帝元恪,"陛下,还是让妾来试试吧。万一这畜生伤了陛下龙体,妾可罪改万死了!"胡华妇从元恪手里接过石榴,战战兢兢地向面前跪着的大象伸了过去。大象伸出鼻子灵巧地接过石榴,放进自己的嘴

沉河艳后:胡灵皇后

里，一点都没有伤到胡华妇。

胡华妇高兴得又蹦又跳又拍手又欢笑，"它没伤着我！它没伤着我！它的长鼻子真灵巧啊，像人手似的！"

胡华妇看着白象背上驮着的五彩屏风和七宝坐床，问："陛下，那是干什么的？"

元恪笑着，"是为我们设的坐床啊！"

"那么大的坐床啊？可以坐好几个人呢！他能驮得动啊？"胡华妇咯咯笑着，围着白象转了个圈。

"能，它可有劲了。才送来养在乘黄曹（管皇帝车马的衙门），它经常破坏房门，走到外面，碰到树就拔树，遇到墙就冲倒墙，把百姓吓得四下惊慌奔走，互相驰逐。后来就把它养到这里了。"元恪拉着胡华妇，看着胡华妇蹦蹦跳跳的活泼样，心里别提多高兴，他不停地说着。跟胡华妇在一起，他觉得自己年轻了许多，虽然他也刚刚二十七岁，可是他身体不好，精神不足，经常觉得自己恹恹的，提不起神。

"要不，我们上去坐坐？"元恪笑着问胡华妇。

胡华妇故作害怕地一下抱住元恪，"我害怕！我不敢！"

元恪哈哈笑着，顺势亲了亲胡华妇一口，"不怕，有朕在身边。"

元恪拉起胡华妇的手来到白象前，搀扶着胡华妇蹬上白象跪着的前腿，又搀扶着她攀上白象脊背。胡华妇战战兢兢，用力抑制着心里的害怕，让自己稳当爬上白象背。白象的腿和背都很柔软，踩在上面很是舒服。白象微笑着，笑眯眯地看着元恪和胡华妇坐到七宝坐床上，才慢慢站了起来，甩动着长长的鼻子，踢踢踏踏走了起来。

坐在白象背上的元恪搂着胡华妇，在五彩屏风的阻挡下，尽情地亲吻着这可爱活泼热气四射的胡华妇。

胡华妇被元恪逗弄地咯咯笑个不停，她紧紧拥抱着元恪，以自己的热情来回应皇帝。坐在白象背上，是那么稳，感觉不到一点颠簸，皇帝和胡华妇可以尽情玩乐着。

从西游园回来，元恪便直接到胡华妇的昭阳宫。

听说皇帝临幸昭阳宫，昭阳宫里欢天喜地。主事、女官、宫女、内监、侍卫,里里外外,一片喜色,人人脸上都洋溢着幸福的微笑。

昭阳宫做了充分的准备。昭阳宫内侍、中尝药典御贾綮指挥着宫女、黄门洒扫庭除,重新布置,让昭阳宫焕然一新。

内侍中、中尝食典御王温来伺候皇帝和胡华妇晚膳。女作司、女内侍也都从皇后宫里过来伺候皇帝。

昭阳宫里一片欢洽。

晚膳过后,女官内侍伺候皇帝就寝。寝宫里,所有的灯烛大放光明。一百〇八盏华灯灯灯放光,把寝宫照耀得如同白昼,浓郁的檀香香笼罩着寝宫。大小女官、大小内侍全都按部就班站在寝宫内外各自的位置上垂手恭立。

时候到了,一队女官宫女提着昭阳宫的粉红、鲜红、橘黄等各色纱灯,低眉顺眼,像轻盈飘浮的一队睡莲,静悄悄地飘进张灯结彩的寝宫。皇帝元恪与胡华妇携手跟在后面,说笑着,胡华妇的脸上,洋溢着幸福的笑容,元恪兴奋得眼睛放光。

女官宫女把皇帝和胡华妇引进寝宫,便静悄悄地转身离开寝宫。寝宫里的宫女为皇帝和胡华妇宽衣。

皇帝脱去宽大的黄色常服,觉得轻松了许多,再看胡华妇,他简直惊呆了。脱去外衣的胡华妇一身淡粉色的内衣,淡净的像一朵出水莲花,卸去凤冠,一头黑油油的头发只松松地挽了个卧垛髻,半立半卧懒懒地歪斜在一边,衬着胡华妇白皙娇艳的脸蛋,真是好看极了,妩媚极了,娇羞得像含苞的莲花。

皇帝元恪心情亢奋,他激动得有些气喘,急不可耐地抱起胡华妇把她扔在宽大的紫檀木的床上。

宫女放下帐帏,吹灭了一些亮灯,让昏暗的、淡黄的、柔和的纱灯亮着,营造出朦胧的、幽淡的光。宫女们退出寝宫,轻轻关上宫门,值班的宫女内侍垂立在门外自己的位置上。

寝宫里,元恪紧紧抱住娇艳的胡华妇,他已经喘成一团。

胡华妇很紧张。进宫已经两三年,却是第一次与皇帝接近,她还有些害怕。这男女之事,虽然已经高太妃和母亲传授过,毕竟是第一次亲临,她有些控制不住,上下牙轻轻地磕碰起来。被皇帝元恪压在他的身下,胡华妇不

沉河艳后：胡灵皇后

敢乱动，她静静地躺着，任皇帝像剥竹笋一样剥光她的外衣。

元恪欣赏着一丝不挂的胡华妇。这十八岁的女子浑身丰腴而白皙，侧卧在那里起伏凸凹，像一个插花的花尊一样曲线柔和。她的两只丰满坚挺的乳房吸引着元恪，两点鲜红的乳头在昏黄的光线里闪烁着耀眼的光。元恪喘着粗气急急地剥光自己的衣服，把自己赤裸的稍微肥胖的身体紧紧压到胡华妇的身体上。

元恪喘得很厉害。他感觉到自己的热血沸腾，感觉到自己的蠢蠢欲动。元恪急不可耐地动作起来。千万不要！千万不要！像往常一样，这声音又响起在他的心头。他在心里祈祷着。

像往常一样，过度兴奋带来疲累，使他很快就开始疲软下来。他祷告着，紧张地运动着，可是就是进不去。元恪满头大汗。

胡华妇紧张地期待着，焦急地等待着那进入的时刻。胡华妇感觉到那肉柱正在慢慢软下来。

胡华妇突然感到非常好笑和好玩。她竟轻轻地咯咯笑了起来，一把抱住元恪，亲吻着他的脸颊嘴唇和耳朵，小声说："真好玩。陛下慢慢来，别着急。"

元恪难为情地从胡华妇身上翻了下来，喘着粗气说："朕太累了。要先睡一觉。"胡华妇拥抱着元恪，温柔地拍着他的背，像小时候阿娘拍她睡觉一样拍着皇帝，"陛下尽管睡吧。妾为皇帝陛下哼支小曲，帮助陛下入睡！"

胡华妇虽然有些失望，但是她的调皮天性让她感觉好笑，她哼着轻柔的小曲，元恪在她轻柔的小曲声中平静地入睡了。

五更天气，宫室里的灯早已熄灭，天刚蒙蒙亮，一阵高亢响亮的雄鸡报晓的啼鸣，把元恪吵醒了。他隔着半透明的纱帐，看着宫室里朦朦胧胧的物体，半天记不起自己身处哪个宫室。他睡得很香甜，很平稳很踏实，几乎没有做什么噩梦，一觉睡到现在。听到身边有平静的呼吸声音，他侧过头去，看到胡华妇正安详地睡着，朦胧的晨光中可以看到她脸上挂着平静的笑容。她浑圆的胳膊赤裸着放在金黄色的锦缎被上，软软的，像白色的莲藕一样。元恪微笑着轻轻抱住胡华妇的胳膊，轻轻地亲吻着。他已经记起昨晚的事情。

熟睡中的胡华妇感觉到元恪的触动,她慢慢睁开眼睛,立刻想起昨晚的情景。她翻过身,一把抱住元恪,惊喜万分地问:"陛下醒了?夜里睡得可好?"她温柔地抚摩着元恪的脸颊,在朦胧的晨光中灿烂地笑着。入宫两三年,第一次得到皇帝的临幸,她太幸福了。

　　"睡得好极了!"元恪兴奋地说。在她身边睡觉,他感觉到从没有过的踏实和安稳,"你呢?睡好了没有?"

　　"睡好了。"胡华妇紧紧搂抱住元恪,在他温暖的怀抱里蠕动着,尽量让自己全身接触元恪的肌肤,就像一只讨主人欢心的小猫。元恪感到身下慢慢热气蒸腾,慢慢蠕动起来,慢慢地生长着。胡华妇也感觉到那慢慢地蠕动着的肉柱,她又咯咯笑了起来。太好玩了! 太可笑了!

　　清脆的笑声感染了元恪,让他感到更加兴奋,同时也让他彻底放松。

　　胡华妇记起昨晚没有成功的事情。两年多才盼来皇帝的临幸,她当然渴望得到皇帝雨露甘霖的滋润。不过,她知道不能操之过急,即使今天不能成功,皇帝还会再次临幸的,机会有的是。操之过急,让皇帝感到羞愧,反而使皇帝再一次失败。

　　胡华妇在皇帝元恪的怀抱里笑着,蠕动着,用自己温暖的嘴唇和柔软的掌心慢慢抚摩着元恪的身体。

　　元恪满心欢喜地紧紧抱住胡华妇,亲吻着她的脸,她的眼睛,她的酒窝。他完全松弛下来,没有一丝紧张,与胡华妇在床上随意翻腾着尽情地玩耍着。

　　在轻松的玩耍中,元恪洒下了他的雨露甘霖。

2.祷告天地一片诚心　感动君王满腔爱意

　　知道皇帝临幸昭阳宫以后,嫔妃都纷纷过来向胡华妇祝贺。胡华妇灿烂地笑着招待着王夫人、李夫人、潘夫人、崔夫人等嫔妃姐妹。

　　王夫人袅娜着柔软的腰肢,上来抱住胡华妇的肩头,伏在她的耳边小声问:"可得皇帝雨露?"

　　胡华妇羞臊得满脸通红,她娇嗔地捶了王夫人一拳头,"说什么呀?你真坏!"

沉河艳后：胡灵皇后

李夫人和潘夫人都笑着追问："你俩说什么悄悄话啊？"

王夫人带着浓重的吴越南地口音说："我问她，是不是得了皇帝雨露了？"

李夫人笑着说："这还用问？你看她的脸娇艳得像桃花一样，不是皇帝雨露滋润，哪得她这般艳丽啊！你说，是不是？"李夫人推了推稳重敦厚不大爱说话的潘夫人。潘夫人抿嘴一笑，点了点头。

王夫人说："那你可得赶快向佛祖祈祷，祈祷他保佑你不要怀上男胎。怀上男胎，生了皇子，再立为太子，你的小命可就难保了。"

胡华妇笑着说："天子岂可独无儿子？我怎么能畏一身之死，而令皇家没有太子呢？假如我们都怕死，都不想为皇帝生皇子，国朝不就没有嗣君了吗？我不怕死。我宁愿一死，也愿意为皇帝生个皇子！"

"真的？你不怕国朝旧制？"王夫人佩服地看着胡华妇。

"即使皇帝坚持以国朝旧制处置太子母亲，我也还是愿意为皇帝生个皇子！皇帝春秋已高，到现在还没有一个皇子，国朝内外大家都担忧！"胡华妇轻轻皱起眉头。

李夫人、潘夫人点头，"还是胡华妇说得对。国朝是我们大家的国朝，皇帝没有嗣君是大事。以后，万一我们能够得皇帝雨露，我们也愿意为皇帝生皇子！"

王夫人明亮的眼睛阴郁下来，"说的是这么个理。我们当然也愿意为皇帝生个一男半女，可是我们没有这机会，皇帝不会临幸我们的！"

李夫人、崔夫人和潘夫人的神色暗淡下来。

胡华妇见大家神色有些黯然，急忙换上灿烂的笑容说："别说这些丧气的话。说不定皇帝很快就会临幸的。来，我给大家弹一曲欢乐的《白马吟》，你们一起唱，如何？今天我们好好乐一乐！"

"好！"几个女娃一起笑喊着同意了这提议。不大一会儿，悦耳的琴声和歌声荡漾在后宫上空。

元恪闷闷不乐地回到承欢宫，径直向佛堂走去。自从临幸昭阳宫以后，他总是情不自禁地回想着与胡华妇在一起的快乐情景。胡华妇顽皮活泼，像只小猫一样令人快活，与她在一起，让他心旷神怡，让他放松，也让他感到自己的年轻。但是,高皇后并不允许他再次临幸昭阳宫。

高皇后挺着大肚子步履沉重地走来迎接皇帝。高皇后白皙的脸颊上有着孕妇常见的黑斑,那黑斑像两只大黑蝴蝶一样贴满她的脸颊,让她脸色灰黄显得神色暗淡,失去往日的风采和亮丽。

元恪掉转目光,不忍心看她的脸。

“陛下,”高皇后温柔地喊,她想阻止元恪进入佛堂的脚步,拉他回到寝宫去陪伴她度过这个漫漫长夜。

“什么事?”元恪有些厌倦,却不敢流露自己的真实心情,转过脸微笑着问,依然不停脚步向佛堂走。

高皇后看出元恪的敷衍,她感到受冷落的委屈。“陛下!”她稍微提高声音又喊了一声。元恪只好停下脚步,站下来等她走过来。

“陛下,哪里去?”高皇后走过来,拉住元恪的手,亲昵地问。

“去佛堂修炼十地啊。”元恪知道她明知故问,轻松地回答。

“陛下,回寝宫吧,妾想让陛下陪伴。”高皇后把头靠在元恪的肩头,抬起明亮的大眼睛看着元恪,眼睛流露着期盼和热望。

元恪勉强笑着,“朕已经修炼到七地,快要上新境地,如何敢辍废呢?何况皇后快要临盆,太医不是不让我们在一起吗?”

高皇后灿烂明亮的脸立刻阴沉下来,她噘着小嘴说:“陛下,妾就是害怕临盆,才希望陛下在身边陪伴妾啊!”

元恪见高皇后脸色晴转阴,生怕天下雨,急忙说:“好,好,朕陪你,陪你。”他挽起高皇后的胳膊向寝宫走去。

“这还差不多。”高皇后高兴得抱住元恪,在他脸颊上响亮地亲了一口。元恪抹了抹脸,悄悄叹了口气。

回到寝宫,高皇后紧紧靠着元恪歪在卧榻上,吃着仙人枣,逗引着元恪说话。元恪心里默念着十地经,不大搭理高皇后。高皇后打着哈欠感到无趣,不一会儿就沉沉入睡了。见高皇后睡去,元恪让女侍中、女大监照料着皇后,自己起身走出寝宫。

到哪里去呢?看着漫天星斗,被凉爽的秋风吹拂着,元恪已经没了去佛堂诵经的情绪。到昭阳宫去!元恪毅然决定。

“去昭阳宫!”元恪对内侍中王温说。

王温有些吃惊,他指着寝宫犹豫地说:"皇后她……"

元恪挥手,"不管她!"一边说一边抬脚向外走。王温不敢多说,挥手让内侍们跟上伺候。

昭阳宫院子当中一棵金桂正在怒放,阵阵桂花清香散漫在院子里,又飘进寝宫,让寝宫里弥漫着醉人的清香。

胡华妇走出寝宫,来到桂花树下,浓密的桂花树上盛开的桂花在黑暗里闪烁着点点白色,隐约可见。她深深地吸着挂花的清香,看着桂花树高大的阴影。桂花树透出斑驳的天光,几只流萤飞过,她猛然伸出手,想抓住那只在她眼前飞舞的流萤,流萤从她的指间滑过,飞向高处。

闪烁的流萤牵引着胡华妇的目光,她的目光追随着流萤望进遥远的黑蓝的天幕。明亮的银河铺在黑蓝的天幕上,漫天星斗闪烁着,眨着眼睛。那里是北斗七星,银河两岸闪烁着织女牛郎星。

快到七夕了吧?胡华妇独自笑着。七夕奇巧,她要在昭阳宫举办一次盛大的乞巧会,与姐妹们好好乐乐,与她们一起过个欢乐的乞巧节,也算庆祝牛郎织女鹊桥相会。她的心头突然涌上这么个想法。

天上牛郎织女一年一度相会,人间君王的嫔妃还不如织女。胡华妇凝视着天空中漫天星斗想,她进宫三年,不过得以与皇帝相会一次,如今又见不到皇帝了。

胡华妇看着黑蓝黑蓝的天幕上闪闪烁烁着的星光,不由叹了口气。她与皇帝陛下的下次相会是不是也要待来年呢?她盼望能为皇帝生个一男半女,可是皇帝唯一一次的临幸怕是不能让她如愿。从那次临幸来看,皇帝有些疲软不举,一次临幸不会让她怀孕的。

胡华妇深深叹了口气。不过她又独自笑了起来,比起李夫人、王夫人、潘夫人、崔夫人,她还是幸福的,她们几个更加可怜,进宫三年没有得到一次侍寝的机会。

专门伺候后妃寝事的恭使宫人春香,就是原来伺候于皇后的那个小宫女,被胡华妇要进昭阳宫提升了视若四品的恭使宫人,她走了过来,温柔地提醒胡华妇:"夜深了,还是请华妇回寝宫吧。"

胡华妇笑着说:"你看这漫天星斗灿烂,多美的夜色,回宫岂不辜负了这大好夜色和漫天星斗吗？快到七夕了，不如我们先在院子里拜拜牛郎织女星，如何？"

春香见胡华妇玩心这么重，笑着回去布置，她让春衣、女酒、女飨、女食等属下女官指挥着宫女等人在院子当中把灯台灯笼摆了个半圆形，灯笼灯台把满院子照得亮堂堂得如同白昼。宫女们在几案上放上鲜果酒食，香炉铜鼎。秋虫飞蛾在灯光的吸引下成群飞来，绕着灯笼灯台上下翻舞。

胡华妇笑着对春香说："你们都到一边去，我要独自拜牛郎织女。"

春香带着所有的宫人回到宫里。

胡华妇点燃了几炷香，袅袅青烟在昏黄的光线下慢慢散开，飘散出阵阵清香。她举着香，向牛郎织女星躬身一拜。

"一拜牛郎织女星，保佑国朝平安。"胡华妇朗声说。

"二拜牛郎织女星，保佑陛下龙体康健！"胡华妇对着银河星汉，二次下拜。

三拜祝福什么呢？胡华妇双手握着香沉思着。是不是该为自己祈祷点什么呢？为健康，为得宠，还是为早日成为皇后？胡华妇独自笑着想。自己这么年轻，用不着为健康祈祷。为得宠祈祷，明日就可能传到皇后耳朵里，惹起高皇后的妒忌，永远别再想望得宠于皇帝。至于早日成为皇后，那更是要紧紧压在心地深处，决不可泄露一点蛛丝马迹的，否则，小命尚且难保，何谈皇后？

祈祷早日为皇帝生个皇子吧。这是她现在最渴望的事情。胡华妇心里对自己说。这是皇帝的愿望，是全体朝臣百姓的愿望，也是皇后的愿望，向上天祈祷实现这心愿，不会惹任何人责难。即使传到高皇后耳朵里，高皇后也只有感激她，决不会怪怨他。

对，为早日生个皇子虔诚祈祷吧。只有为皇帝生个皇子，她才能得到皇帝宠爱。不知为什么，她从没有把国朝故制放在心头，似乎那故制决不能伤害她似的。

胡华妇握着檀香，深深地弯腰下去，一边鞠躬，一边大声说："三拜牛郎织女星，保佑我早日为皇帝陛下生养皇子！愿国朝早有嗣君！愿皇帝早有嗣君！我胡小华死而无憾！"

胡华妇深深地又鞠了一躬，把檀香插进香炉里。

沉河艳后：胡灵皇后

一个人从后面紧紧拥抱住她，把她转了过来。

"陛下!"胡华妇惊喜地喊，顺势紧紧抱住皇帝的脖颈，把自己全身都投入元恪的怀抱。

元恪紧紧拥抱着胡华妇，在她的脸上、脖颈里亲吻着。他的心里荡漾着浓浓的爱意，荡漾着无边的温柔和感谢，胡华妇的祷告让他充满感激，充满喜爱。

元恪刚才走出承欢宫来到昭阳宫，不让门口的侍卫通报，想悄悄潜入胡华妇的寝宫，给她一个惊喜和意外。他蹑手蹑脚进入昭阳宫院子，看见胡华妇在当院拜星星，他蹑手蹑脚来到桂花树下，偷看着胡华妇的举动，偷听着胡华妇的祷告。

胡华妇与元恪紧紧拥抱着走进寝宫。

"你渴望给朕生个皇子，朕一定满足你的心意!"元恪悄悄对胡华妇说。

胡华妇心里激动，她的眼睛发热，哽咽地说："妾感谢皇帝陛下宠爱。只要能为皇帝生个皇子，妾愿意为陛下赴汤蹈火!"

元恪把胡华妇轻轻放倒在床上。

为了让元恪放松避免尴尬，胡华妇躺在元恪的臂弯里，抚摩着元恪的脸颊，咯咯笑着说："陛下，天气还早，先给妾讲讲陛下童年吧。"胡华妇拥着元恪，撒娇发嗲。

元恪脱去衣服，躺到床上，心里开始有些紧张，会不会发生过去经常发生的怯场情况呢？或者早早宣泄，或者突然软塌疲弱，无法让心爱的女人满足？听到胡华妇的话，他心花怒放，喜滋滋地讲述起当年。像大多数男人一样，元恪喜欢向女人夸耀自己小时候的聪明、能干、勇敢。

"当年，几个兄弟中，只有朕得高祖喜爱。高祖说朕，幼有大度，喜怒不形于色，雅性俭素。当初，高祖欲观诸子志尚，于是大陈宝物，任其所取，京兆王愉等皆竞抢取珍玩，唯朕取骨如意而已。高祖大奇，心中喜欢。庶人恂失德，高祖谓彭城王勰曰：吾固疑此儿有非常志相，今果然矣。乃立朕为储贰。"

"妾知道陛下雅爱经史，尤长释氏之义，听说陛下讲经，经常连夜忘疲。陛下，以后可是要多保重身体。这样会伤身体的!"胡华妇抚摩着元恪的胳膊，关切地嘱咐着。她看着元恪的脸，这张脸周正好看，朝臣说他善风仪，美容貌,临朝渊默,端严若神,有人君之量。可是,这张脸,又显得肥胖慵懒,缺少君王杀伐英武、决断果敢之气。

胡华妇感到有些遗憾。她心目中的皇帝应该像太武帝拓跋焘那样,驰骋疆场战无不胜。眼前这皇帝未免太柔弱了。

元恪精神松弛下来,他搂抱着胡华妇,轻柔地抚弄着她丰腴的身体,胡华妇主动逢迎着,用自己的嘴唇和手掌抚弄着元恪全身。元恪无比舒坦,他的毛孔慢慢张开,血液开始奔涌,心跳开始加快,身下开始蠕动着慢慢坚挺起来。

3.高皇后喜得皇子　高司空暗生奸计

乳母抱来的婴儿,把他放进高皇后的怀抱里。年轻的高皇后满怀着喜悦和幸福看着怀抱里的男婴,粉团般的胖嘟嘟的男婴瞪着黑溜溜的眼睛到处张望,耳朵轮廓上一圈黑黑的绒毛,头发黑黑的。婴儿挥舞着小胳膊小手,笑着踢腾着两只白胖的小脚,可爱之极。她情不自禁地低头下去亲着他的小脸。

多可爱的婴儿啊！这是她的血脉,是她的骨肉！高皇后骄傲地想。婴儿小手着急地在她的胸脯处抓挠着,呃巴着小嘴,直往她的怀里拱。高皇后笑了,把婴儿横抱在怀里急忙掀开衣衫。婴儿的脸立刻拱进她的乳房间,吧唧一下,准确无误地衔住奶头,咕嘟咕嘟吮吸起来。

高皇后抚摩着婴儿,幸福地笑着。

"胡华妇前来探望皇后。"承欢宫女侍中进来禀报。

"快叫她进来！"高皇后欢天喜地地说。坐月子以来谁也不见,她早就感到烦闷得很,早就盼着胡华妇来与她说说话。

胡华妇人还没进到寝宫,笑声和清脆的说话声便传了进来,"皇后姐姐,多日不见,叫妹子好想啊！"宫人为胡华妇掀开门帘。

"妹子前来祝贺皇后姐姐！"胡华妇快步来到床前,给高皇后行礼。

"坐下吧。"头上扎着帕子怕受风的高皇后看了看床边。

胡华妇说:"我还是坐远一点吧。娃儿这么小这么娇嫩,别传给他什么毛病。"

高皇后笑着，"你有什么毛病怕传给他？"

胡华妇笑着，"妹子呕吐多日，什么饭食也吃不下，怕是得了什么毛病。"

高皇后白了胡华妇一眼，"什么毛病？还不是有喜了？有没有叫太医诊过？"

胡华妇摇头，"还没有。"

高皇后关切地说："还是及早请太医诊过放心。"

胡华妇转动着水灵灵的大眼睛咯咯笑着，"看我，原是来探望姐姐的，却叫姐姐操心起来。姐姐，这皇子多好看啊，真富态！一派帝王福相！"

高皇后喜眉笑眼，轻轻摸了摸婴儿的脸蛋，"是啊，真好看！多像陛下啊！"

胡华妇扑闪着长长的黑睫毛恭维着高皇后："姐姐好福气！头胎就给皇帝陛下生了个皇子。不知陛下准备什么时候封太子？"

高皇后摇头，"还没听皇帝陛下说起过。"

"这也好，还是先不要封太子的好。一封太子，就有人要以国朝旧制来要挟皇帝了。那姐姐不是有麻烦了吗？"胡华妇看着高皇后，一脸关心，满眼忧虑。

高皇后有些慌乱，她看着胡华妇，试探地问："你说，封了太子以后，皇帝会以国朝旧制来处置我吗？"

胡华妇眼睛转了几转，想了想，才谨慎地回答："以妹子看，皇帝陛下肯定舍不得处置姐姐，他是那么喜欢姐姐。可是，就怕朝臣鼓噪，要是满朝大臣鼓噪起来，皇帝陛下怕也是无法可想的。我听我姑姑说，现在已经有些大臣在私下议论了呢。"

"议论什么？"怀抱里的婴儿大约已经吃饱了，他在高皇后怀抱里踢腾起来，小手抓挠着，高皇后抱起婴儿，交给乳母。乳母把婴儿靠在自己肩头，轻轻拍着，走来走去。

胡华妇等乳母走开，才压低声音说："听说领军将军于忠在外面散布，说高皇后生了皇子应该与于皇后同命，皇子封太子后一定要遵从子立母死的故制。"

高皇后变了脸色。

胡华妇见高皇后变了脸色，急忙安慰她："姐姐不必忧虑。有皇帝陛下的爱护,还有高大人的关照,谅那些朝臣掀不起大浪。"

高皇后眼睛里汪了泪水,她绞着自己的双手,"话是这么说。可要是朝臣一致鼓噪起来,皇帝怕是弹压不住。你说,我该怎么办才好?"说到这里,高皇后抽泣起来。

胡华妃不知道如何安慰高皇后。这是一个大难题,子立母死,这国朝旧制已经害死了那么多大魏后妃,她能说什么呢?何况前不久高皇后刚刚以此处死了于皇后,这事大家谁都没有忘记。

胡华妃小心翼翼地说:"皇后姐姐还是与高大人商量商量,他肯定有解决的办法。"

高皇后擦去脸颊上的泪水,她定定地看着胡华妃,问:"要是你生了皇子,你愿意把他交给我抚养吗?就像你说得像当年的文明太后一样?"

胡华妃瞪着眼睛,毫不犹豫地说:"当然愿意。妹子曾说过,妹子生养的皇子就是姐姐的儿子!"

高皇后望着胡华妃,犹豫不决地说:"要是妹子的话当真,姐姐就有办法了!可……"她看着乳母抱着的婴孩,不敢往下说。

高肇接到高皇后让他进宫去的命令,急急赶着进宫去。听说高皇后生了皇子,他一点也高兴不起来。这是皇帝唯一的儿子,封太子是一定的。可是,他担忧的恰恰正是这一点。刚刚以子立母死故制处死于皇后,他的侄女难道能逃脱这故制的惩罚吗?他不想因为一个乳臭未干的婴儿使自己的侄女遭灭顶之灾!

所以,从听说高皇后生皇子一直到现在,他都在琢磨着如何解决这棘手问题。该怎么处理眼下这难题呢?他知道只有一个办法,就是让这个婴儿遭遇皇子昌相同的命运。侄女同意吗?她舍得吗?她下得了那狠心吗?这可不是皇子昌,而是她自己怀胎十月,用自己的血脉一天一天养育起来的亲生骨肉,可是吃着她的乳汁慢慢长起来的亲生儿子啊!

高肇担心的就是这一点,担心的就是高皇后下不了狠心,下不了决心。可是,不下这狠心,她自己的性命就难以担保。

高肇担心皇子封太子以后自己保不了皇后的性命,而内里没有高皇后关照,他高肇的命运更堪忧虑。自从彭城王元勰被害以后,国朝上下都笼罩

365

着不利于高肇的阴影,百姓公开咒骂他残害忠臣,大臣暗地里传播流言蜚语攻击他,宗室更是公开反对他。清河王元怿、老亲王元嘉,都曾在皇帝的宴席上当面指责他残害皇帝宗亲。想起元怿的当面指责,他现在还有些胆战心惊。

前几天,皇帝元恪举行家宴庆贺皇子诞生,各亲王都应邀来宫中赴宴。酒至半酣,元怿站了起来,红着脸,看来有了几分酒意,他指着对面的高肇对亲王和皇帝元恪说:"天子兄弟,原本没有几个,而你却一再加害,是何用心?昔王莽头秃,也藉渭阳之资,遂篡汉室,今与君比,不过小巫,曲形已现。恐君终成大魏乱阶!"

元怿说完,又仗着有几分酒意盖脸,对皇帝元恪说:"陛下,臣闻唯器与名,不可以假人。古人先贤皆以之为戒。谅以天尊地卑,君臣道别,宜杜渐防萌,无相僭越。至于减膳录囚,乃人君之事,今乃司徒行之,这哪是人臣之义?何况陛下修政教,解狱讼,则时雨可降,玉烛知和,何必使明君失之于上,奸臣窃之于下?臣恐陛下重用奸臣之举,造成国朝长乱之基啊!"

元恪只是笑而不答。

高肇十分恼火,却也奈何不得。元恪近来大约也是听到一些议论,对高肇构陷宗室王爷举动有些不满,虽然元恪没有明确说什么,可对自己攻讦宗室的言论总存疑虑,不大爱听了。高肇不得不暂时收敛,不敢再肆意攻讦宗室王爷,特别是元恪的几个弟弟。

如此不利的局面,如果高皇后被子立母死旧制除去,他高肇可就孤掌难鸣了。

一定要保住高皇后的地位!高肇暗自下了决心。不管采用什么办法都行!

高肇进宫,来到后宫门口,正遇到清河王元怿走出东堂,元怿一见高肇,气就不打一处来!

"高大人又入宫来攻讦我们弟兄吗?"元怿冷冷地问。

"清河王这是甚话?谁攻讦你弟兄了?"高肇脸红脖子粗,瞪着喷火的眼睛,看着清河王元怿这小伙子。

元怿自彭城王元勰被害以后,变了许多,他不再胆小怕事。与其被人攻讦而不清不楚、不明不白、稀里糊涂地冤冤屈屈地被害死，还不如公开与奸臣抗争，死也要死个清清楚楚、明明白白！所以，元怿便开始在一切场合公开与高肇对抗，不再掩饰对他的仇恨！

"谁攻讦？你还不知道是谁？不是你高大人，我几个叔父能不明不白死？不是你，彭城王能死?!"元怿越说越愤怒，他红头涨脸，指着高肇的鼻子，"都是你！你残害我皇室成员！你不得好死！"

高肇冲上来，想捆元怿嘴巴，却被年轻力壮的元怿一把握住胳膊动弹不得，"有种你再到皇帝面前攻讦我、构陷我啊?!我元怿等着你高肇的攻讦！我倒要看你高肇能不能把我高祖儿子全害死！把我元氏宗室全害死！"

听到宫门前喧哗，许多人都围拢过来，大家起哄地喊着，有的啸，有的哄笑，有的跟着元怿喊。高肇见势头不好，不敢在这里停留，只好急忙离开元怿进后宫去。

高肇气哼哼地进了承欢宫。

高皇后见伯父来了，很是高兴，她又是招呼又是吩咐宫女上茶。高肇气哼哼地坐了下来，满脸恼怒。

"怎么了，伯父？"高皇后关心地问。

高肇摆手，"没什么，只是遇到一点不痛快的事情。皇后叫我来，有什么事情吩咐？"

高皇后挥手让宫女等都退了下去，压低声音说："我请伯父来，想让伯父为我拿个主意。伯父你看，要不要劝说皇帝立太子啊？"

高肇不敢贸然说自己的看法，他看着高皇后的脸，试探着问："皇后你的意见呢？你想不想让皇子当太子？"

高皇后满脸为难："我就是拿不定主意才找伯父来商量的。我怕立了太子会有大臣鼓噪执行国朝旧制！伯父你看，有办法制止大臣提起旧制吗？"

高肇摇头，"怕是很难。那些宗室王爷怕是不会听命于我，而大臣也不大听话。特别是于忠，他现在在怀朔镇，领兵将军之职尚未勾销，他能不鼓噪着执行旧制以为于皇后和他父亲于烈报仇？"

"伯父权力这么大，皇帝这么听信于你，你就不能把那些鼓噪大臣全都解职吗？"高皇后天真地问。

高肇连连摇头，叹息着："你太年轻，朝政不是那么简单的。我权力再

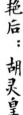

大,也得借助皇帝啊。万一皇帝变了主意不再支持我,我有什么办法呢? 那么多朝臣,我不能全都解他们的职啊!"

高皇后忧愁起来,"那可怎么好?"

"只有一个办法。"高肇看着高皇后,阴郁的眼光流露出同情。

"什么办法?"高皇后惊喜地问,她急切地抓住高肇的胳膊,催促着。

"像皇子昌。"高肇低声说,掉转目光不敢看高皇后。

高皇后呻吟着,"只有这一个办法? 难道就没有别的办法可想?"

"没有别的办法!"高肇目光灼灼地看着高皇后,断然说,"万一有大臣上表请立太子,皇帝一定非常高兴地答应下来。太子一立,马上就有许多大臣上表请求执行国朝旧制! 到那时,一切都为时已晚,我真的无能为力! 事不宜迟啊!"高肇把自己的担心和盘托出,急切地劝说着。

高皇后默默地流着眼泪。

高肇默默地坐着,想着办法。事不宜迟啊! 皇子已经快满月,一满月就会有大臣上表请求立太子,然后就会有人上表请求执行旧制。

高肇看着泪流满面的侄女,心里充满了同情。他自己也很不忍心,可是有什么办法呢? 首先要保住高皇后的地位啊!

高肇站起身,轻轻拍了拍高皇后的肩膀,说:"让我去看看皇子。"

高皇后抬起惊恐的眼睛求救似的看着高肇,连声说:"伯父,不要! 不要!"

高肇的目光立时变得严厉起来,他阴沉着脸,低沉而威严地呵斥着:"听话! 不要耍小孩脾气!"

高皇后拉住高肇的胳膊,还是哀求着:"伯父,再等两天! 再等两天吧! 求求你! 求求你!"

高肇用劲攥了攥高皇后的手,压低声音严厉地说:"你怎么这么糊涂? 日子越长越难办啊! 你想死啊,是不是? 你要想死,我就不管了! 你自己看着办!"

高皇后松开了手,双手掩面,低声哭泣起来。

高肇弯下腰轻轻拍了拍她的肩膀,尽量温柔地劝说着:"你别这样! 这样会引起别人疑心的! 快擦干眼泪! 对我笑笑,我们再说会话!"

高皇后不敢违抗伯父命令,她急忙擦干眼泪,强颜欢笑着提高声音对高肇说:"伯父,你不去看看皇子? 他正睡觉呢!"

高肇满意地拍了拍高皇后的肩膀,小声夸奖着,"不错,好样的!"他也提高声音说,"好啊,我正想看看皇子呢。我这做祖父的,该看看他了!"

高皇后叫来乳母,吩咐着:"带高大人探望皇子!"

高肇随乳母来到皇子宫室。乳母指着帷幕后面说:"皇子还在熟睡,请大人过去探望。"

高肇摆了摆手让乳母站住脚步,自己走了过去。

皇子静静躺在大床上,睡得正香。高肇伏身,端详着皇子。这婴儿粉嘟嘟的很可爱。熟睡中小嘴一动一动的,小手不时揉着自己的鼻子,看来快醒了。高肇猛然伸手,紧紧扼住婴儿细嫩的脖颈,婴儿一声不吭地挣扎了几下,不再动弹。

高肇看婴儿不再动弹,才放开了手。他细细看了看婴儿,婴儿的脸略微青紫,脖颈上留下些红红的印痕。他把婴儿襁褓向上提了提,遮掩住脖颈和他的口鼻,才回头喊乳母:"你过来!"

乳母急急走了过来。高肇严厉地看着乳母,问:"皇子怎么睡得这么香?你看他怎么老不醒呢?"

乳母伏身下去,她哎哟大叫一声,一屁股跌坐在地上,哭都哭不出来,只是浑身乱颤,眼睛直瞪着。

另一个乳母听到喊声跑了过来,她冲到床边,揭开婴儿襁褓,试了试婴儿的鼻息,大声哭喊起来:"皇子啊! 皇子啊!"

听到喊声,女官宫女全都跑了过来,高皇后也从隔壁跑了进来。"怎么啦? 皇子怎么啦?"她浑身乱抖,被宫女搀扶着来到床边。她扑到床上,一把抱起婴儿,把婴儿搂到自己怀里。她哭喊着,紧紧抱住婴儿不放。

"快去叫太医!"承欢宫女内侍慌乱地喊。

高肇却说:"慌什么? 先让皇后看看再说! 也许一会儿就醒过来了!"

女内侍不敢多言,看着哭喊的皇后,不知如何办。

高肇厉声吩咐:"把乳母先关押起来! 她们怎么照顾皇子的? 不是我过来发现,皇子活活被她们捂死了!"

高皇后终于哭喊着:"皇子死了! 死了! 没一点气息了!"

沉河艳后：胡灵皇后

高肇厉声喊："把乳母拉出去乱棍打死！她们捂死皇子！"羽林侍卫把两个乳母拉了出去。

女内侍问高皇后："皇后，要不要请太医来？"

高肇恼怒地喊："现在还叫太医干什么？你没见皇子已经断气了吗？"

女内侍不敢说话，默默退了下去。高肇代高皇后发布命令："禀告陛下和内廷，宣布皇子急病而薨！"

高皇后抱着皇子小小的、渐渐冷却了的身体，哀哀地哭得死去活来。

4.说服皇帝废除旧制　挽救性命百年一人

昭阳宫里，女尼胡国华正在为侄女胡华妇号脉。

"从脉象上看，你怀了个男婴。"胡国华笑着。

"是吗？这太好了！"胡华妇咯咯地笑了起来，两个深深的酒窝里满是笑容，"我就想为皇帝生个男娃！"

"你喜欢吃什么？辣的，还是酸的？"胡国华放开号脉的手，问胡华妇。

"喜欢吃酸的。"胡国华吃吃笑着。她想起自己眼馋嘴馋酸东西的情景，不由得笑得更厉害了。

"傻女子，傻笑什么啊？"胡国华戳着她的额头。

"姑姑，我笑我想吃酸东西，以至半夜起来让宫女去给我摘酸杏，摘回来的那些青杏，宫女看见都嘴里流酸水，我吃得可香了！"说着，胡华妇又不停地吃吃笑着。

"酸儿辣女。你看来是怀了个男娃。你起来，让我再看看你的肚子。"胡国华把侄女拉起来，她上下左右前后端详着，"看这肚子，也是个男娃。从正面看，肚子尖尖的，从后面看，一点也看不出肚子来，咋看咋是个男娃！"胡国华高兴地说，"当年你娘怀你的时候，才五个多月，那肚子就像扣了个锅，圆圆的，从后面都能看出她水桶似的粗腰。你都六个月了，从后面一点看不出腰身。"胡国华笑吟吟地看着侄女。

"谢谢姑姑来看我！"胡华妇拉着胡国华坐了下去，她询问着家里的情形，"我阿爷和阿娘好吧？"

"好。你阿娘让我告诉你，你小妹子也大了，也到找婆家的时候了，她让你留意给她找个年纪相当的宗室子弟,你可要留心啊。"

"我会留心的。她还小着呢,到年岁我一定找个好子弟给她!"胡华妇笑着,"让我阿娘放心好了!"

胡国华笑着说:"虽说阿娘是你阿爷的续弦,可对你阿爷还是很好的。为我们胡家生养了个男娃,也算有功于我们胡家。你可要关心你这弟妹啊!"

"我知道。"胡华妇点头。

春香从外面匆匆跑了进来。"华妇,出大事情了!"她跑得脸微红,气微喘。

"什么大事?"胡华妇心里一惊。

"皇子暴薨了!"

"什么时候?怎么薨的?"胡华妇吃惊得站了起来,"前几天我还去探望过,皇子可精神好看了,怎么就暴薨了?"

"奴婢也不知详情。只是听见承欢宫里高皇后哭天喊地,高大人急得团团乱转。她们正去禀告皇帝陛下呢。"

胡国华看了胡华妇一眼,喜笑颜开,她小声说:"真是天助你啊!"

胡华妇看着姑姑,微微一笑,"也是,姑姑真料事如神。这太子将来就是我肚子这男娃了!"她高兴地拍了拍肚皮,调皮地说,"儿子,你听见了没有?你可是大魏的太子了!"说完,又咯咯一阵笑。

胡国华摇头,"你这傻女子,别只顾高兴。可别忘了国朝旧制在等着你呢!小心子立母死啊!"

胡华妇收敛了笑容,她严肃地看着胡国华,"我要为保护自己的性命想办法了!我一定说服皇帝废止那该死的子立母死的国朝旧制!"

"你可要抓紧!最好在孩子出生前说服皇帝废止。要不,等皇子出生,高皇后会阻止你的!她可是一心在想效法文明太后啊!"胡国华提醒着侄女。

胡华妇轻轻咬着嘴唇点头,"是的,姑姑说的是。我会想办法的。不过,眼下我要去安慰高皇后。"她嫣然一笑,让春香为她准备吊唁的物品。

永平二年(509年)冬十一月,昭阳宫外北风呼呼,宫里春意暖暖。高皇

沉河艳后：胡灵皇后

371

后特意命令为怀孕的胡华妇多添了几个火盆。高皇后现在对胡华妇照顾得无微不至。

皇帝元恪揽着胡华妇坐在卧榻上，胡华妇的腹部已经很明显地突现出来。元恪抚摩着胡华妇突起的腹部，忧郁地说："朕和大魏的希望都在你这里，希望你不要让朕、让百姓大臣失望！"

胡华妇咯咯笑着，天真单纯热情，很富有感染力。元恪被她的笑声所感染，也舒展了眉头，微笑着拧了拧她的鼻子，"就会傻笑，有什么可笑的?"

胡华妇紧紧抱住元恪的脖颈，用自己的脸颊蹭着他的脸颊："臣妾笑陛下杞人忧天。臣妾一定会给陛下生个皇子！太医都这么说，陛下还不相信?"

元恪亲着胡华妇的脸颊，"朕总是有些担忧。国朝没有嗣君，上下不稳啊！"

胡华妇说："臣妾知道陛下心事。你放心，臣妾一定给陛下排忧解难，一定生个皇子！"说着，她拉过元恪的手，让他抚摩着自己的腹部，"陛下，你摸摸他，他在动呢！一定是个皇子！"

元恪轻轻地抚摩着，感觉到胎儿在动弹。他笑着说："让朕听听。"他侧耳伏到胡华妇的腹部倾听了一会儿，似乎听到胎儿的声音。

胡华妇的脸色阴郁下来，她轻轻皱起眉头，明亮的大眼睛立刻汪起盈盈泪水。

"你怎么了? 哪里不舒服了?"元恪着急担忧地问，紧紧把胡华妇搂在怀里，心疼地询问着。

胡华妇滴下几滴清澈的泪水，把元恪心疼得什么似的，他舔着胡华妇脸颊上的泪水，连声问："你怎么啦? 到底哪里不舒服? 你说话啊！"

胡华妇这才抽泣着说："臣妾突然为皇子伤心。他要是没了母亲，可怎么过啊? 可怜见的，这么小，哪能离开亲娘呢！"胡华妇说着又抽搭起来。

"华妇，此话从何说起? 你不是他的亲娘吗? 他怎么会没娘呢?"元恪吃惊地看着胡华妇，一时不明白她的意思。

胡华妇哽咽着，"皇子立了太子，子立母死，不就没了母亲? 陛下难道忘记国朝旧制了?"

元恪这才明白胡华妇的意思。他默然了。可不是，子立母死，国朝旧制,已经延续了一百多年!他的于皇后不就是因为子立母死被处置了吗?

胡华妇偷眼看元恪,见元恪默然不语,更伤心起来,她抽抽搭搭、哽哽咽咽,以至于呜呜咽咽泣不成声。

元恪的心紧缩在一起,他是那么心痛,那么替胡华妇担忧,胡华妇总是这么伤心哭泣,哭坏了身体可怎么办?

"华妇,不要哭泣了,小心哭坏身子,动了胎气。"元恪温柔地搂着胡华妇,殷勤地劝慰着。

"陛下,妾身越想越伤心。妾身想起皇子昌,多可怜啊。亲娘死了,自己也没多活多长时间。陛下,你就不心疼未出世的皇子啊?失去亲娘照看的他会不会步太子昌的后尘,成为第二个太子昌啊?妾越想越害怕!"胡华妇索性钻进元恪的怀抱,抽泣着,揉搓着,把元恪弄得六神无主。

"华妇,不要这么闹腾。起来,让朕与你想个妥善办法。"元恪扳过胡华妇的脸,郑重地说。

"真的?陛下愿意为妾与未来的皇子想个办法?"胡华妇惊喜地从元恪怀里抬起头,明亮的大眼睛流露出热烈、期盼和感激,像一潭碧澈的秋水,美不胜收。

元恪禁不住又亲吻着她。

"陛下有什么办法呢?"胡华妇闪烁着灼灼的目光,看着元恪。

"子立母死旧制是道武帝亲自制定的。有什么办法可以改变呢?"元恪沉思着自言自语。

胡华妇知道元恪有所顾虑。她扑闪着眼睛小心翼翼地说:"道武帝制定这规矩在当时有用,可已经过去了一百多年,老规矩有时不合眼下情势,历代历朝都有改变旧制的。高祖皇帝改了国朝多少旧制啊,不仅改了祖宗话语、姓氏、衣服,还改了祖宗祭祀,制定了那么多新规矩。皇帝陛下文韬武略,像高祖一样有人君大才,为何不能改改老规矩呢?那样才显得陛下圣明英武呢!"

元恪直点头,"是的,华妇所言极是。高祖改动了那么多老规矩,把国都从北方迁到洛阳,显示出他雄才大略。朕极为佩服高祖魄力!"

"是啊,陛下胆识魄力与高祖不相上下,为何不尝试废止不合理之旧制呢?子立母死,这规矩多可怕啊。这旧制与佛家道义竟相违背。陛下你可

沉河艳后:胡灵皇后

知道,宫中嫔妃害怕子立母死,都竞相祈祷不要生皇子呢!陛下,这多不利于国朝啊!"

元恪点头,他转着眼睛,沉思着,"既然如此,明天朕便命令司空拟写诏书,以废止子立母死之旧制!"

胡华妇急忙抱住元恪,惊慌地说:"陛下,万万使不得!如果陛下让高司空知道陛下有废除子立母死旧制的念头,妾身性命怕是难保!"

元恪愣愣地看着胡华妇的惊慌失措的脸色,想了一会儿,终于明白其中的厉害。他抚摩着胡华妇的黑发,"依华妇之见呢?"

"依妾身之见,陛下必得立即亲笔拟写禁杀含孕的诏书,诏书一旦拟写,立即发布全朝,不让任何人经手!只有如此,陛下之诏令才得以实行,妾身与皇子之性命才得以保全!非如此,不能保全妾身与皇子性命!"胡华妇急急说出她酝酿多日的想法。

"陛下,不如此,皇子性命难保啊!妾身性命难保啊!"胡华妇扑通跪在元恪面前,哀哀地乞求着。

元恪搔着头皮,犹豫不决地说:"是不是与司徒等人再商议一下的好?"

胡华妇跪在元恪面前,泪流满面,呜咽着说:"陛下若不马上在此拟写诏书,出了这宫门,回到承欢宫,就永远不会有诏书了!高皇后和高大人不会让陛下发布这诏书的!"

元恪心疼地往起拽胡华妇,"你快起来!快起来!不要动了胎气!"

胡华妇还是长跪不起,"陛下不立即拟写诏书,妾就不起来!妾说过,为国朝命运,妾身愿意为皇帝生子,子生身死,所不辞也!可是,陛下难道不心疼那生下来没娘的孩子吗?陛下就不怕皇子再遭受太子昌的厄运吗?陛下已经失去两个皇子了!难道还想再失去一个不成?!"

元恪默然。他对两个皇子的暴薨充满了疑问,国朝内外对两个皇子的暴薨也都议论纷纷,猜测种种。皇子怎么就暴薨了呢?

元恪站起身,在寝宫里慢慢踱步。胡华妇担忧的目光紧紧追随着元恪,心揪成一团。元恪走了几步,猛然停住脚步。对,听从胡华妇的话,自己做主一次!

"叫王温!"元恪对胡华妇说。

胡华妇的心高兴激动地怦怦直跳,急忙让春香去传唤内侍中王温。"皇帝陛下，备纸笔吗？"胡华妇小心翼翼地问，生怕皇帝改变主意。

"笔墨伺候！"元恪豪迈地大声喊，此刻他豪情满怀，他要亲自拟诏废止一道已经行使了一百多年的国朝旧制！他要连夜向全国发布诏禁屠杀含孕以为永制的诏令！

永平二年（509年）十一月甲申，皇帝元恪发布了"禁屠杀含孕，以为永制"的诏令。

胡华妇拿着元恪亲手拟写的诏令，激动得浑身簌簌抖动起来，她将是大魏建立一百多年以来国朝唯一一位生太子而得以活命的嫔妃！

清晨，高皇后才听说皇帝元恪在昨天夜里下了"禁屠杀含孕，以为永制"的诏令，她非常震惊。她做梦都想不到，一个小小的胡华妇竟可以说服皇帝废止国朝百年旧制！旧制废止，等于彻底宣告她企图做第二个文明太后的愿望的破灭！

高皇后在寝宫里愤怒地发泄着，摔打着东西，鞭打着宫人。

她的如意算盘被打碎了。胡华妇有了皇帝的这道诏令，便是有了救命符，谁也不能再以子立母死的旧制处置她了！

高皇后感觉自己遭到惨败。自己害怕遭"子立母死"旧制处罚而害死了自己的皇子，胡华妇却不会再受此处罚，胡华妇若是生了唯一的皇子，太子非他莫属。以后呢？高皇后不敢再往下想。

高皇后愤怒地踢着床，发泄她满腔愤怒却又无可奈何的心情。

永平三年（510年）三月丙戌，胡华妇在昭阳宫顺利临产，诞生了元恪唯一的皇子。喜出望外的元恪大赦天下，高丽、吐谷浑、宕昌诸国并遣使朝献。

六月丁卯过百岁，皇帝为皇子取名为元诩，在昭阳宫辟别宫养育。

胡华妇生了皇子以后，皇帝元恪本想赏封她为昭仪，无奈高皇后死活不肯答应，只允许进位充华夫人。从此以后，宫内人称胡华妇为胡充华，或充华夫人。

5.干预朝政小试锋芒　建议皇帝亲理申诉

永平五年（512年）四月，胡充华在昭阳宫等待皇帝元恪临幸。

沅河艳后：胡灵皇后

375

高皇后虽然极为妒忌，极力限制皇帝临幸嫔妃，可是她也无法阻止皇帝隔些日子临幸一次昭阳宫，他要去看望皇子，这是谁也阻挡不住的。

胡充华对国朝事情已有耳闻。自打皇帝亲自讲经以后，国朝上下更掀起一个信奉佛教的新热潮。从皇帝宗室到内外大臣，从富豪到平民百姓，大建广建伽蓝寺院，大修特修浮屠佛像。进入寺院为僧为尼的人数激增。但是这个春天，佛祖并没有保佑国朝平安，国朝依然多事，水灾大旱频仍，百姓饥毙，三月十一州郡大水，四月大旱，河北饥民就谷六镇，肆州地震陷裂，死伤甚多。忧心忡忡的元恪，以车骑大将军、尚书令高肇为司徒公，光禄大夫、清河王为元怿为司空，广平王元怀进号骠骑大将军、仪同三司，希冀以换人来挽救眼下局面。

生了皇子的胡充华，开始有意关注朝政大事。她为皇帝生了唯一的皇子，这皇子就是将来的太子，而她将来就是真正的皇太后，也许真的有一天需要她像她所敬佩的文明太后一样临朝听政，她不能没有准备。古人说，凡事预则立，不预则废，她需要未雨绸缪。跟着皇帝学一些治国之道，也许有用。她经常这么想。不知为什么，她总朦朦胧胧觉着将来一天，她一定会成为另一位文明太后。

皇帝元恪回到后宫，胡充华迎了上来，"陛下下朝了？"

元恪点头，揽着胡充华肩膀，问："诩儿呢？"

胡充华笑着，"与乳母在一起，马上就过来见驾。"说着，只听那边传来咯咯笑声，一个粉面小儿跑了过来。刚刚两岁的元诩很是好看，像胡充华一样白皙，一样的大眼睛，脸颊上也有两个笑窝。

"阿爷！"元诩清脆地喊着扑到元恪身上。元恪抱起元诩，亲着他的脸蛋，问："诩儿，今日可曾习书？"元恪抚摩着儿子的小手，玩弄着他多出来的一个小指头。这才是贵人天象呢！元恪高兴地想，连连亲吻着儿了的六指。

胡充华怕儿子劳累了皇帝，急忙从皇帝怀抱里接过元诩，放他到地上，"陛下坐朝劳乏，请就座歇息。"

元恪坐了下来。胡充华关心地问："今日朝中可有大事？"

元恪说："还是安置饥民灾民之事。"

"陛下如何安置？"

"下令开仓赈济，令河北饥民就谷六镇。诏有司速建国子学与四门小学,诏尚书与群司鞠理狱讼。另外,朕从今日开始减膳,诏高司徒亲录囚徒,以平复天灾。"元恪无精打采地叙述着。

"陛下举措英明,定可以感动天地。"胡充华妩媚地笑着说。

看到胡充华明媚的笑容,元恪心情轻松多了。他把儿子元诩揽在怀里,轻轻抚摩着他的头发,深情地看着胡充华,"多亏充华你的安慰,朕才略感慰藉。国朝多灾多难,令人忧虑啊!"

胡充华轻轻抚摩着元恪的手背,甜甜地笑着,"陛下不要如此丧气。天灾年年都有,不都安稳渡过了吗? 有陛下减膳录囚,天神必会宽宥我朝,灾难很快便可度过。陛下如果还心怀忧虑,不如换个年号如何?"

元恪眼睛一亮:换年号? 换个年号便可以开创出国朝一片新局面。是该换个年号了,换去原有的晦气,迎来一片新气象。

"充华你说换个什么年号呢?"元恪很感兴趣地看着胡充华。

"妾身想了许多,以为换上延昌最为合适。"胡充华把自己深思熟虑的想法和盘托出。

"延昌? 可有深意?"元恪继续问。

"延昌,就是意味着延续昌盛局面。永平多年,永平带来了国朝的繁荣昌盛,现在是延续昌盛局面的时候。"胡充华娓娓道来。

元恪连连点头,"好办法,朕即可宣布改年为延昌元年。"

"陛下,臣妾还有一个建议,不知陛下愿意不愿意一听?"胡充华见皇帝这么痛快地接受了自己的建议,心下十分高兴。能够为皇帝出谋划策,她感到一种无可言状的兴奋,为自己聪明有用成功而感到兴奋,更为自己首次干预朝政获得成功而喜悦。

"你说吧。"元恪鼓励地拍了拍她的手。

"臣妾建议,皇帝陛下诏立理诉殿、申讼车,以尽冤穷之理。听说有冤屈的人诉讼无门,怨气必将冲天,引起天意盛怒。陛下效仿古人设立理诉殿、申讼车,让四方有冤屈的百姓申诉冤屈,必将消弭怨气,平复天意,使国朝太平。"

"理诉殿、申讼车?"元恪重复了一句,对胡充华提议的新鲜玩意并不十分认识,"申讼车是干什么的?"

胡充华笑着,"申讼车可以载着皇帝陛下走出宫门,为四方有冤屈的百

姓申诉冤屈啊。"

"有意思，有意思！"元恪拍着胡充华的手，笑着说，"朕可以乘载着申诉车到国都外听取百姓冤屈，以体现先贤圣人与民同乐的教导。是个好主意！"

"要是陛下能够允许妾身与陛下同去，臣妾愿意亲自为陛下书录冤屈，与陛下共同听取百姓申诉，学习陛下决断冤屈之才干！"胡充华突然异想天开，想出这么一个大胆的建议。

"好啊！有充华陪伴，朕心舒畅，倍感安慰！好！依充华建议，诏建理诉殿、申诉车！"元恪当下决断。

四月乙酉，皇帝元恪宣布大赦，改永平五年为延昌元年，希望延续国朝昌盛局面。又诏立理诉殿、申诉车，以尽冤穷之理。

延昌二年(513 年)春正月戊戌，宫外寒风呼呼，胡充华无事，便让春香备了文房四宝，她准备以读书写字消磨时光。皇帝元恪有些日子没有亲御昭阳宫，胡充华也无可奈何。每日去向皇后行礼问安，皇后总冷着脸，她也不敢多问。高皇后越发管教皇帝严了，很少让他临幸别宫。

皇帝不临幸，胡充华倒乐得自在逍遥。她每日除陪伴着儿子元诩，与他一起玩耍，教他背诵一些歌谣童言，然后参佛念经一两个时辰，其余时间便是读书写字。她读了些汉书，也读了《史记》，读得兴趣盎然。

儿子元诩已经在三个月前，即延昌元年(512 年)冬十月乙亥，正式封为太子。十一月丙申，皇帝又下诏说："朕运承天休，统御宸宇。太子体藉灵明，肇建宫华。明两既孚，三善方洽，宜泽均率壤，荣泛庶胤。其赐天下为父后者爵一级，孝子、顺孙、廉夫、节妇旌表门闾，量给粟帛。"

胡充华心情很平静，她静静地等待着紧张修建中的太子东宫竣工。快三岁的元诩聪明活泼，有太子太傅崔光的教诲，有于登等人的卫护，她很放心。胡充华便用心读书，她喜欢读书，牢记住姑姑的教导，明白只有多读书才能聪明决断，才有可能成为文明太后。

胡充华正兴致勃勃地读《史记·高祖本纪》，司马迁笔下的汉高祖刘邦很有几分流氓习气，读着司马迁栩栩如生地描绘，胡充华禁不住咯咯笑着。"我翁既尔翁，无忘分我一杯羹！"胡充华朗朗地读了一遍，"汉高祖真会说话！颇有几分无赖！"她对春香议论着。

这时，内侍中王温进来，"充华娘娘，皇帝陛下宣娘娘东堂见驾！"

胡充华有些惊慌，急忙打听："王侍中，陛下为何让我到东堂去？"

王温笑着，"陛下想念充华娘娘，特意请充华东堂见驾啊。"

胡充华急忙打扮收拾一番，换上她最喜欢的装扮，橘黄色上衣，葱绿色下裳，梳起高高发髻，插上金钗钿头绢花，花枝招展般，在春香几个女官宫女的拥戴下，出昭阳宫到前面东堂去。

来到东堂，皇帝元恪正等着她。一见胡充华打扮得花枝招展，便摆手摇头，"你这打扮不能与我同去。"

胡充华不解，"与陛下同去何处？"

元恪笑着，"你不是想同我一起乘申讼车去断冤屈吗？申诉车已建，朕今日临申讼车出宫，带你一起去。可你这打扮不行。王温，快去为胡充华准备一身内侍衣帽！"

王温一会儿就捧来一套皂色内侍衣帽，春香帮着胡充华换上。

元恪看着换上内侍衣帽打扮成内官的胡充华笑了，"爱卿如此打扮，别有风情，好一个俊俏可怜的儿郎。走，我们去吧。"

元恪在王温的导引下来到院里，一辆崭新的车停在门前。王温拉开车门，搀扶着元恪与胡充华上了车，他小心地关上车门。元恪和胡充华坐在宽大松软舒适的座位上，王温坐到车厢前，与御者坐在一起。申讼车与皇帝出行的各种辂车截然不同，它是纯黑色，象征着狱讼的威严，车上插着龙旗。

"陛下，多日不临幸昭阳宫，是不是忘了妾身啊？"胡充华亲昵地靠在皇帝元恪的肩头，小声向皇帝倾诉这些天的思念。

元恪轻轻拍了拍她的脸颊，安慰着："朕何曾忘了你？你看，这不是特意宣你见驾吗？哪个嫔妃有此殊荣啊？朕只带你一人去审理听取百姓冤屈。"

申讼车在前呼后拥的发驾队伍护卫下出了皇宫千秋门，出了洛阳西阊阖门，驶出洛阳。

申讼车停在白马寺前，这里最为繁华，洛阳最大的市场就在白马寺对面，这里人来人往。

听说皇帝亲自御申讼车出宫听取百姓冤屈，百姓市民一传十传百立

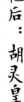

刻传遍洛阳西，百姓从四面八方聚集过来，左右卫将军元晖、元怀带领着羽林宿卫紧急戒备，把百姓阻挡在羽林宿卫军队以外。

一个衣衫褴褛的男人冲进羽林宿卫的圈子里，喊着冤屈，请求面见皇帝诉说冤屈。

胡充华心里很激动，脸红扑扑的。她通过车厢小窗看着外面，对元恪说："来了一个百姓，要面见皇帝诉说冤屈呢！"

"叫他过来！"元恪隔着小窗，对王温说。

王温过去，让羽林军士放百姓进来。那百姓见羽林放行，扑通一声跪倒在地，膝行到申讼车前，大声哭喊着："皇帝陛下，草民冤枉啊！"

王温厉声呵斥："有冤屈你就快说吧！"

那百姓哭诉，说豪绅强占他的土地，霸占他的女儿，妻子饮泣而亡。

元恪问："你说出那豪绅姓名，朕为你做主！"

百姓说："草民不敢说。"

胡充华插话："你不敢说，皇帝如何为你申冤？你只管说出他的姓名。"

百姓吞吞吐吐："豪绅是济阴王爷元诞。"

元恪问胡充华："你知道这济阴王元诞吗？"

胡充华摇头，"宗室王爷这么多，妾身不知。"

元恪说："他是济阴王小新城的嫡孙，刚从齐州刺史任上回京袭爵，便又故态复萌，在州贪贿，为御史中尉弹劾，朕赦免于他。"

胡充华小声说："宗室王爷，还须陛下爱护。赏赐百姓一些钱物，让他不要再行申诉了。"

元恪说："朕对宗室历来宽厚。可恨他们并不自爱。也罢，依你所说。"元恪叫过王温，对他耳语几句。王温便让羽林押了百姓下去。

百姓见果然是皇帝在申诉车里接见申诉，群情激荡，一起涌动着向前，羽林宿卫用力拦阻，还是被人群涌动得越来越靠近申诉车。胡充华见这么热闹，便隔着小窗看。

"陛下，百姓衣衫如此褴褛，日子是不是很艰难啊？"胡充华好奇地问皇帝。

元恪无言以对。

"陛下，贵族豪门衣着光鲜，生活豪华，崇尚奢侈，是不是应该节制一下？

下诏立一限级,节其流宕才好呢。"胡充华忽闪着大眼睛,若有所思地说。

左右卫将军元晖元怀见场面混乱,便命令羽林宿卫上马整顿秩序。羽林宿卫挥舞着刀剑,把涌上来的百姓驱赶散开,保卫着皇帝的申诉车回宫。

胡充华对乘申诉车出宫接听冤屈,感到很是好玩,"陛下,过些日子,再带我乘申诉车理冤狱,好吗?"

"行!"元恪揽住胡充华肩膀,答应她的要求,"过些日子,随我去伊阙山看石窟寺建造,如何?"

"太好了!"胡充华高兴得搂住元恪,又在他的脸颊上吧唧地亲了一口。元恪高兴得呵呵傻笑着。他就喜欢胡充华这热情似火的脾性。

不久,皇帝带着胡充华视察伊阙山石窟。伊阙在洛阳城南,伊水自南向北流过,两岸山崖峭立,西岸是龙门山,东岸是香山,远看像一个天然门阙。

景明初,皇帝元恪诏大长秋卿白整仿照代京灵岩寺石窟,于洛阳伊阙山为高祖、文昭皇太后营石窟二所,到现在已经过去了十几年,这石窟寺营造成什么样子呢?元恪一直没有亲自来视察过。先是白整、王质,后是王遇负责监造,王遇死了以后皇帝肇内侍刘腾兼任大长秋卿负责监造。刘腾起奏,在高祖和文昭皇太后之外,再为皇帝元恪营造一窟,他高兴地准奏了。想着自己的大石像与父母高祖和文昭皇太后并排高高耸立在伊阙山石壁上,千秋永存,后世万代瞻仰,元恪禁不住心花怒放。

皇帝元恪和胡充华在法驾簇拥下乘金银辂车来到伊阙山下。伊阙山下,伊水滚滚流过,穿过伊阙山,伊阙山形成一个石峡。

元恪和胡充华下车,来到山下,只见伊阙山陡峭耸立的石壁上,站着、吊着、趴伏着密密麻麻的石匠,叮叮当当地凿击敲打声,震撼天地。胡充华仰望着,那些站在半山中的石匠,犹如蚂蚁一样。

胡充华咯咯地笑着对元恪说:"陛下,看那些石匠,多像爬在石壁上的蚂蚁啊!"

元恪笑着拍了胡充华一下,"可不是,太高了,人就显得小了。"

刘腾紧紧跟在皇帝身后,给皇帝介绍着石窟工程:"陛下,高祖和文昭皇太后石窟,初起在那里开凿,"刘腾指着石壁上方,"窟顶去地三百一十尺。到正始二年中,始出斩山二十三丈。大长秋卿王质谓斩山太高,费工难就,

奏请下移就平,得皇帝恩准以后,下移二百一十尺,现去地一百尺,南北一百四十尺。"

元恪和胡充华顺着刘腾的手指看去。

一个石窟不过才刚刚斩山三十多丈,石壁前兀立着三大块石壁,这是用来雕凿佛、菩萨等主石像的。

"陛下,那突立在山前的石壁,将来就用来雕凿陛下的佛像,高祖和文昭皇后的像已经初具规模。"刘腾继续介绍着。

胡充华看着挂在山崖石壁上那些密密麻麻蝼蚁式的石匠,好奇地问:"这工程什么年头才能完工啊?"

刘腾媚笑着,"回充华娘娘问,这工程从景明元年开始到现在已经进行了十几年,已经用功四十多万,大约还得十几年,还得用功四五十万。"

胡充华心里惊呼:我的娘!这么费时费力啊!

元恪不大高兴地问:"工程进度为什么这么缓慢?"

刘腾急忙上前赔着笑脸解释:"这伊阙山比武周山地形险峻,下临湍流,山石坚硬,故而进度慢。"

刘腾当然还知道另外的原因。承包工程的各级官员贪污克扣,用工程款项去营建自己的府邸,修造自己的伽蓝寺院浮屠,或者拿去吃喝嫖赌花天酒地玩乐了。他自己也正从这工程中弄出一大笔,在西阳门内御道北一里的延年里,大肆扩建和修建他的豪宅和与他将来用来礼佛参佛的长秋寺。所以,这工程进展自然缓慢得很。

突然,山下的人们惊呼起来:"有人摔下来了!"

胡充华抬头望去,只见石壁半空落下一个黑点,正飞速地跌落下去。胡充华吓得闭上眼睛,把脸钻进元恪的怀抱,不敢再看。她的脑海里已经出现了一个被摔得粉身碎骨的血淋淋的石匠。

"这是今天的第三个了。"远处有人叹息着议论,"每天都要跌落摔死十来个人,真惨啊!"

元恪见胡充华脸色苍白,急忙把她搂在怀中,心疼地安慰着她。刘腾急忙上前奏明,请皇帝去古阳洞礼佛。元恪在大臣前后簇拥下,来到孝文帝太和十九年开始开凿的古阳洞里。洞壁上刻着穆亮撰写铭记。胡充华拉着皇帝元恪的手,兴奋地走来走去,看着洞壁上那些佛龛,读着那些镌刻在石壁上的造佛经过和心愿。

"那是杨大眼的造像!"

"那是穆亮的造像!"

"那是文明太后侄子冯亮为太后的造像!"胡充华咯咯小笑着,喊着,在洞窟里转着,大声读着四壁上佛龛旁的石刻,高兴得像个小姑娘。

元恪见胡充华高兴,自己也高兴得手舞足蹈,眉开眼笑,跟在胡充华身后在洞里转来转去,欣赏着他熟悉的大臣的造像石刻。

走出古阳洞,刘腾请皇帝参观正在开凿的洞窟。

刘腾向皇帝元恪介绍着:"按照陛下旨意,这石窟命名为灵严岩寺,已经大体开凿好的中窟,完全模仿平城灵严寺的规模和建制,中洞为孝文皇帝造像,南洞为文昭皇后造像,北面为陛下造像。中洞大体初备,南北洞尚须时日。请陛下和娘娘先看看中洞。"

元恪携胡充华来到中洞。中洞里宽敞明亮,正中一座方坛,主像高两丈五尺,二弟子二菩萨侍立两旁,主佛释迦牟尼,浓眉大眼,嘴角上翘,面带微笑,双耳垂肩,富态、安详、慈和、文静,褒衣博带,略显清瘦。

元恪静静地伫立在这佛像前端详着眼前这佛像,这佛像不就是父亲孝文皇帝的模样吗?他跪了下去。胡充华也急忙跟着跪在佛像前。随从大臣全都跪倒在佛前,急着礼佛,又是礼他们心中英年早逝的孝文皇帝。有些老大臣已经唏嘘不已了。

元恪礼佛之后站了起来,指着洞壁下部尚未雕刻的地方对刘腾说:"这里要把朕此次礼佛的场景雕刻出来,不得遗忘。"

"是!"刘腾恭身答应着,牢牢记在心里。

胡充华环视着菩萨侍者和洞窟四壁上精美的飞天雕刻,心里想:将来要想办法让皇帝答应为我凿一洞窟才好呢。她偷偷地笑着,笑自己异想天开,自己又不是皇后,怎么可能为自己凿一石窟呢?

胡充华突然想起一件事。

"陛下,当年陛下去巩县礼佛,请求佛祖保佑开凿的佛像石窟,不知如今是否完工?臣妾心中一直惦念着,何不一起去看看呢?"胡充华笑着对元恪说,"反正出来了,不如一起去看看的好。"

"好,我们这就转道去巩县希玄寺!"元恪兴奋地挥舞着手,"是啊,朕的

沉河艳后:胡灵皇后

皮肤病如今已经痊愈,而且皇子诞生,应该去还愿谢佛了。来人!传朕旨意,起驾去巩县希玄寺!"元恪挥手喊。

皇帝参佛的队伍立刻动身向巩县方向去。

皇帝的队伍在希玄寺前停了下来。元恪和胡充华在王温、刘腾的搀扶下走下龙车,他们并肩站在希玄寺前,欣赏着希玄寺的好风光。

元恪高兴得很,眼前的希玄寺比他第一次驾临时要雄伟美丽得多。三个寺院组成一个宏伟雄壮的建筑群,屹立在青翠的山前,寺前一泓碧水悠闲地浮游着几对鸳鸯,几只白鹅,几双花鸭。水面上亭亭玉立着鲜艳的莲花,衬在碧绿的荷叶,分外娇艳。湖面上咕嘟嘟冒着白色珍珠般水泡,这是泉眼里冒出的清水。

元恪指着眼前的山水,对胡充华说:"这地方风光美丽,孝文皇帝出游来到这里,一眼就相中这里的山水,于是拨给银两,买地二十顷,招募僧人五十,建了这希玄寺。朕上次来,又拨出银两,下令在全国精选能工巧匠,凿山为窟,刻石成佛,并且让僧人把寺院的佛像殿宇全部更新,这寺院不仅扩大了许多,由一个变成三个,还漂亮了许多。你看,在蓝天白云映衬下,它多雄伟啊!"

"是的!雄伟极了!"胡充华拉着元恪的手,亲热地说,"孝文皇帝好眼力,陛下更是有眼光,在这么美丽的山水间建造了这么美丽雄伟的寺院!陛下和高祖父真是功劳盖世啊!如此雄伟的寺院万世不朽!"胡充华兴奋得眼睛流光溢彩,四处逡巡。

"陛下!陛下!"胡充华惊喜地小声喊。

元恪喜笑颜开地搂住胡充华,"爱妃,看见什么了,这么兴奋啊?"

"陛下,你看那钟楼,多高大壮丽啊!比洛阳京都的钟楼都高大!"胡充华伸出纤纤玉手,翘作兰花模样,指着寺院里的钟楼,"看那口铁钟,多大啊!"

王温急忙说:"陛下,那钟楼高七丈,那铁钟高三丈,围两丈多。全是收买民间鸾铁造的,声音清脆洪亮,方圆百里可闻。"

元恪满意地点着头,起步向希玄寺石窟佛像走去。

洞中间有一根方柱,四面雕刻一佛、二弟子、二菩萨,佛座下两侧有一对石狮,蹲伏着,颈上长毛披拂,栩栩如生。门内两侧有三层精美浮雕,雕刻着皇帝礼佛图,记载高祖皇帝第一次来希玄寺礼佛的情景,左侧为皇帝礼佛,右侧为皇后礼佛,帝后身后跟随着文武大臣和成群的嫔妃身边有侍女搀扶,前边有僧人导引。浮雕雕刻细腻,人物表情逼真,胡充华驻足于前,看得久久不肯离去。

元恪扶住胡充华的肩膀,笑着问:"喜欢么?"

胡充华回眸,给皇帝元恪一个娇嗔妩媚甜蜜的微笑:"当然喜欢了,太喜欢了。皇帝陛下什么时候也把妾雕刻在石窟里啊?"

"你放心,一定让他们把你雕刻在上面,要雕得大大的!"元恪爱昵地拍了拍胡充华的面颊。

胡充华看了看石窟四壁,笑着说:"要是在四壁上给人物加上五彩,给佛像涂抹上赤金,让石窟里金碧辉煌,才更好看哩!"

"好主意!好主意!"元恪拍手叫好,"朕这就下令,给希玄寺所有石窟四壁用五色粉涂饰,所有佛像加赤金涂抹,然后刻石做碑!"

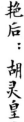

沉河艳后:胡灵皇后

第九章　山陵崩陷

1.不怀好意高皇后绑架太子　遇事未乱胡充华智取儿子

胡充华去东宫探望太子元诩,却发现元诩不在东宫。

"太子呢?"胡充华大惊失色,问刚走进东宫的太子太傅崔光。

"太子不在宫里?"太子太傅崔光见胡充华一脸惊慌神色,提起衣裾,快步冲进太子寝宫。寝宫里没有见到太子元诩,也没有见到两个乳母。崔光叫来东宫詹事王显和东宫中庶子侯刚,"太子呢?"崔光厉声问。

詹事王显见崔光和胡充华都是一脸怒容,心中害怕起来,他结结巴巴说:"太子与乳母在一起。"

"混账!"胡充华抬手掴了王显一个响亮的耳光,"太子在怀抱,出入仅左右乳母而已,又不令宫僚闻知,连你都不知道太子去向,这还了得?! 要是太子有什么事发生,我拿你是问!"

"还不去找!"崔光对王显和侯刚说,一边安慰胡充华,"请充华娘娘息怒! 崔光这就派人去找!"

胡充华还是惊慌不已,她对太子安全忧心忡忡。她明白太子昌的死因,她担心自己的儿子元诩也遭不测,所以,她竭力吹枕头风,让元恪对太子安全有足够重视。她向元恪提议,让元恪调于忠回宫任东宫太子护卫,专门保卫太子安全。胡充华经过深思熟虑认为于忠是最可靠的人,于忠曾经是太子舅父,他一门忠烈,又深受高肇迫害,他对高肇一家有深仇大恨,他不会听命于高肇和高皇后加害太子的! 胡充华让皇帝写了一封情真意切的家信给于忠,请于忠回朝。于忠读了皇帝来信十分感动,很快回到朝廷,忠心耿耿护卫太子东宫。

崔光请胡充华暂且回宫歇息，等一会儿派人去向她禀报太子行踪。胡充华怒气冲冲拒绝了崔光的请求，径自坐了下来，看着太子太傅崔光说："太傅，皇帝陛下对你寄予厚望，希望你能很好教养太子、辅佐太子，万望崔大人尽心尽力，可不要辜负皇帝的重托啊！"胡充华面色庄重定定地望着崔光，目光诚挚，语气恳切。

崔光在胡充华目光的逼视下汗水涔涔，他连声称是，心里恼怒着自己的失职。皇帝对他确实寄予厚望，他怎么可以辜负皇帝的一片苦心呢？

那一天，东宫刚刚建好，皇帝视察东宫，召崔光、黄门甄琛、侯刚、王显等人，特意赐坐崔光说："卿是朕西台大臣，今当为太子太傅。"

崔光诚惶诚恐，立即起身离座辞拜，"臣谢陛下隆恩，只是臣才疏学浅，难以担当如此重任，请陛下另择贤良。"

元恪笑着拍了拍崔光的肩膀让他坐下去，"卿不必自谦。朕心中有数，这太子太傅非卿莫属！叫太子出来见过太傅！"

胡充华拉着太子元诩走了出来，太子詹事王显、中庶子侯刚等十数人紧随其后。胡充华拉着太子走到皇帝元恪身边，元恪指着崔光对胡充华和太子说："崔卿便是你的师傅了。来拜见师傅。"胡充华急忙拉了拉太子手，小声说："给师傅行礼！"两岁半的太子元诩听话地向崔光鞠躬。

崔光急忙拜谢，说："臣蒙昧无知，实在不敢受太子礼！"

胡充华笑着对元恪说："陛下，崔大人并未接受陛下委任啊！"

元恪笑着："卿要太子再拜，方可接受！来，诩儿，再拜师傅！"

太子元诩笑着，向北面站着的崔光又深深鞠躬。

詹事王显急忙说："陛下，请准许臣领东宫臣属从太子拜见师傅！"

元恪哈哈大笑："卿接受诸臣拜见吧。"

崔光只好北面立，接受王显与东宫臣属的拜见。但是，他不敢答拜，只好四面拜谢。皇帝元恪赐崔光绣彩一百匹，授太子少傅。不久，迁太子太傅。又迁右光禄大夫，依然兼侍中。

想起这些，崔光更是责备自己的失职，"充华娘娘，臣这就上书给主上，请求主上下诏，严格限制太子出入！"

崔光立即上书："陛下不以臣等凡浅，备位宫臣，太子动止，宜令翼从。然自此以来，轻而出入，进无二傅辅导之美，退阙群僚陪侍之式，非所谓示民

轨仪,著君臣之义。陛下若召太子,必手降手敕,令臣下咸知,为后世法。"

第二天,皇帝诏曰:"自今以后,若非朕手敕,勿令儿辄出。宫臣在直者,从至万岁门。"

高皇后带着随从走出承欢宫,她一眼就看见东宫两个乳母正拉着太子元诩走在前面。元诩蹦蹦跳跳的,高兴得像匹撒欢的小儿马。高皇后心里一阵狂喜。她一直想找机会接近太子元诩,却一直没有机会。胡充华鬼精,把太子养在别宫,让皇帝下诏禁止任何后妃去看望太子和接近太子。高皇后没有任何机会见这太子。

但是,机会在不经意之间突然出现在眼前。高皇后的心因为惊喜而狂跳起来。高皇后冷笑着:今天可是让我撞了大运!

高皇后挥手,让侍从停住脚步,她快步赶了上去。

"太子殿下!"高皇后温柔甜蜜地喊。

太子元诩回过头,看着喊他的女人。这女人雍容华贵,一看就知道是宫中的贵人。三岁多的元诩亮晶晶的大眼睛看着高皇后,对她笑了笑,小脸颊上也现出两个不甚明显的酒窝,很像胡充华。

两个乳母见高皇后站在眼前,急忙跪下去行礼拜见。高皇后拉住元诩的手,亲昵地抚摩着元诩的头发,笑着问:"太子殿下,到皇后阿娘宫里去见见小妹妹建德公主,如何? 小妹妹可好看呢,她可想见见小哥哥呢!"高皇后又生了个女儿,还在襁褓中。

元诩歪着头看着这好看的皇后阿娘,笑着问:"小妹妹? 在哪?"

高皇后回头指着承欢宫:"在皇后阿娘的宫里,皇后阿娘带你去。"高皇后牵着元诩的手,向承欢宫走去。

两个乳母急得不知所措。"你快回东宫去报告詹事和太子太傅,我跟着太子殿下去!"一个乳母小声对另一个乳母说。另一个乳母趁人不注意,飞也似的向东宫跑去。

高皇后拉着太子元诩的手,心里却像开锅的水似的翻腾着,她并不知道带太子回宫要干什么,能干什么,但是她就想带太子回宫去。也许可以把太子控制到自己手里,也许可以以太子生命要挟皇帝赐死胡充华,然后让皇帝下诏,由她来抚养教养太子? 高皇后昏头昏脑地想。

"皇后阿娘,小妹妹多大了?"元诩仰着小脸看着高皇后,脆生生的声音勾引起高皇后的一段可怕回忆。一个粉嘟嘟的小脸突然出现在高皇后的眼前,她打了个冷战,浑身哆嗦了一下。

元诩见高皇后没有理他,便用劲拉了拉高皇后的手,"皇后阿娘,小妹妹多大了? 你说嘛!"

高皇后这才听到元诩的问题,她低头朝元诩温柔甜蜜地笑着说:"还不到一岁呢。"

"好看吗?"元诩又仰着小脸问。

"好看! 可好看了,像太子殿下一样好看。"高皇后摸了摸元诩的嫩脸,"你一定会喜欢她。"

"她喜欢我吗?"元诩着急地问。从小长到这么大,他还没有和其他小孩一起玩过,在东宫里,他见到的只是那些老眉格渣的脸孔,那些总是浮着讨好谄媚笑容的讨厌的老脸孔。

"喜欢,喜欢,肯定喜欢。"高皇后心不在焉地随口回答着,她还在盘算着带太子回宫以后到底干什么? 把他藏起来,把他囚禁起来,还是干脆把他弄死?

高皇后摇头,摇去这些荒唐不经的想法。弄死太子,她还想活命吗? 真是昏了头! 万不可轻举妄动! 她拍了拍自己的额头,让自己保持清醒。

高皇后牵着兴高采烈的太子元诩进到承欢宫。

"小妹妹在哪? 我要看小妹妹!"元诩蹦跳着冲进院子。

气喘吁吁的乳母惊慌失措地跑回东宫,向崔光报告说太子被高皇后带回承欢宫。

"什么?"听到这话,胡充华一下子从座位上蹦了起来,脸刷白,心狂跳,惊慌得不知道如何是好。

崔光见胡充华变了脸色,意识到问题的严重性。"让于忠大人带东宫侍卫到承欢宫接太子去!"崔光说着向外走。

"慢着!"胡充华喊。

崔光站住脚步。

"大人不能这么去!"胡充华轻轻咬着嘴唇坚定地说。

沉河艳后:胡灵皇后

"为什么？"崔光诧异地看着脸色苍白的胡充华。

"这样会叫皇后害怕，万一惊了她，她铤而走险，怎么办？"胡充华冷静地说，"不能让于忠带侍卫去。"

崔光很是敬佩这年轻的胡充华遇事如此冷静，真是难得。

"我自己去。崔大人、詹事王显、中庶子侯刚在承欢宫外等候，让于忠带侍卫在东宫等待，如果我两个时辰回不来，你们立即禀告皇帝采取行动包围承欢宫！"胡充华说完，摸了一把额头，让自己镇静。

崔光出去部署，胡充华回到寝宫，对着镜子整理了一下自己的发髻，又匀了些脂粉，掩盖住惊慌引起的苍白。

"皇后娘娘！臣妾前来给娘娘请安！"胡充华笑口吟吟，走进承欢宫。

高皇后嘿然冷笑，"今天不是充华请安的时辰，你怎么来了？是不是听到太子被我带回来，惊吓着你了？"高皇后冷然看着胡充华。

"看皇后娘娘说的什么话？"胡充华见高皇后这么说，刚才提着的心一下落了地，她放心了。高皇后并没有对太子生歹意，更没有对太子下毒手。

"妹子早就想带太子殿下过来看看皇后阿娘，可是主上说他太小，不放心他到处跑。主上太过担心了。"胡充华甜蜜蜜地笑着说，脸上一片坦诚一片热情，看不出任何谎言的痕迹。

高皇后又有些迷惑了：这鬼女子难道一点没有担心她的儿子？一点也不怀疑自己对太子的恨意？

"皇后娘娘是不是让他们兄妹在一起玩啊？"胡充华灿烂地笑着，脸上洋溢着幸福和快乐，"小兄妹见面一定高兴得很。就这么两个娃，怎么能不亲呢？"

高皇后放心下来，她把太子私自带回宫的做法，没有引起胡充华的不满。她笑了，"妹子这才说对了。我就想让太子殿下认认他的小妹妹，让两个娃一起玩玩。太子从小没有同伴玩，太孤单了。有了小妹妹，让两个娃一起玩，这没什么吧？"

"皇后娘娘想得很周全，太子一定喜欢他的小妹妹。"胡充华灿烂地笑着，两个酒窝里装满了甜蜜，"他们在哪玩？让我也去看看建德公主。"胡充华说，好像无意一般又加了一句，"崔太傅和王詹事在外面等着接太子回东宫呢。"

高皇后指着寝宫,"在里面玩呢。"

胡充华在宫女的引导下进入寝宫。寝宫里摆放着一张宽大的大床上,坐着一个十来个月的女婴,三岁多的太子也脱了鞋在床上与小女婴一起玩耍。他轻轻地抓住女婴的手,在教她玩豆豆飞。"豆豆,豆豆,飞飞!"他模仿着乳母教他玩的样子,让女婴碰触着指头,然后又飞快分开。他不厌其烦地一遍又一遍教着女婴,女婴被他逗得咯咯笑个不停。

胡充华快乐地笑着对高皇后说:"瞧,这兄妹玩得多高兴啊!诩儿,小妹妹好看吗?"

元诩看见阿娘来了,他站起来扑到胡充华怀里,笑着喊:"小妹妹好看,真好看!阿娘,让小妹妹和我住在一起!我喜欢!"

胡充华抱起建德公主,建德公主认生,一咧嘴哭喊起来。元诩急忙过去拍着建德公主的背,说:"妹妹不哭,不哭。"建德公主果然不哭了,脸上挂着泪珠,对元诩笑,含糊不清地喊着"哥哥,哥哥"。

胡充华拍着儿子的后背笑着:"你还挺会聒哄小妹妹的。该回宫了,我们走吧。"

元诩却耍起赖,"不嘛。阿娘,我还想玩。"

胡充华脸色沉了下来,"不许胡闹!太傅在外面等着你呢!听话!跟我回去。"她抱起元诩把他放到床边上,蹲下身亲自替他穿鞋。元诩还想赖,他偷眼看了看阿娘的脸色,发现阿娘脸色凝重,便不敢多说,听话地穿上鞋下了地。

"阿娘,让我和小妹妹再玩一会儿嘛。"元诩被胡充华拉着走出寝宫,他扭动着身子一边走一边回头依依不舍地嘟囔着求阿娘。

"给皇后阿娘行礼道别。"胡充华用力扯了元诩一下,吩咐着。元诩听话地照着母亲吩咐做,"皇后阿娘再见!"

高皇后微笑着摸了摸元诩的头,"太子殿下,以后经常来找妹妹玩啊!"

胡充华又嫣然笑着对高皇后说:"皇后让乳母抱建德公主去东宫找太子玩,你看,太子多舍不得离开她啊。"

2.调虎离山高肇伐蜀　密谋安排臣子举事

皇帝两次亲御申诉车,并没有改变国朝形势。延昌二年(513年)春天,魏国六镇大饥,京师饥荒,饿死百姓数万口。五月,寿春大水。六月,青州民饥。七月,十三州郡大水。连年灾荒,饥民流窜,强盗四起,州郡叛乱,此起彼伏。从延昌二年到延昌三年十月底,国内难得和平。元恪忧心如焚,不断减膳祈祷。

延昌三年(514年)十月底,从蜀地传来僚人作乱,益州刺史元法僧请求派兵弹压,国朝一时大惊。

刺史元法僧,道武皇帝第二子阳平王拓跋熙之后,从太尉行参军转通直郎,宁远将军,司徒,龙骧将军,后调任益州刺史。元法僧为宗室纨绔子弟,不学无术,素无治干,到任益州,飞扬跋扈,为所欲为。

元法僧的前任,叫傅竖眼,此人在益州为刺史,甚得僚人爱戴。他清素,不营产业,又严格约勒部属,要他们保境安民,不以小利侵害百姓。傅竖眼治蜀最得蜀地僚人心的是他"有掠蜀民入境者,皆移送还本土"的举措。掠蜀民就是指掠夺僚人,益州多僚人,僚人经常反抗官府欺压暴动,魏朝廷不断派官兵前去讨伐弹压,掠夺大量僚人以充当军士或奴隶,有时掠夺的僚人太多,无法安置,竟用来贩卖,许多官宦人家都以僚人为家奴。傅竖眼不许掠夺僚人,凡是掠夺来的僚人都送他们回家。僚人自然感激不尽,纷纷请求他去驻防。若是不能遂愿,他们就纷纷改变身份投奔傅竖眼。这暴动骚乱之事越来越少,蜀地也安静了几年。

贪虐的元法僧上任,自任杀戮,威怒无恒,王贾诸姓,州内人士,全部召进军队为士卒,一个也不能跑。蜀地百姓愤怒,合境皆反,当地人又勾结南方萧梁,南朝皇帝萧衍派大将率兵来攻。益州城门紧闭,行旅不通。

元法僧急忙上书皇帝说:"臣忝守遐方,变生虑表,贼众嚣张,所在强盛。统内城戍悉已陷没,近州之民亦皆扰叛。唯独州治仅存而已。亡灭之期,非旦则夕。臣自思忖,必是死人,但恐不得谢罪阙庭,既忝宗枝,累辱不浅。若死为鬼,永旷天颜,九泉之下,实深重恨。今募使间行,偷路奔告,若台军速至,犹希全保。哭送使者,不知所言。"

皇帝元恪接到元法僧书,急忙召集八座商量对策。益州蜀地,富庶天府,若被南朝萧衍夺去,实在损失惨重。八座震惊愤怒,众口一词要求出兵增援,夺回益州。

"诸卿以为派谁伐蜀合适?"元恪的眼光从司徒高肇脸上扫到清河王元怿脸上,又从元怀脸上扫到高阳王元雍的脸上。

高肇正要说话,他准备推荐元英前去。元怿却抢先说:"元法僧是高司徒推荐到益州为刺史的,还是高司徒亲自带兵前往益州妥当。"

高阳王元雍急忙表示赞成:"清河王提议甚好。高司徒德高望重,智谋过人,到蜀地安抚,一定是旗开得胜,马到成功!"

元怀不知深浅,也跟着说好。

高肇心里有些恼火,可不好推辞。元法僧确实是他亲自举荐为益州刺史的。元法僧听说益州富庶,便携带珍玩多次临高肇府第拜见高肇请求安置。高肇在元法僧送了许多钱物以后,便指示吏部尚书委任他为益州刺史,代替傅竖眼。

见两王异口同声举荐他出行,高肇无话可说。这些年他一直居住京师,从没有带兵出去平息过什么祸乱,若是在皇帝面前横加推辞,定会引起皇帝元恪的不高兴。自从元恪得了太子以后,对他这母舅似乎不那么言听计从了,他不得不更小心谨慎从事。

高肇正要说话,皇帝元恪却笑着说:"舅父出马,定解益州之围。既然诸王举荐舅父,就请舅父代劳,率十万大军奔益州。舅父愿意要谁做副手,朕都允诺。"

高肇不敢推辞,只好谢恩接受。他提出让傅竖眼、甄琛同行,元恪一一答应下来。

高肇经过准备,率十万大军出京伐蜀。出京那日,他所乘骏马停于神虎门,站着站着,突然无故惊倒,倒在旁边的水渠中,骏马转卧水渠中挣扎,鞍具瓦解。众人感到奇怪。

高肇出,看见骏马还在水渠重挣扎,很是心惊。这趟出行,会有什么不测呢?他怀着忐忑不安的心情重新换马,率领着队伍开拔离京。

津阳门外三里御路西,有一处豪华府邸,黄色琉璃瓦覆顶,绿色琉璃砖

镶边,朱红大门,白色院墙,大门前左右站立着白色石雕的麒麟。这是高阳王元雍的府邸。

高阳王元雍在自己府邸的厅堂里来回踱步,背着手,神情庄重严肃,他正在思考着一个重大问题,他正在做一个艰难的决定,正在想着除去高肇的大计。

高肇一离京,高阳王元雍便开始思谋着如何趁此大好机会除去高肇势力。像大多数宗室成员一样,他对这些年朝廷里高肇专权局面很是不满。作为高祖弟弟,他内心深处为自己弟兄被高肇所害怀着深深的仇恨。元氏天下被高肇抢夺,他内心深处感到非常愤怒。

高阳王元雍,献文皇帝韩贵人所生,高祖孝文皇帝的四弟。字思穆,少而倜傥风流。高祖曾对元勰说:"此娃城府深沉,连我都不能测出他的心意。但是观其率真任性样子,也许会大器晚成。"

高阳王元雍不大喜欢结交,有人劝说他:"诸王皆待士以营声誉,王何以独处?"他哂笑说:"我本天子之子,位为诸王,用声名何为?"

元雍调回朝廷以后,逐渐得到皇帝元恪的信任。高肇伐蜀以后,元恪任命元雍代替高肇为司徒。

元雍意识到,高肇离京,正是除去他和他的势力的大好机会。

元雍走来走去,深思熟虑,他该怎么干呢?

元雍的继室博陵崔氏袅袅款款从后面过来,她走到元雍身边,关心地问:"官人,大清早便来厅堂干什么啊?"

元雍亲热地拉住崔氏的手,自元妃卢氏去世,他便纳这博陵崔氏为继室,这崔氏生得美貌无比,让他很是宠爱,多次向皇帝请求封她为妃,可是皇帝元恪总说崔氏出身卑贱,不可封为王妃。尽管没有得到皇帝封号,元雍还是很宠爱她。

"我在等待元怿。我与他约定今天见面的。"元雍抚摩着崔氏白嫩粉红的面颊,向她解释。

"官人有正事,妾身就不打扰了。"崔氏笑着挪开元雍的手,叮嘱着,"早些回去,儿子都等着给你背书呢。"崔氏嫣然一笑,又袅娜着从后面走了出去。

门子跑来禀报,说清河王元怿来访。

元雍走到厅堂前，等着迎接清河王元怿。元怿走了过来，向四叔行礼问好。几个叔父只剩元雍一人，元怿一见元雍就感到伤心。

元雍拉着元怿的手，走进厅堂里的书房，元雍小心关上门，让元怿坐下。

"四叔，叫侄儿来，有何事相商？"元怿诡异地笑着，其实他心里已经猜出元雍叫他来的真实用意。

"你猜猜看。"元雍看着元怿英俊的面庞，故意卖关子。

元怿笑着，"侄儿若是猜了出来，四叔如何犒赏我？"

元雍笑着，"四叔为你做媒，再给你娶个美丽女子做妾。你的老婆可是不多啊，这可不成体统。"

元怿笑道："皇帝陛下多次提及此事，但小侄确实无意再娶妾。老婆多了麻烦事情多，我有一个元妃就够了。等以后遇到可心女子再说吧。小侄希望能够像三哥一样遇到一个可心可意的女子做红颜知己。"说到这里，元怿语气有些哽咽，他依然怀念着冤屈而死的三哥元愉。

元雍默然，不知道如何安慰元怿才好。

元怿换了笑容，对元雍说："我猜叔叫我来，可是为锄奸？"

元雍笑而不答。

元怿有些心虚，他焦急地看着元雍催问："小侄说对了没有？四叔怎么不说话啊？你说啊！"

元雍见元怿着急起来，才点头微笑着戏弄着说："算你说对一半。锄奸？你以为除谁呢？"

"还有谁？当然是那个万夫指的高某人了！他残害宗室，把持朝政，任用私人，迷惑皇帝，罄竹难书其罪！"元怿越说越愤怒，竟恨恨地跺着脚。

元雍点头，"你果然聪明。我叫你来，就是想与你商量，如何趁他伐蜀期间除去其势力和他本人。"

元怿眼睛兴奋得放射出灼灼光芒，"小侄一直在琢磨此事，可是未得办法。有四叔支持，这事定可成功！"

元雍摇头，"也未见得就能成功。你要充分估计他的势力之大，他把持皇帝和朝政这么多年，羽翼已经养成，虎威足以震慑朝政大臣，何况内有高皇后，外有皇帝与元怀，又有他的弟弟高骢、侄子高猛等死党，我们可是虎口捋须啊！"

沉河艳后：胡灵皇后

"我们该怎么办？"元怿看着元雍问。

元雍摇头，"我也一筹莫展。高肇的根子在皇帝，投鼠忌器啊！"

元怿在房间里走来走去，激动得难以自持，他猛然站住脚步，眼睛灼灼放光，"碎器如何？"

元雍大惊失色，他厉声呵斥元怿："你顺口胡嗦！要是叫别人偷听，你我的小命可是休矣！"

元怿到底年轻，不怕后果，"庆父不除鲁难不已！除庆父唯有此一法！他即位以来，国家没有多少起色，高祖南下统一国土的遗愿一点都没有实现！反而伙同高肇残害宗室，残害叔父弟兄，一味参禅拜佛，政事委以高肇。难道不可以除去吗？"

"除去以后，谁来即位？你还是我？"元雍瞪着眼睛看着元怿，等着元怿的回答。

元怿笑着，"侄子年轻，不是做皇帝的材料，还是叔来做吧。"

"胡闹！"元雍拍着桌子呵斥着，"你是想把高祖开创的国朝毁于一旦啊！不管是你，还是我，谁都无法宾服众人，只能引起国朝混乱！这祸国殃民的千古罪人我可不想做！"

元怿还是嬉笑，"那就让太子元诩即位。这总该行了吧？这可是从古至今的正统，没有人敢不服的！"

元雍沉默不语，他正在紧张地考虑着元怿的提议。一个不到六岁的娃娃即位，不是又像当年高祖一样吗？不过，他可不能让高太后作为皇太后来临朝听政，辅政的只能是宗室王爷！看来，这是个可行的办法！太子元诩即位，他和几个王爷辅政，不也是大权在握吗？他们可以按照自己的意愿来治理国家！

"怎么样？这个办法可行吧？"元怿得意地看着元雍，"太子即位，不还得我们王爷辅政？叔作为辅政之首，我们一定听从叔的意愿！"元怿严肃起来，郑重其事地说道，"让我们同德同心治理国家，完成高祖统一中国的遗愿！"

元雍默默点头。

"好，我们就这么办！"元怿挥舞着拳头，兴高采烈地说。

"你准备怎么办？"元雍看着元怿。

元怿摇头，"不知道，寻找机会，见机行事吧。"

3.胡充华私会皇帝爷　清河王偷换虎狼药

　　胡充华带着女内司春香等女官和宫女到东宫探望儿子元诩，领军将军于忠正站在东宫门前，见胡充华一行过来，急忙上前迎接，"充华娘娘好。"

　　胡充华见到于忠，闪烁着大眼睛，酒窝里漾着甜蜜的笑意，问候着："于大人近来可好？妾身向皇帝陛下请求调你回朝廷，大人还满意吧？"

　　于忠感到诧异，胡充华不说，他还以为是皇帝记起旧恩才调他回朝呢，却原来是胡充华娘娘的建议。于忠心里油然生起对胡充华的感激之情，他连连表示感谢。

　　胡充华扑闪着大眼睛又说："太子安全系于大人一身，希望大人小心守卫东宫，照陛下诏令办事，万勿让闲杂人员入宫探视太子，连皇后妃嫔也一样！"

　　于忠连声应答着："请充华娘娘放心，于忠会拼着自家性命护卫太子！"

　　胡充华对于忠嫣然笑着，"我知道，于大人一门四代，代代对皇帝忠心耿耿，无人可比。对太子一定也是忠心耿耿，无人可比的！"

　　"谢充华娘娘夸奖！"于忠不敢正视胡充华那明亮的咄咄逼人的美目，低头回答。

　　于忠跟着胡充华进了太子东宫。

　　太子元诩正坐在太子少傅崔光面前，由崔光教授描红写字。太子元诩弄得一脸一手黑，抓着笔，在纸上涂鸦。

　　"阿娘来了！"元诩看见胡充华，扔掉毛笔，扑向胡充华。崔光急忙见过胡充华。胡充华坐了下来，随意翻着元诩写的字，笑着对崔光说："真是涂鸦之作，不成样子！皇帝陛下来过吗？"她抬眼看着崔光问。

　　胡充华来东宫，主要不是探望太子，而是想来东宫打探些消息。皇帝多日不临幸昭阳宫，她不知道皇帝和朝廷近来有些什么事情发生。东宫是消息灵通的地方，太子少傅崔光、中庶子侯刚、詹事王显都是经常见到皇帝的人物，对朝廷事情知道得很清楚。

　　崔光摇头，"皇帝近来部署伐蜀，事情繁忙，没有闲暇探望太子。"

　　"伐蜀？"胡充华好奇地问，"派哪位大臣伐蜀？"

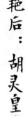

　　"派司徒高肇大人。"崔光恭敬地回答。

　　"派高大人伐蜀？这一走可是要好几个月啊!"胡充华扬起眉毛,看着崔光,眼睛却穿过崔光,陷入沉思。派高肇伐蜀,这里包含着什么意思呢？高肇是皇帝的亲信,他把持朝政左右皇帝,他任用私人构陷亲王,几乎凌驾于皇帝之上,这是连她这后宫妃子都能感受和看到的。宗室王不满于他,清河王多次与他争吵,这些她也有所耳闻。她在心里也担心皇帝大权旁落,担心高肇篡权僭越。可是,她不过一个充华夫人,不敢明目张胆干预朝政。虽然在皇帝临幸的时候也有意无意旁敲侧击提醒元恪,可毕竟不敢指名道姓批评高肇。现在,皇帝同意派高肇伐蜀,意味着什么呢？是不是意味着朝廷里反高肇的势力已经成了气候,已经开始反戈一击？

　　是的,是这么回事! 胡充华断然下了这结论。朝廷里反高肇的势力是谁呢？胡充华转着眼睛,看着崔光,笑着试探："是谁提议让高司徒带兵伐蜀的？"

　　崔光四下看了看,小声说："听高大人亲信王显詹事说,八座议事时,清河王提议,高阳几个王积极响应,便促成皇帝下诏。"

　　胡充华点头,与她自己估摸的差不多,是王爷们联合起来动手倒高肇的时候了! 这叫她又喜又有些担忧。王爷要扳倒高肇,令她喜欢。没有了高肇,高皇后就不能太飞扬跋扈,就不能太威胁她的地位。这叫她喜欢。可是王爷们联合起来倒了高肇以后,会不会威胁皇帝元恪的皇位呢？会不会威胁太子元诩呢？王爷往往是皇位的最大觊觎者。他们会不会谋反,像元愉一样？那清河王元怿会不会像元愉一样有野心呢？

　　胡充华想到元怿,脑海里立刻浮现出一个高大英俊的青年身影。元怿仪表堂堂,十分吸引人。她曾经在皇帝宴请王爷的宴会上见过他几面,印象十分深刻。

　　想到元怿,胡充华微微笑了。元怿给她留下很好的印象。他不会谋反的,胡充华想,假如让皇帝把自己的妹子赏给元怿,这元怿不就和自己一心了吗？不就笼络住元怿了吗？

　　胡充华看着崔光,担忧地问："王爷不会有什么不轨之举吧？"

　　崔光摇头,"不会的。请充华娘娘放心。"

　　于忠小声然而坚定地说："请充华娘娘放心。万一有什么不测发生,我和崔大人会拼死命保护太子的安全和太子的地位！"

胡充华急忙起身，向崔光和于忠深深鞠躬行礼，"请接受我的感谢。我把太子托付给二位大人了！"

崔光和于忠忙不迭地还礼，都激动得心潮起伏。胡充华这么敬重他们，他们一定要保护好太子！

于忠尤其激动。听到派高肇伐蜀，他就敏感地意识到高肇的好日子快到头了。他对高肇存有刻骨铭心的仇恨。杀父之仇不报，何面目为人？他一门忠烈，为国朝卖力卖命，为皇帝卖力卖命，却落了个父亲、妹子被高肇害死的凄惨下场。他对皇帝元恪，也是一腔不满和怨恨。不是元恪昏庸不辨忠奸，他父亲和妹子哪得惨死？这般昏庸无能的皇帝保他做甚呢？

于忠暗暗下决心护卫太子，在合适的时候他会把太子亲手扶上皇帝宝座。于忠与崔光、侯刚三人，在太子东宫已经形成默契，他们紧张而警惕地注视着朝廷内的动向，静静地等待着事变的发生。

延昌四年(515年)，元旦刚过，洛阳城被厚厚的云层遮掩，吹过一阵南风，天空便纷纷扬扬飘起了雪花，这雪花初起不过疏疏落落，却越下越紧，越下越密，鹅毛似的雪片飘舞在天空，把天地搅得一片白茫茫。

"下雪了！"胡充华走出昭阳宫，看着天空飘舞的大雪，高兴得喊。她跑下台阶，来到院子里，踩着已经积了寸把厚的白雪，张开双手，接住空中飘舞的雪片，仔细端详着雪片美丽的图案。这些雪花，有的六角，有的五角，各自有自己的图案。多奇巧啊，老天爷造出这么美丽的不重样的雪花！胡充华赞叹着。

有两个月没有见到皇帝了，她还真想他。高皇后紧紧把持着皇帝，让她们难以见他一面。冬天一到，皇帝就犯老毛病，咳嗽气喘，胡噜做一团，连觉都睡不好。不知现在好一点没有？高皇后以皇帝身体不好为由，紧紧看护照顾着不让他到别宫过夜，整个冬天病情没有加重。可是元旦以来皇帝宴请群臣大宴，祭拜圜丘太庙，那么多繁杂礼仪，一定会累着他，这咳嗽气喘一定加重了。元旦之后，洛阳倒春寒，吹了几天北风，下这场春雪，皇帝的身体吃得消吗？

不管怎样，应该去会会皇帝。胡充华思虑着，怎么去呢？怎么才能避开

高皇后的耳目呢？

　　女才人春香为胡充华拿来貂皮斗篷，给胡充华披上。"走，我俩去东宫。"胡充华小声说。春香一笑，知道这充华娘娘又心血来潮，不知要玩什么花样了。

　　胡充华带着春香来到太子东宫，乳母在詹事王显和中庶子侯刚的监视下，为太子洗脸梳头，正在服侍太子用膳。见胡充华来，五岁的太子元诩高兴得蹦了起来，扑到胡充华的怀里，亲热地拥抱着母亲。胡充华抚摩着太子面颊，亲了亲他的额头，问："吃饱了没有？"

　　元诩说："吃饱了。"

　　胡充华让乳母取掉他胸脯前的围嘴，给他擦干净嘴巴，拉着他问："想不想父皇啊？我带你去见父皇。"说着，拉起太子就走。

　　詹事王显和中庶子侯刚面面相觑，想上前阻拦却又不敢。乳母紧跑慢跑，拿来貂皮小斗篷，给太子元诩披在身上，胡充华把斗篷帽子给儿子带上，径直走出温暖的大殿，踏着院子里的积雪，出了东宫。

　　于忠急忙带着几个心腹羽林侍卫，紧紧跟在胡充华和太子身后护卫着。

　　元诩紧紧拉着母亲温暖细腻的手，踏雪走在漫天飘舞的大雪中，叽叽喳喳说个不停："阿娘，我给你背诵《论语》，好吗？"

　　胡充华惊喜地说："好啊，我儿子都会背诵《论语》了，真不简单。你会背诵哪一句？背给我听听。"

　　元诩仰望着母亲，鹅毛大的雪花落在他的小脸上，挂在他的眼睫毛上，立刻就融化了，变成一滴晶莹的水珠。"有朋自远方来，不亦乐乎？三人行，必有我师。"他清脆地背诵着。

　　万岁门守卫见胡充华拉着太子出来，又有东宫领军于忠大人跟随，不敢阻拦。

　　胡充华拉着太子出东宫，向式乾殿走去。快进式乾殿时，她对于忠说："不要走漏风声给皇后。"于忠点头。

　　式乾殿里，皇帝元恪正坐在佛像前念经。一会儿，高阳王元雍、清河王元怿、广平王元怀、任城王元澄等王要来向他禀报蜀地战事。去年十月，他诏令司徒高肇为大将军、平蜀大都督，步骑十万西伐，平南将军羊祉出涪城，益州刺史傅竖眼出巴北,安西将军奚康生出绵竹,抚军将军甄琛出剑阁,四路大军征发蜀地,又以中护将军元遥为征南将军、东道都督,镇遏梁楚。蜀地僚人叛乱是否遏止,是他一直忧虑的事情。

元恪正专心致志诵经,突然,一双温暖的小手从后面蒙住他的眼睛。他抚摩着那小手,那小手是那么柔嫩、光滑、细腻,他呵呵笑着,"诩儿,谁放你跑到前面来的? 父皇不是有诏令,不许乳母和他人带你出东宫吗?"他把元诩从后面抱了到怀里。

"皇帝陛下,是妾身带他来的!"胡充华已经脱去斗篷,露出一身锦缎橙黄葱绿衣裳,耀人眼目。她袅娜着走到皇帝面前,给皇帝行礼问安。

元恪眼睛一亮,他又惊又喜,"胡充华,是你带太子来的?"

胡充华嫣然一笑,"太子非常想念他的阿爷,哭闹着非要见阿爷不可。乳母谁都不敢带他出东宫,妾身见他哭闹得可怜,只好冒着被陛下责备的危险带他来见陛下了! 是不是啊,诩儿?"胡充华笑着问元诩。

元诩在元恪怀抱里用力点头。

元恪抱着元诩站起来,走出后面佛堂,他抱着元诩坐到坐榻上,指了指旁边,示意让胡充华也坐下。胡充华紧挨着皇帝坐了下来,把头靠在元恪肩头,幽怨地倾诉着自己思念皇帝的衷肠:"陛下,几个月都不临幸昭阳宫,妾身都快想死了。陛下是不是把妾给忘记了?"

元恪握住她的手,"充华说哪里去了? 这几月朝廷事物繁杂,朕忙碌不过,故而无暇临幸别宫。"

"什么呀? 主上就是忘了充华! 心中只剩皇后了!"胡充华好看地噘起小嘴说。那小嘴更加饱满,像颗水灵灵红艳艳的樱桃。元恪面对这娇艳欲滴的樱桃,怦然心动起来,他忍不住扭过头很快地亲了胡充华一口。

"阿爷,你干什么呢?"元诩听到元恪发出的声音,仰起小脸看着皇帝问。

胡充华忍不住咯咯笑了起来。这笑声像银铃,像潺潺溪水,让元恪忍不住也开怀大笑起来。这胡充华就像一团火,和她在一起,总是叫人高兴快乐,叫人生机勃勃,叫人年轻了许多。

"阿爷吃樱桃呢!"元恪笑着回答元诩,紧紧捏了捏胡充华的手,忍不住又偷偷亲了胡充华一口。

"樱桃在哪里? 我也要吃!"元诩喊着,拍着小手。

胡充华和元恪都笑作一团。清脆的咯咯笑声,哈哈的雄浑笑声,交织在一起,飞出式乾殿。

"你听,皇帝笑得多开心!"高阳王元雍听到式乾殿里传出的笑声,对和清河王元怿说,他们正走在通往式乾殿的御道上。上了式乾殿的白石高台基,高阳王元雍见于忠和东宫侍卫站在殿前,奇怪地问:"于将军,太子在里面?"

于忠点头。

元雍犹豫地站住脚步,问元怿:"我们现在进去不方便吧?"

元怿撇了撇嘴,"有什么不方便的?他召我们来的,怕什么!"元怿拍了拍身上的雪花,跺了跺脚,径直向式乾殿里走。

元雍和元怿走了进来,拜见了皇帝元恪。元恪招呼元诩说:"诩儿,见过叔翁和四叔。"元诩乖巧地叫着:"叔翁,四叔。"

胡充华站起身,向元雍行礼,"充华见过叔父。"

元雍急忙还礼。元怿拜见胡充华,"四弟见过充华嫂子。"

胡充华用闪亮的大眼睛打量了元怿一眼。虽然在后宫见过几次清河王,却没有这么接近,现在如此近的打量他,发现他果然好人才,身材高大魁梧,四方脸膛,浓眉大眼,鼻直口方。

发现胡充华在打量他,清河王元怿也扫了胡充华一眼。

这一眼,叫胡充华怦然心跳,这目光带着深沉,带点忧郁,带点傲慢,带点放荡不羁,还带点轻狂,好像闪电一样瞬间放射出光芒,让人有些眩晕。

胡充华掩饰着自己的心情,笑着对元怿说:"四弟,弟妹去世以后还是独身一人?"

元雍笑着,"他啊,还是光棍一条。陛下,可是到再赏赐他一个元妃的时候了!他那几个妾啊,他可是不大喜欢!"

胡充华想起自己的妹子,姑姑经常带来父亲的话,让他在宗室王爷里给妹子挑个女婿。眼前这元怿,仪表堂堂,年轻英俊,何不把自己的妹子许配给他呢?他可是皇帝的亲弟弟,如果答应娶她妹子,不是给自己增加了个心腹吗?

胡充华笑着对元恪说:"主上要赏赐四弟一个元妃,妾身有个合适女娃推荐。"

"是不是你妹子啊?"元恪笑着问。

"是的,正是小妹。"胡充华笑着,"主上好记性,还记得这事。"

元恪说:"你那妹子,朕已经给他物色到合适人了。朕把她许给元英大将军之子元叉。眼下元英去世,元叉正在服中,等除服以后,朕便命元叉迎娶她。元怿无福纳你妹子。"

胡充华急忙拜谢皇帝元恪,她虽然感到有些失望,却又无名地有些高兴,到底高兴什么,她也说不明白,只是突然感到高兴,脸颊的酒窝里盛满了甜蜜的笑意。她不经意地又扫了元怿一眼。

元怿接触到胡充华漆黑发亮的眸子里闪烁出的发自心底的亮光,心灵突然闪过一阵震颤,他的心怦怦跳了起来。从来没有一个女子能够引起他这么强烈的震撼。他自己的那几个妻妾并没有哪一个能引起他这样的感觉。

他和他的五弟元怀一样也喜好男色,五弟元怀有妻妾,却很少接近她们,终日与几个道士和尚在一起谈佛论道,研究长生不老药方。而他仅有的元妃已死,元妃为他生得一儿一女,年纪幼小,有几个侍妾,却没有一个叫他真正喜欢的,他只喜欢元熙弟兄,喜欢与士子吟诗作赋。

元怿不敢再看胡充华。

胡充华从元怿闪烁避开的眼光里捕捉到元怿心中的震颤,她的心因为喜悦而跳得更加欢实起来。她急忙掉开目光,对皇帝说:"主上有正事,妾还是先避开一会儿。诩儿,跟阿娘回东宫去吧。"她从元恪怀里抱起元诩。

元恪急忙拦住胡充华:"充华不必走避,你也听听国朝情况。"

元雍和元怿向皇帝禀告伐蜀情况。伐蜀没有取得多大进展,高肇领兵,谋略不足,又无威信,士气不振。

元恪心中烦躁,一阵胡噜气喘,一阵剧烈的咳嗽,让他半天缓不过气。

元雍和元怿交换了下眼色。元怿心中一阵惊喜,是不是时机到了?

胡充华很是心疼,为皇帝轻轻捶打着后背。太子元诩也学着母亲的样子,用自己的小拳头给阿爷捶打着。

元恪一阵惊天动地的咳嗽过后,满头汗水,脸色通红,他喘息了一阵,让

自己平静下来。

元怿急忙说:"陛下身体欠佳,是否要请太医看过?让小弟为陛下请太医来。"

元雍也说:"是啊,陛下要请太医看看,不如让元怿去请太医过来。"

元恪说:"太医看过了,药也吃过了,总不见好转。也好,元怿去叫中尝药典御贾粲,让他到太医局再为朕配几副药来。"

元怿笑着,"这点小事就让小弟代劳了吧。我到太医局去。"元怿着站起身。

元恪说:"还是叫上中尝药典御贾粲的好,他知道朕的药方。"

元雍急忙对元怿说:"还是去叫贾粲。"

元怿说:"好,我这就去叫贾粲。"说着,他退了出去。

元怿走出式乾殿,对站在门口的内侍王温说:"陛下让你去找贾粲,告诉他,我在太医局等他。"说完,元怿径直向太医局走去。

元怿来到太医局,太医局监见清河王来,忙不迭走出迎接。元怿说:"给我按照《千金方》的温热暖补的人参、鹿茸等补内方子抓几副药。"

司药监笑着说:"王爷,还是请太医看过,再下药的好。大补之药,不敢乱用。鹿茸人参,虽说是大补,可是对虚火上攻的人来说,可是虎狼之药啊。"

元怿摆手,"不碍事的,我正在服用这方子,你尽管放心给抓药好了。皇帝不也经常服用此方吗?"

司药监不敢多说,命药工按照张仲景的《千金方》给元怿抓药。这时,中尝药典御贾粲匆忙赶来,让司药监亲自为皇帝抓药。

元怿对贾粲说:"我忘了告诉你,皇帝让你请太医过去给他诊脉,我在这里等着取药。"贾粲急忙出去找太医。这时,司药监把元怿的药和皇帝的药一起拿了过来,分别交给他,叮嘱着:"这是王的药,那是皇帝的药,不要混了。"

元怿笑着,"这上面不是有分别吗?陛下的是黄色,我这是白色的。错不了的。"

元怿拿着药走出太医局,四下看看,急忙把几包药上面的封纸换了过来。

沉河艳后:胡灵皇后

贾粲带着太医过来,大家一起向式乾殿走去。

回到式乾殿,太医给皇帝号脉。元怿把药交给胡充华,笑着说:"充华娘娘,这是陛下的药,我看你现在就可以煎来给皇帝服用。充华娘娘要是留在式乾殿亲自服侍陛下,陛下龙体很快就会安康。"元怿看着胡充华,眼光里满是信任、鼓励和爱慕。

胡充华的心怦怦直跳,她接过药包,眼睛闪烁着不敢正眼看元怿,她些微有些张皇,"四叔这么说,让充华受宠若惊。四叔尽管放心,充华会留在式乾殿亲自照顾皇帝陛下。不过,充华只怕皇后不许。"

"你放心,皇后不会知道的。小弟这就去命令式乾殿上下,不得传消息给皇后!"元怿笑着,看着胡充华微微红着的脸,兴奋起来。

胡充华把太子交给春香,让春香和于忠带太子回东宫,她自己要留在式乾殿照顾皇帝。胡充华亲自去安排给皇帝煎药。

元怿深深出了口气。

4.年轻皇帝深夜驾崩　幼小太子当即登极

"主上,又该服药了!"胡充华温柔地喊着在佛像前念经的元恪。

元恪站了起来,皱着眉头,接过胡充华手中的药碗饮了。他饮了太多的药,几乎天天都要服药。胡充华见皇帝元恪饮了药,便搀扶着皇帝上床安寝。宫女内侍伺候着,主衣徐义恭为皇帝换上就寝睡袍。宫女们退出寝宫。

胡充华坐在床边,小心地为皇帝盖上锦被,把枕头放置得更舒服一些。元恪躺在锦被下,伸出手拉着胡充华的胳膊抚摩着。几个月以来被高皇后禁锢着不得去其他嫔妃那里过夜,也不许叫其他嫔妃侍寝,让他感到深深遗憾。高皇后嫉妒成性,把他管束得死死的,不敢越雷池一步。他性子绵善,不敢与高皇后对抗,这高皇后便借着高肇的力量来对付他。元恪虽然心下不满,却也无可奈何。

元恪经常自我解嘲地说,他这是遗传了父亲高祖的性情。当年父亲高祖的幽皇后冯莲欲专皇帝所爱,多方阻遏皇帝临幸,对后宫接御,横加干涉。无奈的高祖曾对近臣说,都说妇人妒防,虽王者亦不可免,何况百姓?他现在对父亲的话有了深深的体会。妇人妒防,谁都无可奈何!

沉河艳后:胡灵皇后

405

"宽衣就寝吧!"元恪催促着。他已经有些急不可耐,已经感觉到体下热气升腾,热血奔涌。

"陛下,急什么啊!"胡充华咯咯笑着,挣脱元恪的手,慢慢脱去外衣,穿着鲜红的抹胸,露出雪白肌肤,钻进皇帝被窝。

元恪紧紧搂抱住胡充华,他好像从没有这样迫切,这样雄赳赳气昂昂。他感觉到自己无坚不摧,无往不胜。元恪昏天暗地地进入了极乐世界。

半夜里,皇帝元恪剧烈地咳嗽气喘起来。医家说,虚不受补,皇帝元恪一直虚火上炎,本不该用人参鹿茸一类大补药的。可是,一副大补药,加上剧烈的房事,叫皇帝元恪虚火攻心。

胡充华被皇帝剧烈的咳嗽和气喘惊醒过来,她不敢叫内侍,怕惊动了皇后,挨皇后惩罚。她起身披衣下地,为皇帝倒水。皇帝元恪呼噜着艰难地喘着粗气,用手抓着胸口,尖锐地咳嗽着,好像把内脏都咳出来似的。

胡充华搀扶起元恪,让他饮了口水。一口水下去,元恪被噎得直翻白眼。他脸色青紫,用手抓住胸口,痛苦地喘着气。

胡充华轻声喊:"陛下,你怎么啦?"她惊慌地看着元恪痛苦的喘成一团,喉咙里呼噜着,呼呼哧哧像拉风箱似的。

元恪说不出话,只对她摆手。

"陛下,你想说什么?"胡充华拉着元恪的手,啜泣着问。

"太……太子……"元恪终于从喉咙里说出这么一句话。

"陛下想见太子?"胡充华急忙重复着问。

元恪艰难地点点头。

胡充华想,怎么办呢?让谁去通知东宫呢?她能让内侍去传唤东宫吗?不行!皇帝眼下病得这么重,万一皇后知道是她偷偷侍寝该怎么办?不如先自己赶快偷偷回到东宫去,让太子太傅和领军将军于忠带太子前来见驾。

胡充华主意已定,急忙唤来春香,与春香偷偷溜出式乾殿,飞快向东宫跑去。守门司马见是胡充华,听说是皇帝要见太子,也不敢多询问,急忙放行。胡充华和春香径直到东宫。

太子太傅崔光和领军将军于忠见胡充华深夜来东宫,急忙放她进去。

"充华娘娘,什么事情?"崔光看胡充华头发蓬松,泪眼婆娑,惊慌地问。

胡充华哇地一声哭了起来。崔光和于忠急忙安慰着。胡充华大哭了几声,急忙收敛哭声,她知道眼下不是自己大哭的时刻。

"陛下快不行了!陛下要见太子!"胡充华啜泣着向太子寝宫走去。

崔光和于忠互相看了看。崔光轻轻咬住嘴唇,对于忠说:"一定要先封锁消息!我们立刻带太子入宫见驾!"

于忠点头。"我去叫人。"他冷静地说。

胡充华进入太子寝宫,也不去叫那两个睡得迷迷糊糊的乳母,自己来到太子床前,轻轻呼唤着太子:"诩儿,醒醒!诩儿,醒醒!"她抚摩着元诩的脸颊,轻轻然而焦灼地呼唤着熟睡的元诩。

元诩终于醒了过来。他揉着眼睛,看着灯光下的母亲,喊了声阿娘,高兴地扑到母亲怀抱里。胡充华急忙给他穿衣服。"阿娘,穿衣服干什么啊?天亮了?"元诩双手吊在母亲脖颈上,奇怪地问。

"阿爷要见你。"胡充华流着眼泪,给元诩穿好衣服,让他坐在床沿上给他穿鞋,"走,跟少傅去见你阿爷。"胡充华牵着太子的手,走出寝宫。外面,崔光叫来詹事王显,中庶子侯刚,于忠已经召集好亲信侍卫,等着送太子去见皇帝陛下。

胡充华抱起太子,带着东宫人马向式乾殿去。大雪已经停了,白雪覆盖着皇宫,让深夜看起来还是白亮白亮的。

胡充华带着太子来到式乾殿,皇帝元恪已经气息奄奄。胡充华轻声喊着:"主上,太子来了。"她把太子抱到元恪身边,催促着元诩:"喊你阿爷。喊啊!"

元诩扑到元恪身上哭喊起来:"阿爷,阿爷!"

元恪的脸色憋得青紫,喉咙里呼噜声一声比一声弱。在痛苦中挣扎的他听到儿子的喊声,勉强睁开眼睛,艰难地抬胳膊拉住元诩,一声尖锐的咳嗽让他无力地垂下手,一声尖锐呼啸音从他胸膛里冲了出来,撕破夜空。元恪抽搐了几下,最后吐出一股粗重浑浊的气,不再动弹了。

"主上,主上!"胡充华呼喊起来。

元恪的脸色慢慢平静下来,他已经完全从痛苦中解脱出来,可以平静地入睡了。

崔光和于忠听到胡充华的呼喊,急忙走了进来。他们跪到皇帝面前,最

407

后跪拜了元恪。于忠对胡充华说："充华娘娘，先不要哭。还是先来计议一下如何料理后事的好。消息传出去，怕引起混乱啊！"

崔光也说："娘娘，现在不是哭的时候。需要立即着手处理后事啊！"

胡充华点头，她慢慢擦干脸颊上的眼泪，用力抑制住心头的悲哀，看着崔光和于忠，坚定地说："立即封锁式乾殿，不要让一个人出去！"

于忠点头。

胡充华又看着崔光，目光坚定，神色严肃，与平素的活泼热情判若两人，"国不可一日无君！需要让太子立时即位！请太傅和于将军立即着手准备！"

崔光和于忠互相看了看，他们都佩服地点着头。崔光说："充华娘娘放心，老臣和于将军立刻去安排！"

这是延昌四年(515年)春正月丁巳夜，做了十五年皇帝的三十三岁的元恪驾崩于洛阳皇宫式乾殿。

侍中、中书监、太子太傅崔光，侍中、领军将军于忠与詹事王显，中庶子侯刚，立刻为驾崩皇帝穿衣，把皇帝抬上步挽，由崔光和于忠亲自陪伴入万岁门。宫门司马见皇帝深夜入咸阳殿，虽然感到奇怪却不敢多问。

崔光和于忠把皇帝安置在咸阳殿的寝床上，才让太子元诩和胡充华哭临。胡充华和太子在元恪面前号啕大哭，哭得天昏地暗。

崔光、于忠和王显正紧张地商量着。王显是高肇的心腹，几次想寻机派人去报告高皇后皇帝驾崩的消息，无奈崔光与于忠总是一左一右紧紧跟着他。

崔光看着王显，"天位不可久旷，等太子哭临停止，便举行太子登基大典！于大人，立即召集夜直群官，宣布新皇登基！"

王显看着崔光迟疑地说出自己的想法着："现在举行登基大典，不是太草率吗？我以为不如等天明再行即位之礼。"

崔光尖锐地看了王显一眼，不容置疑地说："天位不可暂旷，何待至明？"

王显又小心翼翼地说："即位大礼，还须奏中宫啊。"

崔光不耐烦地摆手，"帝崩而太子立，国之常典，何须中宫令也！"

于忠召集夜直的小黄门，让小黄门召集夜直群官到咸阳殿。群官集合完毕，崔光郑重向大家宣布，自己兼太尉，黄门侍郎元昭兼侍中，王显兼吏部尚书，中庶子裴峻兼吏部郎，中书舍人穆弼兼谒者仆射，即时举行新皇登基大典。

群官你看我我看你，虽然显得惊慌无所措，但是看看四围羽林荷枪肃立，也没有任何人敢于表示异议。

崔光和于忠等人请出太子元诩，哄着不让他继续哭泣，让他立于东序。于忠、元昭扶着太子元诩，向着西面哭十数声，哭过之后，于忠拉着元诩走到里面，让胡充华给他换上太子礼服，胡充华牵着他的手走了出来。

太尉崔光奉策进天子玺绶，胡充华搀扶着元诩，让他跽跪着接受了天子策和玺绶。中庶子侯刚上来为他换上皇帝衮冕。之后，崔光、于忠等紧紧簇拥着，胡充华拉着他的手，一行人庄严肃穆地慢慢行到太极前殿。

胡充华一脸肃穆，紧紧拉着不到六岁的儿子元诩的小手，一步一步，慢慢地登上大殿宝座。

太尉崔光、于忠等群臣降自西阶，率领着夜值群官，于庭中北面齐齐跪了下来，行稽首礼三呼万岁。

胡充华看着站在雪地里的稽首称万岁的群臣，心中激荡着风云。刚刚二十四岁的她，已经站到了太极前殿的宝座上，以后，这宝座就该归她所有了！与当年文明太后失去文成帝的年龄一样，都是在二十四岁的年纪上，拉着太子登上天子宝座，她不就是第二个文明太后吗？

胡充华已经忘却失去元恪的悲哀，她的心里充满着对未来的憧憬和喜悦。辅佐身边这不到六岁的儿皇帝，她一定要把朝政大权紧紧揽到自己手中！她欣喜地发现，自己已经实现十二岁的梦想和远大志向，她已经做了第二个文明太后！

要做得比文明太后更好！她豪迈地对自己说。

胡充华放眼望出太极前殿，天色已经微曦，东方正显露出大雪初霁后的蓝天朝霞。再过一会儿，朝阳的灿烂光芒将照亮宫城，照亮全国。一个新的时代即将在她的脚下展开。

胡充华的眼睛更加明亮，她轻轻咬住嘴唇，脸颊上的酒窝里盛满了豪情，她似乎已经看到大魏在她统治下的太平盛世和空前盛况。